MITOLOGIA

EDITH HAMILTON
MITOLOGIA

CONTOS IMORTAIS
DE DEUSES E HERÓIS

SEXTANTE

Título original: *Mythology*

Copyright © 1942 por Edith Hamilton
Copyright renovado © 1969 por Dorian Fielding Reid e Doris Fielding Reid
Copyright da tradução © 2022 por GMT Editores Ltda.

Publicado mediante acordo com Little, Brown and Company, Nova York, EUA.

Todos os direitos reservados. Nenhuma parte deste livro pode ser utilizada ou reproduzida sob quaisquer meios existentes sem autorização por escrito dos editores.

tradução: Fernanda Abreu
preparo de originais: Daila Fanny
revisão: Hermínia Totti e Luis Américo Costa
revisão técnica: Cláudio Moreno
assistente editorial: Livia Cabrini
diagramação: Ana Paula Daudt Brandão
ilustrações: Chris Wormell
capa: Filipa Pinto
impressão e acabamento: Geográfica e Editora Ltda.

CIP-BRASIL. CATALOGAÇÃO NA PUBLICAÇÃO
SINDICATO NACIONAL DOS EDITORES DE LIVROS, RJ

H188m

Hamilton, Edith
    Mitologia / Edith Hamilton ; [tradução Fernanda Abreu]. - 1. ed. - Rio de Janeiro : Sextante, 2022.
    416 p. ; 23 cm.

    Tradução de: Mythology
    ISBN 978-65-5564-407-4

    1. Mitologia. 2. Mitologia clássica. I. Abreu, Fernanda. II. Título.

22-77667
                            CDD: 292.13
                            CDU: 2-264

Gabriela Faray Ferreira Lopes - Bibliotecária - CRB-7/6643

Todos os direitos reservados, no Brasil, por
GMT Editores Ltda.
Rua Voluntários da Pátria, 45 – 14º andar – Botafogo
22270-000 – Rio de Janeiro – RJ
Tel.: (21) 2538-4100
E-mail: atendimento@sextante.com.br
www.sextante.com.br

Sumário

Prefácio	9
Introdução à mitologia clássica	11
A mitologia dos gregos	12
Os autores de mitologia gregos e romanos	20
PARTE UM: Os deuses, a criação e os primeiros heróis	23
I. Os deuses	25
Os titãs e os doze grandes deuses do Olimpo	25
Os deuses menores do Olimpo	38
Os deuses das águas	41
O mundo subterrâneo	42
Os deuses menores da Terra	44
Os deuses romanos	48
II. Os dois grandes deuses da Terra	51
Deméter (Ceres)	54
Dioniso ou Baco	59
III. Como foram criados o mundo e a humanidade	70
IV. Os primeiros heróis	85
Prometeu e Io	85
Europa	89
O ciclope Polifemo	93
Mitos de flores: Narciso, Jacinto, Adônis	97
PARTE DOIS: Histórias de amor e aventura	105
I. Cupido e Psiquê	107
II. Oito breves histórias sobre amantes	117
Píramo e Tisbe	117
Orfeu e Eurídice	119
Céix e Alcione	123
Pigmalião e Galateia	125
Báucis e Filêmon	128

Endímion	131
Dafne	132
Alfeu e Aretusa	134
III. A busca pelo velocino de ouro	136
IV. Quatro grandes aventuras	152
Faetonte	152
Pégaso e Belerofonte	156
Oto e Efialtes	160
Dédalo	161
PARTE TRÊS: Os grandes heróis anteriores à guerra de Troia	163
I. Perseu	165
II. Teseu	175
III. Hércules	186
IV. Atalanta	201
PARTE QUATRO: Os heróis da guerra de Troia	207
I. A guerra de Troia	209
Prólogo: O julgamento de Páris	210
A guerra de Troia	212
II. A queda de Troia	227
III. As aventuras de Odisseu	238
IV. As aventuras de Eneias	259
Parte um: De Troia à Itália	260
Parte dois: A descida ao mundo subterrâneo	266
Parte três: A guerra na Itália	270
PARTE CINCO: As grandes famílias da mitologia	277
I. A casa de Atreu	279
Tântalo e Níobe	280
Agamêmnon e seus filhos	283
Ifigênia entre os tauros	293
II. A casa real de Tebas	301
Cadmo e suas filhas	301
Édipo	303
Antígona	309
Os Sete contra Tebas	313

    III. A casa real de Atenas   317
        Cécrops   318
        Procne e Filomela   319
        Prócris e Céfalo   321
        Orítia e Bóreas   323
        Creúsa e Íon   324

PARTE SEIS: Os mitos menos importantes   329
    I. Midas e outros   331
        Esculápio   332
        As danaides   334
        Glauco e Cila   336
        Erisícton   338
        Pomona e Vertuno   339
    II. Mitos breves em ordem alfabética   341

PARTE SETE: A mitologia dos nórdicos   355
    Introdução à mitologia nórdica   357
    I. As histórias de Signy e Sigurd   360
    II. Os deuses nórdicos   365
    A criação   370
    A sabedoria nórdica   372

Genealogias   377
    Os principais deuses   378
    Descendentes de Prometeu   380
    Antepassados de Perseu e Hércules   382
    Antepassados de Aquiles   383
    A casa de Troia   384
    A família de Helena de Troia   385
    A casa real de Tebas e os descendentes de Atreu   386
    A casa real de Atenas   388

Índice remissivo   389

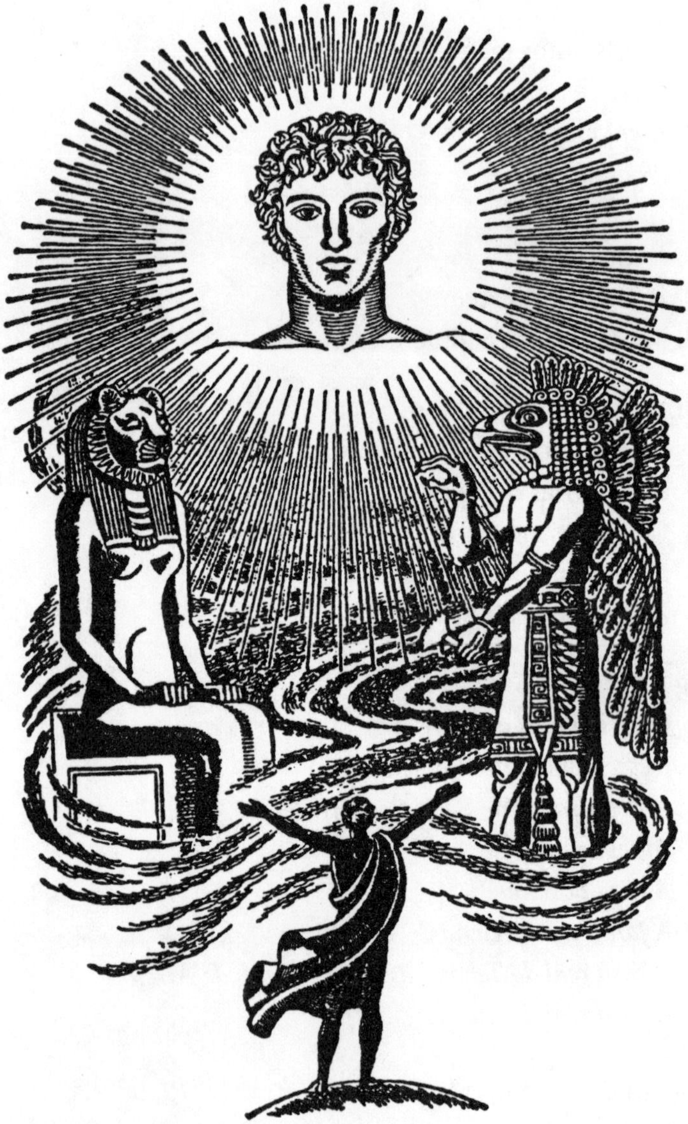

Prefácio

Um livro sobre mitologia precisa recorrer a fontes muito distintas. Mil e duzentos anos separam os primeiros dos últimos autores por meio dos quais os mitos chegaram até nós, e há histórias tão diferentes entre si quanto *Cinderela* e *Rei Lear*. Na verdade, juntar todas elas num único livro é, em certa medida, comparável a reunir todas as histórias da literatura inglesa – desde Chaucer até as baladas, passando por Shakespeare, Marlowe, Swift, Defoe, Dryden, Pope e assim por diante, até terminar, digamos, com Tennyson e Browning; ou mesmo, para deixar a comparação ainda mais verdadeira, com Kipling e Galsworthy. A coleção inglesa seria maior, mas conteria materiais igualmente díspares. Na verdade, Chaucer se parece mais com Galsworthy, e as baladas com Kipling, do que Homero com Luciano de Samósata ou Ésquilo com Ovídio.

Diante desse problema, decidi logo de início descartar qualquer ideia de unificar as histórias. Fazer isso seria como reescrever *Rei Lear* no mesmo nível de *Cinderela*, por assim dizer – uma vez que o procedimento contrário seria obviamente impossível –, ou então contar, à minha maneira, histórias que não eram minhas e que já foram contadas por grandes autores de modos que eles julgaram adequados. Não quero dizer com isso, é claro, que o estilo de um grande autor possa ser reproduzido nem que eu devesse tentar realizar tal façanha. Minha intenção foi apenas distinguir para o leitor os diferentes autores que trouxeram o conhecimento dos mitos até nós. Por exemplo, Hesíodo é um escritor conhecido pela simplicidade e pela religiosidade; é ingênuo, infantil até, por vezes, cru e sempre muito devoto. Muitas das histórias deste livro foram contadas apenas por ele. Ao seu lado, há histórias contadas apenas por Ovídio, sutil, refinado, artificial, pretensioso e absolutamente cético. Meu esforço foi fazer o leitor perceber alguma diferença entre escritores tão distintos. Afinal, quando alguém pega um livro como este, não se importa se o autor recontou as histórias de modo mais divertido, e sim quanto conseguiu aproximá-lo do original.

Espero que aqueles que não conhecem os clássicos obtenham, assim, não só um conhecimento em relação aos mitos, mas também uma noção de como eram os escritores responsáveis por eternizá-los.

Introdução à mitologia clássica

Outrora, a raça helênica se distinguia dos bárbaros por ter a mente mais arguta e mais livre de tolice.

HERÓDOTO I:60

Há uma crença geral de que as mitologias grega e romana nos mostrariam como pensava e o que sentia a raça humana em tempos imemoriais. Segundo essa visão, por meio delas seria possível reconstruir o fio desde o homem primitivo, que convivia com a natureza em grande proximidade, até o homem civilizado, que vive muito distante dela. O verdadeiro atrativo dos mitos é que eles nos conduzem de volta a um tempo em que o mundo era recente e as pessoas tinham uma conexão com a terra, as árvores, os mares, as flores e as montanhas, diferente de qualquer coisa que possamos sentir hoje. Somos levados a entender que, quando as histórias estavam sendo elaboradas, a distinção entre o real e o irreal ainda era pequena. A imaginação era algo vivo, pujante e sem o contraponto da razão, de tal forma que qualquer pessoa poderia ver por entre as árvores da floresta uma ninfa em fuga ou, ao se curvar para beber de um lago de água límpida, avistar nas profundezas o rosto de uma náiade.

A perspectiva de voltar no tempo até esse estado deleitável é ressaltada por praticamente todo autor que aborde a mitologia clássica, em especial os poetas. Nesse tempo infinitamente remoto, os humanos primitivos podiam

Ver Proteu surgir do mar;
Ou ouvir o velho Tritão sua concha soar.¹

E por um instante podemos captar, por meio dos mitos criados à época, um vislumbre desse mundo tão estranho quanto belo.

No entanto, basta uma rápida consideração sobre os costumes dos povos não civilizados de qualquer parte e qualquer era para furar essa bolha romântica. Não há dúvida de que o homem primitivo, seja na atual Nova Guiné, seja nas selvas pré-históricas de milênios atrás, não é nem nunca foi uma criatura que povoa seu mundo com criações radiantes e lindas visões. Horrores espreitavam nas florestas, não ninfas e náiades. Lá vivia o Terror, com sua companheira íntima, a Magia, e sua defesa mais comum, o Sacrifício Humano. O principal recurso humano na tentativa de escapar da ira de quaisquer divindades que pudessem estar à solta consistia em algum rito mágico, desprovido de sentido mas carregado de poder, ou em alguma oferenda feita à custa de dor e tristeza.

A MITOLOGIA DOS GREGOS

Esse quadro sombrio não poderia estar mais distante das histórias da mitologia clássica. Os gregos não contribuem muito para o estudo de como o homem dos tempos primitivos via o ambiente à sua volta. É digno de nota o tratamento breve dos mitos gregos por parte dos antropólogos.

É claro que os gregos também tinham suas raízes no lodo primordial. É claro que eles também, um dia, levaram uma vida selvagem, feia e brutal. Mas o que seus mitos mostram é quão alto eles tinham se alçado acima da sujeira e da violência ancestrais no momento em que passamos a ter qualquer conhecimento a seu respeito. Só é possível encontrar, nas histórias, uns poucos indícios dessa época.

Não sabemos quando essas histórias foram contadas pela primeira vez em sua forma atual, mas é certo que a vida primitiva já tinha sido deixada para trás havia muito. Os mitos, tais como os conhecemos hoje, são uma

---

1 Versos do soneto "The World Is Too Much with Us", de William Wordsworth: *Have sight of Proteus rising from the sea;/ Or hear old Triton blow his wreathèd horn.* (N. da T.)

criação de grandes poetas. O primeiro registro escrito da Grécia é a *Ilíada*. A mitologia grega nasce com Homero, que, acredita-se, viveu não menos que mil anos antes de Cristo. A *Ilíada* é, ou contém, a mais antiga literatura grega, e é escrita numa linguagem rica, bela e sutil, decerto precedida por séculos de esforço humano para se expressar com clareza e beleza, prova indiscutível de civilização. As histórias da mitologia grega não lançam uma luz esclarecedora sobre o que era a humanidade antiga. Elas lançam, isso sim, farta luz sobre como eram os antigos gregos, uma questão aparentemente mais importante para nós, que somos seus descendentes dos pontos de vista intelectual, artístico e também político. Nada que aprendamos a seu respeito nos é estranho.

Muitas vezes se fala sobre "o milagre grego". O que essa expressão tenta transmitir é o renascimento do mundo ocorrido com o despertar da Grécia. "As coisas antigas já passaram; eis que surgiram coisas novas." Algo desse tipo aconteceu na Grécia.

Por que isso aconteceu, ou quando, não temos a menor ideia. Tudo que sabemos é que, nos primeiros poetas gregos, surgiu um ponto de vista novo, jamais sonhado no mundo anterior a eles, mas que nunca desapareceria do mundo posterior. Quando a Grécia se destacou, a humanidade se tornou o centro do Universo, a coisa mais importante nele contida. Essa foi uma revolução do pensamento. Até então, os seres humanos pouco significavam. Foi na Grécia que eles se deram conta, pela primeira vez, do que era a raça humana.

Os gregos criaram seus deuses à própria imagem. Isso nunca antes havia passado pela mente humana. Até então, os deuses não tinham qualquer semelhança com a realidade. Eram diferentes de qualquer criatura viva. No Egito eram um colosso gigantesco, imóvel, ao qual nem mesmo a imaginação era capaz de atribuir movimento, tão fixo na pedra quanto as gigantescas colunas dos templos, uma representação da forma humana tornada propositalmente não humana. Ou então uma figura rígida, uma mulher com cabeça de gato a sugerir uma crueldade inflexível e desumana. Ou ainda uma esfinge monstruosa e cheia de mistério, alheia a tudo que vive. Na Mesopotâmia, eram baixos-relevos de formas animalescas diferentes de qualquer animal conhecido até então, homens com cabeça de pássaro e leões com cabeça de touro, ambos dotados de asas de águia, criações de artistas desejosos de produzir algo jamais visto a não ser na própria mente, a verdadeira consumação da irrealidade.

*Ao contrário dos egípcios, os gregos criaram
seus deuses à própria imagem.*

Esses eram o tipo de deuses que o mundo anterior aos gregos venerava. Mas basta imaginar ao seu lado qualquer estátua grega de um deus, tão normal e natural em toda a sua beleza humana, para perceber que uma nova ideia surgira no mundo. Com a sua chegada, o Universo se tornou racional.

O apóstolo Paulo disse que era preciso entender o invisível por meio do visível. Esse não é um conceito hebraico, mas grego. No mundo antigo, somente na Grécia as pessoas se preocupavam com o visível; elas encontravam a satisfação de seus desejos no que era de fato o mundo à sua volta. O escultor observava os atletas disputando os jogos e sentia que nada que pudesse imaginar seria tão belo quanto aqueles corpos jovens e fortes. Então esculpia sua estátua de Apolo. O contador de histórias encontrava Hermes entre as pessoas por quem passava na rua. Ele via o deus "como um rapaz naquela idade em que a juventude é mais bela", como diz Homero. Os artistas e poetas gregos se deram conta do esplendor que um homem podia ser: ereto, forte, veloz. Ele era a personificação da sua busca por beleza. Esses artistas e poetas não tinham desejo algum de criar uma fantasia forjada na própria mente. Toda a arte e todo o pensamento da Grécia giravam em torno dos seres humanos.

Deuses humanos naturalmente faziam do céu um lugar agradável e familiar. Os gregos se sentiam em casa ali. Sabiam exatamente o que seus divinos habitantes lá faziam, o que comiam e bebiam, onde faziam seus banquetes e como se divertiam. É claro que os deuses deveriam ser temidos, pois eram muito poderosos e muito perigosos quando zangados, mas, com o devido cuidado, um humano podia se sentir razoavelmente à vontade em sua companhia. Era, inclusive, perfeitamente livre para rir deles. Ao tentar esconder da esposa seus casos de amor e ser descoberto, Zeus era uma grande fonte de graça. Os gregos se divertiam com ele e o apreciavam ainda mais por causa disso. Hera era aquele personagem clássico da comédia, a típica esposa enciumada, e seus truques engenhosos para constranger o marido e punir as rivais, longe de desagradar aos gregos, divertiam-nos tanto quanto as versões modernas de Hera nos divertem hoje. Essas histórias geravam um sentimento de amizade. Rir diante de uma esfinge egípcia ou de um monstro alado assírio era algo inconcebível, mas no Olimpo o riso era perfeitamente natural e tornava os deuses simpáticos.

Também na Terra as divindades eram extrema e humanamente atraentes. Na forma de lindos rapazes e moças, povoavam os bosques, as florestas, os rios e o mar, em harmonia com a formosa terra e com as águas cintilantes.

Esse é o milagre da mitologia grega: um mundo humanizado, homens libertados do medo paralisante de um Desconhecido onipotente. As terríveis incompreensões veneradas em outras partes e os espíritos pavorosos que povoavam terra, ar e mar foram banidos da Grécia. Dizer que os homens que criaram os mitos não tinham apreço pelo irracional e amavam os fatos pode parecer estranho, mas é verdade, por mais extravagantes e fantásticas que sejam algumas de suas histórias. Qualquer um que as leia com atenção descobre que até mesmo aquelas que fazem menos sentido ocorrem num mundo de essência racional e prática. Hércules, cuja vida foi um grande combate contra monstros absurdos, sempre foi apresentado como um nativo de Tebas. O local exato em que Afrodite nasceu da espuma podia ser visitado por qualquer turista da Antiguidade: ficava no litoral da ilha de Citera. O garanhão alado Pégaso, depois de passar o dia voando, ia dormir todas as noites num confortável estábulo em Corinto. Uma ambientação próxima e conhecida conferia realidade a todos os seres míticos. Se essa mistura lhe parece infantil, pense em como esse fundo sólido é tranquilizador e sensato em comparação com um gênio que surge do nada quando Aladim esfrega a lâmpada e, uma vez tendo cumprido sua tarefa, ao nada retorna.

O irracional aterrorizante não tem lugar na mitologia clássica. A magia, tão poderosa nos mundos anterior e posterior à Grécia, é quase inexistente. Não há nenhum homem e apenas duas mulheres com poderes terríveis e sobrenaturais. Os magos demoníacos e as horrendas bruxas velhas que assombravam a Europa, e também a América, até épocas bem recentes, não têm qualquer participação nas histórias. Circe e Medeia são as únicas bruxas, e ambas são jovens e de beleza ímpar: não são horríveis, mas sim formosas. A astrologia, que floresceu desde a época da antiga Babilônia até hoje, está completamente ausente da Grécia clássica. Há muitas histórias sobre as estrelas, mas nenhum vestígio da ideia de que elas influenciam a vida humana. O sentido que a mente grega acabou por dar às estrelas é a astronomia. Nenhuma história sequer contém um terrível sacerdote mágico a ser temido por conhecer formas de conquistar os deuses ou neutralizar seu poder. O sacerdote raramente é visto e nunca é importante. Na *Odisseia*, quando um sacerdote e um poeta caem de joelhos diante de Odisseu e imploram que este lhes poupe a vida, o herói mata o sacerdote sem pestanejar, mas salva o poeta. Segundo Homero, ele não ousou matar um homem cuja arte divina lhe fora ensinada pelos deuses. Quem tinha influência no céu não era o sacerdote, mas o poeta, e ninguém nunca temeu um poeta. Da mesma forma, os fantasmas, que tiveram uma participação tão forte e tão assustadora em outros lugares, não aparecem na terra em nenhuma história grega. Os gregos não temiam os mortos; "os pobres mortos", é como a *Odisseia* os chama.

O mundo da mitologia grega não era um lugar de terrores para o espírito humano. É verdade que os deuses eram de uma imprevisibilidade desconcertante. Ninguém saberia em que lugar cairia o raio de Zeus. Apesar disso, todo o elenco divino, com poucas e, em sua maioria, desimportantes exceções, era de uma beleza fascinante, uma beleza humana, e nada humanamente belo é de fato aterrorizante. Os primeiros mitologistas gregos transformaram um mundo cheio de medo num mundo cheio de beleza.

Esse quadro solar tem seus pontos de sombra. A mudança foi lenta e nunca chegou a se completar. Os deuses tornados humanos foram, durante muito tempo, uma leve melhoria de seus adoradores. Eram incomparavelmente mais belos e mais poderosos, e eram naturalmente imortais, mas, muitas vezes, agiam de um modo que nenhum homem ou mulher decente agiria. Na *Ilíada*, Heitor é muito mais nobre do que qualquer um dos seres celestiais e Andrômaca é infinitamente preferível a Palas Atena ou Afrodite. Hera, do início ao fim, é uma deusa com um nível muito baixo de humanidade. Quase todas as radiosas divindades eram capazes de agir com crueldade e desprezo. No céu de Homero, e durante muito tempo depois, prevalecia um conceito muito limitado de certo e errado.

Outros pontos sombrios sobressaem. Há vestígios de um tempo em que havia deuses animalescos. Os sátiros são homens-bode e os centauros são metade homem, metade cavalo. Hera muitas vezes é chamada de "cara de vaca", como se o adjetivo houvesse, de alguma forma, a acompanhado ao longo de todas as suas mudanças, de vaca divina até rainha muito humana do céu. Algumas histórias também apontam claramente para um tempo anterior em que o sacrifício humano existia. Mas o espantoso não é restarem pedacinhos de crenças selvagens aqui e ali, o estranho é serem tão escassos.

É claro que o monstro mítico está presente sob diversas formas,

> Górgonas e hidras e temíveis quimeras,

mas eles só estão presentes para proporcionar ao herói sua gloriosa recompensa. O que um herói poderia fazer num mundo sem eles? Os monstros são sempre vencidos pelo herói. O grande herói da mitologia, Hércules, talvez seja uma alegoria da própria Grécia. Ele combateu monstros e libertou a terra de seu domínio da mesma forma que a Grécia libertou a terra da monstruosa ideia de um humano subjugado por um não humano supremo.

Apesar de ser, em grande parte, feita de histórias sobre deuses e deusas, a mitologia da Grécia não deve ser lida como uma espécie de Bíblia grega, um relato da religião da Grécia. Segundo a ideia mais moderna, o verdadeiro mito nada tem a ver com religião. Ele é uma explicação de algo na natureza; o mito explica, por exemplo, como toda e qualquer coisa no Universo veio a existir: homens, animais, esta ou aquela árvore ou flor, o Sol, a Lua, as estrelas, tempestades, erupções vulcânicas, terremotos, tudo que existe e tudo que acontece. O trovão e o relâmpago acontecem quando Zeus desfere seu raio. Um vulcão entra em erupção porque uma terrível criatura está presa dentro da montanha e, de vez em quando, luta para se libertar. O Grande Carro – a constelação também chamada de Ursa Maior – não se põe abaixo do horizonte porque uma deusa, um dia, se zangou e decretou que ele nunca desapareceria no mar. Os mitos são ciência antiga, resultado das primeiras tentativas humanas de explicar o que viam à sua volta. Mas existem muitos supostos mitos que não explicam absolutamente nada. Essas histórias são puro entretenimento, o tipo de coisa que as pessoas contariam umas às outras numa longa noite de inverno. A história de Pigmalião e Galateia é um exemplo; ela não tem conexão com nenhum acontecimento da natureza. O mesmo vale para a busca do velocino de ouro, para a história de Orfeu e Eurídice, e para muitas outras. Esse fato é hoje amplamente aceito, e não precisamos tentar encontrar em toda heroína mítica a Lua ou a aurora, nem na vida de todo herói um mito do Sol. Além de serem uma forma primária de ciência, as histórias são também uma forma primitiva de literatura.

Mas a religião também está presente nelas – ao fundo, com certeza, mas, ainda assim, visível. Desde Homero até os autores trágicos, e mesmo depois, existe uma consciência cada vez mais profunda do que o ser humano necessita e do que precisa encontrar em seus deuses.

Parece certo que o Zeus do trovão era, antes, um deus da chuva. Ele era superior até mesmo ao Sol, porque a pedregosa Grécia precisava mais de chuva do que de sol, e o Deus dos deuses seria aquele capaz de proporcionar a seus adoradores a preciosa água da vida. Mas o Zeus de Homero não é um fato da natureza. Ele é uma pessoa vivendo num mundo que a civilização já adentrou, e naturalmente ele tem um padrão para o que é certo e errado. Não um padrão muito alto, com certeza, e que parece se aplicar sobretudo aos outros, não a ele mesmo, mas Zeus de fato pune os homens que mentem e quebram seus juramentos; zanga-se com qualquer agravo aos mortos; e fica com pena e ajuda o velho Príamo quando este procura Aquiles como suplicante. Na *Odisseia*, ele alcançou um nível mais alto. Nela, o guardador de porcos diz que os necessitados e forasteiros pertencem a Zeus e que quem não os ajudar estará pecando contra o próprio Zeus. Hesíodo, não muito depois da *Odisseia*, se não na mesma época, diz sobre o homem que trata mal o vassalo e o forasteiro, ou que engana crianças órfãs: "Com este homem, Zeus se zanga."

A Justiça então se torna companheira de Zeus. Essa era uma ideia nova. Os líderes guerreiros da *Ilíada* não queriam justiça, queriam poder pegar tudo que desejassem por serem fortes e queriam um deus que estivesse do lado dos fortes. Mas Hesíodo, um camponês que vivia no mundo de um homem pobre, sabia que os pobres precisavam de um deus justo. Ele escreveu: "Peixes, bestas e aves do ar devoram uns aos outros. Mas ao homem Zeus deu justiça. Junto a Zeus, em seu trono, está sentada a Justiça." Esses trechos mostram que as grandes e amargas necessidades dos impotentes estavam chegando ao céu e transformando o deus dos fortes no protetor dos fracos.

Assim, por trás das histórias de Zeus amoroso, de Zeus covarde e de Zeus ridículo, é possível vislumbrar outro Zeus em formação, à medida que os homens vão ficando cada vez mais conscientes do que a vida lhes exige e daquilo de que os seres humanos precisam nos deuses que adoram. Esse Zeus foi gradualmente substituindo os outros até passar a ocupar toda a cena. Por fim, segundo as palavras de Dion Crisóstomo, que escreveu no século II d.C., ele se tornou "Nosso Zeus, aquele que concede todas as boas dádivas, pai, salvador e guardião de toda a humanidade".

A *Odisseia* fala sobre "o divino pelo qual todos os homens anseiam" e, séculos depois, Aristóteles escreveu: "A excelência, pela qual a raça dos mortais tanto se esforça." Desde os primeiros mitologistas, os gregos tinham uma percepção do divino e do excelente. Seu anseio por essas coisas era grande o suficiente para levá-los a jamais desistir de se esforçar para vê-las com clareza até, por fim, o trovão e o relâmpago se transformarem no Pai Universal.

Os autores de mitologia gregos e romanos

A maioria dos livros sobre as histórias da mitologia clássica se apoia principalmente no poeta latino Ovídio, que escreveu durante o reinado de Augusto. Ovídio é um compêndio de mitologia. Nenhum escritor antigo pode se comparar a ele nesse quesito. Ele contou quase todas as histórias, e contou-as à exaustão. Vez por outra, histórias que conhecemos por meio da literatura e da arte só chegaram até nós pelas suas páginas. Evitei ao máximo usá-lo neste livro. Sem dúvida ele foi um bom poeta, um bom contador de histórias, capaz de apreciar suficientemente os mitos para compreender o excelente material que lhe ofereciam, mas, na realidade, estava mais distante deles, em seu ponto de vista, do que nós hoje. Para Ovídio, os mitos eram pura bobagem. Ele escreveu:

Falo das mentiras monstruosas dos poetas antigos,
Nunca vistas por olhos humanos de hoje ou de então.

Ele, na verdade, está dizendo ao leitor: "Não se importe com quão bobos são. Vou vesti-los com tanta beleza que você vai gostar deles." E ele de fato o faz, frequentemente com grande beleza, mas, nas suas mãos, as histórias que eram verdades factuais e solenes para os antigos poetas gregos Hesíodo e Píndaro e veículos de grande verdade religiosa para os trágicos gregos tornavam-se contos fúteis, às vezes espirituosos e divertidos, muitas vezes sentimentais e perturbadoramente retóricos. Os mitologistas gregos não são retóricos e estão particularmente livres de sentimentalismo.

A lista de autores importantes por meio dos quais os mitos chegaram até nós não é longa. No topo, claro, está Homero. A *Ilíada* e a *Odisseia* são, ou melhor, contêm os mais antigos escritos gregos de que dispomos. Não há como datar com precisão qualquer parte dessas obras. Existe grande discórdia entre os estudiosos, e ela, sem dúvida, continuará existindo. Uma data tão inquestionável quanto qualquer outra é 1000 a.C., pelo menos para a *Ilíada*, o mais antigo dos dois poemas.

O segundo autor da lista, Hesíodo, às vezes é situado no século IX a.C., outras, no VIII a.C. Ele foi um agricultor pobre que teve uma vida difícil e amarga. Não poderia haver contraste maior entre seu poema *Os trabalhos e os dias*, que tenta mostrar aos homens como ter uma vida boa num mundo árduo, e o esplendor cortês da *Ilíada* e da *Odisseia*. Mas Hesíodo tem muito a dizer sobre os deuses, e um segundo poema, a *Teogonia*, habitualmente atribuído a ele, é inteiramente dedicado à mitologia. Caso ele o tenha de fato escrito, então aquele humilde camponês que vivia numa remota propriedade rural foi o primeiro homem na Grécia a se perguntar como tudo tinha vindo a ser – o mundo, o céu, os deuses e a humanidade – e a pensar numa explicação. Homero nunca se perguntou nada. A *Teogonia* é um relato sobre a criação do Universo e das gerações dos deuses e é muito importante para a mitologia.

Em seguida, na ordem, vêm os hinos homéricos, poemas escritos em homenagem a deuses diversos. Não há como lhes atribuir uma data definitiva, mas os mais antigos são considerados, pela maioria dos estudiosos, pertencentes ao final do século VIII a.C. ou início do VII a.C. O último importante – são 33 ao todo – pertence à Atenas do século V a.C. ou possivelmente IV a.C.

Píndaro, o maior poeta lírico da Grécia, começou a escrever por volta do final do século VI a.C. Escreveu odes em homenagem aos vencedores dos jogos nos grandes festivais nacionais da Grécia e, em cada um de seus poemas, mitos são contados ou mencionados. Píndaro tem praticamente a mesma importância para a mitologia que Hesíodo.

Ésquilo, o mais antigo dos três poetas trágicos, foi contemporâneo de Píndaro. Os outros dois, Sófocles e Eurípides, eram um pouco mais jovens. Eurípides, o mais novo, morreu no fim do século V a.C. Com exceção de *Os persas*, de Ésquilo, escrito para comemorar a vitória dos gregos sobre os persas em Salamina, todas as peças têm temas mitológicos. Junto com Homero, eles são a fonte mais importante de nosso conhecimento dos mitos.

O grande dramaturgo cômico Aristófanes, que viveu na última parte do século V e no início do IV, faz referências constantes aos mitos, bem como dois grandes autores de prosa: Heródoto, o primeiro historiador da Europa, contemporâneo de Eurípides; e o filósofo Platão, que viveu menos de uma geração mais tarde.

Os poetas alexandrinos viveram por volta de 250 a.C. Eram assim chamados porque, quando escreveram, o centro da literatura grega havia se deslocado da Grécia para Alexandria, no Egito. Apolônio de Rodes fez um longo relato sobre a busca do velocino de ouro e contou também diversos outros mitos relacionados a essa história. Ele e três outros alexandrinos que também escreveram sobre mitologia – os poetas pastorais Teócrito, Bíon e Mosco – perderam a simplicidade de Hesíodo e a crença que Píndaro tinha nos deuses, e estão bem distantes da profundidade e gravidade da visão religiosa dos poetas trágicos, mas não são frívolos como Ovídio.

Dois escritores tardios, o latino Apuleio e o grego Luciano, ambos do século II d.C., dão uma contribuição importante. A célebre história de Cupido e Psiquê é contada somente por Apuleio, que escreve de forma bem parecida com Ovídio. Luciano escreve como ninguém exceto ele próprio. Ele satirizou os deuses. Na sua época, os deuses já tinham virado motivo de piada. Ainda assim, ao fazê-lo, ele fornece uma boa quantidade de informações a respeito deles.

O também grego Apolodoro é, junto com Ovídio, o mais prolífico escritor antigo sobre mitologia, mas se diferencia dele por ser muito prático e muito maçante. Quanto ao período em que viveu, as hipóteses variam desde o século I a.C. até o século IX d.C. O estudioso inglês sir J. G. Frazer acredita que ele tenha escrito no primeiro ou segundo século de nossa era.

O grego Pausânias, ardoroso viajante e autor do primeiro guia de viagem já escrito, tem bastante a dizer sobre os acontecimentos mitológicos supostamente ocorridos nos lugares que visitou. Ele viveu no século II d.C., mas não questiona nenhuma das histórias e escreve sobre elas com total seriedade.

Dos escritores romanos, Virgílio está bem adiante dos outros. Acreditava tão pouco nos mitos quanto Ovídio, de quem foi contemporâneo, mas encontrava neles a natureza humana e deu vida aos personagens mitológicos de um modo que ninguém tinha feito desde os trágicos gregos.

Outros poetas romanos escreveram sobre os mitos. Catulo conta várias das histórias e Horácio faz frequentes alusões a elas, mas nenhum dos dois é importante para a mitologia. Para todos os romanos, as histórias eram extremamente distantes, meras sombras. Os melhores guias para conhecer a mitologia grega são os autores gregos, que acreditavam no que escreviam.

PARTE UM

Os deuses, a criação e os primeiros heróis

CAPÍTULO I

Os deuses

Estranhos e nebulosos fragmentos de antiga glória,
Remanescentes tardios da divina companhia,
Eles remetem ao mundo distante de onde vêm,
Salões perdidos de ar olímpio e celestial.

Os gregos não acreditavam que os deuses tivessem criado o Universo. Muito pelo contrário: o Universo é que os tinha criado. Antes de haver deuses, o Céu e a Terra já tinham se formado. Eram eles os genitores primordiais. Os titãs eram seus filhos, e os deuses, seus netos.

OS TITÃS E OS DOZE GRANDES DEUSES DO OLIMPO

Os titãs, frequentemente chamados de deuses antigos, reinavam supremos no Universo desde tempos imemoriais. Tinham um tamanho enorme e uma força descomunal. Eram muitos, mas só uns poucos aparecem nas histórias da mitologia. O mais importante era CRONOS – SATURNO em latim. Ele governava os outros titãs até ser destronado pelo filho Zeus, que tomou o poder para si. Os romanos diziam que quando Júpiter, que é como eles chamavam Zeus, subiu ao trono, Saturno fugiu para a Itália e inaugurou a Idade de Ouro, um tempo de paz e felicidade perfeitas que durou tanto quanto seu reinado.

O Olimpo

Os outros titãs notáveis eram Oceano, o rio que supostamente rodeava a Terra; sua esposa Tétis; Hipérion, pai do Sol, da Lua e da aurora; Mnemósine, que significa memória; Têmis, em geral traduzida como justiça; e Jápeto, importante por causa dos filhos: Atlas, que sustentava o mundo nos ombros, e Prometeu, que foi o salvador da humanidade. Dos deuses antigos, apenas esses não foram banidos com a chegada de Zeus, mas assumiram um lugar menor.

Os doze grandes olímpios eram os mais importantes dos deuses que sucederam aos titãs. Eram chamados olímpios porque seu lar era o Olimpo. Mas o que era o Olimpo não é fácil de dizer. Não há dúvida de que, no início, se supunha que fosse o topo de uma montanha, em geral identificada como a mais alta montanha da Grécia, o monte Olimpo, na Tessália, nordeste da Grécia. Mas mesmo no mais antigo poema grego, a *Ilíada*, essa ideia já começa a dar lugar à ideia de um Olimpo situado numa região misteriosa, muito acima de todas as montanhas da Terra. Num dos trechos da *Ilíada*, Zeus fala com os deuses a partir do "pico mais alto do Olimpo de muitos cimos", claramente uma montanha. Mas pouco depois ele diz que, se quisesse, poderia pendurar a terra e o mar em um dos píncaros do Olimpo, claramente não mais uma montanha. Mesmo assim, não se trata do céu. Homero faz Poseidon dizer que governa o mar; Hades, os mortos; Zeus, o céu, mas o Olimpo é comum a todos os três.

Fosse o que fosse, a entrada do Olimpo era um imenso portão de nuvens protegido pelas Estações. Lá dentro ficavam as moradas dos deuses, onde eles viviam, dormiam e se banqueteavam de ambrosia e néctar ouvindo a lira de Apolo. Um lar abençoado e perfeito. Segundo Homero, nenhum vento jamais sacode a paz tranquila do Olimpo; lá nunca há chuva ou neve; mas o firmamento sem nuvens se estende à sua volta por todos os lados e a branca glória da luz solar se espalha por suas paredes.

Os doze olímpios formavam uma família divina:

(1) Zeus (Júpiter), o chefe; em seguida seus dois irmãos, (2) Poseidon (Netuno) e (3) Hades, também chamado de Plutão; (4) Héstia (Vesta), sua irmã; (5) Hera (Juno), esposa de Zeus e (6) Ares (Marte), filho do casal; os filhos de Zeus: (7) Atena (Minerva), (8) Apolo, (9) Afrodite (Vênus), (10) Hermes (Mercúrio) e (11) Ártemis (Diana); e o filho de Hera (12) Hefesto (Vulcano), que às vezes também é contado como filho de Zeus.

Zeus (Júpiter)

Zeus e seus irmãos decidiram na sorte seu quinhão do Universo. A Poseidon coube o mar. A Hades, o mundo dos mortos. Zeus se tornou o líder supremo. Ele era o senhor do céu, o deus da chuva e o domador das nuvens, que brandia o temível raio. Seu poder era maior do que o de todas as outras divindades reunidas. Na *Ilíada*, ele diz à família: "Eu sou o mais poderoso de todos. Façam um teste para saber. Amarrem uma corda de ouro no céu e segurem, todos vocês, deuses e deusas. Vocês não conseguiriam derrubar Zeus. Mas, se eu os quisesse derrubar, eu o faria. Amarraria a corda num dos picos do Olimpo e tudo ficaria pendurado no ar, sim, a própria terra e o mar também."

Apesar disso, ele não era onipotente, tampouco onisciente. Podia ser contrariado e enganado. Poseidon o engana na *Ilíada*, assim como Hera. Às vezes, também o misterioso poder do Destino é mencionado como sendo mais forte do que ele. Homero faz Hera lhe perguntar com desdém se ele pretende livrar da morte um homem que o Destino condenou.

Zeus é representado se apaixonando por sucessivas mulheres e recorrendo a todo tipo de artimanha para esconder da esposa sua infidelidade. A explicação para o porquê de tais atos serem atribuídos ao mais majestoso dos deuses, segundo os estudiosos, é que o Zeus das canções e das histórias foi criado como uma combinação de muitos deuses. Quando o culto a ele chegava a uma cidade em que já houvesse um líder divino, os dois eram lentamente fundidos num só. A esposa do deus anterior era, então, transferida para Zeus. O resultado, porém, não foi muito bom e os gregos tardios não apreciavam esses intermináveis casos extraconjugais.

Ainda assim, mesmo nos primeiros registros, Zeus tinha grandeza. Na *Ilíada*, Agamêmnon roga: "Zeus, o mais glorioso, o mais grandioso, deus da nuvem de tempestade, tu que resides no céu." Zeus também exigia dos homens não apenas sacrifício, mas ações corretas. O exército grego em Troia é avisado que "O pai Zeus nunca ajuda os mentirosos nem aqueles que quebram seus juramentos". Esses dois conceitos em relação a ele, o rasteiro e o elevado, persistiram lado a lado por muito tempo.

Seu escudo era a Égide, terrível de se contemplar; sua ave era a águia; sua árvore, o carvalho. Seu oráculo era Dodona, na terra dos carvalhos. A vontade de Zeus era revelada pelo farfalhar das folhas de carvalho, que os sacerdotes interpretavam.

Hera (Juno)

Esposa e irmã de Zeus. Foi criada pelos titãs Oceano e Tétis. Era a protetora do matrimônio e cuidava em especial das mulheres casadas. Há muito pouco de atraente no retrato que dela pintam os poetas. Ela é de fato chamada, num poema primitivo:

> Hera do trono dourado, rainha entre os imortais,
> A mais bela dentre todos, gloriosa dama
> Venerada por todos os abençoados do alto Olimpo,
> E honrada até como Zeus, senhor do trovão.

Mas, quando qualquer relato a seu respeito entra em detalhes, podemos vê-la preocupada sobretudo em punir as muitas mulheres pelas quais Zeus se apaixonava, mesmo quando elas cediam apenas porque ele as coagia ou ludibriava. Para Hera, não fazia diferença quão relutante ou inocente qualquer uma delas fosse: ela tratava todas da mesma forma. Sua raiva implacável as perseguia, bem como a seus filhos. Hera nunca esquecia uma ofensa. A guerra de Troia teria terminado em paz honrada, com os dois adversários invictos, não fosse seu ódio por um troiano que havia considerado outra deusa mais bonita do que ela. A ofensa por sua beleza desprezada perdurou nela até Troia ser destruída.

Numa história importante, a busca do velocino de ouro, Hera é a graciosa protetora dos heróis e inspiradora de atos de heroísmo, mas isso não acontece em nenhum outro relato. Não obstante, a deusa era venerada em todos os lares. As mulheres casadas recorriam a ela quando precisavam de ajuda. Ilítia, que amparava as parturientes, era sua filha.

A vaca e o pavão eram sagrados para Hera. Argos era sua cidade preferida.

Poseidon (Netuno)

Era quem governava os mares, irmão de Zeus e segundo deus mais importante depois deste. Os gregos de ambos os lados do Egeu eram marinheiros e o deus do mar tinha para eles suma importância. A esposa de Poseidon era Anfitrite, neta do titã Oceano. Poseidon tinha um esplendoroso palácio nas profundezas do mar, mas podia ser encontrado com mais frequência no Olimpo.

Além de ser o senhor dos mares, foi ele quem deu ao homem o primeiro cavalo, e era honrado tanto por uma coisa quanto pela outra.

> Senhor Poseidon, de ti vem o nosso orgulho,
> Os fortes cavalos, os jovens cavalos, e também o comando das profundezas.

Era ele quem controlava a tempestade e a calmaria.

> Ele ordenava, e o vento da tormenta se erguia
> E as ondas do mar.

Mas, quando ele passeava em seu carro dourado sobre as águas, o rugir das ondas se aquietava e uma paz tranquila acompanhava suas rodas silenciosas.

Poseidon era frequentemente chamado de "aquele que abala a terra" e era sempre retratado portando seu tridente – uma lança de três pontas com a qual sacudia e destroçava tudo que quisesse.

Além dos cavalos, tinha alguma ligação com os touros, mas o touro também era ligado a muitos outros deuses.

Hades (Plutão)

Era o terceiro irmão entre os olímpios e tinha sob seu comando o mundo inferior e o domínio dos mortos. Era chamado também de Plutão, o deus da riqueza, dos metais preciosos ocultos debaixo da terra. Tanto romanos quanto gregos o chamavam por esse nome, mas muitas vezes o traduziam como *Dis*, a palavra latina que significa rico. Hades tinha um famoso elmo ou capacete que tornava invisível quem o usasse. Raramente saía de seu reino escuro para visitar o Olimpo ou a terra, e também não era incentivado a fazê-lo. Não era um visitante bem-vindo. Era impiedoso, inexorável, mas justo; um deus terrível, mas não um deus mau.

Sua esposa era Perséfone (Proserpina), que ele raptou da terra e transformou em rainha do mundo inferior.

Hades era o deus dos mortos, mas não a Morte em si, que os gregos chamavam de Tânatos e os romanos, de Orcus.

Palas Atena (Minerva)

Era filha somente de Zeus. Mãe alguma a gerou. Ela brotou da cabeça do pai já adulta e de armadura. No primeiro relato a seu respeito, a *Ilíada*, Palas Atena é uma deusa do combate, valorosa e implacável, mas, em outros textos, só guerreia para defender o Estado e o lar de inimigos externos. Era proeminentemente a deusa da cidade, protetora da vida civilizada, do artesanato e da agricultura; foi a inventora das rédeas e quem primeiro domou cavalos para os homens usarem.

Palas Atena era a filha preferida de Zeus. Ele confiava nela para carregar a temível Égide, seu escudo, e sua arma devastadora, o raio.

A palavra usada com mais frequência para descrevê-la é "de olhos cinzentos", ou, como a expressão às vezes é traduzida, "de olhos faiscantes". Das três deusas virgens, ela era a principal, chamada de Donzela, Partenos, e seu templo era o Partenon. Nos poemas tardios, ela é a personificação da sabedoria, da razão e da pureza.

Atenas era sua cidade especial; a oliveira, por ela criada, era sua árvore; a coruja era sua ave.

Apolo

Filho de Zeus e Leto (Latona), nasceu na pequena ilha de Delos. Já foi chamado de "o mais grego de todos os deuses". Na poesia grega, Apolo é uma bela figura, o músico talentoso que deleita o Olimpo ao tocar sua lira de ouro; senhor também do arco de prata, o deus arqueiro de mira certeira; o curador também, o primeiro a ensinar aos homens a arte da cura. Mais do que esses bons e belos atributos, Apolo é o deus da luz, em quem não existe escuridão alguma, sendo, portanto, o deus da verdade. Nenhuma palavra falsa jamais lhe sai da boca.

> Ó Febo, do teu trono da verdade,
> Da tua morada no coração do mundo
> Tu falas aos homens.

> Por decreto de Zeus, nenhuma mentira existe ali,
> Nenhuma sombra a ocultar a verdadeira palavra.
> Zeus selou, com eterna correção,
> A honra de Apolo para que todos confiem,
> Com inabalável fé, quando ele fala.

Delfos, situada à sombra do imenso monte Parnaso, era onde ficava o oráculo de Apolo, tendo, portanto, um papel importante na mitologia. Castália era sua fonte sagrada; Cefiso, o seu rio. Considerado o centro do mundo, atraía muitos peregrinos, tanto da Grécia como de outros países. Como santuário, Delfos não tinha rival. As respostas para as perguntas feitas por quem buscava ansiosamente a verdade eram dadas por uma sacerdotisa que entrava em transe antes de falar. O transe era supostamente causado por um vapor que saía de uma profunda fenda na rocha sobre a qual ficava seu assento, um banquinho de três pernas, o tripé.

Apolo era chamado de deliano por causa de Delos, sua ilha natal, e de pítio por ter matado a serpente Píton, que antes vivia nas cavernas do monte Parnaso. Píton era um monstro assustador e a luta foi dura, mas, no fim, as flechas certeiras do deus garantiram a vitória. Outro nome dado com frequência a ele era "o lício", que dizem significar deus-lobo, deus da luz ou deus da Lícia. Na *Ilíada*, ele é chamado de senhor dos ratos, mas ninguém sabe se é porque protegia os ratos ou porque os destruía. Muitas vezes era também o deus-sol. Seu nome, Febo, significa brilhante ou reluzente. Mais estritamente falando, porém, o deus-sol era Hélios, filho do titã Hipérion.

Em Delfos, Apolo era puramente uma força de bondade, um vínculo direto entre o divino e o humano, que guiava os homens para fazê-los conhecer a verdade divina, mostrando-lhes como viver em paz com os deuses; o purificador também, capaz de limpar até mesmo aqueles maculados pelo sangue de parentes. Mesmo assim, alguns relatos a seu respeito o mostram como um deus impiedoso e cruel. Como acontece com todos os deuses, dois conceitos brigavam dentro de Apolo: um primitivo e selvagem; outro, belo e poético. Nele resta apenas um pouco do primitivo.

Sua árvore era o loureiro. Muitas criaturas eram sagradas para ele, as principais sendo o golfinho e o corvo.

Ártemis (Diana)

Chamada também de Cíntia, pelo lugar onde nasceu,
O monte Cíntio, em Delos.

Irmã gêmea de Apolo, filha de Zeus e Leto. Era uma das três deusas virgens do Olimpo:

A dourada Afrodite, que instila amor em toda a criação,
Não é capaz de dobrar ou cativar três corações: a pura
    donzela Vesta,
Atena dos olhos cinzentos, que só se importa com a guerra e o
    ofício dos artesãos,
Ártemis, amante das matas e da caça selvagem nas montanhas.

Ártemis era a senhora da vida selvagem, caçadora-chefe dos deuses, cargo estranho para uma mulher. Como boa caçadora, tomava cuidado para proteger os jovens; por toda parte era ela a "protetora da viçosa juventude". Apesar disso, numa daquelas contradições espantosas tão comuns na mitologia, ela impediu a frota grega de zarpar rumo a Troia até os marinheiros lhe sacrificarem uma donzela. Em muitas outras histórias também, ela é cruel e vingativa. Por outro lado, quando as mulheres tinham uma morte rápida e indolor, dizia-se que tinham sido atingidas por suas flechas de prata.

Assim como Febo era o Sol, Ártemis era a Lua, chamada de Febe ou Foibe e de Selene (Luna em latim). Nenhum dos dois nomes lhe pertencia originalmente. Febe era uma titã, uma deusa antiga, assim como Selene, de fato uma deusa-lua, mas sem ligação com Apolo. Selene era irmã de Hélios, o deus-sol, com o qual Apolo era confundido.

Nos poetas tardios, Ártemis é identificada com Hécate. Ela é "a deusa de três formas": Selene no céu, Ártemis na Terra, Hécate no mundo inferior e no superior, quando este se encontra envolto pela escuridão. Hécate era a deusa da escuridão da lua, as noites negras em que a lua está oculta. Era associada aos feitos noturnos, a deusa das encruzilhadas, que eram consideradas lugares fantasmagóricos de magia maligna. Uma divindade terrível,

> Hécate do inferno
> Com poder para estilhaçar tudo que teima.
> Ouçam! Ouçam! Seus cães ladram pela cidade.
> Onde as estradas se cruzarem, lá ela estará.

Essa é uma estranha transformação da bela caçadora a correr pela floresta, para a lua que tudo embeleza com sua luz, para a pura deusa-donzela para quem

> Aqueles totalmente castos de espírito
> Podem colher folhas, frutas e flores.
> Os não castos, jamais.

É em Ártemis que se revela de modo mais vívido a ambivalência entre o bem e o mal, aparente em todas as divindades.

O cipreste era sagrado para ela, assim como todos os animais selvagens, mas, em especial, o cervo.

Afrodite (Vênus)

Deusa do amor e da beleza, que a todos enfeitiçava, fossem divinos, fossem humanos; a deusa que adorava rir, que ria com doçura ou com zombaria daqueles que seu charme tinha conquistado; a deusa irresistível, que roubava até a sensatez dos sábios.

Na *Ilíada*, ela é filha de Zeus e Dione, mas nos poemas tardios diz-se que nasceu da espuma do mar, e entendia-se que o significado de seu nome era "nascida da espuma". *Aphros*, em grego, significa espuma. Esse nascimento marinho ocorreu próximo a Citera, de onde ela foi levada pelas ondas até Chipre. Desde então, ambas as ilhas se tornaram eternamente sagradas para ela, que era chamada de Citérea ou de Cíprica com tanta frequência quanto por seu verdadeiro nome.

Um dos hinos homéricos, ao chamá-la de "bela e dourada deusa", diz a seu respeito:

> O sopro do vento oeste a transportou
> Por sobre o mar ruidoso

> Desde a delicada espuma
> Até Chipre, sua ilha rodeada de ondas.
> E as Horas com guirlandas de ouro
> Receberam-na com alegria.
> Vestiram-na com trajes imortais
> E levaram-na até os deuses.
> Eles foram tomados de assombro ao verem
> Citérea de violeta coroada.

Os romanos escreveram sobre Vênus da mesma forma. Com ela vem a beleza. Os ventos e as nuvens de tempestade fogem dela; lindas flores enfeitam a terra; as ondas do mar riem; ela se move numa luz radiosa. Sem ela não há alegria nem beleza em lugar algum. Esse é o seu retrato que os poetas mais gostam de pintar.

Mas Afrodite também tinha outro lado. Era natural que fosse retratada de modo pouco lisonjeiro na *Ilíada*, que tem por tema a batalha de heróis. Nela Afrodite aparece como uma criatura frágil, fraca, que um mortal não deve temer atacar. Em poemas posteriores, ela é muitas vezes mostrada como traiçoeira e maliciosa, exercendo sobre os homens um poder mortal e destruidor.

Na maioria das histórias Afrodite é a esposa de Hefesto (Vulcano), o feio e coxo deus da forja.

Sua árvore era a murta; sua ave, a pomba, e às vezes também o pardal e o cisne.

Hermes (Mercúrio)

Seu pai era Zeus e sua mãe Maia, filha de Atlas. Por causa de uma estátua muito popular, sua aparência nos é bem mais conhecida do que a de qualquer outro deus. Hermes era gracioso e tinha os movimentos rápidos. Calçava sandálias aladas; seu chapéu de copa baixa e sua varinha mágica, o caduceu, também tinham asas. Ele era o mensageiro de Zeus, que "voa rápido como o pensamento para cumprir suas ordens".

De todos os deuses, Hermes era o mais astuto e o mais ardiloso; na verdade, ele era o mestre dos ladrões, que iniciou sua carreira antes de completar um dia de vida.

> O bebê nasceu no romper do dia
> E antes de cair a noite já tinha roubado
> Os rebanhos de Apolo.

Zeus o obrigou a devolvê-los e Hermes conquistou o perdão de Apolo dando-lhe de presente a lira que acabara de inventar, fabricada com o casco de uma tartaruga. Talvez houvesse alguma conexão entre essa sua primeira história e o fato de ele ser o deus do comércio e do mercado, protetor dos mercadores.

Contrastando grandemente com essa ideia sobre ele, Hermes era também o guia solene dos mortos, o divino mensageiro que conduzia as almas até sua derradeira morada.

Ele aparece com mais frequência do que qualquer outro deus nas histórias da mitologia.

Ares (Marte)

Deus da guerra, filho de Zeus e de Hera e, segundo Homero, detestado por ambos. De fato, Ares é alvo de ódio ao longo de toda a *Ilíada*, mesmo esta sendo um poema de guerra. Ocasionalmente os heróis "se regozijam no deleite da batalha de Ares", mas, com muito mais frequência, se alegram por terem escapado "à fúria do implacável deus". Homero o chama de assassino, manchado de sangue, a maldição personificada dos mortais; e ele, estranhamente, é também um covarde, que uiva de dor e foge quando ferido. Apesar disso, Ares tem no campo de batalha um séquito de ajudantes capazes de inspirar confiança em qualquer um. Lá está sua irmã Éris, que significa discórdia, bem como seu filho, Conflito. A deusa da guerra, Ênio – Bellona, em latim –, caminha ao seu lado, e junto com ela estão Terror (Deimos), Tremor e Pânico (Fobos). Conforme avançam, o som dos gemidos se ergue em seu encalço e o sangue escorre pela terra.

Os romanos gostavam mais de Marte do que os gregos de Ares. Para eles, Marte nunca foi a divindade mesquinha e queixosa da *Ilíada*, mas sim um deus magnífico de armadura reluzente, temível, invencível. Os guerreiros do grande poema heroico latino *Eneida*, longe de se regozijarem por dele escapar, se regozijam ao ver que estão prestes a cair "no celebrado campo de Marte". Eles "acorrem à morte gloriosa" e consideram "doce morrer em combate".

Ares aparece pouco na mitologia. Numa história, ele é amante de Afrodite e exposto ao desprezo dos olímpios pelo marido dela, Hefesto, mas na maior parte do tempo pouco mais é do que um símbolo da guerra. Não tem uma personalidade distinta como Hermes, Hera ou Apolo.

Ares não tinha cidades em que fosse venerado. Os gregos diziam vagamente que ele vinha da Trácia, terra de um povo rude e valente na região nordeste da Grécia. Seu pássaro é o abutre. O cachorro foi injustiçado por ser escolhido como seu animal.

Hefesto (Vulcano e Mulcíber)

Deus do fogo, às vezes descrito como filho de Zeus e Hera, outras vezes apenas de Hera, que o deu à luz como vingança por Zeus ter dado à luz Palas Atena. Entre os belos e perfeitos imortais, apenas ele era feio. Além de feio, era também coxo. Num trecho da *Ilíada*, Hefesto diz que sua desavergonhada mãe, ao ver que ele tinha nascido deformado, atirou-o do céu; em outro trecho, ele declara que foi Zeus quem fez isso, zangado por ele ter tentado defender Hera. Essa segunda história é a mais conhecida por causa dos famosos versos de Milton. Segundo eles, Mulcíber foi

> Arremessado por um raivoso Júpiter
> Por cima das ameias de cristal; caiu de manhã
> Até o meio-dia, do meio-dia até a noite orvalhada,
> Um dia de verão, e com o sol poente
> Despencou do firmamento qual estrela cadente
> Sobre Lemnos, a ilha do Egeu.

Esses acontecimentos, porém, supostamente ocorreram num passado distante. Em Homero, Hefesto não corre perigo de ser expulso do Olimpo; é muito respeitado por lá, sendo o artesão dos imortais, seu armeiro e ferreiro, aquele que fabrica suas moradias e seus móveis, bem como suas armas. Em sua oficina, Hefesto tem criadas que forjou em ouro, capazes de se moverem e de ajudá-lo em seu trabalho.

Nos poetas tardios, diz-se com frequência que a forja de Hefesto fica debaixo deste ou daquele vulcão, causando erupções.

Sua esposa é uma das três Graças na *Ilíada*, chamada Aglaia em Hesíodo; na *Odisseia*, sua esposa é Afrodite.

Hefesto era um deus bom, amante da paz, benquisto tanto na Terra como no Olimpo. Junto com Palas Atena, era importante na vida na cidade. Os dois eram os patronos do artesanato, arte que, junto com a agricultura, forma a base da civilização; ele era o protetor dos ferreiros como ela era dos tecelões. Quando as crianças eram formalmente recebidas na organização da cidade, o deus da cerimônia era Hefesto.

Héstia (Vesta)

Irmã de Zeus e, assim como Palas Atena e Ártemis, uma deusa virgem. Não tem personalidade distinta nem papel ativo nos mitos. Era a deusa do lar, símbolo da casa, em volta da qual o bebê recém-nascido devia ser carregado antes de ser recebido na família. Toda refeição começava e terminava com uma oferenda para Héstia.

> Héstia, em todas as moradas de homens e imortais
> És a mais honrada, a quem primeiro e por último
> Se oferece devidamente, nos banquetes, o doce vinho.
> Nunca sem ti deuses ou mortais podem festejar.

Cada cidade tinha também uma fogueira pública em homenagem a Héstia, a qual nunca deixavam se apagar. Se alguma colônia fosse fundada, os colonos levavam consigo brasas do fogo da cidade-mãe com as quais acendiam o fogo da nova cidade.

Em Roma, o fogo de Vesta era vigiado por seis sacerdotisas virgens chamadas vestais.

Os deuses menores do Olimpo

Havia outras divindades olímpias além dos doze deuses mais importantes. A principal era o deus do amor, Eros (Cupido em latim). Homero nada sabe a seu respeito, mas para Hesíodo ele é

> O mais belo dos deuses imortais.

Nas primeiras histórias, Eros é geralmente um jovem belo e sério que dá aos homens bons presentes. O melhor resumo da ideia que os gregos tinham a seu respeito vem não de um poeta, mas de um filósofo, Platão: "O amor – Eros – faz sua morada no coração dos homens, mas não em todos, pois onde há dureza ele vai embora. Sua maior glória é ser incapaz de fazer o mal ou de permitir que o mal seja feito; a força nunca chega perto dele. Pois todos os homens o servem por livre e espontânea vontade. E quem é tocado pelo Amor não caminha no escuro."

Nos primeiros relatos, Eros não é filho de Afrodite, mas apenas seu companheiro eventual. Nos poetas tardios ele é seu filho e quase sempre um menino brincalhão e travesso, ou coisa pior.

> Maldoso é seu coração, mas doce feito mel sua língua,
> Nele não há verdade, o pilantra. Suas brincadeiras são cruéis.
> Tem as mãos pequenas, mas suas flechas voam longe como a morte.
> Pequenina é sua flecha, mas até o céu alcança.
> Não toquem seus presentes traiçoeiros, eles estão mergulhados
>   em fogo.

Eros geralmente era representado com os olhos vendados porque o amor, com frequência, é cego. Estava associado a ANTEROS, por vezes considerado o vingador do amor não correspondido, por vezes aquele que se opõe ao amor; e também a Himeros, o desejo, e a Himeneu, o deus das bodas.

HEBE era a deusa da juventude, filha de Zeus e Hera. Algumas vezes aparece como portadora do cálice divino; outras, esse cargo é exercido por Ganimedes, belo e jovem príncipe troiano raptado e levado para o Olimpo pela águia de Zeus. Não existem histórias sobre Hebe exceto a de seu casamento com Hércules.

ÍRIS era a deusa do arco-íris e uma mensageira dos deuses, a única na *Ilíada*. Hermes aparece nesse papel pela primeira vez na *Odisseia*, mas ele não toma o lugar de Íris. Os deuses recorrem ora a um, ora a outro.

Havia também no Olimpo dois grupos de belas irmãs, as Musas e as Graças.

As Graças eram três: Aglaia (Esplendor), Eufrosina (Alegria) e Tália (Bom-Humor). Elas eram filhas de Zeus e Eurínome, uma filha do titã Oceano. Com exceção de uma história contada por Homero e Hesíodo, na qual Aglaia se casa com Hefesto, as Graças não são tratadas como personalidades distintas, mas aparecem sempre juntas, uma tripla encarnação de graça e beleza. Os deuses se deleitavam ao vê-las dançar graciosamente ao som da lira de Apolo e o homem que elas visitavam era feliz. As Graças "dão viço à vida". Junto com suas companheiras, as Musas, elas eram as "rainhas do canto" e, sem elas, festa nenhuma era agradável.

As Musas eram nove, filhas de Zeus e Mnemósine, a Memória. No início, assim como as Graças, não se distinguiam umas das outras. Segundo Hesíodo, "Elas têm todas a mesma opinião, seu coração aprecia o canto e seu espírito é despreocupado. Feliz o que é amado pelas Musas. Pois, ainda que o homem tenha em sua alma tristeza e sofrimento, quando o servo das Musas canta, ele esquece na hora os pensamentos sombrios e não se lembra das preocupações. É esse o sagrado presente das Musas para os homens."

Posteriormente, cada uma tinha sua área específica. Clio era a musa da história; Urânia, da astronomia; Melpômene, da tragédia; Talia, da comédia; Terpsícore, da dança; Calíope, da poesia épica; Érato, da poesia amorosa; Polímnia, do canto para os deuses; Euterpe, da poesia lírica.

Hesíodo vivia perto do monte Hélicon, uma das montanhas das Musas; as outras eram Pierus, na Piéria, onde nasceram; Parnaso; e, naturalmente, o Olimpo. Certo dia, as nove apareceram diante de Hesíodo e lhe disseram: "Sabemos como dizer coisas falsas que parecem verdadeiras, mas, quando queremos, sabemos dizer coisas verdadeiras." Eram companheiras de Apolo, o deus da verdade, assim como das Graças. Segundo Píndaro, a lira é tanto delas quanto de Apolo, "a lira dourada à qual escuta o passo, o passo dos dançarinos, propriedade tanto de Apolo como das Musas coroadas de violetas". O homem inspirado pelas Musas era muito mais sagrado do que qualquer sacerdote.

À medida que a ideia de Zeus foi se tornando mais imponente, duas nobres figuras passaram a se sentar a seu lado no Olimpo: Têmis, que significa direito ou justiça divina, e Dikê, que é a justiça humana. Mas elas nunca se tornaram personalidades reais. O mesmo se aplicava a duas emoções personificadas consideradas por Hesíodo e Homero os mais elevados de todos os sentimentos: Nêmesis, em geral traduzida como a justa cólera, e Aidos, palavra difícil de traduzir, mas de uso comum entre os gregos. Ela significa a reverência e a vergonha que impedem os homens de agirem mal, mas significa também o sentimento que um homem próspero deve ter diante de outro menos afortunado – não propriamente compaixão, mas um senso de que a diferença entre ele e o infeliz não é merecida.

Não parece, porém, que Nêmesis ou Aidos morasse com os deuses. Hesíodo diz que, somente quando os homens houvessem se tornado inteiramente maus, Nêmesis e Aidos, com seus belos rostos cobertos por vestes brancas, deixariam a vasta Terra e partiriam para junto dos imortais.

De vez em quando, alguns mortais eram trasladados para o Olimpo, mas, uma vez lá, desapareciam da literatura. Suas histórias serão contadas mais tarde.

Os deuses das águas

Poseidon (Netuno) era o senhor e chefe do mar (o Mediterrâneo) e do Mar Amigável (o Ponto Euxino, hoje mar Negro). Os rios subterrâneos também eram governados por ele.

Oceano, um titã, era senhor do rio Oceano, um grande rio que circundava a Terra. Sua esposa era Tétis, também titã. As oceânides, ninfas desse grande rio, eram suas filhas. Os deuses de todos os rios da Terra eram seus filhos.

Ponto, que significa mar profundo, era filho da Mãe Terra e pai de Nereu, um deus marítimo bem mais importante do que ele próprio era.

Nereu era chamado de velho do mar (o Mediterrâneo), "deus suave e confiável" segundo Hesíodo, "de pensamentos justos e bondosos e que nunca mente". Sua esposa era Dóris, uma filha de Oceano. Eles tinham cinquenta lindas filhas, as ninfas do mar, chamadas Nereidas por causa do nome de seu pai; uma delas, Tétis, era a mãe de Aquiles. Outra era Anfitrite, esposa de Poseidon.

TRITÃO era o trombeteiro do mar. Sua trombeta era uma enorme concha. Ele era filho de Poseidon e Anfitrite.

PROTEU era, às vezes, descrito como filho de Poseidon, outras era mostrado como seu ajudante. Tinha tanto o poder de prever o futuro como o de mudar de forma.

As NÁIADES também eram ninfas da água. Viviam em riachos, nascentes e fontes.

LEUCOTEIA e seu filho PALÊMON, antes mortais, tornaram-se divindades do mar, assim como GLAUCO, mas nenhum dos três era importante.

O MUNDO SUBTERRÂNEO

O mundo dos mortos era governado por um dos doze grandes deuses do Olimpo, Hades ou Plutão, e por sua rainha, Perséfone. Esse reino muitas vezes é chamado por seu nome, o Hades. Segundo a *Ilíada*, ele fica debaixo dos lugares sagrados da Terra. Na *Odisseia*, o caminho para lá leva à borda do mundo, do outro lado do oceano. Para os poetas tardios, existem várias entradas na Terra que conduzem até lá, por meio de cavernas e junto a lagos profundos.

Tártaro e Érebo são, por vezes, duas divisões do mundo inferior, sendo o Tártaro a mais profunda, onde ficam aprisionados os deuses antigos; o Érebo era por onde os mortos passavam logo depois de morrer. Muitas vezes, porém, não existe distinção entre os dois, e ambos, em especial o Tártaro, são usados para designar toda a região subterrânea.

Em Homero, o mundo inferior é vago, um lugar obscuro habitado por sombras. Nada é real ali. A existência dos fantasmas, se é que pode ser assim chamada, é como um sonho infeliz. Os poetas mais tardios definem o mundo dos mortos, de modo mais claro, como o lugar em que os maus são punidos, e os bons, recompensados. No poeta romano Virgílio, essa ideia é apresentada com muitos detalhes como em nenhum poeta grego. Todos os tormentos de um grupo e a alegria do outro são longamente descritos. Virgílio também é o único poeta a fornecer uma geografia clara do mundo inferior. O caminho até lá leva ao ponto em que o Aqueronte, o rio das tristezas, desagua no Cócito, o rio da lamentação. Um velho barqueiro chamado Caronte conduz as almas dos mortos até a margem oposta, onde fica o portão inquebrável do Tártaro (nome preferido por Virgílio). Caronte só aceita em seu barco as almas daqueles sobre cujos lábios foi deixado, ao morrerem, o dinheiro da passagem e que foram devidamente sepultados.

Sentado em frente ao portão para guardá-lo está CÉRBERO, cão de três cabeças e cauda de dragão, que deixa todos os espíritos entrarem, mas não deixa nenhum sair. Ao chegar, cada um é conduzido diante de três juízes – Radamanto, Minos e Éaco – que julgam e despacham os maus para o tormento eterno e os bons para um lugar abençoado chamado Campos Elíseos.

Além do Aqueronte e do Cócito, três outros rios separam o mundo inferior do superior: Flegetonte, o rio de fogo; Estige, o rio do juramento inquebrantável que os deuses prestam; e o Lete, o rio do esquecimento.

Em algum lugar dessa vastidão fica o palácio de Plutão, mas, além de dizer que ele tem muitos portões e é ocupado por incontáveis convidados, nenhum autor o descreve. Em volta dele ficam terras desoladas, sombrias e gélidas, e campos de asfódelos, flores supostamente estranhas, pálidas e espectrais. Não sabemos mais nada sobre ele. Os poetas não gostavam de se demorar nesse lugar escondido e soturno.

As ERÍNIAS (FÚRIAS) são situadas por Virgílio no mundo inferior, onde punem os maus. Os poetas gregos as viam principalmente como perseguidoras dos pecadores na Terra. Elas eram inexoráveis, mas justas. Heráclito diz: "Nem mesmo o Sol transgredirá sua órbita, sem ser apanhado pelas Erínias, que ministram a justiça." Elas em geral eram representadas como sendo três: Tisífone, Megera e Alecto.

SONO e seu irmão MORTE viviam no mundo subterrâneo. Os sonhos também subiam de lá até os homens. Eles cruzavam dois portões, um de chifre, pelo qual passavam os sonhos verdadeiros, e outro de marfim, para os falsos.

Os deuses menores da Terra

A Terra em si era chamada de Toda-Mãe, mas não se tratava de uma divindade. Ela nunca foi separada do solo nem personificada. A deusa do trigo, DEMÉTER (CERES), uma filha de Cronos e Reia, e o deus da vinha, DIONISO, também chamado BACO, eram as divindades supremas da Terra e tinham grande importância na mitologia grega e romana. Suas histórias poderão ser encontradas no próximo capítulo. Em comparação com os dois, as outras divindades que viviam no mundo tinham pouca importância.

A principal delas era Pã. Ele era filho de Hermes; em sua homenagem, o hino homérico o retrata como um deus ruidoso e alegre; mas era também, em parte, animal e tinha chifres de bode e patas de bode no lugar dos pés. Era o deus dos rebanhos de cabras, o deus dos pastores e também o alegre companheiro de dança das ninfas das matas. Todos os lugares selvagens eram seu lar – bosques, florestas e montanhas –, mas, acima de todos, ele amava a Arcádia, onde nascera. Pã era um músico sem igual. Em suas flautas de junco, tocava melodias tão encantadoras quanto o canto do rouxinol. Estava sempre apaixonado por alguma ninfa, mas era sempre rejeitado por causa da sua feiura.

Ruídos que o viajante assustado ouvia fora da cidade, à noite, eram supostamente produzidos por Pã, sendo fácil entender de onde veio a palavra "pânico".

SILENO era, às vezes, descrito como filho de Pã, outras, como seu irmão, um filho de Hermes. Era um velhote gordo e jovial que geralmente andava montado num jumento por estar embriagado demais para ir a pé. Além de Pã, é associado a Baco: ensinou o deus do vinho quando jovem e, como demonstra sua eterna embriaguez, após ser seu professor, tornou-se um de seus devotos seguidores.

Além desses deuses da Terra, havia também uma dupla de irmãos muito famosa e muito apreciada, CASTOR e PÓLUX (POLIDEUCES), os quais, na maior parte dos relatos, foram descritos como vivendo metade do seu tempo na Terra e a outra metade no céu.

Eram filhos de Leda e, em geral representados como deuses, são os protetores especiais dos marinheiros,

> Salvadores de navios velozes quando sopram ventos de tempestade
> Nos mares inclementes.

Eles também tinham o poder de salvar pessoas em batalha. Eram especialmente homenageados em Roma, onde eram venerados como

> Os grandes irmãos gêmeos aos quais todos os dórios rezam.

Mas os relatos a respeito deles são contraditórios. Às vezes, apenas Pólux é considerado divino, enquanto Castor é um mortal que conquistou uma espécie de imortalidade parcial por causa do amor do irmão.

LEDA era a esposa do rei Tíndaro, de Esparta, e a história que se conta é que ela lhe deu dois filhos mortais, Castor e Clitemnestra, esposa de Agamêmnon; e a Zeus, que a visitou na forma de um cisne, ela deu dois outros filhos, estes imortais, Pólux e Helena, a heroína de Troia. Apesar disso, os dois irmãos, Castor e Pólux, eram muitas vezes chamados de "filhos de Zeus"; na verdade, o nome grego pelo qual os dois são mais conhecidos – *dioscouri* (dióscuros) – significa "os rapazes de Zeus". Por outro lado, eles também eram chamados de "filhos de Tíndaro", os *tyndaridae*.

Os dois sempre são representados como tendo vivido pouco antes da Guerra de Troia, contemporâneos de Teseu, Jasão e Atalanta. Participaram da caçada ao javali calidônio, saíram em busca do velocino de ouro e resgataram Helena quando Teseu a raptou. Mas, em todas essas histórias, eles desempenham um papel pouco importante, exceto no relato sobre a morte de Castor, quando Pólux demonstrou sua devoção fraterna.

Os dois foram, não se sabe por quê, até as terras de uns proprietários de gado, Idas e Linceu. Lá, segundo Píndaro, Idas, por algum motivo zangado em relação às suas reses, apunhalou e matou Castor. Outros autores dizem que a causa da desavença foram as duas filhas do rei daquelas terras, Leucipo. Pólux apunhalou Linceu e Zeus atingiu Idas com seu raio. Mas Castor estava morto e Pólux ficou inconsolável. Rezou para morrer também e Zeus, com pena, permitiu que ele dividisse a vida com o irmão, de modo a viver

> Metade do tempo debaixo da terra e metade
> Nas moradas de ouro do céu.

Segundo essa versão, os dois nunca mais tornaram a se separar. Num dia viviam no Hades, no outro, no Olimpo, sempre juntos.

O autor grego tardio Luciano dá outra versão, na qual seus locais de morada são o céu e a Terra, e, quando Pólux vai para um, Castor vai para o outro, de modo que os dois nunca se encontram. Na pequena sátira de Luciano, Apolo pergunta a Hermes:

– Me diga, por que nunca vemos Castor e Pólux ao mesmo tempo?

– Bem – responde Hermes –, eles se gostam tanto que, quando o destino decretou que um deveria morrer e apenas um se tornar imortal, eles decidiram dividir a imortalidade.

– Não muito sensato, Hermes. Que atividade decente eles podem ter assim? Eu prevejo o futuro; Esculápio cura doenças; você é um mensageiro dos deuses; mas e esses dois? Vão passar todo seu tempo sem fazer nada?

– Certamente que não. Estão a mando de Poseidon. O dever deles é salvar qualquer navio em apuros.

– Ah, agora você está me dizendo alguma coisa. Encanta-me que eles se dediquem a uma atividade tão boa.

Duas estrelas supostamente lhes pertenciam: os Gêmeos.

Eram sempre representados cavalgando esplêndidos cavalos brancos como a neve, mas Homero distingue Castor de Pólux como sendo o melhor cavaleiro. Ele chama os dois de

Castor, domador de cavalos, Polideuces, bom boxeador.

Os SILENOS eram criaturas parte homem, parte cavalo. Andavam sobre duas pernas, não sobre quatro patas, mas com frequência tinham cascos de cavalo no lugar dos pés, ocasionalmente orelhas de cavalo e sempre cauda de cavalo. Também existem histórias a seu respeito, mas eles em geral são vistos em vasos gregos.

Os SÁTIROS, como Pã, eram homens-bode e, como ele, tinham sua morada nos lugares selvagens da Terra.

Em contraste com esses deuses feios e inumanos, as deusas das matas tinham todas a linda forma de jovens: as ORÍADES, ninfas das montanhas, e as DRÍADES, por vezes chamadas HAMADRÍADES, ninfas das árvores – a vida de cada uma estava ligada a uma determinada árvore.

ÉOLO, rei dos ventos, também vivia na Terra. Eólia, uma ilha, era seu lar. Ele era, mais precisamente, apenas regente dos Ventos, vice-rei dos deuses. Os quatro Ventos principais eram BÓREAS, o Vento Norte, AQUILÃO em Roma; ZÉFIRO, o Vento Oeste, que tinha também um segundo nome, FAVÔNIO; NOTO, o Vento Sul, também chamado de AUSTER em latim; e o Vento Leste, EURO, tanto em grego como em latim.

Havia alguns seres, nem humanos nem divinos, que tinham na Terra sua morada. Os mais importantes eram:

Os CENTAUROS. Eram metade homem, metade cavalo e, em sua maioria, criaturas selvagens, mais animais do que humanas. Um deles, contudo, QUÍRON, era conhecido por toda parte devido a sua bondade e sua sabedoria.

As GÓRGONAS também viviam na Terra. Eram três – Medusa, Esteno e Euríale –, duas delas imortais. Eram criaturas aladas semelhantes a dragões, cujo olhar transformava homens em pedra. Seu pai era Fórcis, filho do Mar e da Terra.

As GREIAS, irmãs das Górgonas, eram três mulheres grisalhas que dividiam um único olho. Elas viviam na margem mais distante do Oceano.

As SEREIAS viviam numa ilha no meio do mar. Tinham vozes que enfeitiçavam e seu canto atraía os marinheiros para a morte. Não se sabia qual era a sua aparência, pois ninguém que as viu jamais retornou.

Muito importantes, mas sem morada atribuída nem no céu nem na Terra, eram as MOIRAS, PARCAS em latim, as quais, segundo Hesíodo, atribuem o mal e o bem aos homens quando estes nascem. Eram três: Cloto, a Fiandeira, fiava o fio da vida; Láquesis, a Distribuidora, escolhia o destino de cada homem; e Átropo, a que não se podia evitar, carregava "a temível tesoura" para cortar o fio na hora da morte.

Os deuses romanos

Os doze grandes deuses do Olimpo já citados também foram transformados em deuses romanos. A influência da arte e da literatura gregas tornou-se tão forte em Roma que as antigas divindades romanas foram modificadas para se assemelharem aos deuses gregos correspondentes e eram consideradas as mesmas. Em Roma, porém, a maioria tinha nome romano. Eram elas: Júpiter (Zeus), Juno (Hera), Netuno (Poseidon), Vesta (Héstia), Marte (Ares), Minerva (Palas Atena), Vênus (Afrodite), Mercúrio (Hermes), Diana (Ártemis), Vulcano ou Mulcíber (Hefesto), Ceres (Deméter).

Dois mantiveram seus nomes gregos: Apolo e Plutão, mas o segundo nunca foi chamado de Hades, como era comum na Grécia. Baco, nunca Dioniso, era o nome do deus do vinho, que tinha também um nome latino, Líber.

Foi uma simples questão de adotar os deuses gregos, pois os romanos não tinham deuses definidamente personificados. Apesar de serem um povo de grande sentimento religioso, sua imaginação era pouca. Eles nunca poderiam ter criado os deuses do Olimpo, cada qual uma personalidade vívida e distinta. Antes de assumirem os deuses gregos, os seus eram vagos, pouco mais que "aqueles lá de cima". Eram os Numes, que significa poderes ou vontades – poderes da vontade, talvez.

Antes de a literatura e a arte gregas chegarem à Itália, os romanos não sentiam necessidade de ter deuses belos e poéticos. Eram um povo prático e não ligavam para "Musas coroadas de violetas que inspiram o canto" nem para "Apolo lírico a extrair doces melodias de sua lira dourada" nem para nada desse tipo. Queriam deuses úteis. Um poder importante, por exemplo, era Aquele que Protege o Berço. Outro era Aquele que Cuida da Comida das Crianças. Não se contavam histórias sobre os Numes. Na maioria dos casos, nem sequer se distinguia se eram masculinos ou femininos. Os atos simples da vida cotidiana, porém, estavam intimamente ligados a essas entidades, e elas lhes atribuíam uma dignidade que não ocorria no caso de nenhum deus grego exceto Deméter e Dioniso.

Os mais proeminentes e reverenciados de todos os Numes eram os Lares e os Penates. Toda família romana tinha um Lar, que era o espírito de um ancestral, e vários Penates, deuses do fogo da casa e guardiões da despensa. Eles eram os deuses da família, pertencentes apenas a ela, realmente a parte mais importante dela, os guardiões e defensores de toda a casa. Não eram venerados em templos, mas somente na casa, onde parte da comida lhes era oferecida a cada refeição. Havia também Lares e Penates públicos, que faziam pela cidade o que aqueles faziam pela família.

Também existiam muitos Numes relacionados à vida doméstica, como, por exemplo, TÉRMINO, guardião das fronteiras; PRÍAPO, causa da fertilidade; PALES, fortalecedor dos rebanhos; SILVANO, ajudante dos agricultores e lenhadores. Seria possível fazer uma longa lista. Tudo que havia de importante em uma fazenda ficava sob os cuidados de um poder benévolo, para o qual nunca se imaginou uma forma definida.

SATURNO era originalmente um Nume, o protetor dos semeadores e da semente, assim como sua esposa, OPS, era a ajudante da colheita. Numa época mais tardia, dizia-se que ele era equivalente ao Cronos grego e pai de Júpiter, o Zeus romano. Saturno então virou uma personalidade e várias histórias foram contadas a seu respeito. Em homenagem à Idade de Ouro, quando ele reinava na Itália, a grande festa da Saturnália ocorria anualmente durante o inverno. A ideia era que a Idade de Ouro voltava à Terra pelos dias que durava a festa. Nenhuma guerra podia ser declarada; escravos e senhores comiam à mesma mesa; execuções eram adiadas; era uma temporada de presentes; o festival mantinha viva na mente dos homens a ideia de igualdade, de uma época em que todos estavam no mesmo nível.

JANUS também foi originalmente um Nume, "o deus dos bons começos", que certamente resultarão em bons finais. Foi personificado até certa medida. Seu principal templo em Roma era orientado de leste a oeste, onde o dia nasce e termina, e tinha duas portas, entre as quais ficava sua estátua de duas faces, uma, jovem; a outra, velha. Essas portas só ficavam fechadas quando Roma estava em paz. Nos primeiros setecentos anos de vida da cidade, ficaram fechadas três vezes: durante o reinado do bom rei Numa; após a primeira Guerra Púnica, quando Cartago foi derrotada em 241 a.C.; e durante o reinado de Augusto, quando, segundo Milton,

> Nenhum som de guerra ou batalha
> Se ouviu no mundo inteiro.

Naturalmente o seu mês, janeiro, dava início ao ano.

Fauno era um neto de Saturno. Era uma espécie de Pã romano, um deus rústico. Era também um profeta e falava com os homens enquanto eles dormiam.

Os Faunos eram os sátiros romanos.

Quirino era o nome da versão divina de Rômulo, fundador de Roma.

Os Manes eram os espíritos dos mortos bons no Hades. Às vezes eram considerados divinos e venerados.

Os Lêmures ou Larvas eram os espíritos dos mortos maus e muito temidos.

As Camenas, no início, eram deusas úteis e práticas que cuidavam das nascentes e dos poços, curavam doenças e previam o futuro. Quando os deuses gregos chegaram a Roma, porém, as Camenas foram identificadas com as pouco práticas divindades das Musas, que se importavam apenas com arte e ciência. Dizia-se que Egéria, que ensinou o rei Numa, era uma Camena.

Lucina por vezes era considerada uma Ilítia romana, a deusa do parto, mas o nome, em geral, é usado para designar tanto Juno como Diana.

Pomona e Vertuno a princípio eram Numes, poderes que protegiam os pomares e jardins. Mas foram posteriormente personificados e contou-se uma história de como se apaixonaram um pelo outro.

CAPÍTULO II
Os dois grandes deuses da Terra

Em sua maioria, os deuses imortais tinham pouca serventia para os seres humanos, e muitas vezes eram justamente o oposto de úteis: Zeus, um perigoso amante para as donzelas mortais e totalmente imprevisível em seu uso do terrível raio; Ares, responsável pelas guerras e um flagelo de modo geral; Hera, sem qualquer conceito de justiça quando enciumada, que era como perpetuamente estava; Palas Atena, também fomentadora de guerras, manejando a afiada lança de raio de modo quase tão irresponsável quanto Zeus; Afrodite, usando seu poder principalmente para seduzir e trair. Eles formavam, decerto, um grupo belo e radioso, e suas aventuras produziam excelentes histórias, mas, quando não eram literalmente perigosos, mostravam-se cheios de caprichos e nem um pouco dignos de confiança; de modo geral, os mortais ficavam melhor sem eles.

Dois, contudo, eram inteiramente distintos; na verdade, eram os melhores amigos da humanidade. A saber: Deméter – Ceres em latim –, a deusa do trigo e da agricultura, filha de Cronos e Reia; e Dioniso, chamado também de Baco, o deus do vinho. Deméter era mais velha, como era natural. O trigo já era semeado bem antes de se plantarem vinhas. O primeiro trigal foi o início da vida sedentária na Terra. As vinhas vieram depois. Natural, também, que o poder divino que fazia brotar os grãos fosse considerado uma deusa, não um deus. Enquanto a ocupação dos homens era caçar e lutar, o cuidado com os campos cabia às mulheres, e à medida que elas aravam, semeavam e ceifavam a colheita, sentiam que uma divindade feminina seria capaz de melhor entender e ajudar o trabalho feminino. Elas também podiam compreender melhor aquela que veneravam, não com os sacrifícios sangrentos que os homens apreciavam como no caso de outros deuses, mas em cada pequeno ato que tornava o solo fértil. Graças a Deméter, o campo de cereais era consagrado. "O santo grão de Deméter". O local da debulha também ficava sob sua proteção. Ambos eram o seu templo, onde ela poderia estar presente a qualquer momento. "Na eira sagrada, quando estão joeirando, a própria Deméter dos cabelos dourados como trigo maduro separa o grão da palha com o sopro do vento e a pilha de palha embranquece." "Que eu possa", reza a ceifeira, "junto ao altar de Deméter, enterrar em suas pilhas de trigo a grande peneira de joeirar, enquanto ela permanece sorrindo, segurando papoulas e um molho de espigas."

Sua principal festa, é claro, ocorria na época da colheita. Na Antiguidade, devia consistir num simples dia de ação de graças dos ceifadores, quando o primeiro pão assado com o grão novo era partido e consumido com grande respeito e preces agradecidas à deusa da qual viera esse principal e tão necessário presente para a vida humana. Em épocas mais tardias, o singelo banquete se transformou num culto misterioso sobre o qual pouco sabemos. O grande festival, no mês de setembro, só acontecia de cinco em cinco anos, mas durava nove dias. Eram dias extremamente sagrados, durante os quais grande parte das atividades corriqueiras da vida ficavam suspensas. Havia procissões, sacrifícios acompanhados de danças e cantos, e folguedos generalizados. Tudo isso era conhecido e foi relatado por muitos autores. Mas a parte principal da cerimônia, que acontecia dentro do templo, jamais foi descrita. Aqueles que a executavam faziam um voto de silêncio e o respeitaram tanto que só conhecemos fragmentos dispersos do que se fazia.

O grande templo ficava em Elêusis, pequena cidade próxima a Atenas, e a cerimônia se chamava Mistérios de Elêusis. Em todo o mundo grego, e também no romano, esses ritos eram objeto de especial veneração. Segundo Cícero, que escreveu no século anterior a Cristo, "Nada é tão elevado quanto esses mistérios. Eles suavizaram nosso caráter e abrandaram nossos costumes; fizeram-nos passar da condição de selvagens para a verdadeira humanidade. Não apenas nos mostraram o caminho de uma vida de alegria, mas também nos ensinaram a morrer com mais esperança".

E mesmo assim, por mais sagrados e sublimes que fossem, os mistérios conservavam a marca da sua origem. Uma das poucas informações que temos a seu respeito é que, num momento muito solene, mostrava-se aos adoradores "uma espiga de trigo que fora colhida em silêncio".

Por algum motivo, ninguém sabe claramente como ou quando o deus da vinha, Dioniso, também passou a ocupar seu lugar em Elêusis, lado a lado com Deméter.

> Junto a Deméter, quando tocam os címbalos,
> Está sentado no trono Dioniso dos cabelos esvoaçantes.

Era natural que os dois fossem venerados juntos, já que ambos eram divindades relativas às dádivas da terra e ambos estavam presentes nos atos simples e cotidianos dos quais a vida depende: a partilha do pão e o consumo do vinho. A colheita era também o festival de Dioniso, quando as uvas eram levadas até a prensa.

> O deus da alegria, Dioniso, a estrela pura
> Que brilha em meio à coleta dos frutos.

Mas ele nem sempre foi um deus da alegria, tampouco Deméter sempre foi a deusa feliz do verão. Ambos conheciam tanto a dor como a alegria. Nisso também estavam intimamente relacionados: eram, os dois, deuses sofredores. Os outros imortais não eram atingidos por nenhum sofrimento duradouro. "Vivendo no Olimpo, onde o vento nunca sopra, onde nunca há chuva nem nunca se vê o mais diminuto floco branco de neve, eles passam todos os seus dias felizes, banqueteando-se com néctar e ambrosia, divertindo-se com o glorioso Apolo que toca sua lira de prata, e escutando as doces vozes das Musas responder-lhe, enquanto as Graças dançam com Hebe e Afrodite, e um brilho radiante ilumina tudo ao redor." Mas as duas divindades da terra conheciam a tristeza que estraçalha o coração.

O que acontece com os pés de trigo e com as luxuriantes vinhas novas quando os grãos são ceifados, as uvas colhidas e o gelo negro se instala, matando a vida recém-extraída dos campos? Era a pergunta que os homens se faziam quando foram contadas as primeiras histórias para explicar aquilo que era tão misterioso, as mudanças que passavam sem cessar diante dos seus olhos, o dia que se transformava em noite, a alternância das estações e o curso das estrelas. Embora Deméter e Dioniso fossem os deuses felizes da colheita, no inverno ficava claro que se tornavam bem diferentes. Eles se enlutavam e a terra ficava triste. Os homens da Antiguidade cogitavam por que isso acontecia e contavam histórias para explicar o motivo.

Deméter (Ceres)

Esta história é contada apenas num poema muito primitivo, um dos primeiros Hinos Homéricos, *datado do século VIII a.C. ou início do VII a.C. O original tem as marcas da poesia grega primitiva: bem simples, direto e encantado com a beleza do mundo.*

Deméter tinha uma única filha, Perséfone (Proserpina em latim), a donzela da primavera. Ela a perdeu e seu terrível sofrimento a fez negar à terra suas dádivas, transformando-a num deserto congelado. A terra verde e florida se tornou gélida e sem vida porque Perséfone havia desaparecido.

O senhor do escuro mundo subterrâneo, rei da multidão dos mortos, levou-a embora quando ela, seduzida pela maravilhosa flor do narciso, se afastou demais das companheiras. Em sua carruagem puxada por garanhões negros como carvão, ele surgiu de uma fenda no chão, agarrou a donzela pelo pulso e a pôs sentada ao seu lado. Levou-a embora aos prantos para o mundo subterrâneo. Os altos morros e as profundezas do mar ecoaram o pranto de Perséfone e sua mãe escutou. Deméter voou depressa como um pássaro por cima do mar e da terra à procura da filha, mas ninguém lhe dizia a verdade, "nenhum homem nem deus, e nenhum mensageiro seguro dos pássaros". Por nove dias Deméter vagou e, durante todo esse tempo, não provou ambrosia nem levou aos lábios o doce néctar. Por fim ela chegou ao Sol e este lhe contou a história toda: Perséfone estava no mundo debaixo da terra, em meio à sombra dos mortos.

Então um sofrimento maior ainda tomou conta do coração de Deméter. Ela foi embora do Olimpo; passou a viver na Terra, mas tão disfarçada que ninguém a reconheceu, e de fato os mortais não distinguem com facilidade os deuses. Em sua triste errância, ela chegou a Elêusis e sentou-se junto à estrada, perto de um poço. Tinha o aspecto de uma mulher bem velha, do tipo que, nas grandes residências, cuida das crianças ou vigia as despensas. Quatro lindas donzelas, todas irmãs, tendo vindo pegar água no poço, viram-na e, com pena, perguntaram o que ela estava fazendo ali. Deméter respondeu que fugira de piratas que pretendiam vendê-la como escrava e que não conhecia ninguém naquela terra estranha a quem pudesse pedir ajuda. As moças lhe disseram que qualquer casa da cidade a acolheria, mas que prefeririam levá-la para a casa delas se ela pudesse esperar ali enquanto iam pedir permissão à mãe. A deusa baixou a cabeça, assentindo, e as moças, tendo enchido de água suas jarras brilhantes, foram depressa para casa. Metaneira, sua mãe, instou-as a voltar na mesma hora e convidar a desconhecida para ir até sua casa, e as moças voltaram correndo e encontraram a gloriosa deusa ainda sentada ali, completamente velada e coberta da cabeça aos pés pela túnica negra. Deméter as seguiu e, ao cruzar a soleira e pisar no vestíbulo onde a mãe estava sentada com o filho pequeno no colo, uma claridade divina iluminou a passagem e Metaneira foi tomada de assombro.

Pedindo a Deméter que se sentasse, ela mesma ofereceu seu vinho doce feito mel, mas a deusa não quis prová-lo. Pediu, em vez disso, uma água de cevada aromatizada com hortelã, a refrescante bebida dos ceifadores na época da colheita e também do cálice sagrado oferecido aos adoradores em Elêusis. Assim revigorada, pegou o menino e o segurou junto ao peito perfumado, e o coração da mãe se encheu de satisfação. E assim Deméter amamentou Demofonte, o filho que Metaneira dera ao sábio Celeu. E a criança cresceu como um pequeno deus, pois diariamente Deméter o besuntava de ambrosia e à noite o colocava no coração vermelho do fogo. Seu objetivo era lhe conferir uma juventude imortal.

Algo, porém, deixou a mãe desconfiada, de modo que, uma noite, Metaneira ficou acordada e deu um grito de horror ao ver o filho deitado dentro do fogo. Deméter se zangou; tomou o menino e o lançou ao chão. Sua intenção fora libertá-lo da velhice e da morte, mas isso não iria acontecer. Mesmo assim, Demofonte havia se deitado no colo da deusa e dormido junto ao seu peito, e, portanto, seria honrado pelo resto da vida.

Ela então se mostrou em sua forma divina. A beleza pairava à sua volta junto com um delicioso perfume e uma luz irradiava dela de tal forma que iluminou a grande casa. Ela era Deméter, disse então às mulheres assombradas. Elas deveriam lhe construir um grande templo perto da cidade para, assim, reconquistar o apreço do seu coração.

Ela então as deixou. Metaneira caiu no chão, sem palavras, e todos os

O rapto de Perséfone (Proserpina)

presentes tremeram de medo. Pela manhã, contaram o acontecido a Celeu, que reuniu o povo e lhes revelou a ordem da deusa. Todos trabalharam de bom grado para lhe construir um templo e, quando ficou pronto, Deméter foi se sentar ali – separada dos deuses do Olimpo, sozinha, definhando de saudades da filha.

Aquele ano foi terrível e cruel para a humanidade em toda a Terra. Nada cresceu; nenhuma semente brotou; os bois puxavam em vão o arado pelos sulcos. Era como se toda a raça humana fosse morrer de fome. Por fim, Zeus viu que precisava assumir o controle da situação. Mandou os deuses ir falar com Deméter, um após outro, para tentar aplacar sua raiva, mas ela não deu ouvidos a nenhum. Não deixaria a terra gerar frutos se não visse a filha. Zeus então percebeu que seu irmão precisaria ceder. Encarregou Hermes de ir até o mundo inferior e pedir a Hades que deixasse sua noiva voltar para junto de Deméter.

Hermes encontrou os dois sentados lado a lado, Perséfone toda encolhida, acabrunhada com a falta que sentia da mãe. Ao ouvir as palavras de Hermes, ela se levantou de um pulo, ansiosa para ir embora dali. Seu marido sabia que precisava obedecer à ordem de Zeus e mandá-la de volta para a terra, para longe de si, mas, antes, implorou a ela que tivesse bons pensamentos em relação a ele e não ficasse tão abatida por ser esposa de um dos grandes entre os imortais. E a fez comer uma semente de romã, sabendo que, se ela o fizesse, precisaria voltar para ele.

Após Hades preparar sua carruagem dourada, Hermes pegou as rédeas e conduziu os cavalos negros para o templo onde estava Deméter. A deusa correu ao encontro da filha tão depressa quanto uma mênade corre encosta abaixo na montanha. Perséfone se atirou nos braços da mãe e foi enlaçada com força. Elas passaram o dia inteiro conversando sobre o que tinha lhes acontecido e Deméter lamentou ao saber da semente de romã, pois temeu não conseguir manter a filha junto de si.

Zeus então lhe enviou outro mensageiro, uma personagem importante: ninguém menos que sua reverenciada mãe, Reia, a mais antiga entre os deuses. Ela desceu depressa das alturas do Olimpo até a terra estéril e sem folhas e, em pé diante do templo, falou com Deméter:

> Vamos, minha filha, pois Zeus do trovão estrondoso que tudo vê assim lhe ordena.

Volte outra vez aos salões dos deuses, onde será honrada,
Onde terá seu desejo, sua filha, para reconfortar sua tristeza
Assim como cada ano se cumpre e o inverno cruel se encerra.
Apenas pela terça parte o reino das trevas ficará com ela.
No restante do tempo, ela ficará com você e com os felizes imortais.
Agora acalme-se. Dê aos homens a vida que só você pode dar.

Deméter não recusou, embora não lhe agradasse nem um pouco pensar que precisaria perder Perséfone por quatro meses todos os anos e ver sua jovem beleza descer para o mundo dos mortos. Mas ela foi bondosa; a "Deusa Boa", como os homens sempre a chamavam. Arrependeu-se da desolação que havia causado. Tornou os campos outra vez ricos com frutos abundantes e o mundo inteiro se coloriu com flores e verdes folhas. Ela também foi procurar os príncipes de Elêusis que tinham lhe construído seu templo e escolheu um deles, Triptólemo, para ser seu embaixador junto aos homens e lhes ensinar a semear o trigo. Ensinou a ele, a Celeu e aos outros seus rituais sagrados, "mistérios dos quais ninguém pode falar, pois um grande assombro prende a língua. Abençoado aquele que os tiver visto; sua sorte será boa no mundo que está por vir".

Rainha da perfumada Elêusis,
Que oferta as boas dádivas da terra,
Dê-me sua graça, ó Deméter.
Você também, Perséfone, mais formosa,
Donzela bela por inteiro, eu lhe ofereço
Uma canção em seu louvor.

Nas histórias de ambas as deusas, Deméter e Perséfone, a tristeza era a ideia preponderante. Deméter, mais que a deusa da colheita farta, era a divina mãe entristecida que via a filha morrer a cada ano. Perséfone era a radiosa donzela da primavera e do verão, cujo passo leve na encosta seca e marrom da montanha bastava para torná-la verde e florida, como escreve Safo:

Escutei os passos da flor da primavera...

Eram os passos de Perséfone. Durante todo o tempo, no entanto, Perséfone sabia quanto essa beleza era breve: frutos, flores, folhas, tudo que a terra produzia de belo precisava se encerrar com a chegada do frio e se entregar, assim como ela, ao poder da morte. Depois que o senhor do escuro mundo inferior a levava embora, ela não mais era a jovem e alegre criatura a brincar na campina florida, sem qualquer anseio ou preocupação. De fato, ressurgia dos mortos a cada primavera, mas trazia consigo a lembrança do lugar de onde viera: junto com toda sua beleza solar havia também algo de estranho e sublime. Muitas vezes se disse que ela era "a donzela cujo nome não se deve pronunciar".

Os olímpios eram "os deuses felizes", "os deuses imortais", muito distantes dos humanos sofredores fadados a morrer. Mas, no seu sofrimento e na hora da morte, os homens podiam apelar para a compaixão da deusa que sofria e da deusa que morria.

Dioniso ou Baco

Esta história é contada de forma muito diferente em relação à de Deméter. Dioniso foi o último deus a entrar no Olimpo. Homero não o reconhecia como um dos grandes deuses. Não há fontes antigas para sua história, com exceção de algumas breves alusões em Hesíodo, nos séculos VIII ou IX a.C. Um último hino homérico, talvez tão tardio quanto o século IV a.C., fornece o único relato sobre o navio pirata; e o destino de Penteu é o tema da última peça, datada do século V a.C., de Eurípides, o mais moderno de todos os poetas gregos.

Dioniso nasceu em Tebas, filho de Zeus e da princesa tebana Sêmele. Ele era o único deus cujos dois progenitores não eram divinos.

> Somente em Tebas as mulheres mortais
> Geram deuses imortais.

Sêmele foi a mais desafortunada de todas as mulheres pelas quais Zeus se apaixonou, e, no seu caso, o motivo foi Hera. Zeus estava loucamente apaixonado por Sêmele e lhe disse que faria qualquer coisa que ela pedisse; jurou isso às margens do rio Estige, um juramento que nem mesmo ele poderia quebrar. Ela lhe disse que o que mais queria era vê-lo em todo seu esplendor como rei dos céus e senhor do raio. Havia sido Hera quem instilara esse desejo em seu coração. Zeus sabia que nenhum mortal poderia sobreviver depois de vê-lo dessa forma, mas nada pôde fazer: ele havia jurado às margens do Estige. Surgiu como Sêmele tinha pedido e, diante daquela luz gloriosa e tremenda, ela morreu fulminada. Mas Zeus tirou de dentro dela o bebê que estava perto de nascer e o escondeu de Hera no próprio flanco, até chegar a hora do parto. Hermes então o levou para ser criado pelas ninfas do vale de Nisa, o mais formoso da Terra, mas que nenhum homem jamais viu nem sabe onde fica. Alguns dizem que as ninfas eram as Híades, que Zeus, mais tarde, pôs no céu como estrelas, aquelas que trazem chuva quando se aproximam do horizonte.

Assim, o deus da vinha nasceu do fogo e foi amamentado pela chuva, o calor forte e calcinante que amadurece as uvas e a água que mantém a planta viva.

Já adulto, Dioniso vagou por lugares distantes e estranhos.

> As terras da Lídia, ricas em ouro,
> As da Frígia também; as planícies calcinadas
> Da Pérsia; as grandes muralhas da Báctria,
> O país dos medos, varrido por tormentas;
> E a bendita Arábia.

Por onde ia, ele ensinava aos homens o cultivo da vinha e os mistérios de seu culto, e em todos os lugares era aceito como um deus, até o dia em que se aproximou do próprio país.

Certo dia, no mar próximo da Grécia, chegou um navio pirata. Em terra firme, no alto de um grande promontório, os marinheiros viram um belo rapaz. Seus cabelos negros e fartos esvoaçavam acima de uma túnica roxa que lhe cobria os ombros fortes. Ele parecia um filho de rei, alguém cujos pais poderiam pagar um grande resgate. Exultantes, os piratas desembarcaram e o aprisionaram. A bordo do navio, foram buscar cordas grossas com as quais amarrá-lo, mas, para seu assombro, não o conseguiram atar: as cordas não prendiam e os nós se desfaziam ao tocar as mãos ou os pés do jovem. E ele permaneceu sentado, a encará-los com um sorriso nos olhos escuros.

Da tripulação, somente o timoneiro entendeu e exclamou que aquele rapaz devia ser um deus e que precisava ser libertado sem demora ou um grande mal se abateria sobre todos eles. Mas o capitão zombou do timoneiro, chamando-o de tolo, e ordenou à tripulação que se apressasse a içar as velas. O vento encheu o pano e os marujos retesaram as velas, mas o navio não se moveu. Então sucedeu prodígio após prodígio. Um vinho perfumado pôs-se a escorrer pelo convés; uma vinha com vários cachos se espalhou pela vela; uma trepadeira verde-escura, semelhante à hera, se enrolou no mastro qual uma guirlanda, repleta de flores e belos frutos. Apavorados, os piratas ordenaram ao timoneiro que conduzisse o navio até terra firme. Tarde demais, pois, no mesmo instante em que disseram isso, o prisioneiro se transformou num leão e pôs-se a rugir e a encará-los com fúria. Diante dessa visão, eles pularam no mar e foram, na mesma hora, transformados em golfinhos, todos exceto o bom timoneiro; dele o deus se apiedou. Manteve-o a bordo e lhe disse para não temer, pois, de fato, havia conquistado a graça de alguém que era mesmo um deus: Dioniso, gerado por Sêmele da união com Zeus.

Ao passar pela Trácia a caminho da Grécia, o deus foi ofendido por um dos reis de lá, Licurgo, feroz opositor desse culto novo. Dioniso recuou diante do rei e chegou a se refugiar nas profundezas do mar. Mais tarde, porém, voltou, derrotou Licurgo e o puniu por sua maldade, ainda que de modo brando,

> Aprisionando-o numa caverna rochosa
> Até seu feroz acesso de raiva inicial
> Passar lentamente e ele aprender a reconhecer
> O deus de quem tinha zombado.

Os outros deuses, porém, não foram brandos. Zeus cegou Licurgo e o rei morreu em seguida. Ninguém que brigasse com os deuses sobrevivia.

Em algum momento durante sua errância, Dioniso encontrou Ariadne, princesa de Creta, profundamente triste e inconsolável por ter sido abandonada no litoral da ilha de Naxos pelo príncipe ateniense Teseu, cuja vida tinha salvado. Dioniso teve pena dela, resgatou-a e acabou se apaixonando por ela. Quando Ariadne morreu, ele pegou uma coroa que tinha lhe dado e a pôs entre as estrelas.

A mãe que ele nunca tinha visto não foi esquecida. Dioniso ansiava tanto por ela que acabou se atrevendo a enfrentar a terrível descida até o mundo inferior à sua procura. Quando a encontrou, desafiou o poder da Morte de mantê-la longe dele e a Morte cedeu. Dioniso levou Sêmele embora, mas não para viver na Terra. Levou-a para o Olimpo, onde os deuses aceitaram recebê-la como um dos seus, uma mortal, sim, mas mãe um deus e, portanto, digna de viver entre os imortais.

O deus do vinho tinha seus momentos de bondade e generosidade, mas também podia ser cruel e induzir os homens a atos pavorosos. Fazia-os enlouquecer com frequência. As Mênades ou Bacantes, como também eram chamadas, eram mulheres dominadas pelo frenesi do vinho. Corriam por matas e montanhas dando gritos agudos, brandindo seus trigos, bastões encimados por um cone de pinheiro, movidas por um êxtase descontrolado. Nada conseguia detê-las. Elas estraçalhavam as criaturas silvestres que encontravam e devoravam os farrapos de carne ensanguentada. Cantavam:

> Ah, que doces na montanha
> São a dança e o canto,
> A fuga louca e veloz.
> Ah, que doce é cair no chão, extenuada.
> Uma vez caçado e capturado o bode selvagem,
> Ah, a alegria do sangue e da carne vermelha e crua!

Os deuses do Olimpo amavam a ordem e a beleza em seus sacrifícios e templos. As loucas, as mênades, não tinham templos. Para prestar seu culto, buscavam a natureza, as montanhas mais selvagens, as florestas mais profundas, como se ainda praticassem os costumes de um tempo antigo, antes de os homens pensarem em construir casas para seus deuses. Elas saíam da poeira e da multidão das cidades e retornavam à pureza minimalista dos morros e matas desertos. Lá Dioniso lhes dava comida e bebida: ervas, frutas silvestres e o leite das cabras selvagens. Sua cama era a grama macia das campinas, à sombra das árvores frondosas onde, ano após ano, caem as agulhas dos pinheiros. Elas acordavam com uma sensação de paz e de frescor celestial; banhavam-se num regato claro. Esse culto a céu aberto e o êxtase de alegria que ele causava diante da beleza selvagem do mundo tinha muito de belo, de bom e de libertador. Mas sempre presente estava também o medonho banquete de sangue.

O culto a Dioniso era centrado nesses dois conceitos, muito distantes entre si: o de liberdade, alegria e êxtase, e o de uma selvagem brutalidade. A quem o cultuasse, o deus do vinho podia dar uma coisa ou outra. Ao longo de sua história de vida, ele, por vezes, é a bênção do homem, por outras, sua ruína. De todos os terríveis feitos a ele atribuídos, o pior foi cometido em Tebas, cidade natal de sua mãe.

Dioniso chegou a Tebas para ali firmar seu culto. Como era o seu costume, veio acompanhado por um séquito de mulheres que dançavam e entoavam cantos exultantes, usando peles de cervo jovem por cima das túnicas e acenando com seus trigos enfeitados com folhas de hera. Pareciam enlouquecidas de alegria. Elas cantavam:

> Ó, Bacanais, venham,
> Ó, venham.
> Cantar para Dioniso,
> Cantar com o pandeiro,
> Com o pandeiro de voz grave.
> E louvá-lo com alegria,
> Ele que traz felicidade.
> A música sagrada,
> Toda sagrada chama.
> Para as colinas, as colinas,
> Voem, ó Bacantes
> De passo célere.
> Avante, ó alegres, venham depressa.

Penteu, rei de Tebas, era filho da irmã de Sêmele, mas não fazia ideia de que o líder daquele bando de mulheres animadas e de comportamento estranho fosse o seu primo. Não sabia que, quando Sêmele morrera, Zeus havia salvado seu filho. A dança desregrada, o canto alto e alegre e o comportamento bizarro daquelas desconhecidas lhe pareceram altamente questionáveis, sendo preciso interrompê-los de imediato. Penteu ordenou a seus guardas que capturassem e prendessem os visitantes, em especial o líder, "cujo rosto está corado de vinho, um mago trapaceiro da Lídia". Mas, ao dizer essas palavras, o rei ouviu atrás de si um alerta solene: "O homem que você está rejeitando é um novo deus. É o filho de Sêmele que Zeus resgatou. Junto com a divina Deméter, ele é grandioso para os homens da Terra." Quem falou foi o velho profeta cego Tirésias, o homem santo de Tebas, que conhecia como ninguém a vontade dos deuses. No entanto, quando Penteu se virou para lhe responder, viu que ele estava vestido como as mulheres: um ramo de hera nos cabelos brancos, os velhos ombros cobertos por uma pele de cervo novo, na mão trêmula um estranho bastão com uma pinha na extremidade. Penteu olhou Tirésias de cima a baixo e riu, com zombaria, então lhe ordenou com desdém que sumisse da sua frente. E assim selou o próprio destino, pois se recusou a ouvir quando os deuses lhe falaram.

Um grupo de soldados conduziu Dioniso até diante do rei. Disseram que o deus não tentara fugir nem resistir, mas fizera todo o possível para facilitar a própria captura e condução de tal modo que eles se envergonharam e disseram estar cumprindo ordens, não agindo por vontade própria. Os soldados declararam também que as jovens que tinham capturado haviam todas fugido para as montanhas. As amarras não as prendiam; as portas se abriam sozinhas. "Este homem veio a Tebas com muitos prodígios", disseram eles.

Penteu, a essa altura, não conseguia ver nada exceto a própria raiva e seu desdém. Dirigiu-se com rispidez a Dioniso, que lhe respondeu com toda a gentileza, aparentemente tentando alcançar o verdadeiro eu do rei e abrir seus olhos para que Penteu percebesse estar diante de um deus. Avisou-lhe que ele não poderia mantê-lo preso, "pois Deus me libertará".

– Deus? – caçoou Penteu.

– Sim – respondeu Dioniso. – Ele está aqui e vê meu sofrimento.

– Meus olhos não conseguem vê-lo – falou Penteu.

– Ele está onde eu estou – respondeu Dioniso. – Você não o consegue ver porque não é puro.

Irado, Penteu ordenou aos soldados que o amarrassem e levassem para a prisão, e Dioniso foi. Enquanto era levado, ele falou: "O mal que você faz a mim é um mal feito aos deuses."

Mas a prisão não foi capaz de conter Dioniso. Ele se libertou, foi procurar Penteu e mais uma vez tentou convencê-lo a ceder ao que aqueles prodígios mostravam ser claramente divino e a acolher aquele culto novo a um novo e poderoso deus. No entanto, quando Penteu só fez cobri-lo de ofensas e ameaças, Dioniso o abandonou à própria sorte. E ela foi a mais horrível que poderia haver.

Penteu saiu no encalço das seguidoras do deus pelas colinas, para onde as jovens tinham fugido após escaparem da prisão. Muitas das mulheres de Tebas tinham se juntado a elas; a mãe e as irmãs do rei estavam lá. E lá Dioniso se mostrou em seu aspecto mais terrível. Ele fez todas as mulheres perderem a razão. Elas tomaram Penteu por um animal selvagem, um leão da montanha, e correram para matá-lo, sendo a primeira de todas a própria mãe. Quando se abateram sobre ele, Penteu compreendeu, por fim, que havia desafiado um deus e que agora precisaria pagar com a própria vida. As mulheres lhe arrancaram todos os membros, um a um, e então, somente então, o deus lhes devolveu a razão e a mãe de Penteu viu o que tinha feito. Ao testemunhar a agonia dela, as jovens, agora todas sóbrias, tendo cessado as danças, os cantos e os acenos desordenados dos trigos, disseram entre si:

> Os deuses visitam os homens de modos estranhos, difíceis de conhecer.
> Muitos foram seus feitos a superar as esperanças,
> E o que se previa de outro modo se deu.
> Deus encontrou para nós um caminho que nunca imaginamos.
> E assim isso aconteceu.

À primeira vista, as ideias a respeito de Dioniso nessas diferentes histórias parecem contraditórias. Numa, ele é o deus da alegria,

> Ele, cujos cachos entremeados de ouro,
> Corado Baco,
> Amigo das mênades,
> De quem a tocha feliz arde.

Em outra, é o deus impiedoso, selvagem, brutal:

> Ele que, com um riso zombeteiro,
> Sua presa caça,

> Captura e arrasta para a morte
> Com as suas Bacantes.

A verdade, porém, é que essas duas ideias advieram, de modo bem simples e lógico, do fato de ele ser o deus do vinho. O vinho é ao mesmo tempo ruim e bom. Alegra e aquece o coração dos homens; e também os embriaga. Os gregos eram um povo que via os fatos com muita clareza. Não podiam fechar os olhos para o lado feio e degradante do consumo do vinho e ver apenas seu lado de prazer. Dioniso era o deus da vinha; portanto, era um poder que, às vezes, levava os homens a cometer crimes atrozes e assustadores. Ninguém os podia defender; ninguém jamais tentaria contestar o destino de Penteu. Mas, como diziam os gregos entre si, essas coisas realmente acontecem quando as pessoas se entregam ao frenesi da bebida. Essa verdade não os cegava para a outra, a de que o vinho era o "fazedor de alegria" que iluminava o coração dos homens e proporcionava descontração despreocupada, alegria e diversão.

> O vinho de Dioniso,
> Quando as aflições e o cansaço dos homens
> Abandonam todo coração.
> Viajamos para uma terra que nunca existiu.
> Os pobres se tornam ricos; os ricos, generosos.
> As flechas feitas da vinha tudo conquistam.

O motivo que tornava Dioniso tão diferente de um momento para outro era essa natureza dupla do vinho e, portanto, do seu deus. Ele era o benfeitor dos homens, e também seu destruidor.

Em seu aspecto bom, era mais do que o deus que alegra os homens. Seu cálice

> Dava a vida, curava todos os males.

Sob sua influência, a coragem era atiçada e o medo, espantado, pelo menos naquele instante. Ele dava ânimo àqueles que o cultuavam e os fazia sentir que podiam realizar o que não pensavam ser capazes. Essas felizes liberdade e confiança acabavam passando, claro, à medida que as pessoas ficavam ou sóbrias ou então completamente embriagadas, mas enquanto duravam, sentiam estar possuídas por um poder maior do que elas mesmas. Assim, o que as pessoas sentiam em relação a Dioniso era distinto do que sentiam por qualquer outro deus. Ele existia não apenas fora delas, mas também no seu interior. Elas podiam ser transformadas por ele, ficar parecidas com ele. A sensação momentânea de poder exultante conferida pelo vinho era apenas um sinal para mostrar aos homens que eles tinham dentro de si mais do que sabiam: "que podiam, eles próprios, se tornar divinos".

Esse pensamento era muito distante da antiga ideia de venerar o deus ao beber o bastante para se alegrar, ou para se libertar das preocupações, ou para se embriagar. Alguns seguidores de Dioniso nunca bebiam vinho. Não se sabe quando a grande mudança ocorreu, alçando o deus que libertava os homens momentaneamente com a embriaguez ao deus que os libertava com a inspiração, mas um resultado muito notável foi Dioniso ter se tornado para todo o sempre o mais importante dos deuses da Grécia.

Os Mistérios de Elêusis, que sempre pertenceram sobretudo a Deméter, tiveram de fato grande importância. Durante centenas de anos, como disse Cícero, eles ajudaram os homens "a viver com alegria e a morrer com esperança". Mas sua influência não durou, muito provavelmente porque ninguém tinha permissão para ensinar suas ideias ou escrever sobre elas abertamente. No fim, deles restou apenas uma lembrança difusa. Com Dioniso aconteceu justamente o contrário. Aquilo que se fazia no seu grande festival acontecia às claras, na frente de todos, e é hoje uma influência viva. Nenhum outro festival na Grécia chegava aos seus pés. Ele ocorria na primavera, quando os galhos das vinhas estavam começando a brotar, e durava cinco dias. Eram dias de perfeita paz e contentamento. Todos os afazeres normais da vida se interrompiam. Ninguém podia ser posto na prisão; prisioneiros chegavam a ser libertados para poderem participar da folgança. Mas o lugar em que as pessoas se reuniam para honrar o deus não era uma mata selvagem horrificada por atos de selvageria e por um banquete sangrento; não era sequer o recinto de um templo, com sacrifícios ordenados e cerimônias conduzidas por sacerdotes. O festival acontecia num teatro e a cerimônia era a apresentação de uma peça. A melhor poesia da Grécia, e uma das melhores do mundo, foi escrita para Dioniso. Os poetas que escreviam as peças, os atores e cantores que nelas atuavam, todos eram considerados servos do deus. As representações eram sagradas; assim como os autores e atores, os espectadores também estavam realizando um ato de devoção. O próprio Dioniso supostamente estava presente; seu sacerdote ocupava o lugar de honra.

Está claro, portanto, que a ideia do deus de inspiração sagrada, capaz de imbuir os homens de seu espírito e de fazê-los escrever e atuar gloriosamente, se tornou bem mais importante do que as ideias anteriores a seu respeito. As primeiras peças trágicas, algumas das melhores que há, nunca igualadas senão por Shakespeare, foram produzidas no teatro de Dioniso. Comédias também foram produzidas ali, mas as tragédias foram bem mais numerosas, e isso aconteceu por um motivo.

Esse deus estranho, o alegre celebrante, o cruel caçador, o inspirador divino, era também um sofredor. Assim como Deméter, Dioniso sofria, não de tristeza por outrem como ela, mas por causa da sua dor. Ele era a vinha, que sempre é podada como nenhuma outra planta frutífera: todos os seus galhos são cortados e resta apenas o tronco nu; durante todo o inverno a vinha é como uma coisa morta, um velho toco retorcido aparentemente incapaz de voltar a produzir folhas. Assim como Perséfone, Dioniso morria com a chegada do frio. Ao contrário dela, sua morte era terrível: ele era estraçalhado, em algumas histórias, pelos titãs, e em outras, por ordem de Hera. Era sempre trazido de volta à vida; morria e tornava a viver. O que se celebrava no seu teatro era a sua feliz ressurreição, mas a ideia dos atos terríveis cometidos contra ele e pelos homens sob sua influência estava tão intimamente associada a ele que não podia ser esquecida. Dioniso era mais do que o deus que sofria. Ele era o deus da tragédia. Não existia nenhum outro.

E Dioniso tinha ainda outro lado. Ele era a garantia de que a morte não encerra tudo. Aqueles que o cultuavam acreditavam que suas morte e ressurreição demonstravam que a alma tem vida eterna depois que o corpo morre. Essa fé fazia parte dos Mistérios de Elêusis. No início, tinha como foco Perséfone, que também voltava dos mortos toda primavera. Mas, na condição de rainha do escuro mundo subterrâneo, ela mantinha até mesmo no claro mundo superior uma sugestão de algo estranho, ruim: como era possível ela, que sempre carregava consigo a lembrança da morte, representar a ressurreição, a derrota da morte? Dioniso, pelo contrário, nunca foi considerado uma força no reino da morte. Existem muitas histórias sobre Perséfone no mundo inferior, mas apenas uma sobre Dioniso: ele foi lá resgatar a mãe. Em sua ressurreição, ele era a personificação da vida, que é mais forte do que a morte. Ele, não Perséfone, tornou-se o centro da crença na imortalidade.

Por volta do ano 80 d.C., um grande autor grego, Plutarco, quando estava longe de casa, recebeu a notícia de que sua filha pequena – segundo ele, a mais dócil das crianças – tinha morrido. Na carta que escreve para a esposa ele diz: "Sobre isso de que você ouviu falar, minha querida, de que a alma, quando deixa o corpo, desaparece e nada sente, sei que você não acredita nessas afirmações por causa das sagradas e fiéis promessas feitas durante os mistérios de Baco, as quais nós, que pertencemos a essa irmandade religiosa, conhecemos. Nós cremos com firmeza numa verdade inconteste: que nossa alma é incorruptível e imortal. Devemos pensar [dos mortos] que eles partem para um lugar melhor e para uma condição mais feliz. Comportemo-nos de acordo com isso, ordenando exteriormente nossas vidas enquanto, interiormente, tudo deve ser mais puro, mais sábio, incorruptível."

CAPÍTULO III
Como foram criados o mundo e a humanidade

Com exceção da história sobre a punição de Prometeu, contada por Ésquilo no século V a.C., o material deste capítulo foi tirado de Hesíodo, que viveu pelo menos 300 anos antes. Ele é a principal autoridade sobre os mitos relacionados ao começo de tudo. Tanto a crueza da história de Cronos quanto a ingenuidade da história de Pandora são características dele.

No início era o Caos, o vasto, incomensurável abismo,
Espantoso como um mar, sombrio, desolado, selvagem.

Essas palavras, embora sejam de Milton, exprimem com precisão o que os gregos pensavam estar por trás do começo de tudo. Bem antes de os deuses surgirem, num passado impreciso, em tempos imemoriais, tudo que existia era a confusão amorfa do caos em uma escuridão sem fim. Em determinado momento, mas de um modo que ninguém nunca tentou explicar, desse nada informe nasceram dois filhos. A Noite era filha do Caos, bem como o Érebo, a profundeza insondável onde reside a morte. No Universo inteiro não existia mais nada: tudo era escuro, vazio, silencioso, infinito.

Então ocorreu uma maravilha entre as maravilhas. Do meio desse horror vazio e infinito, a melhor de todas as coisas se fez, misteriosamente. Um grande dramaturgo, o poeta cômico Aristófanes, descreve seu advento em palavras bastante citadas:

> No seio do Érebo escuro e profundo
> A negra e alada Noite
> Botou um ovo gerado pelo vento, e com o passar das estações
> Dali nasceu o Amor, ansiado, brilhante, com asas de ouro.

Da escuridão e da morte nasceu o Amor e, com seu nascimento, a ordem e a beleza começaram a expulsar a confusão cega. O Amor criou a Luz e, com ela, seu companheiro, o radioso Dia.

O que ocorreu em seguida foi a criação da Terra, mas isso tampouco tentaram explicar. Simplesmente aconteceu. Com a chegada do Amor e da Luz, parecia natural que a Terra também surgisse. O poeta Hesíodo, primeiro grego a tentar explicar como as coisas começaram, escreveu:

> Terra, a bela, surgiu,
> Com seu busto largo, ela que é a base firme
> De todas as coisas. E a formosa Terra primeiro
> Gerou o estrelado Céu, seu semelhante,
> Para cobri-la por todos os lados e ser
> Para sempre o lar dos abençoados deuses.

Em todo esse pensamento sobre o passado ainda não havia sido feita qualquer distinção entre lugares e pessoas. A Terra era o chão sólido, mas era também, de modo vago, uma personalidade. O Céu era a redoma azul lá no alto, mas, sob certos aspectos, agia como um ser humano agiria. Para as pessoas que contavam essas histórias, o Universo inteiro era animado pelo mesmo tipo de vida que elas conheciam dentro de si. Elas eram indivíduos, portanto personificavam tudo aquilo que carregasse as marcas evidentes da vida, tudo que se movia e se modificava: a terra no inverno e no verão, o céu com suas estrelas móveis, o mar irrequieto e assim por diante. Era apenas uma personificação difusa: algo vago e imenso que, com seu movimento, produzia mudança, e, portanto, estava vivo.

Ao contarem sobre a chegada do Amor e da Luz, porém, os autores primitivos estavam montando o cenário para a aparição dos humanos e começaram a personificar com mais precisão. Eles atribuíram formas distintas às forças naturais. Viam-nas como as precursoras dos homens e as definiram como indivíduos de modo bem mais claro do que tinham feito com a Terra e o Céu. Mostraram-nas agindo de todas as formas que os seres humanos agiam: caminhando, por exemplo, e comendo – coisas que a Terra e o Céu obviamente não faziam. Esses dois foram postos à parte. Se estavam vivos, era de uma forma que dizia respeito somente a eles.

As primeiras criaturas com aparência de vida foram os filhos da Mãe Terra e do Pai Céu (Gaia e Urano). Eram monstros. Assim como nós, os gregos também acreditavam que a Terra antigamente era habitada por estranhas e gigantescas criaturas. Só que eles não as concebiam como imensos lagartos e mamutes, mas como algo um pouco semelhante aos homens e, ao mesmo tempo, inumano. Essas criaturas tinham a força destruidora e colossal dos terremotos, furacões e vulcões. Nas histórias a seu respeito, não parecem realmente vivas, mas pertencentes a um mundo onde ainda não há vida, apenas movimentos tremendos de forças irresistíveis que erguem montanhas e fazem os mares se derramarem. Os gregos, pelo visto, tinham um sentimento assim, pois nas suas histórias, embora representem essas criaturas como seres vivos, eles as tornam diferentes de qualquer forma de vida conhecida pelo homem.

Três dessas criaturas, monstruosamente gigantescas e fortes, tinham cada uma cem mãos e cinquenta cabeças. A três outras foi dado o nome de Ciclopes (que têm o olho feito uma roda), pois as três tinham apenas um único olho enorme no meio da testa, redondo e grande como uma roda. Também gigantescos, os ciclopes se erguiam qual imensas montanhas escarpadas de poder devastador. Por último vieram os titãs. Eles eram vários, e de modo algum inferiores aos outros em matéria de tamanho e força, mas não eram puramente destrutivos. Vários deles eram até mesmo bons. Um de fato, depois de os homens serem criados, salvou-os da destruição.

Era natural pensar nessas temíveis criações como filhas da Mãe Terra, geradas em suas sombrias profundezas quando o mundo era jovem. Mas é extremamente estranho elas serem também filhas do Céu. Mas era isso que os gregos diziam, e eles pintaram o Céu como um pai cruel. Embora fossem suas filhas, o Céu detestava aquelas coisas de cem mãos e cinquenta cabeças e, conforme cada uma delas nascia, ele as aprisionava num lugar secreto dentro da terra. Deixou soltos os ciclopes e os titãs, e a Terra, enfurecida com os maus-tratos infligidos a seus outros filhos, lhes pediu ajuda. Apenas um teve coragem suficiente para enfrentar o pai: o titã Cronos. Ele ficou de tocaia à espera do pai e o feriu gravemente. Do seu sangue nasceram os Gigantes, a quarta raça de monstros. Desse mesmo sangue nasceram também as Erínias (Fúrias). Sua tarefa era perseguir e punir os pecadores. Elas eram chamadas de "aquelas que caminham na escuridão" e tinham um aspecto terrível, com cobras a se contorcer no lugar dos cabelos e olhos que vertiam lágrimas de sangue. Os outros monstros acabaram expulsos da Terra, mas as Erínias não. Enquanto houvesse pecado no mundo, elas não poderiam ser banidas.

Desse ponto em diante, por um tempo incalculável, Cronos, aquele que, como vimos, era chamado de Saturno pelos romanos, foi o senhor do Universo ao lado de sua irmã e rainha Reia (Ops em latim). Por fim, um de seus filhos, o futuro senhor do céu e da terra cujo nome em grego é Zeus e em latim, Júpiter, rebelou-se contra ele. Tinha bons motivos para tal, pois Cronos, ao saber que um de seus filhos estava fadado a tirá-lo um dia do trono, tentou contrariar o destino, engolindo-os assim que nasciam. Mas quando Reia deu à luz Zeus, seu sexto filho, conseguiu fazê-lo ser levado em segredo para Creta enquanto dava ao marido uma grande pedra enrolada em cueiros, que ele imaginou ser o bebê e devidamente deglutiu. Mais tarde, já adulto e com a ajuda da avó Terra, Zeus obrigou o pai a cuspir a pedra junto com os cinco filhos que ele havia engolido, e a pedra foi posta em Delfos, onde muito tempo depois um grande viajante chamado Pausânias relata tê-la visto por volta do ano de 180 d.C.: "Uma pedra de tamanho não muito grande, que os sacerdotes de Delfos besuntam de óleo diariamente."

Seguiu-se uma guerra terrível que opôs Cronos, ajudado por seus irmãos titãs, a Zeus e seus cinco irmãos e irmãs – uma guerra que quase destruiu o Universo.

> Um som medonho perturbou o mar sem fim.
> A terra inteira soltou um grito imenso.
> O vasto céu sacudido gemeu.
> Em sua base, o distante Olimpo tremeu
> Sob o ataque dos deuses imortais,
> E tremendo se agarrou ao negro Tártaro.

Os titãs foram vencidos em parte porque Zeus libertou da prisão os monstros de cem mãos, que combateram ao seu lado com suas armas invencíveis – o trovão, o raio e o terremoto –, e também porque um dos filhos do titã Jápeto, que se chamava Prometeu e era muito sensato, tomou o partido de Zeus.

A punição de Zeus a seus inimigos derrotados foi terrível. Eles foram

> Presos com amargas correntes sob a vastidão da terra,
> Tão abaixo dela quanto o céu está acima,
> Pois nessa grande profundeza fica o Tártaro.
> Por nove dias e nove noites uma bigorna que caísse do céu,
> Só no décimo dia chegaria à terra.
> E então de novo teria de cair, por nove dias e nove noites,
> Para chegar ao Tártaro com seu brônzeos portões.

Atlas, irmão de Prometeu, teve um destino ainda pior. Ele foi condenado

> A suportar para sempre nas costas
> A força cruel do mundo esmagador
> E a redoma do céu.
> Sobre seus ombros, a grande pilastra
> Que separa a terra do céu,
> Um peso que não é fácil suportar.

Com esse fardo nos ombros, Atlas permanece para sempre diante do lugar envolvo em nuvens e escuridão onde a Noite e o Dia se aproximam e se cumprimentam. O interior da casa nunca recebe Noite e Dia juntos; mas sempre um, de partida, visita a Terra, e o outro, dentro da casa, aguarda a hora de partir; ele com a luz que se vê de longe para os que estão na Terra, ela, de mãos dadas com o Sono, irmão da Morte.

Mesmo depois de os titãs serem derrotados e destruídos, a vitória de Zeus não foi completa. A Terra deu à luz seu último e mais temível rebento, uma criatura mais terrível do que qualquer outra que a precedera. Seu nome era Tífon.

> Um monstro flamejante de cem cabeças
> Que se rebelou contra todos os deuses.

> A morte silvava entre suas temíveis presas
> E em seus olhos chispava o fogo da ira.

Mas Zeus, a essa altura, já tinha assumido o controle do trovão e do raio. Eles haviam se tornado suas armas e não eram usados por mais ninguém. Ele acertou Tífon com

> O raio que nunca dorme,
> O trovão com seu hálito de chamas.
> O fogo incendiou seu coração.
> Sua força foi transformada em cinzas.
> E ele, agora, jaz uma coisa inútil
> Junto ao Etna, de onde às vezes irrompem
> Rios de lava vermelha, a consumir com dentes vorazes
> Os campos mansos da Sicília
> Com seus belos frutos.
> Essa é a raiva de Tífon a ferver,
> Seus dardos flamejantes.

Mais tarde houve ainda outra tentativa de destronar Zeus: os Gigantes se rebelaram. Mas, a essa altura, os deuses já eram muito fortes e foram também ajudados pelo poderoso Hércules, um filho de Zeus. Os Gigantes foram derrotados e atirados no Tártaro, e a vitória das forças radiosas do Céu contra as forças brutais da Terra se completou. A partir de então, Zeus e seus irmãos e irmãs passaram a governar sem oposição, senhores de tudo.

Até então não existiam seres humanos, mas o mundo, agora liberado dos monstros, estava pronto para a humanidade. Era um lugar em que pessoas poderiam viver com algum conforto e segurança, sem precisar temer a súbita aparição de um titã ou de um Gigante. Acreditava-se que a Terra fosse um disco redondo dividido em duas partes iguais pelo mar, como chamavam os gregos – o que hoje conhecemos como Mediterrâneo –, e por aquilo que hoje chamamos de mar Negro. (Os gregos, no início, o chamavam de Axino, que significa "mar não amigável", e depois, talvez à medida que as pessoas foram se familiarizando com ele, passaram a chamá-lo de Euxino, o "mar amigável". Ocasionalmente sugere-se que ele tenha sido batizado com esse nome agradável para fazê-lo demonstrar uma disposição favorável aos homens.) Em volta da Terra corria o grande rio Oceano, nunca perturbado por ventos ou tempestades. Na margem mais distante de Oceano vivia um povo misterioso, que poucas pessoas na Terra jamais encontraram. Lá viviam os cimérios, mas ninguém sabia se a leste, oeste, norte ou sul. Era um lugar envolto em nuvens, brumoso, onde nunca se via a luz do dia; uma terra que o brilhante sol jamais visitava com seu esplendor, nem mesmo quando subia pelo céu estrelado ao nascer do dia e tampouco quando descia do céu em direção à Terra ao anoitecer. Uma noite sem fim pairava acima de seus melancólicos habitantes.

Com exceção desse único povo, todos os que viviam do outro lado do Oceano eram extremamente afortunados. No longínquo norte, tão distante que ficava atrás do Vento Norte, havia uma terra feliz habitada pelos hiperbóreos. Apenas uns poucos forasteiros, grandes heróis, a tinham visitado. Nem de navio nem a pé se podia encontrar o caminho até o maravilhoso lugar em que viviam os hiperbóreos. Mas as Musas viviam não muito longe dali, como convinha a seus costumes. Pois, por toda parte, se agitava a dança das donzelas, soava o límpido canto da lira e ecoavam as notas das flautas. Com loureiro dourado elas enfeitavam os cabelos e alegres eram seus festejos. Nessa raça sagrada não existia doença nem a mortal velhice. Bem longe, ao sul, ficava o país dos etíopes, sobre os quais sabemos apenas que eram tão favorecidos pelos deuses que estes se juntavam a eles para alegres banquetes em seus salões.

Nas margens de Oceano ficava também o lar dos mortos abençoados. Nessa terra não nevava, tampouco havia inverno ou qualquer tempestade ou chuva, mas o Vento Oeste soprava suave e animado, vindo de Oceano, para refrescar a alma dos homens. Para lá partiam, ao deixarem a Terra, aqueles que se mantivessem puros de todo erro.

> Sua recompensa é a vida para sempre livre de labuta.
> Sem mais perturbar a terra ou as águas do mar
> Com suas fortes mãos,
> Trabalhando pela comida que não sacia.
> Mas honrados pelos deuses eles vivem
> Uma vida em que não há mais lágrimas.

> Em volta dessas ilhas abençoadas sopram suaves ventos marinhos
> E flores douradas cintilam nas árvores
> E também sobre as águas.

Agora estava tudo pronto para a aparição dos homens. Até mesmo os lugares para onde os bons e os maus deveriam ir depois da morte já tinham sido organizados. Estava na hora de os seres humanos serem criados. Há mais de um relato sobre o que aconteceu. Alguns dizem que a tarefa foi delegada pelos deuses a Prometeu, o titã que havia tomado o partido de Zeus na guerra contra os titãs, e a seu irmão Epimeteu. Prometeu, cujo nome significa aquele que pensa antes de agir, era muito sensato, mais sensato até do que os deuses, mas Epimeteu, que significa aquele que age antes de pensar, era um indivíduo desmiolado, que invariavelmente seguia seu primeiro impulso e depois mudava de ideia. E foi o que ele fez nesse caso. Antes de criar os homens, confiou todos os melhores dons aos animais: força, rapidez, coragem e astúcia, pelos, penas, asas, conchas e assim por diante, até não sobrar nada de bom para os homens, nenhuma cobertura protetora e nenhuma qualidade que os tornasse páreo para os animais. Tarde demais, como de costume, Epimeteu se arrependeu e pediu ajuda ao irmão. Prometeu então assumiu a tarefa da criação e pensou num jeito de tornar os homens superiores. Criou-os com uma forma mais nobre do que a dos animais, eretos como os deuses, e então foi até o céu, até o Sol, onde acendeu uma tocha para trazer o fogo, uma proteção para os homens muito melhor do que qualquer outra, fossem pelos, penas, força ou velocidade.

> E agora, embora fracos e de vida curta,
> Os homens tinham o fogo flamejante e dele
> Aprenderam muitos ofícios.

Segundo outra história, foram os próprios deuses que criaram os homens. Primeiro eles criaram uma raça dourada. Embora mortais, esses seres viviam como deuses, sem sofrimento no coração e longe de qualquer labuta ou dor. Seus trigais frutificavam sozinhos, em abundância. Eles também eram ricos em rebanhos e amados pelos deuses. Ao morrer, tornavam-se espíritos puros e bondosos, os guardiães da humanidade.

Nesse relato da criação, os deuses pareciam decididos a experimentar com os diversos metais e, de modo um tanto curioso, procediam de maneira decrescente, do excelente para o bom, em seguida ao pior e assim por diante. Depois de tentarem o ouro, passaram para a prata. Essa segunda raça de prata era muito inferior à primeira. Esses seres também eram tão pouco inteligentes que não conseguiam evitar ferir uns aos outros. Eles também morreram, mas, ao contrário da raça de ouro, seu espírito não continuou vivo depois. A raça seguinte foi a de bronze. Eram homens terríveis, dotados de uma força imensa, e amavam tanto a guerra e a violência que foram completamente destruídos pelas próprias mãos. Mas isso foi bom, pois eles foram seguidos por uma raça esplêndida de heróis semelhantes a deuses, que travaram guerras gloriosas e partiram em grandes aventuras que os homens vêm narrando e cantando ao longo dos séculos desde então. Estes partiram, enfim, para as Ilhas dos Abençoados, onde viveram para sempre em perfeita felicidade.

A quinta raça é a que hoje povoa a Terra: a raça de ferro. Esses homens vivem em tempos maus e há muita maldade em sua índole, por isso eles nunca descansam da labuta e da tristeza. Vão piorando com o passar das gerações: os filhos são sempre inferiores aos pais. Chegará um tempo em que terão se tornado tão maus que irão venerar o poder, a força suplantará o que é certo e o respeito do que é bom deixará de existir. Por fim, quando nenhum homem mais sentir raiva diante da injustiça ou vergonha diante da presença dos miseráveis, Zeus os destruirá também. Mas, mesmo então, talvez algo possa ser feito, contanto que o povo comum se rebele e derrube os governantes que o oprimem.

Por mais diferentes que sejam, essas duas histórias sobre a criação – a das cinco idades e a de Prometeu e Epimeteu – concordam em relação a uma coisa. Durante muito tempo, e certamente durante a feliz Idade de Ouro, havia somente homens na Terra; não existiam mulheres. Zeus as criou mais tarde, com raiva de Prometeu por ter se importado tanto com os homens. Prometeu não apenas tinha roubado o fogo para os homens; tinha também garantido que eles ficassem com a melhor parte de qualquer animal sacrificado, e os deuses, com a pior. Ele esquartejou um grande boi e embrulhou no couro as partes boas e comestíveis, disfarçando-as ainda mais ao empilhar as vísceras por cima. Ao lado dessa pilha, ergueu outra com todos os ossos, engenhosamente dispostos e cobertos de gordura reluzente, e pediu a Zeus que escolhesse uma das duas. Zeus escolheu a gordura branca e zangou-se ao ver os ossos astutamente disfarçados. Mas ele tinha feito sua escolha e precisava respeitá-la. Dali em diante, apenas gordura e ossos eram queimados para os deuses em seus altares. Os homens guardavam a boa carne para si.

Mas o pai dos homens e dos deuses não era do tipo que suportava ser tratado assim. Ele jurou se vingar, primeiro dos humanos, depois, do amigo dos humanos. Criou um grande mal para os homens, uma coisa bela e encantadora de se ver, com a aparência de uma tímida donzela, e todos os deuses a cobriram de presentes: trajes de prata, um véu bordado sublime aos olhos, guirlandas cintilantes de flores e uma coroa de ouro que irradiava grande beleza. Por causa do que lhe deram, eles a batizaram de *Pandora*, que significa "o presente de todos". Depois de criado esse lindo desastre, Zeus a mostrou e, ao vê-lo, tanto deuses como homens foram tomados de assombro. Foi dela, a primeira mulher, que nasceu a raça das mulheres, que são um mal para os homens e cuja índole os leva a fazer o mal.

Outra história sobre Pandora é que a origem de todo o infortúnio não foi sua índole má, mas somente sua curiosidade. Os deuses a presentearam com uma caixa na qual cada um tinha posto algo perigoso e a proibiram de abri-la. Então a mandaram ao encontro de Epimeteu, que a recebeu de bom grado, muito embora Prometeu o tivesse avisado para nunca aceitar nada de Zeus. Epimeteu a recebeu e então, quando aquela coisa perigosa, uma mulher, se tornou sua, ele entendeu como tinha sido bom o conselho do irmão. Pois Pandora era muito curiosa. Ela *precisava* saber o que havia dentro da caixa. Um dia, ergueu a tampa e de lá saíram incontáveis pestes, sofrimentos e problemas para a humanidade. Aterrorizada, Pandora fechou a tampa outra vez, mas era tarde. Dentro da caixa, porém, havia uma coisa boa: a esperança. Era o único bem que a caixa continha entre os muitos males e até hoje continua a ser o único reconforto dos humanos em caso de infortúnio. Assim, os mortais aprenderam que não é possível derrotar Zeus nem algum dia enganá-lo. O sábio e generoso Prometeu também descobriu isso.

Depois de punir os homens dando-lhes as mulheres, Zeus voltou sua atenção para o principal dos pecadores. O novo líder dos deuses devia muito

*Pandora ergueu a tampa e de lá saíram pestes
e sofrimentos para a humanidade.*

a Prometeu por tê-lo ajudado a derrotar os outros titãs, mas essa dívida foi esquecida. Zeus mandou seus ajudantes, a Força e a Violência, capturarem Prometeu e o levarem para o Cáucaso, onde ele foi amarrado

> Num rochedo comprido, alto e escarpado,
> Com correntes inquebrantáveis que ninguém é capaz de romper,

e lhe disseram:

> Para todo o sempre o intolerável presente será seu tormento.
> E aquele que o libertará ainda está por nascer.
> É esse o fruto que você colhe por ter se aliado aos homens.
> Você, também um deus, não temeu a ira divina,
> Mas deu aos mortais uma honra que eles não mereciam.
> E, portanto, deve guardar este triste rochedo,
> Sem descanso, sem sono, sem um instante de trégua.
> Os gemidos serão sua voz; os lamentos, suas únicas palavras.

O motivo para infligir essa tortura não era só punir Prometeu, mas também forçá-lo a revelar um segredo muito importante para o senhor do Olimpo. Zeus sabia que o destino, que tudo faz acontecer, havia decretado que, um dia, um filho seu o tiraria do trono e expulsaria os deuses do seu lar celestial, mas somente Prometeu sabia quem seria a mãe desse filho. Enquanto ele agonizava amarrado ao rochedo, Zeus despachou seu mensageiro Hermes para lhe pedir que revelasse o segredo. Prometeu disse a Hermes:

> Vá convencer a onda do mar a não quebrar,
> Será tão difícil quando tentar convencer a mim.

Hermes alertou-o de que, caso insistisse naquele silêncio obstinado, Prometeu teria de suportar sofrimentos ainda mais terríveis:

> Uma águia vermelha de sangue
> Virá, sem ter sido convidada para o seu banquete.
> Durante o dia inteiro irá bicar seu corpo,
> Devorando com fúria o fígado enegrecido.

Mas nada, nenhuma ameaça ou tortura conseguiu quebrar Prometeu. Embora seu corpo estivesse preso, seu espírito estava livre. Ele se recusou a ceder à crueldade e à tirania. Sabia ter ajudado Zeus, e sabia ter feito a coisa certa ao se apiedar da impotência dos mortais. Seu sofrimento era absolutamente injusto e ele não iria ceder ao poder brutal, a despeito do custo. Então disse a Hermes:

> Não há força que me obrigue a falar.
> Que Zeus lance seus raios de fogo
> E com as asas brancas da neve,
> Com o trovão e o terremoto,
> Estarreça o mundo atordoado.
> Nada disso me fará mudar de ideia.

Hermes exclamou:

> Ora, isso são devaneios que se poderia ouvir de um louco

e deixou Prometeu sofrer o que precisava sofrer. Gerações mais tarde sabemos que ele foi solto, mas como ou por quê não é dito com clareza em lugar algum. Segundo uma estranha história, o centauro Quíron, embora imortal, dispôs-se a morrer por ele e foi autorizado a fazê-lo. Quando estava insistindo com Prometeu para ceder ao pedido de Zeus, Hermes falou sobre isso, mas de tal modo a fazer com que parecesse um incrível sacrifício:

> Não espere um fim para essa agonia
> A menos que um deus se ofereça para sofrer por você.
> Assuma sua dor como dele e, no seu lugar,
> Desça até onde o sol se transforma em escuridão,
> Nas negras profundezas da morte.

Mas foi isso que Quíron fez, e Zeus, pelo visto, o aceitou como substituto. Ficamos sabendo também que Hércules matou a águia e libertou Prometeu das correntes, e que Zeus permitiu que isso fosse feito. Mas por que Zeus mudou de ideia, e se Prometeu revelou o segredo ao ser libertado, isso não sabemos. Uma coisa é certa, porém: seja lá o modo como os dois se reconciliaram, não foi Prometeu quem cedeu. Seu nome perdurou ao longo dos séculos, desde a época dos gregos até a nossa, como o do grande rebelde contra as injustiças e a autoridade do poder.

Existe ainda outro relato sobre a criação dos homens. Na história das cinco idades, os homens são descendentes da raça de ferro. Na de Prometeu, não fica claro se os homens que ele salvou da destruição pertenciam a essa raça ou à de bronze. O fogo teria sido tão necessário para uma quanto para outra. Na terceira história, os homens vêm de uma raça de pedra. Essa história começa com o dilúvio.

Por toda a Terra, os homens se tornaram tão malvados que Zeus, por fim, resolveu destruí-los. Ele decidiu

> Misturar tormenta e tempestade pela terra sem fim
> E extinguir por completo o homem mortal.

Ele mandou a enchente. Pediu ajuda a seu irmão, o senhor dos mares, e juntos, com chuvas torrenciais do céu, e rios desgovernados na Terra, os dois inundaram tudo.

> O poder das águas subjugou a terra escura

até os cumes das mais altas montanhas. Apenas o altíssimo monte Parnaso não foi inteiramente coberto e o pedacinho de terra seca em seu topo foi o meio que a raça humana encontrou para escapar à destruição. Depois de uma chuva que durou nove dias e nove noites, apareceu flutuando ali o que parecia ser uma grande arca de madeira, mas seguros lá dentro estavam dois seres humanos vivos, um homem e uma mulher. Eram Deucalião e Pirra; ele, o filho de Prometeu, e ela, sua sobrinha, filha de Epimeteu e Pandora. Prometeu, a pessoa mais sábia de todo o Universo, tinha conseguido proteger a própria família. Sabia que o dilúvio iria chegar e pedira ao filho que construísse a arca, a equipasse com provisões e nela embarcasse junto com a esposa.

Felizmente Zeus não se ofendeu, porque tanto Deucalião como Pirra eram adoradores dedicados e fiéis dos deuses. Quando a arca chegou a terra firme e ele saíram, sem ver qualquer sinal de vida em lugar algum, somente uma imensidão de água, Zeus se apiedou deles e secou a enchente. Aos poucos, como a maré que recua, o mar e os rios baixaram e a terra secou outra vez. Pirra e Deucalião desceram do monte Parnaso; eram as únicas criaturas vivas num mundo morto. Encontraram um templo coberto de limo, mas não inteiramente destruído, e ali agradeceram por terem escapado e rezaram pedindo ajuda em sua terrível solidão.

Ouviram uma voz dizer:

– Cubram a cabeça com véu e lancem atrás de si os ossos de sua mãe.

Essa ordem os deixou horrorizados.

Pirra protestou:

– Não nos atrevemos a fazer tal coisa!

Deucalião foi obrigado a concordar com ela, mas tentou pensar no que poderia haver por trás daquelas palavras e, de repente, entendeu seu significado.

– A mãe de todos é a Terra – disse ele à esposa. – Seus ossos são as pedras. Podemos lançá-las atrás de nós sem fazer nada errado.

E eles assim fizeram, e as pedras, ao caírem, assumiram forma humana. Esses seres foram chamados de Povo da Pedra e foram uma raça dura, resistente, como era de esperar, e de fato como precisavam ser para salvar a Terra da desolação deixada pelo dilúvio.

CAPÍTULO IV

Os primeiros heróis

PROMETEU E IO

O material desta história provém de dois poetas, o grego Ésquilo e o romano Ovídio, separados por 450 anos e ainda mais por seus dons e temperamentos. Os dois são as melhores fontes para esta narrativa. É fácil distinguir as partes contadas por cada um: Ésquilo, grave e direto, Ovídio, leve e divertido. O detalhe sobre as mentiras que os amantes contam é típico de Ovídio, como também a pequena história sobre Siringe.

Na época em que Prometeu tinha acabado de dar o fogo aos homens e ser acorrentado ao pico rochoso no Cáucaso, ele recebeu uma estranha visita. Uma criatura alada escalou, muito abalada, as montanhas e escarpas até onde ele estava. Parecia uma novilha, mas falava como uma menina aparentemente transtornada de tristeza. Ao ver Prometeu, ela se deteve. Exclamou:

> O que vejo aqui?
> Uma forma castigada pela tormenta,
> Presa ao rochedo.
> Você cometeu algum erro?

> É essa a sua punição?
> Onde estou eu?
> Fale com uma pobre viajante.
> Chega – já fui suficientemente testada –
> Minha errância – esta longa errância.
> Mas não achei lugar algum
> Em que deixar meu sofrimento.
> Sou uma menina que lhe fala,
> Mas tenho chifres na cabeça.

Prometeu a reconheceu. Ele sabia sua história e disse o seu nome:

> Eu a conheço, menina: você é Io, filha de Ínaco.
> Com amor esquentou o coração do deus
> E Hera a odeia. É ela
> Quem a condena a essa fuga sem fim.

O espanto conteve o frenesi de Io. Ela ficou parada, tomada de assombro. Seu nome, pronunciado por aquele estranho ser, naquele lugar estranho e desolado! Ela implorou:

> Quem é você, sofredor, que diz a verdade
> A alguém que sofre?

E Prometeu respondeu:

> Você está vendo Prometeu, que deu o fogo aos mortais.

Io então ficou conhecendo a ele e sua história.

> Você, aquele que socorreu toda a raça dos homens?
> Você, aquele Prometeu, o ousado, o resistente?

A conversa entre eles fluiu livremente. Prometeu lhe contou como Zeus o havia tratado e Io lhe disse que Zeus era o motivo pelo qual ela, antes uma princesa e uma menina feliz, fora transformada em

> Um animal, um animal faminto,
> A correr num frenesi de saltos e pulos desengonçados.
> Ah, que vergonha...

A causa direta de seus infortúnios era a ciumenta Hera, esposa de Zeus, mas, por trás de tudo, a causa era o próprio Zeus. Ele se apaixonou por Io e começou a mandar

> O tempo todo, ao meu quarto de donzela,
> Visões noturnas
> E a me convencer com palavras gentis:
> "Ó menina, feliz menina,
> Por que ainda é donzela?
> A flecha do desejo acertou Zeus.
> Por você ele se abrasou.
> É com você que ele quer conquistar o amor."
> Sempre, toda noite eu tinha esses sonhos.

Maior ainda que o amor de Zeus, porém, era o medo que Io sentia do ciúme de Hera. Ele agiu, porém, com muito pouca sensatez para o pai dos deuses e dos homens ao tentar esconder a si e Io envolvendo a Terra numa nuvem tão espessa e escura que uma noite repentina pareceu expulsar a luz clara do dia. Hera sabia muito bem que aquele estranho acontecimento tinha um motivo e, na mesma hora, desconfiou do marido. Quando não conseguiu encontrá-lo em lugar nenhum do céu, desceu rapidamente à Terra e ordenou à nuvem que se afastasse. Mas Zeus também tinha sido rápido. Quando Hera o viu, ele estava em pé junto a uma linda novilha branca: era Io, claro. Zeus jurou ser aquela a primeira vez que a via, depois de ela brotar recém-nascida de dentro da terra. E isso, segundo Ovídio, mostra que as mentiras que os amantes contam não deixam os deuses zangados. Mas mostra também que essas mentiras não têm grande utilidade, pois Hera não acreditou em nada daquilo. Disse que a novilha era muito bonita e perguntou se Zeus faria o favor de lhe dar o animal de presente. Por mais que ele lamentasse, viu na hora que recusar revelaria todo o embuste. Que desculpa poderia inventar? Uma vaquinha insignificante... Com relutância, Zeus entregou Io à esposa. Hera sabia muito bem como mantê-la longe do marido.

Hera confiou Io aos cuidados de Argos, um arranjo excelente para o que ela queria, já que Argos tinha cem olhos. Com um vigia assim, capaz de dormir com alguns de seus olhos e ficar de guarda com os outros, Zeus parecia não ter o que fazer. O deus, assistindo à infelicidade de Io, transformada num animal e expulsa de casa, não se atreveu a ajudá-la. Por fim, porém, recorreu ao filho Hermes, o mensageiro dos deuses, e lhe disse que precisava encontrar um jeito de matar Argos. Não havia deus mais esperto do que Hermes. Assim que chegou à Terra vindo do céu, ele deixou de lado tudo que o identificava como ser divino e abordou Argos como um camponês, tocando uma suave melodia numa flauta de junco. Argos gostou do som da flauta e pediu ao músico que chegasse mais perto. "Pode até se sentar ao meu lado nesta pedra", disse ele. "Fica na sombra, como vê... ideal para um pastor." Embora nada pudesse ter sido melhor para os planos de Hermes, nada aconteceu. Ele tocou, então se pôs a falar ininterruptamente, do modo mais sonolento e monótono que conseguiu; parte dos cem olhos adormecia, mas parte continuava sempre acordada. No fim, porém, uma história deu certo: a do deus Pã, de como ele amou uma ninfa chamada Siringe, que fugiu dele; quando ele ia agarrá-la, ela foi transformada pelas irmãs ninfas numa touceira de juncos. "Mesmo assim você vai ser minha", disse Pã, e com aquilo em que ela havia se transformado ele fabricou

> Uma flauta de pastor
> Com juncos unidos por cera de abelha.

A pequena história não parece ser do tipo a induzir especialmente o sono, mas Argos achou que sim. Todos os seus olhos adormeceram. Hermes o matou no ato, claro, mas Hera pegou os olhos e os pôs na cauda do pavão, sua ave preferida.

Io parecia estar livre, mas não: Hera recomeçou a atormentá-la na mesma hora. Mandou uma mutuca que a enlouqueceu com suas picadas. Io disse a Prometeu:

> Ela me faz andar por toda a longa margem do mar.
> Não posso parar nem para comer nem para beber.
> Ela não me deixa dormir.

Prometeu tentou reconfortá-la, mas só conseguia lhe apontar um futuro distante. O que havia no seu futuro imediato era ainda mais errância em terras assustadoras. Naturalmente, a parte do mar pela qual Io primeiro correu em seu frenesi seria batizada de mar Iônico (Jônico) em sua homenagem, e o estreito do Bósforo, que significa "a passagem da vaca", preservaria sua memória quando ela o atravessasse. Mas seu verdadeiro consolo se daria quando ela finalmente chegasse ao Nilo, onde Zeus lhe devolveria a forma humana. Ela lhe daria um filho chamado Épafo e viveria dali em diante feliz e cheia de honrarias. E

> Saiba disso: da sua raça nascerá
> Um ser glorioso com um arco, de coração valente,
> E ele me libertará.

O descendente de Io seria Hércules, o maior de todos os heróis, quase superior aos próprios deuses, e a quem Prometeu deveria sua liberdade.

EUROPA

Esta história, tão semelhante ao conceito renascentista de clássico – fantástica, delicadamente decorada e colorida – foi extraída de um poema de Mosco, poeta alexandrino que viveu por volta do século II a.C., e é de longe o melhor relato sobre o tema.

Io não foi a única jovem a conquistar fama geográfica por ter sido alvo da paixão de Zeus. Houve outra, bem mais conhecida: Europa, filha do rei de Sídon. Mas, enquanto a pobre Io precisou pagar caro por esse privilégio, Europa foi extremamente afortunada. Tirando alguns poucos instantes de terror, quando se viu atravessando o mar profundo montada num touro, ela nada sofreu. A história não diz o que Hera estava fazendo na ocasião, mas fica claro que a deusa estava distraída e seu marido, livre para fazer o que quisesse.

Certa manhã, no céu, enquanto Zeus observava a Terra absorto, ele viu de repente um espetáculo encantador. Europa tinha acordado cedo, atormentada por um sonho como Io, só que, dessa vez, não com um deus que a amava, mas com dois continentes que, cada qual em forma de mulher, tentavam se apoderar dela: a Ásia, que afirmava tê-la parido e, portanto, era sua dona, e outra, ainda desconhecida, declarando que a tinha recebido como presente de Zeus.

Uma vez despertada dessa estranha visão ocorrida na alvorada, horário em que os verdadeiros sonhos visitam com mais frequência os mortais, Europa decidiu não tentar voltar a dormir, mas chamar suas companheiras, moças nascidas no mesmo ano que ela e todas de origem nobre, para acompanhá-la até as lindas campinas floridas junto ao mar. Aquele era o seu local de encontro preferido, quisessem elas dançar, banhar seus belos corpos na foz do rio ou colher flores.

Dessa vez todas tinham levado cestos, pois sabiam que as flores agora estavam perfeitas. O cesto de Europa era feito de ouro, lindamente gravado com ilustrações que representavam, fato um tanto estranho, a história de Io, suas andanças na forma de uma vaca, a morte de Argos e Zeus a tocá-la de leve com sua mão divina para transformá-la de novo em mulher. Como se pode notar, o cesto era um objeto maravilhoso e fora fabricado por ninguém menos que Hefesto, o artesão celestial do Olimpo.

Por mais belo que fosse o cesto, havia flores igualmente belas com as quais enchê-lo: perfumados narcisos, jacintos, violetas e açafrões amarelos, e as mais radiosas de todas, o esplendor carmim das rosas selvagens. As jovens as colheram com deleite e percorreram toda a campina, cada qual mais bela do que a outra; mesmo assim, Europa se destacou entre elas da mesma forma que a deusa do amor suplanta as irmãs Graças. E foi justamente a deusa do amor a responsável pelo que aconteceu a seguir. Enquanto Zeus, no céu, assistia à bela cena, aquela que é a única capaz de vencê-lo – além de seu filho, o travesso menino Cupido – disparou uma de suas flechas no seu coração e Zeus se apaixonou loucamente por Europa nesse exato instante. Embora Hera estivesse longe, ele achou melhor tomar cuidado e, antes de se mostrar a Europa, se transformou num touro. Não daqueles que se poderia ver num curral ou pastando num campo, mas um touro mais lindo do que qualquer outro, de pelo avermelhado brilhante, com um círculo prateado na testa e chifres que pareciam o crescente da jovem lua. Ele parecia tão manso quanto belo, de modo que as moças não se assustaram com sua chegada, mas se reuniram para acariciá-lo e sentir o perfume celestial que emanava dele, mais delicioso até do que a campina florida. Foi de Europa que ele se aproximou e, quando ela delicadamente o tocou, ele deu um mugido tão sonoro que nenhuma flauta poderia ter produzido um som mais melodioso.

O rapto de Europa

Ele então se deitou aos pés da moça, parecendo lhe mostrar as costas largas, e ela gritou para as outras irem montá-lo também.

> Pois ele certamente nos deixará montá-lo,
> Já que é tão manso, dócil e suave de aspecto.
> Não se parece com um touro, mas com um homem bom e fiel,
> Exceto por não saber falar.

Sorrindo, Europa se sentou nas costas do touro, mas as outras, embora tenham ido depressa atrás dela, não tiveram essa chance. O touro deu um salto e correu a toda para a beira do mar, mas, em vez de entrar na água, partiu por cima da vasta superfície. As ondas se acalmavam diante dele e toda uma procissão surgiu das profundezas e passou a acompanhá-lo: os estranhos deuses do mar, nereidas montadas em golfinhos, tritões tocando suas cornetas e o poderoso senhor dos mares em pessoa, irmão do próprio Zeus.

Europa, assustada em igual medida pelas espantosas criaturas que via e pelas águas que se moviam por toda a sua volta, agarrou com uma das mãos o imenso chifre do touro e, com a outra, segurou o vestido roxo, para não molhá-lo. Os ventos

> Inflaram das profundezas como se infla
> A vela de um navio e com a mesma delicadeza
> A carregaram.

Aquilo não podia ser um touro, pensou Europa, mas com toda a certeza era um deus; e pôs-se a implorar a ele, suplicando que tivesse pena dela e não a deixasse sozinha em algum lugar desconhecido. Ele lhe respondeu e mostrou-lhe que ela havia acertado ao adivinhar quem ele era. Não tinha nada a temer, falou. Ele era Zeus, o maior de todos os deuses, e tudo que estava fazendo era por amor a ela. Estava levando-a para Creta, sua ilha, onde a mãe o havia escondido de Cronos depois de ele nascer, e lá ela lhe daria

> Gloriosos filhos cujos cetros governarão
> Todos os homens da Terra.

Tudo aconteceu como Zeus tinha dito, claro. Creta surgiu ao longe, eles aportaram e as Estações, guardiãs dos portões do Olimpo, vestiram Europa para as bodas. Seus filhos foram homens famosos, não só neste mundo, mas no outro, onde dois deles, Minos e Radamanto, foram recompensados por sua justiça na Terra, sendo nomeados juízes dos mortos. Mas o nome que permanece mais conhecido é o da própria Europa.

O ciclope Polifemo

A primeira parte desta história remonta à Odisseia; *a segunda é contada apenas por Teócrito, poeta alexandrino do século III a.C.; a última não poderia ter sido escrita por ninguém senão o satirista Luciano, no século II d.C. Mil anos no mínimo separam o início do fim. O vigor e a potência da narrativa de Homero, as imaginativas cenas narradas por Teócrito e o cinismo inteligente de Luciano ilustram, em sua gradação, a evolução da literatura grega.*

Todas as monstruosas formas de vida a serem criadas no início, as criaturas de cem mãos, os Gigantes e as outras, foram permanentemente banidas da Terra ao ser vencidas, com uma única exceção: os ciclopes. Estes tiveram permissão para voltar e no fim acabaram se tornando grandes protegidos de Zeus. Trabalhadores fantásticos, eram eles que forjavam seus raios. No início eram apenas três, mas depois viraram muitos. Zeus lhes deu um lar numa terra aprazível, onde os vinhedos e trigais davam frutos abundantes sem que fosse preciso semear nem arar. Os ciclopes tinham também grandes rebanhos de ovelhas e cabras, e levavam uma vida folgada. Sua ferocidade e seu temperamento selvagem, porém, não arrefeceram: eles não tinham leis nem tribunais de justiça e cada um agia como bem entendesse. Não era um lugar bom para forasteiros.

Muito tempo depois de Prometeu ser punido, quando os descendentes dos homens que ele ajudara já tinham se civilizado e aprendido a construir navios que navegavam até lugares distantes, um príncipe grego atracou seu barco na margem dessa terra perigosa. Seu nome era Odisseu (Ulisses em latim) e ele estava a caminho de casa após destruir Troia. Nem na mais árdua batalha que travou com os troianos ele chegou tão perto da morte quanto nessa ocasião.

Não muito longe do local em que sua tripulação tinha ancorado o navio havia uma caverna, aberta na direção do mar e muito espaçosa. Parecia desabitada; diante da entrada havia uma sólida cerca. Odisseu partiu com doze de seus homens para explorá-la. Precisavam de comida e Odisseu levou consigo um cantil cheio de um vinho forte e saboroso para dar a quem vivesse ali em troca de hospitalidade. O portão da cerca não estava fechado e eles entraram na caverna. Embora não houvesse ninguém lá dentro, era claramente a morada de alguém muito próspero. Muitos currais lotados de cordeiros e cabritos margeavam as paredes. Havia também prateleiras repletas de queijos e baldes cheios de leite, um deleite para os viajantes cansados de navegar, que comeram e beberam enquanto esperavam o dono da caverna chegar.

Ele por fim apareceu, medonho e gigantesco, alto como uma imensa escarpa de montanha. Tocando seu rebanho, entrou e fechou a entrada da caverna com uma imensa placa de pedra. Então olhou em volta, avistou os forasteiros e exclamou, com uma voz terrível e ribombante: "Quem são vocês para entrar na casa de Polifemo sem serem convidados? Comerciantes ou piratas ladrões?" Os marinheiros ficaram apavorados com seu aspecto e sua voz, mas Odisseu se apressou em responder, e com firmeza: "Somos guerreiros naufragados de Troia e seus hóspedes sob a proteção de Zeus, deus da Hospitalidade." Mas Polifemo rugiu, dizendo que não se importava com Zeus. Era maior do que qualquer deus e não temia nenhum deles. Ao dizer isso, estendeu seus braços fortes e em cada mão imensa agarrou um dos homens e esmigalhou seus miolos no chão. Bem devagar, banqueteou-se com eles até o último pedaço e então, satisfeito, esticou-se no chão da caverna e dormiu. Estava a salvo de qualquer ataque. Ninguém exceto ele conseguiria fazer rolar a imensa pedra que fechava a entrada e, se os homens horrorizados tivessem conseguido reunir coragem e força suficientes para matá-lo, teriam ficado presos ali para sempre.

Durante essa longa e terrível noite, Odisseu foi obrigado a encarar a verdade cruel do que acontecera e do que iria acontecer com todos eles caso não conseguisse pensar num jeito de fugir. Mas ainda não havia tido nenhuma ideia quando o dia raiou e o rebanho reunido na entrada da caverna acordou o ciclope. Foi obrigado a ver dois outros companheiros seus morrerem, pois Polifemo fez o desjejum da mesma forma que tinha feito a ceia. A criatura então saiu com seu rebanho, removendo a imensa pedra na entrada e recolocando-a outra vez no lugar com a mesma facilidade com que um homem abre e fecha a tampa de sua aljava. Odisseu passou o dia inteiro pensando, preso dentro da caverna. Quatro de seus homens tinham perdido a vida de forma medonha. Será que todos eles precisariam partir do mesmo jeito horrível? Por fim, um plano surgiu em sua mente. Perto dos currais havia um imenso tronco de madeira, tão comprido e tão grosso quanto o mastro de um navio de vinte remos. Ele cortou um bom pedaço do tronco e então, junto com seus homens, afiou-o e endureceu a ponta, girando-a várias vezes no fogo. Quando o ciclope voltou, eles já tinham terminado e escondido a arma. O mesmo horrendo banquete de antes se repetiu. Quando o ciclope acabou de comer, Odisseu encheu uma caneca com o vinho que ele próprio levara consigo e lhe ofereceu. O ciclope esvaziou a caneca com deleite e pediu mais, e Odisseu o serviu até ele sucumbir, por fim, a um sono embriagado. Odisseu e seus homens então pegaram a grande estaca no esconderijo e esquentaram a ponta na fogueira até ela quase pegar fogo. Algum poder superior insuflou-lhes uma coragem insana e eles cravaram a estaca em brasa no único olho do ciclope. Com um grito terrível, ele acordou e arrancou a estaca. Pôs-se a cambalear de um lado para outro pela caverna à procura de seus algozes, mas, como estava cego, os marinheiros conseguiram escapar.

Por fim, o ciclope afastou a pedra que fechava a caverna, sentou em cima e estendeu os braços pelo vão, pretendendo assim capturá-los quando eles tentassem sair. Mas Odisseu tinha pensado num plano para isso também. Mandou cada homem escolher três carneiros de lã grossa e amarrá-los um no outro com tiras fortes e maleáveis feitas de casca de árvore; em seguida, mandou que esperassem o dia, quando o rebanho seria conduzido para pastar do lado de fora. Por fim, a aurora chegou e, à medida que os animais aglomerados junto à entrada iam saindo, Polifemo os tateava para se certificar de que nenhum estivesse carregando um homem nas costas. Nunca lhe ocorreu tatear por baixo, mas era ali que os homens estavam, cada qual encolhido debaixo do carneiro do meio, agarrado à lã comprida. Assim que escaparam daquele lugar assustador, os homens largaram os animais, correram para o navio e sem demora subiram a bordo e zarparam. Mas Odisseu estava zangado demais para partir naquele silêncio prudente. Por cima da água, lançou um sonoro grito para o gigante cego na entrada da caverna: "Quer dizer, ciclope, que você não teve força suficiente para devorar todos os fracos homens? Está sendo justamente punido pelo que fez com aqueles que foram hóspedes na sua casa!"

As palavras atingiram em cheio o coração de Polifemo. Ele se levantou num pulo, arrancou um grande rochedo da montanha e o arremessou na direção do navio. A pedra por um triz não esmagou a proa e a agitação que produziu no mar devolveu o navio a terra firme. A tripulação remou com todas as forças e por pouco conseguiu se afastar. Quando Odisseu viu que estavam a uma distância segura, tornou a gritar em tom de provocação: "Ciclope, quem cegou seu olho foi Odisseu, o destruidor de cidades. Diga isso a quem perguntar!" Mas eles agora já estavam longe demais e o gigante nada pôde fazer. Ficou sentado na margem, cego.

Essa foi a única história contada sobre Polifemo por muitos anos. Os séculos passaram e ele continuou o mesmo: um monstro assustador, sem forma, imenso, cego do único olho. Mas enfim mudou, como aquilo que é feio e mau tende a mudar e se abrandar com o tempo. Talvez algum contador de histórias tenha visto na criatura imponente e sofredora abandonada por Odisseu algo digno de pena. Seja como for, a história seguinte o mostra sob uma luz muito agradável, nem um pouco aterrorizante, mas um pobre monstro crédulo, um monstro ridículo, muito consciente de quão horrendo, tosco e repulsivo era, e, portanto, infeliz, porque estava loucamente apaixonado pela encantadora e zombeteira ninfa do mar Galateia. Ele agora vivia na Sicília e conseguira, não se sabe como, recuperar o olho, talvez graças a algum milagre de seu pai, que, nessa história, é Poseidon, o grande deus do mar. O gigante apaixonado sabia que Galateia jamais o aceitaria; ele era um caso perdido. Mesmo assim, toda vez que sua dor o fazia endurecer o coração contra ela e dizer a si mesmo "Ordenhe a ovelha que você tem; por que perseguir aquilo que o rejeita?", a sedutora jovem se aproximava dele mansamente. Então, de repente, uma chuva de maçãs atingia seu rebanho e a voz dela ecoava em seus ouvidos chamando-o de lerdo no amor. Assim que se levantava para ir atrás dela, Galateia saía correndo, rindo da sua lentidão e falta de jeito ao tentar segui-la. Tudo que ele podia fazer era novamente se sentar na beira do mar, desolado e impotente, mas dessa vez sem tentar matar pessoas enfurecido, apenas cantando tristes canções de amor para amolecer o coração da ninfa do mar.

Numa história muito posterior, Galateia se tornou bondosa, não por ter a donzela deslumbrante, delicada e branca como leite – como Polifemo a chamava em seus cantos – se apaixonado pela medonha criatura de um olho só (nessa história também ele recuperou o olho), mas por ter pensado, prudentemente, que ele, sendo o filho preferido do senhor dos mares, não era alguém a ser desprezado de forma alguma. Galateia disse isso à irmã, a ninfa Dóris, que nutria alguma esperança de atrair ela própria o ciclope e iniciou a conversa dizendo com desdém: "Que belo amante você arrumou… aquele pastor siciliano. Todo mundo está comentando."

> GALATEIA: Por favor, não seja arrogante. Ele é filho de Poseidon. Aí está!
> DÓRIS: Para mim pode ser filho até de Zeus. Uma coisa é certa: ele é um bruto feio e sem modos.
> GALATEIA: Vou lhe dizer uma coisa, Dóris: ele tem algo de muito másculo. Naturalmente é verdade que tem um olho só, mas vê tão bem com ele quanto se tivesse dois.
> DÓRIS: Quem a ouve pensa que você também está apaixonada.
> GALATEIA: Apaixonada… por Polifemo! Eu não. Mas posso adivinhar o que a faz falar assim, claro. Você sabe muito bem que ele nunca reparou em você, só em mim.
> DÓRIS: Um pastor de um olho só acha você bonita! Isso é motivo de orgulho. Pelo menos não vai precisar cozinhar para ele. Pelo que eu soube, ele sabe transformar qualquer viajante numa bela refeição.

Mas Polifemo nunca conquistou Galateia. Ela se apaixonou por um lindo e jovem príncipe chamado Ácis, que Polifemo matou num acesso de fúria e ciúme. Ácis, porém, foi transformado num deus do rio, então a história acabou bem. Mas não nos é dito se Polifemo jamais tenha amado qualquer donzela a não ser Galateia nem que qualquer outra donzela algum dia o tenha amado.

MITOS DE FLORES: NARCISO, JACINTO, ADÔNIS

A primeira história sobre a criação do narciso é contada somente num dos primeiros Hinos Homéricos, *do século VII ou VIII a.C., e a segunda foi tirada de Ovídio. A diferença entre os dois poetas é imensa: não apenas seiscentos ou até mesmo setecentos anos os separam, mas também a diferença fundamental entre gregos e romanos. O hino é escrito de modo objetivo, simples, sem qualquer afetação. O poeta está pensando no seu tema. Ovídio, como sempre, está pensando no seu público. Apesar disso, ele conta bem essa história. O trecho sobre o fantasma que tenta ver o próprio reflexo no rio da morte é um detalhe sutil bem típico dele e bastante distinto de qualquer autor grego. Eurípides fornece o melhor relato sobre o festival de Jacinto; tanto Apolodoro como Ovídio contam essa história. Sempre que minha narrativa demonstrar qualquer vivacidade, ela pode ser atribuída com segurança a Ovídio. Apolodoro não se distrai com nada desse gênero. Já a história de Adônis foi tirada de dois poetas do século III a.C., Teócrito e Bíon. É uma história típica dos poetas alexandrinos, terna, um pouco sentimental, mas sempre de um bom gosto ímpar.*

Na Grécia existem lindas flores silvestres. Elas seriam belas em qualquer lugar, mas a Grécia não é um país rico e fértil, de vastas campinas e plantações fecundas, onde as flores aparecem à vontade. É um país de planícies rochosas, colinas pedregosas e montanhas escarpadas, e em lugares assim o vívido e deslumbrante desabrochar das flores silvestres,

> Uma profusão de deleites,
> Alegre, espantosamente vívida,

espanta e surpreende. Altitudes desoladas se cobrem de cores radiantes; todas as fendas e reentrâncias de rudes escarpas desabrocham. O contraste dessa beleza risonha e luxuriante com a grandiosidade aguda e austera do entorno prende com força a atenção. Em outros lugares, as flores silvestres podem passar quase despercebidas, mas na Grécia, jamais.

Isso era tão verdadeiro em épocas passadas quanto hoje em dia. Nos tempos distantes em que as histórias da mitologia grega estava tomando forma, os homens viam com assombro e deleite as coloridas flores da primavera grega. Esse povo, separado de nós por milhares de anos e praticamente desconhecido, sentia a mesma coisa que sentimos diante do milagre da beleza, cada flor tão delicada e todas juntas a cobrir o chão como um manto de arco-íris jogado sobre as colinas. Os primeiros contadores de histórias da

Grécia fizeram vários relatos sobre essas flores, como tinham sido criadas e por que eram tão lindas.

Relacioná-las aos deuses era a coisa mais natural possível. Tudo no céu e na Terra estava misteriosamente ligado aos poderes divinos, mas principalmente as coisas belas. Muitas vezes uma flor particularmente deslumbrante era considerada a criação direta de um deus para propósitos pessoais. O narciso era uma delas, uma flor diferente da nossa com o mesmo nome, uma bela e radiante inflorescência roxa e prateada. Zeus a criou para ajudar o irmão Hades, senhor do escuro mundo subterrâneo, quando quis levar embora a donzela por quem tinha se apaixonado, Perséfone, filha de Deméter. A moça estava colhendo flores com as amigas no vale de Enna, uma campina de grama macia, rosas, açafrões e belas violetas, íris e jacintos. De repente, vislumbrou algo novo: uma flor mais linda do que qualquer outra que já vira, uma flor estranha e gloriosa que a todos maravilhava, tanto deuses imortais quanto homens mortais. Uma centena de botões brotavam das raízes e o perfume era muito agradável. O vasto céu lá em cima e a terra inteira sorriam ao vê-la, e também as ondas salgadas do mar.

Das moças, somente Perséfone tinha visto a flor. As outras estavam do outro lado da campina. Ela se aproximou sorrateiramente, um pouco assustada por estar sozinha, mas incapaz de resistir ao desejo de encher seu cesto com aquela flor, justamente como Zeus imaginara que fosse acontecer. Curiosa, estendeu a mão para colher o mimo encantador, mas, antes de conseguir tocá-lo, um abismo se abriu no chão e dele irromperam cavalos negros como carvão, que vinham puxando uma carruagem e eram conduzidos por um personagem de sombrio esplendor, majestoso, belo e terrível. Ele a arrebatou e a estreitou junto a si. Um segundo depois, ela estava sendo levada embora da radiosa terra primaveril rumo ao mundo dos mortos pelo rei que a governa.

Essa não era a única história sobre essa bela flor. Havia outra, igualmente mágica, mas bem diferente. Seu herói era um lindo rapaz chamado Narciso. A beleza de Narciso era tão notável que todas as moças que o viam ansiavam serem suas, mas ele não queria nenhuma. Passava distraído até pela mais formosa, por mais que ela se esforçasse para atrair seu olhar. Nem mesmo a mais bela das ninfas, Eco, conseguiu tocar seu coração. Eco era uma protegida de Ártemis, deusa das matas e criaturas selvagens, mas acabou desagradando a uma deusa ainda mais poderosa, a própria Hera, dedicada à sua costumeira ocupação de tentar descobrir o que Zeus andava aprontando. Hera desconfiou que Zeus estivesse apaixonado por uma das ninfas e foi examiná-las para tentar descobrir qual. No entanto, distraiu-se imediatamente de sua missão ao ouvir Eco tagarelar alegremente. Enquanto Hera ouvia, achando graça, as outras se retiraram em silêncio e a deusa não conseguiu chegar a conclusão alguma em relação ao objeto do volúvel desejo de Zeus. Com sua injustiça habitual, ela se virou contra Eco. E a ninfa se tornou mais uma moça infeliz punida por Hera. A deusa a condenou a nunca mais usar a língua senão para repetir o que lhe fosse dito. "Você terá sempre a última palavra", disse Hera, "mas não poderá falar primeiro."

Isso era muito difícil, mas ficou mais difícil ainda quando, a exemplo de todas as outras donzelas apaixonadas, Eco também se apaixonou por Narciso. Ela podia segui-lo, mas não podia falar com ele. Como, então, conseguiria fazer um rapaz que nunca olhava para moça alguma prestar atenção nela? Um dia, porém, sua oportunidade pareceu se apresentar. Narciso estava chamando os companheiros.

– Tem alguém aqui? – perguntou.

Eco respondeu, enlevada:

– Aqui... aqui.

Como ainda estava escondida entre as árvores, ele não a viu e gritou:

– Venha! – Exatamente o que ela ansiava lhe dizer.

Eco respondeu alegremente:

– Venha!

E saiu do meio das árvores com os braços estendidos. Mas Narciso lhe virou as costas com raiva e repulsa.

– Nada disso – falou. – Prefiro morrer a me deixar dominar por você.

Ao que ela respondeu apenas, com voz tímida e sedutora:

– Me deixar dominar por você.

Mas ele já tinha desaparecido. Eco escondeu o rubor das faces e a vergonha numa caverna isolada e ninguém jamais a conseguiu consolar. Até hoje ela vive em lugares assim, e dizem que definhou tanto de saudade que agora tudo que lhe resta é a voz.

Narciso então seguiu seu caminho cruel, desdenhando do amor. Por fim, uma daquelas a quem magoou fez uma prece que os deuses atenderam: "Faça aquele que não ama ninguém amar a si mesmo." A grande deusa Nêmesis, que significa justa cólera, empenhou-se em fazer isso acontecer. Quando Narciso se curvou diante de uma poça de água limpa para beber e viu ali o próprio reflexo, no mesmo instante se apaixonou. "Agora eu sei", disse ele, "o que os outros sofreram por minha causa, pois estou ardendo de amor por mim mesmo. Mas como poderei alcançar essa beleza que vejo refletida na água? Não consigo me afastar dela. Somente a morte pode me libertar." E foi o que aconteceu. Ele foi definhando, debruçado sobre a poça d'água, sem conseguir desviar o olhar. Eco estava por perto, mas não pôde fazer nada. Apenas quando Narciso, à beira da morte, disse à própria imagem "Adeus... adeus", ela pôde repetir suas palavras como uma despedida derradeira.

Dizem que, quando o espírito de Narciso atravessou o rio que rodeia o mundo dos mortos, ele se curvou no barco para ver pela última vez o próprio reflexo na água.

As ninfas que havia desprezado foram bondosas com ele depois de morto e procuraram seu corpo para sepultá-lo, mas não o conseguiram encontrar. No lugar em que caíra morto havia brotado uma flor nova e bela, e elas a batizaram com seu nome, narciso.

Outra flor surgida a partir da morte de um lindo jovem foi o jacinto, que tampouco se parece com a flor que assim chamamos, mas tem um formato de lírio e um tom roxo-escuro ou, segundo alguns, um esplêndido tom carmim. Foi uma morte trágica e anualmente celebrada pelo

> Festival de Jacinto,
> Que dura toda a noite tranquila.
> Numa luta com Apolo
> Ele foi morto.
> Os dois competiam no disco,
> E o veloz lançamento do deus
> Ultrapassou o objetivo que era seu alvo

e acertou Jacinto bem na testa, causando um ferimento terrível. Jacinto era o companheiro mais querido de Apolo. Não havia rivalidade entre eles quando quiseram ver quem lançava o disco mais longe; estavam apenas jogando. Ao ver o sangue esguichar e o rapaz, pálido como a morte, desabar no chão, o deus ficou horrorizado. Empalideceu também e, tomando Jacinto nos braços, tentou estancar a hemorragia. Mas já era tarde. Enquanto Apolo o segurava, a cabeça do rapaz caiu para trás como uma flor cujo caule se partiu. Jacinto morreu e Apolo chorou ajoelhado ao seu lado por vê-lo morrer tão jovem, tão belo. O deus o havia matado sem querer e lamentou-se: "Ah, se eu pudesse dar minha vida em troca da sua ou morrer junto com você!" Assim que disse isso, a grama manchada de sangue tornou a ficar verde e dela brotou a espantosa flor que tornaria conhecido o nome do jovem para sempre. O próprio Apolo escreveu sobre as pétalas – alguns dizem que eram as iniciais de Jacinto; outros dizem que eram as duas letras da palavra grega que significa "Ai de mim". Seja como for, é um símbolo da grande tristeza sentida pelo deus.

Existe também uma história segundo a qual o responsável direto pela morte não foi Apolo, mas Zéfiro, o Vento Oeste, que também amava o formoso rapaz e, enfurecido de ciúme ao ver que Jacinto preferia Apolo, soprou o disco e o fez acertar a testa do rapaz.

Esses relatos encantadores de belos jovens que, ao morrerem na primavera da vida, foram devidamente transformados em flores primaveris provavelmente têm um fundo sombrio. Eles dão uma pista dos atos obscuros que eram cometidos no passado distante. Bem antes de qualquer história ser contada na Grécia, ou de qualquer poema que tenha chegado até nós, talvez antes mesmo de haver contadores de histórias ou poetas, se os campos ao redor de algum vilarejo não fossem fecundos ou se o trigo não brotasse como deveria, podia acontecer de um dos aldeões ser morto e seu sangue ser espalhado sobre a terra estéril. Ainda não havia conceitos em relação aos deuses radiosos do Olimpo, que teriam detestado esse odioso sacrifício. A humanidade tinha apenas uma vaga noção de que, assim como sua vida dependia inteiramente da semeadura e da colheita, devia haver uma forte conexão entre o homem e a terra, de modo que o sangue humano, que era nutrido pelo trigo, poderia, por sua vez, nutrir o trigo quando necessário. Portanto, se um lindo rapaz tivesse sido morto dessa forma, mais tarde, quando narcisos ou jacintos brotassem do chão, não seria natural pensar que as flores eram o próprio jovem, transmutado e novamente vivo? Assim as pessoas contavam umas às outras o acontecido, um belo milagre que fazia a morte cruel parecer menos cruel. Conforme o tempo passou e deixou-se de acreditar que a terra precisava de sangue para ser fecunda, tudo que havia de cruel na história foi deixado de lado até ser enfim esquecido. Ninguém mais recordava que um dia foram feitas coisas terríveis. Diriam que Jacinto não tinha morrido assassinado pelo próprio povo em troca de comida, apenas por causa de um triste erro.

༄༄༄

De todas essas mortes e ressurreições floridas, a mais célebre foi a de Adônis. Anualmente as jovens gregas lamentavam sua morte e anualmente se alegravam quando sua flor, a anêmona cor de sangue, a flor do vento, era vista desabrochando outra vez. Afrodite amava Adônis. A deusa do amor, que fere com suas flechas o coração tanto dos deuses quanto dos homens, estava fadada ela própria a sofrer essa mesma dor lancinante.

Afrodite viu o rapaz quando ele nasceu e, já naquele instante, o amou e decidiu que ele precisava ser seu. Levou-o até Perséfone para que o criasse, mas Perséfone também o amou e não quis devolvê-lo para Afrodite, nem mesmo quando a deusa desceu até o mundo subterrâneo para buscá-lo. Nenhuma das duas quis ceder e, por fim, o próprio Zeus foi quem precisou intervir. Ele decidiu que Adônis passaria metade do ano com cada uma: o outono e o inverno com a rainha dos mortos e a primavera e o verão com a deusa do amor e da beleza.

Durante todo o tempo que Adônis passava com Afrodite, ela só pensava em agradá-lo. O rapaz gostava de caçar e ela muitas vezes abandonava sua carruagem puxada por cisnes, a bordo da qual costumava deslizar tranquilamente pelos ares, e o seguia por trilhas difíceis na mata, vestida de caçadora. Num dia infeliz, porém, ela não estava presente quando Adônis encontrou um grande javali. Com seus cães de caça, ele havia acuado o bicho. Atirou sua lança nele, mas só conseguiu feri-lo; antes de fugir, o javali, ensandecido de dor, correu para cima dele e o estripou com suas imensas presas. Em sua carruagem alada acima da Terra, Afrodite escutou os gritos do amado e foi acudi-lo.

A vida de Adônis se esvaía em suaves suspiros, o sangue escuro escorria por sua pele alva como a neve e seus olhos iam ficando cada vez mais pesados e sem brilho. Afrodite o beijou, mas Adônis nem sequer soube que ela o havia beijado, pois naquele exato instante havia morrido. Por mais grave que fosse o seu ferimento, a ferida no coração da deusa foi mais profunda. Embora soubesse que Adônis não podia escutá-la, Afrodite falou:

> "Você morre, ó três vezes desejado,
> E meu desejo se vai como um sonho.
> Junto com você se vai o cinturão da minha beleza,
> Mas eu mesma preciso viver, pois sou uma deusa,
> E não posso acompanhá-lo.
> Beije-me mais uma vez, um último e demorado beijo,
> Até eu sorver com os lábios sua alma
> E beber todo o seu amor."

> As montanhas todas chamavam e os carvalhos respondiam,
> Ó, pesar, pesar por Adônis. Ele está morto.
> E Eco exclamou em resposta, Ó pesar, pesar por Adônis.
> E todos os Amores choraram por ele, e todas as Musas também.

Mas, nas profundezas do negro mundo subterrâneo, Adônis não podia escutá-las nem ver a flor cor de carmim que nasceu nos pontos em que cada gota do seu sangue manchara a terra.

PARTE DOIS

Histórias de amor e aventura

CAPÍTULO I
Cupido e Psiquê

Esta história é contada somente por Apuleio, autor latino do século II d.C., por isso foram usados os nomes latinos dos deuses. É uma história contada de um jeito bonito, à moda de Ovídio. Apesar de se divertir, o autor não acredita em nada do que narra.

Havia um rei que tinha três filhas, todas bonitas donzelas, mas a caçula, Psiquê, era tão mais bela que as irmãs que, junto delas, parecia uma verdadeira deusa ao lado de reles mortais. A fama de sua beleza se espalhou pela Terra, atraindo homens de todas as partes. Eles iam até ela para admirá-la, com assombro e adoração, e lhe prestar homenagem como se fosse mesmo uma imortal. Chegavam a dizer que nem a própria Vênus se comparava àquela mortal. Os homens foram se juntando em quantidades cada vez maiores para adorar sua beleza, até que ninguém mais prestou atenção na própria Vênus. Seus templos foram abandonados, seus altares foram largados sujos com cinzas frias, suas cidades preferidas se tornaram desertas e sucumbiram à ruína. Toda a honra que antes era sua passou a ser demonstrada a uma simples menina fadada a um dia morrer.

É de imaginar que a deusa não toleraria esse tratamento. Como sempre fazia quando tinha problemas, Vênus pediu ajuda ao filho, o lindo jovem alado que alguns chamam de Cupido e outros chamam de Amor, contra cujas flechas não há defesa possível nem no céu nem na Terra. Vênus lhe contou o que a afligia e Cupido, como sempre, se dispôs a obedecer: "Use seu poder", ordenou ela, "e faça aquela sirigaita se apaixonar perdidamente pela criatura mais vil e mais desprezível que houver no mundo." Assim Cupido sem dúvida teria feito se Vênus não lhe tivesse antes mostrado Psiquê, sem pensar (de tão tomada pela raiva e pelo ciúme) no que uma beleza como aquela poderia fazer até mesmo com o próprio deus do amor. Quando Cupido viu Psiquê, foi como se tivesse disparado uma de suas flechas no próprio coração. Não disse nada à mãe, até porque não conseguia pronunciar palavra alguma, e Vênus foi embora feliz, certa de que ele, sem demora, causaria a ruína de Psiquê.

O que aconteceu foi diferente do que Vênus esperava. Psiquê não se apaixonou por nenhum ser reles e horrível: ela não se apaixonou por ninguém. Mais estranho ainda, ninguém se apaixonou por ela. Os homens se contentavam em admirá-la, maravilhar-se e adorá-la, para depois seguirem seu caminho e irem desposar outra. As duas irmãs da jovem, indizivelmente menos belas, fizeram enlaces esplêndidos, ambas com reis. E Psiquê, a mais linda de todas, continuou triste e sozinha, somente sendo admirada, nunca amada. Era como se nenhum homem a quisesse.

É claro que isso causou grande perturbação à família da jovem. Seu pai então viajou até um oráculo de Apolo para pedir conselho ao deus sobre como arrumar um bom marido para Psiquê. Apolo respondeu, mas foram palavras terríveis. Cupido tinha lhe contado a história toda e implorado sua ajuda. Apolo então disse que Psiquê, trajando o mais fechado luto, deveria ser posta no alto de uma colina rochosa e ali deixada sozinha, e que o marido que lhe estava destinado, uma temível serpente alada, mais forte do que os próprios deuses, a encontraria e faria dela sua esposa.

Pode-se imaginar a infelicidade geral quando o pai de Psiquê voltou para casa com essa triste notícia. A jovem foi vestida como para a morte e levada até a colina com mais tristeza do que se a estivessem levando para o túmulo. Mas Psiquê não desanimou. "Vocês deveriam ter chorado por mim antes", disse-lhes ela, "por causa da beleza que me fez ser alvo do ciúme do céu. Agora podem ir, e saibam que estou feliz por ter chegado o fim." Com profunda tristeza, eles deixaram a bela e impotente criatura sozinha para enfrentar seu cruel destino e se fecharam em seu palácio para chorar a perda da filha pelo resto de seus dias.

No alto da colina, Psiquê ficou sentada na escuridão, esperando um terror desconhecido. E lá, enquanto ela chorava e tremia, uma brisa suave se ergueu no ar parado e a tocou, o doce sopro de Zéfiro, o mais doce e suave dos ventos. Ela se sentiu levar por ele. Flutuou para longe da colina rochosa e foi descendo, até se ver deitada na grama de uma campina macia como uma cama e toda perfumada de flores. A paz ali era tamanha que ela esqueceu todas as preocupações e dormiu. Acordou junto a um rio de águas cintilantes e na margem havia uma mansão tão bela e imponente quanto se houvesse sido construída para um deus, com colunas de ouro, paredes de prata e pisos cravejados de pedras preciosas. Som nenhum se fazia ouvir; o palácio parecia deserto. Psiquê foi até lá, assombrada diante de tamanho esplendor. No limiar da porta, ela hesitou e vozes soaram em seus ouvidos. Psiquê não viu ninguém, mas distinguiu com clareza as palavras. A casa era dela, diziam. Ela deveria entrar sem medo, banhar-se e refrescar-se. Depois a mesa de um banquete seria posta para ela. "Somos seus criados", disseram as vozes, "prontos para fazer o que desejar."

O banho foi um deleite, a comida uma delícia maior do que tudo que ela jamais havia provado. Enquanto comia, uma música melodiosa começou a soar à sua volta: um coro majestoso parecia cantar acompanhando uma harpa, mas ela só conseguia ouvir, não ver. Passou o dia inteiro sozinha, a não ser pela estranha companhia das vozes, mas de algum modo inexplicável teve certeza de que, ao cair da noite, seu marido estaria com ela. E assim foi. Quando ela o sentiu ao seu lado e ouviu sua voz murmurar baixinho em seu ouvido, todos os seus medos se foram. Ela soube, sem vê-lo, que ele não era nenhum monstro ou forma aterrorizante, mas o amante e marido pelo qual tanto havia ansiado e esperado.

Essa companhia pela metade não a satisfez de todo, mas mesmo assim ela ficou feliz e o tempo passou depressa. Certa noite, porém, seu querido mas invisível marido lhe falou com gravidade e a alertou de que o perigo estava se aproximando na forma de suas duas irmãs. "Elas estão indo pranteá-la na colina onde você desapareceu", disse ele, "mas você não pode permitir que a vejam, senão causará grande sofrimento para mim e ruína para si mesma." Psiquê lhe prometeu não se deixar ver, mas passou todo o dia seguinte aos prantos, pensando nas irmãs e sem poder consolá-las. Ainda estava chorando quando o marido apareceu e nem mesmo as carícias dele conseguiram secar suas lágrimas. Por fim, ele cedeu, triste, ao grande desejo dela. "Faça o que quiser", falou, "mas está buscando a própria destruição." Ele então a alertou solenemente para não se deixar convencer por ninguém a tentar vê-lo, sob pena de ter que suportar a dor de se separar dele para sempre. Psiquê exclamou que jamais faria isso. Preferiria morrer cem vezes a viver sem ele. "Mas me dê a alegria de ver minhas irmãs", pediu ela. Com tristeza, ele lhe prometeu que assim seria.

No dia seguinte as irmãs apareceram, trazidas da montanha por Zéfiro. Feliz e animada, Psiquê estava à espera delas. Demorou para as três conseguirem conversar, pois sua alegria foi demasiado grande para ser expressa por outra coisa que não lágrimas e abraços. Mas quando as três enfim adentraram o palácio e as irmãs mais velhas viram seus tesouros incomparáveis, quando se sentaram diante do lauto banquete e escutaram a música esplêndida, uma inveja amarga se apoderou delas, assim como uma curiosidade insuportável sobre quem seria o senhor de toda aquela magnificência e marido da sua irmã. Mas Psiquê cumpriu sua palavra: disse apenas que ele era um homem jovem e que tinha partido numa expedição de caça. Então, enchendo as mãos das duas de ouro e joias, mandou que Zéfiro as levasse de volta para a colina. As irmãs foram embora sem resistir, mas o coração delas ardia de inveja. Toda a sua riqueza e sorte lhes parecia nada significar em comparação com as de Psiquê, e sua raiva invejosa tanto as atormentou que elas finalmente começaram a tramar um meio de causar a ruína da irmã.

Nessa mesma noite o marido de Psiquê a alertou novamente. Ela não lhe deu ouvidos quando ele lhe implorou que não deixasse as irmãs irem visitá-la outra vez. Ela lembrou-lhe que não podia vê-lo. Estava também proibida de ver todos os outros, até mesmo suas tão queridas irmãs? Ele cedeu como da primeira vez e pouco depois as duas malvadas mulheres chegaram, com seu plano cuidadosamente tramado.

Por causa das respostas hesitantes e contraditórias de Psiquê quando lhe perguntavam como era o seu marido, as duas já tinham se convencido de que ela nunca o tinha visto nem sabia realmente o que ele era. Não lhe disseram isso, mas a repreenderam por esconder delas sua terrível situação – delas, suas irmãs. Tinham ficado sabendo, disseram, e sabiam ser verdade, que seu marido não era um homem, mas sim a temível serpente que o oráculo de Apolo previra. Ele estava se mostrando gentil agora, sem dúvida, mas certamente alguma noite se viraria contra ela e a devoraria.

Consternada, Psiquê sentiu o terror inundar seu coração no lugar do amor. Tinha se perguntado muitas vezes por que o marido nunca lhe permitia vê-lo. Devia haver algum motivo terrível. O que ela sabia de fato a seu respeito? Se ele não tinha um aspecto horrível, então era cruel por proibir a esposa de vê-lo. Muito abalada, tropeçando nas palavras e gaguejando, ela deu a entender às irmãs que não podia negar o que diziam, pois só estivera com ele no escuro. "Deve haver algo muito errado", falou, aos soluços, "para fazê-lo fugir assim da luz do dia." E Psiquê implorou que as duas a aconselhassem.

As irmãs já tinham seu conselho pronto. Naquela noite Psiquê deveria esconder perto da cama uma faca afiada e um lampião. Quando o marido estivesse dormindo profundamente, deveria sair da cama, acender o lampião e pegar a faca. Deveria tomar coragem e cravá-la depressa no coração do ser assustador que a luz certamente iria lhe mostrar. "Estaremos por perto", disseram elas, "e a levaremos embora conosco depois que ele tiver morrido."

As duas então a deixaram, atormentada pela dúvida e sem saber o que fazer. Ela o amava; ele era seu querido marido. Não; ele era uma serpente horrível e ela o detestava. Iria matá-lo... não iria matá-lo. Precisava ter certeza... não queria ter certeza. E assim seus pensamentos passaram o dia inteiro brigando entre si. Quando a noite caiu, porém, ela havia desistido de lutar. Uma coisa estava decidida a fazer: iria vê-lo.

Quando seu marido enfim adormeceu, Psiquê muniu-se de coragem e acendeu o lampião. Aproximou-se da cama pé ante pé e, erguendo o lampião acima da cabeça, olhou o que estava deitado ali. Ah, que alívio, que êxtase lhe encheu o coração! A luz não revelou nenhum monstro, mas a mais doce e bela de todas as criaturas, cuja imagem parecia fazer o próprio lampião brilhar mais forte. Com a vergonha que sentiu de seu desatino e sua falta de fé, Psiquê caiu de joelhos, e teria cravado a faca no próprio peito se esta não lhe houvesse escapado das mãos trêmulas. Mas essas mesmas mãos vacilantes que a salvaram também a traíram, pois, enquanto ela estava parada junto ao marido, seduzida por sua imagem e sem conseguir se negar a felicidade de encher os olhos com sua beleza, um pouco do óleo quente do lampião pingou no ombro dele. Seu marido acordou, viu a luz e soube que a esposa não cumprira o prometido. Sem dizer nada, ele fugiu.

Psiquê saiu correndo noite afora atrás dele. Não conseguia vê-lo, mas ouvia sua voz lhe falar. Ele lhe revelou quem era e, com tristeza, lhe disse adeus. "Onde não existe confiança não pode existir amor", falou e se foi.

O deus do amor!, pensou ela. "Era ele o meu marido, e eu, miserável, não soube lhe ser fiel. Será que ele se foi para sempre? Seja como for", disse ela a si mesma com uma coragem cada vez maior, "posso passar o resto da vida à sua procura. Se não lhe sobrar mais nenhum amor por mim, pelo menos posso lhe mostrar quanto o amo." E ela partiu em sua jornada. Não fazia ideia de para onde ir, sabia apenas que jamais desistiria de procurar por ele.

Cupido, enquanto isso, tinha ido para o quarto da mãe cuidar da queimadura, mas, quando Vênus ouviu sua história e soube que sua escolhida tinha sido Psiquê, saiu zangada, deixando-o sozinho em sua dor, e partiu para encontrar a moça por quem o filho a tinha feito sentir ainda mais ciúme. Vênus estava decidida a mostrar a Psiquê o que significava causar o desprazer de uma deusa.

Já a pobre Psiquê, em sua errância desolada, tentava conquistar os deuses para a sua causa. Oferecia-lhes o tempo todo preces fervorosas, mas nenhum deles quis fazer nada que pudesse ganhar a inimizade de Vênus. Por fim, a moça entendeu que não havia esperança nem no céu nem na Terra e tomou uma decisão desesperada: falar diretamente com Vênus, oferecer-se como sua humilde criada e tentar abrandar sua raiva. *E quem sabe se ele próprio não vai estar lá, na casa da mãe?*, pensou. Assim, ela partiu ao encontro da deusa que a procurava por toda parte.

Quando Psiquê chegou diante de Vênus, a deusa riu bem alto e lhe perguntou com desdém se ela estava à procura de um marido, já que o seu antigo não queria mais nada com ela, tendo quase morrido da queimadura que ela lhe infligira. "Mas você, na verdade, é uma moça tão sem graça e tão desprovida de formosura que nunca vai conseguir arranjar um amante a não ser por meio de diligentes e dolorosos serviços. Sendo assim, vou lhe dar uma prova da minha boa vontade e treiná-la para isso." Assim dizendo, Vênus pegou uma grande quantidade de pequeníssimas sementes de trigo, papoula, painço e outras plantas e misturou-as todas numa pilha só. "Quando a noite cair, estas sementes precisam estar separadas", falou. "Faça isso para o seu bem." E, dizendo isso, Vênus se foi.

Deixada sozinha, Psiquê ficou sentada olhando para a pilha de sementes. Ela não sabia o que pensar da crueldade daquela ordem, e de fato não adiantava nada iniciar uma tarefa tão obviamente impossível. Nesse momento de provação, porém, ela, que não havia despertado a compaixão nem dos mortais nem dos imortais, causou a pena das mais diminutas criaturas do campo: as pequenas formigas de passo célere. Elas exclamaram umas para as outras: "Vamos, tenham dó dessa pobre jovem e ajudem-na com empenho!"

Psiquê olha para Cupido adormecido.

Na mesma hora elas vieram, em ondas sucessivas, e trataram de separar e dividir as sementes até que aquilo que antes era uma massa confusa estivesse em perfeita ordem, cada semente com as outras da mesma espécie. Foi isso que Vênus viu ao voltar, e a visão a deixou muito zangada. "Seu trabalho não está de modo algum terminado", falou. Então entregou a Psiquê uma côdea de pão e a mandou dormir no chão enquanto ela ia se acomodar em seu macio e perfumado divã. Com certeza, se conseguisse manter a moça trabalhando duro e bastante faminta também, aquela detestável beleza em breve se perderia. Até lá, precisaria garantir que o filho ficasse bem protegido em seu quarto, onde ainda cuidava da queimadura. Vênus estava feliz com o modo como as coisas caminhavam.

No dia seguinte ela arrumou outra tarefa para Psiquê, dessa vez uma tarefa perigosa. "Lá embaixo, perto da margem do rio", falou, "onde os arbustos se adensam, há ovelhas com velos de ouro. Vá até lá e me traga um pouco da lã brilhante." Quando a moça cansada chegou diante do regato de correnteza mansa, foi tomada por um forte anseio de se atirar lá dentro e assim pôr fim a toda a sua dor e seu desespero. Quando estava debruçada sobre a água, porém, ouviu uma vozinha vinda de junto dos pés e, ao baixar os olhos, viu que vinha de um junco verde. Ela não precisava se afogar, disse o junco. As coisas não eram tão ruins assim. As ovelhas de fato eram muito ariscas, mas se Psiquê esperasse até que elas saíssem do meio dos arbustos, ao cair do dia, para descansar junto ao rio, poderia entrar na mata e encontrar bastante lã dourada presa na vegetação espinhosa.

Assim falou o junco bondoso e gentil, e Psiquê, seguindo as instruções, pôde levar para sua cruel senhora uma boa quantidade de lã brilhante. Vênus a recebeu com um sorriso maléfico. "Alguém a ajudou", disse a deusa, ríspida. "Você nunca teria feito isso sozinha. Mas vou lhe dar uma oportunidade de provar que tem de fato o coração forte e a singular prudência que tanto demonstra. Está vendo aquela água negra que escorre daquela colina? Lá fica a nascente do terrível rio que chamam de odioso, o Estige. Você precisa encher nele este cantil." Como Psiquê pôde ver ao se aproximar da queda-d'água, aquela era a pior tarefa até então. Apenas uma criatura alada poderia alcançar a nascente, de tão íngremes e escorregadias eram as pedras de todos os lados e de tão violenta a força das águas que caíam. Mas, a esta altura, já deve estar claro para todos os leitores desta história (como talvez a própria Psiquê tenha percebido no fundo do seu coração) que, embora todas as suas provações lhe parecessem de uma dificuldade intransponível, sempre surgia um modo excelente de dar conta delas. Dessa vez sua salvadora foi uma águia, que parou ao seu lado com suas grandes asas, pegou o cantil com o bico e o trouxe de volta cheio da água negra.

Mas Vênus não descansou. É impossível não acusá-la de certa estupidez. O único efeito de tudo que acontecia era fazê-la tentar outra vez. Ela entregou a Psiquê uma caixa que a jovem teria que levar até o mundo subterrâneo para pedir a Proserpina que a enchesse com um pouco da sua beleza. Deveria dizer que Vênus estava precisando muito, de tão exaurida que estava por cuidar do filho doente. Obediente como sempre, Psiquê saiu à procura da estrada que conduzia ao Hades. Encontrou seu guia numa torre pela qual passou. A torre lhe deu instruções detalhadas sobre como chegar ao palácio de Proserpina: primeiro, atravessando um grande buraco na terra, depois, descendo o rio da morte, onde precisaria entregar ao barqueiro Caronte um óbolo como pagamento pela travessia. Dali, a estrada conduzia diretamente ao palácio. Quem vigiava a entrada era Cérbero, o cão de três cabeças, mas, se ela lhe desse um bolo, ele se mostraria manso e a deixaria passar.

Tudo aconteceu, é claro, como a torre previra. Proserpina aceitou fazer um favor para Vênus, e Psiquê, muito animada, levou a caixa e fez o caminho de volta bem mais depressa do que fizera o de ida.

Sua provação seguinte foi provocada por ela mesma, devido à sua curiosidade e, principalmente, à sua vaidade. Sentiu que precisava ver que amuleto de beleza a caixa continha e, quem sabe, usar um pouco para si. Sabia tão bem quanto Vênus que sua beleza não melhorara com todas as suas agruras e nunca parara de pensar que poderia, a qualquer momento, encontrar Cupido. Ah, se conseguisse se fazer mais bela para ele! Foi incapaz de resistir à tentação e abriu a caixa. Para sua completa decepção, não viu nada lá dentro; a caixa lhe pareceu vazia. Na mesma hora, porém, um langor mortal se apoderou de Psiquê e ela caiu num sono profundo.

Foi nessa hora que o deus do amor em pessoa apareceu. Cupido estava agora curado da queimadura e com saudade de Psiquê. É difícil aprisionar o Amor. Vênus havia trancado a porta, mas restaram as janelas. Tudo que Cupido precisou fazer foi sair voando e começar a procurar a esposa. Ela estava deitada quase ao lado do palácio e ele não demorou a encontrá-la. Num instante enxugou o sono dos seus olhos e o guardou de volta na caixa. Então, acordando-a com a espetadela de uma flecha e repreendendo-a um pouco por sua curiosidade, mandou que ela levasse a caixa de Proserpina para sua mãe e lhe garantiu que, depois disso, tudo ficaria bem.

Enquanto a feliz Psiquê ia depressa cumprir a tarefa da qual fora incumbida, o deus subiu voando até o Olimpo. Como queria se certificar de que Vênus não lhes causaria mais problemas, foi diretamente falar com Júpiter. O pai dos deuses e dos homens autorizou na mesma hora tudo que Cupido lhe pediu, "muito embora você tenha me prejudicado muito no passado", falou, "e maculado gravemente meu nome e minha dignidade, me obrigando a me transformar em touro, em cisne e assim por diante... Mas não posso lhe negar o que está me pedindo".

Júpiter então convocou uma reunião com todos os deuses e anunciou a todos, inclusive a Vênus, que Cupido e Psiquê estavam oficialmente casados e que ele tinha a intenção de tornar a noiva imortal. Mercúrio levou Psiquê até o palácio dos deuses e o próprio Júpiter a fez provar a ambrosia que a fez imortal. Isso naturalmente mudou a situação por completo. Vênus não podia se opor a ter uma deusa por nora; o enlace havia se tornado extremamente adequado. Ela sem dúvida pensou também que Psiquê, morando no céu e com marido e filhos para cuidar, não poderia estar muito na Terra para virar a cabeça dos homens e interferir em seu culto.

Assim, tudo terminou do modo mais feliz possível. O Amor e a Alma (pois é esse o significado de Psiquê) tinham se buscado e, depois de duras provações, se encontraram, e essa união jamais poderia ser desfeita.

CAPÍTULO II
Oito breves histórias sobre amantes

Píramo e Tisbe

Esta história é encontrada somente em Ovídio. É uma excelente representação de suas características: bem contada, com vários monólogos retóricos e acrescida de um pequeno ensaio sobre o Amor.

Houve um tempo em que os frutos vermelhos da amoreira eram brancos como a neve. A mudança de cor aconteceu por um motivo estranho e triste: a morte de dois jovens amantes.

Píramo e Tisbe, o mais belo rapaz e a mais formosa donzela de todo o Oriente, viviam na Babilônia, cidade da rainha Semíramis, em casas tão próximas que tinham uma parede em comum. Tendo sido criados assim, lado a lado, os dois aprenderam a se amar. Queriam se casar, mas seus pais os proibiam. Só que não se pode proibir o amor. Quanto mais sua chama é abafada, mais intensamente ela arde. Além do mais, o amor sempre encontra um caminho. Era impossível manter separados aqueles dois cujo coração ardia um pelo outro.

Na parede comum às duas casas havia uma pequena rachadura. Ninguém nunca tinha reparado nela, mas não há nada em que um ser apaixonado não repare. Nossos dois jovens a descobriram, e, por ela, conseguiam sussurrar docemente um para o outro, Tisbe de um lado, Píramo do outro.

A odiosa parede que os separava havia se tornado seu modo de se alcançar. "Se não fosse você, nós poderíamos nos tocar, nos beijar", diziam eles. "Mas pelo menos você nos deixa falar. Permite a passagem de palavras amorosas para que cheguem a ouvidos amorosos. Não lhe somos ingratos." Assim os dois conversavam e, quando vinha a noite e precisavam se separar, ambos davam na parede beijos que não conseguiam chegar aos lábios do outro lado.

Todo dia de manhã, quando a aurora apagava as estrelas e os raios do sol secavam a geada na grama, eles iam sorrateiramente até a rachadura e, de pé na sua frente, murmuravam ora palavras de amor ardente, ora lamentos por causa da sua dura sina, mas sempre com o mais suave dos sussurros. Por fim, chegou o dia que não aguentaram mais. Decidiram que, naquela mesma noite, tentariam fugir e sair da cidade até o campo aberto, onde poderiam, enfim, ficar juntos livremente. Combinaram se encontrar num lugar conhecido, o túmulo de Nino, debaixo de uma árvore que havia ali: uma amoreira carregada de frutos brancos como a neve, perto da qual borbulhava uma fresca nascente. O plano lhes agradou e pareceu-lhes que aquele dia nunca iria acabar.

O sol finalmente afundou no mar e a noite caiu. No escuro, Tisbe saiu de casa sem se fazer notar e muito secretamente foi até o túmulo. Píramo ainda não havia chegado; mesmo assim ela o esperou, pois o amor lhe dava coragem. De repente, porém, viu à luz da lua uma leoa. O feroz animal havia matado alguém: tinha a boca suja de sangue e estava indo saciar a sede na nascente. Ainda estava longe e Tisbe conseguiu escapar, mas ao fugir deixou cair sua capa. A leoa encontrou a capa no caminho de volta para sua toca e mordeu-a e rasgou-a antes de sumir na mata. Foi isso que Píramo viu ao chegar, poucos minutos depois. Diante dele estavam os frangalhos ensanguentados da capa e, visíveis no chão de terra batida, as pegadas da leoa. A conclusão foi inevitável. Ele nunca duvidou que havia entendido tudo. Tisbe estava morta. Ele havia deixado sua amada, uma jovem donzela, se dirigir sozinha a um lugar cheio de perigos e não chegara lá primeiro para protegê-la. "Fui eu que a matei", concluiu. Pegou no chão pisoteado o que restava da capa e, tornando a beijá-la, levou-a até a amoreira. "Agora você também vai beber meu sangue", falou. Sacou a espada e a cravou no próprio flanco. O sangue esguichou nas frutas e as tingiu de vermelho-escuro.

Embora apavorada com a leoa, Tisbe tinha ainda mais medo de não cumprir o combinado com seu amado. Atreveu-se a voltar até a árvore do encontro, a amoreira com seus brilhantes frutos brancos. Não a encontrou. Havia uma árvore ali, mas não se via em seus galhos nenhum lampejo de branco. Enquanto ela fitava aquilo, algo se moveu no chão debaixo da árvore. Ela recuou, estremecendo. Mas num instante, em meio às sombras, viu o que havia ali. Era Píramo, coberto de sangue, agonizando. Correu até ele e o abraçou. Beijou seus lábios frios e lhe implorou que a encarasse, que falasse com ela. "Sou eu, sua Tisbe, sua querida", falou chorando. Ao ouvir o nome dela, Píramo abriu os olhos pesados para um último olhar. Então a morte os fechou.

Tisbe viu a espada caída da mão dele e, ao lado, a própria túnica, rasgada e suja de sangue. Compreendeu tudo. "Você mesmo se matou", falou, "você e o amor que tem por mim. Eu também posso ser valente. Eu também posso amar. Apenas a morte teria o poder de nos separar. Não vai ter esse poder agora." E cravou no coração a espada ainda molhada com o sangue da vida de Píramo.

Os deuses, no fim, se mostraram piedosos, e os pais dos dois enamorados também. Os frutos vermelho-escuros da amoreira são a homenagem eterna a esses verdadeiros amantes e uma mesma urna guarda as cinzas dos dois que nem a morte foi capaz de separar.

Orfeu e Eurídice

O relato de Orfeu com os Argonautas é feito apenas por Apolônio de Rodes, poeta grego do século III a.C. Para o restante da história, o melhor relato é o de dois poetas romanos, Virgílio e Ovídio, ambos num estilo bem semelhante. Sendo assim, os nomes latinos dos deuses são usados aqui. Apolônio influenciou bastante Virgílio. Na verdade, qualquer um dos três poderia ter escrito a história inteira tal como aparece aqui.

Os primeiros músicos foram os deuses. Palas Atena não se destacava nesse quesito, mas ela inventou a flauta, embora nunca a tenha tocado. Hermes fabricou a lira e a deu de presente para Apolo, que dela tirou sons tão melodiosos que, quando a tocava no Olimpo, os deuses esqueciam tudo mais. Hermes também fabricou para si a siringe e dela tirou um som encantador. Pã criou a flauta de junco, capaz de um canto tão doce quanto o do rouxinol na primavera. As Musas não tinham nenhum instrumento próprio, mas suas vozes eram de uma beleza incomparável.

Em segundo lugar vinham alguns mortais, tão exímios em sua arte que quase se equiparavam aos artistas divinos. O maior de todos era Orfeu. Pelo lado da mãe, Orfeu era mais do que mortal: era filho de uma das Musas com um príncipe da Trácia. Recebeu da mãe o dom da música e na Trácia, onde cresceu, o aprimorou. Os trácios eram o povo mais musical da Grécia. Mas Orfeu não tinha nenhum rival à altura, nem lá nem em qualquer outro lugar, a não ser os próprios deuses. Quando ele tocava e cantava, seu poder não tinha limites. Nada nem ninguém era capaz de resistir ao seu encanto.

> Nas matas profundas e tranquilas no alto das montanhas da Trácia
> Orfeu com sua lira cantante conduzia as árvores
> E os animais selvagens da natureza.

Tudo o seguia, fossem coisas animadas ou inanimadas. Ele mudava a posição das pedras nas encostas e desviava o curso dos rios.

Pouco se conta sobre sua vida antes do malfadado casamento, pelo qual ele é mais conhecido do que pela sua música, mas ele partiu numa famosa expedição, da qual se revelou um integrante muito útil. Zarpou com Jasão a bordo do *Argo* e, quando os heróis estavam cansados, ou nos momentos em que era especialmente difícil remar, Orfeu empunhava sua lira e a energia dos marinheiros se renovava e seus remos fustigavam o mar em uníssono, ao ritmo da música. Ou então, nos casos em que uma briga ameaçasse surgir, ele tocava de modo tão terno e tranquilizador que até mesmo os espíritos mais hostis se acalmavam e esqueciam a raiva. Orfeu também salvou os heróis das sereias. Quando eles ouviram, ao longe no mar, um canto tão encantadoramente doce que eliminava quaisquer pensamentos exceto um anseio desesperado por ouvir mais, e viraram o navio em direção à margem na qual as sereias estavam sentadas, Orfeu empunhou sua lira e tocou uma melodia tão clara e tão sonora que abafou o canto daquelas vozes belas e fatais. O navio retomou seu curso e os ventos o levaram depressa para longe daquele lugar perigoso. Se Orfeu não estivesse ali, os argonautas também teriam deixado seus ossos na ilha das sereias.

Ninguém nos conta como ele conheceu nem como conquistou Eurídice, a jovem a quem amava, mas fica claro que nenhuma donzela que ele desejasse teria conseguido resistir ao poder de sua canção. Os dois se casaram, mas a alegria durou pouco. Imediatamente após as bodas, ao entrar num prado acompanhada por suas damas de honra, a noiva foi picada por uma víbora e morreu. A dor de Orfeu foi avassaladora. Ele não conseguiu suportá-la. Decidiu descer ao mundo dos mortos e tentar trazer Eurídice de volta. Disse a si mesmo:

> Com minha canção
> Encantarei a filha de Deméter,
> Encantarei o senhor dos mortos.
> Com minha melodia comoverei seus corações
> E a levarei embora do Hades.

Por seu amor, ele ousou mais do que qualquer outro homem jamais tinha ousado. Fez a assustadora viagem até o mundo subterrâneo. Lá, tocou sua lira e, ao escutá-la, toda aquela multidão se encantou e ficou paralisada. O cão Cérbero relaxou sua guarda; a roda de Íxion se imobilizou; Sísifo se sentou para descansar sobre sua pedra; Tântalo esqueceu sua sede; pela primeira vez, o rosto das temidas deusas Fúrias ficou molhado de lágrimas. O senhor do Hades se aproximou com sua rainha para escutar. Orfeu cantou:

> Ó deuses que governam o mundo escuro e silencioso,
> A vocês precisam ir todos os nascidos da mulher.
> Todas as coisas belas no fim descem ao seu encontro.
> Vocês são os credores a quem sempre se paga.
> Passamos um tempo curto na Terra,
> Depois somos seus para todo o sempre.
> Mas estou buscando uma que veio ao seu encontro antes da hora.
> O botão foi arrancado antes de a flor desabrochar.
> Tentei suportar minha perda. Não consegui.
> O amor foi um deus demasiado forte. Ó rei, você sabe,
> Se a antiga história contada pelos homens é verdade, como um dia
> As flores testemunharam o rapto de Proserpina.
> Pois teça novamente para a doce Eurídice
> A trama da vida que do tear foi tirada
> Depressa demais. É uma coisa pequena que peço,

Apenas que a empreste, não que a dê a mim.
Ela será sua quando seu ciclo de anos se encerrar.

Ninguém sob o feitiço da voz de Orfeu podia lhe negar nada. Ele fez

Lágrimas de ferro escorreram pelas faces de Plutão
E fez o Inferno conceder o que Amor buscava.

Foram chamar Eurídice e a entregaram para Orfeu, mas com uma condição: que ele não olhasse para trás na direção dela enquanto ela o estivesse seguindo no caminho de volta ao mundo superior. Os dois então atravessaram os grandes portões do Hades, tomaram o caminho que os faria sair da escuridão e foram subindo, subindo. Orfeu sabia que Eurídice devia estar logo atrás, mas sentiu uma vontade irresistível de dar apenas uma olhada para se certificar. Eles agora estavam quase chegando e a escuridão já tinha se acinzentado; ele já havia saído alegremente para a luz do dia. Então se virou para ela. Mas foi cedo demais: ela ainda estava dentro da caverna. Ele a viu na penumbra e estendeu a mão para pegá-la, mas no mesmo instante ela desapareceu. Tinha escorregado de volta para a escuridão. Tudo que ele ouviu foi um débil "Adeus".

Desesperado, Orfeu tentou sair correndo e descer atrás dela, mas isso não lhe foi permitido. Os deuses não o deixaram entrar no mundo dos mortos uma segunda vez enquanto ainda estivesse vivo. Ele foi obrigado a voltar para a Terra sozinho e totalmente devastado. Orfeu então desistiu da companhia dos homens. Passou a vagar pelas paisagens ermas da Trácia, inconsolável exceto por sua lira, tocando, sempre tocando, e seus únicos companheiros ficavam felizes em escutá-lo: as pedras, os rios e as árvores. Por fim, um grupo de mênades o encontrou. O frenesi delas era comparável ao daquelas que haviam causado a morte horrível de Penteu. Elas assassinaram o gentil músico, arrancaram-lhe todos os membros e jogaram sua cabeça decepada no veloz rio Evros. A cabeça foi levada até a foz do rio e de lá até a costa de Lesbos, e não havia sofrido qualquer mudança por causa do mar quando as Musas a encontraram e a enterraram no santuário da ilha. Os membros de Orfeu foram então recolhidos e sepultados num túmulo ao pé do monte Olimpo, onde, até hoje, o canto dos rouxinóis é mais doce do que em qualquer outro lugar.

Céix e Alcione

Ovídio é a melhor fonte para esta história. O exagero da tempestade é tipicamente romano. A morada de Sono, com seus detalhes encantadores, demonstra o poder descritivo de Ovídio. Os nomes dos deuses são, naturalmente, latinos.

Céix, um rei da Tessália, era filho de Lúcifer, aquele que carrega a luz, a estrela que anuncia o novo dia, e trazia no seu semblante todo o alegre brilho do pai. Sua esposa, Alcione, também tinha ascendência nobre: era filha de Éolo, o rei dos ventos. Os dois se amavam profundamente e não gostavam de ficar separados. Mas chegou um momento em que Céix decidiu que precisava deixá-la e fazer uma longa viagem por mar. Vários acontecimentos o haviam perturbado e ele desejava consultar o oráculo, refúgio dos homens em tempos turbulentos. Ao se inteirar dos planos do marido, Alcione ficou subjugada por tristeza e terror. Disse-lhe, aos prantos e com a voz entrecortada por soluços, que sabia como poucos podiam saber o poder que os ventos tinham no mar. No palácio do pai tinha observado esses ventos desde menina, seus encontros turbulentos, as nuvens negras que eles conclamavam e o relâmpago vermelho e incontrolável. "E muitas vezes vi darem na praia os destroços dos navios", disse ela. "Ah, não vá. Mas, se eu não puder convencê-lo, pelo menos me leve também. Posso suportar qualquer coisa que nos aconteça juntos."

Céix ficou muito comovido, pois a amava tanto quanto ela a ele, mas se manteve firme em seu propósito. Sentia que precisava pedir conselho ao oráculo e não aceitou que Alcione compartilhasse os perigos da viagem. A esposa precisou ceder e deixá-lo partir sozinho. Ao se despedir, ela sentiu no coração um peso tão grande que era como se previsse o que iria acontecer. Ficou na margem vendo o navio se afastar até desaparecer no mar.

Nessa mesma noite uma violenta tempestade se abateu sobre o mar. Os ventos se juntaram todos num furacão enlouquecido e as ondas ficaram do tamanho das montanhas. Chovia tão forte que o céu inteiro parecia estar despencando no mar e o mar parecia estar saltando até o céu. Os homens a bordo do trepidante navio fustigado pelas ondas ficaram enlouquecidos de pavor, exceto um, que só conseguia pensar em Alcione e se alegrar com o fato de ela estar segura. Céix dizia o nome da esposa quando o navio afundou e as águas o encobriram.

Alcione contava os dias. Mantinha-se ocupada tecendo uma túnica para quando o marido voltasse e outra para estar bonita no momento em que ele a revisse. E rezava muitas vezes por dia para que os deuses o protegessem, sobretudo para Juno. A deusa se comoveu com essas preces por um homem que já estava morto havia tempo. Chamou sua mensageira Íris e lhe ordenou que fosse à casa de Somnus, o deus do sono, pedir-lhe que mandasse um sonho a Alcione lhe contando a verdade sobre Céix.

A morada de Sono fica próxima ao país negro dos cimérios, num vale profundo onde o sol nunca brilha e a penumbra do crepúsculo envolve tudo em sombras. Lá nenhum galo canta, nenhum cão de guarda rompe o silêncio, nenhum galho farfalha com a brisa, nenhum clamor de línguas perturba o silêncio. O único som provém da suave correnteza do Lete, o rio do esquecimento, cujas águas murmurantes induzem o sono. Em frente à porta florescem papoulas e outras ervas soníferas. Lá dentro, Sono fica deitado sobre um divã de cor preta, macio como plumas. Íris chegou com sua capa multicolorida, esvoaçando pelo céu na curva de um arco-íris, e a casa escura se acendeu com o fulgor de suas vestes. Mesmo assim, ela teve dificuldade para fazer o deus abrir seus olhos pesados e entender o que precisava fazer. Assim que teve certeza de que Sono estava de fato desperto e que ela havia cumprido a tarefa, Íris foi embora depressa, com medo de cair ela também num sono eterno.

O velho Sono acordou seu filho Morfeu, habilidoso em assumir a forma de todo e qualquer ser humano, e comunicou-lhe a ordem de Juno. Com asas silenciosas, Morfeu atravessou voando a escuridão e foi se postar junto à cama de Alcione. Tinha assumido o rosto e a forma de Céix afogado. Nu e ensopado, curvou-se por cima da cama dela. "Pobre esposa", sussurrou, "veja, aqui está seu marido. Está me reconhecendo ou meu rosto mudou com a morte? Eu morri, Alcione. Dizia seu nome no momento em que as águas me engolfaram. Não há mais esperança para mim. Mas me dê suas lágrimas. Não me deixe descer para a terra das sombras sem ser pranteado." Enquanto dormia, Alcione gemeu e estendeu os braços para envolvê-lo. Gritou "Espere por mim! Vou com você!" e seu grito a despertou. Ela acordou convencida de que o marido estava morto e de que o que vira não tinha sido um sonho, mas Céix em pessoa. "Eu o vi, ali", disse a si mesma. "Seu aspecto dava pena. Ele morreu, e eu em breve morrerei. Por acaso poderia ficar aqui enquanto seu corpo querido é jogado pelas ondas para lá e para cá? Não vou abandoná-lo, marido meu, não vou tentar viver."

Assim que o dia raiou, ela foi até a praia e subiu ao mesmo promontório em que ficara vendo o navio de Céix se afastar. Enquanto olhava para o mar, viu algo boiando na água bem lá longe. A maré subia e aquilo chegava cada vez mais perto, até ela ver o contorno de um corpo. Ficou olhando, com o coração cheio de pena e horror, enquanto ele flutuava lentamente até ela. O cadáver então chegou perto do promontório e ficou quase ao seu lado. Era ele, seu marido Céix. Alcione correu e se jogou no mar aos gritos de "Marido, querido!", e então, ó maravilha, em vez de afundar nas ondas, começou a voar por cima delas. Tinha criado asas; seu corpo estava coberto de penas. Ela fora transformada em pássaro. Os deuses foram bons: fizeram a mesma coisa com Céix. Quando Alcione chegou voando aonde o corpo estava, ele tinha sumido e, transformado também em pássaro, juntou-se a ela. Mas seu amor continuava o mesmo. Eles são vistos sempre juntos, voando ou boiando nas ondas.

Todos os anos, por sete dias a fio, o mar fica parado e calmo e nenhum sopro de vento vem perturbar as águas. São os dias em que Alcione choca seus ovos num ninho a boiar sobre o mar. Depois que as pequenas aves nascem, o encanto é rompido, mas a cada inverno sucedem esses dias de paz perfeita, e eles são batizados em homenagem a Alcione, sendo mais conhecidos em inglês pela expressão *halcyon days*, "dias perfeitos".

> Enquanto as aves da calmaria chocam, sentadas nas ondas
> encantadas.

Pigmalião e Galateia

Esta história é contada por Ovídio e a deusa do amor é, portanto, Vênus. Ela constitui um excelente exemplo do modo como Ovídio embeleza um mito (em relação a isso, veja o capítulo Introdução à mitologia clássica).

Um talentoso jovem escultor de Chipre chamado Pigmalião detestava as mulheres.

> Por detestar os erros desmedidos dos quais a natureza
> Proveu as mulheres,

ele decidiu jamais se casar. Sua arte lhe bastava, falou para si mesmo. Apesar disso, a estátua que esculpiu e à qual dedicara todo o seu talento era a de uma mulher. Ou ele não conseguia banir do pensamento, com a mesma facilidade que banira de sua vida, aquilo que tanto reprovava, ou então estava decidido a criar a mulher perfeita e a mostrar aos homens as deficiências da espécie que eles precisavam suportar.

Seja como for, Pigmalião dedicou muito tempo e esforço à estátua e produziu uma obra de arte esplêndida. No entanto, por mais bela que fosse a estátua, ele não conseguia ficar satisfeito. Seguiu trabalhando nela e, sob os seus dedos habilidosos, ela ficava cada dia mais linda. Nenhuma mulher jamais nascida, nenhuma estátua jamais esculpida podiam a ela se comparar. Quando nada mais pôde ser somado à sua perfeição, um estranho destino acometeu o artista: ele se apaixonou, profunda e arrebatadoramente, pelo objeto da sua criação. É preciso dizer, à guisa de explicação, que a estátua não parecia uma estátua; ninguém a teria tomado por marfim ou pedra, mas sim por carne humana quente, imóvel por um instante apenas. Era esse o assombroso poder do desdenhoso rapaz. Ele conseguira realizar o feito supremo da arte: a arte de ocultar a própria arte.

Mas, desse momento em diante, o sexo que ele havia desprezado se vingou. Nenhum amante não correspondido por uma donzela de carne e osso jamais foi tão desesperadamente infeliz quanto Pigmalião. Ele beijava aqueles lábios sedutores, mas eles não podiam retribuir seus beijos; acariciava aquelas mãos, aquele rosto, mas eles não reagiam; tomava-a nos braços, mas ela permanecia fria e passiva. Durante algum tempo ele fez de conta, como fazem as crianças com seus brinquedos. Vestia a estátua com ricos trajes, experimentando o efeito de sucessivas cores delicadas ou cintilantes, e imaginava que aquilo a agradava. Levava-lhe os presentes que as donzelas de verdade costumam apreciar: pequenos pássaros e flores coloridas, e as brilhantes lágrimas de âmbar que as irmãs de Faetonte choram, e depois sonhava que ela lhe agradecia com carinhoso afeto. Punha-a na cama à noite e a aconchegava em cobertas macias e quentinhas, como as meninas pequenas fazem com suas bonecas. Só que Pigmalião não era uma criança; não podia continuar fazendo de conta. Amava uma coisa sem vida e era imensamente infeliz.

Essa paixão singular não permaneceu por muito tempo escondida da deusa do amor apaixonado. Vênus se interessou por algo que raramente

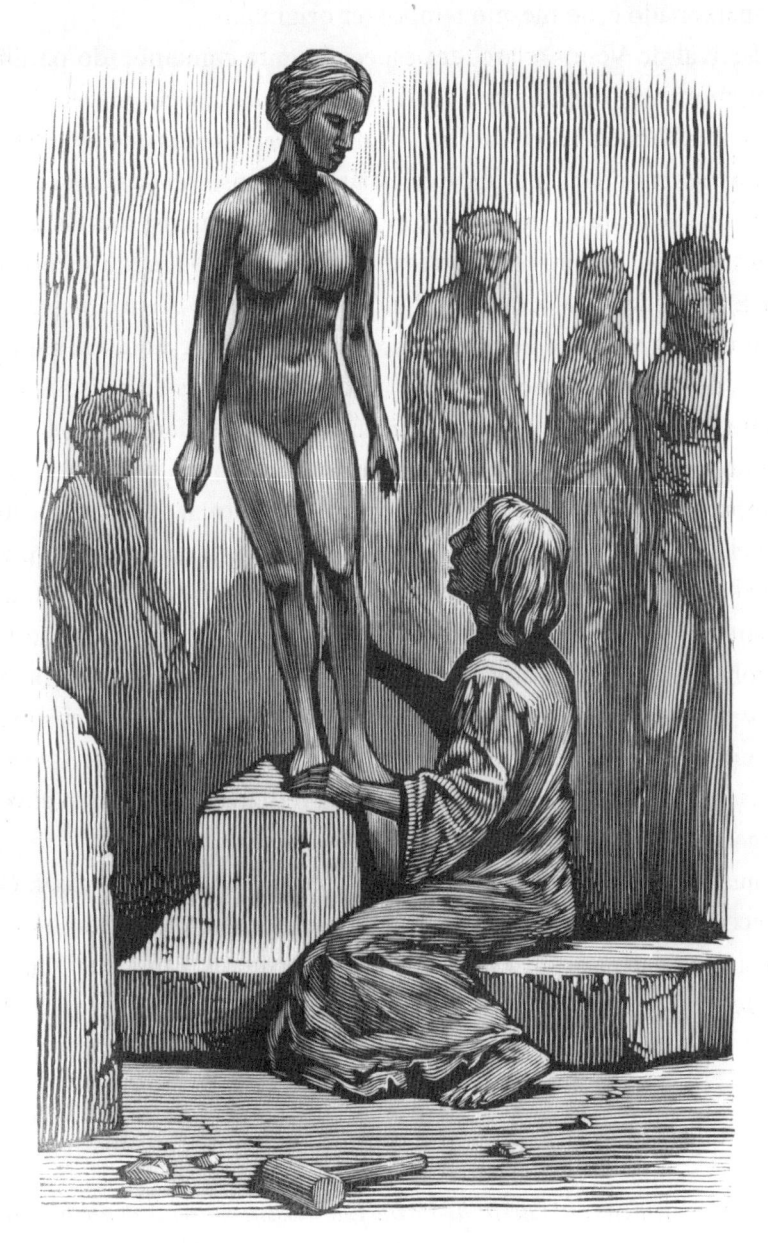

Pigmalião e Galateia

encontrava, um novo tipo de amante, e decidiu ajudar um jovem capaz de estar apaixonado e, ao mesmo tempo, ser original.

O festival de Vênus, claro, era especialmente comemorado na ilha de Chipre, o primeiro lugar a receber a deusa depois que ela nasceu da espuma. Novilhas brancas como a neve, com chifres pintados de ouro, lhe eram ofertadas aos montes; o perfume celestial do incenso se espalhava pela ilha em seus muitos altares; multidões lotavam seus templos; muitos amantes infelizes estavam lá com ofertas, rezando para que seu amado se mostrasse gentil. E Pigmalião, claro, também foi. Só se atreveu a pedir à deusa para encontrar uma moça igual à sua estátua, mas Vênus sabia o que ele realmente queria e, num sinal de que via com bons olhos as preces do artista, a chama do altar diante do qual ele estava deu três saltos, queimando no ar.

Muito atento a esse bom presságio, Pigmalião voltou para casa e para o seu amor, a coisa por ele criada e a quem havia entregado seu coração. Ali estava ela sobre o pedestal, fascinante de tão bela. Ele a acariciou e então recuou com um sobressalto. Estaria enganando a si mesmo ou a estátua de fato parecia quente sob seus dedos? Beijou-lhe os lábios, um beijo longo e demorado, e os sentiu amolecerem sob os seus. Tocou-lhe os braços, os ombros; a dureza tinha desaparecido. Era como ver a cera derreter sob o sol. Segurou-a pelo pulso e sentiu o sangue pulsar. Vênus, pensou ele. Isso é obra da deusa. Com uma gratidão e uma alegria indizíveis, Pigmalião envolveu sua amada com os braços e a viu sorrir para ele e enrubescer.

Vênus em pessoa prestigiou com sua presença as bodas do casal. O que aconteceu depois disso não sabemos, a não ser que Pigmalião batizou a donzela de Galateia e que o filho que os dois tiveram, Pafos, deu seu nome à cidade preferida de Vênus.

Báucis e Filêmon

Ovídio é a única fonte desta história. Ela mostra especialmente bem seu amor pelos detalhes e o modo habilidoso com o qual ele os usa para fazer um conto de fadas parecer realista. Os nomes latinos dos deuses são usados.

No país montanhoso da Frígia existiam duas árvores que todos os camponeses, pelos quatro cantos, consideravam um grande portento, e não era para menos, pois uma era um carvalho e a outra, uma tília, mas brotavam de um mesmo tronco. A história de como isso aconteceu é prova do poder incomensurável dos deuses e também de como eles recompensam quem demonstra humildade e fervor.

Às vezes, quando Júpiter se cansava de comer ambrosia e beber néctar no Olimpo, e até mesmo um pouco de escutar a lira de Apolo e de assistir à dança das Graças, ele descia à Terra, disfarçava-se de mortal e saía em busca de aventuras. Seu companheiro preferido nesses passeios era Mercúrio, o mais divertido de todos os deuses, o mais astuto e engenhoso. Nessa viagem em especial, Júpiter tinha decidido descobrir quão hospitaleiro era o povo frígio. A hospitalidade era muito importante para ele, claro, já que todos os hóspedes, todos aqueles que buscam abrigo numa terra estranha, tinham a sua proteção especial.

Os dois deuses, portanto, adotaram a aparência de viajantes pobres e passaram a vagar pela região, indo bater em todos os modestos casebres e todas as residências grandiosas que encontravam para pedir comida e um lugar para descansar. Nenhum desses lugares os aceitou; todas as vezes eles foram dispensados com insolência e as portas foram trancadas para impedir sua entrada. Tentaram centenas de casas e em todas foram tratados da mesma forma. Por fim chegaram a uma pequena choça do tipo mais humilde, mais pobre do que qualquer outra que já tivessem encontrado, com o telhado feito apenas de juncos. Ali, porém, quando bateram, a porta se abriu de par em par e uma voz alegre mandou que entrassem. Eles tiveram que se curvar para passar pela porta baixa, mas uma vez lá dentro se viram num cômodo aconchegante e muito limpo onde um velho e uma velha de semblantes bondosos os receberam com a maior simpatia possível e se apressaram em deixá-los à vontade.

O velho pôs um banco perto do fogo e lhes disse para ali se esticarem e descansarem os membros cansados, e a velha o forrou com uma coberta macia. Seu nome era Báucis, disse ela aos desconhecidos, e seu marido se chamava Filêmon. Os dois viviam naquele casebre desde que se casaram e sempre tinham sido felizes. "Somos gente pobre", disse ela, "mas a pobreza não é tão ruim assim quando a pessoa se dispõe a assumi-la, e um espírito bem-disposto também ajuda muito." Durante todo o tempo em que falava, ela não parou de fazer coisas para os visitantes. Abanou os carvões sob as cinzas na lareira escura até avivar o fogo. Acima deste, pendurou uma pequena panela com água; assim que a água começou a ferver, seu marido apareceu com um belo repolho que havia colhido na horta. Pôs o repolho dentro da panela junto com um pedaço da carne de porco que pendia das vigas. Enquanto a comida cozinhava, Báucis arrumou a mesa com suas velhas mãos trêmulas. Um dos pés da mesa era mais curto, mas ela o calçou com um pedaço de louça quebrada. Sobre o tampo dispôs azeitonas, rabanetes e vários ovos que havia cozinhado nas brasas do fogo. A essa altura, o repolho e o toucinho estavam prontos, e o velho aproximou da mesa dois divãs mambembes e disse aos convidados que se reclinassem e comessem.

Pouco depois ele lhes trouxe canecas de madeira e uma tigela de cerâmica contendo um pouco de vinho muito semelhante a vinagre e bastante diluído em água. Filêmon, porém, mostrou-se claramente orgulhoso e feliz por poder acrescentar uma alegria daquelas à refeição e manteve-se a postos para tornar a encher as canecas assim que elas se esvaziavam. O casal de velhos ficou tão satisfeito e animado com o sucesso de sua hospitalidade que demorou a reparar numa coisa estranha: a tigela continuava cheia. Por mais canecas que fossem servidas, o nível do vinho permanecia o mesmo, rente à borda. Ao constatarem esse fato assombroso, eles se entreolharam aterrorizados, baixaram os olhos e começaram a rezar em silêncio. Então, com a voz e o corpo trêmulos, imploraram aos visitantes que perdoassem os comes e bebes modestos que tinham servido. "Temos um ganso que deveríamos ter oferecido aos senhores", disse o velho. "Se puderem esperar, no entanto, faremos isso agora mesmo." Mas capturar o ganso se mostrou além da sua capacidade. Os dois tentaram, em vão, até ficarem exaustos, enquanto Júpiter e Mercúrio os observavam, achando aquilo muito divertido.

Mas quando tanto Filêmon como Báucis foram obrigados a desistir da caça, ofegantes e exaustos, os deuses pensaram que havia chegado a hora de agir. O casal era de fato muito gentil. "Vocês receberam dois deuses", disseram, "e terão sua recompensa. Este país mau que despreza o pobre desconhecido será severamente punido, mas vocês, não." Eles acompanharam o casal até o lado de fora do casebre e lhes disseram para olhar em volta. Para assombro de ambos, eles viram apenas água. Toda a paisagem tinha desaparecido. Estavam rodeados por um grande lago. Os vizinhos não tinham sido bons para o velho casal, mas mesmo assim ambos choraram por eles. De repente suas lágrimas foram secadas por um assombro espantoso. Diante dos seus olhos, o minúsculo e pobre casebre que fora por tanto tempo seu lar se transformou num templo imponente, de colunas feitas do mais branco mármore e com um telhado de ouro.

"Boas pessoas, peçam o que quiserem e seu desejo será atendido", disse Júpiter. Os velhos trocaram um sussurro apressado e Filêmon então falou: "Permitam-nos ser seus sacerdotes e proteger este seu templo... e, ah, já que vivemos tanto tempo juntos, permitam que nenhum de nós jamais precise viver sozinho. Permitam que morramos juntos."

Os deuses assentiram, satisfeitos com ambos. Durante muito tempo o casal serviu naquele edifício grandioso. A história não diz se eles chegaram a sentir falta do seu único e aconchegante cômodo com o fogo animado. Um dia, postados diante daquela magnificência feita de mármore e de ouro, eles se puseram a falar sobre a vida de antigamente, que tinha sido muito dura e, apesar disso, muito feliz. Ambos tinham agora uma idade extremamente avançada. De repente, enquanto compartilhavam lembranças, cada um viu que do outro brotavam folhas. Então uma casca começou a crescer à sua volta. Eles tiveram apenas tempo de exclamar: "Adeus, companheiro querido, adeus, companheira querida." E tão logo essas palavras lhes saíram dos lábios eles se transformaram em árvores, mas mesmo assim continuaram juntos. A tília e o carvalho brotaram de um mesmo tronco.

Pessoas vieram dos quatro cantos admirar aquela maravilha e havia sempre guirlandas de flores penduradas nos galhos em homenagem ao fiel e fervoroso casal.

Endímion

Esta história foi tirada do poeta Teócrito, do século III a.C. Ele a conta do modo verdadeiramente grego, simples e contido.

Esse jovem de nome tão famoso tem uma história bem curta. Alguns poetas dizem que ele foi um rei, outros, um caçador, mas a maioria diz que ele foi um pastor. Todos concordam que foi um rapaz de beleza ímpar e que a isso se deveu seu destino singular.

O pastor Endímion,
Enquanto pastoreava seu rebanho,

> Foi pela lua, Selene,
> Visto, amado e cortejado.
> Do céu ela desceu
> Até o bosque no Latmos
> E o beijou, e ao seu lado se deitou.
> Abençoado seja o seu destino.
> Para sempre ele dorme,
> Sem se mover nem se virar,
> O pastor Endímion.

Ele jamais acordou para ver a forma prateada e brilhante curvada junto a si. Em todas as histórias a seu respeito, Endímion dorme para sempre, imortal, mas nunca consciente. Assombrosamente belo, permanece deitado na montanha, imóvel e distante como na morte, mas cálido e vivo, e todas as noites a Lua o visita e o cobre de beijos. Dizem que esse sono mágico foi obra dela. Ela o fez dormir para poder sempre encontrá-lo e acariciá-lo a contento. Mas dizem também que essa paixão lhe causa apenas uma grande dor, acompanhada de muitos suspiros.

Dafne

Somente Ovídio conta esta história. Só um romano poderia tê-la escrito. Um poeta grego jamais teria pensado num traje e num penteado elegantes para a ninfa do bosque.

Dafne foi mais uma daquelas jovens caçadoras independentes que detestam o amor e o casamento e podem ser encontradas com tanta frequência nas histórias da mitologia. Diz-se que ela foi o primeiro amor de Apolo. Não é estranho que tenha fugido dele. Várias das donzelas amadas pelos deuses tinham sido obrigadas a matar em segredo os próprios filhos ou então a ser elas mesmas mortas. O melhor destino que uma donzela assim poderia esperar era o exílio, e muitas mulheres consideravam isso pior do que a morte. As ninfas do oceano que visitavam Prometeu em seu rochedo no Cáucaso faziam apenas uma consideração das mais sensatas quando lhe diziam:

> Que você nunca, oh, nunca me veja
> Compartilhando o leito de um deus.
> Que nenhum dos moradores do céu
> Jamais de mim se aproxime.
> O amor que conhecem os maiores deuses,
> De cujos olhos ninguém pode se esconder,
> Que esse amor nunca seja meu.
> Guerrear contra um deus-amante não é guerra,
> É desespero.

Dafne teria concordado plenamente. Mas ela, na verdade, tampouco queria um amante mortal. Seu pai, o deus do rio Peneu, vivia muito preocupado ao ver a filha recusar todos os belos e jovens pretendentes que a cortejavam. Ele a repreendia com gentileza e se lamentava: "Será que nunca vou ter um neto?" Mas, quando ela o enlaçava e lhe pedia "Pai querido, deixe-me ser como Diana", ele cedia e ela partia rumo às matas profundas, felicíssima com a liberdade.

Mas Apolo por fim a viu e tudo acabou para ela. Dafne estava caçando, o vestido na altura dos joelhos, os braços nus, os cabelos despenteados. Mesmo assim, sua beleza encantou Apolo. Ele pensou: como ela ficaria devidamente vestida e com os cabelos arrumados? Essa ideia fez o fogo que lhe consumia o coração se avivar ainda mais e ele começou a persegui-la. Dafne fugiu, e era uma excelente corredora. Até mesmo Apolo teve dificuldade para alcançá-la por alguns instantes; mesmo assim, claro, logo conseguiu. Enquanto corria, mandou na frente uma voz para seduzi-la, convencê-la, tranquilizá-la. "Não tenha medo", disse a voz. "Pare e descubra quem sou, nenhum rústico grosseiro nem pastor. Eu sou o senhor de Delfos e a amo."

Mas Dafne continuou a correr, ainda mais assustada do que antes. Se Apolo estava de fato em seu encalço, ela estava perdida, mas decidida a lutar até o fim. O fim tinha quase chegado: ela sentiu o hálito de Apolo no pescoço, mas eis que, na sua frente, as árvores se abriram e ela viu o rio do pai. Dafne gritou para Peneu: "Ajude-me! Pai, me ajude!" Ao dizer isso, foi tomada por uma pesada dormência e seus pés pareceram criar raízes na terra sobre a qual ela corria tão veloz. Uma casca começou a se fechar à sua volta, folhas começaram a brotar. Ela fora transformada em árvore, um loureiro.

Apolo observou com desalento e tristeza a transformação. "Ah, mais formosa donzela, você está perdida para mim", lamentou o deus. "Mas, pelo menos, vai ser a minha árvore. Com suas folhas, meus vencedores enfeitarão a cabeça. Você participará de todos os meus triunfos. Apolo e seus louros irão se unir sempre que canções forem cantadas e histórias narradas."

A linda árvore de folhas lustrosas pareceu menear a cabeça, que se balançava como quem concorda, feliz.

Alfeu e Aretusa

Esta história é contada integralmente apenas por Ovídio. Não há nada digno de nota no tratamento que ele lhe dá. Os versos ao fim são do poeta alexandrino Mosco.

Na Ortígia, ilha que formava parte de Siracusa, a maior cidade da Sicília, existe uma fonte sagrada chamada Aretusa. Mas Aretusa, antigamente, não era nem água nem mesmo uma ninfa aquática, mas sim uma bela e jovem caçadora e seguidora de Ártemis. Como sua líder, não queria ter nenhum envolvimento com homens; como Ártemis, também amava a caça e a liberdade da floresta.

Certo dia, cansada e com calor depois de tanto perseguir sua presa, Aretusa encontrou um rio cristalino protegido pelas sombras de salgueiros cor de prata. Impossível imaginar lugar mais delicioso para se banhar. Ela se despiu e entrou na deliciosa água fresca. Passou algum tempo nadando pra lá e pra cá, sem rumo, totalmente em paz, até que pareceu sentir algo se mexer nas profundezas do rio. Assustada, correu para a margem e, ao fazê-lo, escutou uma voz: "Por que a pressa, bela donzela?" Sem olhar para trás, ela fugiu do regato para a floresta e correu com toda a velocidade conferida pelo medo. Foi perseguida de perto por alguém mais forte do que ela, embora não mais veloz. O desconhecido lhe gritou que parasse. Disse-lhe que era o deus do rio, Alfeu, e que só a estava seguindo porque a amava. Mas ela não quis nada com ele; só pensava em fugir dali. A corrida foi longa, mas o desfecho estava decidido desde o início: ele conseguia continuar correndo por mais tempo do que ela. Extenuada enfim, Aretusa pediu ajuda à sua deusa e seu apelo não foi em vão. Ártemis a transformou em nascente e fendeu a terra para formar sob o mar um túnel ligando a Grécia à Sicília. Aretusa mergulhou e foi emergir em Ortígia, onde o lugar em que sua nascente brota é um solo sagrado dedicado a Ártemis.

Mas dizem que nem assim ela se viu livre de Alfeu. Segundo a história, o deus, transformando-se novamente em rio, seguiu-a pelo túnel e hoje suas águas se misturam às dela na nascente. Dizem que se podem ver com frequência flores gregas subirem do fundo e que, se uma caneca de madeira for jogada no Alfeu, na Grécia, vai reaparecer no poço de Aretusa, na Sicília.

> Alfeu corre com suas águas nas profundezas mais remotas
> E chega a Aretusa com presentes matrimoniais, belas folhas e flores.
> Mestre de caminhos estranhos é o Amor, menino dissimulado,
>   afeito a travessuras.
> Com seu feitiço, ele ensinou um rio a mergulhar.

CAPÍTULO III
A busca pelo velocino de ouro

Este é o título de um longo poema, muito apreciado na época clássica, escrito por Apolônio de Rodes, poeta do século III a.C. O poema conta a história inteira da busca, menos a parte relacionada a Jasão e Pélias, que vem de Píndaro. Esse é o tema de uma de suas odes mais célebres, escrita na primeira metade do século V a.C. Apolônio conclui seu poema com o retorno dos heróis à Grécia. Acrescentei o relato sobre o que Jasão e Medeia lá fizeram, tirado de Eurípides, poeta trágico do século V a.C., que fez dele o tema de uma de suas melhores peças.

Esses três autores são muito diferentes entre si. Nenhuma paráfrase em prosa é capaz de dar qualquer ideia de como Píndaro escrevia, a não ser, talvez, mostrando um pouco do seu poder singular de fazer descrições vívidas e minuciosamente detalhadas. Apolônio fará os leitores da Eneida *lembrarem Virgílio. A diferença entre a Medeia de Eurípides e a heroína de Apolônio, bem como a Dido de Virgílio, é, em certo grau, uma medida do que era a tragédia grega.*

O primeiro herói da Europa a empreender uma grande viagem foi o líder da busca pelo velocino de ouro. Ele supostamente viveu uma geração antes do mais famoso viajante grego, o herói da *Odisseia*. Foi, naturalmente, uma viagem por água. Rios, lagos e mares eram as únicas vias de transporte; não havia estradas. Mesmo assim, um viajante precisava encarar perigos não só nas profundezas, mas também em terra firme. Navios não navegavam à noite e qualquer lugar em que os marinheiros atracassem podia abrigar um monstro ou um mago capaz de causar danos mais mortais do que tempestades e naufrágios. Era preciso grande coragem para viajar, sobretudo para fora da Grécia.

Nenhuma história provou mais isso do que o relato das agruras dos heróis que zarparam no navio *Argo* para tentar encontrar o velocino de ouro. Pairam dúvidas, de fato, se já houve alguma viagem em que os marinheiros tenham tido que enfrentar tantos e tão variados perigos. Todos eles eram, porém, heróis de grande renome, alguns deles os maiores da Grécia, e tinham condições de encarar suas aventuras.

A história do velocino de ouro começa com um rei grego chamado Átamas que, cansado da esposa, afastou-a e desposou outra, a princesa Ino. Néfele, a primeira esposa, temeu pelos dois filhos, sobretudo pelo menino, Frixo. Achava que a segunda esposa pudesse tentar matá-lo para que o próprio filho pudesse herdar o reino, e tinha razão. Essa segunda esposa vinha de uma família importante. Era filha de Cadmo, o excelente rei de Tebas; sua mãe e suas três irmãs eram mulheres de vida ilibada. Mas a própria Ino decidiu se encarregar da morte do menino e bolou um plano complexo de como isso seria feito. Deu um jeito de pôr as mãos em todas as sementes de trigo e secá-las antes de os homens as semearem, de modo que naturalmente não houve colheita alguma. Quando o rei mandou um homem perguntar ao oráculo o que deveria fazer nessa situação desesperada, ela convenceu ou, mais provavelmente, subornou o mensageiro para fazê-lo dizer que, segundo o oráculo, o trigo só voltaria a crescer se eles oferecessem o jovem príncipe em sacrifício.

Com medo de passar fome, o povo forçou o rei a ceder e a permitir a morte do menino. Para os gregos tardios, a ideia de um sacrifício assim era tão horrível quanto para nós, e, quando isso fazia parte da história, eles quase sempre o transformavam em algo menos chocante. Na forma como essa história nos chegou, depois de o menino ser levado até o altar, um carneiro assombroso com uma pelagem de puro ouro o arrebatou, assim como a sua irmã, e levou os dois embora pelos ares. Hermes tinha mandado o carneiro em resposta às preces de Néfele, mãe das crianças.

Enquanto os dois estavam cruzando o estreito que separa a Europa da Ásia, a menina, que se chamava Hele, escorregou e caiu no mar. Ela morreu afogada e o estreito foi batizado em sua homenagem: o mar de Hele ou Helesponto. O menino chegou em segurança ao país da Cólquida, no Mar Não Amigável (o mar Negro, que ainda não tinha se tornado amigável). O povo da Cólquida era valente, mas tratou Frixo bem, e seu rei, Eetes, lhe permitiu desposar uma de suas filhas. Parece estranho Frixo ter sacrificado a Zeus, em agradecimento por ter sido salvo, o carneiro que o salvara, mas foi isso que ele fez e deu de presente ao rei Eetes o precioso velocino de ouro.

Frixo tinha um tio que era por direito um rei na Grécia, mas cujo reino lhe fora tirado pelo sobrinho, um homem chamado Pélias. Jasão, o jovem filho do rei e herdeiro legítimo do trono, fora despachado secretamente para um lugar seguro e, ao crescer, voltou corajosamente para tomar o reino das mãos de seu primo mau.

Pélias, o usurpador, fora informado por um oráculo que iria morrer pelas mãos de um parente e que deveria tomar cuidado com qualquer um que visse calçado com um único pé de sandália. Um homem assim acabou aparecendo na cidade. Tinha um dos pés descalço, ainda que estivesse bem-vestido sob todos os outros aspectos: um traje bem ajustado aos membros esplêndidos e ao redor dos ombros uma magnífica pele de leopardo. Não tinha cortado seus lustrosos cachos de cabelo, que lhe caíam pelas costas. Ele entrou direto na cidade e adentrou destemido o mercado num momento em que este se encontrava cheio.

Ninguém o conhecia, mas houve quem o olhasse e dissesse: "Será que ele pode ser Apolo? Ou o senhor de Afrodite? Não pode ser um dos valentes filhos de Poseidon, pois eles morreram." Assim as pessoas falaram entre si. Mas Pélias apareceu depressa ao saber da novidade e, ao ver o único pé de sandália, sentiu medo.

– Onde fica a sua terra? – perguntou. – Sem mentiras odiosas e degradantes, eu lhe imploro. Diga a verdade.

Com palavras brandas, o outro respondeu:

– Voltei para casa para recuperar a antiga honra da minha linhagem, esta terra não mais governada de modo correto que Zeus deu a meu pai. Eu sou seu primo e me chamam pelo nome de Jasão. Você e eu devemos nos guiar pela lei do direito, e não recorrer a espadas ou lanças insolentes. Fique com toda a riqueza que tomou, os rebanhos de ovelhas, as reses amarelas e os campos, mas ceda-me o cetro soberano e o trono, de modo que nenhuma contenda venha a surgir por causa deles.

Pélias respondeu com suavidade:

– Que assim seja. Mas primeiro é preciso fazer uma coisa. O finado Frixo nos pediu para trazer de volta o velocino de ouro e, dessa forma, devolver seu espírito ao seu lar. Assim declarou o oráculo. Quanto a mim, já sou velho, ao passo que a flor da sua juventude está chegando ao pleno desabrochar. Parta nessa busca e eu juro, com Zeus por testemunha, lhe ceder o reino e o trono. – Assim falou Pélias, acreditando de todo o coração que ninguém que tentasse fazer aquilo voltaria vivo.

A ideia de uma grande aventura agradou muito a Jasão. Ele aceitou e fez saber por toda parte que aquela seria uma jornada e tanto. Os jovens da Grécia aceitaram alegremente o desafio. Todos os melhores e mais nobres foram se juntar aos viajantes. Estavam lá Hércules, o maior de todos os heróis; Orfeu, o grande músico; Castor com seu irmão Pólux; Peleu, pai de Aquiles; e muitos outros. Hera ajudou Jasão e foi ela quem despertou em cada um deles o desejo de não ficar para trás, levando uma vida incólume ao lado da mãe, mas, mesmo correndo o risco de morrer, beber com seus camaradas o elixir inigualável da bravura. Todos partiram a bordo do navio *Argo*. Jasão empunhou um cálice de ouro e, derramando no mar uma libação de vinho, invocou Zeus, cuja lança é o raio, para que apressasse a viagem.

Eles encontraram grandes perigos e alguns pagaram com a vida por terem bebido o inigualável elixir. Primeiro atracaram em Lemnos, estranha ilha onde só viviam mulheres. Elas tinham se rebelado contra os homens e matado todos eles, exceto um, o velho rei. Sua filha, Hipsípile, uma líder entre as mulheres, havia poupado o pai e o lançara ao mar dentro de um baú oco, que terminou por levá-lo até um lugar seguro. Essas ferozes criaturas, porém, acolheram os argonautas e os ajudaram com a boa dádiva de comida, vinho e roupas antes de seguirem viagem.

Logo depois de saírem de Lemnos, os argonautas perderam Hércules, que saiu do grupo. Um jovem chamado Hilas, que carregava a armadura do herói e lhe era muito caro, ao mergulhar sua jarra numa nascente foi puxado para baixo d'água por uma ninfa aquática que viu o rubor rosado de sua beleza e desejou beijá-lo. Ela o enlaçou pelo pescoço e o puxou para o fundo, e ele não foi mais visto. Hércules o procurou por toda parte feito um louco, gritando seu nome e se embrenhando cada vez mais fundo na floresta, para longe do mar. Tinha esquecido o velocino, o *Argo* e seus companheiros, tinha esquecido tudo exceto Hilas. Hércules não voltou e, por fim, o navio teve que zarpar sem ele.

A aventura seguinte foi com as Harpias, assustadoras criaturas aladas de bico recurvo e garras que deixavam por onde passassem um cheiro pestilento, insuportável para todas as criaturas vivas. No ponto em que os argonautas tinham atracado seu navio para pernoitar vivia um velho e desafortunado ermitão a quem Apolo, aquele que diz a verdade, tinha concedido o dom da profecia. O velho previa com exatidão o que iria acontecer, e isso tinha desagradado a Zeus, que sempre gostava de fazer mistério sobre suas futuras ações – o que era muito sensato também, na opinião de todos que conheciam Hera. Zeus então submeteu o velho a uma punição terrível. Toda vez que ele estava a ponto de almoçar, as Harpias, que eram chamadas de "os sabujos de Zeus", desciam em revoada e defecavam na comida, deixando-a tão infecta que ninguém conseguia suportar ficar perto, quanto mais comer aquilo. Quando os argonautas encontraram o pobre velho, que se chamava Fineu, ele parecia um sonho sem vida, que rastejava sobre pés ressequidos, tremia de fraqueza; somente a pele do corpo mantinha seus ossos juntos. Fineu os recebeu com alívio e implorou por ajuda. Sabia, graças ao seu dom da profecia, que só poderia ser defendido das Harpias por dois homens, ambos membros da tripulação do *Argo*: os filhos de Bóreas, o grande Vento Norte. Todos o escutaram, penalizados, e os dois não vacilaram e prometeram ajudar.

Enquanto os outros serviam comida ao velho, os filhos de Bóreas se postaram ao seu lado com as espadas em riste. Fineu mal tinha levado um bocado aos lábios quando os odiosos monstros desceram zunindo lá do céu e, num instante, devoraram tudo e saíram voando, deixando atrás de si o cheiro intolerável. Mas os ligeiros filhos do Vento Norte foram atrás das criaturas, alcançaram-nas e as golpearam com suas espadas. Certamente as teriam despedaçado se Íris, mensageira arco-íris dos deuses, não tivesse descido do céu para impedi-los. Eles não podiam matar os sabujos de Zeus, disse ela, mas jurou pelas águas do Estige, um juramento que ninguém podia quebrar, que as Harpias nunca mais perturbariam Fineu. Os dois então voltaram satisfeitos e reconfortaram o velho, que, de tão contente, passou a noite inteira sentado se banqueteando com os heróis.

Fineu também lhes deu sábios conselhos relacionados aos perigos que tinham pela frente, em especial as Simplégades, duas rochas que se chocavam

As Harpias e os argonautas

perpetuamente uma contra a outra enquanto o mar fervia à sua volta. O jeito de conseguir passar por elas, falou, era primeiro fazer um teste com uma pomba. Se ela passasse em segurança, havia chances de eles também passarem. Mas, se a pomba fosse esmagada, eles precisariam dar meia-volta e abandonar qualquer esperança de encontrar o velocino de ouro.

Na manhã seguinte os argonautas partiram, levando, é claro, uma pomba, e logo avistaram as imensas rochas a rolar. Parecia impossível haver um jeito de passar entre elas, mas eles libertaram a pomba e ficaram observando. A ave passou voando e saiu inteira do outro lado. Só as pontas das penas de sua cauda ficaram presas entre os rochedos, quando eles rolaram outra vez um para junto do outro, e foram arrancadas. Os heróis seguiram a pomba o mais depressa que conseguiram. As rochas se abriram, os remadores usaram toda a sua força e também conseguiram passar. Mas foi por um triz, pois, quando as rochas tornaram a se unir, a pontinha da figura de popa foi arrancada. Por pouco eles escaparam da destruição. Mas, desde que por lá passaram, as rochas se agarraram com força uma à outra e nunca mais causaram nenhuma tragédia a navegantes.

Não muito longe de lá ficava o país das mulheres guerreiras, as amazonas, estranhamente filhas da ninfa mais pacífica que podia existir, a doce Harmonia. Mas seu pai era Ares, o terrível deus da guerra, e as amazonas tinham puxado a ele, e não à mãe. Os heróis teriam ficado felizes em parar ali e travar batalha com elas, e não teria sido uma batalha sem derramamento de sangue, pois as amazonas não eram adversárias gentis. Mas o vento estava favorável e os argonautas seguiram em frente. Viram de relance o Cáucaso, ao passarem depressa, e Prometeu no alto de seu rochedo, e ouviram o bater das imensas asas da águia que descia zunindo rumo ao seu banquete de sangue. Não pararam para nada e, nesse mesmo dia, ao pôr do sol, chegaram à Cólquida, país do velocino de ouro.

Passaram a noite sem saber o que tinham pela frente e sentindo que não havia outra esperança que não seu valor. Lá em cima, no Olimpo, porém, uma reunião a respeito deles estava em curso. Hera, preocupada com o perigo que corriam, foi pedir ajuda a Afrodite. A deusa do amor se espantou com a visita, pois Hera não era sua amiga. Mesmo assim, quando a grande rainha do Olimpo implorou seu auxílio, ela ficou assombrada e prometeu fazer tudo que pudesse. Juntas, as duas planejaram que Cupido, filho de Afrodite, faria a filha do rei da Cólquida se apaixonar por Jasão. A donzela, que se chamava Medeia, sabia como operar uma magia muito poderosa e poderia sem dúvida salvar os argonautas caso aceitasse usar seus conhecimentos obscuros a favor deles. Afrodite então foi procurar Cupido e disse que lhe daria um lindo brinquedo, uma bola de ouro reluzente e esmalte azul-escuro, se fizesse o que ela queria. Cupido adorou a ideia, empunhou seu arco e sua aljava e desceu do Olimpo voando depressa pelos ares em direção à Cólquida.

Enquanto isso, os heróis tinham partido em direção à cidade para pedir ao rei o velocino de ouro. Foram protegidos de qualquer perigo no caminho, pois Hera os envolveu com uma densa névoa de modo a fazê-los chegar ao palácio sem serem vistos. A névoa se dissipou quando se aproximaram da entrada e os guardas, que não demoraram a notar o grupo de jovens e esplêndidos forasteiros, os conduziram para dentro com toda a cortesia e mandaram avisar o rei de sua chegada.

O rei logo veio lhes dar as boas-vindas. Seus criados se apressaram para arrumar tudo, acender fogos, aquecer água para os banhos e preparar comida. Em meio a essa agitação, a princesa Medeia apareceu de fininho, curiosa para ver os visitantes. Quando ela pousou os olhos em Jasão, Cupido rapidamente retesou seu arco e disparou uma flecha bem fundo no coração da donzela. A flecha se cravou ali feito uma chama, a alma de Medeia se derreteu com uma dor deliciosa e seu rosto empalideceu, depois ficou todo vermelho. Assombrada e cheia de vergonha, ela se esgueirou de volta para o seu quarto.

Só depois de os heróis terem se banhado e recuperado as forças com carne e bebidas foi que o rei Eetes pôde lhes perguntar quem eram e o que tinham ido fazer ali. Era considerada uma grande falta de cortesia fazer qualquer pergunta a um convidado antes de suas necessidades terem sido atendidas. Jasão respondeu que eles eram todos homens da origem mais nobre possível, filhos ou netos de deuses, e que tinham zarpado da Grécia na esperança de que o rei lhes desse o velocino de ouro em troca de qualquer favor que quisesse lhes pedir. Eles derrotariam para ele seus inimigos ou fariam qualquer coisa que ele quisesse.

Ao escutar isso, uma grande raiva tomou conta do coração do rei Eetes. Assim como os gregos, ele não gostava de forasteiros, queria que ficassem longe do seu reino, e pensou: *Se esses desconhecidos não tivessem comido à minha mesa eu os mataria.* Ficou cogitando no que deveria fazer e idealizou um plano.

O rei disse a Jasão não ter nada contra homens corajosos e que, se eles provassem seu valor, lhes daria o velocino.

– E a prova da sua coragem – falou – será apenas o que eu próprio já fiz.

A prova seria atrelar dois touros que ele tinha, animais de cascos de bronze e hálito de fogo flamejante, e com eles arar um campo. Depois os dentes de um dragão deveriam ser lançados nos sulcos, qual sementes de trigo, e deles no mesmo instante brotaria uma safra de homens armados. Estes deveriam ser abatidos conforme avançassem para o ataque, como numa terrível colheita.

– Eu mesmo já fiz isso – disse Eetes – e não darei o velocino a nenhum homem menos valente do que eu.

Jasão passou um tempo sentado sem dizer nada. O desafio parecia impossível, além das forças de qualquer um. Por fim respondeu:

– Eu aceito a prova, por mais monstruosa que seja, mesmo que meu destino seja a morte.

Dizendo isso, levantou-se e conduziu seus camaradas de volta ao navio para pernoitar, mas os pensamentos de Medeia o seguiram. Durante toda a longa noite em que ficou ausente do palácio, foi como se ela o estivesse vendo, sua beleza e sua graça, e escutando as palavras que ele dizia. O medo que sentia por ele lhe atormentava o coração. Ela adivinhou o que o pai estava tramando.

A bordo do navio, os heróis se reuniram e, um de cada vez, pediram a Jasão que os deixasse assumir o desafio, mas em vão: Jasão não cedeu a nenhum deles. Enquanto os homens conversavam, um dos netos do rei cuja vida Jasão um dia tinha salvado veio ter com eles e lhes contou sobre os poderes mágicos de Medeia. Não havia nada que a moça não fosse capaz de fazer, disse o rapaz, inclusive deter as estrelas e a Lua. Se ela fosse convencida a ajudar, poderia tornar Jasão capaz de vencer os touros e os homens dos dentes de dragão. Aquele parecia ser o único plano a oferecer alguma esperança e os heróis instaram o príncipe a voltar ao palácio e tentar conquistar Medeia, sem saber que o deus do amor já tinha feito isso.

Sentada sozinha em seu quarto, a jovem chorava e dizia a si mesma que eterna era sua vergonha por gostar tanto de um desconhecido a ponto de querer ceder a uma louca paixão e contrariar o próprio pai. "Muito melhor morrer", falou. Ela pegou uma caixa contendo ervas mortais, mas, enquanto estava ali sentada com a caixa na mão, pensou na vida e nas coisas deliciosas que existem no mundo, e o sol lhe pareceu mais doce do que nunca. Medeia guardou a caixa e, sem mais hesitar, decidiu usar seu poder em prol do homem que amava. Tinha um unguento mágico capaz de garantir, por um dia, a segurança de quem o passasse no corpo; nada poderia lhe fazer mal. A planta da qual o unguento era feito tinha brotado pela primeira vez quando o sangue de Prometeu pingou sobre a terra. Ela o guardou junto ao seio e saiu à procura do sobrinho, o príncipe que Jasão tinha ajudado. Encontrou-o enquanto ele a procurava para lhe implorar que fizesse exatamente aquilo que ela já tinha decidido fazer. Medeia concordou na hora com tudo que ele falou e o despachou até o navio para dizer a Jasão que fosse encontrá-la sem demora num determinado lugar. Assim que ouviu o recado, Jasão partiu ao seu encontro e no caminho Hera o cobriu com uma graça radiante, fazendo todos que o vissem se maravilharem com ele. Quando ele encontrou Medeia, ela teve a impressão de sentir o coração sair do peito e ir até ele; uma bruma escura lhe encobriu os olhos e ela não teve forças para se mover. Os dois ficaram parados um na frente do outro sem dizer nada, como dois altos pinheiros quando o vento não sopra, e então, quando o vento se ergue, eles murmuram. Assim também aqueles dois, movidos pela brisa do amor, estavam fadados a contar um ao outro toda a sua história.

Jasão foi o primeiro a falar e implorou a Medeia que ela o tratasse bem. Não podia evitar ter esperanças, falou, pois sua beleza certamente devia significar que ela se destacava em bondade e cortesia. Medeia não soube como falar com ele; seu desejo era despejar de uma vez só tudo que sentia. Em silêncio, ela tirou de junto ao peito a caixinha de unguento e lhe entregou. Teria lhe dado sua alma se ele tivesse pedido. E agora ambos estavam com os olhos pregados no chão, envergonhados, e mais uma vez lançando olhares um para o outro e sorrindo com desejo amoroso.

Por fim, Medeia falou e lhe disse como usar o unguento mágico, e que, quando este fosse passado nas armas, elas se tornariam, assim como ele próprio, invencíveis por um dia. Se um número excessivo de homens nascidos dos dentes de dragão corresse para atacá-lo, ele deveria jogar uma pedra no meio deles e isso os faria se virar uns contra os outros e lutar até todos morrerem. "Preciso voltar para o palácio agora", disse Medeia. "Mas quando estiver em casa, novamente em segurança, lembre-se de Medeia, como eu me lembrarei para sempre de você." Jasão respondeu em tom arrebatado:

"Jamais a esquecerei, nem à noite nem de dia. Se você for à Grécia, será venerada pelo que fez por nós e nada senão a morte irá nos separar."

Os dois se despediram; ela foi para o palácio chorar por ter traído o pai, e ele ao navio, para mandar dois de seus companheiros buscarem os dentes de dragão. Enquanto isso, testou o unguento e, ao tocá-lo, foi tomado por um poder terrível, irresistível, e todos os heróis exultaram. Mesmo assim, quando chegaram ao campo em que o rei e os cidadãos da Cólquida estavam esperando, e os touros saíram correndo de sua toca cuspindo pela boca labaredas de fogo, eles foram tomados de terror. Jasão, porém, resistiu às temíveis criaturas como um rochedo no mar resiste às ondas. Forçou primeiro um, depois outro a se ajoelharem e neles pôs a cangalha enquanto todos se assombravam com aquela enorme proeza. Ele guiou os touros pelo campo, pressionando o arado com firmeza e lançando nos sulcos os dentes de dragão. Quando acabou de semear, a plantação já estava brotando e homens fortemente armados correram para atacá-lo. Jasão recordou as palavras de Medeia e atirou uma grande pedra no meio deles. Diante disso, os guerreiros se voltaram uns contra os outros e caíram abatidos pelas próprias lanças, e os sulcos se encheram de sangue. E assim o desafio de Jasão terminou em vitória, uma vitória amarga para o rei Eetes.

O rei voltou para o palácio planejando trair os heróis e jurando que eles jamais levariam o velocino de ouro. Mas Hera estava trabalhando a favor dos argonautas. Ela fez Medeia, atarantada de amor e de tristeza, decidir ir embora com Jasão. Naquela noite, a jovem fugiu de casa e saiu correndo pelo caminho escuro até o navio, onde os marinheiros comemoravam sua sorte sem pensar em mal algum. Diante deles ela se ajoelhou e implorou que a levassem consigo. Eles precisavam pegar o velocino sem demora, falou, e em seguida partir o mais depressa possível, do contrário seriam mortos. Uma terrível serpente protegia o velocino, mas ela a faria dormir para que não lhes fizesse mal algum. Disse isso angustiada, mas Jasão se alegrou, a fez se levantar com toda a delicadeza, abraçou-a e lhe prometeu que ela seria sua legítima esposa quando voltassem para Grécia. Então, fazendo-a subir a bordo, eles seguiram as orientações de Medeia e chegaram ao bosque sagrado em que estava pendurado o velocino. A serpente guardiã era muito assustadora, mas Medeia se aproximou dela sem medo e, cantando uma suave canção mágica, a fez adormecer. Jasão rapidamente pegou a maravilha dourada da árvore da qual ela pendia, voltaram depressa e chegaram ao navio ao raiar do dia. Os mais fortes foram postos nos remos e remaram com toda sua força pelo rio até o mar.

Já ciente do acontecido, o rei mandou atrás deles o filho Apsirto, irmão de Medeia. Ele vinha à frente de um exército tão grande que parecia impossível para o pequeno grupo de heróis vencê-lo ou escapar, mas Medeia os salvou de novo, dessa vez cometendo um ato horrível. Ela matou o próprio irmão. Alguns dizem que mandou avisá-lo de que desejava voltar para casa e que lhe entregaria o velocino se ele a encontrasse naquela noite num determinado lugar. Sem desconfiar de nada, Apsirto foi e Jasão o abateu, e seu sangue escuro manchou a roupa prateada da irmã enquanto ela se encolhia. Com seu líder morto, o exército debandou em desordem e o caminho até o mar ficou livre para os heróis.

Outros dizem que Apsirto zarpou a bordo do *Argo* com Medeia, embora não fique explicado por que motivo o fez, e que foi o rei quem os perseguiu. Quando o navio do rei os estava alcançando, a própria Medeia abateu o irmão, esquartejou-o e lançou seus pedaços ao mar. O rei parou para recolhê-los e o *Argo* se salvou.

As aventuras dos argonautas estavam agora quase no fim. Eles tiveram uma provação terrível ao passarem entre o perigoso rochedo de Cila e o redemoinho de Caríbdis, onde o mar nunca cessava de jorrar e de rugir, e as ondas furiosas, ao subirem, alcançavam o próprio céu. Mas Hera providenciara para que as ninfas do mar estivessem por perto para guiá-los e conduzir o navio até um lugar seguro.

Eles então chegaram a Creta, onde teriam atracado não fosse por Medeia. Ela lhes disse que ali vivia Talos, o último remanescente da antiga raça de bronze, criatura feita inteiramente desse material exceto num dos tornozelos, único ponto em que era vulnerável. Bem na hora em que disse isso, o gigante apareceu, uma visão terrível, e ameaçou esmagar o navio com pedras caso se aproximassem. Os marinheiros pararam de remar e Medeia, de joelhos, rogou aos cães de Hades que viessem destruir Talos. Os temíveis poderes do mal a escutaram. Quando o homem de bronze ergueu uma rocha pontiaguda para atirá-la no *Argo*, a rocha atingiu de raspão seu tornozelo e o sangue jorrou até ele cair morto. Os heróis então puderam atracar e se revigorar para a viagem que ainda tinham pela frente.

Ao chegarem à Grécia, eles se separaram, cada herói indo para sua casa, e Jasão levou com Medeia o velocino de ouro para Pélias. Mas eles descobriram que atos terríveis tinham sido cometidos ali. Pélias havia forçado o pai de Jasão a se matar e sua mãe morrera de desgosto. Decidido a punir essa maldade, Jasão recorreu a Medeia para obter a ajuda que ela nunca lhe tinha negado. Ela causou a morte de Pélias por meio de um truque astuto. Disse às filhas dele que conhecia um segredo: como tornar os velhos novamente jovens; para provar o que dizia, esquartejou à sua frente um carneiro muito velho e cansado e pôs os pedaços dentro de uma panela de água fervente. Então recitou um encantamento e, num instante, da água saltou um cordeiro que saiu em disparada. As jovens se convenceram. Medeia fez Pélias beber uma potente poção sonífera e disse às filhas dele para o esquartejarem. Apesar de todo o desejo de fazer o pai ficar jovem outra vez, elas quase não conseguiram se forçar a cometer o ato, mas, por fim, a tarefa horrorosa foi cumprida, os pedaços postos na panela, e elas olharam para Medeia à espera das palavras mágicas que trariam o pai de volta para elas e para a juventude. Mas Medeia tinha sumido, sumido do palácio e da cidade, e com horror as filhas perceberam que foram as assassinas do pai. Jasão de fato conseguiu sua vingança.

Há também uma história segundo a qual Medeia fez o pai de Jasão voltar à vida e o tornou jovem outra vez, e deu a Jasão o segredo da juventude eterna. Tudo que ela fez de mau ou de bom foi somente por ele e, no fim, a única recompensa que recebeu foi a sua traição.

Após a morte de Pélias, Jasão e Medeia foram para Corinto. Lá tiveram dois filhos e tudo parecia estar bem, mesmo com Medeia exilada, na solidão que todo exílio deve ter. Mas seu grande amor por Jasão fazia a perda de sua família e de seu país lhe parecer uma coisa pequena. E Jasão então revelou a crueldade que havia nele, embora tivesse parecido ser um grande herói: comprometeu-se a desposar a filha do rei de Corinto. Foi um casamento esplendoroso e seu único motivo foi a ambição, não amor nem gratidão. No choque inicial causado por aquela traição e no arrebatamento da sua angústia, Medeia deixou escapar palavras que levaram o rei de Corinto a temer que ela fosse tentar fazer mal à sua filha – ele devia ser um homem de temperamento particularmente crédulo para não ter pensado nisso antes. O rei mandou avisar que Medeia e os filhos precisavam sair de Corinto sem demora. Foi um destino quase tão ruim quanto a morte. Uma mulher exilada, com filhos pequenos e indefesos, não tinha proteção alguma nem para si nem para as crianças.

Medeia tentava decidir o que fazer e pensava nos seus erros e na sua maldade. Desejava que a morte viesse pôr fim a sua vida, pois ela não mais a suportava; por vezes, recordava chorosa o pai e a terra natal; outras vezes, estremecia com a mancha indelével do sangue do próprio irmão e também de Pélias; e, acima de tudo, estava consciente da devoção arrebatada e sem limites que a levara a causar todo aquele mal e toda aquela infelicidade. Enquanto estava assim sentada, Jasão apareceu na sua frente. Medeia o encarou sem dizer nada. Ele estava ali ao seu lado, mas ela estava muito distante, sozinha com seu amor ultrajado e sua vida em ruínas. Jasão nada sentia que o fizesse ficar calado. Ele disse a Medeia com frieza que sempre soubera que o espírito dela era descontrolado. Não fossem suas palavras tolas e maldosas sobre sua noiva, ela poderia ter continuado em Corinto com todo o conforto. Apesar disso, ele tinha feito o melhor que podia por ela. Era inteiramente graças ao seu esforço que ela fora apenas exilada, e não morta. Ele de fato tivera extrema dificuldade para convencer o rei, mas não poupara esforços. Fora falar com ela naquele momento porque não era um homem que deixava amigos na mão e iria se certificar de que ela tivesse ouro em abundância e todo o necessário para sua viagem.

Aquilo foi demais. A mágoa represada de Medeia estourou. "Você vem até mim?", indagou ela,

> A mim, de toda a raça humana?
> Mas foi bom ter vindo,
> Pois irei aliviar o fardo do meu coração
> Se conseguir deixar clara a sua vileza.
> Fui eu quem o salvou. Todos os homens da Grécia sabem disso.
> Os touros, os homens-dragão, a serpente guardiã do velocino,
> Fui eu quem os derrotou. Eu o tornei vencedor.
> Fui eu quem segurou a luz que o salvou.
> Pai e casa – eu os deixei
> Em troca de um país estrangeiro.
> Derrubei seus inimigos,
> Planejei para Pélias a pior das mortes.
> E agora você me abandona.
> Para onde irei? De volta para a casa de meu pai?
> Para as filhas de Pélias? Eu me tornei por você

> Inimiga de todos eles.
> Eu mesma não tinha nada contra eles.
> Ah, eu tive em você
> Um marido leal, a ser admirado pelos homens.
> E agora sou uma exilada, ó Deus, ó Deus,
> Sem ninguém para me ajudar. Estou sozinha.

A resposta de Jasão foi que ele tinha sido salvo não por ela, mas sim por Afrodite, que a fizera se apaixonar por ele, e que ela muito lhe devia por tê-la levado para a Grécia, um país civilizado. Disse também que a tratou muito bem ao fazer saber como ela havia ajudado os argonautas, para que as pessoas a elogiassem. Se ela houvesse tido um pouco de bom senso, teria ficado contente com o seu casamento, já que esse vínculo teria sido vantajoso para ela e para seus filhos também. O exílio era culpa exclusivamente sua.

Fossem quais fossem suas outras deficiências, Medeia era muito inteligente. Ela não disse mais nada a Jasão, a não ser que recusava seu ouro. Não iria aceitar nada, nenhuma ajuda sua. Jasão foi embora muito zangado. "Seu orgulho e sua teimosia", disse ele,

> Afastam todos que poderiam ser gentis.
> Mas você há de se lamentar mais ainda por isso.

Desse momento em diante, Medeia decidiu se vingar da melhor forma que conseguisse.

> Pela morte, oh, pela morte será decidido o conflito da vida
> E se encerrará seu pequeno dia.

Ela decidiu matar a noiva de Jasão e depois... depois o quê? Mas não quis pensar no que mais tinha pela frente. "Primeiro a morte dela", falou.

Pegou dentro de uma arca uma túnica belíssima. Besuntou-a com drogas mortais, pôs a roupa dentro de uma caixa e mandou os filhos irem entregá-la à noiva de Jasão. Disse-lhes que pedissem a ela para mostrar que aceitava o presente vestindo-o no ato. A princesa os recebeu graciosamente e aceitou. Assim que vestiu a túnica, porém, foi devorada por um fogo abrasador. E caiu morta, com a pele toda derretida.

Ao saber que estava feito, Medeia começou a pensar em algo ainda mais terrível. Não havia proteção para seus filhos, ninguém poderia ajudá-los. Eles teriam uma vida de escravos, nada mais. *Não vou deixar que vivam para serem maltratados por desconhecidos*, pensou ela,

> Ou morrer por outras mãos mais implacáveis do que as minhas.
> Não: eu que lhes dei a vida lhes darei também a morte.
> Oh, sem covardia agora, sem lembrar de quão jovens são,
> De quão amados são, de como eram ao nascer.
> Isso não: esquecerei que são meus filhos
> Por um instante, um curto instante... então para sempre a tristeza.

Quando Jasão chegou, furioso por causa do que Medeia tinha feito com sua noiva e decidido a matá-la, os dois meninos estavam mortos e Medeia, no telhado da casa, subia numa carruagem puxada por dragões. Eles a levaram pelos ares para longe de Jasão enquanto ele a amaldiçoava, mas nunca a si mesmo, pelo que tinha acontecido.

CAPÍTULO IV
Quatro grandes aventuras

FAETONTE

Esta é uma das melhores histórias de Ovídio, vividamente contada, com detalhes adicionados não como simples decoração, mas para intensificar o efeito.

O palácio do Sol era um lugar radioso. Repleto de ouro, marfim e pedras preciosas, cintilava e resplandecia. Tudo dentro e fora dele brilhava com fulgor. Lá era sempre meio-dia. As sombras do crepúsculo nunca diminuíam a claridade. A escuridão e a noite eram desconhecidas. Poucos mortais poderiam ter suportado essa intensidade constante de luz, mas poucos jamais tinham encontrado o caminho até lá.

Certo dia, entretanto, um jovem filho de uma mortal atreveu-se a chegar perto do palácio. Muitas vezes precisou parar para recobrar a visão, que estava ofuscada, mas a tarefa que o tinha levado até ali era tão urgente que seu propósito não fraquejou e ele seguiu em frente, em direção ao palácio, através das portas rutilantes até a sala do trono, onde o deus-sol estava sentado, cercado por um esplendor cuja claridade chegava a cegar. Ali o jovem foi obrigado a parar. Não pôde mais suportar.

Nada escapa aos olhos do Sol. Ele viu o rapaz na hora e o encarou com um ar muito bondoso.

– O que o trouxe até aqui? – perguntou.

– Vim descobrir se você é meu pai ou não – respondeu o jovem corajosamente. – Minha mãe disse que era, mas os meninos da escola riem quando digo que sou seu filho. Eles não acreditam em mim. Eu disse isso à minha mãe e ela falou que era melhor eu vir lhe perguntar.

Sorrindo, o Sol tirou sua coroa de luz de modo que o rapaz pudesse fitá-lo sem incômodo.

– Venha cá, Faetonte – disse ele. – Você é meu filho. Clímene lhe disse a verdade. Imagino que não vá duvidar também da minha palavra. Mas eu vou lhe dar uma prova. Peça-me o que quiser e terá. Vou chamar o Estige, o rio do juramento dos deuses, para ser testemunha da minha promessa.

Faetonte sem dúvida tinha visto muitas vezes o Sol subir pelo céu, e dizia a si mesmo com uma sensação que era metade assombro, metade animação: "Aquele lá em cima é meu pai." Ele então se perguntou como seria estar naquela carruagem, guiando os corcéis naquele trajeto estonteante, iluminando o mundo inteiro. Com as palavras que seu pai lhe dissera, esse sonho impossível agora podia se realizar. Na mesma hora ele exclamou:

– Eu quero assumir seu lugar, pai! É a única coisa que quero. Só por um dia, um único dia, deixe-me conduzir sua carruagem.

O Sol se deu conta da loucura que cometera. Por que tinha feito aquele juramento fatal e se comprometido a ceder diante de qualquer desejo que por acaso surgisse na cabeça impetuosa de um menino?

– Caro rapaz – falou –, essa é a única coisa que eu lhe teria recusado. Sei que não posso fazer isso. Eu jurei pelo Estige. Devo ceder se você insistir. Mas não acho que você vá fazer isso. Escute enquanto lhe digo o que é isso que você quer. Você é filho de Clímene além de meu. É mortal, e mortal algum poderia conduzir minha carruagem. Na verdade, nenhum deus exceto eu pode fazê-lo. Nem mesmo o líder dos deuses. Veja a estrada. Ela sobe do mar num aclive tão acentuado que os cavalos mal conseguem subir, mesmo estando descansados de manhã cedinho. O meio do céu é tão alto que nem mesmo eu gosto de olhar para baixo. O pior de tudo é a descida, tão íngreme que os deuses do mar, à espera para me receber, se perguntam como consigo não mergulhar de cabeça. Guiar os cavalos também é uma luta eterna. Seu temperamento indócil vai ficando mais impetuoso à medida que sobem e mal aceitam meus comandos. O que fariam com você?

"Por acaso você imagina que exista lá em cima todo tipo de maravilha, cidades divinas cheias de coisas belas? Nada disso. Terá que passar por animais, caçadores ferozes, e eles são tudo que irá ver. O Touro, o Leão, o Escorpião, o grande Caranguejo, todos eles tentarão lhe fazer mal. Convença-se. Olhe em volta. Veja todos as coisas boas que o rico mundo contém. Escolha entre elas aquela que seu coração deseja e sua ela será. Se o que você quiser é a prova de que é meu filho, meus temores por você são prova suficiente de que sou seu pai."

Mas nada nesse discurso sensato significou qualquer coisa para o rapaz. Uma perspectiva gloriosa se descortinava à sua frente. Ele se viu orgulhosamente em pé naquele carro esplêndido, com as mãos a guiar em triunfo os corcéis que nem o próprio Júpiter era capaz de domar. Não pensou sequer por um instante nos perigos descritos por seu pai. Não sentiu um único arrepio de medo nem qualquer dúvida em relação aos próprios poderes. Por fim, o Sol desistiu de tentar dissuadi-lo. Viu que era inútil. Além do mais, não havia tempo. A hora de partir estava chegando. Os portões do leste já reluziam arroxeados e a Aurora tinha aberto seus salões repletos de luz rosada. As estrelas iam abandonando o céu; até mesmo a resistente estrela matutina estava fraca.

Era preciso se apressar, mas tudo estava ponto. As Estações, guardiãs dos portões do Olimpo, mantinham-se a postos para escancarar as portas. Os cavalos tinham sido arreados e atrelados à carruagem. Orgulhoso e feliz, Faetonte subiu a bordo e eles partiram. O rapaz tinha feito a sua escolha. Acontecesse o que fosse, não poderia mudar de ideia agora. Não que quisesse fazer isso naquele primeiro ímpeto emocionante em que cruzou os ares tão depressa que o Vento Leste foi ultrapassado e deixado bem para trás. Os velozes cascos dos cavalos atravessaram as nuvens baixas junto ao oceano como se estivessem varando uma fina névoa marinha e então começaram a subir pelo ar limpo, escalando a altura do céu. Durante alguns instantes de êxtase, Faetonte se sentiu o próprio senhor do céu. Mas, de repente, algo mudou. A carruagem começou a balançar descontrolada de um lado para outro; o ritmo se acelerou; ele havia perdido o controle. Não era ele quem estava guiando, mas sim os cavalos. Aquele peso leve a bordo do carro, aquelas mãos fracas segurando as rédeas os tinham feito saber que seu condutor não estava presente. Nesse caso, os mestres eram eles. Ninguém mais os podia comandar. Eles saíram da estrada e seguiram correndo para onde quiseram, para cima, para baixo, para a direita e para a esquerda. Quase destruíram a carruagem numa batida com o Escorpião; pararam bem na hora e quase atropelaram o Caranguejo. A essa altura, o pobre condutor estava quase desmaiando de pavor e largou as rédeas.

Foi o sinal para uma correria ainda mais enlouquecida e temerária. Os cavalos subiram até o ponto mais alto do céu e então, mergulhando de cabeça, incendiaram o mundo inteiro. As montanhas mais altas foram as primeiras a queimar: os montes Ida e Hélicon, onde viviam as Musas, o Parnaso e o elevado Olimpo. De suas encostas as chamas desceram para os vales mais abaixo e para as terras escuras das florestas, até tudo estar em chamas. As nascentes se transformaram em vapor; os rios encolheram. Dizem que foi nessa hora que o Nilo fugiu e escondeu a cabeça, que até hoje continua escondida.

No carro, Faetonte, que mal conseguia se segurar no lugar, estava envolto numa grossa fumaça e num calor semelhante ao de uma abrasadora fornalha. Ele só queria uma coisa: que aquele tormento e aquele terror cessassem. Teria ficado feliz em morrer. A Mãe Terra também não conseguia mais suportar. Ela deu um enorme grito que chegou até os deuses. Ao olharem do Olimpo para baixo, eles viram que precisavam agir depressa se quisessem salvar o mundo. Júpiter empunhou seu raio e o disparou na direção do condutor estouvado e arrependido. O raio matou Faetonte, despedaçou a carruagem e fez os cavalos enlouquecidos descerem correndo e entrarem no mar.

Faetonte, em chamas, caiu do carro e despencou pelos ares até a Terra. O misterioso Erídano, rio que nenhum olho mortal jamais vira, recebeu-o, apagou as chamas e esfriou seu corpo. As náiades, com pena do rapaz tão atrevido e tão jovem para morrer, enterraram-no e gravaram no túmulo:

Aqui jaz Faetonte, que conduziu o carro do deus-sol.
Seu fracasso foi grande, mas sua ousadia também.

Suas irmãs, as helíades, filhas de Hélios, o Sol, foram prantear sua morte junto ao túmulo. Lá foram transformadas em choupos, às margens do rio Erídano,

Onde por tristeza choram eternamente dentro da correnteza
E cada lágrima, ao cair, brilha na água
Uma gota de âmbar cintilante.

Pégaso e Belerofonte

Dois episódios desta história vêm dos poetas mais antigos. Hesíodo, no século VIII ou IX a.C., conta sobre a Quimera; e o amor de Anteia e o triste fim de Belerofonte estão na Ilíada. *O restante da história é contado pela primeira vez e de maneira melhor por Píndaro na primeira metade do século V a.C.*

Em Éfiro, que posteriormente seria chamada Corinto, reinava Glauco. Ele era filho de Sísifo, que, no Hades, deve eternamente tentar rolar uma pedra montanha acima por ter um dia traído um segredo de Zeus. Glauco também acabou provocando o desagrado do céu. Excelente cavaleiro, ele alimentava seus cavalos com carne humana de modo a torná-los mais ferozes em combate. Esses atos monstruosos sempre enfureciam os deuses e eles agiram com ele como ele agira com os outros. Glauco foi derrubado de sua carruagem e seus cavalos o estraçalharam e o devoraram.

Na cidade, um corajoso e belo rapaz chamado Belerofonte era considerado por todos filho do rei. Segundo os boatos, porém, Belerofonte tinha um pai mais poderoso, o próprio Poseidon, senhor dos mares, e os dons excepcionais do jovem, tanto espirituais como físicos, faziam parecer provável essa conjectura sobre sua origem. Além disso, sua mãe, Eurínome, embora mortal, fora ensinada por Palas Atena até se equiparar aos deuses em matéria de espirituosidade e bom senso. Sob todos os aspectos, era de esperar que Belerofonte parecesse menos mortal do que divino. Grandes aventuras estariam reservadas para alguém assim e perigo nenhum jamais o poderia conter. Mesmo assim, o feito pelo qual ele é mais famoso não necessitou coragem alguma nem sequer qualquer tipo de esforço. Na verdade, ele provou que

> Aquilo que o homem jura não poder ser feito –
> Não deve ser esperado –, o grande Poder superior
> Pode lhe entregar, em fácil sujeição.

Mais do que tudo no mundo, Belerofonte queria Pégaso, um cavalo maravilhoso nascido do sangue da górgona Medusa quando Perseu a matou.[2] Ele era

---

2 Ver Parte Três, Capítulo I.

Um corcel alado, de voo incansável,
Que varava os ares com a rapidez de uma ventania.

Coisas assombrosas aconteciam por onde Pégaso passava. A fonte Hipocrene, amada pelos poetas e situada no monte Hélicon, a montanha das Musas, tinha surgido no ponto em que seu casco havia batido na terra. Quem poderia capturar e domar tal criatura? Belerofonte acalentava um anseio impossível.

O sábio vidente de Éfiro (Corinto), Pólido, a quem ele contou esse desesperado desejo, aconselhou-o a ir ao templo de Palas Atena e lá pernoitar. Os deuses geralmente falavam com os homens enquanto estes sonhavam. Assim, Belerofonte foi até o lugar sagrado e, quando estava deitado e profundamente adormecido junto ao altar, teve a impressão de ver a deusa na sua frente com algum objeto dourado na mão. Ela lhe disse: "Está dormindo? Não, acorde. Eis aqui o que vai encantar o corcel que você cobiça." Belerofonte se levantou de um pulo. Não havia deusa alguma ali, mas na sua frente repousava um objeto maravilhoso: um arreio feito inteiramente de ouro como ele nunca tinha visto igual. Enfim esperançoso, com aquilo nas mãos, ele foi depressa até os campos encontrar Pégaso. Avistou o corcel bebendo água na célebre fonte de Corinto chamada Pirene e se aproximou devagar. O cavalo o fitou tranquilo, nem arisco nem com medo, e se deixou arrear sem a menor dificuldade. O feitiço de Palas Atena tinha dado certo. Belerofonte era agora o senhor daquela gloriosa criatura.

Inteiramente vestido com sua armadura de bronze, ele pulou no lombo de Pégaso e começou a conduzi-lo, e o cavalo pareceu se agradar daquilo tanto quanto seu cavaleiro. Belerofonte agora era o senhor dos ares, podia voar para onde quisesse, era invejado por todos. Na verdade, Pégaso iria se revelar não só uma alegria, mas também uma ajuda em momentos de necessidade, pois Belerofonte tinha pela frente desafios difíceis.

De alguma forma, não nos é dito como, exceto que foi por puro acidente, Belerofonte matou o próprio irmão; então foi até Argos, onde o rei Proteu o purificou. Lá começaram suas dificuldades, assim como seus grandes feitos. A esposa de Proteu, Anteia, apaixonou-se por ele e, quando ele lhe deu as costas e não quis nada com ela, sua raiva foi tão grande que ela disse ao marido que seu hóspede a ofendera e precisava morrer. Por mais irado que estivesse, Proteu não quis matar Belerofonte. Ele havia comido à sua mesa e o rei não conseguia se forçar a usar violência contra um hóspede. No entanto, bolou um plano que parecia garantir o mesmo resultado. Pediu ao jovem que levasse uma carta para o rei da Lícia, na Ásia, e Belerofonte concordou na mesma hora. Montado em Pégaso, longas viagens nada significavam para ele. O rei da Lícia o recebeu com uma hospitalidade à moda antiga e o hospedou divinamente por nove dias antes de pedir para ver a carta. Então leu que Proteu desejava que o rapaz fosse morto.

O rei da Lícia não quis fazê-lo pela mesma razão de Proteu: a hostilidade conhecida de Zeus com aqueles que rompem o vínculo entre anfitrião e hóspede. No entanto, não podia haver objeção alguma contra despachar o forasteiro e seu cavalo alado numa aventura. De modo que o rei lhe pediu que fosse matar a Quimera e teve bastante certeza de que Belerofonte jamais voltaria. A Quimera era tida como invencível. Era uma criatura muito singular: de frente, um leão, por trás, uma serpente, e no meio, um bode –

> Criatura temível, imensa, veloz e forte,
> Cujo hálito era uma chama impossível de apagar.

Porém, como Belerofonte estava montado em Pégaso, não havia necessidade alguma de chegar nem perto do monstro flamejante. Ele voou acima da Quimera e a acertou com suas flechas, sem correr risco algum.

Quando voltou para junto de Proteu, este precisou pensar em outras formas de se livrar dele. Convenceu-o a partir numa expedição contra os poderosos guerreiros chamados sólimos e, quando Belerofonte conseguiu derrotá-los, convenceu-o a enfrentar as amazonas, confronto do qual o rapaz saiu igualmente vitorioso. Por fim, Proteu foi vencido pela coragem de Belerofonte e também por sua sorte; os dois se tornaram amigos e Proteu lhe deu a mão de sua filha em casamento.

Belerofonte viveu feliz por muito tempo, até provocar a ira dos deuses. Sua grande ambição aliada a seu enorme sucesso fizeram-no pensar "pensamentos grandiosos demais para um homem", coisa que desagradava aos deuses mais do que qualquer outra. Ele tentou ir até o Olimpo montado em Pégaso. Achou que lá pudesse ocupar um lugar entre os imortais. O cavalo foi mais sensato. Recusou-se a tentar ir até lá e derrubou seu cavaleiro no chão. Daí em diante, Belerofonte, odiado pelos deuses, passou a vagar sozinho, atormentado e evitando cruzar o caminho dos homens até morrer.

Belerofonte, montado em Pégaso, mata a Quimera.

Pégaso encontrou abrigo nas estrebarias celestes do Olimpo, onde ficavam abrigados os cavalos de Zeus. De todos, ele era o principal, conforme demonstrado pelo fato extraordinário, relatado pelos poetas, de que, quando Zeus queria usar seu raio, era Pégaso que lhe trazia o relâmpago e o trovão.

OTO E EFIALTES

Existem alusões a esta história na Odisseia *e na* Eneida, *mas somente Apolodoro a conta de forma completa. Ele provavelmente escreveu no século I ou II d.C. Um escritor insípido, mas menos insípido do que de costume neste relato.*

Esses irmãos gêmeos eram gigantes, mas não se pareciam com os monstros de antigamente. Tinham a forma ereta e o rosto nobre. Homero diz que eram

> Mais altos do que qualquer outro que a terra com seu pão já houvesse alimentado,
> Mais belos também, perdendo apenas para o incomparável Órion.

Virgílio fala principalmente sobre a sua louca ambição. Diz que eram

> Gêmeos, de corpo imenso, que lutaram com as mãos para destruir os altos céus
> E destronar Júpiter de seu reino celestial.

Alguns dizem que eram filhos de Ifimédia; outros, de Cânace. De qualquer forma, fosse sua mãe quem fosse, seu pai certamente era Poseidon, embora eles, em geral, fossem chamados de aloídas, filhos de Aloeu, o marido de sua mãe.

Os dois ainda eram muito jovens quando decidiram provar serem superiores aos deuses. Capturaram Ares, prenderam-no com correntes de bronze e o encarceraram. Os deuses do Olimpo relutaram em tentar libertá-lo pela força. Despacharam o astuto Hermes para ajudá-lo e ele à noite conseguiu, sem se fazer notar, tirar Ares da prisão. Então os dois jovens arrogantes cometeram uma ousadia ainda maior. Ameaçaram empilhar o monte Plion sobre o Ossa e escalar o céu, da mesma forma que os gigantes de outrora tinham colocado o Ossa sobre o Pélion. Isso foi demais para os imortais e Zeus preparou seu raio para fulminar os irmãos. Antes que o disparasse, porém, Poseidon lhe implorou que os poupasse e prometeu controlá-los. Zeus aceitou e Poseidon cumpriu sua palavra. Os gêmeos pararam de atacar o céu e Poseidon ficou satisfeito consigo mesmo, mas o fato era que os dois irmãos tinham desviado a atenção para outros planos que lhes interessavam mais.

Oto pensou que seria uma excelente aventura raptar Hera e Efialtes estava, ou pensava estar, apaixonado por Ártemis. Na verdade, os dois irmãos só se importavam um com o outro. Sua devoção mútua era imensa. Eles tiraram na sorte para decidir quem iria agarrar primeiro sua dama e a sorte favoreceu Efialtes. Eles procuraram Ártemis por toda parte, nas colinas e nas matas, mas, quando enfim a avistaram, ela estava à beira do mar, andando para dentro das águas. Sabia que os irmãos estavam mal-intencionados e sabia também como iria puni-los. Eles partiram no seu encalço, mas ela continuou seguindo em frente por sobre o mar. Como todos os filhos de Poseidon tinham o mesmo poder e eram capazes de correr sobre o mar como se estivessem em terra, os dois a seguiram sem qualquer problema. Ela os levou até a ilha de Naxos, coberta de florestas, e lá, quando eles a tinham quase alcançado, desapareceu. Eles viram no seu lugar uma linda corça, branca como leite, correndo para dentro da mata. Ao vê-la, esqueceram a deusa e puseram-se a perseguir a linda criatura. Acabaram por perdê-la dentro da mata densa e se separaram para dobrar as chances de encontrá-la. De repente, no mesmo instante, os dois a viram com as orelhas em pé numa clareira aberta, mas nenhum deles viu que, no meio das árvores, logo atrás dela, estava o irmão. Ambos lançaram seus dardos e a corça sumiu. As setas zuniram pela clareira vazia até a mata e acertaram seus alvos. As formas altas dos jovens caçadores desabaram no chão, cada qual ferido pela lança do outro, cada qual matando e sendo morto pela única criatura que amava.

Foi essa a vingança de Ártemis.

DÉDALO

Tanto Ovídio quanto Apolodoro contam esta história. Apolodoro provavelmente viveu mais de cem anos depois de Ovídio. Ele é um escritor muito rasteiro e Ovídio está longe de sê-lo. Mas, neste caso, decidi seguir

Apolodoro. Os relatos de Ovídio mostram o autor na sua pior versão, exagerando no sentimentalismo e nas exclamações.

Dédalo foi o arquiteto que projetou o labirinto para o Minotauro em Creta e que mostrou a Ariadne como Teseu podia escapar dali.[3] Quando o rei Minos soube que os atenienses tinham conseguido sair, ficou convencido de que só teriam conseguido fazer isso se Dédalo os tivesse ajudado. Assim sendo, prendeu Dédalo e seu filho Ícaro no labirinto, certamente uma prova de seu excelente projeto, uma vez que nem o próprio criador conseguiria encontrar a saída sem uma pista. Mas o grande inventor não se deixou abater. Ele disse ao filho:

> A fuga pode ser impossível por água e por terra, mas o ar e o céu estão livres,

e fabricou um par de asas para cada um. Eles as puseram e, pouco antes de levantarem voo, Dédalo alertou Ícaro para manter uma altura mediana acima do mar. Se voasse alto demais, o sol poderia derreter a cera e as asas se desfariam. No entanto, como demonstram com tanta frequência as histórias, os jovens ignoram o que os mais velhos dizem. Enquanto os dois se afastavam de Creta num voo leve e sem dificuldade, a animação com aquele novo e maravilhoso poder subiu à cabeça do rapaz. Exultante, ele começou a voar cada vez mais alto, sem dar ouvidos às ordens aflitas do pai. Então caiu. As asas tinham se desfeito. Ícaro caiu no mar e as águas se fecharam à sua volta. Dédalo, angustiado, voou com segurança até a Sicília, onde foi bem recebido pelo rei.

Enfurecido com a fuga, Minos decidiu encontrar Dédalo. Bolou um plano astuto. Mandou proclamar por toda parte que uma grande recompensa seria dada a quem conseguisse passar um fio por dentro de uma concha intricadamente espiralada. Dédalo disse ao rei da Sicília que conseguiria. Fez um pequeno furo na extremidade fechada da concha, prendeu o fio numa formiga, pôs a formiga dentro do buraco e o fechou. Quando a formiga finalmente saiu pelo outro lado, o fio, claro, havia passado sem problemas por todas as espirais e curvas. "Só Dédalo conseguiria pensar nisso", disse Minos, e foi até a Sicília capturá-lo. Mas o rei se recusou a entregá-lo e, na disputa, Minos acabou morto.

---

3 Ver Parte Três, Capítulo II.

PARTE TRÊS

Os grandes heróis anteriores à guerra de Troia

CAPÍTULO I
Perseu

Esta é uma história que parece um conto de fadas. Hermes e Palas Atena agem como a fada-madrinha em Cinderela. A bolsa e o capacete mágicos têm as mesmas propriedades das quais os contos de fadas de todas as partes estão repletos. É o único mito no qual a magia tem papel decisivo e parece ter sido particularmente apreciado na Grécia. Muitos poetas aludem a ele. A descrição de Dânae dentro da arca de madeira era o trecho mais famoso de um famoso poema de Simônides de Ceos, um grande poeta lírico que viveu no século VI a.C. A história inteira é contada tanto por Ovídio quanto por Apolodoro. O segundo, que escreveu provavelmente cem anos depois de Ovídio, é neste caso o melhor dos dois. Seu relato é simples e direto; o de Ovídio é extremamente verborrágico: por exemplo, ele leva cem linhas para matar a serpente marinha. Preferi seguir Apolodoro, mas acrescentei o fragmento de Simônides e citações curtas de outros poetas, em especial Hesíodo e Píndaro.

O rei Acrísio, de Argos, tinha apenas uma filha, Dânae. Ela era mais linda do que todas as outras mulheres de lá, mas isso pouco servia de consolo ao rei por não ter tido um filho homem. Acrísio foi a Delfos perguntar ao deus se havia alguma esperança de um dia gerar um menino. A pitonisa lhe respondeu que não e ainda acrescentou algo bem pior: sua filha teria um filho que viria a matá-lo.

A única forma segura de o rei escapar desse destino era matar Dânae sem demora, para não correr nenhum risco, e fazer isso com as próprias mãos. Mas isso Acrísio se recusou a fazer. Seu afeto paterno não era forte, conforme os acontecimentos iriam provar, mas seu medo dos deuses sim. Eles puniam de modo terrível quem derramasse o sangue de parentes. Acrísio não se atreveu a matar a filha. O que fez foi mandar construir uma casa toda feita de bronze e enterrá-la no chão, mas com parte do telhado aberta para o céu, de modo a deixar entrar luz e ar. Nessa casa trancou a filha e mandou que a vigiassem.

> Dânae, a bela, foi então condenada
> A trocar a luz radiante do dia por paredes fechadas de bronze,
> E nessa câmara secreta como um túmulo
> Viveu prisioneira. No entanto, Zeus
> Foi visitá-la na chuva dourada.

Enquanto ela estava sentada lá dentro durante os longos dias e as longas horas, sem nada para fazer, sem nada para ver exceto as nuvens se moverem no alto, uma coisa misteriosa aconteceu: uma chuva de ouro caiu do céu e preencheu sua câmara. Não nos é dito como lhe foi revelado que era Zeus quem a visitava nessa forma, mas ela soube que o filho que deu à luz era filho do deus.

Durante algum tempo Dânae guardou segredo sobre o nascimento e nada disse ao pai, mas isso foi ficando cada vez mais difícil dentro dos limites daquela casa de bronze e um dia, por fim, o menino – que se chamava Perseu – foi descoberto pelo avô. "Seu filho!", exclamou Acrísio, muito zangado. "Quem é o pai?" Quando Dânae respondeu, orgulhosa, "Zeus", Acrísio não acreditou. De uma coisa apenas teve certeza: que a vida do menino representava um perigo terrível para a dele. Teve medo de matá-lo pelo mesmo motivo que o impedira de matar a filha: o temor de que Zeus e as Fúrias punissem esses assassinatos. Mas, se não podia matá-los diretamente, podia encaminhá-los para uma morte razoavelmente certa. Mandou fazer uma grande arca e pôs a filha e o neto lá dentro. A arca então foi levada para o mar e atirada na água.

Nessa estranha embarcação, Dânae ficou sentada junto com o filho pequeno. A luz do dia foi caindo e ela se viu sozinha no mar.

> Quando dentro da arca entalhada os ventos e ondas
> Lhe encheram de medo o coração, ela,
> Não sem lágrimas, enlaçou Perseu com ternura
> E disse: "Ah, filho, que tristeza a minha.
> Mas durma bem você, pequenino,
> Um descanso profundo neste lar sem alegria,
> Apenas uma caixa cingida de bronze. A noite, esta escuridão visível,
> As ondas a bater tão perto dos seus cachos macios,
> A voz estridente do vento, não lhes dê atenção,
> Aninhado em sua capa vermelha, pequeno e belo rosto."

Durante toda a noite, na arca sacudida pelas ondas, Dânae ficou escutando as águas que sempre pareciam a ponto de submergi-los. O dia raiou, mas sem lhe trazer reconforto algum, uma vez que ela não podia vê-lo. Tampouco pôde ver que à sua volta numerosas ilhas se erguiam bem alto acima do mar. Tudo que soube foi que, naquele momento, uma onda parecia erguê-los e carregá-los depressa, e então, ao recuar, deixou-os sobre algo sólido e imóvel. Eles estavam em terra firme; estavam ao abrigo do mar, mas continuavam dentro da arca, sem ter como sair.

Quis o destino – ou talvez Zeus, que até agora pouco tinha feito para ajudar sua amada e seu filho – que os dois fossem descobertos por um homem bondoso, um pescador chamado Díctis. Ele encontrou a grande arca, quebrou-a e levou os desafortunados tripulantes para sua casa, até sua esposa, que era tão bondosa quanto ele. O casal não tinha filhos e cuidou de Dânae e Perseu como se os dois fossem sua família. Mãe e filho lá viveram por muitos anos, Dânae feliz em deixar o filho seguir o humilde ofício do pescador, sem correr perigo. Mas, por fim, o perigo acabou aparecendo. Polidectes, que governava a pequena ilha, era irmão de Díctis, mas era um homem cruel e sem escrúpulos. Por muito tempo não pareceu reparar na mãe e no filho, mas, por fim, Dânae lhe chamou a atenção. Embora Perseu agora já fosse um homem feito, ela ainda era dona de uma beleza radiosa e Polidectes se apaixonou. Desejou Dânae, mas não seu filho, e começou a pensar num jeito de se livrar dele.

Existiam monstros terríveis chamados górgonas que viviam numa ilha e eram conhecidos por toda parte devido a seu poder mortal. Polidectes obviamente falou deles com Perseu; talvez tenha dito ao jovem não haver nada que desejasse mais no mundo do que a cabeça de um deles. Isso parece quase certo a julgar pelo plano que ele bolou para matar Perseu. Polidectes anunciou que estava prestes a se casar e reuniu seus amigos para uma comemoração à qual Perseu também foi convidado. Como era de costume, cada convidado levou um presente para a futura noiva, exceto um: Perseu. Ele não tinha nada para dar. Era jovem, orgulhoso e ficou profundamente consternado. Levantou-se diante de todos e fez exatamente o que o rei esperava que fizesse: declarou que iria lhe dar um presente melhor do que qualquer outro ali. Iria matar a Medusa e trazer de presente a sua cabeça. Nada poderia ter deixado o rei mais satisfeito. Ninguém em plena posse de suas faculdades mentais teria feito uma proposta como aquela. A Medusa era uma das górgonas.

> E elas são três, as górgonas, todas aladas
> E com cabelos de cobras, horrendas para os mortais,
> Que nenhum homem pode ver e tornar a respirar
> O ar da vida,

pois quem as olhasse de frente era na mesma hora transformado em pedra. Pelo visto, Perseu fora levado por sua raiva e seu orgulho a fazer uma bravata vazia. Nenhum homem conseguiria matar a Medusa sem auxílio.

Mas Perseu foi salvo da própria temeridade. Dois grandes deuses o estavam protegendo. Assim que saiu do salão do rei, sem se atrever a primeiro ir falar com a mãe e lhe dizer o que pretendia, ele zarpou até a Grécia para descobrir onde estavam os três monstros. Foi a Delfos, mas tudo que as pitonisas lhe disseram foi que saísse em busca das terras onde os homens não comem o grão dourado de Deméter, mas apenas nozes de carvalhos. Ele foi até Dodona, na terra dos carvalhos, onde estavam as árvores falantes que informavam a vontade de Zeus e viviam os seles, que fabricavam seu pão com nozes de carvalho. Mas não puderam lhe dizer nada além disso: que Perseu estava sob a proteção dos deuses. Não sabiam onde viviam as górgonas.

Quando e como Hermes e Palas Atena ajudaram Perseu não é contado em nenhuma história, mas ele deve ter conhecido o desespero antes de isso acontecer. Por fim, enquanto seguia vagando, encontrou uma bela e estranha pessoa. Vários poemas nos permitem saber qual era o aspecto dela: um rapaz com o rosto coberto pela primeira penugem de quando a juventude é mais bela, carregando na mão, como nenhum outro rapaz jamais carregou, uma varinha de ouro com asas numa das pontas e usando também um chapéu alado e sandálias igualmente aladas. Ao vê-lo, o coração de Perseu deve ter se enchido de esperança, pois ele devia saber que aquele não podia ser ninguém menos do que Hermes, o guia e executor do bem.

O radiante personagem lhe disse que, antes de atacar a Medusa, ele primeiro precisava estar devidamente equipado e que aquilo de que precisava estava com as ninfas do norte. Para encontrar o lugar onde viviam as ninfas, era preciso procurar as Greias, as únicas capazes de ensinar o caminho. Essas mulheres viviam numa terra onde reinava a penumbra e o lusco-fusco. Nenhum raio de sol jamais brilhava ali, tampouco o luar à noite. Nesse lugar cinza viviam as três mulheres, elas próprias cinzentas e encarquilhadas, como se fossem extremamente idosas. Eram criaturas de fato estranhas, principalmente por só terem um único olho para as três, o qual costumavam revezar, cada qual removendo-o da testa após ter usado por um tempo e entregando para outra.

Tudo isso Hermes disse a Perseu e então lhe expôs seu plano. Ele próprio guiaria Perseu até elas. Uma vez lá, Perseu teria que permanecer escondido até ver uma delas tirar o olho da testa para entregá-lo a outra. Nesse instante, quando nenhuma das três estivesse conseguindo ver, ele deveria correr, agarrar o olho e se recusar a devolvê-lo até elas lhe dizerem como encontrar as ninfas do norte.

Ele próprio, afirmou Hermes, lhe daria uma espada com a qual atacar a Medusa, espada essa que não poderia ser dobrada nem quebrada pelas escamas da górgona, por mais duras que fossem. Era um presente maravilhoso, sem dúvida, mas de que adiantava uma espada quando a criatura a ser golpeada com ela era capaz de transformar seu adversário em pedra antes que ele chegasse perto o suficiente para atacar? Mas outra grande divindade estava a postos para ajudar. Palas Atena surgiu ao lado de Perseu. Tirou o escudo de bronze polido que lhe cobria o peito e lhe estendeu. "Olhe nisto aqui quando atacar a górgona", disse ela. "Vai poder vê-la refletida como num espelho e assim evitar seu poder mortal."

Agora Perseu tinha, de fato, um bom motivo para ter esperança. A viagem até a terra do lusco-fusco foi longa, por sobre o leito do Oceano e até os confins do país negro em que vivem os cimérios, mas Hermes lhe serviu de guia e ele não se perdeu. Encontraram, enfim, as Greias, que, à luz tremeluzente, pareciam pássaros cinza, pois tinham o formato de cisnes. Suas cabeças, porém, eram humanas, e por baixo das asas tinham braços e mãos. Perseu fez exatamente como Hermes tinha dito: ficou esperando até ver uma delas tirar o olho da testa. Então, antes que ela pudesse passá-lo para a irmã, ele o arrancou da sua mão. As três demoraram um ou dois segundos para perceber que o haviam perdido. Cada uma pensou que estivesse com outra. Mas Perseu falou, lhes disse que tinha pegado o olho e só o devolveria quando elas lhe mostrassem como encontrar as ninfas do norte. Na mesma hora elas lhe deram todas as instruções necessárias; teriam feito qualquer coisa para pegar o olho de volta. Ele o devolveu e partiu na direção que elas lhe haviam indicado. Seu destino, embora ele não soubesse, era o país sagrado dos hiperbóreos, situado depois do Vento Norte, sobre o qual se diz: "Nem por navio nem por terra se poderá encontrar a maravilhosa estrada que conduz ao lugar em que se reúnem os hiperbóreos." Contudo, como Perseu estava acompanhado por Hermes, a estrada se abriu à sua frente e ele chegou àquele povo feliz que está sempre se banqueteando e festejando com alegria. Eles o trataram com grande gentileza: acolheram-no em seu banquete e as jovens que dançavam ao som da flauta e da lira pararam para pegar os presentes que ele buscava. Eram três: sandálias aladas, uma bolsa mágica que teria sempre o tamanho exato do que se precisasse carregar nela e o mais importante de tudo: um capacete que tornava invisível quem o usasse. Com esses presentes, o escudo de Palas Atena e a espada de Hermes, Perseu estava pronto para as górgonas. Hermes sabia onde elas moravam e, deixando o país feliz dos hiperbóreos, os dois voltaram a sobrevoar o Oceano e a cruzar os mares até chegarem à ilha das terríveis irmãs.

    Por uma grande sorte, elas estavam todas dormindo quando Perseu as encontrou. No espelho do escudo brilhante ele as pôde ver claramente: criaturas com asas imensas, os corpos cobertos por escamas douradas e uma profusão de cobras ondulantes no lugar dos cabelos. Além de Hermes, Palas Atena agora também o acompanhava. Os deuses lhe disseram qual das górgonas era a Medusa, e isso era importante, pois das três somente ela podia ser morta; as outras duas eram imortais. Com suas sandálias aladas, Perseu pairou acima delas, olhando apenas para o escudo. Então mirou um golpe na garganta da Medusa e Palas Atena guiou sua mão. Com um único movimento da espada, ele lhe cortou o pescoço e, com os olhos ainda cravados no escudo, sem olhar para ela uma vez sequer, abaixou-se o suficiente para recolher a cabeça do chão. Guardou-a dentro da bolsa, que se fechou em volta dela. Já não tinha mais nada a temer. No entanto, as duas outras górgonas haviam acordado e, horrorizadas ao ver sua irmã abatida, tentaram perseguir aquele que a matara. Mas Perseu estava seguro: tinha vestido o capacete da invisibilidade e elas não conseguiram encontrá-lo.

> Então, por sobre os mares, o filho de Dânae com seus fartos cabelos
> Correu, Perseu das sandálias aladas,
> Voando depressa como o pensamento.
> Numa bolsa prateada,
> Maravilhosa de se ver,
> Levava a cabeça do monstro,
> Enquanto Hermes, filho de Maia,
> O mensageiro de Zeus,
> Não saía do seu lado.

No caminho de volta, Perseu chegou à Etiópia e ali parou. Hermes já tinha ido embora. Perseu descobriu, como Hércules mais tarde viria a descobrir, que uma linda donzela fora oferecida para ser devorada por uma terrível serpente marinha. Seu nome era Andrômeda e ela era filha de uma mulher tola e vaidosa,

> A vaidosa rainha da Etiópia, que tentou
> Fazer sua beleza ser mais elogiada do que
> A das ninfas do mar e ofendeu seu poder.

Essa mulher havia afirmado ser mais linda do que as filhas de Nereu, deus do mar. Naquele tempo, uma forma absolutamente certeira de atrair um destino cruel era alegar ser superior a alguma divindade em qualquer quesito; porém mesmo assim as pessoas viviam fazendo isso. Nesse caso, quem teve que suportar a punição pela arrogância que os deuses detestavam não foi a rainha Cassiopeia, mãe de Andrômeda, mas sua filha. Os etíopes estavam sendo devorados em grande número pela serpente e, ao saber pelo oráculo que só seriam libertados desse flagelo se Andrômeda fosse oferecida em sacrifício, obrigaram Cefeu, pai da jovem, a consentir. Quando Perseu chegou, Andrômeda estava na saliência de um rochedo junto ao mar, acorrentada, esperando a chegada do monstro. Perseu a viu e no mesmo instante a amou. Ficou esperando com ela até a serpente vir buscar sua presa, então cortou a cabeça desta como tinha feito com a górgona. O corpo decapitado caiu de volta no mar. Perseu levou Andrômeda de volta para os pais e pediu sua mão em casamento, o que o casal teve satisfação em conceder.

Com Andrômeda, ele navegou de volta para a ilha e para sua mãe, mas na casa em que havia morado por tanto tempo não encontrou ninguém. A esposa do pescador Díctis já tinha morrido tempos antes e os dois outros moradores, Dânae e o homem que fora como um pai para Perseu, tinham sido obrigados a fugir e se esconder de Polidectes, enfurecido por Dânae ter se recusado a desposá-lo. Perseu ficou sabendo que os dois tinham buscado refúgio num templo. Soube também que o rei estava dando um banquete no palácio e todos os homens que lhe eram fiéis estavam lá reunidos. Na mesma hora Perseu viu sua oportunidade. Foi direto para o palácio e adentrou o salão. Ali, parado no vão da porta, com o reluzente escudo de Palas Atena no peito e a bolsa prateada junto ao flanco, atraiu os olhares de todos os presentes. Então, antes de qualquer um conseguir desviar os olhos, ele suspendeu a cabeça da górgona e, ao olhar para ela, todos ali, o rei cruel e seus cortesãos servis, foram transformados em pedra. Ficaram ali sentados, como uma fileira de estátuas, petrificados na mesma posição em que estavam ao verem Perseu.

Quando os habitantes da ilha se encontraram livres do tirano, foi fácil para Perseu encontrar Dânae e Díctis. Ele tornou Díctis o rei da ilha, mas ele e a mãe decidiram voltar para a Grécia com Andrômeda e tentar se reconciliar com Acrísio, para ver se os muitos anos transcorridos desde que ele os havia posto na arca o haviam abrandado a ponto de ele ficar feliz em receber a filha e o neto. Ao chegarem a Argos, porém, descobriram que Acrísio fora expulso da cidade e ninguém sabia onde ele estava. Pouco depois de chegar, Perseu ouviu dizer que o rei de Larissa, ao norte, estava organizando uma grande competição de atletismo e foi para lá participar. No lançamento do disco, quando chegou sua vez, ele lançou o pesado míssil, que se desviou e caiu no meio dos espectadores. Acrísio nessa ocasião estava visitando o rei e o disco o atingiu. O golpe foi fatal e ele morreu na hora.

Perseu segurando a cabeça da Medusa

Assim, a previsão do oráculo de Apolo mais uma vez se realizou. Se Perseu sentiu alguma tristeza, pelo menos sabia que o avô tinha feito todo o possível para matar a ele e sua mãe. Com a morte de Acrísio, os problemas de Perseu chegaram ao fim. Ele e Andrômeda viveram felizes para sempre. Eléctrion, seu filho, viria a ser avô de Hércules.

A cabeça da Medusa foi entregue a Palas Atena, que a levava consigo sempre em cima da Égide, o escudo de Zeus, o qual carregava para o pai.

CAPÍTULO II

Teseu

Esse herói particularmente querido pelos atenienses atraiu a atenção de muitos autores. Ovídio, que viveu na época de Augusto, narra sua vida em detalhes e o mesmo faz Apolodoro no século I ou II d.C., bem como Plutarco, mais para o final do século I d.C. Teseu é um personagem importante em três peças de Eurípides e em uma de Sófocles. As alusões a ele são muitas, tanto nos autores de prosa como nos de poesia. De modo geral, segui Apolodoro, mas acrescentei, tiradas de Eurípides, as histórias sobre o pedido de Adrasto, a loucura de Hércules e o destino de Hipólito; de Sófocles, sua gentileza com Édipo; e de Plutarco, a história da sua morte, sobre a qual Apolodoro se limita a uma frase.

O grande herói ateniense foi Teseu. Ele viveu tantas aventuras e participou de tantas empreitadas grandiosas que, em Atenas, surgiu um ditado: "Nada sem Teseu."

Embora fosse filho do rei ateniense Egeu, Teseu passou a juventude na terra da mãe, uma cidade no sul da Grécia. Egeu voltou para Atenas antes de o filho nascer, mas primeiro guardou num buraco uma espada e um par de sandálias e os cobriu com uma grande pedra. Fez isso com o conhecimento da esposa e lhe disse que se o bebê fosse menino, quando ficasse forte o bastante para retirar a pedra e pegar as coisas guardadas embaixo, ela poderia mandá-lo para Atenas e ele o reconheceria como filho. A criança nasceu menino e se tornou muito mais forte do que os outros, de modo que, quando a mãe finalmente o levou até a pedra, ele a ergueu sem qualquer dificuldade. Ela lhe disse então que havia chegado a hora de procurar o pai e um navio foi posto à sua disposição pelo avô. Teseu, porém, recusou-se a viajar por mar, porque a viagem era segura e fácil. Sua ideia era se tornar um grande herói o mais depressa possível, e a segurança e a facilidade certamente não eram o caminho para isso. Hércules,[4] o mais magnífico de todos os heróis da Grécia, não lhe saía da cabeça, nem a determinação de a ele se igualar em magnificência. Isso era muito natural, uma vez que os dois eram primos.

Sendo assim, Teseu recusou obstinadamente o navio que a mãe e o avô insistiram que ele usasse, disse-lhes que navegar nele seria fugir do perigo de modo desprezível e partiu a pé rumo a Atenas. Por causa dos malfeitores que havia na estrada, a viagem foi longa e repleta de perigos. Teseu, porém, matou todos eles; não deixou nenhum vivo para atormentar os futuros viajantes. Seu conceito de justiça era simples, porém eficaz: o mal que alguém tinha feito a outros, Teseu fazia com ele. Círon, por exemplo, que mandava seus prisioneiros se ajoelharem para lavar seus pés e depois os chutava para dentro do mar, Teseu atirou num precipício. Sínis, que matava as pessoas amarrando-as a dois pinheiros curvados até o chão que depois soltava, morreu ele próprio dessa forma. Procusto foi posto sobre a cama de ferro com a qual torturava suas vítimas, amarrando-as ali para depois ajustá-las ao tamanho da cama, esticando as que eram demasiado curtas e cortando o pedaço necessário das demasiado compridas. A história não diz qual dos dois métodos foi usado por Teseu, mas não havia grande diferença entre ambos e, de uma forma ou de outra, a carreira de Procusto acabou.

Pode-se imaginar como se espalharam pela Grécia as loas ao rapaz que tinha livrado o país daquelas pragas aos viajantes. Quando chegou a Atenas, Teseu já era um herói reconhecido e foi convidado a um banquete pelo rei, naturalmente alheio ao fato de que o rapaz era seu filho. Na verdade, o rei, com medo da grande popularidade do jovem, pensou que ele quisesse conquistar o povo para se tornar rei e convidou-o com a intenção de envenená-lo. O plano não foi seu, mas sim de Medeia, a heroína da busca do velocino de ouro, que graças à sua feitiçaria conhecia a identidade de Teseu. Ela havia se refugiado em Atenas após deixar Corinto em sua carruagem alada e passara

---

4   Ver o próximo capítulo.

a ter grande influência sobre Egeu, situação que não queria ver perturbada pelo surgimento de um filho. Quando ela lhe estendeu o cálice envenenado, porém, Teseu, que desejava se revelar imediatamente ao pai, sacou sua espada. O rei na mesma hora a reconheceu e derrubou o cálice no chão. Medeia fugiu, como sempre fazia, e conseguiu chegar em segurança à Ásia.

Egeu então proclamou pelo país inteiro que Teseu era seu filho e herdeiro. O novo herdeiro logo teve uma oportunidade para conquistar o apreço dos atenienses.

Anos antes de sua chegada, um terrível infortúnio havia se abatido sobre a cidade. Minos, o poderoso rei de Creta, tinha perdido seu único filho, Androgeu, quando o rapaz visitava o rei de Atenas. O rei Egeu havia feito o que nenhum anfitrião deveria fazer: mandara seu hóspede partir numa expedição cheia de perigos para matar um monstruoso touro. Mas fora o touro que matara o rapaz. Minos invadiu a Grécia, tomou Atenas e declarou que iria arrasar a cidade a não ser que, de nove em nove anos, seu povo lhe fizesse uma oferenda de sete moças e sete rapazes. Um destino terrível aguardava essas jovens criaturas. Quando chegavam a Creta, elas eram entregues ao Minotauro para serem devoradas.

O Minotauro era um monstro parte touro, parte homem, filho da esposa de Minos, Pasífae, com um touro de beleza esplendorosa. Poseidon tinha dado o touro de presente a Minos para que o rei lhe oferecesse o animal em sacrifício, mas Minos não conseguiu matá-lo e ficou com ele. Para puni-lo, Poseidon fez Pasífae se apaixonar perdidamente pelo touro.

Quando o Minotauro nasceu, Minos não o matou. Fez o grande arquiteto e inventor Dédalo construir para ele um lugar de onde fosse impossível escapar. Dédalo construiu o labirinto, famoso no mundo inteiro. Quem lá entrasse ficaria eternamente percorrendo seus meandros sem nunca encontrar a saída. Para lá eram levados os jovens atenienses oferecidos em sacrifício ao Minotauro. Não havia como escapar. Fosse qual fosse a direção na qual corressem, poderiam estar correndo direto para o monstro; se ficassem parados, ele poderia surgir a qualquer momento. Era esse o destino que aguardava catorze rapazes e moças poucos dias depois de Teseu chegar a Atenas. Estava na época do sacrifício.

Teseu na mesma hora se ofereceu para ser uma das vítimas. Todos o amaram por sua bondade e o admiraram por sua nobreza, mas não faziam a menor ideia de que ele pretendesse matar o Minotauro. Ele, no entanto, contou tudo ao pai e prometeu que, se tivesse sucesso, mandaria trocar a vela negra, sempre içada no navio responsável por transportar aquele infeliz carregamento, por uma vela branca, para Egeu saber antes de a embarcação atracar que seu filho estava seguro.

Quando as jovens vítimas chegaram a Creta, foram obrigadas a desfilar diante dos moradores da cidade no caminho até o labirinto. Ariadne, filha de Minos, era uma das espectadoras e apaixonou-se por Teseu à primeira vista quando o viu marchar na sua frente. Mandou chamar Dédalo e lhe disse que ele precisava mostrar a ela um jeito de escapar do labirinto; então mandou chamar Teseu e disse que o ajudaria a fugir se ele prometesse levá-la consigo de volta para Atenas e com ela se casar. Como se pode imaginar, o rapaz não criou dificuldade em relação a isso e Ariadne lhe passou a pista que recebera de Dédalo: um novelo de fio, cuja ponta ele deveria amarrar do lado de dentro da porta e ir desenrolando conforme avançasse. Teseu assim fez e, certo de que poderia encontrar o caminho de volta quando quisesse, entrou corajosamente no labirinto à procura do Minotauro. Encontrou-o dormindo e o atacou, imprensando-o no chão, e com os próprios punhos espancou o monstro até a morte, pois não dispunha de nenhuma outra arma.

> Como um carvalho que tomba na encosta da montanha
> Esmagando tudo que estiver pela frente,
> Assim fez Teseu. Espremeu para fora a vida,
> A vida selvagem do bruto, e este agora jaz morto.
> Somente a cabeça balança devagar, mas os chifres já de nada
>   servem.

Quando Teseu se levantou ao final desse embate colossal, o novelo de fio estava onde ele o deixara cair. Com o novelo nas mãos, o caminho de saída estava aberto. Os outros o seguiram e, levando Ariadne consigo, eles voltaram depressa para o navio e ganharam o mar em direção a Atenas.

No caminho, pararam na ilha de Naxos, e o que aconteceu a seguir foi objeto de diferentes relatos. Uma das histórias diz que Teseu abandonou Ariadne. Ela estava dormindo e ele foi embora sem ela, mas Dioniso a encontrou e reconfortou. A outra história favorece muito mais Teseu. Ariadne ficou extremamente enjoada no mar e ele a deixou em terra firme para se recuperar enquanto voltava ao navio para fazer alguns reparos necessários.

Um vento forte o empurrou mar adentro e o manteve lá por muito tempo. Ao voltar, ele descobriu que Ariadne tinha morrido e ficou muito entristecido.

Ambas as histórias concordam em dizer que, ao se aproximar de Atenas, Teseu esqueceu-se de içar a vela branca. A alegria com o sucesso da viagem ou a tristeza por causa de Ariadne podem ter espantado qualquer outro pensamento da sua cabeça. O rei Egeu, seu pai, viu a vela negra. Estava na Acrópole, onde havia muitos dias forçava a vista para olhar o mar. Para ele, aquele era o sinal da morte do filho, e ele se atirou de um penhasco rochoso no mar e morreu. O mar no qual caiu foi dali em diante chamado para sempre de Egeu.

Assim, Teseu se tornou rei de Atenas, um rei sensato e altruísta. Declarou ao povo não desejar governá-lo: queria um governo do povo, no qual todos pudessem ser iguais. Renunciou ao seu poder real e organizou um conselho, mandando construir uma sala na qual os cidadãos pudessem se reunir e votar. O único cargo que guardou para si foi o de comandante em chefe. Assim Atenas se tornou a mais feliz e próspera de todas as cidades da Terra, o único e verdadeiro lar da liberdade, o único lugar do mundo em que o povo governava a si mesmo. Foi por esse motivo que, na grande guerra dos Sete contra Tebas,[5] quando os tebanos vitoriosos se recusaram a enterrar os inimigos mortos, os vencedores pediram ajuda a Teseu e Atenas, por acreditarem que homens livres governados por um líder como aquele jamais tolerariam ver mortos impotentes tratados com injustiça. Seu apelo não foi em vão. Teseu liderou seu exército contra Tebas, venceu e forçou a cidade a permitir que os mortos fossem sepultados. Ao sair vitorioso, contudo, não puniu os tebanos por seu mau comportamento. Mostrou-se, isso sim, um guerreiro perfeito. Não permitiu que seu exército entrasse na cidade para saqueá-la. Não fora até lá para maltratar Tebas, mas para enterrar os mortos de Argos e, cumprido esse dever, conduziu seus soldados de volta a Atenas.

Teseu demonstra as mesmas qualidades em muitas outras histórias. Recebeu o idoso Édipo, que todos haviam rechaçado. Estava ao seu lado quando ele morreu, dando-lhe apoio e conforto. Protegeu suas duas filhas indefesas e mandou-as para casa em segurança após a morte do pai. Quando Hércules[6] matou a esposa e os filhos num acesso de loucura e depois, ao recuperar a razão, decidiu se matar, Teseu foi o único a defendê-lo. Todos

---

5 Ver Parte Cinco, Capítulo II.
6 Ver Parte Três, Capítulo III.

O Minotauro no labirinto

os outros amigos de Hércules o abandonaram, temendo ser contaminados pela presença de alguém que cometera ato tão terrível. Teseu lhe deu a mão, inflou sua coragem, disse-lhe que morrer seria o ato de um covarde e o levou para Atenas.

Entretanto, nem todas as preocupações de Estado, nem todos os atos de coragem e aventura para defender os fracos e injustiçados puderam conter o amor de Teseu pelo perigo. Ele foi ao país das guerreiras amazonas – segundo alguns, com Hércules; segundo outros, sozinho – e raptou uma delas, cujo nome às vezes se diz ser Antíope, outras vezes, Hipólita. É certo que o filho que ela deu a Teseu se chamava Hipólito e é certo também que, depois de ele nascer, as amazonas foram resgatar sua mãe e invadiram a Ática, região que circunda Atenas, chegando a entrar na cidade. Acabaram derrotadas e nenhum outro inimigo pisou na Ática enquanto Teseu viveu.

Mas ele teve muitas outras aventuras. Foi um dos que embarcaram no *Argo* em busca do velocino de ouro. Participou da grande caçada calidônia, quando o rei de Cálidon convidou os mais nobres homens da Grécia para ajudá-lo a matar o terrível javali que estava devastando seu país. Durante a caçada, Teseu salvou a vida de seu estouvado amigo Pirítoo, como de fato fez diversas vezes. Pirítoo era tão aventureiro quanto Teseu, mas não tinha nem de longe o mesmo sucesso, de modo que vivia em apuros. Teseu era muito dedicado ao amigo e sempre o ajudava. A amizade entre os dois nasceu após um ato particularmente temerário de Pirítoo. Ocorreu-lhe verificar pessoalmente se Teseu era um herói tão grande quanto diziam e então foi à Ática e roubou algumas das suas reses. Quando soube que Teseu estava em seu encalço, em vez de fugir correndo, ele se virou e o enfrentou, naturalmente com a intenção de decidir ali mesmo quem era o melhor. No entanto, quando os dois se enfrentaram, Pirítoo, impulsivo como sempre, de repente esqueceu tudo, tamanha sua admiração por Teseu. Estendeu-lhe a mão e exclamou: "Vou me submeter a qualquer penalidade que você me impuser. Seja você o juiz." Teseu, encantado com esse ato de generosidade, respondeu: "Tudo que quero é que você seja meu amigo e companheiro de armas." E os dois prestaram um juramento solene de amizade.

No casamento de Pirítoo, que era rei dos lápitas, Teseu foi, é claro, um dos convidados e mostrou-se extremamente útil nas bodas. Esse banquete de casamento talvez tenha sido o evento mais desafortunado que jamais ocorreu. Os centauros, criaturas com corpo de cavalo e peito e rosto de homem, eram parentes da noiva e compareceram ao casamento. Eles se embriagaram e tentaram raptar as mulheres. Teseu saiu em defesa da noiva e abateu o centauro que tentava levá-la embora. Seguiu-se uma terrível batalha, mas os lápitas venceram e acabaram expulsando de seu país a raça inteira dos centauros, e Teseu os ajudou até o fim.

Na última aventura dos dois, porém, Teseu não conseguiu salvar o amigo. De modo bem típico, depois que a noiva do desastroso banquete de casamento morreu, Pirítoo decidiu que tentaria obter como segunda esposa a dama mais bem protegida de todo o Universo: ninguém menos do que a própria Perséfone. Teseu, claro, aceitou ajudá-lo, mas, decerto estimulado pela ideia dessa empreitada imensamente arriscada, declarou que primeiro raptaria Helena, a futura heroína de Troia,[7] uma criança ainda, e que, quando ela crescesse, a desposaria. Embora menos arriscado do que o rapto de Perséfone, isso era perigoso o bastante para satisfazer o mais ambicioso dos homens. Helena tinha por irmãos Castor e Pólux, páreo duro para qualquer herói mortal. Teseu conseguiu raptar a menina, não ficamos sabendo exatamente como, mas os dois irmãos marcharam contra a cidade para a qual ela fora levada e a pegaram de volta. Para sorte de Teseu, não o encontraram lá. Ele já estava a caminho do mundo inferior com Pirítoo.

Os detalhes de sua viagem e sua chegada no Hades não são conhecidos, exceto pelo fato de o senhor do Hades estar ciente da sua intenção e ter se divertido frustrando-a de um modo inovador. Não matou os dois amigos, claro, uma vez que eles já estavam no reino dos mortos, mas os convidou, num gesto de amizade, a se sentarem diante dele. Teseu e Pirítoo se acomodaram no assento que o deus lhes indicou e ali ficaram. Não conseguiram mais se levantar. Era a chamada Cadeira do Esquecimento. Quem nela se sentasse esquecia tudo; sua mente se esvaziava e mover-se era impossível. Ali Pirítoo segue sentado eternamente, mas Teseu foi libertado pelo primo. Quando Hércules desceu ao mundo inferior, tirou Teseu da cadeira e o levou de volta à Terra. Tentou fazer o mesmo com Pirítoo, mas não conseguiu. O rei dos mortos sabia que fora ele quem planejara o rapto de Perséfone e o reteve com firmeza.

Em seus últimos anos de vida, Teseu desposou a irmã de Ariadne, Fedra, causando assim terríveis infortúnios para ela, para si e para o filho Hipólito

---

7   Ver Parte Quatro, capítulos I e II.

que a amazona tinha lhe dado. Mandou Hipólito para longe ainda menino, para ser criado na cidade sulista onde ele próprio passara a juventude. O menino virou um homem esplêndido, um grande atleta e caçador que desprezava quem levava uma vida de ócio e de luxo, e mais ainda quem era fraco e tolo o bastante para se apaixonar. Zombava de Afrodite e venerava apenas Ártemis, a casta e bela caçadora. As coisas estavam nesse pé quando Teseu chegou a sua antiga cidade levando consigo Fedra. Um forte afeto nasceu na hora entre pai e filho. Eles apreciaram intensamente a companhia um do outro. Em Fedra, por sua vez, seu enteado Hipólito sequer reparou; ele nunca reparava em mulheres. Mas no caso dela foi bem diferente. Fedra se apaixonou perdidamente por Hipólito, um amor louco e infeliz que a enchia de vergonha, mas que ela era totalmente incapaz de negar. Por trás dessa situação lamentável e perigosa estava Afrodite. A deusa ficara com raiva de Hipólito e decidira puni-lo som severidade.

Em sua aflição, Fedra, desesperada, sem ver saída em lugar algum, decidiu morrer sem revelar a ninguém por quê. Teseu na ocasião estava longe de casa, mas a velha ama de Fedra, completamente dedicada à patroa e sem conseguir ver nada de mau no que quer que Fedra desejasse, descobriu tudo: a paixão secreta da jovem, seu desespero e sua decisão de se matar. Com apenas uma ideia na cabeça – salvar a patroa –, a ama foi direto a Hipólito.

– Ela está morrendo de amor por você – disse a velha. – Dê-lhe a vida. Dê-lhe amor em troca de amor.

Hipólito se afastou da velha ama com repulsa. O amor de qualquer mulher teria lhe causado aversão, mas aquele amor cheio de culpa lhe causou náusea e horror. Ele saiu correndo para o pátio enquanto a ama o seguia e implorava. Fedra estava sentada lá fora, mas Hipólito nem sequer a viu. Virou-se indignado para a velha mulher.

– Sua desgraçada, querendo me fazer trair meu pai – disse ele. – Sinto-me sujo pelo simples fato de ouvir essas palavras. Ah, mulheres, mulheres vis... todas elas. Nunca mais pisarei nesta casa, exceto quando meu pai estiver presente.

Ele se afastou e a ama se virou e encarou Fedra. A jovem tinha se levantado e seu rosto exibia uma expressão que deixou a velha assustada.

– Ainda vou ajudá-la – gaguejou a ama.

– Cale-se – retrucou Fedra. – Eu mesma vou resolver meus problemas. – E, dizendo isso, ela entrou em casa. A ama, tremendo, esgueirou-se atrás dela.

Minutos depois, ouviram-se as vozes dos homens saudando o retorno do dono da casa e Teseu adentrou o pátio. Lá foi recebido por mulheres em prantos. Elas lhe disseram que Fedra estava morta. Ela havia se matado. Tinham acabado de encontrá-la morta, mas na sua mão havia uma carta para o marido.

– Minha querida, minha preferida – falou Teseu. – Seus últimos desejos estão escritos aqui? Este é o seu selo... você, que nunca mais vai sorrir para mim.

Ele abriu a carta, leu, tornou a ler. Então se virou para os criados que lotavam o pátio.

– Esta carta grita bem alto – disse. – As palavras falam... elas têm língua. Saibam vocês todos que meu filho tocou com violência minha esposa. Ó deus Poseidon, ouça-me amaldiçoá-lo e cumprir minha maldição.

O silêncio que se seguiu foi rompido apenas por passos céleres. Hipólito entrou.

– O que houve? – perguntou. – Como ela morreu? Conte-me você mesmo, pai. Não esconda de mim sua tristeza.

– Deveria haver uma régua da verdade com a qual medir o afeto – disse Teseu. – Alguma forma de saber quem merece confiança e quem não. Vocês que aqui estão, vejam meu filho, que a mão daquela que morreu provou ser vil. Ele a tratou com violência. Sua carta supera qualquer palavra que ele possa dizer. Vá. Você está exilado desta terra. Vá agora mesmo para sua ruína.

– Pai – respondeu Hipólito –, eu não sou hábil com as palavras e não há qualquer testemunha da minha inocência. A única que havia está morta. Tudo que posso fazer é jurar por Zeus lá em cima que jamais toquei sua esposa, nunca desejei tocá-la, nunca sequer pensei nela. Que eu morra em desgraça se for culpado.

– Com sua morte ela prova estar dizendo a verdade – falou Teseu. – Vá! Está expulso destas terras.

Hipólito se foi, mas não para o exílio; a morte também estava bem próxima, à sua espera. Quando ele estava se afastando da casa que abandonava para sempre pelo caminho do mar, a maldição de seu pai se cumpriu. Um monstro surgiu das águas e seus cavalos, aterrorizados e sem obedecer nem mesmo ao seu firme comando, desembestaram. A carruagem foi destruída e Hipólito, mortalmente ferido.

Teseu não foi poupado. Ártemis lhe apareceu e lhe contou a verdade.

> Não vim lhe trazer ajuda, apenas dor,
> E lhe mostrar que seu filho era honrado.
> A culpada foi sua esposa, louca de amor por ele,
> Que, mesmo assim, resistiu à paixão e morreu.
> Mas o que ela escreveu era mentira.

Enquanto Teseu escutava, chocado com aquela sequência terrível de acontecimentos, Hipólito foi trazido ainda vivo.
– Eu era inocente – arquejou. – Ártemis, é você? Minha deusa, seu caçador está morrendo.
– E nenhum outro pode tomar seu lugar, meu mais querido entre os homens – disse-lhe a deusa.
Hipólito desviou os olhos do brilho de Ártemis para o consternado Teseu.
– Pai, pai querido – falou –, não foi culpa sua.
– Se ao menos eu pudesse morrer no seu lugar! – exclamou Teseu.
A voz calma e melodiosa de Ártemis interrompeu esse diálogo aflito:
– Tome seu filho nos braços, Teseu. Não foi você quem o matou. Foi Afrodite. Saiba que ele jamais será esquecido. Os homens se lembrarão dele nas canções e nas histórias.
Ártemis desapareceu, mas Hipólito também partiu. Ele já tinha ido pela estrada que conduz ao reino da morte.
Teseu também morreu em desgraça. Ele estava na corte de um amigo, o rei Licomedes, onde, alguns anos depois, Aquiles se esconderia disfarçado de donzela. Alguns dizem que Teseu foi lá por ter sido banido de Atenas. De toda forma, o rei, seu amigo e anfitrião, o matou, sem que nos seja contado por quê.
Ainda que os atenienses tenham banido Teseu, pouco tempo depois da sua morte passaram a honrá-lo como a nenhum outro mortal. Construíram para ele uma imensa tumba e decretaram que esta seria um eterno santuário para os escravos e para todas as pessoas pobres e indefesas, em homenagem a um homem que tinha passado a vida inteira defendendo os desvalidos.

CAPÍTULO III
Hércules

Ovídio fornece um relato da vida de Hércules, mas muito breve, bem diferente do seu habitual método extremamente detalhado. Ele não se interessa muito por feitos heroicos, prefere as histórias tristes. À primeira vista, parece estranho não abordar o fato de Hércules ter matado a esposa e os filhos, mas essa história já tinha sido contada por um mestre, Eurípides, poeta do século V a.C., e a reticência de Ovídio decerto se deveu à sua inteligência. Ele tem muito pouco a dizer em relação a qualquer um dos mitos sobre os quais escrevem os autores gregos de tragédias. Também deixa praticamente de lado uma das mais famosas histórias relacionadas a Hércules: como o herói livrou Alceste da morte, tema de outra peça de Eurípides. Sófocles, contemporâneo de Eurípides, descreve a morte do herói. Sua aventura com as cobras quando bebê é contada por Píndaro no século V a.C. e por Teócrito no século III a.C. Para meu relato, usei as histórias fornecidas pelos dois poetas trágicos e por Teócrito, mais do que por Píndaro, um dos poetas mais difíceis de traduzir ou mesmo parafrasear. Para o restante, segui Apolodoro, prosista do século I ou II d.C. e único autor, com exceção de Ovídio, a narrar integralmente a vida de Hércules. Preferi o tratamento dele ao de Ovídio porque, neste caso apenas, ele é mais detalhado.

O maior herói da Grécia foi Hércules. Em relação ao grande herói de Atenas, Teseu, ele foi um personagem de outra dimensão. Era aquele que toda a Grécia, com exceção de Atenas, mais admirava. Os atenienses eram diferentes dos outros gregos e, portanto, seu herói era outro. Teseu era naturalmente dotado de uma coragem sem igual, assim como todos os heróis, mas, ao contrário dos outros, sua compaixão era comparável à sua coragem e ele era um homem dotado de grande intelecto além da imensa força física. Era natural que os atenienses tivessem um herói assim, porque eles valorizavam o pensamento e as ideias mais do que em qualquer outra parte do país. Teseu personificava seu ideal. Hércules, porém, personificava aquilo que o restante da Grécia mais valorizava. Suas qualidades eram aquelas que os gregos em geral honravam e admiravam. Com exceção da coragem resoluta, essas qualidades não eram as mesmas que distinguiam Teseu.

Hércules era o homem mais forte do mundo e tinha a autoconfiança suprema conferida pela força física magistral. Considerava-se um igual dos deuses e tinha motivos para tal. Os deuses precisaram da sua ajuda para vencer os gigantes. Na vitória final dos deuses do Olimpo contra os violentos filhos da Terra, as flechas de Hércules desempenharam um papel importante. Ele levava isso em conta na forma de tratar os deuses. Certa vez, quando a pitonisa de Delfos não respondeu a uma pergunta sua, ele empunhou o tripé no qual ela estava sentada e disse que o levaria embora e criaria o próprio oráculo. Apolo não tolerou isso, claro, mas Hércules se mostrou inteiramente disposto a brigar com ele e Zeus precisou intervir. A rixa, porém, foi facilmente resolvida. Hércules se mostrou bastante afável. Não queria brigar com Apolo, queria apenas uma resposta do seu oráculo. Se Apolo a desse, a questão estava resolvida. Apolo, por sua vez, diante dessa pessoa decidida, sentiu admiração pela ousadia de Hércules e fez sua pitonisa dar a resposta.

Durante toda a vida Hércules teve total confiança de que jamais poderia ser derrotado, fosse quem fosse o seu adversário, e os fatos confirmam isso. Sempre que ele enfrentava alguém, o desfecho já estava certo de antemão. Ele só poderia ser sobrepujado por uma força sobrenatural. Hera usou a sua contra ele, com efeitos terríveis, e no fim ele foi morto por magia, mas nada que vivesse nos ares, nos mares ou na terra jamais o derrotou.

A inteligência não tinha uma participação importante em nada que Hércules fizesse e muitas vezes ela se mostrava particularmente ausente. Certa vez, quando estava com calor, ele apontou uma flecha para o sol e ameaçou atirar. Em outra ocasião, quando a embarcação a bordo da qual estava foi sacudida pelas ondas, disse às águas que iria puni-las caso não se acalmassem. O intelecto não era o seu forte. As emoções, sim. Elas despertavam depressa e tinham tendência a fugir ao controle, como quando ele desertou o *Argo* e esqueceu totalmente os companheiros e a busca do velocino de ouro, tamanha sua tristeza por ter perdido seu jovem escudeiro Hilas. Essa capacidade de sentimento profundo num homem de força descomunal era estranhamente comovente, mas também causava imensos danos. Hércules era acometido por surtos repentinos de raiva furiosa, sempre fatais para as vítimas muitas vezes inocentes. Quando a raiva passava e ele voltava a si, demonstrava um arrependimento totalmente desarmante e concordava humildemente com qualquer punição proposta. Sem o seu consentimento, não poderia ter sido punido por ninguém, mas, apesar disso, ninguém jamais suportou tantas punições quanto ele. Hércules passou boa parte da vida expiando algum ato infeliz e nunca se rebelou nem mesmo contra as demandas quase impossíveis que lhe foram feitas. Às vezes chegava a punir a si mesmo quando os outros estavam inclinados a desculpá-lo.

Teria sido absurdo pôr Hércules no comando de um reino como aconteceu com Teseu; ele já tinha trabalho suficiente governando a si mesmo. Jamais teria conseguido pensar em uma ideia nova ou excelente como se considerava que o herói ateniense havia feito. Seu pensamento se limitava a procurar um jeito de matar algum monstro que estivesse ameaçando matá-lo. Mesmo assim, ele tinha uma grandeza genuína. Não por possuir uma coragem extrema baseada numa força descomunal, algo apenas lógico, mas porque, na sua tristeza por ter errado e na sua disposição para fazer qualquer coisa para expiar esses erros, ele demonstrava grandeza de alma. Se tivesse também alguma grandeza mental, ou pelo menos o suficiente para conduzi-lo pelos caminhos da razão, ele teria sido o herói perfeito.

Hércules nasceu em Tebas e durante muito tempo foi considerado filho de Anfitrião, um renomado general. Nesses primeiros anos foi chamado de Alcides, ou descendente de Alceu, que era o pai de Anfitrião. Mas na realidade Hércules era filho de Zeus, o qual, enquanto o general esteve lutando longe de casa, visitou Alcmena, esposa de Anfitrião, na forma de seu marido. Alcmena teve dois filhos: Hércules com Zeus e Íficles com Anfitrião. A diferença na ascendência dos meninos podia ser vista claramente em como cada um agiu diante de um grande perigo com que ambos se depararam antes de completarem 1 ano. Hera, como sempre, ficou enfurecida de ciúme e decidiu matar Hércules.

Certa noite, Alcmena deu banho nos dois meninos, deu-lhes leite para beber e os deitou no berço, acariciando-os e dizendo: "Durmam, meus pequeninos, almas da minha alma. Que seja feliz seu sono e feliz seu despertar." Ela balançou o berço e, em poucos instantes, os dois bebês pegaram no sono. No meio da noite, porém, quando tudo na casa era silêncio, duas grandes serpentes rastejaram para dentro do quarto das crianças. Havia uma luz no quarto e, quando as duas serpentes armaram o bote acima do berço, com a cabeça balançando e a língua a tremular, os meninos acordaram. Íficles gritou e tentou sair do berço, mas Hércules sentou-se e agarrou pelo pescoço as mortais criaturas. Elas se contorceram, se reviraram e se enroscaram em volta do seu corpo, mas ele as segurou com firmeza. A mãe ouviu os gritos de Íficles, chamou o marido e correu até o quarto dos filhos. E lá estava Hércules, sentado e rindo, segurando os corpos flácidos, um em cada mão. Contente, entregou as cobras para Anfitrião. Estavam mortas. Todos então souberam que o menino estava fadado a realizar grandes feitos. Tirésias, o profeta cego de Tebas, disse a Alcmena: "Juro que muitas mulheres da Grécia, ao cardarem a lã no fim do dia, louvarão esse seu filho e você, que o deu à luz. Ele será o herói de toda a humanidade."

Muito cuidado se tomou com a educação do menino, mas lhe ensinar o que ele não queria aprender era uma empreitada de risco. Hércules não parece ter apreciado música, parte importante da formação de um menino grego, ou então seu professor de música lhe desagradou. Ele ficou com raiva dele e partiu-lhe a cabeça com sua cítara. Foi a primeira vez que desferiu um golpe fatal sem intenção. Não queria matar o pobre músico, apenas brandiu o instrumento num impulso momentâneo, sem raciocinar e sem ter plena noção da própria força. Arrependeu-se muito, mas isso não o impediu de agir da mesma forma várias outras vezes. Pelas outras matérias que lhe foram ensinadas – esgrima, luta livre e condução de carruagens – ele se interessou mais e todos os seus professores nessas matérias sobreviveram. Ao completar 18 anos, Hércules já era adulto e matou sozinho um imenso leão que vivia nas florestas de Citerão, o leão téspio. Daí em diante passou a usar a pele do leão como capa, com a cabeça a formar uma espécie de capuz acima da sua.

Seu feito seguinte foi combater e derrotar os minianos, que vinham cobrando tributos excessivos dos tebanos. Os cidadãos, agradecidos, deram-lhe em recompensa a mão da princesa Megara. Embora Hércules fosse dedicado à esposa e aos filhos que teve com ela, seu casamento lhe trouxe a maior infelicidade de toda a sua vida, bem como provações e perigos que ninguém jamais enfrentara nem viria a enfrentar. Depois de Megara lhe dar três filhos homens, Hércules enlouqueceu. Quem o fez perder a razão foi Hera, que nunca esquecia uma ofensa. O herói matou os filhos e matou Megara também quando ela tentou proteger o mais novo. Então recuperou a razão. Viu-se sozinho em seu salão ensanguentado, ladeado pelos corpos dos filhos e da mulher. Não fazia ideia do que acontecera, de como eles tinham morrido. Parecia-lhe que poucos segundos antes estavam todos conversando. Enquanto ele se detinha ali, sem entender nada, as pessoas apavoradas que o observavam de longe viram que o acesso de loucura tinha passado e Anfitrião se atreveu a abordá-lo. Não houve como esconder a verdade de Hércules. Ele precisava saber como aquele horror tinha acontecido e Anfitrião lhe contou. O herói o escutou e então disse:

– E eu mesmo sou o assassino daqueles que me são mais caros.

– Sim – respondeu Anfitrião, trêmulo. – Mas você estava fora de si.

Hércules não deu atenção à desculpa que a frase sugeria.

– Devo então poupar minha própria vida? – indagou. – Vou vingar essas mortes com a minha.

Mas antes que ele saísse correndo e se matasse, no exato instante em que iria fazê-lo, sua intenção desesperada se modificou e sua vida foi salva. Esse milagre, pois era disso que se tratava, de afastar Hércules do descontrole e de um ato violento e fazê-lo ter uma atitude sóbria e racional de aceitação pesarosa não foi obra de um deus que tenha descido do céu. Foi um milagre causado pela amizade humana. Seu amigo Teseu se postou diante dele e estendeu as mãos para segurar as suas, todas sujas de sangue. Assim, segundo o conceito habitual dos gregos, ele próprio ficaria maculado e teria uma participação na culpa de Hércules.

– Não recue – disse Teseu ao amigo. – Não me impeça de compartilhar tudo com você. O mal que com você compartilho para mim não é um mal. E ouça-me. Os homens de alma elevada conseguem suportar os golpes dos céus sem se retrair.

– Você sabe o que eu fiz? – perguntou Hércules.

– Sei – respondeu Teseu. – Sua tristeza não tem tamanho.

– Então vou morrer – disse Hércules.

– Herói nenhum pronunciou essas palavras – falou Teseu.

– O que posso fazer senão morrer? – lamentou-se Hércules. – Viver? Um homem marcado, sobre quem todos dirão: "Vejam. Ali está aquele que matou a esposa e os filhos!" Meus carcereiros estarão por toda parte, os escorpiões afiados da língua!

– Mesmo assim, aguente e seja forte – respondeu Teseu. – Você irá comigo para Atenas, morar na minha casa e compartilhar tudo comigo. E dará a mim e à cidade uma grande retribuição: a glória de tê-lo ajudado.

Seguiu-se um longo silêncio. Por fim, Hércules falou, com palavras lentas e pesadas:

– Que assim seja. Serei forte e esperarei pela morte.

Os dois foram para Atenas, mas Hércules não passou muito tempo lá. Teseu, o pensador, rejeitou a ideia de que um homem pudesse ser culpado de assassinato quando não sabia o que estava fazendo e de que quem ajudasse um homem assim fosse considerado maculado. Os atenienses concordaram e acolheram o pobre herói. O próprio Hércules, no entanto, era incapaz de compreender esses conceitos. Não conseguia refletir a respeito, mas apenas sentir. Tinha matado a própria família. Portanto, estava maculado e maculava outros. Ele merecia que todos lhe dessem as costas com repulsa. Em Delfos, onde foi consultar o oráculo, a pitonisa teve exatamente a mesma opinião. Ele precisava ser purificado, falou, e somente uma terrível penitência poderia fazer isso. Disse-lhe que fosse procurar seu primo Euristeu, rei de Micenas (ou de Tirinto, em algumas histórias), e obedecer ao que quer que este lhe ordenasse. Hércules foi sem hesitar, disposto a fazer qualquer coisa que o tornasse limpo outra vez. O resto da história deixa claro que a pitonisa conhecia o caráter de Euristeu e sabia que ele sem sombra de dúvida expiaria a culpa de Hércules.

Euristeu não era nem de longe estúpido, pois tinha uma mente muito engenhosa, e quando o homem mais forte do mundo o procurou, disposto a ser seu escravo, pensou em uma série de penitências que, do ponto de vista da dificuldade e do perigo, não tinham como ser melhores. É preciso dizer, contudo, que ele foi auxiliado e incentivado por Hera. Até o fim da vida de Hércules, a deusa nunca o perdoou por ser filho de Zeus. As tarefas que Euristeu mandou Hércules cumprir são conhecidas como "os trabalhos de Hércules". Eram doze no total, todos praticamente impossíveis.

O primeiro era matar o leão de Nemeia, animal que nenhuma arma era capaz de ferir. Hércules contornou essa dificuldade esganando-o. Então suspendeu nas costas a imensa carcaça e a levou para Micenas. Depois disso, Euristeu, que era um homem cauteloso, não o deixou mais entrar na cidade. Continuou a lhe dar ordens de longe.

O segundo trabalho era ir a Lerna matar uma criatura de nove cabeças chamada hidra, que vivia num pântano. A tarefa era extremamente difícil de cumprir porque uma das cabeças era imortal e as outras quase isso, pois, quando Hércules decepava uma delas, duas brotavam no lugar. Mas ele foi ajudado pelo sobrinho Iolau, que lhe trouxe um tição incandescente com o qual Hércules cauterizava o pescoço da hidra conforme ia cortando as cabeças, de modo a impedi-las de rebrotar. Uma vez cortadas, ele deu cabo da que era imortal enterrando-a debaixo de uma enorme pedra.

O terceiro trabalho foi trazer viva uma corça de chifres de ouro, sagrada para Ártemis, que vivia nas florestas da Cerineia. Teria sido fácil matá-la, mas capturá-la viva era diferente e Hércules passou um ano caçando-a antes de ter sucesso.

O quarto trabalho foi capturar um imenso javali cuja toca ficava no monte Erimanto. Hércules perseguiu o animal de um lado para outro até deixá-lo exausto, em seguida o encurralou na neve alta e o capturou.

O quinto trabalho foi limpar os estábulos de Augias num único dia. Augias tinha milhares de cabeças de gado e seus estábulos não eram limpos havia muitos anos. Hércules desviou o curso de dois rios e os fez correr pelos estábulos numa grande enchente que lavou bem depressa toda a sujeira.

O sexto trabalho foi espantar as aves do lago Estínfalo, uma praga para o povo que lá vivia devido ao seu número espantoso. O herói teve a ajuda de Palas Atena para espantar as aves de seus abrigos e, quando elas levantaram voo, ele as alvejou com flechas.

O sétimo trabalho foi ir a Creta buscar o lindo touro selvagem que Poseidon tinha dado de presente para Minos. Hércules o subjugou, o fez embarcar num navio e o levou para Euristeu.

O oitavo trabalho foi capturar as éguas devoradoras de homens do rei Diomedes da Trácia. Hércules primeiro matou Diomedes, então espantou as éguas sem encontrar oposição.

O nono trabalho foi buscar o cinto de Hipólita, rainha das amazonas. Quando Hércules chegou, ela o recebeu bem e disse que lhe daria o cinto, mas Hera causou problemas. Fez as amazonas pensarem que Hércules iria raptar sua rainha e elas atacaram o navio do herói. Sem pensar em como

Hipólita tinha se mostrado amistosa, sem pensar em nada, Hércules a matou na hora, partindo do princípio de que era ela a responsável pelo ataque. Conseguiu se desvencilhar das outras e foi embora com o cinto.

O décimo trabalho foi trazer os bois do gigante Gerião, monstro de três cabeças que vivia em Erítia, uma ilha no oeste. No caminho até lá, Hércules chegou às terras situadas nos confins do Mediterrâneo e, como monumento à sua jornada, ergueu dois grandes rochedos, chamados pilares de Hércules (hoje Gibraltar e Ceuta). Então pegou os bois e os levou consigo para Micenas.

O décimo primeiro trabalho foi o mais difícil até então. Consistia em buscar os pomos de ouro das Hespérides e Hércules não sabia onde encontrá-los. Como o pai das Hespérides era Atlas, aquele que sustentava nos ombros o firmamento, Hércules foi procurá-lo e lhe pediu para pegar os pomos. Ofereceu-se para segurar o fardo do céu durante a ausência de Atlas. Ao ver uma chance de se livrar daquela penosa tarefa, Atlas aceitou na mesma hora. Voltou com os pomos, mas não os entregou a Hércules. Disse ao herói que ele podia continuar segurando o céu, pois ele próprio levaria os pomos para Euristeu. Nessa ocasião, Hércules não teve ao que recorrer exceto a própria inteligência; toda a sua força estava sendo usada para sustentar aquele peso descomunal. Se acabou tendo sucesso, foi mais devido à estupidez de Atlas do que à própria esperteza. Ele concordou com o plano de Atlas, mas lhe pediu que segurasse o céu de novo só por um instante, para poder colocar sobre os ombros uma almofada para diminuir a pressão. Atlas assim o fez e Hércules pegou os pomos e foi embora.

O décimo segundo trabalho foi o pior de todos. Hércules teve que ir até o mundo inferior, e foi nessa ocasião que libertou Teseu da Cadeira do Esquecimento. Sua tarefa era trazer do Hades Cérbero, o cão de três cabeças. Plutão lhe deu permissão para fazer isso, contanto que ele não usasse armas para subjugar o monstro. Poderia usar somente as mãos. Memo assim, o herói conseguiu obrigar a terrível criatura a lhe obedecer. Ele ergueu Cérbero e o carregou por todo o caminho até a Terra e à cidade de Micenas. Euristeu, muito sensato, não quis ficar com o cão e fez Hércules levá-lo de volta. Esse foi seu último trabalho.

Uma vez concluídos os trabalhos e expiada a culpa pela morte da esposa e dos filhos, seria de pensar que Hércules teria garantido paz e tranquilidade para o resto da vida. Mas não. Ele nunca teve paz. Um feito quase tão difícil

Hércules carregando Cérbero

quanto a maioria de seus trabalhos foi a derrota de Anteu, um gigante e exímio lutador que obrigava os forasteiros a enfrentá-lo sob uma condição: se vencesse, ele os mataria. Estava construindo o telhado de um templo com os crânios de suas vítimas. Enquanto tocasse a terra, Anteu era invencível. Quando derrubado, o contato com o chão o fazia se levantar com a energia renovada. Hércules o suspendeu e, segurando-o no ar, estrangulou-o.

Contam-se inúmeras histórias sobre suas aventuras. Ele combateu o deus-rio Aqueloo, pois Aqueloo estava apaixonado pela jovem que Hércules agora queria desposar. Como todo mundo àquela altura, Aqueloo não tinha a menor vontade de enfrentar Hércules e com ele tentou argumentar. Mas com Hércules a argumentação nunca funcionava; só fazia deixá-lo ainda mais furioso. Ele disse: "Minha mão é melhor que a minha língua. Deixe-me vencer lutando e você pode vencer falando." Aqueloo assumiu a forma de um touro e o atacou com ferocidade, mas Hércules estava acostumado a subjugar touros: venceu aquele e quebrou um de seus chifres. O objeto da disputa, uma jovem princesa chamada Dejanira, tornou-se sua esposa.

Hércules viajou para muitos lugares e realizou muitos outros feitos grandiosos. Em Troia, resgatou uma donzela na mesma situação de Andrômeda, que esperava junto ao mar para ser devorada por um monstro marinho incapaz de se saciar de qualquer outra forma. Ela era filha do rei Laomedonte, que havia deixado de pagar a Apolo e Poseidon o que lhes era devido depois de ambos, mediante uma ordem de Zeus, terem construído as muralhas de Troia para o rei. Apolo então lhe mandou uma praga, e Poseidon, a serpente do mar. Hércules aceitou resgatar a moça se o seu pai lhe desse em troca os cavalos com que Zeus presenteara seu avô. Laomedonte prometeu, mas, depois de Hércules matar o monstro, recusou-se a pagar. Hércules tomou a cidade, matou o rei e deu a donzela ao amigo Télamon de Salamina, que o havia ajudado.

Quando estava indo procurar Atlas para lhe pedir o favor dos pomos de ouro, Hércules passou pelo Cáucaso, onde libertou Prometeu e matou a águia que lhe devorava as entranhas.

Além desses feitos de glória, houve outros não tão gloriosos assim. Com um movimento descuidado do braço, ele matou um rapaz que derramava água em suas mãos antes de um banquete. Foi um acidente e o pai do jovem o perdoou, mas Hércules não conseguiu perdoar a si mesmo e se exilou por algum tempo. Muito pior foi ter matado de propósito um bom amigo para vingar um insulto proferido pelo pai do jovem, o rei Eurito. Por esse ato reles Zeus o puniu pessoalmente e mandou-o para a Lídia como escravo da rainha Ônfale, segundo alguns por um ano, segundo outros por três. A rainha se divertiu com ele, fazendo-o às vezes se vestir de mulher e realizar trabalhos femininos, como tecer ou fiar. Hércules se submeteu com paciência, como sempre, mas sentiu-se degradado por essa servidão e, sem motivo algum, pôs a culpa em Eurito e jurou puni-lo de modo exemplar quando fosse libertado.

Todas as histórias contadas a seu respeito são características, mas a que fornece o retrato mais claro dele é o relato de uma visita que fez quando ia buscar as éguas de Diomedes, devoradoras de carne humana, um de seus doze trabalhos. A casa na qual Hércules tinha planejado pernoitar, a de seu amigo Admeto, um rei na Tessália, estava em luto profundo quando lá chegou, embora ele não o soubesse. Admeto acabara de perder a esposa de um modo muito estranho.

A causa da morte da esposa remontava ao passado, à época em que Apolo, com raiva de Zeus por ter matado seu filho Esculápio, matou os ciclopes, operários de Zeus. Ele foi punido, sendo forçado a virar escravo na Terra durante um ano, e Admeto foi o senhor que ele ou Zeus havia escolhido. Durante esse ano de servidão, Apolo travou amizade com os moradores da casa, especialmente com o dono e sua esposa, Alceste. Quando teve uma oportunidade de mostrar como era forte a sua amizade, aproveitou. Ficou sabendo que as três Moiras já tinham fiado todo o fio da vida de Admeto e estavam prestes a cortá-lo. Conseguiu delas uma trégua. Se alguém morresse no lugar de Admeto, ele poderia viver. Levou essa notícia para Admeto, que na mesma hora pôs-se a tentar encontrar um substituto. Primeiro abordou, muito confiante, o próprio pai e a própria mãe. Ambos eram velhos e muito dedicados ao filho. Com certeza um ou outro aceitaria assumir seu lugar no mundo dos mortos. Mas, para seu espanto, constatou que não. Os pais lhe disseram: "A luz diurna do deus é bela até para os velhos. Não lhe pedimos que morra por nós. E nós não morreremos por você." E não se deixaram demover em nada pelo desprezo enraivecido de Admeto: "Vocês, paralisados às portas da morte, mas mesmo assim com medo de morrer!"

Mas Admeto não desistiu. Foi procurar os amigos e pediu a cada um deles para morrer e deixá-lo viver. Obviamente considerava a própria vida tão valiosa que alguém com certeza iria salvá-la, ainda que mediante o sacrifício supremo. Mas tudo que encontrou foram recusas. Por fim, desesperado, voltou para casa e lá encontrou um substituto. Sua esposa Alceste se ofereceu para morrer no seu lugar. Ninguém que tenha lido até aqui precisará que lhe contem que Admeto aceitou a oferta. Ficou com muita pena dela e mais ainda de si mesmo, por ter que perder tão boa esposa, e chorou ao seu lado enquanto ela morria. Depois que Alceste morreu, foi subjugado pela tristeza e decretou que ela teria o mais esplêndido dos funerais.

Foi então que Hércules chegou, para descansar e se divertir sob o teto de um amigo no caminho rumo ao norte, ao encontro de Diomedes. O modo como Admeto o tratou mostra com mais clareza do que qualquer outra história da qual dispomos como eram altos os padrões de hospitalidade e quanto se esperava de um anfitrião em relação a um hóspede.

Assim que soube da chegada de Hércules, Admeto foi ao seu encontro sem dar qualquer mostra de que estava de luto, com exceção da roupa. Comportou-se como alguém feliz por receber um amigo. Quando Hércules perguntou quem tinha morrido, ele respondeu baixinho que uma mulher da sua casa seria enterrada nesse dia, mas que não era sua parente. Hércules na mesma hora declarou que não iria incomodá-lo com sua presença num momento desses, mas Admeto se recusou terminantemente a deixá-lo ir para outro lugar. "Não o deixarei dormir debaixo do teto de outro", disse ele. Aos criados ordenou que seu convidado deveria ser levado para um cômodo distante, onde não pudesse escutar os sons do luto, e que lá iria comer e dormir. Ninguém deveria lhe contar o que havia acontecido.

Hércules comeu sozinho, mas entendeu que, por uma questão formal, Admeto precisaria comparecer ao funeral, e isso não o impediu de se divertir. Os criados que tinham ficado em casa para cuidar dele estavam ocupados em satisfazer seu enorme apetite e, ainda mais, em repor o vinho de sua jarra. Hércules ficou muito feliz, muito embriagado e muito ruidoso. Pôs-se a rugir canções a plenos pulmões, algumas delas altamente questionáveis, e a se comportar de modo francamente indecente na ocasião de um funeral. Quando os criados deixaram aparente sua reprovação, ele lhes gritou para não serem tão solenes. Por acaso não poderiam lhe sorrir de vez em quando como bons homens? Suas expressões soturnas estavam lhe tirando o apetite.

– Venham beber comigo! – gritou. – Bebam muito!

Um deles respondeu timidamente que aquele não era o momento para risos e bebedeira.

– Por que não? – trovejou Hércules. – Porque uma desconhecida morreu?

– Desconhecida... – gaguejou o criado.

– Bem, foi o que me disse Admeto – respondeu Hércules, zangado. – Espero que não me diga que ele mentiu para mim.

– Ah, não – retrucou o criado. – É que... ele é por demais hospitaleiro. Mas, por favor, aceite um pouco mais de vinho. Nosso problema é apenas nosso.

O criado se virou para encher seu cálice, mas Hércules lhe segurou o braço, e ninguém nunca ignorava esse gesto.

– Tem algo estranho acontecendo aqui – disse ele ao homem amedrontado. – O que é?

– Pode ver por si mesmo que estamos de luto – respondeu o outro.

– Mas por quê, homem, por quê? – exclamou Hércules. – Meu anfitrião me fez de bobo? Quem morreu?

– Alceste – sussurrou o criado. – Nossa rainha.

Fez-se um longo silêncio. Hércules então jogou o cálice no chão.

– Eu deveria ter percebido – falou. – Percebi que ele havia chorado. Seus olhos estavam vermelhos. Mas ele jurou que era uma desconhecida. Mandou que eu entrasse. Ah, bom amigo e bom anfitrião. E eu... eu me embriaguei, me diverti nesta casa enlutada. Ah, ele deveria ter me contado.

E Hércules então fez como sempre fazia: culpou a si mesmo. Tinha sido um tolo, um tolo embriagado, quando o homem de quem gostava estava esmagado pela tristeza. Como sempre também, ele logo começou a pensar num jeito de expiar sua culpa. O que poderia fazer para se redimir? Não havia nada que pudesse fazer. Disso tinha absoluta certeza, mas o que poderia ajudar seu amigo? Então algo lhe ocorreu. "Mas claro", falou para si mesmo. "É essa a solução. Preciso trazer Alceste de volta dos mortos. Claro. Nada poderia estar mais claro. Vou encontrar aquele velho sujeito, Tânatos, a morte. Ele deve estar junto ao túmulo dela, e com ele lutarei. Esmagarei seu corpo entre meus braços até ele entregá-la a mim. Se ele não estiver junto ao túmulo, descerei até o Hades à sua procura. Ah, vou retribuir fazendo um bem ao meu amigo que foi tão bom comigo." E se retirou, muito satisfeito consigo mesmo e saboreando a perspectiva do que prometia ser uma excelente luta.

Quando Admeto voltou para sua casa vazia e desolada, Hércules estava lá para recebê-lo e ao seu lado estava uma mulher.

– Olhe para ela, Admeto – disse o herói. – Ela se parece com alguém que você conhece?

E quando Admeto exclamou:
– Um fantasma! Será um truque? Alguma zombaria dos deuses?
Hércules respondeu:
– É sua esposa. Eu lutei com Tânatos por ela e o obriguei a devolvê-la.

Nenhuma outra história sobre Hércules mostra tão claramente seu caráter como os gregos o viam: sua ingenuidade e sua estupidez atabalhoada; sua incapacidade de não se embriagar por completo numa casa em que alguém acabara de morrer; sua penitência rápida e seu desejo de se redimir a qualquer custo; sua total confiança de que nem mesmo a morte era páreo para ele. Esse é o retrato de Hércules. Com certeza teria sido ainda mais preciso se o tivesse mostrado num acesso de raiva matando um dos criados que o incomodavam com seus semblantes fechados, mas o poeta Eurípides, por quem a história nos chega, a manteve livre de qualquer coisa que não tivesse relação direta com a morte e com a volta de Alceste à vida. Uma ou duas mortes a mais, ainda que naturais com Hércules presente, teriam borrado o retrato que o autor desejava pintar.

Conforme Hércules tinha jurado quando era escravo de Ônfale, assim que se viu livre começou a punir o rei Eurito, uma vez que ele próprio fora punido por Zeus por matar o filho do rei. Reuniu um exército, capturou a cidade do rei e o condenou à morte. Mas Eurito também foi vingado, pois essa vitória foi a causa indireta da morte do próprio Hércules.

Antes de concluir por completo a destruição da cidade, Hércules despachou para casa, onde sua dedicada esposa, Dejanira, aguardava o marido voltar de junto de Ônfale, na Lídia, um grupo de jovens escravas, uma delas especialmente bela: Íole, a filha do rei. O homem que as levou até Dejanira lhe disse que Hércules estava loucamente apaixonado por essa princesa. A notícia não foi um golpe tão duro para Dejanira quanto se poderia imaginar, pois ela acreditava ter um poderoso amuleto, que vinha guardando por muitos anos, justamente contra um mal desse tipo: a presença em sua casa de uma mulher que o marido preferisse. Logo depois do seu casamento, quando Hércules a levava para casa, os dois tinham chegado a um rio onde o centauro Nesso fazia as vezes de barqueiro, transportando os viajantes de uma margem à outra. Ele pôs Dejanira nas costas e, no meio do rio, a ofendeu. Ela gritou e Hércules matou o centauro com uma flechada quando ele chegou à outra margem. Antes de morrer, Nesso disse a Dejanira para pegar um pouco do seu sangue e usar como amuleto contra Hércules se ele, algum dia, amasse outra mulher mais do que a ela. Ao ouvir falar em Íole, Dejanira pensou que essa hora tinha chegado e besuntou com o sangue do centauro uma esplêndida túnica, que despachou para Hércules pelo mensageiro.

Quando Hércules vestiu a túnica, esta teve no herói o mesmo efeito da roupa que Medeia havia mandado para a rival que Jasão estava prestes a desposar. Foi tomado por uma dor assustadora, como se estivesse dentro de um fogo ardente. Ao sentir essa agonia, virou-se primeiro para o mensageiro de Dejanira, que era totalmente inocente, claro, agarrou-o e o arremessou no mar. Ainda podia matar os outros, mas pelo visto ele próprio não podia morrer. A agonia que sentia quase não o enfraqueceu. O que matara imediatamente a jovem princesa de Corinto não era capaz de matar Hércules. Aquilo era uma tortura, mas ele viveu e foi levado para casa. Dejanira, pouco antes, ficara sabendo o que o seu presente havia feito ao marido, e se matara. No fim, Hércules acabou fazendo o mesmo. Como a morte não vinha até ele, ele iria até a morte. Ordenou àqueles ao seu redor que construíssem uma imensa pira no monte Eta e o levassem até lá. Quando por fim chegou, soube que poderia morrer e ficou satisfeito. "Isto é o descanso", falou. "É o fim." E ao ser erguido para cima da pira ele se deitou nela como alguém que, diante da mesa de um banquete, se reclina no seu divã.

Pediu a seu jovem seguidor Filocteto que segurasse a tocha e pusesse fogo na madeira, e a ele entregou suas flechas e seu arco, que também ganhariam muita fama nas mãos do rapaz, em Troia. As chamas então subiram e Hércules não foi mais visto na Terra. Foi levado para o Olimpo, onde se reconciliou com Hera e se casou com sua filha Hebe, e onde

> Após seus extenuantes trabalhos repousa,
> Tendo a paz eterna como maior prêmio
> No lar dos abençoados.

Mas não é fácil imaginá-lo saboreando satisfeito o descanso e a paz, tampouco permitindo aos abençoados deuses fazerem o mesmo.

CAPÍTULO IV
Atalanta

Apenas os autores tardios Ovídio e Apolodoro contam a história inteira de Atalanta, mas esta é uma história antiga. Um dos poemas atribuídos a Hesíodo, mas provavelmente um pouco posterior, digamos que do início do século VII a.C., descreve a raça e os pomos de ouro, e a Ilíada nos fornece um relato da caça ao javali calidônio. Para este meu relato, me baseei em Apolodoro, que provavelmente escreveu no século I ou II d.C. O relato de Ovídio só é bom em determinados trechos. Ele pinta um retrato encantador de Atalanta em meio aos caçadores, que incluí na minha versão, mas muitas vezes, como na descrição do javali, é tão exagerado que beira o ridículo. Embora não seja pitoresco, Apolodoro nunca é absurdo.

Às vezes se diz que houve duas heroínas com o nome Atalanta. Certamente dois homens, Íaso e Esqueneu, são ambos chamados de seu pai, mas, nas histórias antigas, é comum que nomes diferentes sejam dados a uma mesma pessoa se ela for pouco importante. Caso tenham existido duas Atalantas, é certamente notável que ambas tenham desejado zarpar a bordo do *Argo*, que ambas tenham participado da caçada ao javali calidônio, que ambas tenham desposado um homem que as derrotou numa corrida e que ambas tenham acabado transformadas em leoas. Como são histórias praticamente iguais, é mais simples partir do princípio de que houve apenas uma Atalanta. De fato, até mesmo nas histórias mitológicas seria improvável supor que houvesse duas donzelas vivendo na mesma época que amavam a aventura tanto quanto o mais destemido dos heróis e que também fossem capazes de atirar, correr e lutar melhor do que qualquer homem de uma das duas grandes épocas do heroísmo.

O pai de Atalanta, seja qual tenha sido seu nome, sentiu uma amarga decepção quando lhe nasceu uma filha e não um filho. Decidiu que não valia a pena criar a menina e mandou abandonar a minúscula criatura numa encosta selvagem para que morresse de frio e de fome. No entanto, como acontece com tanta frequência nas histórias, os animais se mostraram mais bondosos do que os humanos. Uma ursa cuidou da menina, amamentou-a e a aqueceu, e a criança assim cresceu e se transformou numa menina ativa e ousada. Então caçadores bondosos a encontraram e a levaram para viver com eles. Atalanta acabou mais do que se igualando a eles em todas as árduas tarefas da vida de um caçador. Certa vez, dois centauros, muito mais velozes e fortes do que qualquer mortal, avistaram-na quando ela estava sozinha e a perseguiram. Ela não correu deles; teria sido loucura. Ficou parada, levou uma flecha ao arco e disparou. Seguiu-se uma segunda flecha. Ambos os centauros foram abatidos, mortalmente feridos.

Seguiu-se então a famosa caçada ao javali calidônio. Esse animal era uma criatura terrível enviada por Ártemis para devastar as terras de Cálidon e punir seu rei, Eneu, por ter negligenciado a deusa quando estava sacrificando aos deuses os primeiros frutos da colheita. A fera destruiu a região, matou as reses e abateu os homens que tentaram matá-la. Por fim, Eneu pediu ajuda aos homens mais valentes da Grécia e um esplêndido grupo de jovens heróis se reuniu, muitos dos quais zarpariam mais tarde a bordo do *Argo*. Junto com eles, é claro, estava Atalanta, "O orgulho das florestas da Arcádia". Temos uma descrição de sua aparência quando ela chegou àquele encontro só de homens: "Um escudo reluzente prendia sua túnica no pescoço; seus cabelos estavam arrumados de modo simples, presos com um nó atrás da cabeça. Uma aljava de prata pendia de seu ombro esquerdo e em sua mão havia um arco. Assim estava ela vestida. Quanto ao rosto, parecia feminino demais para ser o de um rapaz, e masculino demais para ser o de uma moça." Um dos homens ali presentes, porém, achou-a mais bela e mais desejável do que qualquer outra donzela que já houvesse visto. O filho de Eneu, Meleagro, apaixonou-se por Atalanta à primeira vista. Mas de uma coisa podemos ter certeza: ela o tratou como um bom companheiro, não como um possível amante. Não gostava de homens a não ser como companheiros de caçada e estava decidida a nunca se casar.

Alguns dos heróis não apreciaram sua presença e se sentiram diminuídos por caçar com uma mulher, mas Meleagro insistiu e eles finalmente cederam. Isso se revelou melhor para eles porque, quando cercaram o javali, a fera os atacou tão depressa que matou dois antes que os outros pudessem acudi-los, e de modo igualmente desafortunado um terceiro homem caiu atingido por um dardo que errou o alvo. Nessa confusão de homens morrendo e armas voando descontroladas, Atalanta manteve a cabeça fria e feriu o javali. Sua flecha foi a primeira a atingi-lo. Meleagro então partiu para cima do animal ferido e o apunhalou no coração. Tecnicamente falando, foi ele quem o matou, mas a honra da caçada coube a Atalanta e Meleagro insistiu que ela ficasse com a pele do animal.

Por estranho que pareça, foi essa a causa da morte dele. Quando Meleagro tinha apenas uma semana de vida, as Parcas apareceram para sua mãe, Alteia, e lançaram uma tora de lenha no fogo aceso do quarto dela. Então, fiando como sempre fazem, girando a roca e torcendo o fio do destino, elas entoaram:

A você, ó recém-nascido, concedemos um presente:
Viver até esta madeira virar cinzas.

Alteia tirou o pedaço de madeira do fogo, apagou a chama e o escondeu numa arca. Seus irmãos faziam parte do grupo que foi caçar o javali. Eles se sentiram ofendidos e ficaram enfurecidos de raiva ao ver o prêmio ir parar nas mãos de uma moça, como sem dúvida aconteceu com outros caçadores, mas esses dois eram os tios de Meleagro e não precisavam fazer cerimônia com ele. Declararam que Atalanta não deveria ficar com a pele e disseram a Meleagro que ele não tinha mais direito de dá-la do que qualquer outro. Meleagro então os matou, pegando os dois inteiramente desprevenidos.

A notícia foi levada para Alteia. Seus amados irmãos haviam sido mortos por seu filho porque Meleagro havia se portado feito um tolo por causa de uma sirigaita desavergonhada que saía para caçar com homens. Ela foi tomada por um arrebatamento de fúria. Correu até a arca, pegou o pedaço de madeira e o atirou no fogo. Quando a madeira se incendiou, Meleagro desabou no chão, agonizando, e quando ela se consumiu, o espírito já tinha

Atalanta e os pomos de ouro

deixado seu corpo. Dizem que, horrorizada com o próprio ato, Alteia se enforcou. E a caçada ao javali calidônio, portanto, terminou em tragédia.

Mas para Atalanta foi apenas o começo das aventuras. Alguns dizem que ela viajou com os argonautas; outros, que Jasão a convenceu a não ir. Ela nunca é mencionada na história dos exploradores e com certeza não era do seu feitio se manter discreta quando havia atos de bravura a serem cometidos, de modo que parece provável ela não ter ido. A próxima vez que ouvimos falar nela é na volta dos argonautas, depois de Medeia matar Pélias, tio de Jasão, sob o pretexto de lhe devolver a juventude. Nos jogos fúnebres organizados em sua homenagem, Atalanta apareceu entre os competidores e na luta livre derrotou o jovem que viria a ser pai de Aquiles, o grande herói Peleu.

Foi depois dessa conquista que ela descobriu quem eram seus pais e foi morar com eles; seu pai, ao que parece, conformou-se em ter uma filha que parecia quase tão boa quanto um filho varão, ainda que não de todo. Parece estranho vários homens terem querido desposá-la pelo fato de ela ser capaz de caçar, atirar e lutar, mas assim foi: Atalanta teve muitos pretendentes. Como forma de se livrar deles de modo fácil e agradável, declarou que se casaria com quem quer que a derrotasse numa corrida, sabendo muito bem que nenhum homem vivo seria capaz disso. Ela se divertia muito. Rapazes de pés velozes viviam aparecendo para competir com ela, que sempre corria mais depressa.

Mas por fim acabou aparecendo um que, além dos pés, usou também a cabeça. Ele sabia que não era um corredor tão bom quanto ela, mas tinha um plano. Com a ajuda de Afrodite, sempre atenta à possibilidade de subjugar donzelas rebeldes que desprezavam o amor, esse rapaz engenhoso, cujo nome era Melânion ou Hipômenes, conseguiu três pomos (maçãs) maravilhosos, de ouro puro, tão lindos quanto os que cresciam no pomar das Hespérides. Não havia quem não os cobiçasse.

Na pista de corrida, enquanto Atalanta olhava em volta decidida, preparada para o sinal de partida e cem vezes mais bela sem roupas do que vestida, todos os que a viram ficaram assombrados com sua beleza, porém, mais do que todos, aquele que aguardava para com ela competir. O rapaz, porém, controlou-se e segurou bem firme os pomos de ouro. A corrida começou e Atalanta partiu veloz como uma flecha, os cabelos jogados para trás sobre os ombros alvos, um rubor rosado a colorir seu belo corpo. Estava ultrapassando-o quando o rapaz deixou cair um dos pomos bem à frente dela. Foi preciso apenas um instante para ela se abaixar e recolher o lindo fruto, mas nessa breve pausa ele a ultrapassou. Um segundo depois ele lançou o segundo pomo, dessa vez um pouco para o lado. Ela teve que se desviar para alcançá-lo e ele a ultrapassou. Quase na mesma hora, porém, ela o alcançou, e a linha de chegada estava agora bem próxima. Mas então a terceira esfera dourada cruzou seu caminho e rolou para longe, no meio da grama junto à pista. Atalanta a viu brilhar em meio ao verde e não conseguiu resistir. Enquanto pegava o pomo, seu adversário, ofegante e quase sem ar, alcançou a linha de chegada. Atalanta era sua. Foi o fim de seus dias de liberdade sozinha na floresta e de suas vitórias atléticas.

Dizem que os dois foram transformados em leões por causa de alguma ofensa feita a Zeus ou Afrodite. Mas, antes disso, Atalanta teve um filho, Partenopeu, que foi um dos Sete contra Tebas.

PARTE QUATRO

Os heróis da guerra de Troia

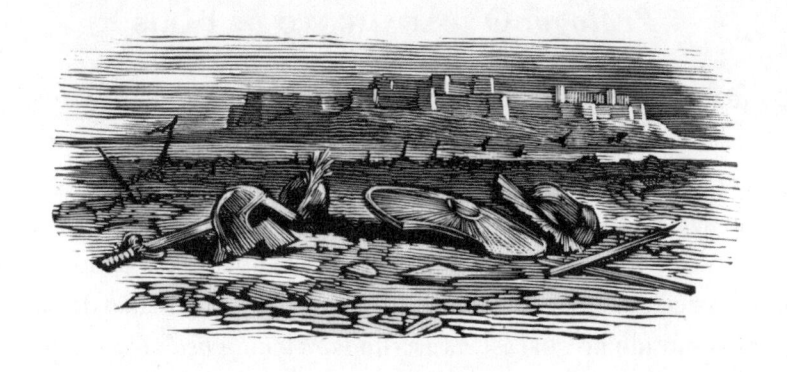

CAPÍTULO I
A guerra de Troia

Esta história, claro, é tirada quase inteiramente de Homero. Mas a Ilíada *começa depois de os gregos chegarem a Troia, quando Apolo manda a peste que os castiga. Nada se diz sobre o sacrifício de Ifigênia e há apenas uma alusão dúbia ao julgamento de Páris. Tirei a história de Ifigênia de* Agamêmnon, *uma peça de Ésquilo, poeta trágico do século V a.C., e o julgamento de Páris, de* As troianas, *peça de seu contemporâneo Eurípides. Acrescentei alguns poucos detalhes, como a história de Enone, tirada do prosista Apolodoro, que decerto a escreveu no século I ou II d.C. Apolodoro em geral é muito desinteressante, mas, ao tratar dos acontecimentos imediatamente anteriores à* Ilíada, *parece ter se inspirado ao abordar um tema tão grandioso.*

Mais de mil anos antes de Cristo, perto da borda oriental do Mediterrâneo, ficava uma grande cidade muito rica e muito poderosa que nenhuma outra na terra inteira era capaz de suplantar. Seu nome era Troia, e até hoje não existe cidade mais famosa. O motivo dessa fama duradoura foi uma guerra contada num dos maiores poemas do mundo, a *Ilíada*, e a causa dessa guerra remonta a uma disputa entre três deusas ciumentas.

Prólogo: O julgamento de Páris

Éris, a malvada deusa da discórdia, naturalmente não gozava de grande popularidade no Olimpo e, quando os deuses davam um banquete, conseguiam deixá-la de fora. Profundamente ofendida, ela decidiu criar problemas, e de fato nisso teve muito sucesso. Num casamento importante, o do rei Peleu com a ninfa do mar Tétis, para o qual apenas ela dentre todas as divindades deixou de ser convidada, Éris jogou dentro do salão do banquete um pomo dourado no qual estava escrito *Para a mais bela*. É claro que todas as deusas quiseram ficar com o fruto, mas no fim a escolha se resumiu a apenas três: Afrodite, Hera e Palas Atena. Elas pediram a Zeus que decidisse, mas ele muito sabiamente se recusou a ter qualquer participação no assunto. Disse-lhes para irem ao monte Ida, perto de Troia, onde o jovem príncipe Páris, chamado também de Alexandre, pastoreava as ovelhas do pai. Zeus disse às deusas que o rapaz era um excelente árbitro da beleza. Embora fosse um príncipe real, Páris estava trabalhando como pastor porque seu pai, Príamo, rei de Troia, fora alertado de que o príncipe um dia causaria a ruína de seu país e, portanto, o mandara embora. Páris naquela ocasião morava com uma bela ninfa chamada Enone.

Pode-se imaginar o assombro de Páris quando as formas esplêndidas das três grandes deusas surgiram na sua frente. Mas não lhe pediram que olhasse para as três divindades radiosas e escolhesse qual das três parecia mais bela, e sim que considerasse as recompensas que cada uma delas oferecia e escolhesse qual lhe parecia valer mais a pena. Mesmo assim, a escolha não foi fácil. Aquilo que os homens mais valorizam lhe foi oferecido. Hera prometeu fazer dele o senhor da Europa e da Ásia; Palas Atena disse que ele conduziria os troianos à vitória contra os gregos e deixaria a Grécia em ruínas; Afrodite falou que a mulher mais bela do mundo seria sua. Páris, fraco de caráter e um pouco covarde também (como demonstrariam os futuros acontecimentos), escolheu a terceira opção. E deu o pomo de ouro a Afrodite.

Foi esse o julgamento de Páris, conhecido por todos como o verdadeiro estopim da guerra de Troia.

O julgamento de Páris

A guerra de Troia

A mulher mais bela do mundo era Helena, filha de Zeus e Leda, e irmã de Castor e Pólux. A fama de sua beleza era tanta que todos os príncipes da Grécia queriam desposá-la. Quando os pretendentes se reuniram na sua casa para pedir oficialmente a sua mão, eram tantos e de famílias tão poderosas que seu célebre pai, o rei Tíndaro, marido de sua mãe, não quis escolher nenhum, temendo que os outros se unissem contra ele. Sendo assim, primeiro extraiu deles um juramento solene de que defenderiam a causa do marido de Helena, fosse quem fosse, caso ele saísse de alguma forma prejudicado pelo casamento. Todos os homens tinham interesse em prestar o juramento, pois cada um esperava ser o escolhido, de modo que se comprometeram a punir até as últimas consequências quem quer que raptasse ou tentasse raptar Helena. Tindareu então escolheu Menelau, irmão de Agamêmnon, e o nomeou também rei de Esparta.

Era nesse pé que as coisas estavam quando Páris entregou o pomo de ouro a Afrodite. A deusa do amor e da beleza sabia muito bem onde podia ser encontrada a mulher mais linda de toda a Terra. Na mesma hora levou o jovem pastor até Esparta, sem dar a menor importância a Enone, que foi abandonada, e lá Menelau e Helena o receberam educadamente como hóspede. Os vínculos entre hóspede e anfitrião eram fortes. Cada um devia ajudar e jamais prejudicar o outro. Páris, porém, violou esse vínculo sagrado. Já Menelau, confiando nele por completo, deixou Páris em sua casa e viajou para Creta. Então

> Páris, que ao chegar
> Adentrou a acolhedora morada de um amigo,
> Envergonhou a mão que o alimentou
> Ao raptar sua mulher.

Ao voltar, Menelau descobriu que Helena tinha sumido e convocou a Grécia inteira para ajudá-lo. Os chefes responderam como lhes cabia responder. Apresentaram-se ansiosos por aquela grande empreitada, por cruzar o mar e transformar em cinzas a poderosa Troia. Dois dos mais importantes, porém, não responderam ao chamado: Odisseu, rei da ilha de Ítaca, e Aquiles, filho de Peleu e da ninfa do mar Tétis. Odisseu, um dos homens mais astutos e sensatos de toda a Grécia, não quis deixar sua casa e sua família para embarcar numa aventura romântica além-mar por causa de uma mulher infiel. Assim, fingiu ter perdido a razão e, quando um mensageiro do exército grego chegou, encontrou-o arando um campo e semeando sal em vez de sementes. Só que o mensageiro também era astuto: pegou o filho pequeno de Odisseu e o pôs bem na frente do arado. O pai na mesma hora desviou o arado, provando assim estar em plena posse de suas faculdades mentais. Por maior que fosse sua relutância, teve que se juntar ao exército.

Aquiles foi impedido de ir pela mãe. A ninfa do mar sabia que, se ele fosse para Troia, estava fadado a morrer por lá. Despachou-o para a corte de Licomedes, o rei que traiçoeiramente havia matado Teseu, e o fez se vestir de mulher e se esconder entre as donzelas. Odisseu foi incumbido de encontrá-lo pelos chefes. Disfarçado de mercador, foi até a corte onde se dizia estar o rapaz levando em sua bagagem enfeites alegres, daqueles que agradam às mulheres, além de algumas armas de boa qualidade. Enquanto as moças se juntavam em volta dos badulaques, Aquiles se interessou pelas espadas e adagas. Odisseu então o reconheceu e não teve dificuldade alguma para fazer o rapaz desconsiderar o que a mãe dissera e acompanhá-lo até o acampamento dos gregos.

A grande frota então iniciou os preparativos. Mil navios transportariam o exército grego. Eles se reuniram em Áulis, local de ventos fortes e marés traiçoeiras, de onde era impossível zarpar enquanto o Vento Norte soprasse. E ele continuou soprando, dia após dia.

> O vento partia o coração dos homens,
> Sem poupar nenhum navio ou corda.
> O tempo se arrastava
> E passava em dobro.

O exército se desesperou. Por fim, o adivinho Calcas declarou que os deuses tinham falado com ele: Ártemis estava zangada. Uma das criaturas selvagens que ela amava, uma lebre, fora morta pelos gregos, junto com seus filhotes, e a única forma de acalmar o vento e garantir uma viagem segura até Troia era apaziguar a deusa com o sacrifício de uma donzela de sangue real, Ifigênia, filha mais velha do comandante do exército, Agamêmnon. Isso foi terrível para todos, mas, para o pai da moça, foi quase insuportável.

> Se eu tiver que matar
> A alegria de minha casa, minha filha.
> As mãos de um pai
> Manchadas pelos rios escuros do
> Sangue de uma menina
> Morta diante do altar.

Mesmo assim, Agamêmnon cedeu. Sua reputação militar estava em jogo, assim como sua ambição de derrotar Troia e enaltecer a Grécia.

> Ele ousou cometer o ato
> E matar a filha em prol de uma guerra.

Mandou um recado para casa chamando Ifigênia, escrevendo para a esposa que havia organizado para a filha um casamento grandioso com Aquiles, que já demonstrara ser o melhor e maior de todos os líderes. Porém, quando a moça chegou para as bodas, foi levada até o altar para ser sacrificada.

> E todas as suas preces, seus gritos de Pai, Pai,
> Sua vida de donzela,
> Tudo isso nada significou para eles,
> Guerreiros selvagens loucos para combater.

Ifigênia morreu, o Vento Norte parou de soprar e os navios gregos zarparam por um mar calmo, mas o preço tremendo que tiveram que pagar por isso estava fadado a fazer o mal se abater sobre eles algum dia.

Chegando à foz do Simóis, um dos rios de Troia, o primeiro a desembarcar foi Protesilau. Foi um ato de coragem, pois, segundo o oráculo, o primeiro a desembarcar seria o primeiro a morrer. Assim, depois de Protesilau ser abatido por uma lança troiana, os gregos lhe prestaram homenagem como se ele fosse divino e os deuses também o honraram. Mandaram Hermes trazê-lo dos mortos para ver mais uma vez sua esposa enlutada, Laodâmia. Mas ela não quis abrir mão do marido uma segunda vez. Quando ele voltou para o mundo inferior, ela se matou e foi junto.

As mil embarcações carregavam um grande exército de soldados; os gregos tinham um contingente muito forte, mas a cidade de Troia também era forte. Seu rei, Príamo, e sua rainha, Hécuba, tinham muitos filhos corajosos para conduzir a guerra e defender as muralhas, em especial Heitor, incomparável em nobreza e coragem e suplantado como guerreiro apenas por Aquiles, o campeão dos gregos. Ambos sabiam que morreriam antes de Troia cair. Aquiles escutara a mãe dizer: "Seu destino é muito breve. Quem dera você pudesse agora ser poupado das lágrimas e das preocupações, pois não vai durar muito, filho meu, de vida curta e digno de pena entre os homens." Apesar de nenhuma divindade ter avisado Heitor, ele também tinha a mesma certeza. "Sei muito bem em meu coração e em minha alma", disse à esposa, Andrômaca, "que há de chegar o dia em que a sagrada Troia será derrotada, e Príamo e o povo de Príamo." Ambos os heróis lutavam à sombra da morte certa.

Durante nove anos a vitória foi incerta, pendendo ora para um lado, ora para outro. Nenhum dos dois campos conseguia vantagem significativa. Então uma contenda surgiu entre dois gregos, Aquiles e Agamêmnon, e durante algum tempo isso fez a maré virar a favor dos troianos. Mais uma vez o motivo foi uma mulher, Criseida, filha do sacerdote de Apolo, que os gregos tinham raptado e entregado a Agamêmnon. O pai foi implorar a liberdade da filha, mas Agamêmnon não quis abrir mão dela. O sacerdote então rezou para o poderoso deus a quem servia e Febo Apolo o escutou. De sua carruagem de fogo, disparou flechas flamejantes sobre o exército grego e os homens adoeceram e morreram, fazendo as piras funerárias arderem dia e noite.

Por fim, Aquiles convocou uma reunião dos líderes. Disse que não conseguiriam fazer frente ao mesmo tempo à peste e aos troianos, e que precisavam encontrar um jeito de aplacar Apolo ou voltar para casa. Então o vidente Calcas se levantou e disse saber a que se devia a raiva do deus, mas que estava com medo de falar a menos que Aquiles garantisse sua segurança. "Eu garanto", respondeu Aquiles, "mesmo se você acusar o próprio Agamêmnon." Todos os presentes sabiam o que isso significava; eles sabiam como o sacerdote de Apolo tinha sido tratado. Quando Calcas declarou que Criseida precisava ser devolvida ao pai, todos os líderes lhe deram razão e Agamêmnon, muito bravo, foi obrigado a concordar. "Mas se devo perder esta que era o meu prêmio", disse ele a Aquiles, "quero outra em seu lugar."

Assim, depois de Criseida ser devolvida ao pai, Agamêmnon despachou dois de seus ajudantes até a tenda de Aquiles para tirar dele seu prêmio, a jovem Briseida. Com muita má vontade eles foram e postaram-se diante do herói em grave silêncio. Mas Aquiles, sabendo de suas ordens, disse-lhes que não eram eles que estavam agindo mal com ele. Podiam levar a moça sem nada temer por si, mas, primeiro, que o escutassem jurar perante os deuses e os homens que Agamêmnon iria pagar caro por aquilo.

Naquela noite, a mãe de Aquiles, a ninfa do mar Tétis, de pés prateados, apareceu diante do filho. Estava tão zangada quanto ele. Disse-lhe para não ter mais envolvimento algum com os gregos e, com isso, subiu até o céu e pediu a Zeus que desse a vitória aos troianos. Zeus relutou muito. A guerra, àquela altura, já tinha chegado ao Olimpo e os deuses tinham se voltado uns contra os outros. Afrodite, claro, estava do lado de Páris. Hera e Palas Atena, claro também, estavam contra ele. Ares, deus da guerra, sempre ficava do mesmo lado de Afrodite, enquanto Poseidon, senhor dos mares, favorecia os gregos, que, povo do mar, sempre tinham sido bons marinheiros. Apolo gostava de Heitor e por causa dele ajudava os troianos, e Ártemis, por ser sua irmã, fazia o mesmo. Zeus preferia os troianos de modo geral, mas queria permanecer neutro porque Hera se mostrava muito desagradável toda vez que ele a contrariava abertamente. Mas não pôde resistir a Tétis. Teve problemas com Hera, que adivinhou, como de costume, a motivação do marido. Zeus por fim precisou dizer que iria lhe bater se não parasse de falar. Hera então se calou, mas continuou a pensar em como poderia ajudar os gregos e passar por cima de Zeus.

O plano engendrado por Zeus era simples. Ele sabia que, sem Aquiles, os gregos eram inferiores aos troianos e mandou um sonho mentiroso para Agamêmnon prometendo-lhe a vitória se ele atacasse. Enquanto Aquiles continuava em sua tenda, seguiu-se uma batalha violenta, a mais árdua travada até então. Na muralha de Troia, o velho rei Príamo e os outros anciãos, muito experientes em relação à guerra, observavam o combate. Helena, o motivo de todo aquele sofrimento e morte, foi ao encontro deles, mas, ao vê-la, eles não conseguiram sentir culpa alguma. "Os homens precisam lutar por mulheres como ela", disseram uns para os outros, "pois seu rosto parece o de um espírito imortal." Helena ficou ao lado deles e foi lhes dizendo o nome deste ou daquele herói grego, até que, para espanto dos homens, a batalha cessou. Os exércitos recuaram, cada um para um lado, e, no espaço entre eles, Páris e Menelau ficaram frente a frente. Obviamente fora decidido que os dois maiores interessados decidissem a disputa entre si.

Páris atacou primeiro, mas Menelau aparou a lança veloz com seu escudo e atirou a sua. A arma rasgou a túnica de Páris, mas sem o ferir. Menelau sacou a espada, agora sua única arma, mas, ao fazê-lo, ela lhe caiu das mãos, partida. Destemido, ainda que desarmado, ele partiu para cima de Páris, agarrou-o pela crista do elmo e o tirou do chão. Tê-lo-ia arrastado até os gregos, vitorioso, se Afrodite não tivesse intervindo. A deusa arrancou a correia que prendia o elmo, fazendo-o se soltar na mão de Menelau. Quanto a Páris, que não tinha combatido a não ser para atirar a lança, a deusa o envolveu numa nuvem e o levou de volta para Troia.

Enfurecido, Menelau percorreu as fileiras de troianos em busca de Páris, e nenhum homem o teria ajudado, pois todos detestavam Páris, mas este tinha sumido e ninguém sabia como nem para onde. Agamêmnon então se dirigiu aos dois exércitos, declarou Menelau vencedor e ordenou que os troianos devolvessem Helena. Era justo e os troianos teriam concordado não fosse a intervenção de Palas Atena, a mando de Hera. Hera estava decidida a não deixar a guerra acabar antes de Troia estar em ruínas. Palas Atena então desceu até o campo de batalha e convenceu o coração tolo do troiano Pândaro a desrespeitar a trégua e disparar uma flecha em Menelau. Ele assim o fez e o feriu, só de leve, mas os gregos, enfurecidos com a traição, se voltaram contra os troianos e o combate recomeçou. Terror, Destruição e Conflito, cuja fúria nunca arrefece, todos amigos do assassino deus da guerra, estavam lá para incentivar os homens a massacrar uns aos outros. Ouviram-se então o som dos gemidos dos feridos e o som do triunfo dos matadores e a terra se encharcou de sangue.

Do lado grego, agora sem Aquiles, os dois maiores guerreiros foram Ajax e Diomedes. Eles combateram gloriosamente naquele dia e deixaram diante de si muitos troianos abatidos. O melhor e mais corajoso depois de Heitor, o príncipe Eneias, quase morreu pelas mãos de Diomedes. Eneias tinha sangue mais do que real: era filho da própria Afrodite; quando Diomedes o feriu, a deusa desceu depressa para o campo de batalha de modo a salvá-lo. Tomou-o em seus braços macios, mas Diomedes, sabendo que ela era uma deusa covarde, e não uma daquelas que, como Palas Atena, são exímias nas artes do combate, pulou para cima dela e a feriu na mão. Afrodite gritou, deixou Eneias cair e, chorando de dor, voltou para o Olimpo, onde Zeus, sorrindo ao ver a deusa amante do riso em prantos, ordenou-lhe que ficasse longe do combate e lembrasse que a sua arte era a arte do amor, não a da guerra. Apesar de a mãe não ter conseguido ajudá-lo, Eneias não morreu. Apolo o envolveu numa nuvem e o levou para a sagrada Pérgamo, o lugar santo de Troia, onde Ártemis o curou da ferida.

Mas a raiva de Diomedes não cedeu e ele seguiu fazendo estragos entre os troianos até se ver cara a cara com Heitor. Então, para sua consternação, ele também viu Ares. Todo ensanguentado, o assassino deus da guerra estava lutando ao lado de Heitor. Ao ver isso, Diomedes estremeceu e gritou para os gregos recuarem, só que devagar, e com o rosto virado para os troianos. Hera então se enfureceu. Conduziu seus cavalos depressa até o Olimpo e perguntou a Zeus se podia expulsar do campo de batalha Ares, aquele flagelo dos homens. Zeus, que gostava tão pouco de Ares quanto Hera, embora fosse seu filho, respondeu sem hesitar que sim. Hera desceu depressa para se postar ao lado de Diomedes e instou-o a atacar o terrível deus sem temor. O herói, ao ouvir isso, sentiu o coração se encher de alegria. Correu para cima de Ares e arremessou sua lança. Palas Atena fez a arma acertar o alvo e ela se cravou no corpo de Ares. O deus da guerra urrou tão alto quanto 10 mil homens em combate, e esse som terrível fez o exército inteiro, tanto gregos como troianos, tremer.

Ares, na verdade um truculento incapaz de suportar o que ele próprio causava a incontáveis legiões de humanos, subiu correndo até Zeus no Olimpo para se queixar amargurado da violência de Palas Atena. Zeus, porém, o encarou com severidade, disse-lhe que ele era tão insuportável quanto a mãe e o mandou parar de reclamar. Sem Ares, entretanto, os troianos foram obrigados a recuar. Diante dessa crise, um dos irmãos de Heitor, que soube detectar a vontade divina, instou o herói troiano a ir bem depressa até a cidade dizer à rainha, sua mãe, para oferecer a Palas Atena os mais belos trajes que possuísse e implorar a misericórdia da deusa. Heitor percebeu a sabedoria desse conselho e atravessou correndo os portões do palácio, onde sua mãe fez tudo conforme ele pediu. A rainha escolheu um traje tão esplêndido que brilhava como uma estrela e, ao pousá-lo sobre os joelhos da deusa, pediu: "Palas Atena, senhora, poupe a cidade e as esposas dos troianos e as crianças." Mas a deusa negou o pedido.

Quando voltou ao combate, Heitor virou-se para ver novamente, talvez pela última vez, a esposa que tanto amava, Andrômaca, e o filho, Astíanax. Encontrou-a na muralha, para onde tinha ido, aterrorizada, observar os homens em combate ao saber que os troianos estavam batendo em retirada.

Com ela estava uma criada que segurava o menino pequeno. Heitor sorriu e os fitou em silêncio, mas Andrômaca segurou sua mão e chorou. "Meu querido senhor", disse ela, "você que é para mim pai, mãe e irmão além de marido, fique aqui conosco. Não faça de mim viúva nem do seu filho órfão." Heitor recusou com toda a delicadeza o seu pedido. Não podia ser um covarde, falou. Cabia a ele combater sempre à frente do exército. Mas que Andrômaca soubesse que ele jamais esqueceria qual seria a dor dela quando ele morresse. Era esse o pensamento que o atormentava mais do que tudo, mais do que suas muitas outras preocupações. Ele se virou para ir embora, mas antes estendeu os braços para o filho. Apavorado, o menino recuou, com medo do elmo e de sua assustadora crista a balançar. Rindo, Heitor tirou o elmo da cabeça. Então, pegando o filho no colo, acariciou-o e rogou: "Ó Zeus, que no futuro os homens possam dizer do meu filho, quando ele voltar do combate: 'Ele é muito maior do que foi seu pai!'"

Ele então entregou o menino à esposa e Andrômaca o pegou, sorrindo, mas também chorando. E Heitor teve pena dela, tocou-a com carinho e lhe disse: "Querida, não fique tão triste. O destino precisa acontecer, mas, contrariando meu destino, homem algum poderá me matar." Então, pegando o elmo de volta, ele os deixou e ela foi para casa olhando muitas vezes na sua direção e chorando copiosamente.

De volta ao campo de batalha, Heitor estava ansioso para lutar e durante algum tempo teve mais sorte. Zeus agora tinha se lembrado da promessa feita a Tétis de vingar a ofensa de Aquiles. Ordenou a todos os outros imortais que ficassem no Olimpo e desceu em pessoa até a Terra para ajudar os troianos. Os gregos tiveram um momento difícil. Seu grande guerreiro estava longe. Aquiles ficou sentado sozinho em sua tenda, refletindo sobre os próprios erros. Já Heitor nunca tinha se mostrado tão brilhante nem tão corajoso. Parecia irresistível. Domador de cavalos, era como os troianos sempre o chamavam, e ele conduzia seu carro pelas fileiras gregas como se um mesmo espírito animasse os corcéis e o condutor. Seu elmo reluzente estava por toda parte e valentes guerreiros caíam sucessivamente sob sua terrível lança de bronze. Quando a noite encerrou a batalha, os troianos tinham quase expulsado os gregos para seus navios.

Naquela noite houve celebrações em Troia, mas tristeza e desespero no acampamento grego. O próprio Agamêmnon era a favor de desistir e zarpar de volta para a Grécia. Nestor, porém, o mais velho dos líderes e, portanto, o mais sábio, mais sábio até do que o astuto Odisseu, corajosamente tomou a palavra e disse a Agamêmnon que, se ele não tivesse enfurecido Aquiles, eles não teriam sido derrotados. "Tente encontrar um jeito de aplacá-lo", falou, "em vez de voltar para casa em desgraça." Todos aplaudiram o conselho e Agamêmnon confessou ter agido como um tolo. Prometeu mandar Briseida de volta e, junto com ela, muitos outros presentes esplêndidos, e implorou a Odisseu que transmitisse sua oferta a Aquiles.

Odisseu e os dois líderes escolhidos para acompanhá-lo encontraram o herói com seu amigo Pátroclo, que dentre todos os homens do mundo lhe era o mais caro. Aquiles os recebeu com cortesia e lhes serviu comida e bebida, mas quando eles lhe disseram por que estavam ali e enumeraram todos os ricos presentes que seriam seus caso cedesse, e lhe suplicaram que tivesse pena dos seus conterrâneos em dificuldade, receberam uma recusa veemente. Nem mesmo todos os tesouros do Egito poderiam comprá-lo, disse Aquiles. Ele iria voltar para casa e eles deveriam ter o bom senso de fazer o mesmo.

Porém, quando Odisseu transmitiu esse conselho, todos o rejeitaram. No dia seguinte os gregos partiram para a batalha com a coragem e o desespero de homens encurralados. Mais uma vez, foram obrigados a recuar até se verem combatendo na praia em que seus navios estavam atracados. Mas a ajuda logo veio. Hera tinha feito seus planos. Viu Zeus sentado no alto do monte Ida, observando os troianos vencerem, e pensou em quanto o detestava. Mas sabia muito bem que só havia um jeito de vencê-lo. Precisava ir até ele tão bela que ele não poderia lhe resistir. Quando a tomasse nos braços, ela o faria adormecer e ele esqueceria os troianos. E assim ela fez. Foi até seu quarto e usou todas as artes que conhecia para ficar incomparavelmente bela. Por último, pegou emprestado o cinturão de Afrodite, onde ficavam todos os seus encantos, e com esse amuleto a mais apareceu diante de Zeus. Quando este a viu, seu coração se encheu de amor e ele esqueceu inteiramente a promessa feita a Tétis.

Na mesma hora a batalha virou a favor dos gregos. Ajax derrubou Heitor no chão, mas, antes de conseguir feri-lo, Eneias o levantou e levou-o embora. Sem Heitor, os gregos conseguiram afastar os troianos de suas embarcações, e Troia poderia ter sido saqueada nesse mesmo dia se Zeus não tivesse acordado. Ele se levantou com um pulo, viu os troianos em fuga e Heitor caído na planície, aos arquejos. Compreendeu tudo e virou-se furioso para Hera. Aquilo era culpa dela, falou, de suas intrigas e dissimulações. Estava cogitando lhe dar uma surra ali mesmo. Quando a coisa chegava a esse ponto, Hera sabia que não podia fazer nada. Na mesma hora negou ter qualquer coisa a ver com a derrota dos troianos. Era tudo culpa de Poseidon, disse, e de fato o deus do mar vinha ajudando os gregos, contrariando as ordens de Zeus, mas só porque Hera lhe implorava que assim fizesse. Zeus, porém, ficou grato por uma desculpa para não pôr as mãos nela. Mandou-a de volta para o Olimpo e chamou Íris, a mensageira do arco-íris, para ir avisar a Poseidon que ele lhe estava ordenando que se retirasse do campo de batalha. A contragosto, o deus do mar obedeceu e mais uma vez a maré do combate virou a favor dos troianos.

Apolo tinha reavivado Heitor desfalecido e instilado nele um poder incomparável. Diante desses dois, o deus e o herói, os gregos pareciam um bando de ovelhas amedrontadas perseguidas por leões da montanha. Eles fugiram atarantados para os navios e o muro que haviam construído para se defender ruiu feito um castelo de areia que crianças constroem na praia e depois, brincando, põem abaixo. Os troianos estavam quase perto o suficiente para atear fogo aos navios. Os gregos, impotentes, só pensavam em ter uma morte honrada.

Pátroclo, o querido amigo de Aquiles, assistiu horrorizado à debandada. Nem mesmo por Aquiles ele conseguiu se manter longe do combate.

– Você pode segurar sua ira enquanto seus conterrâneos caem vencidos! – gritou para Aquiles. – Eu não. Dê-me sua armadura. Se acharem que eu sou você, os troianos talvez parem um instante e então os exaustos gregos poderão ganhar um alento. Você e eu estamos descansados. Talvez consigamos repelir o inimigo. Mas, se você quiser ficar sentado acalentando sua raiva, pelo menos me dê sua armadura.

Enquanto ele falava, um dos navios gregos irrompeu em chamas.

– Assim eles podem interromper o recuo do exército – disse Aquiles. – Vá. Leve minha armadura e meus homens também, e defenda os navios. Eu não posso ir. Sou um homem desonrado. Pelos meus navios irei lutar, se a batalha se aproximar deles. Mas não vou lutar por homens que me desgraçaram.

Assim, Pátroclo vestiu a esplêndida armadura que todos os troianos conheciam e temiam e entrou na batalha à frente dos mirmidões, os homens de Aquiles. Diante da primeira investida desse novo bando de guerreiros, os troianos hesitaram; pensaram que Aquiles os estivesse comandando. E de fato, durante algum tempo Pátroclo lutou tão gloriosamente quanto o grande herói poderia ter ele próprio lutado. Mas então, por fim, ficou cara a cara com Heitor e seu destino foi selado da mesma forma que o de um javali ao se deparar com um leão. A lança de Heitor o feriu mortalmente e a alma abandonou seu corpo e desceu para a casa de Hades. Heitor então despiu a armadura de seu corpo e, deixando de lado a sua, vestiu-a. E foi como se tivesse se apoderado também da força de Aquiles, e nenhum dos gregos foi capaz de lhe fazer frente.

A noite veio e o combate cessou. Sentado junto à sua tenda, Aquiles esperava Pátroclo voltar. Em vez do amigo, no entanto, viu correndo na sua direção o filho do velho Nestor, Antíloco dos pés velozes. Enquanto corria, o rapaz chorava muito.

– Más notícias! – gritou ele. – Pátroclo caiu e Heitor pegou sua armadura.

Aquiles foi tomado por uma tristeza tão profunda que aqueles em volta temeram pela sua vida. Ao longe, nas cavernas do mar, sua mãe soube da tristeza do filho e foi tentar reconfortá-lo.

– Não vou mais viver entre os homens – disse-lhe ele – se não conseguir fazer Heitor pagar com a própria morte a de Pátroclo.

Tétis então, aos prantos, lembrou-lhe que ele também estava fadado a morrer logo depois de Heitor.

– Pode ser que eu morra – respondeu Aquiles –, eu que não ajudei meu companheiro quando ele mais precisou. Vou matar quem destruiu aquele que amei; então aceitarei a morte quando ela vier.

Tétis não tentou dissuadi-lo.

– Espere só até o raiar do dia – falou – e não irá desarmado para a batalha. Eu lhe trarei armas fabricadas por um armeiro divino, o deus Hefesto em pessoa.

E Tétis lhe trouxe armas maravilhosas, dignas de seu criador, como nenhum homem na Terra jamais havia usado. Os mirmidões as fitaram com assombro e uma chama de intensa alegria se acendeu nos olhos de Aquiles quando as vestiu. Então por fim deixou a tenda onde havia passado tanto tempo sentado e foi até o lugar em que os gregos estavam reunidos, um bando desgraçado: Diomedes gravemente ferido, Odisseu, Agamêmnon e muitos outros. Ficou envergonhado diante deles e disse que agora entendia a própria insensatez por permitir que a perda de uma simples jovem o tivesse feito esquecer todo o resto. Mas isso tinha acabado; ele estava novamente pronto para liderá-los. Que todos se preparassem outra vez para o combate. Os líderes aplaudiram com alegria, mas Odisseu falou por todos ao dizer que, primeiro, era preciso se saciar de comida e vinho, pois o jejum não dava bons guerreiros. "Nossos companheiros jazem mortos no campo de batalha e você pede comida", respondeu Aquiles com desdém. "Pela minha garganta não há de descer nem comida nem bebida até meu querido companheiro estar vingado." E para si mesmo falou: "Ó mais querido de todos os amigos, por sua falta não consigo comer nem beber."

Depois de os outros saciarem sua fome, Aquiles liderou o ataque. Como todos os imortais sabiam, aquele era o último embate entre os dois grandes campeões. Eles também conheciam o desfecho. O pai Zeus pendurou suas balanças de ouro, de um lado pôs o fardo da morte de Heitor e do outro, a de Aquiles. O lado de Heitor pesou mais. Ficou decidido que ele deveria morrer.

Mesmo assim, a vitória permaneceu incerta por muito tempo. Os troianos, liderados por Heitor, lutaram como lutam os homens valentes diante das muralhas da própria casa. Até mesmo o grande rio de Troia, que os deuses chamam de Xanto e os homens de Escamandro, participou da luta e tentou afogar Aquiles quando ele atravessou suas águas. Foi em vão: nada podia detê-lo enquanto ele seguia matando tudo que via pela frente, procurando Heitor por toda parte. Os deuses, a essa altura, também estavam lutando, e com tanto afinco quanto os homens, e Zeus, sentado sozinho no Olimpo, riu satisfeito consigo mesmo ao vê-los se enfrentar: Palas Atena derrubando Ares no chão; Hera pegando o arco dos ombros de Ártemis e acertando-o nas orelhas dela, de um lado e de outro; Poseidon atiçando Apolo com palavras de provocação para golpeá-lo primeiro. O deus-sol recusou o desafio. Sabia que de nada adiantava lutar por Heitor.

Os portões – as grandes Portas Ceias de Troia – agora já tinham sido escancarados, pois os troianos estavam finalmente em franca debandada e se aglomeravam na cidade. Somente Heitor se mantinha imóvel diante da muralha. Dos portões, o velho Príamo, seu pai, e Hécuba, sua mãe, gritaram para ele entrar e se salvar, mas ele não se mexeu. Estava pensando: "Eu liderei os troianos. Sua derrota é culpa minha. Então como posso me poupar? No entanto... e se eu pousasse meu escudo e minha lança e fosse dizer a Aquiles que devolveremos Helena e, com ela, metade dos tesouros de Troia? Inútil. Ele me mataria desarmado como se eu fosse uma mulher. Melhor entrar em combate com ele agora, mesmo que eu morra."

Aquiles então surgiu, glorioso como o sol nascente. Ao seu lado estava Palas Atena, mas Heitor estava só. Apolo o havia deixado para encarar sozinho seu destino. Quando a dupla se aproximou, ele virou as costas e fugiu. Com pés velozes, perseguido e perseguidores deram três vezes a volta nas muralhas de Troia. Foi Palas Atena quem fez Heitor parar. Ela apareceu ao seu lado na forma de seu irmão Deífobo e, com aquele que pensava ser um aliado, Heitor enfrentou Aquiles. Gritou para o adversário:

– Se eu o matar, devolverei seu corpo aos seus amigos, e você fará o mesmo por mim.

Mas Aquiles respondeu:

– Louco. Não existem acordos entre ovelhas e lobos, nem entre mim e você.

Ao dizer isso, atirou sua lança. A arma errou o alvo, mas Palas Atena a trouxe de volta. Heitor então desferiu um golpe certeiro: a lança se cravou no centro do escudo de Aquiles. Mas de que adiantou? A armadura era mágica e não podia ser perfurada. Heitor se virou depressa para Deífobo para pegar sua lança, mas não o encontrou. Então compreendeu a verdade. Palas Atena o tinha enganado e não havia como escapar. *Os deuses me chamaram para a morte*, pensou. *Pelo menos não morrerei sem luta, mas num grande feito de combate que homens ainda não nascidos contarão uns para os outros.* Ele sacou a espada, agora sua única arma, e partiu para cima do inimigo. Mas Aquiles tinha uma lança, aquela que Palas Atena tinha pegado de volta. Antes de Heitor se aproximar, aquele que conhecia bem aquela armadura, que Heitor tomara de Pátroclo morto, mirou na abertura junto à garganta e ali cravou sua lança. Heitor caiu, morto enfim. Com seu último suspiro, pediu:

– Devolva meu corpo a meus pais.

– Não faça suas preces para mim, seu cão – retrucou Aquiles. – Queria poder me forçar a devorar crua sua carne, por todo o mal que você me causou.

A alma de Heitor então saiu de seu corpo e foi para o Hades, lamentando seu destino e deixando para trás o vigor e a juventude.

Aquiles tirou do cadáver a armadura ensanguentada enquanto os gregos acorriam para admirar a estatura de Heitor caído no chão e a nobreza de seu aspecto. Mas Aquiles estava preocupado com outras coisas. Furou os pés do morto e os prendeu com correias à parte de trás de sua biga, deixando a cabeça se arrastar pelo chão. Então açoitou os cavalos e deu voltas e mais voltas diante das muralhas de Troia arrastando o que restava do glorioso Heitor.

Por fim, quando sua alma feroz se saciou de vingança, ele se postou junto ao corpo de Pátroclo e disse: "Ouça-me, mesmo na casa de Hades. Eu arrastei Heitor com minha biga e o darei para os cães devorarem junto à sua pira funerária."

Lá em cima, no Olimpo, o desacordo reinava. Aquele insulto a um morto desagradou a todos os imortais com exceção de Hera, Palas Atena e Poseidon. Desagradou principalmente a Zeus. Ele mandou Íris procurar Príamo e lhe ordenar que fosse sem medo falar com Aquiles levando um grande resgate pelo corpo de Heitor. Ela deveria dizer a Príamo que, por mais violento que Aquiles fosse, na realidade não era um homem mau e trataria bem um suplicante.

O idoso rei então abarrotou uma carroça com tesouros esplêndidos, o melhor que havia em Troia, e atravessou a planície até o acampamento dos gregos. Hermes o recebeu, com a aparência de um jovem grego, e se ofereceu como guia para levá-lo até a tenda de Aquiles. Assim acompanhado, o velho passou pelos guardas e chegou diante do homem que tinha matado e maltratado seu filho. Agarrou-o pelos joelhos e beijou-lhe as mãos, e quando fez isso Aquiles se assombrou, assim como os outros ali presentes, que se entreolharam com uma expressão estranha. "Lembre-se, Aquiles", disse Príamo, "de seu pai, que tem a mesma idade que eu e como eu viveu a desgraça de desejar um filho homem. Mas eu sou digno de muito mais pena por ter enfrentado o que nenhum homem no mundo jamais enfrentou: estender a mão para aquele que matou meu filho."

As palavras despertaram a dor no coração de Aquiles. Com toda a delicadeza, ele fez o velho se levantar. "Sente-se aqui ao meu lado", falou, "e vamos deixar que se acalme a infelicidade em nossos corações. O mal é o destino de todos os homens, mas mesmo assim precisamos continuar a ter coragem." Ele então mandou seus criados lavarem e besuntarem de óleo o cadáver de Heitor, depois cobrirem-no com uma roupa macia, de modo que Príamo não o visse terrivelmente mutilado como estava e fosse incapaz de conter sua ira. Temia pelo próprio autocontrole se Príamo o irritasse. "Quantos dias deseja que dure o funeral dele?", perguntou. "Durante esse tempo impedirei os gregos de lutar." Príamo então levou Heitor para casa e ele foi pranteado em Troia como ninguém jamais tinha sido. Até Helena chorou. "Os outros troianos me julgavam mal", disse ela, "mas de você sempre tive conforto pela bondade do seu espírito e por suas palavras gentis. Você foi meu único amigo."

Por nove dias os troianos choraram a morte de Heitor; então o puseram sobre uma grandiosa pira e a acenderam. Após tudo se consumir, apagaram as chamas com vinho e juntaram os ossos dentro de uma urna de ouro, envoltos num tecido roxo macio. Puseram a urna dentro de uma cova e empilharam enormes pedras por cima.

Foi esse o funeral de Heitor, o domador de cavalos.

E com ele se encerra a *Ilíada*.

CAPÍTULO II
A queda de Troia

A maior parte desta história vem de Virgílio. A tomada de Troia é o tema do segundo livro da Eneida *e é uma das melhores histórias, se não a melhor, que Virgílio jamais contou: concisa, precisa e vívida. O início e o final da minha versão não estão em Virgílio. Tirei a história de Filocteto, e a morte de Ajax, de duas peças de Sófocles, poeta trágico do século V a.C. O final, o relato do que aconteceu com as mulheres de Troia quando a cidade caiu, vem de uma peça de Eurípides, colega dramaturgo de Sófocles. Ele constitui um curioso contraste com o espírito marcial da* Eneida. *Para Virgílio, assim como para todos os poetas romanos, a guerra era a mais nobre e mais gloriosa das atividades humanas. Quatrocentos anos antes de Virgílio, um poeta grego a viu de outra forma. Qual foi o final dessa célebre guerra, parece perguntar Eurípides? Nada além disso: uma cidade em ruínas, um bebê morto e um punhado de mulheres infelizes.*

Com a morte de Heitor, Aquiles sabia, como a mãe lhe tinha dito, que também sua morte estava próxima. Ainda realizou mais um feito de armas grandioso antes de seu combate cessar para sempre. O príncipe Mêmnon, da Etiópia, filho da deusa da Aurora, veio ajudar Troia com um grande exército. Durante algum tempo, mesmo já sem Heitor, os gregos tiveram dificuldades e perderam muitos valorosos guerreiros, entre eles o filho do velho Nestor, Antíloco dos pés velozes. Por fim, Aquiles matou Mêmnon num glorioso combate, a última batalha do herói grego. Então ele próprio caiu junto às Portas Ceias. Tinha feito os troianos recuarem até as muralhas da cidade. Ali, Páris disparou contra ele uma flecha e Apolo a guiou para fazê-la acertar seu pé no único ponto em que ele podia ser ferido, o calcanhar. Quando Aquiles nasceu, sua mãe, Tétis, quis torná-lo invulnerável mergulhando-o no rio Estige; ela foi descuidada e não fez com que a água cobrisse a parte do pé pela qual o segurava. Aquiles morreu e Ajax tirou seu corpo do campo de batalha enquanto Odisseu continha os troianos. Dizem que, depois de Aquiles ser queimado na pira funerária, seus ossos foram postos dentro da mesma urna que continha os de seu amigo Pátroclo.

As armas de Aquiles, aquelas maravilhosas armas que Tétis lhe trouxera de Hefesto, causaram a morte de Ajax. Decidiu-se numa assembleia geral que os heróis que mais as mereciam eram Ajax e Odisseu. Fez-se então uma votação secreta para decidir entre os dois e Odisseu ficou com as armas. Na época, uma decisão assim era algo muito sério. Não apenas o vencedor era honrado, o vencido era desonrado. Ajax se viu caído em desgraça e, num acesso de raiva enfurecida, decidiu matar Agamêmnon e Menelau. Acreditava, e com razão, que os dois tinham manipulado a votação contra ele. Ao cair da noite, foi procurá-los, e já tinha chegado a seus aposentos quando Palas Atena o fez perder a razão. Ele pensou que as ovelhas e o gado dos gregos fossem o exército e correu para matá-los, acreditando estar matando ora este, ora aquele chefe de guerra. Por fim, arrastou para sua tenda um carneiro imenso que, para sua mente ensandecida, era Odisseu, amarrou-o na estaca da tenda e com selvageria o espancou. Então seu frenesi passou. Ele recuperou a razão e viu que sua desgraça por não ter ficado com as armas fora apenas uma sombra em comparação com a desgraça que lhe fora causada pelos próprios atos. Sua raiva, sua insensatez, sua loucura estavam visíveis para todos. Os animais massacrados jaziam por todo o campo de batalha. "Pobres reses", disse Ajax para si mesmo, "mortas sem motivo pelas minhas mãos! E eu aqui, sozinho, detestado pelos homens e pelos deuses. Numa situação dessas, apenas um covarde se agarra à vida. Um homem, quando não pode viver com nobreza, pode com nobreza morrer." Ele sacou a espada e se matou. Os gregos não quiseram queimar seu corpo e o sepultaram. Achavam que um suicídio não devia ser honrado com uma pira funerária e com o enterro de uma urna.

A morte de Ajax, tão pouco tempo depois da de Aquiles, causou consternação entre os gregos. A vitória parecia mais distante do que nunca. Seu adivinho Calcas disse não ter nenhum recado dos deuses para eles, mas que havia entre os troianos um homem que conhecia o futuro, o profeta Heleno. Se o capturassem, poderiam descobrir com ele o que deveriam fazer. Odisseu conseguiu fazer de Heleno um prisioneiro e este disse aos gregos que Troia só cairia quando alguém enfrentasse os troianos com o arco e as flechas de Hércules. Estas, depois de Hércules morrer, tinham sido entregues ao príncipe Filocteto, aquele que acendera sua pira funerária e, mais tarde, se juntara ao exército grego quando este zarpara rumo a Troia. Durante a viagem, os gregos pararam numa ilha para fazer um sacrifício e Filocteto foi picado por uma cobra, sofrendo um ferimento horrível. A picada não cicatrizava; era impossível carregá-lo até Troia naquele estado; o exército não podia esperar. Eles finalmente o deixaram em Lemnos, então uma ilha desabitada, embora os heróis da busca do velocino de ouro tivessem encontrado ali muitas mulheres.

Foi cruel abandonar o sofredor indefeso, mas o exército estava desesperado para chegar a Troia e, com seu arco e suas flechas, pelo menos nunca lhe faltaria comida. Porém, quando Heleno falou, os gregos entenderam que seria difícil convencer Filocteto, tão injustiçado por eles, a lhes ceder suas preciosas armas. Eles então despacharam Odisseu, o mestre da astúcia e das artimanhas, para obtê-las por meio de engodo. Alguns dizem que Diomedes o acompanhou, outros, que foi o jovem filho de Aquiles, Neoptólemo, também chamado de Pirro. Eles conseguiram roubar o arco e as flechas, mas, quando chegou a hora de abandonar o pobre desgraçado ali sozinho, não quiseram fazê-lo. No fim, acabaram convencendo Filocteto a acompanhá-los. De volta a Troia, o médico dos gregos o curou e, quando ele enfim voltou alegremente ao combate, o primeiro homem que feriu com suas flechas foi Páris. Ao cair, Páris implorou ser levado até Enone, a ninfa com quem vivia no monte Ida antes de as três deusas irem procurá-lo. Ela lhe tinha dito conhecer um remédio mágico que curava qualquer moléstia. Ele foi levado até ela e lhe pediu a vida, mas ela recusou. O fato de ele a ter abandonado e por muito tempo esquecido não podia ser perdoado num instante por causa da sua necessidade. Enone assistiu à morte de Páris; em seguida, foi embora e se matou.

Troia não caiu por causa da morte de Páris. Na realidade, ele não foi uma grande perda. Os gregos enfim descobriram que havia na cidade uma imagem muito sagrada de Palas Atena chamada Paládio e que, enquanto os troianos estivessem com ela, Troia não cairia. Assim, os dois maiores líderes do exército ainda vivos, Odisseu e Diomedes, decidiram tentar roubá-la. Diomedes foi quem conseguiu. Numa noite escura, ele escalou a muralha com a ajuda de Odisseu, encontrou o Paládio e o levou para o acampamento. Com esse grande incentivo, os gregos decidiram não esperar mais e procurar algum jeito de pôr fim àquela guerra interminável.

Agora viam claramente que, a menos que conseguissem entrar na cidade com seu exército e pegar os troianos de surpresa, jamais a tomariam. Quase dez anos tinham transcorrido desde o início do cerco a Troia e ela parecia tão forte quanto sempre fora. As muralhas não foram danificadas. Troia nunca sofrera um ataque de verdade. O combate, em sua maior parte, ocorrera longe dos muros. Os gregos precisavam encontrar um modo secreto de entrar lá ou então aceitar a derrota. O resultado dessa nova determinação e dessa nova visão foi o estratagema do cavalo de madeira. Como qualquer um poderia adivinhar, quem o inventou foi a mente obstinada de Odisseu.

Ele pediu a um habilidoso artesão da madeira que fabricasse um imenso cavalo oco, tão grande que poderia abrigar dentro de si vários homens. Então convenceu, o que foi muito difícil, alguns dos líderes de guerra a se esconderem lá dentro, junto com ele próprio, claro. Todos ficaram apavorados, com exceção de Neoptólemo, filho de Aquiles, e de fato o perigo que iriam enfrentar não era pequeno. A ideia era que todos os outros gregos abandonassem o acampamento e parecessem zarpar mar adentro, mas na realidade se escondessem atrás da ilha mais próxima, onde não poderiam ser vistos pelos troianos. O que quer que acontecesse, estes ficariam a salvo; se algo desse errado, poderiam partir para a Grécia. Mas, nesse caso, os homens dentro do cavalo certamente morreriam.

Odisseu não tinha ignorado esse fato, como é fácil de acreditar. Seu plano era deixar um único grego no acampamento deserto, instruído a contar uma história calculada para fazer os troianos arrastarem o cavalo para dentro da cidade sem investigá-lo. Então, na hora mais escura da noite, os gregos lá dentro deixariam sua prisão de madeira e abririam os portões da cidade para o exército, que a essa altura já teria voltado de navio e estaria aguardando do outro lado da muralha.

Chegou a noite da execução do plano. Então o último dia de Troia raiou. Nas muralhas, os observadores troianos viram com assombro duas coisas,

O cavalo de madeira

cada qual mais espantosa do que a outra. Em frente às Portas Ceias surgiu a figura imensa de um cavalo, diferente de tudo que qualquer um jamais tinha visto, uma aparição tão estranha que chegava a ser um pouco aterrorizante, muito embora não emitisse nenhum som nem fizesse qualquer movimento. Na verdade, nenhum som ou movimento vinha de lugar algum. O ruidoso acampamento dos gregos estava em silêncio; nada se movia ali. E os navios tinham desaparecido. Apenas uma conclusão parecia possível: os gregos tinham desistido. Haviam zarpado rumo à Grécia e aceitado a derrota. Troia inteira exultou. Era o fim da longa campanha; seus sofrimentos eram coisa do passado.

O povo acorreu ao acampamento grego abandonado para visitar seus lugares famosos: aqui Aquiles passou tanto tempo emburrado; ali ficava a tenda de Agamêmnon; aqui os aposentos do farsante Odisseu. Que êxtase ver aqueles lugares vazios, sem nada que precisassem temer. Por fim, as pessoas foram voltando para aquela monstruosidade, o cavalo de madeira, e rodearam-no sem saber o que fazer com ele. Então o grego que tinha ficado no acampamento se revelou. Seu nome era Sínon e o relato que fez foi muito plausível. Ele foi capturado e levado até Príamo, aos prantos, afirmando não desejar mais ser grego. A história que contou foi uma das obras-primas de Odisseu. Sínon disse que Palas Atena tinha ficado extremamente zangada com o roubo do Paládio e os gregos, apavorados, tinham consultado o oráculo para saber como poderiam aplacá-la. O oráculo respondera: "Com sangue e a morte de uma donzela vocês acalmaram os ventos para chegar a Troia. Com sangue devem buscar seu retorno. E com a vida de um grego expiar sua culpa." Ele próprio, disse Sínon a Príamo, era a desgraçada vítima escolhida para o sacrifício. Já estava tudo pronto para o terrível ritual, que seria executado pouco antes da partida dos gregos, mas à noite ele havia conseguido fugir e se esconder num pântano, de onde vira os navios irem embora.

A história era boa e os troianos não a questionaram. Sentiram pena de Sínon e lhe garantiram que ele, dali em diante, viveria como um dos seus. Assim aconteceu que, por meio de um engodo e de lágrimas fingidas, fez-se aquilo que o grande Diomedes nunca havia conseguido fazer, nem o feroz Aquiles, nem dez anos de guerra e tampouco mil navios. Pois Sínon não esqueceu a segunda parte da história. O cavalo de madeira, falou, fora fabricado como uma oferenda votiva a Palas Atena, e o motivo de seu tamanho imenso era desencorajar os troianos de o levarem para dentro da cidade. O que os gregos esperavam era que os troianos destruíssem o artefato e assim incorressem na ira da deusa. Dentro da cidade, o cavalo transferiria para eles a preferência de Palas Atena pelos gregos. A história era esperta o suficiente para decerto ter tido, por si só, o efeito desejado, mas Poseidon, de todos os deuses o mais amargurado em relação a Troia, inventou um acréscimo que tornava o desfecho uma certeza. Assim que o cavalo fora descoberto, o sacerdote Laocoonte recomendara com urgência a sua destruição. "Tenho medo dos gregos mesmo quando eles trazem presentes", foram suas palavras. Cassandra, filha de Príamo, tinha repetido o mesmo aviso, mas ninguém nunca a escutava e ela já tinha voltado ao palácio quando Sínon apareceu. Laocoonte e seus dois filhos ouviram desconfiados a história, os únicos ali a colocá-la em dúvida. Quando Sínon acabou de falar, duas serpentes assustadoras surgiram nadando por cima do mar em direção à terra. Chegando lá, deslizaram diretamente para cima de Laocoonte. Envolveram a ele e os dois rapazes com seus corpos imensos e mataram os três esmagados. Então desapareceram dentro do templo de Palas Atena.

Não podia haver mais hesitação. Para os espectadores horrorizados, Laocoonte fora punido por ser contra a entrada do cavalo na cidade, algo que certamente ninguém mais faria agora. Todos os presentes exclamaram:

> Tragam para dentro a imagem esculpida.
> Levem-na até Palas Atena,
> Um presente digno da filha de Zeus.
> Quem dentre os jovens não se apressou em fazê-lo?
> Quem dentre os velhos quis ficar em casa?
> Com música e alegria eles puseram para dentro a morte,
> O engodo e a destruição.

Os troianos arrastaram o cavalo pelo portão e o levaram até o templo de Palas Atena. Então, alegrando-se com sua boa sorte, acreditando que a guerra estava acabada e que tinham conseguido reconquistar a proteção da deusa, foram para casa em paz como não acontecia há dez anos.

No meio da noite, a porta do cavalo se abriu. Um após outro, os líderes de guerra foram saindo. Eles se esgueiraram até os portões e os escancararam, e o exército grego marchou para dentro da cidade adormecida. A primeira coisa que os gregos precisavam fazer podia ser feita em silêncio. Eles puseram fogo em vários edifícios de Troia. Quando os troianos acordaram, antes de perceberem o que estava acontecendo, enquanto se apressavam em vestir as armaduras, a cidade estava em chamas. Os troianos foram saindo às ruas um após outro, atarantados. Grupos de soldados estavam à sua espera para abater cada homem antes que ele pudesse se juntar a outros. Não foi um combate; foi uma carnificina. Muitos morreram sem ter sequer a chance de desferir qualquer golpe. Nas partes mais distantes da cidade, os troianos conseguiram se reunir aqui e ali, e nesse caso quem sofreu foram os gregos: foram atacados por homens desesperados, cuja única vontade era matar antes de morrer. Eles sabiam que a única segurança para os vencidos era não esperar segurança alguma. Esse espírito muitas vezes transforma os vencedores em vencidos. Os troianos mais espertos arrancaram as próprias armaduras e vestiram as dos gregos mortos, e muitos e muitos gregos, pensando estar encontrando amigos, descobriram demasiado tarde que eram inimigos e pagaram por esse erro com a própria vida.

No alto das casas, eles arrancaram os telhados e arremessaram as vigas nos gregos. Uma torre inteira do palácio de Príamo foi removida dos alicerces e derrubada. Exultantes, os defensores a viram cair e aniquilar um numeroso bando que tentava forçar as portas do palácio. Mas o sucesso trouxe somente uma trégua breve. Outros acorreram trazendo uma enorme tora. Por cima dos destroços da torre e dos corpos esmagados, usaram-na para derrubar as portas. Estas rebentaram e os gregos entraram no palácio antes de os troianos conseguirem sair do telhado. No pátio interno, em volta do altar, estavam as mulheres, as crianças e um homem, o velho rei. Aquiles havia poupado Príamo, mas o filho de Aquiles o abateu na frente da esposa e das filhas.

O fim agora estava próximo. Desde o início, o confronto tinha sido desigual. Troianos demais tinham sido massacrados na primeira surpresa. Os gregos não podiam ser derrotados em lugar algum. Aos poucos a defesa cessou. Antes da manhã, todos os líderes estavam mortos, com exceção de um: dos chefes de guerra troianos, o único a escapar foi Eneias, filho de Afrodite. Ele continuou combatendo os gregos enquanto conseguiu encontrar um troiano vivo para lutar ao seu lado, mas, conforme o massacre foi se alastrando e a morte se aproximando, pensou em sua casa e nas pessoas indefesas que lá deixara. Não podia fazer mais nada por Troia, mas, quem sabe, algo pudesse ser feito por elas. Eneias correu para casa, para seu velho pai, seu filho pequeno, sua esposa, e, enquanto corria, sua mãe, Afrodite, lhe apareceu, incentivando-o a ir mais depressa e protegendo-o do fogo e dos gregos. Nem mesmo com a ajuda da deusa ele conseguiu salvar a esposa. Quando eles estavam saindo da casa, ela foi separada do marido e morta. Mas os outros dois ele levou consigo, passou pelo inimigo, pelos portões da cidade e chegou ao campo, carregando o pai nos ombros e segurando o filho pela mão. Apenas uma divindade os poderia ter salvado, e Afrodite nesse dia foi a única entre os deuses a ajudar um troiano.

Ela ajudou Helena também. Tirou-a da cidade e a levou até Menelau. Ele a recebeu satisfeito e, quando zarpou rumo à Grécia, ela estava ao seu lado.

Quando a manhã chegou, o que antes era a cidade mais orgulhosa da Ásia não passava de uma ruína fumegante. Tudo que restava de Troia era um bando de mulheres indefesas e cativas, cujos maridos estavam mortos e cujos filhos lhes tinham sido tirados. Elas agora esperavam a hora de serem levadas por seus senhores para uma vida de escravidão longe dali.

Entre as cativas estavam a velha rainha Hécuba e sua nora e esposa de Heitor, Andrômaca. Para Hécuba estava tudo acabado. Agachada no chão, ela viu os navios gregos se aparelhando e viu a cidade em chamas. *Troia não existe mais*, pensou, *e eu... quem sou eu? Uma escrava que os homens conduzem feito gado. Uma mulher velha e grisalha que não tem um lar.*

> Que pesar existe que eu já não tenha?
> Meu país perdido, meu marido, meus filhos.
> A glória de toda minha linhagem derrotada.

E as mulheres à sua volta responderam:

> Estamos no mesmo lugar de dor.
> Nós também somos escravas.
> Nossos filhos choram e aos prantos nos chamam:
> "Mãe, estou sozinho.
> Para os escuros navios agora me conduzem,
> E eu não consigo vê-la, Mãe."

Uma das mulheres ainda estava com o filho. Andrômaca segurava no colo o filho Astíanax, o menininho que um dia tinha se encolhido diante do elmo de crista alta do pai. *Ele é tão pequeno*, pensou. *Vão me deixar levá-lo comigo*. Mas do acampamento dos gregos veio um mensageiro e lhe disse palavras hesitantes. Falou que ela não deveria odiá-lo pela notícia que lhe trazia contra a própria vontade. Seu filho... Andrômaca o interrompeu:

Ele não vai comigo, é isso?

E o mensageiro respondeu:

O menino deve morrer – deve ser jogado
Do alto das altas muralhas de Troia.
Vamos... vamos... deixe que assim seja. Suporte
Como uma mulher valente. Pense. Você está sozinha.
Mulher, escrava e sem ajuda em lugar algum.

Andrômaca sabia que ele dizia a verdade. Não havia ajuda possível. Despediu-se do filho:

Está chorando, meu pequenino? Pronto, pronto.
Você não tem como saber o que o espera.
Como vai ser? Cair lá de cima... até embaixo... todo quebrado...
E ninguém para sentir pena.
Beije-me. Nunca mais. Venha, chegue mais perto.
Sua mãe que o deu à luz... enlace meu pescoço.
Agora me beije, lábios nos lábios.

Os soldados o levaram embora. Logo antes de atirarem o menino da muralha, tinham matado sobre o túmulo de Aquiles uma jovem, Polixena, filha de Hécuba. Com a morte do filho de Heitor, o último sacrifício de Troia se cumpriu. As mulheres que aguardavam os navios assistiram ao fim.

Troia caiu, a grandiosa cidade.
Somente o fogo vermelho vive lá agora.

O pó vai subindo, espalhando-se qual imensa asa de fumaça,
E tudo esconde.
Nós agora fomos embora, uma aqui, outra acolá.
E Troia se foi para sempre.

Adeus, cidade querida.
Adeus, minha terra, onde viveram meus filhos.
Lá embaixo os navios gregos esperam.

CAPÍTULO III
As aventuras de Odisseu

A única autoridade para esta história é a Odisseia, *a não ser no caso do relato do acordo de Palas Atena com Poseidon para destruir a frota grega, que não está na* Odisseia *e tirei de* As troianas, *de Eurípides. Parte do interesse da* Odisseia, *diferentemente da* Ilíada, *está nos detalhes, como aqueles mencionados na história de Nausícaa e da visita de Telêmaco a Menelau. Eles são usados com admirável habilidade para dar vida à história e fazê-la parecer real, nunca para atrasá-la nem para desviar a atenção do leitor do tema principal.*

Quando a frota grega vitoriosa zarpou após a queda de Troia, muitos capitães, todos sem saber, precisaram enfrentar perigos tão sombrios quanto os que haviam infligido aos troianos. Palas Atena e Poseidon tinham sido os maiores aliados divinos dos gregos, mas quando Troia caiu tudo isso mudou. Eles se tornaram seus piores inimigos. Na noite em que entraram na cidade, os gregos enlouqueceram com a vitória e esqueceram o quinhão dos deuses, e na viagem de volta para casa foram severamente punidos.

Cassandra, uma das filhas de Príamo, era profetisa. Apolo a havia amado e lhe dera o poder de prever o futuro. Mais tarde ele se voltou contra ela por ter recusado seu amor e, embora não pudesse retirar o dom – os favores divinos, uma vez concedidos, não podem ser revogados –, tornou-o insignificante: ninguém nunca acreditava em Cassandra. Todas as vezes ela disse aos troianos o que iria acontecer; eles nunca lhe deram ouvidos. Ela declarou que os gregos estavam escondidos dentro do cavalo de madeira; ninguém deu a mínima para suas palavras. Sua sina era sempre saber o desastre que estava por vir e ser incapaz de impedi-lo. Quando os gregos saquearam a cidade, ela estava no templo de Atena agarrada à imagem da deusa e sob sua proteção. Os gregos a encontraram ali e ousaram pousar sobre ela mãos violentas. Ajax – não o grande Ajax, claro, que já estava morto, mas um líder homônimo menos importante – arrancou-a do altar e arrastou-a para longe do santuário. Nenhum grego protestou contra o sacrilégio. A ira de Palas Atena foi profunda. Ela foi procurar Poseidon e se queixou com ele. "Ajude-me a me vingar", falou. "Faça os gregos terem um amargo retorno. Agite suas águas com violentos redemoinhos quando estiverem navegando. Faça os mortos abarrotarem as baías e margearem costas e recifes."

Poseidon aceitou. Troia agora era um monte de cinzas. Ele podia se permitir deixar de lado a raiva contra os troianos. Na pavorosa tempestade que fustigou os gregos quando estes zarparam para a Grécia, Agamêmnon por pouco não perdeu todos os seus navios; Menelau foi varrido até o Egito; e o principal pecador, o sacrílego Ajax, afogou-se. No auge da tempestade, seu navio foi destruído e afundou, mas ele conseguiu nadar até a costa. Teria se salvado se, em sua loucura, não tivesse gritado que a ele o mar não poderia afogar. Esse tipo de arrogância sempre despertava a raiva dos deuses. Poseidon partiu o rochedo escarpado no qual Ajax se segurava. Ele caiu e as ondas o carregaram para a morte.

Odisseu não perdeu a vida, mas, embora não tenha sofrido tanto quanto alguns dos gregos, sofreu por mais tempo do que qualquer um. Passou dez anos vagando antes de conseguir chegar em casa. Quando chegou, o filho pequeno que lá deixara já tinha virado um homem. Vinte anos tinham se passado desde que Odisseu partira rumo a Troia.

Em Ítaca, a ilha onde ficava sua casa, as coisas tinham ido de mal a pior. Todos agora partiam do princípio de que ele estava morto, menos sua esposa, Penélope, e seu filho, Telêmaco. Eles quase se desesperaram, mas não chegaram a tanto. Todos pressupunham que Penélope estivesse viúva e que poderia e deveria se casar outra vez. Os homens das ilhas em volta e também de Ítaca, claro, acorreram à casa de Odisseu para cortejar sua esposa. Ela não aceitou nenhum deles; a esperança de que o marido voltasse era pequena, mas nunca chegou a morrer. Além do mais, detestou todos aqueles homens e Telêmaco também, e com motivo. Eram homens grosseiros, gananciosos e arrogantes, que passavam os dias sentados no grande salão do palácio, devorando o estoque de provisões de Odisseu, matando seus bois, ovelhas e porcos, bebendo seu vinho, queimando sua lenha, dando ordens aos seus criados. Declararam que não iriam embora até Penélope aceitar desposar um deles. Já a Telêmaco, eles tratavam com desprezo bem-humorado, como se ele não passasse de um menino e não merecesse a sua atenção. Era uma situação intolerável tanto para a mãe como para o filho, mas eles nada podiam fazer, pois eram apenas dois – e um deles era mulher – contra um grupo grande.

No início Penélope tinha esperança de conseguir cansá-los. Disse-lhes que não poderia se casar antes de ter tecido uma mortalha muito delicada e de lindíssimo feitio para o pai de Odisseu, Laerte, já muito avançado em anos, a ser usada no dia da sua morte. Os homens foram obrigados a aceitar uma empreitada tão piedosa e concordaram em esperar o trabalho ser concluído. Mas isso nunca aconteceu, pois Penélope desfazia a cada noite o que tecera durante o dia. Por fim, porém, o truque fracassou. Uma de suas criadas contou para os pretendentes e eles a pegaram em flagrante. É claro que, depois disso, se tornaram mais insistentes e mais incontroláveis do que nunca. Era nesse pé que as coisas estavam às vésperas de se completarem dez anos da errância de Odisseu.

Palas Atena havia se enfurecido indiscriminadamente contra todos os gregos por causa do modo cruel com que eles tinham tratado Cassandra, mas antes disso, durante a guerra de Troia, Odisseu era seu favorito especial. Ela apreciava sua mente decidida, sua astúcia e perspicácia; mostrava-se sempre disposta a ajudá-lo. Depois de Troia cair, ele também foi surpreendido pela tempestade ao zarpar e seu curso foi desviado de modo tão completo que ele por muito tempo não conseguiu reencontrar o caminho. Passou anos e anos viajando, caindo de uma aventura arriscada em outra.

Mas dez anos é muito tempo para a raiva durar. Os deuses àquela altura estavam com pena de Odisseu, com a única exceção de Poseidon, e Palas Atena era a que mais pena sentia. Seu antigo sentimento pelo herói tinha voltado; ela estava decidida a encerrar seus sofrimentos e levá-lo para casa. Com isso em mente, ficou encantada ao descobrir certo dia que Poseidon não estava presente na reunião dos deuses no Olimpo. Ele fora visitar os etíopes, que viviam na margem mais distante do Oceano, ao sul, e era certo que lá ficaria por algum tempo, banqueteando-se alegremente com eles. Na mesma hora a deusa submeteu aos outros o triste caso de Odisseu. Naquele momento, disse, ele era praticamente um prisioneiro numa ilha governada pela ninfa Calipso, que o amava e tinha planos de nunca deixá-lo partir. Sob todos os outros aspectos, exceto o de lhe conceder liberdade, ela o inundava com gentilezas; tudo que tinha estava à sua disposição. Mas Odisseu era um homem extremamente infeliz. Queria sua casa, sua esposa, seu filho. Passava os dias na beira do mar, vasculhando o horizonte em busca de uma vela que nunca aparecia, doente de tanto ansiar por ver a fumaça saindo espiralada da chaminé de sua casa.

As palavras de Palas Atena comoveram os deuses do Olimpo. Todos acharam que Odisseu merecia ser mais bem tratado por eles e Zeus falou em nome do grupo ao dizer que precisavam pensar juntos para encontrar um jeito de fazê-lo voltar. Se concordassem entre si, Poseidon sozinho não poderia se opor. Zeus, por sua vez, disse que mandaria Hermes falar com Calipso e lhe dizer que ela precisava deixar Odisseu partir na viagem de volta. Palas Atena, satisfeita, desceu do Olimpo e foi deslizando até Ítaca. Já tinha planejado tudo.

Ela gostava muito de Telêmaco, não só por ser filho de seu querido Odisseu, mas porque era um rapaz sério, discreto, firme, prudente e confiável. Achava que lhe faria bem viajar enquanto Odisseu navegava de volta para casa em vez de ficar assistindo, furioso e calado, ao comportamento revoltante dos pretendentes. Além do mais, todos os homens teriam uma opinião melhor a seu respeito se o objetivo da sua viagem fosse procurar notícias do pai. Iriam considerá-lo, como de fato ele era, um rapaz piedoso, com uma dedicação filial das mais admiráveis. Para tanto, ela se disfarçou de marinheiro e foi até a casa. Telêmaco a viu esperando na soleira da porta e ficou irritadíssimo com o fato de um convidado não ter sido imediatamente recebido. Apressou-se em ir cumprimentar o desconhecido, pegou sua lança e fez o recém-chegado se sentar num lugar de honra. Os criados também se apressaram em demonstrar a hospitalidade da grande residência, servindo-lhe comida e vinho e não lhe negando nada. Os dois então conversaram. Palas Atena começou perguntando com toda a delicadeza se, por acaso, fora parar no meio de um concurso de bebedeira. Não queria ofender, mas um homem de bons modos podia ser perdoado por demonstrar repulsa diante da forma como as pessoas ao seu redor estavam se comportando. Telêmaco então lhe contou tudo: o medo de Odisseu certamente já estar morto;

como todos os homens dos quatro cantos tinham ido cortejar sua mãe, que não podia recusar terminantemente os seus pedidos, mas não tinha aceitado nenhum; e agora os pretendentes os estavam arruinando, comendo sua comida e pondo a casa de pernas para o ar. Palas Atena demonstrou grande indignação. Era uma história vergonhosa, falou. Se Odisseu voltasse para casa, aqueles homens seriam dispensados sem rodeios e teriam um fim amargo. Ela então o aconselhou fortemente a tentar descobrir alguma coisa sobre o que tinha acontecido com seu pai. Os homens mais propensos a lhe revelar isso, falou, eram Nestor e Menelau. E após falar ela partiu, deixando o jovem rapaz cheio de ardor e decisão, já sem qualquer sinal da incerteza e da hesitação de antes. Telêmaco ficou assombrado com a mudança e passou a acreditar que seu visitante era um deus.

No dia seguinte, convocou a assembleia e lhes disse o que pretendia fazer, e pediu uma embarcação sólida e vinte remadores para manejá-la, mas não recebeu resposta alguma, exceto vaias e provocações. Que ele ficasse sentado em casa e lá recebesse as notícias, disseram os pretendentes. Iriam cuidar para que ele não fizesse a viagem pretendida. Com risadas zombeteiras, eles seguiram cambaleando até o palácio de Odisseu. Telêmaco, desesperado, foi andando até bem longe pela beira-mar e enquanto caminhava rogou a Atena que o ajudasse. Ela o escutou e veio. Havia adotado a aparência de Mentor, o morador de Ítaca em que Odisseu mais confiava, e disse ao rapaz palavras de reconforto e coragem. Prometeu-lhe que um navio veloz lhe seria preparado e que ele próprio zarparia nele. Telêmaco naturalmente não pensava que outra pessoa estivesse lhe falando que não Mentor, mas com a sua ajuda sentiu-se disposto a desafiar os pretendentes e voltou depressa para casa de modo a preparar tudo para a viagem. Prudente, esperou a noite chegar para partir. Então, quando todos na casa estavam dormindo, desceu até o navio onde Mentor (Palas Atena) aguardava, embarcou e ganhou o mar em direção a Pilos, antigo lar de Nestor.

Eles encontraram Nestor e os filhos na praia, oferecendo um sacrifício a Poseidon. Nestor lhes deu uma calorosa acolhida, mas em relação ao objeto da sua visita pouco pôde ajudar. Nada sabia sobre Odisseu; eles não tinham deixado Troia juntos e Nestor desde então não tivera notícia alguma dele. Na sua opinião, quem mais probabilidade tinha de saber algo era Menelau, que viajara até o Egito antes de voltar para casa. Se Telêmaco quisesse, ele o mandaria até Esparta numa biga junto com um de seus filhos que conhecia o caminho; assim eles chegariam bem mais depressa do que por mar. Telêmaco aceitou, agradecido, e, deixando Mentor encarregado de cuidar do navio, partiu no dia seguinte rumo ao palácio de Menelau junto com o filho de Nestor.

Os dois rapazes puxaram as rédeas em Esparta diante da magnífica residência, uma casa mais esplêndida do que qualquer outra que já haviam visto. Uma acolhida principesca os aguardava. As criadas os conduziram à casa de banhos, onde os lavaram em banheiras de prata e os untaram com óleos perfumados. Então os vestiram com mantos púrpura quentes por cima de finas túnicas e os conduziram até o salão de banquete. Lá uma criada logo se aproximou com água dentro de uma jarra de ouro, que despejou nos dedos dos visitantes por sobre uma tigela de prata. Uma mesa reluzente estava posta ao seu lado, coberta por uma profusão de pratos apetitosos, e um cálice de ouro cheio de vinho foi posto diante de cada um. Melenau os cumprimentou com cortesia e disse para comerem até se fartarem. Os rapazes ficaram satisfeitos, mas um pouco intimidados com toda aquela magnificência. Telêmaco sussurrou para o amigo bem baixinho, por medo de alguém escutar: "O salão de Zeus no Olimpo deve ser assim. Estou impressionado." Instantes depois, porém, já tinha esquecido a timidez, pois Menelau começou a falar sobre Odisseu, sobre sua grandiosidade e suas longas aflições. Enquanto Telêmaco escutava, lágrimas brotaram de seus olhos e ele segurou o manto em frente ao rosto para esconder a emoção. Mas Menelau havia reparado e supôs quem ele devia ser.

Bem nesse instante, porém, houve uma interrupção que distraiu os pensamentos de todos os presentes. Helena, a bela, veio de seu quarto perfumado acompanhada por suas criadas, uma trazendo sua cadeira, outra um tapete macio para seus pés e uma terceira seu cesto de costura de prata cheio de lã roxa. Ela reconheceu Telêmaco na hora devido à semelhança com o pai e o chamou pelo nome. O filho de Nestor respondeu e disse que ela estava certa. Seu amigo era o filho de Odisseu e fora procurá-los em busca de ajuda e conselho. Telêmaco então se pronunciou, contou-lhes sobre a situação lamentável em sua casa, da qual só a volta do pai os poderia salvar, e perguntou a Menelau se ele podia lhe dar alguma notícia sobre Odisseu, fosse ela boa ou má.

"É uma longa história", respondeu Menelau, "mas eu soube, sim, de algo sobre ele, e de um modo muito estranho. Foi no Egito. O mau tempo me deteve muitos dias numa ilha de lá chamada Faros. Nossos mantimentos estavam acabando e eu já estava desesperado quando uma deusa do mar se apiedou de mim. Ela me avisou que seu pai, o deus-mar Proteu, poderia me dizer como deixar aquela ilha detestável e chegar em segurança em casa, bastando eu conseguir fazê-lo falar. Para isso, tinha que capturá-lo e segurá-lo até ouvir dele o que queria. O plano que ela formulou foi excelente. Diariamente Proteu saía do mar com algumas focas e com elas se deitava na areia, sempre no mesmo lugar. Ali cavei quatro buracos nos quais eu e três de meus homens nos escondemos, cada qual sob uma pele de foca que a deusa nos deu. Quando o velho deus se deitou, não muito longe, não tivemos dificuldade alguma para pular de nossos buracos e agarrá-lo. Mas segurá-lo foi outra história. Proteu tinha o poder de adquirir a forma que quisesse e ali, sob nossas mãos, transformou-se num leão, num dragão e em muitos outros animais, e por fim numa árvore de galhos altos. Mas nós continuamos a segurá-lo com firmeza e ele enfim cedeu e me contou tudo que eu queria saber. Sobre o seu pai, disse que ele estava numa ilha, definhando de saudade de casa, e que uma ninfa chamada Calipso o mantinha lá. Tirando isso, nada sei dele desde que fomos embora de Troia dez anos atrás."

Quando Menelau acabou de falar, um silêncio recaiu sobre todos os presentes. Todos pensaram em Troia e no que havia acontecido desde então, e choraram: Telêmaco, pelo pai; o filho de Nestor, pelo irmão, o veloz Antíloco, morto diante dos muros da cidade; Menelau, por muitos valorosos companheiros caídos na planície de Troia; e Helena... mas quem poderia dizer por quem corriam as lágrimas de Helena? Estaria ela pensando em Páris enquanto sentava-se no esplêndido salão do marido?

Os rapazes pernoitaram em Esparta. Helena pediu às suas criadas que lhes arrumassem camas na varanda da frente, macias e quentinhas, com grossas mantas púrpura sobrepostas por cobertas tecidas e por cima de tudo xales de lã. Uma criada com uma tocha na mão os conduziu até lá fora e eles lá dormiram confortáveis até a aurora chegar.

Enquanto isso, Hermes fora levar para Calipso a ordem de Zeus. Amarrou nos pés as indestrutíveis sandálias de ouro que o faziam se mover veloz como uma lufada de ar sobre o mar e a terra. Pegou sua varinha, com a qual era capaz de fazer os homens adormecerem, saltou no ar e desceu voando até o nível do mar. Passando rente à crista das ondas, chegou enfim à linda ilha que para Odisseu havia se transformado numa detestável prisão. Encontrou a divina ninfa sozinha; Odisseu, como de costume, estava na areia da praia deixando rolarem lágrimas salgadas enquanto fitava o mar vazio. Calipso recebeu muito mal as ordens de Zeus. Tinha salvado a vida daquele homem, falou, quando seu navio naufragara perto da ilha e desde então vinha cuidando dele. É claro que todos deviam obedecer a Zeus, mas aquilo era muito injusto. E como ele conseguiria fazer a viagem de volta? Ela não tinha navios nem tripulações que pudesse mobilizar. Mas Hermes sentia que isso não era problema dele. "Só tome cuidado para não deixar Zeus zangado", disse e afastou-se alegremente.

Calipso, desanimada, começou a fazer os preparativos necessários. Falou com Odisseu, que de início ficou inclinado a pensar que tudo aquilo não passava de um truque da ninfa para fazer com ele algo odioso – afogá-lo, muito provavelmente –, mas ela enfim conseguiu convencê-lo. Iria ajudá-lo a construir uma jangada extremamente sólida, prometeu, e o despacharia de volta equipado com o necessário. Nunca homem algum trabalhou com mais alegria do que Odisseu ao fabricar sua jangada. Vinte árvores imensas forneceram a madeira, todas bem secas de modo que a embarcação flutuasse bem. Calipso pôs a bordo da jangada comida e bebida em abundância e até mesmo um saco das guloseimas que agradavam especialmente a Odisseu. Na quinta manhã após a visita de Hermes, Odisseu zarpou sob um vento brando por um mar tranquilo.

Por dezessete dias navegou sem que o tempo mudasse, sempre a guiar o leme, sem nunca deixar o sono fechar seus olhos. No décimo oitavo dia, um cume enevoado de montanha surgiu no mar. Ele achou que estivesse salvo.

Bem nesse instante, porém, Poseidon o viu; o deus estava voltando da Etiópia. Entendeu na mesma hora o que os deuses tinham feito. *Mas eu acho que ainda posso lhe dar uma longa jornada de sofrimento antes que chegue a terra firme*, murmurou consigo mesmo. Dizendo isso, Poseidon invocou todos os ventos mais violentos e os libertou, cegando o mar e a terra com nuvens de tempestade. O Vento Leste lutou com o Sul e o malvado Vento Oeste com o Norte, e as ondas se ergueram a alturas descomunais. Odisseu viu a morte de frente. *Ah, felizes os homens que caíram gloriosos nas planícies de Troia!*, pensou. *Que morte mais ignóbil a minha!* Parecia de fato que ele não conseguiria escapar. A jangada era arremessada como uma planta seca rolando por um campo nos dias de outono.

Mas uma deusa bondosa estava por perto: Ino dos finos tornozelos, outrora uma princesa tebana. Ela se apiedou de Odisseu e, erguendo-se de leve das águas como uma gaivota, lhe disse que sua única chance era abandonar a jangada e nadar até a praia. Entregou-lhe o seu véu, que iria protegê-lo enquanto estivesse no mar. Então desapareceu sob as vagas.

Odisseu não teve outra escolha senão seguir seu conselho. Poseidon lhe mandou uma sequência de ondas, um terror dos mares. As toras da jangada se despedaçaram como um vento forte espalha um punhado de joio seco e Odisseu foi atirado nas águas revoltas. Mas ele não tinha como saber que, por mais terrível que a situação estivesse, o pior já havia passado. Poseidon ficou satisfeito e foi embora, contente, planejar outra tempestade em algum lugar, e Palas Atena, livre para agir, acalmou as ondas. Mesmo assim, Odisseu teve que nadar durante dois dias e duas noites antes de conseguir encontrar um lugar seguro para aportar e chegar a terra firme. Saiu do mar exausto, faminto e nu. Era noite; não se via casa alguma nem qualquer criatura viva. Mas Odisseu não era apenas um herói; era também um homem de muitos recursos. Encontrou um lugar em que algumas árvores cresciam tão juntas e tão rente ao chão que umidade alguma conseguia penetrá-las. Por baixo havia pilhas de folhas secas, o suficiente para cobrir muitos homens. Nelas ele cavou um buraco, deitou-se e puxou as folhas para cima do corpo como um grosso cobertor. Então, aquecido e enfim calmo, sentindo no vento os doces aromas da terra, Odisseu dormiu em paz.

Naturalmente não fazia ideia de onde estava, mas Palas Atena tinha organizado bem as coisas para ele. Aquelas terras pertenciam aos feácios, um povo gentil com grande talento para a navegação. Seu rei, Alcínoo, era um homem bondoso e sensato que sabia que sua esposa, Arete, era bem mais sensata do que ele e sempre a deixava tomar qualquer decisão importante. Os dois tinham uma bela filha ainda solteira.

Nausícaa, pois esse era o nome da jovem, jamais imaginara que na manhã seguinte desempenharia o papel de salvadora de um herói. Ao acordar, sua única preocupação era lavar a roupa da família. Ela era de fato uma princesa, mas naquele tempo se esperava que as damas de alta estirpe se fizessem úteis, e a tarefa de Nausícaa era cuidar das roupas da casa. Lavar roupa, na época, era uma ocupação muito agradável. Ela mandou as criadas aprontarem uma carroça puxada por mulas, fácil de manejar, e nela colocarem as roupas sujas. Sua mãe preparou-lhe uma caixa cheia de todo tipo de coisa boa para comer e beber, e deu-lhe também um cantil de ouro cheio de azeite cristalino para usar caso ela e suas criadas fossem tomar banho. Elas então partiram, com Nausícaa na direção. Estavam rumando justo para o lugar em que Odisseu havia aportado. Lá um lindo rio desaguava no mar e formava excelentes poças para lavar roupa, com muita água limpa e borbulhante. O que as moças fizeram foi estender as roupas nas poças e dançar em cima até remover a sujeira. As poças eram frescas e sombreadas; era um trabalho muito prazeroso. Elas depois esticaram as roupas para secar na margem lavada pelo mar.

Então puderam ficar à vontade. Banharam-se e untaram-se com o azeite escorregadio, almoçaram e ficaram se divertindo com uma bola que jogavam umas para as outras, o tempo todo sem parar de dançar. Mas o poente enfim lhes avisou que aquele dia delicioso tinha acabado. Elas recolheram as roupas, atrelaram as mulas e estavam a ponto de partir para casa quando viram um homem nu de ar desarvorado emergir de repente dos arbustos. Odisseu fora acordado pela voz das moças. Todas fugiram apavoradas, exceto Nausícaa. Ela o encarou sem medo e ele lhe falou do modo mais persuasivo de que sua língua eloquente era capaz. "Como suplicante me ajoelho a seus pés, ó rainha", disse. "Mas não sei dizer se você é mortal ou divina. Nunca em lugar algum vi alguém assim. Olho para você e me assombro. Seja graciosa com seu suplicante, um náufrago sem amigos e impotente, sem um trapo com que se cobrir."

Nausícaa lhe respondeu com gentileza. Disse-lhe onde ele estava e que o povo do seu país costumava tratar bem os viajantes desafortunados. O rei, seu pai, o receberia com toda a cortesia e hospitalidade. Ela reuniu as criadas assustadas e lhes disse para darem o azeite ao desconhecido de modo que ele pudesse se purificar e para encontrarem um manto e uma túnica que pudesse vestir. Ficaram todas esperando enquanto ele tomava banho e se vestia, e o grupo então partiu rumo à cidade. Antes de chegarem à casa de Nausícaa, porém, a discreta jovem instruiu Odisseu a ficar um pouco para trás e deixar que ela e as outras seguissem sozinhas. "O povo tem a língua muito maldosa", disse ela. "Se as pessoas virem um homem atraente como você junto comigo, vão começar a fazer todo tipo de suposição. E vai ser fácil para você encontrar a casa do meu pai: é a mais esplêndida de todas. Entre sem medo e vá direto falar com minha mãe, que estará fiando junto à lareira. O que minha mãe disser, meu pai fará."

Odisseu concordou na hora. Admirou o bom senso de Nausícaa e seguiu à risca suas instruções. Ao entrar na casa, atravessou o salão até a lareira e se curvou diante da rainha, cujos joelhos agarrou, implorando ajuda. O rei rapidamente o fez se levantar e lhe disse para se sentar à mesa e comer e beber à vontade, sem medo. Quem quer que ele fosse, e seja onde fosse a sua casa, poderia ficar descansado, pois eles providenciariam sua volta para lá num de seus navios. Agora era hora de dormir, mas pela manhã ele poderia lhes dizer seu nome e como havia chegado até ali. E assim passaram a noite, Odisseu satisfeito num leito macio e quentinho como não tinha desde que saíra da ilha de Calipso.

No dia seguinte, diante de todos os líderes feácios, ele contou a história dos seus dez anos de errância. Começou com a partida de Troia e a tempestade enfrentada pela frota. Ele e seus navios ficaram vagando no mar por nove dias. No décimo, chegaram à terra dos comedores de lótus e lá aportaram. No entanto, por mais cansados e necessitados de comida e bebida que estivessem, os homens foram forçados a partir depressa. Os habitantes os receberam com gentileza e lhes ofereceram sua comida de flores, mas aqueles que a provaram, por sorte apenas uns poucos, perderam a vontade de voltar para casa. Passaram a querer somente ficar na Terra do Lótus e deixar a lembrança de tudo que acontecera antes esvanecer-se da mente. Odisseu precisou arrastá-los para o navio e acorrentá-los. Seu desejo de ficar era tão grande que eles choraram, sem conseguir parar de sentir o gosto das flores doces feito mel.

Sua aventura seguinte foi com o ciclope Polifemo (cujo relato completo está no Capítulo IV da Parte Um). Perderam para ele alguns de seus companheiros e, pior, deixaram Poseidon, que era pai de Polifemo, tão zangado a ponto de jurar que Odisseu só tornaria a ver o próprio país depois de muita infelicidade e de ter perdido todos os seus homens. Durante aqueles dez anos essa raiva o tinha acompanhado pelos mares.

Da ilha do ciclope eles foram para o país dos ventos, governado pelo rei Éolo. Zeus tinha feito dele o guardião dos ventos, capaz de acalmá-los ou despertá-los quando quisesse. Éolo os recebeu com hospitalidade e, quando eles foram embora, deu como presente de despedida para Odisseu um saco de couro no qual tinha posto todos os ventos tempestuosos. O saco estava amarrado com tanta força que nenhum sopro de qualquer vento que pudesse representar perigo para um navio conseguiria vazar. Nessa situação, excelente para qualquer marinheiro, a tripulação de Odisseu conseguiu levá-los todos à beira da morte. Eles pensaram que aquele saco guardado com tanto esmero estaria cheia de ouro; de toda forma, quiseram ver o que havia lá dentro. Abriram-no e o resultado, claro, foi que todos os ventos escaparam ao mesmo tempo e varreram todos eles numa terrível tempestade. Por fim, após dias de perigo, avistaram terra firme, mas teria sido melhor se tivessem ficado no mar revolto, pois aquela era a terra dos lestrigões, um povo de tamanho gigantesco e também canibal. Essas criaturas terríveis destruíram todos os navios de Odisseu, menos aquele em que ele próprio estava, que ainda não havia adentrado o porto no momento do ataque.

Aquele foi de longe o pior desastre até então, e foi com o coração desalentado que eles aportaram na próxima ilha a que chegaram. Jamais teriam desembarcado se soubessem o que os aguardava. Tinham chegado a Eeia, o reino de Circe, uma bruxa muito bela e muito perigosa. Ela transformava em animal todos os homens que dela se aproximavam. Apenas a razão permanecia: eles saberiam o que lhes tinha acontecido. Atraiu até sua casa o grupo despachado por Odisseu para explorar aquelas terras e lá transformou todos em porcos. Abrigou-os num chiqueiro e lhes deu bolotas de carvalho para comer. Eles as comeram; eram porcos, afinal. Por dentro, contudo, continuavam sendo homens, conscientes de seu estado vil, mas inteiramente sob o jugo de Circe.

Para sorte de Odisseu, um dos integrantes do grupo tivera a cautela de não entrar na casa. Ele viu o que aconteceu e fugiu horrorizado de volta para o navio. A notícia fez Odisseu esquecer qualquer cautela. Ele partiu para tentar fazer alguma coisa, ajudar seus homens de alguma forma, mas sozinho, pois ninguém da tripulação quis acompanhá-lo. No caminho, Hermes foi ao seu encontro. Ele parecia um rapaz jovem, naquela idade em que a juventude é mais bela. Disse a Odisseu que conhecia uma erva capaz de salvá-lo da arte mortal de Circe. Com ela, poderia comer qualquer coisa que a bruxa lhe oferecesse sem nada sofrer. Após beber do cálice que ela lhe oferecesse, disse Hermes, ele deveria ameaçar traspassá-la com sua espada a menos que ela libertasse os seus homens. Odisseu comeu a erva e seguiu agradecido seu caminho. Tudo saiu ainda melhor do que Hermes previra. Quando Circe usou em Odisseu a magia que até então sempre funcionara e viu, para seu assombro, que ele não se modificara ali na sua frente, ficou tão maravilhada com o homem capaz de resistir ao seu feitiço que por ele se apaixonou. Dispôs-se a fazer tudo que ele pedisse e na mesma hora transformou seus companheiros de volta em homens. Tratou a todos com tanta gentileza, oferecendo-lhes banquetes suntuosos em sua casa, que eles passaram um ano inteiro felizes na sua companhia.

Quando por fim sentiram que tinha chegado a hora de partir, ela usou seus conhecimentos de magia para ajudá-los. Descobriu o que eles precisavam fazer a seguir para chegarem seguros em casa. O que lhes propôs foi uma empreitada terrível. Eles deveriam atravessar o rio Oceano e atracar o navio na margem de Perséfone, onde havia uma entrada para o reino sombrio de Hades. Odisseu então deveria descer e encontrar o espírito do profeta Tirésias, que fora o homem santo de Tebas. Tirésias diria a Odisseu como voltar para casa. Só havia um jeito de convencer o fantasma a falar com ele: matando ovelhas e enchendo um buraco no chão com seu sangue. Os fantasmas tinham uma ânsia irresistível por beber sangue. Todos acorreriam ao buraco, mas Odisseu deveria sacar sua espada e mantê-los afastados até Tirésias falar.

Era uma notícia ruim de fato e todos choraram ao partir da ilha de Circe e virar a proa na direção do Érebo, onde Hades reinava junto da sublime Perséfone. Foi de fato terrível quando a vala foi cavada e enchida de sangue, e os espíritos dos mortos se juntaram em volta dela. Mas Odisseu se manteve corajoso. Repeliu todos com sua espada afiada até ver o fantasma de Tirésias. Deixou-o se aproximar e beber do sangue escuro, então lhe fez sua pergunta. O vidente estava pronto com a resposta. O principal perigo que os ameaçava, falou, era se ferissem os bois do Sol quando chegassem à ilha em que os animais viviam. Quem quer que os machucasse teria um destino cruel. Eram os bois mais lindos do mundo e o Sol tinha por eles grande apreço. Mas de toda forma o próprio Odisseu chegaria em casa e, embora fosse encontrar problemas à sua espera, no final sairia vencedor.

Quando o profeta parou de falar, uma longa procissão de mortos veio beber do sangue, falar com Odisseu e partir, grandes heróis e belas mulheres de tempos idos, além de guerreiros caídos em Troia. Apareceram Aquiles e Ajax, este ainda enfurecido por causa da armadura de Aquiles que os capitães gregos tinham dado a Odisseu e não a ele. Muitos outros apareceram, todos ansiosos para lhe falar. No fim das contas, aquilo acabou sendo excessivo. O pânico daquele ajuntamento se apoderou de Odisseu. Ele voltou depressa para o navio e mandou sua tripulação zarpar.

Circe lhe tinha dito que eles precisariam passar pela ilha das sereias. Eram cantoras maravilhosas, cujas vozes faziam um homem esquecer tudo

Odisseu e Circe

o mais, e por fim seu canto lhe roubava a vida. Esqueletos decompostos daqueles que elas já tinham atraído para a morte jaziam em altas pilhas, em volta de onde elas ficavam sentadas, na beira do mar, cantando. Odisseu contou a seus homens sobre elas, e disse que a única forma de passarem em segurança era cada homem tapar os ouvidos com cera. Ele próprio, no entanto, estava decidido a escutá-las e sugeriu que a tripulação o amarrasse ao mastro tão apertado que ele não pudesse escapar por mais que tentasse. Assim foi feito e quando se aproximaram da ilha ninguém, exceto Odisseu, escutou o canto sedutor. Ele o ouviu e as palavras eram ainda mais sedutoras do que a melodia, pelo menos para um grego. Todo homem que fosse até elas ganharia sabedoria, diziam as sereias, além de um bom senso consumado e de um aprimoramento do espírito. "Nós sabemos tudo que acontecerá daqui para a frente na Terra." Assim dizia seu canto em belas cadências e o coração de Odisseu doeu de tanto anseio.

Mas as cordas conseguiram segurá-lo e passaram o perigo em segurança. A ameaça seguinte que os aguardava era marinha: a passagem entre Cila e Caríbdis. Os argonautas já tinham passado por ali; Eneias, que por volta daquela época havia zarpado rumo à Itália, conseguira evitá-la graças ao aviso de um profeta; é claro que Odisseu, com a proteção de Palas Atena, conseguiu fazer a travessia. Mesmo assim foi uma provação assustadora e seis membros da tripulação perderam a vida. Mas eles, em todo caso, não teriam vivido muito mais, pois na parada seguinte, a ilha do Sol, os homens agiram de modo inacreditavelmente temerário. Com fome, mataram os bois sagrados. Odisseu não estava presente: tinha entrado sozinho na ilha para rezar. Ao voltar, entrou em desespero, mas os animais já tinham sido assados e comidos e nada se podia fazer. A vingança do Sol foi certeira. Assim que os homens deixaram a ilha, um raio destruiu o navio. Todos se afogaram, exceto Odisseu. Ele se agarrou na quilha e conseguiu boiar para longe da tormenta. Então passou dias à deriva, até finalmente ir dar na ilha de Calipso, onde teve que ficar por muitos anos. Por fim, iniciou a viagem de volta para casa, mas uma tempestade o fez naufragar e somente após numerosos e imensos perigos conseguiu chegar à ilha dos feácios, um homem indefeso e miserável.

A longa história tinha chegado ao fim, mas a plateia escutava em silêncio, enfeitiçada. Então o rei tomou a palavra. Seus problemas tinham acabado, garantiu ele a Odisseu. Eles o mandariam para casa naquele mesmo dia e cada um lhe daria um presente de despedida de modo a enriquecê-lo. Todos concordaram. O navio foi aparelhado, os presentes, postos a bordo, e Odisseu embarcou após se despedir agradecido de seus gentis anfitriões. Esticou-se no convés e um sono delicioso lhe fechou os olhos. Quando acordou, estava em terra firme, deitado numa praia. Os marinheiros o haviam desembarcado como ele estava, arrumado seus pertences à sua volta e ido embora. Ele despertou e ficou parado olhando ao redor. Não reconheceu o próprio país. Um rapaz se aproximou; parecia um pastor, mas era elegante e bem-educado como os filhos de reis que pastoreiam ovelhas. Assim pensou Odisseu, mas na verdade aquele rapaz era Palas Atena disfarçada. Ela respondeu à sua pergunta ansiosa e lhe disse que ele estava em Ítaca. Embora feliz com a notícia, Odisseu manteve a cautela. Contou à deusa uma história comprida sobre quem era e por que estava ali, uma história que não continha uma palavra verdadeira sequer, e ao final a deusa sorriu e lhe deu alguns tapinhas nas costas. Então surgiu na sua forma real, divinamente alta e bela. "Seu trapaceiro dissimulado!", disse ela, rindo. "Quem quiser acompanhar sua astúcia precisa ser mesmo muito ardiloso." Odisseu a cumprimentou, assombrado, mas ela lhe disse para se lembrar de quanto havia a fazer e os dois se acomodaram para formular um plano. A deusa lhe contou como estavam as coisas em sua casa e prometeu ajudá-lo a expulsar os pretendentes. Por enquanto, iria transformá-lo num velho mendigo, de modo que ele pudesse ir a qualquer lugar sem ser reconhecido. Aquela noite ele deveria passar com seu guardador de porcos, Eumeu, homem de extrema lealdade e confiança. Após esconderem os tesouros numa caverna ali perto, eles se separaram, Palas Atena para chamar Telêmaco de volta para casa, e Odisseu, que a arte da deusa transformara num velho maltrapilho, para procurar o guardador de porcos. Eumeu recebeu o pobre forasteiro, deu-lhe comida e o abrigou para o pernoite, dando-lhe seu grosso manto para se cobrir.

Enquanto isso, instado por Palas Atena, Telêmaco se despediu de Helena e Menelau, e assim que chegou ao navio zarpou, ansioso para chegar em casa o mais depressa possível. Seu plano, e mais uma vez fora a deusa quem lhe dera essa ideia, era não ir direto do cais para casa, mas procurar primeiro o guardador de porcos para saber se algo acontecera durante a sua ausência. Odisseu estava ajudando a preparar o desjejum quando o rapaz apareceu na porta. Eumeu o recebeu com lágrimas de alegria e lhe pediu que se sentasse para comer. Antes de fazê-lo, porém, Telêmaco despachou o guardador de porcos para avisar Penélope da sua volta. Pai e filho então ficaram a sós. Nesse instante Odisseu reparou em Palas Atena, que o chamava do lado de fora da porta. Saiu ao seu encontro e num instante ela o transformou de volta no seu aspecto normal e lhe disse para revelar sua identidade a Telêmaco. O rapaz nada havia notado até que, no lugar do velho mendigo, um indivíduo majestoso reapareceu na sua frente. Levantou-se num pulo, assombrado, acreditando estar diante de um deus. "Eu sou seu pai", disse Odisseu, e os dois se abraçaram e choraram. Mas o tempo era curto e havia muito a planejar. Seguiu-se uma conversa aflita. Odisseu estava decidido a expulsar os pretendentes à força, mas como poderiam dois homens enfrentar todo um bando? Por fim decidiram que na manhã seguinte iriam até a casa, Odisseu disfarçado, claro, e que Telêmaco esconderia todas as armas de guerra, deixando apenas o suficiente para os dois num lugar de fácil acesso. Palas Atena veio depressa ajudar. Ao voltar, Eumeu descobriu que o velho mendigo tinha ido embora.

No dia seguinte, Telêmaco seguiu sozinho, deixando os outros dois irem depois. Eles entraram na cidade, chegaram ao palácio e por fim, após vinte anos, Odisseu adentrou sua querida morada. Quando o fez, um velho cão que estava ali deitado levantou a cabeça e empinou as orelhas. Era Argos, o cão que Odisseu criava antes de partir para Troia. Assim que o dono apareceu, o animal o reconheceu e abanou o rabo, mas não teve forças para se arrastar nem mesmo um pouco na sua direção. Odisseu também o reconheceu e enxugou uma lágrima. Não se atreveu a chegar perto por medo de despertar suspeitas no guardador de porcos, e no mesmo instante em que virou as costas, o velho cão morreu.

No salão, os pretendentes, descansando após se fartarem de comida, estavam dispostos a zombar do velho mendigo miserável que entrou e Odisseu ouviu todas as suas palavras zombeteiras com paciência e submissão. Por fim, um dos homens, que tinha um temperamento cruel, irritou-se e lhe deu uma bofetada. Ousou bater num forasteiro que estava pedindo hospitalidade. Penélope soube da ofensa e declarou que ela mesma iria falar com o homem que fora maltratado, mas primeiro decidiu fazer uma visita ao salão de banquete. Queria ver Telêmaco e também lhe pareceu sensato aparecer diante dos pretendentes. Ela era tão prudente quanto o filho. Se Odisseu estivesse morto, com certeza não seria um problema desposar o mais rico e mais generoso daqueles homens. Não podia desencorajá-los demais. Além disso, tivera uma ideia que lhe parecia muito promissora. Então desceu de seu quarto para o salão, acompanhada por duas criadas e segurando um véu em frente ao rosto, tão bela que seus cortesãos tremeram ao vê-la. Um após outro, se levantaram para elogiá-la, mas a discreta dama respondeu que sabia muito bem já ter perdido a beleza por causa de seu luto e de tantas preocupações. Tinha um objetivo sério para ir lhes falar. Seu marido sem dúvida nunca mais voltaria. Por que então eles não a cortejavam da forma correta para uma dama de berço e fortuna, dando-lhe presentes caros? A sugestão foi aceita na hora. Todos mandaram seus pajens trazer e lhe dar de presente muitos lindos objetos, trajes, joias e correntes de ouro. As criadas de Penélope os levaram para cima e a recatada dama se retirou, muito contente.

Então foi falar com o desconhecido que fora maltratado. Falou-lhe com educação e Odisseu lhe contou uma história sobre ter encontrado seu marido no caminho de Troia que a fez chorar até que ele dela se apiedou. Mesmo assim não revelou sua identidade, mas manteve o semblante duro como ferro. Penélope então se lembrou de seus deveres de anfitriã. Chamou uma velha ama, Euricleia, que havia cuidado de Odisseu desde que ele era bebê, e lhe pediu que lavasse os pés do forasteiro. Odisseu sentiu medo, pois um de seus pés tinha uma cicatriz deixada na infância por um javali selvagem que ele havia caçado e pensou que a velha mulher a reconheceria. Euricleia de fato reconheceu a cicatriz e, ao largar seu pé, quase virou a bacia. Odisseu agarrou sua mão e murmurou: "Cara ama, você sabe. Mas não diga nada a ninguém." Ela prometeu com um sussurro e Odisseu se retirou. Encontrou uma cama no saguão de entrada, mas não conseguiu dormir de tanto pensar em como poderia sobrepujar tantos homens desavergonhados. Por fim, recordou que sua situação na caverna do ciclope era ainda pior e que com a ajuda de Palas Atena ele também poderia ter esperança de ser bem-sucedido ali. E então dormiu.

A manhã trouxe de volta os pretendentes, mais insolentes ainda do que antes. De modo descuidado e à vontade, eles se sentaram diante do rico banquete montado na sua frente, mal sabendo que a deusa e o tão maltratado Odisseu estavam lhes preparando um horrendo festim.

Sem saber, Penélope ajudou no plano. Durante a noite, havia feito o seu. Quando a manhã chegou, foi até a despensa, onde em meio a muitos tesouros havia um grande arco e uma aljava cheia de flechas. O arco pertencia a Odisseu e mão nenhuma exceto a do seu marido jamais tinha retesado sua corda ou disparado uma flecha. Ela o pegou e desceu até onde os pretendentes estavam reunidos. "Ouçam, senhores", falou. "Aqui está o arco do divino Odisseu. Quem retesar a corda e disparar uma flecha por doze argolas enfileiradas será aceito como meu marido." No mesmo instante Telêmaco viu como aquilo podia ser usado a seu favor e sem demora entrou no jogo da mãe. "Venham, pretendentes", exclamou. "Sem hesitação nem desculpas. Mas esperem. Primeiro vou tentar ver se sou homem o bastante para usar as armas de meu pai." Assim dizendo, ele dispôs as argolas uma na frente da outra, enfileiradas com precisão. Então pegou o arco e deu o melhor de si para retesar a corda. Talvez acabasse conseguindo se Odisseu não lhe tivesse feito um sinal para desistir. Depois do rapaz, os homens foram tentando um após outro, mas o arco era duro demais e mesmo o mais forte dentre eles não conseguiu dobrá-lo nem de leve.

Certo de que ninguém teria sucesso, Odisseu abandonou a competição e saiu para o pátio, onde o guardador de porcos conversava com o guardador dos bois, homem igualmente confiável. Precisava da ajuda de ambos e lhes revelou quem era. Para provar, mostrou-lhes a cicatriz no pé, que os dois já tinham visto várias vezes tempos antes. Eles a reconheceram e começaram a chorar de alegria. Mas Odisseu logo os fez calar. "Nada disso agora", falou. "Escutem o que eu quero que façam. Eumeu, arrume um jeito de fazer o arco chegar às minhas mãos; depois providencie para que a ala das mulheres fique fechada, de modo que ninguém possa entrar. E você, cuidador dos bois, deve fechar e trancar os portões deste pátio." Ele se virou de volta para o salão e os dois o seguiram. Quando entraram, o último pretendente a tentar o desafio tinha acabado de fracassar. Odisseu falou: "Dê-me o arco e vamos ver se a força que eu antes tinha ainda está comigo." Essas palavras provocaram um clamor irado. Um mendigo forasteiro jamais deveria tocar no arco, exclamaram os pretendentes. Mas Telêmaco lhes falou com severidade. Cabia a ele, não a eles, a decisão de quem deveria manejar o arco, e o rapaz indicou a Eumeu que entregasse a arma para Odisseu.

Todos observaram com atenção quando o mendigo pegou o arco e o examinou. Então, com facilidade e sem esforço algum, como um hábil musicista encaixa um pedaço de tripa de animal em sua lira, curvou o arco e fez a corda se retesar. Encaixou uma flecha na corda e a puxou, e sem se mover de onde estava sentado a fez passar em linha reta por dentro das doze argolas. No instante seguinte, com um pulo, ele estava junto à porta e Telêmaco pôs-se ao seu lado. "Enfim, enfim", bradou ele com um vozeirão e disparou uma flecha. O tiro acertou o alvo e um dos pretendentes caiu mortalmente ferido. Os outros se levantaram, horrorizados. Suas armas... onde estavam? Não havia nenhuma à vista. E Odisseu não parava de atirar. Cada flecha que zunia pelos ares era um homem que caía morto. Telêmaco, a postos com sua lança comprida, mantinha os homens afastados para que não saíssem correndo pela porta, fosse para fugir, fosse para atacar Odisseu por trás. Reunidos no salão, eles eram alvos fáceis e enquanto durou o estoque de flechas foram massacrados sem qualquer chance de se defender. Mesmo quando as flechas acabaram, a sorte deles não melhorou, pois Palas Atena agora tinha chegado para participar dos grandes feitos que estavam ali ocorrendo e fez fracassarem todas as tentativas de alcançar Odisseu. Mas sua lança reluzente não errou um só golpe, e o barulho horroroso de crânios se partindo ecoou, e o chão se cobriu de sangue.

Por fim, do bando ruidoso e desavergonhado restaram apenas dois: o sacerdote dos pretendentes e seu bardo. Ambos pediram clemência, mas o sacerdote, agarrando os joelhos de Odisseu numa súplica angustiada, não a obteve. A espada do herói o traspassou e ele morreu no meio da prece. O bardo teve sorte. Odisseu não quis matar um homem assim, ensinado pelos deuses a cantar divinamente, e o poupou para futuros cantos.

Era o fim da batalha; do massacre, na verdade. A velha ama Euricleia e suas criadas foram chamadas para purificar o salão e recolocar tudo em ordem. Elas cercaram Odisseu, aos prantos, rindo e lhe dando as boas-vindas, até provocarem no coração do herói o desejo de chorar também. Por fim, começaram a trabalhar, mas Euricleia subiu ao andar de cima e foi até o quarto de sua patroa. Postou-se junto à cama de Penélope.

– Acorde, querida – falou –, pois Odisseu voltou para casa e todos os pretendentes estão mortos.

– Ó velha louca – queixou-se Penélope. – Eu estava dormindo tão bem. Vá embora e fique feliz por não levar um belo tapa como teria levado qualquer outra pessoa que tivesse me acordado assim.

Mas Euricleia insistiu:

– Sim, sim, Odisseu voltou. Ele me mostrou a cicatriz. É ele mesmo.

Mesmo assim Penélope não acreditou nela. Desceu depressa até o salão para ver com os próprios olhos.

Um homem alto e com aspecto nobre estava sentado junto à lareira, onde a luz do fogo o iluminava em cheio. Ela se sentou na sua frente e observou-o em silêncio. Estava pasma. Num instante parecia reconhecê-lo, no seguinte ele lhe parecia um estranho. Telêmaco exclamou:

– Mãe, mãe, que crueldade! Que outra mulher conseguiria se manter distante quando seu homem voltasse para casa depois de vinte anos?

– Meu filho – respondeu ela –, estou sem forças para me mover. Se este for de fato Odisseu, então nós dois temos formas de nos reconhecer.

Ao ouvir isso, Odisseu abriu um sorriso e pediu a Telêmaco que a deixasse em paz.

– Nós vamos nos reencontrar, mas daqui a pouco.

O salão bem-arrumado foi então tomado pela celebração. O bardo tirou de sua lira belas melodias e despertou em todos a vontade de dançar. Alegremente eles dançaram, homens e mulheres, lindamente vestidos, até fazerem a imensa casa ao seu redor ecoar com suas pisadas. Pois enfim, após uma longa errância, Odisseu tinha voltado para casa e todos os corações estavam cheios de alegria.

CAPÍTULO IV
As aventuras de Eneias

A Eneida, *o maior dos poemas latinos, é a principal autoridade para esta história. Ela foi escrita quando Augusto assumiu o comando do mundo romano, falido após o caos que sucedeu à morte de César. Sua mão forte encerrou as furiosas guerras civis e trouxe a* pax augusta, *que durou quase meio século. Virgílio e toda a sua geração eram muito entusiasmados com essa nova ordem, e a* Eneida *foi escrita para exaltar o Império, para proporcionar à "raça destinada a manter o mundo sob o seu domínio" um grande herói nacional e um fundador. O objetivo patriótico de Virgílio é decerto responsável pela transformação do Eneias humano dos primeiros livros no prodígio sobre-humano dos últimos. O poeta foi finalmente conduzido à fantasia pura por sua determinação de criar para Roma um herói que fizesse todos os outros parecerem insignificantes. Uma tendência ao exagero era um traço dos romanos. Os nomes latinos dos deuses são usados aqui, naturalmente, bem como a versão latina de qualquer personagem que tenha um nome latino além de um grego. Ulisses, por exemplo, é o nome latino de Odisseu.*

Parte um: DE TROIA À ITÁLIA

Eneias, filho de Vênus, foi um dos heróis mais famosos a combater na guerra de Troia. Do lado troiano, só perdia em importância para Heitor. Quando os gregos conquistaram Troia, ele conseguiu, com a ajuda da mãe, fugir da cidade levando o pai e o filho pequeno, e zarpar rumo a uma nova casa.

Após muitas errâncias e muitas provações em terra e mar, Eneias chegou à Itália, onde derrotou os que se opunham à sua entrada no país, desposou a filha de um poderoso rei e fundou uma cidade. Ele sempre foi considerado o verdadeiro fundador de Roma, pois Rômulo e Remo, os fundadores em si, nasceram em Alba Longa, cidade que seu filho construiu.

Quando Eneias zarpou de Troia, muitos troianos o acompanharam. Todos ansiavam por encontrar um lugar para se instalar, mas nenhum tinha uma ideia muito clara de onde seria. Várias vezes eles começaram a construir uma cidade, mas eram sempre expulsos por infortúnios ou maus presságios. Por fim, Eneias foi informado num sonho que o lugar designado para eles era um país muito longe a oeste, a Itália – naquele tempo chamada de Hespéria, o País Ocidental. Eles estavam então na ilha de Creta e, embora a terra prometida se encontrasse a uma longa viagem de distância por mares desconhecidos, ficaram agradecidos pela garantia de que um dia teriam a própria casa e partiram sem demora. Antes de chegarem ao desejado porto seguro, porém, muito tempo se passou e aconteceram muitas coisas que, se soubessem antes, poderiam ter esfriado seu ânimo.

Embora os argonautas tenham zarpado da Grécia e o grupo de Eneias estivesse rumando para oeste a partir de Creta, os troianos encontraram as Harpias da mesma forma que acontecera com Jasão e seus homens. Os heróis gregos, porém, tinham sido mais valentes, ou pelo menos melhores espadachins. Estavam prestes a matar as horrendas criaturas quando Íris interveio, mas os troianos foram expulsos por elas e forçados a ganhar o mar para conseguir fugir.

Em seu ponto de parada seguinte, para seu assombro, encontraram Andrômaca, esposa de Heitor. Na queda de Troia, ela fora dada como escrava a Neoptólemo, filho de Aquiles, às vezes chamado de Pirro, o homem que havia matado o velho Príamo no altar. Ele logo a abandonou, trocando-a por Hermione, filha de Helena, mas não sobreviveu muito tempo depois desse casamento, e Andrômaca desposou o profeta troiano Heleno. O casal agora governava o reino e naturalmente ficou feliz em receber Eneias e seus homens. Demonstrou-lhes a mais completa hospitalidade e antes de se despedirem, Heleno lhes deu conselhos úteis sobre a sua viagem. Disse que não deveriam aportar no litoral mais próximo da Itália, a costa leste, pois este era coalhado de gregos. A terra destinada a ser seu lar ficava na costa oeste, um pouco ao norte, mas eles de forma alguma deveriam tomar o caminho mais curto e passar entre a Sicília e a Itália. Naquelas águas ficava um estreito perigosíssimo protegido por Cila e Caríbdis, que os argonautas só tinham conseguido atravessar com a ajuda de Tétis e onde Ulisses havia perdido seis de seus homens. Não fica claro como os argonautas, indo da Ásia até a Grécia, passaram pela costa oeste da Itália, nem, aliás, como Ulisses também o fez, mas de toda forma Heleno não tinha dúvida alguma sobre onde ficava o estreito e deu instruções cuidadosas a Eneias sobre como evitar aquela praga dos marinheiros: fazendo um longo desvio pelo sul, dando a volta inteira na Sicília e chegando à Itália muito ao norte do redemoinho da implacável Caríbdis e da caverna negra para dentro da qual Cila sugava navios inteiros.

Depois de se despedirem de seus gentis anfitriões e dobrarem com sucesso o cabo leste da Itália, os troianos seguiram navegando para sudoeste, em torno da Sicília, confiando inteiramente em seu profético guia. No entanto, apesar de todos os seus misteriosos poderes, Heleno não sabia que a Sicília, ou pelo menos a parte sul, estava agora ocupada pelos ciclopes, pois não alertou os troianos para não aportarem ali. Eles chegaram à ilha depois de o sol se pôr e acamparam na praia, sem hesitação alguma. Decerto teriam sido todos capturados e devorados não fosse um pobre homem que, muito cedo na manhã seguinte, antes de os monstros acordarem, foi correndo até onde Eneias estava deitado. O homem se pôs de joelhos, mas sua miséria evidente já era, na verdade, uma súplica em si: a palidez de um esfomeado, as roupas presas apenas por espinhos, o rosto esquálido ao extremo e coberto de pelos abundantes. Era um dos marinheiros de Ulisses, contou, deixado para trás sem querer na caverna de Polifemo, e desde então vivia na mata, à base de qualquer alimento que por lá encontrasse, sempre com medo de que algum dos ciclopes o surpreendesse. Havia uma centena deles, falou, todos tão grandes e assustadores quanto Polifemo. "Fujam", disse-lhes ele. "Vão embora quanto antes. Cortem as cordas que estão prendendo os navios à ilha." Os troianos assim fizeram: cortaram os cabos e saíram apressados, o mais silenciosamente possível. Mas tinham acabado de zarpar com os navios quando o gigante cego foi visto descendo lentamente até o mar para lavar o buraco que antes continha seu olho e que ainda vertia sangue. Polifemo escutou o barulho dos remos e correu para dentro do mar na direção do som. Mas os troianos tinham conseguido abrir vantagem suficiente. Antes de o ciclope os conseguir alcançar, a água se tornou profunda demais até mesmo para sua altura avantajada.

Os troianos escaparam daquele perigo só para se depararem com outro igualmente imenso. Enquanto rodeavam a Sicília, foram atingidos por uma tempestade como nunca se viu antes ou desde então: as cristas das ondas, de tão altas, chegavam a lamber as estrelas, e os sulcos entre uma e outra eram tão profundos que se chegava a ver o fundo do mar. Aquilo era claramente algo mais do que uma simples tempestade mortal e de fato a responsável por ela era Juno.

Juno, claro, odiava todos os troianos; ela nunca esqueceu o julgamento de Páris e durante a guerra havia sido a inimiga mais feroz de Troia, mas nutria um ódio todo especial por Eneias. Sabia que Roma, que viria a ser fundada por homens de sangue troiano, ainda que gerações depois de Eneias, estava fadada pelas Parcas a conquistar Cartago um dia, e Cartago era sua cidade de estimação, que ela amava mais do que todos os outros lugares da Terra. Não se sabe se Juno de fato pensava poder contrariar um decreto das Parcas, algo que nem o próprio Júpiter era capaz de fazer, mas certamente ela deu o melhor de si para afogar Eneias. Foi procurar Éolo, rei dos ventos, que havia tentado ajudar Ulisses, e lhe pediu que afundasse os navios troianos, prometendo-lhe em troca a mais bela ninfa para ser sua esposa. O resultado foi aquela tempestade tremenda. A tormenta sem dúvida teria causado tudo que Juno desejava não fosse por Netuno. Como irmão de Juno, ele conhecia muito bem o modo dela de fazer as coisas e não gostava de vê-la interferindo no seu mar. Apesar disso, teve tanta cautela ao lidar com ela quanto Júpiter sempre tinha. Não disse nada à irmã, mas contentou-se em repreender severamente Éolo. Este então acalmou o mar e permitiu aos troianos chegarem em terra firme. A costa norte da África foi onde eles finalmente aportaram seus navios. Tinham sido soprados até lá desde a Sicília. Por acaso, o lugar em que aportaram ficava bem próximo a Cartago, e Juno na mesma hora começou a pensar em como poderia usar aquela chegada para prejudicar os troianos e favorecer os cartagineses.

Cartago fora fundada por uma mulher, Dido, que ainda a governava, e sob quem estava se tornando uma cidade grandiosa e esplêndida. Dido era linda e viúva; Eneias havia perdido a esposa na noite em que partira de Troia. O plano de Juno era fazer os dois se apaixonarem e assim distrair Eneias da viagem para a Itália e convencê-lo a ficar com Dido. Teria sido um bom plano não fosse por Vênus. Ela suspeitou do que Juno estava tramando e decidiu impedir. Tinha um plano próprio. Não tinha objeção alguma ao fato de Dido se apaixonar por Eneias, assim nenhum mal poderia acontecer a ele em Cartago, mas pretendia garantir que o sentimento dele por Dido não passasse de uma disposição total de aceitar qualquer coisa que ela quisesse lhe dar e não fosse de modo algum do tipo a interferir em sua partida para a Itália quando a viagem lhe parecesse mais propícia. Com a situação nesse pé, Vênus subiu ao Olimpo para falar com Júpiter. Ela o repreendeu e seus belos olhos ficaram marejados. Seu querido filho Eneias estava praticamente arruinado, falou. E ele, rei dos deuses e dos homens, tinha lhe jurado que Eneias seria o ancestral de uma raça que um dia dominaria o mundo. Júpiter riu e enxugou suas lágrimas com beijos. Disse-lhe que o que tinha prometido certamente iria acontecer. Os descendentes de Eneias seriam os romanos, senhores de um império infinito e sem limites, segundo o decreto das Parcas.

Vênus foi embora muito reconfortada, mas, para garantir ainda mais as coisas, decidiu pedir ajuda ao filho Cupido. Achava que Dido conseguiria, sem auxílio, causar a devida impressão em Eneias, mas não tinha certeza alguma de que Eneias sozinho pudesse fazer Dido se apaixonar por ele. A rainha era conhecida por não ser suscetível. Todos os reis dos países vizinhos tinham tentado convencê-la, sem sucesso, a desposá-los. Vênus então chamou Cupido, que lhe prometeu incendiar de amor o coração de Dido assim que ela pousasse os olhos em Eneias. Para Vênus, era simples provocar um encontro entre os dois.

Na manhã seguinte à sua chegada, Eneias e seu fiel amigo Acates se separaram de seus infelizes seguidores naufragados para tentar descobrir em que parte do mundo estavam. Antes de partir, disse a seus homens algumas palavras para animá-los:

Camaradas, vocês e eu conhecemos de longa data a tristeza.
Males ainda piores já enfrentamos. Estes também vão terminar.
Recuperem a coragem.

> Mandem embora o medo soturno. Talvez, um dia, recordar
> Estas dificuldades também cause prazer...

Enquanto os dois heróis exploravam o estranho país, Vênus lhes apareceu disfarçada de caçadora. Disse-lhes onde estavam e os aconselhou a irem direto para Cartago, cuja rainha certamente os ajudaria. Muito tranquilizados, eles seguiram pelo caminho que Vênus indicou, protegidos, ainda que sem saber, por uma densa névoa na qual ela os envolveu. Assim, chegaram sem problemas à cidade e percorreram as ruas movimentadas sem chamar atenção. Diante de um grande templo, pararam e se perguntaram onde poderiam encontrar a rainha, e ali sua esperança aumentou. Enquanto observavam a esplêndida construção, viram lindamente entalhadas nas paredes as batalhas ao lado de Troia, das quais eles próprios haviam participado. Viram ali retratados seus inimigos e amigos: os filhos de Atreu, o velho Príamo estendendo a mão para Aquiles, o finado Heitor. "Minha coragem se fortaleceu", disse Eneias. "Aqui também se chora pelas coisas e os corações se comovem com o destino de tudo que é mortal."

Foi então que Dido, bela como Diana em pessoa, chegou acompanhada por um grande séquito de súditos. Na mesma hora a névoa ao redor de Eneias se dissipou e ele surgiu, belo como Apolo. Quando disse à rainha quem era, ela o recebeu com a maior das simpatias e deu a ele e a seus homens boas-vindas à sua cidade. Sabia como se sentiam aqueles homens desolados e sem lar, pois ela própria havia chegado à África junto com poucos amigos, fugindo do irmão que queria assassiná-la. "Não ignoro o sofrimento e aprendi a ajudar os desafortunados", falou.

Nessa noite Dido mandou servir para os forasteiros um esplêndido banquete, no qual Eneias contou sua história, começando pela queda de Troia e narrando em seguida sua longa viagem. Ele falou de modo admirável e eloquente, e a rainha poderia ter sucumbido a tamanho heroísmo e a uma linguagem tão linda mesmo sem a participação de nenhum deus, mas na verdade Cupido estava presente e Dido não teve escolha.

Durante algum tempo a rainha foi feliz. Eneias aparentava total dedicação a ela, que, por sua vez, lhe dava generosamente tudo que tinha. Deu-lhe a entender que sua cidade lhe pertencia, assim como ela própria. Ele, um pobre náufrago, recebia as mesmas honrarias que ela. Dido fez os cartagineses o tratarem como se ele também os governasse. Os companheiros de

Eneias também se beneficiaram da sua proteção. Ela fazia qualquer coisa por eles. Em tudo isso, seu único desejo era dar; para si ela nada pedia, exceto o amor de Eneias. Ele, por sua vez, recebia com grande contentamento as dádivas da sua generosidade. Vivia tranquilo, com uma linda mulher e poderosa rainha para amá-lo e lhe dar tudo, organizar expedições de caça para sua diversão e não só lhe permitir, mas lhe implorar que repetisse vezes sem conta a história de suas aventuras.

Não é de espantar que a ideia de zarpar rumo a uma terra desconhecida tenha parecido cada vez menos atraente para Eneias. Juno estava muito satisfeita com a forma como tudo estava acontecendo, mas mesmo assim Vênus não se perturbou. Ela entendia Júpiter melhor do que a sua esposa. Tinha certeza de que Júpiter por fim faria Eneias partir para a Itália e de que o pequeno interlúdio com Dido em nada prejudicaria a reputação do seu filho. A deusa estava bastante certa. Júpiter, uma vez despertado, era muito eficiente. Ele despachou Mercúrio até Cartago com um recado para instigar Eneias. O deus encontrou o herói andando, esplendidamente vestido, com uma sublime espada cravejada de jaspe no cinto e, nos ombros, um lindo manto púrpura tecido com fio de ouro, ambos presentes de Dido, claro, tendo o manto sido confeccionado pelas próprias mãos da rainha. De repente, aquele elegante cavalheiro foi despertado de seu estado de indolência e contentamento. Palavras severas ecoaram em seus ouvidos. "Quanto tempo mais você vai desperdiçar aqui nesse luxo ocioso?", perguntou uma voz severa. Eneias se virou e deparou com Mercúrio, o deus em forma visível diante dele. "O líder do próprio céu me mandou vir falar com você", disse. "Ordena que você parta em busca do reino que é seu destino." E, dizendo isso, desapareceu como uma coluna de névoa que se dissolve no ar, deixando Eneias maravilhado, animado e decidido a obedecer, mas sobretudo conscientemente arrasado pela dificuldade que iria ter com Dido.

Ele reuniu seus homens e lhes deu ordens para aparelharem a frota e se prepararem para uma partida imediata, mas para fazerem tudo em segredo. Mesmo assim, Dido ficou sabendo e mandou chamá-lo. No início foi muito suave com ele. Não conseguia acreditar que ele realmente quisesse deixá-la. "É de mim que você quer fugir?", perguntou ela. "Que estas lágrimas sejam a minha súplica, e esta mão que eu lhe dei. Se eu, de qualquer forma, tiver merecido ser bem tratada por você, se algo meu tiver sido do seu agrado…"

Eneias respondeu que não era o homem que negaria que ela o havia tratado bem e que jamais a esqueceria, mas ela, por sua vez, precisava se lembrar de que ele não a tinha desposado e que estava livre para partir quando quisesse. Júpiter tinha lhe ordenado que partisse e ele precisava obedecer. "Chega de reclamações", implorou ele, "isso só aflige a nós dois."

Ela então lhe disse o que pensava. Sobre como ele tinha chegado a ela abandonado, faminto, necessitado de tudo, e como ela tinha se entregado a ele e entregado também seu reino. Diante da atitude inteiramente impassível de Eneias, porém, a paixão de Dido nada pôde fazer. No meio das suas palavras arrebatadas, a voz da rainha falhou. Ela fugiu dele e foi se esconder num lugar onde ninguém pudesse vê-la.

Os troianos, muito sabiamente, zarparam naquela mesma noite. Teria bastado uma palavra da rainha para impossibilitar para sempre a sua partida. A bordo, Eneias olhou para os muros de Cartago e os viu iluminados por uma grande fogueira. Ficou olhando as chamas saltarem e irem morrendo aos poucos e se perguntou o que as teria causado. Sem saber, ele estava vendo a pira funerária de Dido. Ao ver que ele tinha ido embora, a rainha se matara.

Parte dois: A descida ao mundo subterrâneo

A viagem de Cartago até a costa oeste da Itália foi fácil em comparação com o que a antecedera. Uma grande perda, porém, foi a morte do confiável piloto Palinuro, que se afogou quando o grupo estava chegando ao fim de suas agruras no mar.

Eneias fora instruído pelo profeta Heleno a, assim que chegasse a terras italianas, procurar a caverna da sibila de Cumas, uma mulher de profunda sabedoria, capaz de prever o futuro, que lhe aconselharia o que fazer. Ele a encontrou e ela lhe disse que o guiaria até o mundo inferior, onde ele descobriria tudo que precisava saber com seu pai Anquises, morto logo antes da grande tormenta. Avisou-lhe, porém, que a empreitada não seria fácil:

> Troiano, filho de Anquises, descer até o Averno é fácil.
> As portas do escuro Hades ficam abertas noite e dia.
> Mas refazer o caminho e subir até o doce ar do céu,
> Isso é de fato um esforço.

Mesmo assim, se Eneias estivesse decidido, ela iria acompanhá-lo. Primeiro ele precisava encontrar na floresta um galho de ouro que brotava de uma árvore, o qual deveria quebrar e levar consigo. Apenas com esse galho na mão seria admitido no Hades. Eneias começou na mesma hora a procurar o galho, acompanhado pelo sempre fiel Acates. Quase sem esperança, eles adentraram a grande floresta, onde parecia impossível encontrar o que quer que fosse. De repente, porém, avistaram duas pombas: as aves de Vênus. Seguiram-nas e elas foram voando lentamente até se aproximarem do lago Averno, um lençol de água escuro e malcheiroso onde, segundo a sibila tinha dito a Eneias, ficava a caverna da qual descia a estrada até o mundo inferior. Ali as pombas subiram até o alto de uma árvore, em meio a cuja folhagem se via um forte brilho amarelo. Era o galho de ouro. Eneias o removeu com alegria e o levou para a sibila. Então, juntos, profetisa e herói partiram em sua jornada.

Outros heróis haviam percorrido o mesmo caminho antes de Eneias e não o consideraram especialmente aterrorizante. A reunião com os fantasmas no Hades tinha, de fato, assustado Ulisses por fim, mas Teseu, Hércules, Orfeu e Pólux aparentemente não haviam encontrado qualquer grande dificuldade na descida. Na verdade, a tímida Psiquê descera lá sozinha para pegar com Proserpina o amuleto de beleza para Vênus e a pior coisa que vira fora Cérbero, o cão de três cabeças, facilmente distraído por um pedaço de bolo. O herói romano, porém, encontrou uma sucessão de horrores. O modo como a sibila achou necessário começar foi calculado para afugentar qualquer um a não ser o mais valente. No meio da noite, em frente à caverna escura na margem do lago negro, ela sacrificou à temível deusa da noite, Hécate, quatro touros negros como carvão. Quando dispôs as partes do sacrifício sobre um altar aceso, a terra a seus pés roncou e estremeceu e, ao longe, cães uivaram na escuridão. Gritando para Eneias "Agora você vai precisar de toda a sua coragem!", ela entrou correndo na caverna e ele, sem se deixar deter, foi atrás. Eles logo se viram numa estrada envolta em sombras, mas que ainda assim lhes permitia entrever formas assustadoras de um lado e outro: a pálida Doença e a vingativa Aflição, e a Fome, que convence a praticar crimes e assim por diante, numa imensa procissão de pavores. A Guerra que traz a morte estava ali, e também a louca Discórdia com seus cabelos de cobras ensanguentadas, e muitas outras maldições dos mortais. Os dois passaram por todas elas sem serem molestados, até por fim chegarem num lugar onde um velho remava

Eneias e a sibila no barco de Caronte

um barco por um curso de água. Ali deram com uma visão desoladora: na margem, espíritos, tão incontáveis quanto as folhas que o primeiro frio do inverno faz cair na floresta, estendiam todos as mãos, numa súplica ao barqueiro para fazer a travessia. Quem escolhia, porém, era o soturno velho: alguns ele deixava embarcar no seu esquife; outros, empurrava para longe. Enquanto Eneias assistia assombrado, a sibila lhe disse que eles tinham chegado à confluência de dois grandes rios do mundo inferior, o Cócito, batizado em homenagem aos altos lamentos, e o Aqueronte. O barqueiro era Caronte e aqueles que ele não aceitava em seu barco eram os desafortunados que não tiveram um sepultamento adequado. Estavam fadados a vagar sem rumo durante cem anos, sem nunca encontrar onde pudessem descansar.

Quando Eneias e sua guia desceram até o barco, Caronte sentiu-se inclinado a recusar seu embarque. Mandou-os parar e disse que não transportava os vivos, apenas os mortos. Ao ver o galho de ouro, porém, capitulou e os levou até o outro lado. O cão Cérbero estava lá para tentar impedi-los de passar, mas eles seguiram o exemplo de Psiquê. A sibila também tinha um pouco de bolo para o cachorro e o animal não lhes causou problemas. Eles seguiram em frente e chegaram ao lugar solene em que Minos, filho de Europa e inflexível juiz dos mortos, pronunciava a sentença final das almas diante dele. Afastaram-se depressa dessa inexorável presença e se viram nos Campos da Lamentação, onde ficavam os amantes infelizes que o sofrimento levara a se matar. Nesse lugar triste porém belo, sombreado por arbustos de murta, Eneias viu Dido. Ao cumprimentá-la, chorou. "Fui eu a causa da sua morte?", perguntou-lhe. "Juro que a deixei contra a minha vontade." Ela não olhou para ele nem lhe respondeu; uma pedra de mármore não poderia ter parecido menos impassível. Ele, porém, ficou bastante abalado e ainda chorou por algum tempo após perdê-la de vista.

Por fim eles chegaram a um ponto em que a estrada se bifurcava. Do caminho da esquerda vinham sons medonhos, grunhidos e pancadas violentas, além do clangor de correntes. Aterrorizado, Eneias estacou. A sibila, porém, lhe disse para não ter medo, mas para prender com firmeza o galho de ouro no muro que ficava diante da encruzilhada. As regiões à esquerda, falou, eram governadas pelo severo Radamanto, outro filho de Europa, que punia os maus por seus erros. Mas a estrada da direita conduzia aos Campos Elíseos, onde Eneias encontraria o pai. Ao lá chegarem, tudo era um deleite: campinas verdes macias, lindos arvoredos, um ar delicioso e revigorante, a luz do sol brilhando num suave tom lilás, um lugar de paz e bênçãos. Lá viviam os mortos grandiosos e bons, heróis, poetas, sacerdotes e todos de quem os homens se lembravam por terem recebido sua ajuda. Entre eles Eneias logo encontrou Anquises, que o cumprimentou com uma alegria incrédula. Tanto pai quanto filho choraram lágrimas de alegria por esse estranho reencontro entre o morto e o vivo, cujo amor tinha sido forte o bastante para fazê-lo descer até o mundo da morte.

Os dois tinham muito que conversar, claro. Anquises levou Eneias até o Lete, o rio do esquecimento, do qual devem beber todas as almas a caminho de uma nova vida no mundo lá em cima. "Um gole de prolongado olvido", disse Anquises. E mostrou ao filho aqueles que seriam seus descendentes, seus e de Eneias, e que agora aguardavam na beira do rio sua hora de beber e perder a memória do que tinham feito e sofrido nas vidas anteriores. Eles formavam um grupo magnífico: eram os futuros romanos, os senhores do mundo. Anquises os foi apontando um a um e narrando os feitos que cada um realizaria, que os homens em tempo algum iriam esquecer. Por fim, deu ao filho instruções sobre a melhor forma de estabelecer seu lar na Itália e sobre a melhor forma de evitar ou suportar todas as agruras que tinha pela frente.

Eles então se despediram, mas com serenidade, sabendo que estavam se separando apenas por um tempo. Eneias e a sibila voltaram para a Terra e Eneias retornou a seus navios. No dia seguinte, os troianos subiram o litoral da Itália à procura de seu lar prometido.

Parte três: A guerra na Itália

Provações terríveis aguardavam o pequeno bando de aventureiros. Mais uma vez, o motivo do problema foi Juno. Ela fez com que os povos mais poderosos dali, os latinos e os rútulos, resistissem ferozmente ao assentamento dos troianos. Se não fosse ela, as coisas teriam corrido bem. O idoso Latino, bisneto de Saturno e rei da cidade de Lácio, fora alertado pelo espírito do pai, Fauno, de não casar a única filha, Lavínia, com homem nenhum daquele país, mas sim com um forasteiro que em breve chegaria. Dessa união nasceria uma raça destinada a submeter o mundo inteiro ao seu controle. Assim, quando Eneias despachou uma embaixada pedindo um humilde lugar para descansar na costa e o uso irrestrito do ar e da água, Latino a recebeu de boa vontade. Estava convencido de que Eneias era o genro previsto por Fauno e disse isso aos enviados. Nunca lhes faltaria um amigo enquanto ele estivesse vivo, falou. A Eneias mandou o seguinte recado: que tinha uma filha proibida pelos deuses de se casar a não ser com um estrangeiro e que acreditava que o chefe troiano fosse esse homem.

Mas foi então que Juno se intrometeu. Convocou do Hades Alecto, uma das Fúrias, e lhe disse para lançar sobre aquela terra uma guerra sangrenta. Alecto obedeceu de bom grado. Primeiro inflamou o coração da rainha Amata, esposa de Latino, e a fez se opor violentamente ao casamento da filha com Eneias. Em seguida voou até o rei dos rútulos, Turno, até então o preferido dentre os muitos pretendentes à mão de Lavínia. Essa visita para instigá-lo contra os troianos quase não era necessária. A ideia de alguém que não ele desposar Lavínia bastou para fazer Turno entrar num frenesi. Assim que soube da embaixada troiana junto ao rei, ele partiu com seu exército rumo a Lácio para evitar, com o uso da força, qualquer acordo entre os latinos e os forasteiros.

O terceiro ato de Alecto foi astutamente planejado. Um agricultor latino tinha um veado de estimação, um lindo animal tão manso que corria livre durante o dia, mas à noite sempre retornava à porta conhecida. A filha do agricultor cuidava desse veado com um carinho amoroso, escovava seu pelo e enfeitava com guirlandas sua galhada. Todos os agricultores das redondezas conheciam e protegiam o animal. Qualquer um que o maltratasse, mesmo que fosse um deles, seria severamente punido. Mas um forasteiro fazer isso era motivo para enfurecer a região inteira. E foi isso que o jovem filho de Eneias fez, sob a orientação de Alecto. Ascânio estava caçando e ele e seus cães foram guiados pela Parca até onde o veado estava deitado na floresta. O rapaz o atingiu e feriu mortalmente, mas antes de morrer o animal conseguiu chegar em casa até sua dona. Alecto cuidou para que a notícia corresse depressa e os combates começaram na mesma hora, com agricultores enfurecidos decididos a matar Ascânio e os troianos saindo em sua defesa.

Essa notícia alcançou Lácio logo depois da chegada de Turno. O fato de o seu povo já estar armado e o fato ainda mais ameaçador de o exército dos rútulos estar acampado em frente a seus portões foram demais para o rei Latino. A rainha, enfurecida, sem dúvida também teve um papel na sua decisão final. O rei se trancou em seu palácio e deixou as coisas correrem como deveriam correr. Se Lavínia tivesse que ser conquistada, Eneias não poderia contar com ajuda alguma do futuro sogro.

A cidade tinha um costume: quando se decidia por uma guerra, as duas portas dobráveis do templo do deus Janus, que sempre eram mantidas fechadas em tempos de paz, deveriam ser destrancadas pelo rei ao som de trombetas e gritos dos guerreiros. Mas Latino, trancado em seu palácio, não estava disponível para executar o rito sagrado. Enquanto os cidadãos hesitavam sem saber o que fazer, Juno em pessoa desceu do céu, golpeou com as próprias mãos as barras e abriu as portas de par em par. A alegria tomou conta da cidade, alegria provocada pelos preparativos para o combate, pelas armaduras reluzentes, pelos cavalos bravos e orgulhosos estandartes – alegria pelo fato de enfrentar uma guerra até a morte.

Um exército formidável de latinos e rútulos se opunha agora a um pequeno bando de troianos. Seu líder, Turno, era um soldado de grande valentia e habilidade; outro aliado de valor era Mezêncio, excelente soldado, mas tão cruel que seus súditos, o grande povo etrusco, haviam se rebelado contra ele, fazendo-o fugir para se aliar a Turno. Havia uma terceira aliada: a donzela Camila, criada pelo pai numa floresta afastada e que, quando bebê, com uma funda ou um arco na mão minúscula, havia aprendido a abater o grou de voo veloz ou o cisne selvagem, e corria tão depressa quanto essas aves conseguiam voar. Camila dominava todas as modalidades bélicas e era tão exímia no manejo do dardo e do machado de fio duplo quanto do arco. Desdenhava o matrimônio. Amava a perseguição, a batalha e a sua liberdade. Um bando de guerreiros a acompanhava, dentre os quais diversas moças.

Nessa situação perigosa para os troianos, Pai Tibre, deus do grande rio perto do qual eles estavam acampados, visitou Eneias num sonho. Ele lhe disse para subir o rio até onde vivia Evandro, rei de uma cidade pequena e pobre destinada a se tornar, no futuro, a mais orgulhosa das cidades da Terra, de onde as torres de Roma se ergueriam em direção ao céu. O deus do rio prometeu que lá Eneias encontraria a ajuda que necessitava. Ao amanhecer, o troiano partiu com uns poucos escolhidos e, pela primeira vez, uma embarcação repleta de homens armados navegou pelo Tibre. Ao chegarem à casa de Evandro, eles receberam uma calorosa acolhida do rei e de seu jovem filho, Palas. Enquanto conduziam seus convidados até a construção grosseira que fazia as vezes de palácio, os dois foram indicando as atrações: a grande rocha Tarpeia; perto desta, uma colina sagrada para Júpiter, agora coberta de arbustos espinhosos, onde um dia se ergueria o dourado e cintilante Capitólio; uma campina repleta de vacas mugindo onde mais tarde ficaria o local de reunião do mundo, o fórum de Roma. "Antigamente aqui viviam faunos e ninfas", disse o rei, "e uma raça de homens selvagens. Mas Saturno chegou, um exilado sem casa, fugindo de seu filho Júpiter. Então tudo mudou. Os homens deixaram de lado seus costumes rudes e sem lei. Saturno governou com tamanhas justiça e paz que desde então seu reino tem sido chamado de 'a Idade de Ouro'. Mas depois disso outros costumes prevaleceram: a paz e a justiça desapareceram, banidas pela cobiça por ouro e pelo frenesi da guerra. Tiranos governaram estas terras até o destino me trazer para cá, exilado da Grécia, da minha querida terra natal da Arcádia."

Na mesma hora em que o velho homem concluía sua história, eles chegaram à choupana simples em que ele morava, e ali Eneias passou a noite num leito feito de folhas e com uma pele de urso para se cobrir. Na manhã seguinte, despertados pela aurora e pelo canto dos pássaros, todos acordaram. O rei andava sempre acompanhado por dois grandes cães, seu único séquito e seus únicos guarda-costas. Após o desjejum, ele deu a Eneias o conselho que o troiano tinha ido buscar. A Arcádia – ele se referia ao seu novo país pelo mesmo nome do antigo – era um Estado fraco, falou, e pouco podia fazer para ajudar os troianos. Mas na outra margem do rio viviam os ricos e poderosos etruscos, cujo rei foragido, Mezêncio, ajudava Turno. Esse fato por si só faria aquela nação escolher o lado de Eneias na guerra, tão intenso era o ódio por seu antigo governante. Mezêncio tinha se revelado um monstro de crueldade; adorava infligir sofrimento. Tinha inventado uma forma de matar pessoas que era mais horrível do que qualquer outra que os homens conhecessem: amarrava juntos os mortos e os vivos, unindo suas mãos e seus rostos, e deixava o lento veneno daquele abraço nauseante acarretar uma morte lenta.

Toda a Etrúria havia enfim se rebelado contra ele, mas Mezêncio conseguira fugir. O povo, porém, estava decidido a trazê-lo de volta e puni-lo como merecia. Eneias encontraria neles aliados dispostos e poderosos. O velho rei, por sua vez, disse que mandaria Palas, seu único filho, para lutar com o deus da guerra sob a orientação do herói dos troianos e, junto com ele, um grupo de jovens, a fina flor dos cavaleiros da Arcádia. Além do mais, presenteou cada um de seus convidados com um elegante corcel, de modo a lhes permitir chegar depressa ao exército etrusco e conseguir ajuda.

Enquanto isso, protegido apenas por fortificações de terra e privado de seu líder e de seus melhores guerreiros, o acampamento troiano enfrentava dificuldades. Turno o atacou com força total. No primeiro dia os troianos conseguiram se defender com sucesso, seguindo a estrita ordem deixada por Eneias antes de partir: a de não tentar uma ofensiva de forma alguma. Mas a sua desvantagem numérica era grande; se não conseguissem avisar a Eneias o que estava acontecendo, suas perspectivas eram sombrias. Restava saber se era possível avisá-lo, pois os rútulos tinham cercado completamente as fortificações. Havia, porém, no pequeno grupo dois homens que desprezavam a avaliação das chances de sucesso ou fracasso e para quem o extremo perigo da tentativa servia justamente de motivação. Esses dois decidiram tentar passar escondidos pelo inimigo durante a noite e ir até Eneias.

Chamavam-se Niso e Euríalo. O primeiro era um valoroso e experiente soldado, e o segundo, apenas um garoto, mas igualmente valente e cheio de um ardor generoso para realizar atos heroicos. O dois costumavam lutar lado a lado. Onde um estivesse, quer de guarda, quer no campo de batalha, era sempre possível encontrar o outro. Quem primeiro teve a ideia da ousada tentativa foi Niso, ao observar o inimigo do outro lado da muralha e notar como eram poucas e débeis as luzes e como era absoluto o silêncio que reinava, um silêncio de homens profundamente adormecidos. Niso contou seu plano ao amigo, mas sem pensar que ele também pudesse ir. Quando o rapaz exclamou que nunca ficaria para trás, que zombava da vida em comparação com a morte numa tentativa tão gloriosa, Niso sentiu apenas tristeza e consternação.

– Deixe-me ir sozinho – implorou. – Se por acaso algo sair errado, e numa empreitada dessas existem mil chances de isso acontecer, você estará aqui para me resgatar ou para executar os ritos do meu enterro. Lembre-se, você é jovem, tem a vida inteira pela frente.

– Palavras vãs – respondeu Euríalo. – Partamos sem demora.

Vendo que era impossível convencê-lo, Niso tristemente capitulou.

Os dois encontraram os líderes troianos no meio de um conselho e lhes expuseram seu plano. O plano foi aceito na hora e com vozes embargadas e lágrimas nos olhos os príncipes lhes agradeceram e lhes prometeram ricas recompensas.

– Eu só quero uma – disse Euríalo. – Minha mãe está lá no acampamento troiano. Ela não quis ficar para trás junto com as outras mulheres; quis vir comigo. Eu sou tudo que ela tem. Se eu morrer...

– Ela será a minha mãe – interrompeu Ascânio. – Ocupará o lugar da mãe que perdi naquela noite em Troia. Eu lhe juro. E leve isto, minha espada. Ela não vai decepcioná-lo.

Os dois então partiram, atravessaram a trincheira e chegaram ao acampamento inimigo. Homens dormiam à sua volta. Niso sussurrou: "Vou abrir um caminho para nós. Fique vigiando." Ele então matou todos os homens, com tamanha habilidade que nenhum deles emitiu um só ruído ao morrer. Nenhum gemido deu o alarme. Euríalo logo se juntou ao sangrento trabalho. Quando chegaram ao final do acampamento, os dois haviam, por assim dizer, aberto pelo meio deste uma larga estrada na qual jaziam apenas homens mortos. Mas tinham cometido um erro ao se demorar. O dia raiava; homens num tropel de cavalos vindo de Lácio avistaram o capacete reluzente de Euríalo e gritaram para que ele parasse. Quando ele seguiu em frente e entrou no meio das árvores sem responder, eles souberam que era um inimigo e cercaram a mata. Na pressa, os dois amigos se separaram e Euríalo pegou o caminho errado. Louco de aflição, Niso deu meia-volta para tentar encontrá-lo. Sem ser visto, avistou o amigo nas mãos dos adversários. Como poderia resgatá-lo? Estava sozinho. Era impossível, mas mesmo assim sabia que era melhor tentar e morrer do que abandonar Euríalo. Enfrentou os inimigos, um homem sozinho contra um grupo inteiro, e sua lança voadora se cravou sucessivamente em todos os soldados. O líder, sem saber de que direção vinha aquele ataque mortal, virou-se para Euríalo aos gritos de "Você vai pagar por isso!". Antes de sua espada erguida conseguir matar o jovem, Niso chegou correndo. "Mate a mim, a mim!", exclamou. "Sou eu o responsável. Ele só fez me seguir." Mas as palavras ainda estavam saindo de seus lábios quando a espada foi cravada no peito de Euríalo. Enquanto ele agonizava, Niso abateu o homem que o matara e então, crivado de flechas, caiu morto também ao lado do amigo.

O restante das aventuras dos troianos foi todo no campo de batalha. Eneias voltou junto com um grande exército de etruscos a tempo de salvar o acampamento e seguiu-se uma guerra enfurecida. Desse ponto em diante, a história se transforma em pouco mais do que um relato de homens se matando. As batalhas se sucedem, mas são todas parecidas. Incontáveis heróis são sempre abatidos, rios de sangue encharcam a terra, o som metálico das trombetas ecoa, flechas numerosas como granizo são lançadas por arcos tesos, cascos de arrebatados corcéis pisoteiam os mortos fazendo jorrar um orvalho macabro.

Muito antes do fim, os horrores já deixaram de horrorizar. Todos os inimigos dos troianos são mortos, claro. Camila é abatida após dar uma descrição muito boa de si mesma; o malvado Mezêncio tem o destino que tanto merecia, mas só depois de seu corajoso e jovem filho ser morto enquanto o defendia. Muitos bons aliados também morrem, entre eles Palas, filho de Evandro.

Por fim, Turno e Eneias se enfrentam num combate individual. A essa altura, Eneias, que na primeira parte da história parecia tão humano quanto Heitor ou Aquiles, transformou-se em algo estranho e prodigioso; ele não é mais um ser humano. Antes, saíra de Troia incendiada carregando com todo o cuidado o velho pai e incentivando o filho pequeno a correr ao seu lado; ao chegar a Cartago, sentiu o que significava encontrar compaixão, alcançar um lugar onde "existem lágrimas pelas coisas"; também foi muito humano ao passear pelo palácio de Dido trajando roupas elegantes. Mas nos campos de batalha latinos Eneias não é um homem, e sim um prodígio assustador. Ele é "vasto como o monte Atos, vasto como o próprio Pai Apenino ao sacudir seus gigantescos carvalhos e erguer na direção do céu seu pico nevado"; como "Egeão dos cem braços e cem mãos, soltando fogo por cinquenta bocas, atacando com cinquenta fortes escudos e sacando cinquenta espadas afiadas... assim Eneias sacia sua fúria vitoriosa por todo o campo de batalha". Quando ele enfrenta Turno no último confronto, não há qualquer interesse no desfecho. É tão inútil Turno enfrentar Eneias quanto a um relâmpago ou terremoto.

O poema de Virgílio conclui com a morte de Turno. Eneias, conforme nos é dado a entender, desposa Lavínia e funda a raça romana, que, segundo Virgílio, "deixou para outras nações coisas como a arte e a ciência, e lembrou para todo o sempre que o seu destino era subjugar com seu império os povos da Terra, impor-lhes o domínio da não resistência submissa, poupar os humildes e esmagar os orgulhosos".

PARTE CINCO

As grandes famílias da mitologia

CAPÍTULO I
A casa de Atreu

O aspecto mais importante da história de Atreu e seus descendentes é o fato de Ésquilo, poeta trágico do século V, tê-la usado como tema de seu grande drama Oresteia, *formado por três peças:* Agamêmnon, Coéforas *e* Eumênides. *São obras inigualáveis na tradição da tragédia grega, a não ser pelas quatro peças de Sófocles sobre Édipo e seus filhos. Píndaro, no início do século V a.C., conta a história corrente sobre o banquete que Tântalo preparou para os deuses e protesta que ela não é verdadeira. A punição de Tântalo é descrita muitas vezes, a primeira delas na* Odisseia, *de onde a tirei. A história de Anfíon e Níobe eu tirei de Ovídio, o único a contá-la por inteiro. Para a vitória de Pélops na corrida de carruagens preferi Apolodoro, que escreveu no século I ou II d.C. e fornece o relato mais completo que chegou até nós. A história dos crimes de Atreu e Tiestes e de tudo que lhes aconteceu foi tirada da* Oresteia *de Ésquilo.*

A casa de Atreu é uma das famílias mais célebres da mitologia. Agamêmnon, que liderou os gregos contra Troia, pertencia a essa família. De todos os seus parentes próximos, sua esposa Clitemnestra e seus filhos, Ifigênia, Orestes e Electra, foram tão conhecidos quanto ele. Seu irmão Menelau era marido de Helena, pivô da guerra de Troia.

Era uma família desafortunada. Pensava-se que a causa de todo esse infortúnio fosse um ancestral, um rei da Lídia chamado Tântalo, que incorrera numa punição terrível após praticar um ato de grande maldade. Mas esse não foi o fim da questão. O mal por ele iniciado perdurou depois da sua morte. Seus descendentes também cometeram maldades e foram punidos. Era como se a família estivesse amaldiçoada, fazendo os homens pecarem contra a própria vontade e causarem sofrimento e morte tanto a inocentes como a culpados.

Tântalo e Níobe

Tântalo era filho de Zeus e, de todos os seus descendentes mortais, o mais honrado pelos deuses. Eles lhe permitiam comer à sua mesa e provar do néctar e da ambrosia, os quais, além dele, apenas os imortais podiam consumir. E faziam mais: iam se banquetear no seu palácio e consentiam em comer na sua companhia. Em troca desse tratamento preferencial, Tântalo se comportou de modo tão atroz que nenhum poeta jamais tentou explicar sua conduta. Ordenou que matassem Pélops, seu único filho homem, que o cozinhassem num grande caldeirão e que o servissem aos deuses. Ao que parece, Tântalo foi movido por um ódio fervoroso contra os deuses que o fez se dispor a sacrificar o próprio filho para submetê-los ao pavor de serem canibais. Talvez ele também quisesse mostrar, do modo mais surpreendente e chocante possível, como era fácil enganar aquelas divindades cruéis, veneradas e humildemente adoradas. No desprezo que sentia pelos deuses e em sua autoconfiança sem limites, Tântalo jamais sonhou que os seus convidados fossem perceber que comida era aquela que estava lhes servindo.

Ele foi tolo. Os olímpios sabiam. Recusaram-se a consumir aquele horrendo banquete e voltaram-se contra o criminosos que o havia planejado. Tântalo deveria ser punido de tal forma, declararam, que nenhum homem depois dele, ao saber qual fora o seu sofrimento, jamais se atreveria a insultá-los outra vez. Eles puseram o grande pecador numa poça no Hades, mas sempre que, atormentado pela sede, ele se abaixava para beber, não conseguia alcançar a água. Esta desaparecia, absorvida pelo solo assim que ele se curvava. Quando ele se levantava, a água tornava a surgir. Acima da poça havia árvores repletas de frutos: peras, romãs, maçãs rosadas e doces figos. Toda vez que Tântalo esticava a mão para pegá-los, o vento os soprava para fora do seu alcance. E ele assim permaneceu para sempre, sem jamais morrer, com a garganta sempre sedenta e a fome em meio à abundância jamais saciada.

Seu filho Pélops foi ressuscitado pelos deuses, mas tiveram que lhe criar um ombro feito de marfim. Uma das deusas, segundo alguns, Deméter, segundo outros, Tétis, sem saber, havia comido um bocado daquele prato repugnante e, quando os membros do rapaz foram novamente reunidos, um dos ombros ficou faltando. Essa história feia parece ter chegado até nós em seu formato primeiro e brutal, sem qualquer abrandamento. Os gregos tardios não a apreciavam e protestaram contra ela. O poeta Píndaro a chamou de:

> Uma história coalhada de mentiras reluzentes contra a palavra da verdade.
> Que nenhum homem jamais cite atos canibais entre os abençoados deuses.

Por incrível que pareça, o resto da vida de Pélops foi um sucesso. Ele foi o único descendente de Tântalo a não ser acometido pelo infortúnio. Teve um casamento feliz, embora tenha cortejado uma dama perigosa que já fora a causa de muitas mortes, a princesa Hipodâmia. O motivo que fazia os homens morrerem por sua causa não era culpa da moça, mas sim de seu pai. Esse rei possuía um esplêndido par de cavalos que lhe fora dado por Ares, naturalmente superiores a qualquer cavalo mortal. Não queria que a filha se casasse e toda vez que um pretendente vinha lhe pedir a mão de Hipodâmia dizia que era preciso apostar com ele uma corrida pela moça. Se os cavalos do pretendente vencessem, a jovem seria dele; caso vencessem os do pai, o pretendente deveria pagar a derrota com a própria morte. Mesmo assim Pélops tentou. Tinha cavalos nos quais podia confiar, presenteados por Poseidon. Ele venceu a corrida, mas segundo uma das histórias a vitória se deveu mais a Hipodâmia do que aos cavalos de Poseidon. Ou ela se apaixonou por Pélops, ou então sentiu que tinha chegado a hora de acabar com aquelas corridas. Subornou o condutor da biga do pai, um homem chamado Mirtilo, para que ele a ajudasse. Mirtilo soltou os parafusos que prendiam as rodas da biga do rei e Pélops saiu vitorioso sem qualquer dificuldade. Mais tarde Pélops viria a matar Mirtilo, que o amaldiçoou na hora de morrer, e há quem diga que foi essa a razão dos infortúnios que mais tarde flagelaram a família. Mas a maioria dos autores afirma, certamente com mais motivo, que a maldição dos descendentes de Tântalo se deveu à sua maldade.

Nenhum desses descendentes teve um destino pior do que sua filha, Níobe. Entretanto, no início, os deuses pareciam tê-la escolhido para levar uma vida afortunada, assim como tinham feito com seu irmão, Pélops. Ela foi feliz no casamento. Seu marido era Anfíon, filho de Zeus e músico incomparável. Anfíon e seu irmão gêmeo, Zeto, certa vez se propuseram a fortificar Tebas construindo ao redor da cidade uma imensa muralha. Zeto era um homem de grande força física, que desprezava a devoção que o irmão tinha pelas artes e seu desinteresse pelos esportes masculinos. No entanto, quando chegou a hora de carregar pedras suficientes para construir a muralha, o suave músico se saiu melhor do que o forte atleta: Anfíon tirou de sua lira melodias tão fascinantes que as próprias pedras se comoveram e o seguiram até Tebas.

Lá, ele e Níobe governaram em perfeito contentamento até ela demonstrar que a doentia arrogância de Tântalo vivia dentro dela. Por sua grande riqueza, Níobe se considerava superior a tudo aquilo que os comuns mortais temiam e reverenciavam. Era rica, de berço nobre e poderosa. Tinha tido sete filhos, rapazes corajosos e belos, e sete filhas, todas muito formosas. Considerava-se forte o bastante não apenas para enganar os deuses, como seu pai tentara fazer, mas para desafiá-los abertamente.

Níobe conclamou o povo de Tebas a venerá-la. "Vocês queimam incenso para Leto", falou, "e o que é ela em comparação a mim? Teve apenas dois filhos, Apolo e Ártemis. Eu tive sete vezes mais filhos. Sou uma rainha. Ela era uma andarilha sem lar até que a minúscula Delos, a única entre todos os lugares do mundo, aceitasse recebê-la. Eu sou feliz, forte, poderosa – poderosa demais para qualquer um, seja homem, seja deus, me fazer mal. Façam seus sacrifícios a mim no templo de Leto, que agora é meu, não dela."

Palavras insolentes ditas com arrogante consciência de poder eram sempre ouvidas no Olimpo e sempre punidas. Apolo e Ártemis, o deus arqueiro e a divina caçadora, desceram depressa até Tebas e com uma mira mortal abateram todos os filhos e filhas de Níobe. Ela os viu morrer com uma angústia impossível de expressar. Ao lado daqueles corpos, até pouco jovens e fortes, desabou paralisada pela dor, muda como uma pedra, e tendo no peito um coração que parecia uma pedra também. Somente suas lágrimas rolavam e não paravam de cair. Ela foi transformada numa pedra que vivia molhada de lágrimas noite e dia.

Pélops teve dois filhos, Atreu e Tiestes. Neles, a herança maldita se abateu com força total. Tiestes se apaixonou pela esposa do irmão e conseguiu que ela fosse infiel aos votos matrimoniais. Atreu descobriu e jurou que faria Tiestes pagar como homem nenhum jamais havia pagado. Matou os dois filhos pequenos do irmão, mandou esquartejá-los, cozinhá-los e os serviu para o pai. Depois de comer, Tiestes,

> O pobre coitado, ao tomar ciência do horrendo ato,
> Soltou um grito imenso, recuou e cuspiu
> Aquela carne, lançou sobre aquela casa uma intolerável
> Maldição e derrubou a mesa de banquete.

Atreu era o rei. Tiestes não tinha poder algum. O crime atroz não foi vingado durante a vida de Atreu, mas seus filhos e os filhos de seus filhos sofreram por sua causa.

AGAMÊMNON E SEUS FILHOS

No Olimpo, os deuses estavam todos reunidos. O pai dos deuses e dos homens foi quem primeiro falou. Zeus estava muito zangado com o modo cruel como os homens viviam se comportando em relação aos deuses, culpando os poderes divinos pelas consequências que sua própria maldade trazia, e isso mesmo quando os olímpios tentavam contê-los. "Vocês todos sabem de Egisto, que Orestes, filho de Agamêmnon, matou", disse Zeus, "e como ele amava a esposa de Agamêmnon e o matou quando este voltou de Troia. Nós certamente não temos culpa nenhuma nisso. Nós lhe avisamos pela boca de Hermes: 'A morte do filho de Atreu será vingada por Orestes.' Foram essas as palavras exatas de Hermes, mas nem mesmo tal conselho amigável foi capaz de conter Egisto, que agora está pagando o derradeiro preço."

Esse trecho da *Ilíada* é a primeira menção à casa de Atreu. Na *Odisseia*, quando Odisseu chega à terra dos feácios e está lhes contando sobre sua descida ao Hades e os fantasmas que encontrou, ele diz que, dentre todos, o que mais o havia comovido e lhe causado pena fora Agamêmnon. Odisseu tinha lhe implorado para contar como havia morrido e o líder lhe contou ter tido uma morte inglória enquanto estava sentado à mesa, abatido como um boi que vai ser esquartejado. "Foi Egisto", disse ele, "com o auxílio da minha maldita esposa. Ele me convidou para ir à sua casa e, enquanto eu me banqueteava, me matou. Matou meus homens também. Você já viu muitos homens morrerem em combate individual ou em batalhas, mas nunca viu ninguém morrer como nós, junto ao cálice de vinho e às mesas postas num salão em cujo chão corria sangue. O grito mortal de Cassandra ecoou no meu ouvido quando ela caiu. Clitemnestra a matou por cima do meu corpo. Tentei erguer as mãos para ela, mas minhas mãos caíram. Eu já estava morrendo."

Assim a história foi contada pela primeira vez: Agamêmnon fora morto pelo amante da esposa. Era uma história sórdida. Por quanto tempo ela perdurou, não sabemos, mas a história seguinte que temos, séculos depois, escrita por Ésquilo por volta de 450 a.C., é bem diferente. Ela é hoje uma história grandiosa de vingança implacável, paixões trágicas e condenação inevitável. O motivo da morte de Agamêmnon não é mais o amor culpado de um homem e uma mulher, mas sim um amor de mãe por uma filha morta pelo próprio pai e a determinação de uma esposa de vingar essa morte matando o marido. Egisto perde importância; ele mal está presente. A esposa de Agamêmnon, Clitemnestra, tem todo o palco para si.

Os dois filhos de Atreu, Agamêmnon, comandante das forças gregas em Troia, e Menelau, marido de Helena, terminaram suas vidas de modo bem distinto. Menelau, no início o menos bem-sucedido, foi extremamente próspero no fim da vida. Perdeu a esposa durante algum tempo, mas depois da queda de Troia a recuperou. Seu navio foi desviado até o Egito pela tempestade com a qual Palas Atena mandou fustigar a frota grega, mas ele por fim chegou em casa são e salvo e viveu feliz para sempre com Helena. Com seu irmão foi bem diferente.

Quando Troia caiu, Agamêmnon foi o mais sortudo de todos os líderes vitoriosos. Seu navio passou ileso pela tempestade que tantos outros destruiu ou carregou para países distantes. Ele adentrou sua cidade não apenas são e salvo após enfrentar perigos em terra e no mar, mas também vitorioso, como o orgulhoso conquistador de Troia. Seu lar estava à sua espera. A notícia do seu desembarque o havia precedido e todos os habitantes da cidade se reuniram numa grande recepção. Era como se ele fosse o mais glorioso e bem-sucedido de todos os homens, de volta para junto dos seus após uma vitória brilhante, com um futuro de paz e prosperidade pela frente.

No entanto, na multidão que o recebeu com gratidão pela sua volta havia rostos aflitos e palavras de mau presságio corriam de boca em boca. "Ele vai enfrentar acontecimentos ruins", resmungavam. "As coisas antes corriam bem aqui no palácio, mas não mais. Se pudesse falar, aquela casa contaria uma história e tanto."

Em frente ao palácio, os anciãos da cidade estavam reunidos para homenagear seu rei, mas estavam também apreensivos, muito mais preocupados com um presságio ainda pior do que aquele que pesava sobre a multidão aflita. Enquanto aguardavam, ficaram conversando em voz baixa sobre o passado. Eram velhos, e o passado para eles era quase mais real do que o presente. Eles recordaram o sacrifício de Ifigênia, uma jovem linda e inocente que confiou totalmente no pai e, então, se viu diante do altar, das facas cruéis e apenas de rostos impiedosos. Enquanto os velhos conversavam, aquilo lhes foi como uma vívida lembrança, como se eles próprios houvessem estado presentes, como se houvessem escutado com a jovem o pai que ela amava mandando homens a erguerem e segurarem acima do altar para matá-la. Agamêmnon mandara matar a filha não por vontade própria, mas levado pela impaciência do exército por bons ventos que os conduzissem até Troia. Só que a questão não era tão simples assim. Ele tinha cedido ao exército porque a velha iniquidade em sucessivas gerações da sua família estava fadada a se manifestar em maldade nele também. Os anciãos conheciam a maldição que pairava sobre aquela casa:

A sede de sangue
Está na sua carne. Antes de a velha ferida
Poder se curar, mais sangue irá correr.

Dez anos haviam transcorrido desde o sacrifício de Ifigênia, mas os resultados da sua morte alcançavam o presente. Os anciãos eram sábios. Haviam aprendido que todo pecado acarreta novos pecados; todo erro traz outro no seu encalço. Uma ameaça da moça morta pairava acima do pai naquele momento de triunfo. Mas podia ser, disseram os velhos uns para os outros, podia ser que ela de fato não se materializasse por algum tempo.

Eles então tentaram encontrar um pouco de esperança, embora no fundo do coração soubessem e não se atrevessem a dizer em voz alta, que a vingança já estava ali, no palácio, à espera de Agamêmnon.

A vingança aguardava desde que a rainha Clitemnestra tinha voltado de Áulis, onde vira a filha morrer. Ela não se mantivera fiel ao marido que lhe matara a filha; agora tinha um amante e o povo inteiro sabia. Todos sabiam também que ela não o mandara embora após saber que Agamêmnon iria voltar. Ele continuava ali no palácio com ela. O que estaria sendo tramado atrás daquelas portas? Enquanto todos se perguntavam isso, temerosos, ouviram o barulho de uma confusão, de carros rodando e vozes gritando. A carruagem real adentrou o pátio e nela estavam o rei e ao seu lado uma moça, muito bonita, mas de aspecto muito estranho. Criados e moradores da cidade os seguiam, e quando todos pararam as portas da grande casa se abriram e a rainha apareceu.

O rei saltou da biga rezando em voz alta: "Ó vitória agora minha, seja minha para sempre." Sua esposa se adiantou para ir ao seu encontro. O semblante de Clitemnestra estava radiante, sua cabeça erguida. Ela sabia que todos ali presentes menos Agamêmnon tinham ciência da sua infidelidade, mas a todos encarou e disse, com um sorriso nos lábios, que mesmo na presença deles ela devia, num momento como aquele, falar do grande amor que tinha pelo marido e da dor excruciante que sentira na sua ausência. Então, com palavras de alegria exultante, deu-lhe as boas-vindas. "Você é a nossa segurança", falou, "nossa defesa certa. Vê-lo é tão bom quanto para um marinheiro ver a terra depois da tempestade, quanto uma fonte de água para um viajante sedento."

Agamêmnon lhe respondeu, mas com reserva, e virou-se para entrar no palácio. Primeiro apontou para a jovem na biga. Era Cassandra, filha de Príamo, disse ele à esposa; ela fora o presente que o exército lhe tinha dado, a fina flor de todas as prisioneiras de Troia. Que Clitemnestra cuidasse dela e a tratasse bem. Dizendo isso, ele entrou na casa e as portas se fecharam atrás de marido e mulher. Nunca mais tornariam a se abrir para os dois.

A multidão tinha se dispersado. Apenas os velhos ainda aguardavam ansiosos diante da casa silenciosa e das portas fechadas. A princesa prisioneira chamou sua atenção e eles a olharam com curiosidade. Tinham ouvido falar de sua estranha fama de profetisa em quem ninguém nunca acreditava, embora a veracidade das suas profecias sempre fosse provada pelos acontecimentos. Cassandra virou para eles um semblante aterrorizado. Para onde fora levada, perguntou-lhes, transtornada; que casa era aquela? Eles lhe responderam em tom tranquilizador que ali era onde morava o filho de Atreu. Ela gritou: "Não! Esta é uma casa que Deus odeia, onde homens são mortos e o chão é vermelho de sangue." Os velhos se entreolharam assustados. Sangue, homens mortos, era nisso que eles também estavam pensando, no passado sombrio com sua promessa de mais sombras. Como ela, uma estrangeira desconhecida, podia conhecer esse passado? "Ouço crianças chorando", disse Cassandra em tom de lamento,

> Chorando por feridas que sangram.
> Um pai se banqueteou... e a carne era seus filhos.

Tiestes e os filhos... Onde ela teria ouvido falar nisso? Outras palavras desarvoradas ainda saíram de sua boca. Era como se ela tivesse visto o que ocorrera naquela casa ao longo dos anos, como se houvesse estado presente quando as mortes ocorreram, todas elas criminosas, e todas elas operando juntas para gerar mais crimes. Cassandra então se virou do passado para o futuro. Gritou que, naquele mesmo dia, duas outras mortes se somariam à lista, uma delas a sua. "Suportarei morrer", disse ela, virando as costas e avançando em direção à casa. Os velhos ainda tentaram impedi-la de entrar naquela casa amaldiçoada, mas Cassandra não lhes deu ouvidos: entrou e as portas também se fecharam para sempre atrás dela.

O silêncio que se fez depois que ela entrou foi rompido de modo súbito e terrível. Um grito ecoou, a voz de um homem à beira da morte: "Meu Deus! Fui atingido! O golpe mortal..." E, mais uma vez, silêncio.

Os velhos, apavorados e atarantados, aproximaram-se uns dos outros. Aquela tinha sido a voz do rei. O que deveriam fazer? "Invadir o palácio? Rápidos, sejamos rápidos", instaram uns aos outros. "Precisamos saber." Mas não foi necessária violência alguma. As portas se abriram e no seu vão surgiu a rainha.

Escuras manchas vermelhas estavam em seu vestido, suas mãos e seu rosto, no entanto, a própria Clitemnestra parecia inabalada, muito segura de si. Proclamou para todos ouvirem o que tinha sido feito. "Aqui jaz morto meu marido, abatido com justiça pela minha mão", falou. Era o sangue do rei que lhe manchava o vestido e o rosto, e ela estava satisfeita.

> Ele caiu e, ao arquejar, seu sangue
> Esguichou e me molhou num jorro escuro, um orvalho
> De morte, tão doce para mim quanto as doces gotas de chuva
>   do céu
> Quando brotam os trigais.

Não viu motivo algum para explicar seu ato ou se desculpar. Aos seus olhos não era uma assassina, e sim um carrasco. Tinha punido um assassino, o assassino da própria filha.

> Que não se importou mais do que se um animal fosse morrer
> Quando os rebanhos abundam na suave paisagem,
> Mas a própria filha matou... matou-a em troca de um amuleto
> Para se proteger dos ventos trácios.

Seu amante então surgiu e se postou ao seu lado: era Egisto, o filho caçula de Tiestes, nascido depois do horrendo banquete. Ele não tinha nenhuma rixa com o próprio Agamêmnon, mas Atreu, que tinha mandado matar as crianças e servi-las ao pai na mesa de banquete, já estava morto e a vingança não podia atingi-lo. Sendo assim, o filho precisava pagar o preço.

Os dois, a rainha e seu amante, tinham motivos para saber que não se pode pôr fim à maldade com maldade. O corpo morto do homem que tinham acabado de assassinar era prova disso. Mas, no seu triunfo, eles não pararam para pensar que, assim como todas as outras, a morte de Agamêmnon também com certeza traria após si maldade. "Basta de sangue para você e para mim", disse Clitemnestra para Egisto. "Agora somos os senhores daqui. Vamos governar bem todas as coisas." Era uma esperança vã.

Ifigênia era uma de três filhos. Os outros dois eram uma menina e um menino, Electra e Orestes. Egisto teria certamente matado o menino se Orestes estivesse no palácio, mas este fora despachado para ficar com um amigo de confiança. A menina, Egisto não fez questão de matar; limitou-se a torná-la totalmente infeliz de todas as formas possíveis até toda a sua vida se resumir a uma única esperança: que Orestes voltasse e vingasse a morte do pai. Essa vingança... qual seria ela? Inúmeras vezes Electra se perguntou isso. Egisto precisava morrer, claro, mas apenas a morte dele não traria justiça. Seu crime era menos grave do que o de outra pessoa.

E então? Seria justiça um filho tirar a vida de uma mãe para vingar a morte de um pai? Foram essas as reflexões de Electra durante os amargos dias dos longos anos que se seguiram enquanto Clitemnestra e Egisto governavam o país.

Ao ficar adulto, Orestes viu com mais clareza do que a irmã a terrível situação. Era dever de um filho matar os assassinos do pai, dever esse que precedia qualquer outro. Mas um filho que matasse a mãe causava repulsa nos deuses e nos homens. Uma obrigação sagrada estava atrelada ao mais atroz dos crimes. Quem quisesse agir corretamente estava numa situação em que precisava escolher entre dois erros medonhos. Precisava trair o pai ou se tornar o assassino da mãe.

Angustiado pela dúvida, Orestes foi a Delfos pedir ajuda ao oráculo, Apolo lhe disse palavras claras e ordenou

Mate os dois que mataram.
Vingue morte com morte.
Derrame sangue pelo antigo sangue derramado.

E Orestes soube que precisava perpetuar a maldição da sua família, vingar-se e pagar com a própria ruína. Foi até a casa que não via desde menino e seu primo e amigo Pílades o acompanhou. Os dois tinham sido criados juntos e seu vínculo ia muito além de uma amizade comum. Sem saber que eles estavam chegando, Electra continuava atenta. Sua vida se resumia a esperar a chegada do irmão, que lhe traria a única coisa que a vida lhe reservava.

Certo dia, junto ao túmulo do pai, ela fez uma oferenda aos mortos e rogou: "Ó pai, guie Orestes até sua casa!" De repente o rapaz surgiu ao seu lado, afirmando ser seu irmão e lhe mostrando como prova o manto que estava usando, um manto que a própria Electra havia tecido e no qual o havia envolvido quando ele fora embora. Mas ela não precisava de prova. "Seu rosto é o rosto do meu pai", falou chorando. E despejou sobre Orestes todo o amor que ninguém havia querido receber dela durante todos aqueles miseráveis anos:

Tudo, é tudo seu,
O amor que eu devia a meu pai agora morto,
O amor que eu poderia ter dado à minha mãe

E à minha pobre irmã cruelmente condenada à morte.
É tudo seu agora, só seu.

Orestes estava demasiado absorto pelos próprios pensamentos, demasiado concentrado no que tinha a fazer para responder a Electra ou mesmo escutá-la. Interrompeu sua fala para lhe dizer o que tanto lhe ocupava a mente a ponto de impedir a entrada de qualquer outra coisa: as palavras terríveis do oráculo de Apolo. Horrorizado, falou:

Ele me disse para aplacar os mortos raivosos.
Que aquele que não ouve quando seus mortos o chamam
Jamais terá um lar, nem refúgio em lugar algum.
Nenhum fogo arde por ele em qualquer altar, nenhum amigo o saúda.
Ele morre sozinho e vil. Ó Deus, devo acreditar
Nesses presságios? Mas mesmo assim... mesmo assim
É preciso cometer o ato, e quem deve cometê-lo sou eu.

Os três formularam seu plano. Orestes e Pílades entrariam no palácio dizendo ser portadores de um recado anunciando a morte de Orestes. Aquela seria uma notícia feliz para Clitemnestra e Egisto, que sempre haviam temido o que o rapaz poderia fazer, e os dois certamente iriam querer ver o mensageiro. Uma vez dentro do palácio, Orestes e o amigo poderiam confiar na própria espada e na total surpresa do seu ataque.

Eles foram recebidos e Electra aguardou. Esse tinha sido seu amargo papel durante toda a vida. As portas então se abriram devagar e uma mulher saiu e parou tranquilamente nos degraus. Era Clitemnestra. Ela passou apenas um ou dois segundos ali até um escravo sair pelas portas correndo e gritando: "Traição! Nosso rei! Traição!" Viu Clitemnestra e soluçou: "Orestes... ele está vivo... aqui." A rainha então entendeu. Tudo ficou claro para ela, o que havia acontecido e o que ainda iria acontecer. Com gravidade, ordenou ao escravo que lhe trouxesse um machado de batalha. Estava decidida a lutar pela própria vida, mas assim que segurou a arma mudou de ideia. Um homem saiu pelas portas com a espada ensanguentada, um sangue que ela conhecia, e conhecia também aquele que segurava a espada. Na mesma hora viu um jeito mais seguro de se defender do que com um machado. Ela era a mãe daquele homem.

– Pare, meu filho – falou. – Veja... o meu peito. Sua cabeça pesada repousou aqui e você dormiu, ah, muitas vezes. Sua boca de bebê ainda sem dentes sugou meu leite e você cresceu...

Orestes exclamou:

– Pílades, ela é minha mãe. Será que posso poupar...

Seu amigo lhe respondeu solenemente:

– Não. Apolo ordenou. O deus precisa ser obedecido.

– Vou obedecer – disse Orestes. – Você... venha comigo.

Clitemnestra soube que tinha perdido. Com toda a calma, falou:

– Meu filho, parece que você vai matar a sua mãe.

Ele lhe indicou com um gesto que entrasse na casa. Ela entrou e ele foi atrás.

Quando Orestes tornou a sair, não foi preciso dizer àqueles que aguardavam no pátio o que ele tinha feito. Sem fazer qualquer pergunta, fitaram com um ar de compaixão aquele que era o seu novo rei. O rapaz não parecia vê-los; estava olhando para um horror mais além. Gaguejando, ele disse:

– O homem está morto. Nisso eu não tenho culpa. Um adúltero. Ele precisava morrer. Mas ela... ela foi responsável ou não foi? Ó amigos, digo que matei minha mãe... mas não sem motivo... Ela era vil e matou meu pai, e Deus a detestava.

Seus olhos continuavam cravados num horror invisível. Ele gritou:

– Vejam! Vejam! Mulheres. Negras, todas negras, e de cabelos compridos como cobras.

Eles se apressaram em dizer que não havia mulher alguma ali:

– É só sua imaginação. Ah, não tenha medo.

– Não estão vendo? – exclamou ele. – Não é imaginação. Eu... eu as vejo. Minha mãe as mandou. Elas estão me rodeando e de seus olhos pinga sangue. Ah, soltem-me.

Ele saiu correndo, acompanhado apenas por essas companheiras invisíveis.

Na vez seguinte em que chegou ao seu país, anos haviam transcorrido. Orestes tinha vagado por muitas terras, sempre perseguido pelas mesmas formas terríveis. Estava exausto de tanto sofrer, mas na sua perda de tudo que os homens valorizam havia também um ganho. "A infelicidade me ensinou", disse ele. Havia aprendido que todo crime era passível de expiação

Clitemnestra e Oreste

e que até mesmo ele, conspurcado pelo assassinato da mãe, poderia ser novamente purificado. Cumprindo uma ordem de Apolo, foi até Atenas defender sua posição diante de Palas Atena. Tinha ido suplicar ajuda, mas seu coração estava confiante. Aqueles que desejam ser purificados não podem ser negados, e a mancha negra da sua culpa tinha esmaecido gradualmente ao longo de seus anos de errância e sofrimento solitário. Acreditava que ela já houvesse se apagado. "Posso falar com Palas Atena com lábios puros", disse ele.

A deusa escutou sua súplica. Apolo estava ao lado de Orestes. "O responsável pelo que ele fez sou eu", disse o deus. "Ele matou por ordem minha." As formas terríveis de suas perseguidoras, as Erínias ou Fúrias, estavam enfileiradas contra Orestes, mas ele escutou com toda a calma seus pedidos de vingança. "O culpado pelo assassinato da minha mãe fui eu, não Apolo", falou, "mas fui purificado da minha culpa." Eram palavras que nunca tinham sido ditas antes por nenhum integrante da casa de Atreu. Os assassinos dessa raça nunca tinham sofrido por causa da sua culpa nem buscado a purificação. Palas Atena aceitou a súplica de Orestes. Convenceu as deusas vingadoras a aceitarem-na também, e com essa nova lei de clemência, estabeleceu que elas próprias agora também estavam mudadas. De Fúrias de aspecto assustador, se transformaram nas deusas benfazejas, as Eumênides, protetoras dos suplicantes. Absolveram Orestes e com suas palavras de absolvição o espírito do mal que havia assombrado por tanto tempo aquela casa foi banido. Orestes saiu do tribunal de Palas Atena como um homem livre. Nem ele nem qualquer descendente seu jamais seriam levados outra vez a cometer algum mal pelo poder irresistível do passado. Era o fim da maldição da casa de Atreu.

Ifigênia entre os tauros

Tirei esta história integralmente de duas peças de Eurípides, poeta trágico do século V a.C. Nenhum outro autor a conta inteira. Dos três poetas trágicos, Eurípides é o único a lançar mão do dispositivo do final feliz provocado por uma divindade, o deus ex machina. *Na nossa opinião, isso é uma fraqueza, além de certamente desnecessário nesse caso, no qual o mesmo fim poderia ter sido garantido simplesmente omitindo o vento contrário. Na verdade, a aparição de Palas Atena prejudica uma boa trama. Um motivo possível para esse lapso por parte de um dos maiores poetas que o mundo já conheceu é que os atenienses, que na época sofriam muito por causa da guerra contra Esparta, estavam ávidos por milagres e Eurípides tenha decidido satisfazê-los.*

Os gregos, como já foi dito, não apreciavam histórias nas quais seres humanos eram ofertados, fosse para aplacar deuses zangados, fosse para fazer a Mãe Terra proporcionar uma boa safra, fosse para fazer qualquer outra coisa acontecer. Eles viam esses sacrifícios como nós os vemos e os consideravam abomináveis. Esses atos eram, portanto, uma prova de que qualquer divindade que os exigisse era má e, como disse o poeta Eurípides, "Se os deuses cometem o mal, então eles não são deuses". Era inevitável, portanto, que surgisse outra história sobre o sacrifício de Ifigênia em Áulis. Segundo o relato antigo, ela fora morta porque um dos animais selvagens que Ártemis amava fora morto pelos gregos e os caçadores culpados só podiam reconquistar o apreço da deusa com a morte de uma jovem. Para os gregos tardios, porém, isso era uma calúnia contra Ártemis. Uma exigência dessas jamais teria sido feita pela bela dama das matas e florestas, que protegia particularmente as pequenas criaturas indefesas.

> Ela é muito bondosa, Ártemis sagrada,
> À juventude molhada de orvalho, aos delicados filhotes,
> As crias de tudo que povoa os campos,
> De tudo que vive nas florestas.

Deu-se, portanto, outro fim à história. Quando os soldados gregos em Áulis vieram buscar Ifigênia onde ela esperava ser convocada para a morte, junto da mãe, ela proibiu Clitemnestra de acompanhá-la até o altar.

– É melhor tanto para mim quanto para você – argumentou.

A mãe foi deixada sozinha. Por fim, viu um homem se aproximar. Ele estava correndo e Clitemnestra se perguntou por que alguém se apressaria para lhe trazer a notícia que ela precisava suportar. Mas o homem lhe gritou:

– Notícias maravilhosas!

Sua filha não tinha sido sacrificada, disse ele. Isso era certo, mas ninguém sabia exatamente o que acontecera com ela. Quando o sacerdote estava prestes a matá-la, todos os presentes foram tomados de angústia e abaixaram a cabeça. Mas o sacerdote então gritou e, ao erguerem os olhos, eles se depararam com um assombro quase inacreditável. A jovem tinha desaparecido, mas no chão, junto ao altar, jazia uma corça degolada.

– Isso é obra de Ártemis – proclamou o sacerdote. – Ela não vai permitir que seu altar seja maculado por sangue humano. Ela própria forneceu a vítima e recebe o sacrifício.

– Eu lhe digo, ó rainha – falou o mensageiro. – Eu estava lá e foi assim que aconteceu. Sua filha foi claramente levada para os deuses.

Mas Ifigênia não tinha sido levada para o céu. Ártemis a levara para a Táurida (atual Crimeia), às margens do Mar Não Amigável, terra de um povo violento que tinha o costume selvagem de sacrificar à deusa qualquer grego que lá fosse encontrado. Ártemis cuidou para que Ifigênia ficasse segura: fez dela a sacerdotisa do seu templo. Como tal, porém, a jovem tinha o terrível dever de conduzir os sacrifícios, não de matar ela própria os seus conterrâneos, mas de consagrá-los por meio de ritos ancestrais e entregá-los àqueles que os matariam.

Já fazia muitos anos que Ifigênia servia assim à deusa quando uma galé grega aportou no litoral inóspito, não por alguma necessidade grave nem levada por qualquer tempestade, mas de modo voluntário. Todos sabiam, porém, o que os tauros faziam com os gregos que capturavam. Um motivo fortíssimo tinha feito a embarcação ancorar ali. Assim que a aurora despontou, dois jovens desembarcaram e foram até o templo sem serem vistos. Ambos eram evidentemente de origem nobre: pareciam filhos de reis, mas um deles tinha no rosto marcas profundas de sofrimento. Foi ele quem sussurrou para o amigo:

– Você acha que é este o templo, Pílades?

– Sim, Orestes – respondeu o outro. – Deve ser aquele ponto sujo de sangue.

Orestes ali, junto com seu fiel amigo? O que os dois estavam fazendo num país tão perigoso para os gregos? Isso foi antes ou depois de Orestes ser absolvido da culpa pelo assassinato da mãe? Foi algum tempo depois. Embora Palas Atena o tivesse declarado livre de culpa, nessa história, nem todas as Erínias haviam aceitado o veredito. Algumas delas continuaram a persegui-lo, ou pelo menos Orestes assim pensava. Nem mesmo a absolvição de Palas Atena tinha lhe devolvido a paz de espírito. Suas perseguidoras eram menos numerosas, mas continuavam com ele.

Desesperado, ele foi a Delfos. Se não conseguisse encontrar ajuda ali, no lugar mais sagrado da Grécia, não conseguiria encontrá-la em lugar algum. O oráculo de Apolo lhe deu esperança, mas só se ele pusesse a própria vida em risco. A pitonisa de Delfos lhe disse que ele precisava ir até a Táurida e tirar do templo de Ártemis a imagem sagrada da deusa. Quando a levasse para Atenas, finalmente ficaria curado e em paz. Nunca mais seria assombrado por formas terríveis. Era uma empreitada muito perigosa, mas dela dependia tudo para Orestes. Custasse o que custasse, ele precisava tentar, e Pílades não o deixou tentar sozinho.

Chegando ao templo, os dois viram na hora que precisavam esperar a noite antes de fazer qualquer coisa. Durante o dia não havia a menor chance de entrar sem serem vistos. Eles recuaram e foram se esconder em algum lugar isolado e escuro.

Ifigênia, triste como sempre, estava cumprindo seus deveres para com Ártemis quando foi interrompida por um mensageiro, que lhe informou que dois jovens gregos tinham sido presos e deveriam ser sacrificados sem demora. Ele fora enviado para lhe pedir que aprontasse tudo para os ritos sagrados. O horror que Ifigênia já sentira tantas vezes se apoderou dela de novo. Ela estremeceu ao pensar no que precisava fazer, ainda que aquilo já fosse terrivelmente conhecido, ao pensar no medonho derramamento de sangue e na agonia das vítimas. Só que dessa vez outro pensamento lhe ocorreu. Ela se perguntou: *Uma deusa por acaso daria uma ordem dessas? Uma deusa se alegraria com assassinatos rituais? Eu não acredito nisso. São os homens desta terra que têm sede de sangue e põem nos deuses uma culpa que é sua.*

Enquanto Ifigênia estava assim, cogitando, os prisioneiros foram trazidos. Ela mandou os ajudantes entrarem no templo e preparar tudo para sua chegada e, quando os três ficaram sozinhos, se dirigiu aos rapazes. Onde ficava sua casa, perguntou, o lar que eles nunca mais voltariam a ver? Não conseguiu segurar as lágrimas e os dois estranharam ao ver tamanha compaixão. Orestes lhe disse com toda a delicadeza que não chorasse por eles. Ao irem até ali, já sabiam o que poderia lhes acontecer. Mas ela continuou com as perguntas. Os dois eram irmãos? Sim, respondeu Orestes, por amor, mas não por nascimento. Como se chamavam?

– Por que perguntar isso para um homem prestes a morrer? – retrucou Orestes.

– Não vão me dizer nem qual é sua cidade? – perguntou ela.

– Eu sou de Micenas – respondeu Orestes –, essa cidade outrora tão próspera.

– O rei de Micenas com certeza era próspero – disse Ifigênia. – Chamava-se Agamêmnon.

– Nada sei sobre ele – disse Orestes, abrupto. – Vamos encerrar esta conversa.

– Não, não. Fale-me sobre ele – suplicou ela.

– Está morto – respondeu Orestes. – A própria esposa o matou. Não me pergunte mais nada.

– Mais uma coisa – disse Ifigênia. – A esposa... ela está viva?

– Não – respondeu Orestes. – O filho a matou.

Os três se entreolharam em silêncio.

– Foi justo – Ifigênia sussurrou e estremeceu. – Justo... porém mau, horrível. – Ela tentou se acalmar. Então perguntou: – Alguém ainda fala sobre a filha que foi sacrificada?

– Somente como se fala dos mortos – respondeu Orestes.

A expressão de Ifigênia mudou. Ela pareceu mais animada, alerta.

– Pensei num plano para ajudar tanto vocês quanto a mim – disse ela. – Se eu puder salvá-los, vocês se disporiam a levar uma carta para meus amigos em Micenas?

– Não, eu não – respondeu Orestes. – Mas meu amigo o fará. Ele só veio até aqui por minha causa. Dê-lhe sua carta e mate a mim.

– Que assim seja – respondeu Ifigênia. – Espere enquanto vou buscar a carta.

Ela se retirou apressada e Pílades se virou para Orestes.

– Não vou deixá-lo aqui para morrer sozinho – falou. – Todos me chamarão de covarde se eu fizer isso. Não. Eu o amo... e tenho medo do que os homens irão dizer.

– Eu lhe dei minha irmã para você protegê-la – disse Orestes. – Electra é sua esposa. Você não pode abandoná-la. Quanto a mim... a morte não é nenhum infortúnio.

Enquanto eles conversavam em sussurros apressados, Ifigênia voltou com uma carta na mão.

– Vou convencer o rei. Tenho certeza de que ele deixará meu mensageiro passar. Mas primeiro – ela se virou para Pílades – vou lhes dizer o que está escrito na carta, de modo que, mesmo se por alguma falta de sorte, vocês perderem seus pertences, estejam carregando meu recado na memória e possam transmiti-lo a meus amigos.

– Um bom plano – concordou Pílades. – A quem devo transmitir o recado?

– A Orestes – disse Ifigênia –, o filho de Agamêmnon.

Ela estava olhando para outro lado, pensando em Micenas. Não viu o olhar de espanto dos dois rapazes cravado nela.

– Deve dizer a ele que quem está mandando essa mensagem é aquela que foi sacrificada em Áulis – prosseguiu. – Ela não morreu...

– Os mortos podem voltar à vida? – exclamou Orestes.

– Calado – disse Ifigênia com raiva. – O tempo é curto. Diga a ele: "Irmão, leve-me de volta para casa. Liberte-me deste sacerdócio assassino, desta terra bárbara." Lembre-se bem, rapaz: o nome é Orestes.

– Ah, Deus, ah, Deus – gemeu Orestes. – Não é possível.

– Estou falando com você, não com ele – disse Ifigênia a Pílades. – Vai se lembrar do nome?

– Sim – respondeu Pílades –, mas não vou demorar muito para dar o seu recado. Orestes, tome aqui esta carta. Trago-a da sua irmã.

– E eu a aceito com uma felicidade que as palavras são incapazes de expressar – disse Orestes.

No instante seguinte, ele tomou Ifigênia nos braços. Mas ela se desvencilhou.

– Eu não sei! – exclamou ela. – Como posso saber? Que prova eu tenho?

– Lembra-se do último bordado que fez antes de partir para Áulis? – perguntou Orestes. – Posso descrevê-lo para você. Lembra-se do seu quarto no palácio? Posso lhe dizer o que havia lá.

Ele a convenceu e ela se atirou nos seus braços. Aos soluços, exclamou:

– Querido! Você é o meu amado, meu querido, meu adorado. Um bebê, um bebezinho quando o deixei. Que coisa mais maravilhosa essa que me aconteceu.

– Pobre menina – disse Orestes. – Casada com a dor, como eu também fui. E poderia ter matado o próprio irmão.

– Ah, que horror! – exclamou Ifigênia. – Mas eu me obriguei a fazer coisas horríveis. Estas mãos o poderiam ter matado. E mesmo agora... como posso salvá-lo? Que deus, que homem vai nos ajudar?

Pílades vinha aguardando em silêncio, solidário mas impaciente. Pensou que o momento de agir certamente havia chegado.

– Podemos conversar quando estivermos fora deste lugar horroroso – lembrou aos irmãos.

– E se matássemos o rei? – sugeriu Orestes, animado, mas Ifigênia recusou indignada a ideia.

O rei Toas tinha sido bom com ela; não iria lhe fazer mal. Nesse momento um plano lhe ocorreu, um plano perfeito até os mínimos detalhes. Depressa ela o explicou e os rapazes concordaram na hora. Todos os três então entraram no templo.

Após alguns instantes, Ifigênia saiu trazendo uma imagem nos braços. Um homem estava nesse exato momento chegando à porta do templo. Ela falou:

– Ó rei, pare. Fique onde está.

Espantado, ele lhe perguntou o que estava acontecendo. Ela lhe respondeu que os dois homens que ele havia mandado para a deusa não eram puros. Eram conspurcados, vis; haviam matado a própria mãe e Ártemis estava zangada.

– Estou levando a imagem para purificá-la no mar – disse Ifigênia. – E lá também purificarei os homens da sua mácula. Somente depois o sacrifício poderá ser realizado. Tudo que eu fizer devo fazer sozinha. Que os prisioneiros sejam trazidos e que seja proclamado na cidade que ninguém deve se aproximar de mim.

– Faça como quiser – respondeu Toas – e leve todo o tempo que for preciso.

Ele observou a procissão se afastar, Ifigênia na frente com a imagem, Orestes e Pílades atrás e, fechando o cortejo, ajudantes com recipientes para o rito de purificação. Ifigênia ia rezando em voz alta: "Donzela e rainha, filha de Zeus e Leto, onde houver pureza será sua morada e nós seremos felizes." Eles desapareceram a caminho da enseada onde estava ancorada a embarcação de Orestes. Parecia que o plano de Ifigênia não tinha como fracassar.

Mas fracassou. Ela de fato conseguiu fazer os ajudantes deixarem-na a sós com seu irmão e Pílades antes de chegarem ao mar: ela causava-lhes assombro e eles faziam tudo que ela mandava. Os três então se apressaram em subir a bordo e a tripulação fez zarpar o navio. Mas na entrada do porto, onde este se abria para o mar, um forte vento contrário os atingiu e eles não conseguiram mais avançar. Apesar de todos os seus esforços, foram empurrados de volta para terra. Parecia que a embarcação ia ser jogada nas pedras. Os habitantes a essa altura já tinham percebido o que estava acontecendo. Alguns ficaram observando para se apoderar do navio quando este encalhasse; outros correram para avisar o rei Toas. Enfurecido, ele estava saindo às pressas do templo para capturar e matar os forasteiros infiéis e a sacerdotisa traidora quando, de repente, no ar acima dele, uma forma radiante surgiu; era obviamente uma deusa. O rei recuou e o assombro o impediu de prosseguir.

– Pare, ó rei! – ordenou a presença. – Eu sou Palas Atena. Eis o que lhe digo: deixe a embarcação partir. Poseidon está neste exato instante acalmando os ventos e as ondas para que ela possa passar em segurança. Ifigênia e os outros estão agindo guiados pelos deuses. Esqueça sua raiva.

Toas, obediente, respondeu:

– Se assim deseja, deusa, assim será.

E os que estavam observando em terra viram o vento mudar de direção, as ondas se acalmarem e o navio grego deixar o porto e seguir a toda velocidade rumo ao mar além.

CAPÍTULO II
A casa real de Tebas

A história da família de Tebas compete em fama com a da casa de Atreu, e pelo mesmo motivo. Assim como as melhores peças de Ésquilo no século V a.C. são sobre os descendentes de Atreu, da mesma forma as melhores peças de seu contemporâneo Sófocles são sobre Édipo e seus filhos.

Cadmo e suas filhas

A história de Cadmo e suas filhas não passa de um prólogo da história maior. Era uma das preferidas do período clássico e vários autores a contaram no todo ou em parte. Preferi o relato de Apolodoro, que escreveu no século I ou II d.C. Ele conta a história com simplicidade e clareza.

Quando Europa foi raptada pelo touro, seu pai mandou os irmãos da moça atrás dela, dizendo-lhes que não voltassem até a terem encontrado. Um desses irmãos, Cadmo, em vez de procurar aleatoriamente aqui e ali, teve o bom senso de ir a Delfos perguntar a Apolo onde sua irmã estava. O deus lhe disse para não se preocupar mais com ela nem com a decisão do pai de não recebê-lo sem a irmã, mas para fundar sua cidade. Ao sair de Delfos, disse Apolo, Cadmo encontraria uma novilha; deveria segui-la e construir sua cidade no ponto em que ela se deitasse para descansar. Assim fundou-

-se Tebas e as terras em volta receberam o nome da região de onde viera a novilha, Beócia. Primeiro, porém, Cadmo precisou enfrentar e matar um terrível dragão que protegia uma nascente ali perto e que matava todos os seus companheiros que iam lá buscar água. Cadmo sozinho jamais teria conseguido construir a cidade, mas, uma vez morto o dragão, Palas Atena apareceu para ele e lhe disse para semear a terra com os dentes do dragão. Ele obedeceu sem fazer ideia do que iria acontecer e, para seu horror, viu homens armados brotarem dos sulcos. Entretanto, os homens não lhe deram a menor atenção, mas se viraram uns contra os outros até todos morrerem, menos cinco, que Cadmo convenceu a se tornarem seus ajudantes.

Com a ajuda desses cinco, Cadmo fez de Tebas uma cidade gloriosa e a governou com grande prosperidade e sabedoria. Segundo Heródoto, foi ele quem introduziu na Grécia o alfabeto. Casou-se com Harmonia, filha de Ares e Afrodite. Os deuses abençoaram as bodas com a sua presença e Afrodite presenteou Harmonia com um colar maravilhoso fabricado por Hefesto, o ferreiro do Olimpo, mas que, apesar da origem divina, iria causar tragédia numa futura geração.

O casal teve quatro filhas e um filho, e aprendeu com eles que o vento da proteção divina nunca sopra na mesma direção por muito tempo. Todas as suas filhas tiveram grandes infortúnios. Uma delas era Sêmele, mãe de Dioniso, que morreu fulminada pelo esplendor de Zeus. Outra foi Ino, a malvada madrasta de Frixo, o menino salvo da morte pelo carneiro do velocino de ouro. Seu marido enlouqueceu e matou o filho do casal, Melicertes. Com o corpo do filho morto nos braços, Ino se jogou no mar. Mas os deuses salvaram ambos. Ela virou uma deusa-mar, a mesma que salvou Odisseu de morrer afogado quando a jangada do herói foi destruída, e seu filho virou um deus-mar. Na *Odisseia* ela ainda é chamada de Ino, mas posteriormente seu nome foi mudado para Leucoteia e seu filho se chamou Palêmon. Assim como a irmã Sêmele, ela teve sorte no fim. Já as outras duas, não. Ambas sofreram por causa dos filhos. Agave foi a mais miserável de todas as mães, a quem Dioniso fez perder a razão e acreditar que o filho Penteu fosse um leão, até matá-lo com as próprias mãos. O filho de Autônoe foi Acteão, um grande caçador. Autônoe foi menos infeliz do que Agave, uma vez que não matou ela própria o filho, mas teve que suportar a morte horrível que ele teve no auge da juventude – uma morte também inteiramente não merecida, pois ele nada tinha feito de errado.

Acteão estava caçando e, com calor e sede, entrou numa caverna na qual um pequeno regato formava um lago. Só queria se refrescar na água cristalina. Sem saber, porém, ele havia entrado no lugar preferido de Ártemis para se banhar e no exato momento em que a deusa tinha deixado cair as roupas e estava parada nua na beira d'água, em toda a sua beleza. A divindade ultrajada nem sequer pensou se o jovem a tinha ofendido de propósito ou havia chegado ali em pura inocência. Com a mão molhada, jogou no rosto dele algumas gotas de água e, quando elas o molharam, Acteão foi transformado num cervo. E a mudança não foi só externa: o coração do rapaz virou um coração de cervo, e ele, que nunca antes havia conhecido o medo, amedrontou-se e fugiu. Seus cães o viram correndo e o perseguiram. Nem mesmo sua angústia e seu pânico o tornaram veloz o bastante para despistar a matilha de faro apurado. Os cães o alcançaram, seus fiéis cães de caça, e o mataram.

Assim, um imenso luto por seus filhos e netos se abateu sobre Cadmo e Harmonia em idade avançada, após uma grande prosperidade. Depois da morte de Penteu, o casal fugiu de Tebas, como se estivesse tentando também fugir dos infortúnios. Mas os infortúnios foram atrás. Quando chegaram à distante Ilíria, os deuses os transformaram em cobras, não como punição, pois eles nada tinham feito de errado. Seu destino foi de fato a prova de que o sofrimento não era um castigo pelo erro; os inocentes costumavam sofrer tanto quanto os culpados.

De toda essa raça infeliz, não houve ninguém mais inocente do que Édipo, um dos bisnetos de Cadmo, e nenhum sofreu tanto quanto ele.

Édipo

Tirei esta história inteiramente da peça homônima de Sófocles, com exceção do enigma da Esfinge, ao qual Sófocles só faz aludir. Ela é contada por muitos autores, sempre com a mesma forma essencial.

O rei Laio, de Tebas, pertencia à terceira geração de descendentes de Cadmo. Ele desposou Jocasta, uma prima distante. Durante o seu reinado, o oráculo de Apolo em Delfos começou a desempenhar um papel preponderante no destino da família.

Apolo era o deus da verdade. Tudo que as pitonisas de Delfos diziam que iria acontecer se realizava de modo infalível. Tentar agir para anular a profecia era tão fútil quanto se opor aos decretos do destino. Mesmo assim, quando o oráculo avisou a Laio que ele morreria pelas mãos do filho, ele decidiu não deixar isso acontecer. Quando o menino nasceu, amarrou os dois pés da criança um no outro e mandou que a abandonassem numa montanha erma, onde ela logo iria morrer. Parou de sentir medo; nesse momento teve certeza de ser capaz de prever o futuro melhor do que o deus. Laio morreu sem compreender a própria loucura. Foi de fato assassinado, mas pensou que o homem que o atacava fosse um desconhecido. Nunca soube que, com a sua morte, havia demonstrado a verdade de Apolo.

Laio morreu longe de casa e muitos anos tinham se passado desde que o bebê fora abandonado na montanha. Dizia-se que um bando de ladrões o havia matado junto com seus criados, todos exceto um, que levara a notícia para casa. A questão não foi investigada a fundo porque Tebas, na ocasião, estava passando por uma situação difícil. A região ao redor da cidade estava sendo assolada por um monstro assustador, a Esfinge, criatura em forma de leão alado, porém com peito e rosto de mulher. Ela esperava os viajantes nas estradas que iam dar na cidade e àqueles que capturava apresentava um enigma, dizendo que quem conseguisse decifrá-lo seria solto. Ninguém conseguia e a horrenda criatura devorou vários homens até deixar a cidade sitiada. Os sete grandes portões que eram o orgulho dos tebanos permaneciam fechados e os cidadãos estavam a ponto de morrer de fome.

Nesse pé estavam as coisas quando apareceu na região devastada um forasteiro, um homem de grande coragem e grande inteligência chamado Édipo. Ele havia deixado a sua cidade, Corinto, onde era considerado filho do rei Pólibo, e o motivo desse autoexílio era outra previsão do oráculo de Delfos. Apolo havia declarado que Édipo estava fadado a matar o próprio pai. Ele também, assim como Laio, decidiu tornar impossível a realização dessa profecia: resolveu nunca mais voltar a ver Pólibo. Em sua errância solitária, chegou aos arredores de Tebas e soube o que estava acontecendo ali. Édipo era um homem sem lar e sem amigos, para quem a vida pouco significava, e decidiu procurar a Esfinge e tentar decifrar o enigma.

– Qual é a criatura – perguntou-lhe a Esfinge – que anda de quatro pela manhã, sobre duas pernas ao meio-dia e sobre três à noite?

– O homem – respondeu Édipo. – Na infância ele engatinha de quatro no chão; na idade adulta, anda ereto; e na velhice usa um cajado para ajudá-lo a caminhar.

Era a resposta certa. De modo inexplicável, porém felizmente, a Esfinge se matou; os tebanos foram salvos. Édipo conquistou tudo e mais do que tinha antes. Os cidadãos agradecidos fizeram dele o seu rei e ele se casou com a esposa do finado Laio, Jocasta. Viveu feliz por muitos anos. Parecia que, nesse caso, as palavras de Apolo tinham se revelado erradas.

Quando os dois filhos de Jocasta e Édipo chegaram à idade adulta, porém, Tebas foi fustigada por uma praga terrível. Uma doença acometeu todas as coisas. Por todo o país, não apenas os homens morreram, mas aves, animais e frutos dos campos também foram dizimados. Aqueles poupados da morte pela doença tinham que encarar a morte pela fome. Ninguém sofreu mais do que Édipo. Ele se considerava o pai de toda aquela região: os habitantes eram seus filhos; a infelicidade de cada um era sua também. Despachou Creonte, irmão de Jocasta, para implorar a ajuda de Apolo em Delfos.

Creonte voltou com boas notícias. Apolo tinha declarado que a peste seria contida sob uma condição: que o assassino do rei Laio fosse punido. Édipo ficou profundamente aliviado. Decerto seria possível encontrar o responsável ou os responsáveis mesmo após tantos anos e eles saberiam muito bem como puni-los. Édipo então proclamou ao povo reunido para ouvir a mensagem trazida por Creonte:

> ... Que ninguém nesta terra
> Lhe dê abrigo. Não o deixem entrar em suas casas,
> Como se ele estivesse sujo, acompanhado pela imundície.
> E faço aqui uma prece solene: que aquele que matou
> Gaste sua vida com o mal, cometendo maldades.

Édipo assumiu a empreitada com vigor. Mandou chamar Tirésias, o velho poeta cego e mais reverenciado dos tebanos. Ele tinha como descobrir quem eram os culpados?, perguntou ao velho. Para seu espanto e indignação, o vidente no início se recusou a responder.

– Pelo amor de Deus – implorou Édipo. – Se você souber...

– Tolos – falou Tirésias. – Tolos, todos vocês. Eu não vou responder.

Mas, quando Édipo chegou ao cúmulo de acusá-lo de ficar calado por ter ele próprio participado do assassinato, foi a vez de o profeta se zangar e palavras que ele jamais tivera a intenção de dizer lhe saíram pesadamente da boca:

– Você mesmo é o assassino que está buscando.

Para Édipo, o velho estava delirando, o que dizia era pura loucura. Ordenou que o levassem embora e que ele nunca mais aparecesse na sua frente.

Jocasta também tratou com desprezo a afirmação.

– Nem profetas nem oráculos sabem nada – disse ela. Contou ao marido como as pitonisas de Delfos tinham profetizado que Laio iria morrer pelas mãos do próprio filho e como ele e ela haviam se unido para garantir que isso não acontecesse mandando matar a criança. – E Laio foi morto por ladrões na encruzilhada em que três estradas se cruzam no caminho para Delfos – concluiu, triunfal.

Édipo a encarou com um olhar estranho.

– Quando foi isso? – perguntou devagar.

– Pouco antes de você chegar a Tebas – respondeu ela.

– Quantos estavam com ele? – indagou Édipo.

– Eram cinco ao todo – respondeu Jocasta depressa – e todos morreram, menos um.

– Preciso ver esse homem – disse-lhe ele. – Mande chamá-lo.

– Mandarei – disse Jocasta. – Agora mesmo. Mas tenho o direito de saber o que você está pensando.

– Vai saber tudo que eu sei – respondeu ele. – Fui a Delfos logo antes de vir para cá porque um homem tinha jogado na minha cara que eu não era filho de Pólibo. Fui perguntar ao deus. Ele não me respondeu, mas me disse coisas horríveis... Que eu ia matar meu pai, desposar minha mãe e ter filhos cuja visão faria os homens estremecerem. Nunca mais voltei a Corinto. Na volta de Delfos, num lugar onde três estradas se cruzam, topei com um homem acompanhado por cinco criados. Ele tentou me fazer sair da estrada, bateu em mim com seu cajado. Com raiva, joguei-me sobre eles e os matei. Será que o líder poderia ser Laio?

– O único homem a sair com vida chegou contando uma história de ladrões – disse Jocasta. – Laio foi morto por ladrões, não pelo próprio filho... o pobre inocente que morreu na montanha.

Édipo e a Esfinge

Enquanto conversavam, mais uma prova pareceu lhes mostrar que Apolo podia dizer mentiras. Um mensageiro chegou de Corinto e anunciou a Édipo a morte de Pólibo.

– Ó oráculo do deus – exclamou Jocasta –, onde está você agora? O homem morreu, mas não pelas mãos do filho.

O mensageiro abriu um sorriso sábio.

– O medo de matar seu pai o fez sair de Corinto? – perguntou. – Ah, rei, você errou. Não tinha motivo algum para temer... pois você não era filho de Pólibo. Ele o criou como se fosse seu pai, mas o pegou das minhas mãos.

– Onde você me achou? – perguntou Édipo. – Quem eram meus pais?

– Deles nada sei – respondeu o mensageiro. – Um pastor errante me entregou você, um criado de Laio.

Jocasta empalideceu; seu rosto exibia uma expressão de horror.

– Por que dar ouvidos ao que um sujeito desses diz? – contestou ela. – Nada do que ele fala pode ter importância. – Falou depressa, mas com enorme convicção.

Édipo não entendeu.

– Meu nascimento não importa? – perguntou.

– Pelos deuses, não continue – pediu ela. – Minha desgraça já basta.

Jocasta se retirou e entrou correndo no palácio.

Nesse momento um velho entrou. Ele e o mensageiro se entreolharam, curiosos.

– Ele mesmo, ó rei – disse o mensageiro. – O pastor que me entregou você.

– E você – perguntou Édipo ao outro –, conhece-o como ele o conhece?

O velho não respondeu, mas o mensageiro insistiu:

– Você precisa lembrar. Um dia me entregou uma criancinha que havia encontrado... e o rei aqui é essa criança.

– Maldito seja – resmungou o outro.

– Segure essa língua.

– O quê!? – exclamou Édipo, zangado. – Estão conspirando para esconder de mim o que desejo saber? Estejam certos de que há formas de fazê-los falar.

O velho gemeu:

– Ah, não me machuque. Eu entreguei a ele a criança, mas não me pergunte mais nada, senhor, pelos deuses!

– Se eu precisar lhe ordenar uma segunda vez que me diga onde o encontrou, você está perdido – falou Édipo.

— Pergunte à sua senhora! — gritou o velho. — Ela é quem melhor pode lhe dizer.

— Foi ela quem lhe entregou a criança? — perguntou Édipo.

— Ah, sim, foi sim — gemeu o outro. — Eu deveria ter matado a criança. Havia uma profecia...

— Uma profecia! — ecoou Édipo. — De que ele mataria o próprio pai?

— Sim — murmurou o velho.

Um grito de agonia escapou do rei. Ele enfim compreendeu. "É tudo verdade! Agora minha luz vai se transformar em trevas. Estou amaldiçoado." Ele havia matado o pai e desposado a mulher do pai, a própria mãe. Estava perdido, e ela, e os seus filhos. Estavam todos amaldiçoados.

Dentro do palácio, Édipo procurou, enlouquecido, a esposa que era sua mãe. Encontrou-a no quarto. Ela estava morta. Ao compreender a verdade, tinha se matado. Em pé ao seu lado, ele também virou as mãos contra si mesmo, mas não para pôr fim à própria vida. Transformou sua luz em trevas: cegou os próprios olhos. O mundo negro da cegueira era um refúgio. Melhor viver ali do que ver com estranhos olhos de vergonha o antigo mundo antes tão iluminado.

Antígona

Tirei esta história de duas peças de Sófocles, Antígona *e* Édipo em Colona, *com exceção da morte de Meneceu, que é contada numa peça de Eurípides,* As suplicantes.

Após a morte de Jocasta e todos os males que vieram na sequência, Édipo continuou morando em Tebas enquanto seus filhos cresciam. Eram dois meninos, Polinices e Etéocles, e duas meninas, Antígona e Ismene, quatro jovens infelizes mas que estavam longe de ser os monstros cuja visão faria qualquer um estremecer, como o oráculo tinha dito a Édipo. Os dois rapazes eram muito apreciados pelos tebanos e as duas moças eram filhas tão boas quanto qualquer homem poderia ter.

Édipo, claro, renunciou ao trono. Polinices, o primogênito, fez o mesmo. Os tebanos acharam isso uma atitude sensata, considerando a terrível situação da família, e aceitaram como regente Creonte, irmão de Jocasta.

Durante muitos anos Édipo foi bem tratado, mas os tebanos por fim decidiram expulsá-lo da cidade. Não se sabe o que os levou a fazer isso, mas Creonte fez questão e os filhos de Édipo aceitaram. A única amizade que Édipo tinha era a das duas filhas, que lhe continuaram fiéis ao longo de todos os seus infortúnios. Quando ele foi expulso da cidade, Antígona o acompanhou para guiá-lo e cuidar dele e Ismene ficou em Tebas para defender seus interesses e mantê-lo informado de qualquer acontecimento que lhe dissesse respeito.

Depois que Édipo partiu, seus dois filhos reivindicaram o direito ao trono e ambos tentaram se tornar reis. Etéocles conseguiu, ainda que fosse o mais novo, e expulsou o irmão de Tebas. Polinices se refugiou em Argos e lá fez tudo que pôde para despertar inimizade a Tebas. Sua intenção era reunir um exército para marchar contra sua cidade natal.

Durante sua errância infeliz, Édipo e Antígona chegaram a Colona, belo lugar próximo a Atenas onde as antigas Erínias, ou Fúrias, agora as deusas benfazejas, tinham um local sagrado e, portanto, um refúgio para os suplicantes. O velho cego e sua filha foram felizes ali, e ali Édipo morreu. Muito infeliz durante boa parte da vida, ele foi feliz no fim. O oráculo que um dia lhe dissera palavras terríveis o reconfortou na hora da morte. Apolo prometeu que ele, o desgraçado, o errante sem lar, levaria para o lugar do seu túmulo uma misteriosa bênção dos deuses. Teseu, rei de Atenas, o recebeu com todas as honras e o velho morreu satisfeito por não ser mais odioso aos olhos dos homens, mas sim visto como um benfeitor da região que o abrigara.

Ismene, que tinha ido dar ao pai a boa notícia desse oráculo, estava com a irmã quando Édipo morreu e depois Teseu mandou as duas para casa em segurança. Ao chegarem, elas se depararam com um dos irmãos marchando sobre a cidade, decidido a capturá-la, e o outro decidido a defendê-la até o fim. Polinices, o que estava atacando, era o que mais tinha direito a ela, porém o mais novo, Etéocles, estava lutando por Tebas para impedir que a cidade fosse capturada. Era impossível para as duas irmãs tomarem o partido de qualquer um.

Seis líderes combatiam ao lado de Polinices, um deles Adrasto, rei de Argos, e outro o cunhado de Adrasto, Anfiarau. Este se uniu à empreitada sem a menor vontade, pois era um profeta e sabia que nenhum dos sete voltaria vivo, com exceção de Adrasto. Havia jurado, porém, deixar a esposa Erífile decidir sempre que houvesse uma desavença entre ele e o irmão. Jurara isso numa ocasião em que ele e Adrasto tinham brigado e sido reconciliados por Erífile. Polinices a fez tomar seu partido subornando-a com o maravilhoso colar que fora um presente de casamento de sua antepassada Harmonia e Erífile convenceu o marido a lutar.

Havia sete guerreiros para atacar os sete portões de Tebas e sete outros lá dentro igualmente valentes para defendê-los. Etéocles defendia o portão que Polinices atacava, e Antígona e Ismene, dentro do palácio, ficaram aguardando para saber quem havia matado quem. Mas, antes de qualquer embate decisivo acontecer, um jovem tebano que ainda não chegara à idade adulta tinha morrido pelo seu país e com sua morte se revelou o mais nobre de todos. Era o filho caçula de Creonte, Meneceu.

Tirésias, o profeta que tantas profecias perturbadoras tinha feito à família real, veio trazer mais uma. Disse a Creonte que Tebas só seria salva se Meneceu morresse. O pai se recusou terminantemente a cumprir tal ordem. Ele próprio se disporia a morrer, falou, "mas nem pela minha cidade matarei meu filho". O menino estava presente quando Tirésias falou e Creonte disse:

– Levante-se, filho, e fuja daqui o mais depressa possível, antes de a cidade ficar sabendo.

– Para onde, pai? – perguntou o rapaz. – Que cidade devo procurar? Que amigo?

– Longe, bem longe – respondeu-lhe o pai. – Vou buscar recursos... vou buscar ouro.

– Vá então – disse Meneceu, mas, depois que Creonte saiu apressado, foram outras as palavras que falou:

> Meu pai... ele quer roubar a esperança da nossa cidade
> E fazer de mim um covarde. Ah, bem... ele é velho
> E, portanto, deve ser perdoado. Mas eu sou jovem.
> Se eu trair Tebas, não haverá perdão.
> Como pode ele pensar que eu não vou salvar a cidade
> E em nome dela ir ao encontro da morte?
> O que seria minha vida se eu fugisse
> Quando posso libertar meu país?

Meneceu partiu para a batalha e, como não tinha a menor experiência de guerra, foi morto imediatamente.

Nem sitiantes nem sitiados conseguiram conquistar qualquer vantagem real e por fim os dois lados concordaram em deixar a questão ser decidida por um combate entre os irmãos. Se Etéocles saísse vitorioso, o exército de Argos bateria em retirada; caso fosse vencido, Polinices viraria rei. Nenhum dos dois saiu vitorioso; eles se mataram e Etéocles, agonizante, olhou para o irmão e chorou; não tinha mais forças para falar. Polinices conseguiu murmurar algumas palavras: "Meu irmão, meu inimigo, porém amado, sempre amado. Sepulte-me na minha terra natal... para ter pelo menos isso da minha cidade."

O combate nada tinha decidido e a batalha recomeçou. Mas Meneceu não morrera em vão; no fim, os tebanos saíram vencedores e dos sete líderes todos foram mortos, com exceção de Adrasto, que fugiu para Atenas com o exército derrotado. Em Tebas, Creonte assumiu o controle e proclamou que nenhum dos que haviam combatido contra a cidade teria direito a um enterro. Etéocles deveria ser honrado com todos os ritos que os mais nobres recebiam ao morrer, mas Polinices deveria ser abandonado para ser dilacerado e devorado pelos pássaros. Isso era uma vingança que contrariava as ordens divinas e violava a lei do direito: significava punir os mortos. As almas dos insepultos não conseguiam atravessar o rio que circunda o reino da morte, mas eram condenadas a vagar desoladas, sem pouso e sem nunca encontrar descanso para a sua exaustão. Enterrar os mortos era um dever sagrado; não apenas os próprios, mas também qualquer morto desconhecido que por acaso se encontrasse. Segundo o decreto de Creonte, porém, esse dever, no caso de Polinices, se transformava em crime. Quem o enterrasse morreria.

Antígona e Ismene escutaram horrorizadas a decisão do tio. Para Ismene, por mais chocante que aquilo fosse, enchendo-a de angústia pelo cadáver indefeso e pela alma solitária e sem pouso, nada parecia poder ser feito a não ser aceitar. Ela e Antígona estavam totalmente sozinhas. Tebas inteira exultava e o homem que os havia submetido à guerra deveria, portanto, sofrer uma terrível punição.

– Nós somos mulheres – disse Ismene à irmã. – Devemos obedecer. Não temos forças para desafiar o governo.

– Escolha você o seu papel – retrucou Antígona. – Eu enterrarei meu amado irmão.

— Você não tem força para isso — retrucou Ismene.

— Ora — respondeu Antígona —, então, quando a minha força acabar, desistirei.

E deixou a irmã. Ismene não se atreveu a segui-la.

Horas depois, no palácio, Creonte foi surpreendido por um grito: "Contrariando suas ordens, Polinices foi enterrado." Ele saiu apressado e encontrou os guardas que deixara vigiando o corpo e Antígona.

— Esta moça o enterrou! — exclamaram os guardas. — Nós a vimos. Uma densa tempestade de poeira lhe deu sua oportunidade. Quando a tempestade clareou, o corpo tinha sido enterrado e a moça estava fazendo uma oferenda aos mortos.

— Você sabia do meu édito? — perguntou Creonte.

— Sim — respondeu Antígona.

— E transgrediu a lei?

— Eu transgredi sua lei, mas não a lei da justiça que reside nos deuses — respondeu Antígona. — As leis não escritas do céu não são de hoje nem de ontem, mas de todos os tempos.

Aos prantos, Ismene saiu do palácio e foi se postar ao lado da irmã.

— Eu ajudei — disse ela.

Mas Antígona não aceitou.

— Ela não teve participação alguma — afirmou para Creonte. E pediu à irmã que não dissesse mais nada: — Você escolheu viver e eu escolhi morrer.

Enquanto era levada para a morte, Antígona disse aos que assistiam:

> ... Olhem para mim, vejam como sofro
> Por ter defendido o que é correto.

Ismene desaparece. Não existe história nem poema a seu respeito. Nada mais se soube da casa de Édipo, a última da família real de Tebas.

Os Sete contra Tebas

Dois grandes autores contaram esta história. Ela é tema de uma das peças de Ésquilo e de uma das de Eurípides. Escolhi a versão de Eurípides, que, como tantas vezes é o caso dele, reflete especialmente bem nosso ponto de vista. Ésquilo narra a história de forma esplêndida, mas nas suas mãos ela é um emocionante poema marcial. A peça de Eurípides As suplicantes *mostra a mentalidade moderna do autor melhor do que qualquer outra de suas obras.*

Polinices tinha sido enterrado ao custo da vida da irmã Antígona; sua alma ficou livre para ser levada de barco até o outro lado do rio e encontrar um lar entre os mortos. Apesar disso, cinco dos líderes que haviam marchado ao seu lado contra Tebas continuavam insepultos e, segundo o decreto de Creonte, ficariam assim para sempre.

Dos sete a terem iniciado a guerra, o único ainda vivo, Adrasto, foi procurar Teseu, rei de Atenas, e lhe pediu para convencer os tebanos a permitirem o sepultamento dos cadáveres. Junto com ele estavam as mães e os filhos dos mortos.

– Tudo que buscamos é sepultar nossos mortos – disse ele a Teseu. – Viemos pedir sua ajuda porque Atenas é a mais solidária das cidades.

– Não serei seu aliado – respondeu Teseu. – Vocês lideraram seu povo contra Tebas. A guerra foi responsabilidade sua, não da cidade.

Mas a mãe de Teseu, Etra, a primeira a quem tinham recorrido aquelas mães enlutadas, teve a coragem de interromper os dois reis.

– Meu filho – disse ela –, posso falar em nome da sua honra e da de Atenas?

– Sim, fale – respondeu Teseu e escutou com atenção Etra dizer o que estava pensando:

– Você tende a defender todos os injustiçados. Esses homens violentos que recusaram aos mortos o direito ao sepultamento, sua tendência é fazer com que obedeçam à lei. Uma lei sagrada em toda a Grécia. O que une nossos Estados e os Estados de todas as partes senão isso, o fato de todos honrarem as grandes leis sobre o que é correto?

– Mãe – exclamou Teseu –, verdadeiras são as suas palavras! Mas eu não posso decidir essa questão, pois fiz deste país um Estado livre, com voto igual para todos. Se os cidadãos consentirem, então irei a Tebas.

As pobres mulheres ficaram esperando junto com Etra enquanto Teseu convocava a assembleia que decidiria a desgraça ou a alegria de seus filhos mortos. Elas rezaram: "Ó cidade de Palas Atena, ajude-nos para que as leis da justiça não sejam conspurcadas e por toda parte os indefesos e oprimidos sejam salvos." Ao voltar, Teseu trazia boas novas. A assembleia tinha votado por dizer aos tebanos que Atenas desejava ser uma boa vizinha, mas que não podia ficar parada vendo um grande mal ser cometido. "Acate nosso pedido", pediriam eles a Tebas. "Queremos apenas o que é certo. Mas, se não aceitarem, então estarão escolhendo a guerra, pois devemos lutar para defender aqueles que estiverem indefesos."

Antes de Teseu acabar de falar, um mensageiro entrou. Perguntou:

– Quem é o chefe aqui, o senhor de Atenas? Trago-lhe um recado do senhor de Tebas.

– Você está buscando alguém que não existe – respondeu Teseu. – Aqui não existe chefe. Atenas é livre. Quem governa é o povo.

– Tebas aceita isso. Nossa cidade não é governada por uma turba volúvel, mas por um homem só. Como a multidão ignorante pode conduzir com sabedoria o rumo de uma nação?

– Nós, em Atenas, escrevemos nossas leis e então somos por ela governados – retrucou Teseu. – Consideramos que não há inimigo pior para um Estado do que aquele que segura as leis com as próprias mãos. Temos, portanto, a grande vantagem de nossa terra se regozijar em todos os seus filhos, que são fortes e poderosos em virtude do seu bom senso e da sua justiça. Mas um tirano odeia pessoas assim. Ele as mata por medo de que abalem seu poder. Volte para Tebas e diga-lhe que nós sabemos quanto a paz é melhor para os homens do que a guerra. Tolos recorrem à guerra para escravizar um país mais fraco. Nós não poderíamos fazer mal ao seu Estado. Queremos apenas os mortos, para devolver à terra seu corpo, do qual homem algum é dono, mas apenas por um breve instante convidado. O pó deve retornar ao pó.

Creonte não deu ouvidos à súplica de Teseu e os atenienses marcharam contra Tebas. Saíram vitoriosos. Em pânico, o povo tebano pensou que todos seriam mortos ou escravizados, e sua cidade, destruída. Mas, embora o caminho estivesse livre para o exército ateniense vencedor, Teseu o conteve:

– Não viemos destruir a cidade, apenas buscar os mortos.

– E nosso rei Teseu – disse o mensageiro que levou a notícia ao povo de Atenas, que aguardava ansioso – preparou pessoalmente para o túmulo aqueles cinco pobres corpos, lavou-os, cobriu-os e os pôs sobre um carro fúnebre.

As mães enlutadas sentiram algum reconforto quando seus filhos foram dispostos com todo o respeito e honra sobre a pira funerária. Adrasto disse as últimas palavras para cada um: "Aqui jaz Capaneu, poderoso e rico, mas sempre humilde como um homem pobre e amigo fiel de todos. Não conhecia maldade, de sua boca saíam apenas palavras gentis. Em seguida vem Etéocles, pobre em tudo, exceto em honra. Nisso ele de fato era rico. Quando homens lhe davam ouro, ele não aceitava. Recusava-se a ser escravo da riqueza. Ao seu lado jaz Hipomedonte. Ele foi um homem que suportou de bom grado as dificuldades, um caçador e um soldado. Desde a infância desdenhou de uma vida fácil. Em seguida está o filho de Atalanta, Partenopeu, amado por muitos homens e muitas mulheres, que nunca cometeu erro algum com ninguém. Sua alegria estava no bem do seu país; sua tristeza, em seus infortúnios. Por último está Tideu, um homem calado. Raciocinava melhor com a espada e o escudo. Sua alma era nobre; os fatos, não as palavras, revelavam a altura do seu voo."

Enquanto o fogo da pira era atiçado, num promontório de pedra ali perto uma mulher apareceu. Era Evadne, esposa de Capaneu. Ela bradou:

> Encontrei a luz de sua pira, o seu túmulo.
> Encerrarei aqui a dor e a angústia da vida.
> Ah, que doce morte a de morrer com o morto querido que amo.

Ela se jogou na pira acesa e partiu junto com o marido para o mundo inferior.

As mães ficaram em paz por saber que o espírito dos filhos enfim descansava. Mas os jovens filhos dos mortos, não. Ao ver a pira arder, eles juraram se vingar de Tebas quando adultos. "Nossos pais repousam no túmulo, mas o mal que lhes foi feito jamais poderá descansar", disseram. Dez anos depois, eles marcharam contra Tebas. Foram vitoriosos; os tebanos derrotados fugiram e sua cidade foi arrasada. O profeta Tirésias morreu durante a fuga. Tudo que restou da antiga Tebas foi o colar de Harmonia, que foi levado para Delfos e durante centenas de anos lá foi exibido aos peregrinos. Os filhos dos sete líderes, embora tenham tido sucesso onde os pais haviam fracassado, foram para sempre chamados de Epígonos, "os sucessores", como se tivessem chegado ao mundo demasiado tarde, depois de todos os atos grandiosos já terem sido realizados. Quando Tebas caiu, porém, os navios gregos ainda não tinham zarpado para as terras troianas e Diomedes, filho de Tideu, ficaria famoso como um dos mais gloriosos guerreiros a combaterem diante dos muros de Troia.

CAPÍTULO III
A casa real de Atenas

Tirei de Ovídio a história de Procne e Filomela. Ele a conta melhor do que ninguém, mas mesmo assim às vezes é inacreditavelmente ruim. Descreve em quinze longas linhas (que omito) exatamente como Filomela teve a língua cortada e o aspecto do órgão enquanto "palpitava" na terra em que Tereu o lançou. Os poetas gregos não eram dados a detalhes desse tipo, mas os latinos não tinham qualquer objeção em relação a eles. Também segui majoritariamente Ovídio para as histórias de Prócris e Orítia, pegando alguns detalhes de Apolodoro. A história de Creúsa e Íon é tema de uma das peças de Eurípides, uma das muitas nas quais ele tentou mostrar aos atenienses como eram de fato os deuses dos mitos quando julgados pelos padrões humanos normais de clemência, honra e autocontrole. A mitologia grega era repleta de histórias, como a do rapto de Europa, nas quais não se admitia sequer uma sugestão de que a divindade em questão houvesse agido de maneira não divina. Na sua versão da história de Creúsa, Eurípides disse à plateia: "Vejam o seu Apolo, o iluminado senhor da lira, o puro deus da verdade. Foi isso que ele fez. Violou brutalmente uma jovem indefesa e depois a abandonou." Quando peças como essa encheram os anfiteatros de Atenas, o fim da mitologia grega era iminente.

Esta família foi especialmente marcada, mesmo em comparação com as outras famílias mitológicas notáveis, por acontecimentos muito peculiares ocorridos com seus membros. Não há nada mais estranho, contado em história alguma, do que alguns dos episódios de suas vidas.

Cécrops

O primeiro rei da Ática se chamava Cécrops. Ele não tinha ancestrais humanos e era apenas parcialmente humano.

> Cécrops, senhor e herói,
> Nascido de um dragão,
> Com formato de dragão embaixo.

Era Cécrops quem em geral se considerava responsável pelo fato de Palas Atena ter se tornado a protetora de Atenas. Poseidon também queria a cidade e, para mostrar o grande benfeitor que poderia ser, rachou a pedra da Acrópole com seu tridente e fez brotar da fenda uma água salgada que formou um poço profundo. Mas Palas Atena fez ainda melhor: fez crescer ali uma oliveira, a mais valorizada de todas as árvores da Grécia.

> A oliveira de cinzento brilho
> Palas Atena mostrou aos homens,
> A glória da reluzente Atenas,
> Sua coroa lá do alto.

Em troca desse belo presente, Cécrops, escolhido para decidir, resolveu que Atenas era dela. Poseidon ficou muito zangado e puniu o povo mandando uma terrível enchente.

Numa das histórias desse embate entre as duas divindades, o voto feminino tem sua participação. Nesses primeiros dias, segundo nos contam, as mulheres votavam como os homens. Todas as mulheres votaram na deusa e todos os homens no deus. Como havia uma mulher a mais do que os homens, Palas Atena venceu. Mas os homens, assim como Poseidon, ficaram muito contrariados com essa vitória feminina e, enquanto Poseidon inundava a cidade, decidiram tirar o direito a voto das mulheres. Mesmo assim, a cidade ficou com Palas Atena.

A maioria dos autores diz que isso aconteceu antes do dilúvio e que o Cécrops que pertencia à célebre família ateniense não era o antigo semidragão, criatura parcialmente humana, mas sim um homem comum, importante apenas por causa de seus parentes. Ele era filho de um renomado rei, sobrinho de duas conhecidas heroínas da mitologia e irmão de três outras. Mais do que tudo, era bisavô de Teseu, o herói de Atenas.

Seu pai, o rei Erecteu de Atenas, era em geral considerado o rei durante cujo reinado Deméter chegou a Elêusis e a agricultura nasceu. Erecteu tinha duas irmãs, Procne e Filomela, que se destacaram por seus infortúnios. Ambas tiveram uma história extremamente trágica.

Procne e Filomela

Procne, a mais velha das duas, era casada com Tereu da Trácia, filho de Ares, que mostrou ter herdado todas as características detestáveis do pai. O casal teve um filho, Ítis, e, quando o menino estava com 5 anos, Procne, que durante esse tempo todo vinha morando na Trácia, longe da família, suplicou a Tereu que a deixasse convidar sua irmã, Filomela, para uma visita. Tereu concordou e disse que iria pessoalmente a Atenas buscá-la. Assim que viu Filomela, porém, apaixonou-se por ela. Filomela era linda como uma ninfa ou uma náiade. Foi fácil para Tereu convencer seu pai a deixá-la voltar com ele e a própria jovem ficou muito feliz com essa possibilidade. Tudo correu bem na viagem, mas, quando desembarcaram e começaram o trecho por terra até o palácio, Tereu disse a Filomela ter recebido a notícia da morte de Procne e forçou-a a desposá-lo num casamento falso. Em muito pouco tempo, porém, Filomela descobriu a verdade e cometeu o desatino de ameaçar Tereu. Certamente encontraria um jeito de contar para o mundo o que ele tinha feito, falou, e ele seria um pária entre os homens. Assim, despertou tanto a fúria como o medo de Tereu. Ele a agarrou e cortou sua língua. Então a deixou num lugar bem vigiado e, ao encontrar Procne, contou uma história de que a irmã dela tinha morrido durante a viagem.

O caso de Filomela parecia perdido. Ela fora silenciada e não podia falar; naquela época não havia escrita. Tereu parecia estar seguro. No entanto, embora não soubessem escrever, as pessoas dessa época conseguiam contar histórias sem falar devido ao fato de serem artesãs incríveis, de um tipo que nunca mais se viu desde então. Um ferreiro era capaz de fabricar um escudo que mostrava na superfície uma caçada ao leão: dois felinos devorando um touro enquanto os pastores atiçavam seus cães para atacá-los. Ou retratar uma cena de colheita: um campo com ceifadores e amarradores de fardos, e um vinhedo coalhado de cachos de uvas que rapazes e moças colhiam em seus cestos enquanto um deles tocava uma flauta de pastor para alegrar o trabalho. As mulheres eram igualmente impressionantes em seu trabalho. Sabiam bordar, nos lindos tecidos que fabricavam, imagens tão vívidas que qualquer um podia ver que história ilustravam. Assim, Filomela recorreu ao seu tear. Tinha mais motivo do que qualquer artista jamais teve para deixar bem clara a história que teceu. Com grande esmero e habilidade ímpar ela fabricou uma esplêndida tapeçaria na qual fazia o relato completo dos males que sofrera. Entregou a peça a sua velha criada e lhe deu a entender que era para a rainha.

Orgulhosa de estar portando um presente tão lindo, a velha criatura entregou a tapeçaria a Procne, que ainda trajava luto profundo pela irmã e cuja disposição era tão pesarosa quanto seus trajes. Ela desenrolou a peça e ali viu Filomela, o rosto e a forma da irmã, e Tereu igualmente inconfundível. Com horror leu o que tinha acontecido, tudo tão claro quanto se estivesse escrito. O profundo ultraje que sentiu ajudou-a a se controlar. Não havia espaço para lágrimas, tampouco para palavras. Procne dedicou toda sua capacidade mental a libertar a irmã e a pensar em uma punição adequada para o marido. Primeiro foi procurar Filomela, sem dúvida por intermédio da velha mensageira, e após dizer à irmã, que não conseguia responder, que sabia de tudo, levou-a para o palácio. Lá, enquanto Filomela chorava, Procne fazia planos. "Choremos depois", disse ela à irmã. "Estou disposta a qualquer ato que leve Tereu a pagar pelo que fez com você." Nesse instante, seu filho pequeno Ítis entrou correndo no recinto e de repente, ao olhar para ele, Procne teve a impressão de odiá-lo. "Como você é parecido com seu pai", falou devagar, e com essas palavras o plano ficou claro em sua mente. Ela matou o próprio filho com um golpe de adaga. Cortou o pequeno corpo morto, pôs os pedaços no fogo dentro de uma panela e naquela noite o serviu a Tereu no jantar. Ficou olhando o marido comer; então lhe disse com que ele havia acabado de se banquetear.

No horror nauseante que sentiu assim que soube, Tereu ficou sem conseguir se mexer e as duas irmãs puderam fugir. Perto de Dáulis, porém, Tereu as alcançou e estava prestes a matá-las quando de repente os deuses as transformaram em aves, Procne em rouxinol e Filomela em pardal, que, pelo fato de ela ter tido a língua cortada, só faz chilrear e nunca canta. Procne,

> A ave das asas marrons,
> O melodioso rouxinol,
> Vive em eterno lamento; ó Ítis, meu filho,
> Perdido para mim, perdido.

De todos os pássaros, o canto do rouxinol é o mais belo por ser o mais triste. Procne jamais esquece o filho que matou.

O desgraçado Tereu também foi transformado em ave, uma ave feia de bico imenso que às vezes se diz ser um falcão.

Os autores romanos que contaram esta história por algum motivo confundiram as duas irmãs e disseram que Filomela sem língua era o rouxinol, um absurdo evidente. No entanto, assim ela é sempre chamada na poesia inglesa.

Прócris e Céfalo

A sobrinha dessas desafortunadas mulheres foi Prócris, e ela teve uma vida quase tão desafortunada quanto a das tias. Teve um casamento muito feliz com Céfalo, neto do rei dos ventos, Éolo, mas, quando os dois tinham apenas poucas semanas de casados, Céfalo foi levado embora nada mais, nada menos do que pela própria Aurora, deusa do amanhecer. Céfalo amava a caça e costumava acordar cedo para seguir o rastro dos cervos. Assim, Aurora com frequência via o jovem caçador ao raiar do dia e acabou se apaixonando por ele. Céfalo, porém, amava Prócris. Nem mesmo a radiosa deusa conseguiu torná-lo infiel. Apenas Prócris vivia em seu coração. Furiosa com essa devoção obstinada que nenhum de seus artifícios conseguia enfraquecer, Aurora por fim o dispensou e lhe disse que voltasse para a esposa, para se certificar de que Prócris lhe fora tão fiel durante a sua ausência quanto ele a ela.

Essa sugestão maldosa deixou Céfalo enlouquecido de ciúmes. Ele havia passado tanto tempo fora e Prócris era tão linda... Decidiu que jamais poderia descansar sem provar para si mesmo, sem qualquer sombra de dúvida, que a esposa amava apenas a ele e jamais cederia a nenhum outro amante. Para isso, Céfalo se disfarçou. Alguns dizem que teve ajuda de Aurora, mas de toda forma o disfarce ficou tão bom que, quando ele voltou para casa, ninguém o reconheceu. Foi reconfortante ver que todos lá ansiavam pela sua volta, mas seu propósito não fraquejou. Quando foi levado diante de Prócris, porém, seu pesar evidente, seu rosto triste e seus modos apagados quase o fizeram desistir do teste que planejara. Mas Céfalo não desistiu; não conseguia esquecer as palavras zombeteiras de Aurora. Começou na mesma hora a tentar fazer Prócris se apaixonar por ele, que ela imaginava ser um desconhecido. Cortejou-a com paixão, sempre lhe lembrando também que seu marido a tinha abandonado. Mesmo assim, por muito tempo não conseguiu demovê-la. Para todas as suas súplicas ela dava a mesma resposta: "Eu pertenço a Céfalo. Onde quer que ele esteja, meu amor por ele perdura."

Mas um dia, enquanto ele se derramava em pedidos, convencimentos e promessas, Prócris hesitou. Não cedeu, apenas não se opôs com firmeza, mas isso bastou para Céfalo. Ele exclamou: "Ó mulher falsa e desavergonhada, sou eu o seu marido. Eu mesmo testemunhei que você é uma traidora." Prócris o encarou. Então virou as costas e sem nada dizer se retirou da sua presença e também da casa. Seu amor por ele parecia ter se transformado em ódio; ela passou a abominar toda a raça dos homens e foi para as montanhas viver sozinha. Céfalo, porém, logo caiu em si e percebeu como tinha se comportado mal. Procurou por toda parte até encontrar a esposa e então humildemente lhe pediu perdão.

Prócris não conseguiu perdoá-lo de imediato, pois ficara profundamente magoada com o engodo ao qual ele a submetera. No fim, porém, ele a reconquistou e os dois passaram alguns anos felizes juntos. Então, certo dia, saíram para caçar como faziam com frequência. Prócris havia presenteado Céfalo com um dardo que nunca errava o alvo. Marido e mulher chegaram à mata e se separaram na caçada. Céfalo olhou em volta com atenção, viu algo se mover na vegetação à sua frente e lançou o dardo. A arma acertou seu alvo. Era Prócris que estava ali, e ela desabou no chão, morta, ferida no coração.

Orítia e Bóreas

Uma das irmãs de Prócris foi Orítia. Bóreas, o Vento Norte, apaixonou-se por ela, mas seu pai, Erecteu, e também o povo de Atenas se opunham a essa corte. Por causa do triste destino de Procne e Filomela e do fato de o ímpio Tereu vir do norte, eles haviam desenvolvido ódio por todos os que lá viviam e não quiseram entregar a moça a Bóreas. No entanto, foram tolos ao pensar poder negar aquilo que o grande Vento Norte queria. Certo dia, quando Orítia estava brincando com as irmãs na margem de um rio, Bóreas sobreveio numa forte rajada e a levou embora. Os dois filhos que ela lhe deu, Zetes e Calais, acompanharam Jasão na busca do velocino de ouro.

Certa vez, o grande professor ateniense Sócrates, que viveu centenas, talvez milhares de anos depois de as histórias mitológicas começarem a ser contadas, foi dar um passeio com um rapaz de quem gostava chamado Fedro. Os dois iam conversando enquanto caminhavam a esmo e Fedro perguntou:

– Não foi em algum lugar aqui perto que dizem que Bóreas levou Orítia embora das margens do Ilisso?

– É a história que se conta – respondeu Sócrates.

– Acha que aqui é o ponto exato? – perguntou Fedro. – O pequeno regato é maravilhoso, límpido e brilhante. Posso imaginar que devesse haver moças brincando por perto.

– Eu acho – respondeu Sócrates – que o lugar fica uns quatrocentos metros mais abaixo e creio que ali existe alguma espécie de altar em homenagem a Bóreas.

– Diga-me, Sócrates – falou Fedro –, você acredita na história?

– Os sábios são céticos – retrucou Sócrates – e eu não estaria sozinho se duvidasse também.

Essa conversa ocorreu na última parte do século V a.C. As antigas histórias já tinham começado a perder seu poder sobre a mente dos homens.

Creúsa e Íon

Creúsa foi irmã de Prócris e Orítia e também foi uma mulher infeliz. Certo dia, quando mal passava de uma menina, estava colhendo flores numa encosta de montanha onde havia uma caverna bem funda. Seu véu, que ela estava usando como cesto, encontrava-se cheio de flores amarelas e ela já tinha se virado para ir embora quando se viu arrebatada pelos braços de um homem que surgiu do nada, como se o invisível tivesse de repente se tornado visível. Embora ele tivesse uma beleza divina, o terror de Creúsa foi tal que ela nem sequer reparou na sua aparência. Gritou pela mãe, mas não houve quem a acudisse. Seu raptor era Apolo em pessoa. Ele a levou para dentro da caverna escura.

Embora ele fosse um deus, Creúsa o odiou, sobretudo quando chegou a hora de seu filho nascer e ele não lhe deu qualquer sinal nem qualquer ajuda. Ela não se atreveu a contar para os pais. Como muitas histórias mostram, o fato de seu amante ser um deus e de ser impossível lhe resistir não era aceito como desculpa. Uma moça corria o sério risco de ser morta se confessasse.

Quando chegou a hora do parto, Creúsa foi sozinha até a mesma caverna escura e lá seu filho nasceu. Lá também ela o abandonou para que morresse. Mais tarde, movida pela angústia de querer saber o que tinha acontecido com o bebê, voltou. A caverna estava vazia e não se viam manchas de sangue em lugar algum. A criança certamente não tinha sido morta por algum animal selvagem. Além do mais, o que era muito estranho, os panos macios nos quais Creúsa o havia enrolado, seu véu e um manto por ela mesma tecido, tinham desaparecido. Ela se perguntou amedrontada se uma grande águia ou um abutre teria entrado e levado tudo embora em suas garras cruéis, as roupas junto com a criança. Essa lhe pareceu a única explicação plausível.

Passado algum tempo, Creúsa foi dada em casamento. Seu pai, o rei Erecteu, recompensou com a sua mão um forasteiro que o ajudara numa guerra. Esse homem, que se chamava Xuto, com certeza era grego, mas não vinha de Atenas nem da Ática e era considerado um desconhecido e um forasteiro, e como tal foi tão desprezado que, como ele e Creúsa não tiveram filhos, os atenienses não consideraram isso um infortúnio. Mas Xuto sim. Ele, mais do que Creúsa, desejava com ardor ser pai. Assim, os dois foram a Delfos, o refúgio dos gregos em momentos de aflição, perguntar ao deus se poderiam esperar ter um filho.

Creúsa deixou o marido com um dos sacerdotes e foi até a entrada do santuário. Encontrou no pátio externo um lindo rapaz com vestes sacerdotais ocupado em purificar o local sagrado com a água de um recipiente de ouro e entoando um hino em homenagem ao deus enquanto trabalhava. Ele olhou para a bela e elegante dama com uma expressão gentil que Creúsa retribuiu e os dois começaram a conversar. Ele lhe disse que podia ver que ela era de origem nobre e abençoada pela sorte. Ela respondeu com amargura: "Sorte! Diga, isso sim, uma tristeza que torna a vida insuportável." Essas palavras carregavam todo seu pesar, seu terror e sua dor de tempos antes, a tristeza pelo filho, o peso do segredo que vinha carregando por tantos anos. Ao ver o assombro nos olhos do rapaz, porém, ela se conteve e perguntou quem ele era, tão jovem e no entanto aparentemente tão dedicado ao seu divino serviço no lugar mais sagrado da Grécia. Ele lhe respondeu que se chamava Íon, mas que não sabia de onde vinha. A pitonisa, sacerdotisa e profetisa de Apolo, o havia encontrado certo dia de manhã, ainda bebezinho, abandonado na escadaria do templo e o havia criado com ternura como se fosse sua mãe. Ele sempre tinha sido feliz trabalhando satisfeito no templo, orgulhoso de servir não aos homens, mas aos deuses.

Íon então se aventurou a questionar Creúsa. Por que ela estava tão triste, perguntou com delicadeza, e com os olhos marejados de lágrimas? Não era assim que os peregrinos vinham a Delfos, mas sim felizes por chegarem ao puro santuário de Apolo, deus da verdade.

– Apolo! – exclamou Creúsa. – Não! Eu não chego perto dele. – Então, em resposta ao olhar espantado de reprovação de Íon, ela lhe disse que tinha ido a Delfos com um propósito secreto. Seu marido estava ali para perguntar se podia esperar ter um filho, mas o objetivo dela era descobrir qual fora o destino de uma criança filha de... – Ela hesitou e se calou. Então disse depressa: – ... de uma amiga minha, uma mulher desgraçada que esse seu deus sagrado de Delfos desonrou. E, quando a criança que ele a forçou a gerar nasceu, ela a abandonou. O bebê deve ter morrido. Aconteceu anos atrás. Mas ela anseia por ter certeza e por saber como a criança morreu. Então vim para perguntar isso a Apolo por ela.

Íon ficou horrorizado com a acusação feita por ela ao seu senhor e mestre.

– Isso não é verdade – disse ele, exaltado. – Foi um homem qualquer e ela tentou escapar da vergonha pondo a culpa no deus.

– Não – disse Creúsa, convicta. – Foi Apolo.

Atena aparece para Creúsa e Íon

Íon ficou calado. Então balançou a cabeça.

– Mesmo que fosse verdade – disse –, o que você quer fazer é um desatino. Não deve se aproximar do altar do deus para tentar provar que ele agiu mal.

Creúsa sentiu sua determinação enfraquecer e ir desaparecendo à medida que o estranho rapaz falava.

– Não vou fazer isso – disse ela, submissa. – Farei como você diz.

Sentimentos que Creúsa não compreendia estavam nascendo dentro dela. Enquanto ela e Íon se entreolhavam, Xuto entrou, com o triunfo estampado no semblante e na atitude. Estendeu os braços para Íon, que deu um passo para trás com frio desagrado. Para seu grande desconforto, porém, Xuto conseguiu abraçá-lo.

– Você é meu filho! – exclamou ele. – Apolo confirmou!

Uma sensação de intenso antagonismo brotou no coração de Creúsa.

– Seu filho? – questionou ela sem rodeios. – Quem é a mãe dele?

– Não sei. – Xuto estava confuso. – Acho que ele é meu filho, mas talvez o deus o tenha dado a mim. Seja como for, ele é meu.

Enquanto esse grupo estava ali reunido – Íon frio e distante; Xuto atônito, porém feliz; Creúsa sentindo que odiava os homens e que não iria aceitar que lhe fosse imposto o filho de uma reles desconhecida –, eis que entrou a velha pitonisa, a sacerdotisa de Apolo. Em suas mãos ela trazia duas coisas que levaram Creúsa, apesar da preocupação, a se sobressaltar e olhá-las com atenção. A primeira era um véu, e a segunda, um manto de donzela. A santa mulher disse a Xuto que o sacerdote desejava lhe falar e depois que ele saiu estendeu para Íon os objetos trazidos.

– Querido rapaz – falou –, você precisa levar isto quando for para Atenas com o pai que acaba de encontrar. São as roupas em que estava enrolado quando eu o encontrei.

– Ah! – exclamou Íon. – Foi minha mãe quem deve ter me enrolado nisso. Esses panos são uma pista para minha mãe. Vou procurá-la por toda parte... pela Europa e pela Ásia.

Mas Creúsa tinha se aproximado dele de mansinho e, antes que ele pudesse recuar ofendido uma segunda vez, enlaçou o rapaz pelo pescoço e, chorando e encostando o rosto no dele, chamou-o de "Meu filho... meu filho!".

Aquilo foi demais para Íon.

– Ela deve estar louca – disse o rapaz.

– Não, não – disse Creúsa. – Esse véu, esse manto, eles são meus. Eu os usei para cobrir você quando o abandonei. A amiga de quem lhe falei... não era uma amiga, mas eu mesma. Apolo é o seu pai. Ah, não vire as costas. Eu posso provar. Desdobre esses panos. Eu lhe direi todos os bordados que há neles. Fui eu que os bordei com estas mãos. E veja. Você vai encontrar duas pequenas serpentes de ouro presas no manto. Fui eu que as pus aí.

Íon encontrou as joias e olhou delas para Creúsa.

– Minha mãe – disse ele, intrigado. – Mas então o deus da verdade está errado? Ele disse que eu era filho de Xuto. Ah, mãe, não estou entendendo.

– Apolo não disse que você era filho do próprio Xuto. Ele deu você a Xuto de presente – exclamou Creúsa, tremendo.

Uma luz repentina vinda do alto se abateu sobre os dois e os fez erguerem os olhos. Toda sua aflição foi então esquecida e substituída por assombro e admiração. Uma forma divina pairava acima deles, incomparável em beleza e majestade.

– Eu sou Palas Atena – disse a visão. – Apolo me mandou vir lhes dizer que Íon é filho dele e seu. Ele fez com que o menino fosse trazido para cá da caverna onde você o deixou. Leve-o com você para Atenas, Creúsa. Ele é digno de governar minhas terras e minha cidade.

A deusa desapareceu. Mãe e filho se entreolharam, Íon tomado por imensa alegria. Mas e Creúsa? A reparação tardia de Apolo compensava tudo que ela havia sofrido? Só o que podemos fazer é conjecturar, pois isso a história não diz.

PARTE SEIS

Os mitos menos importantes

CAPÍTULO I
Midas e outros

O melhor relato da história de Midas é o de Ovídio, de quem a tirei. Píndaro é minha autoridade em relação a Esculápio, cuja vida narra integralmente. Estas danaides são tema de uma das peças de Ésquilo. Glauco e Cila, Pomona e Vertuno, Erisícton, todos provêm de Ovídio.

Midas, cujo nome se tornou sinônimo de homem rico, lucrava muito pouco com as suas riquezas. A experiência de possuí-las durou menos de um dia e o fez correr o risco de uma morte rápida. Ele foi um exemplo de como a insensatez é tão fatal quanto o pecado, pois não teve a intenção de fazer nenhum mal, apenas não fez uso da inteligência. Sua história sugere que ele não tinha inteligência alguma para usar.

Midas era o rei da Frígia, terra das rosas, e perto do seu palácio havia imensos roseirais. Neles certa vez se perdeu o velho Sileno, que, embriagado como de costume, havia se afastado do cortejo de Baco, onde era o seu lugar, e perdido o rumo. O velho bêbado e gordo foi encontrado adormecido sob um caramanchão de rosas por alguns dos criados do palácio. Eles o amarraram com guirlandas de flores, puseram na sua cabeça uma guirlanda florida, acordaram-no e, vestido com esse disfarce ridículo, o levaram para Midas como uma grande brincadeira. Midas recebeu Sileno e o hospedou por dez dias. Então o levou até Baco, que, encantado por tê-lo de volta, disse a Midas que o que ele quisesse viraria realidade. Sem pensar no resultado inevitável, Midas desejou que tudo que tocasse virasse ouro. É claro que, ao conceder o pedido, Baco previu o que iria acontecer na refeição seguinte, mas Midas nada viu até a comida que levou à boca se transformar num pedaço de metal. Consternado e com muita fome e muita sede, ele foi forçado a procurar o deus às pressas e lhe implorar que retirasse o pedido. Baco lhe disse para ir se banhar na nascente do rio Páctolo que perderia o presente fatal. Midas assim fez, e dizem que esse era o motivo pelo qual se podia encontrar ouro nas areias desse rio.

Mais tarde Apolo transformou as orelhas de Midas nas de um jumento, mas novamente a punição foi por estupidez, não por um ato de maldade. Midas foi escolhido para ser juiz numa competição musical entre Apolo e Pã. O deus rústico sabia tocar melodias muito agradáveis em suas flautas de junco, mas, quando Apolo dedilhava sua lira de prata, nenhum som na Terra ou no céu podia se igualar àquela música, com exceção do coro das Musas. Mesmo assim, embora outro juiz, o deus da montanha Tmolo, tenha dado o prêmio a Apolo, Midas, que não era mais inteligente do ponto de vista musical do que de qualquer outro, sinceramente preferiu Pã. É claro que isso foi uma dupla estupidez. A prudência normal teria lhe lembrado que era perigoso se aliar a Pã, infinitamente menos poderoso, contra Apolo. E foi assim que Midas ganhou suas orelhas de jumento. Apolo disse que estava apenas dando o formato correto a ouvidos moucos e insensíveis. Midas escondeu as orelhas debaixo de um gorro feito especialmente para esse fim, mas o criado que cortava seus cabelos era obrigado a vê-las. O homem jurou solenemente nunca revelar nada, mas o segredo lhe pesou tanto que ele, por fim, cavou na terra um buraco ao qual sussurrou: "O rei Midas tem orelhas de jumento." Então ficou aliviado e tapou o buraco. Na primavera, porém, ali brotaram juncos e, quando o vento os balançava, eles sussurravam as palavras enterradas e revelavam aos homens não só a verdade em relação ao que havia acontecido com o pobre e tolo rei, mas também que, quando os deuses competem, a única opção segura é ficar do lado do mais forte.

Esculápio

Havia na Tessália uma donzela chamada Corônis, de uma beleza tão ímpar que Apolo por ela se apaixonou. Estranhamente, contudo, ela não gostou por muito tempo do seu amante divino e preferiu um mortal. Não raciocinou que Apolo, o deus da verdade que nunca enganava, não poderia ser ele próprio enganado.

> O senhor pítio de Delfos
> Tem uma companheira em quem pode confiar,
> Sincera, de caminho sempre reto.
> É a sua mente que tudo sabe,
> Que jamais toca a falsidade, que ninguém,
> Seja deus, seja mortal, é capaz de enganar. Ela vê
> Quer o ato tenha sido cometido, quer tenha sido apenas planejado.

Corônis de fato foi tola a ponto de esperar que Apolo não percebesse sua infidelidade. Dizem que a notícia foi levada até o deus por sua ave, o corvo, então todo branco e com uma linda plumagem nevada, e que Apolo, num surto enfurecido de raiva e com a total injustiça que os deuses em geral demonstravam ao se zangarem, puniu o fiel mensageiro deixando suas penas pretas. Corônis foi morta, claro. Alguns dizem que pelo próprio deus, outros, que ele mandou Ártemis disparar contra ela uma de suas flechas que nunca erravam o alvo.

Apesar do ato implacável, Apolo sentiu uma pontada de dor ao ver a moça ser posta sobre a pira funerária e as altas labaredas se erguerem. *Pelo menos vou salvar meu filho*, pensou, e assim como Zeus tinha feito na morte de Sêmele, levou embora o bebê que estava muito perto de nascer. Levou-o para Quíron, o sábio e bondoso velho centauro, para que este o criasse em sua caverna do monte Pélion, e lhe disse para batizar o menino de Esculápio. Muitos personagens importantes tinham confiado a criação dos filhos a Quíron, mas, entre todos, aquele de quem o centauro mais gostava era o filho da falecida Corônis. Esculápio não era igual aos outros garotos, sempre a correr de um lado para outro e com propensão para os esportes; o que ele mais queria era aprender tudo que o seu padrasto pudesse lhe ensinar sobre a arte da cura. E Quíron não sabia pouca coisa: era versado no uso das ervas, das suaves invocações e das poções calmantes. No entanto, seu aluno o superou. Esculápio era capaz de prestar auxílio a toda sorte de doença. Conseguia aliviar o tormento de quem o procurasse sofrendo, fosse de membros feridos, fosse de corpos devastados pela doença, e até mesmo de quem estivesse à beira da morte.

> Suave artesão que a dor expulsava
> E curava as cruéis pontadas, uma alegria para os homens,
> Aos quais a saúde dourada trazia.

Esculápio era um benfeitor universal. No entanto, ele também incorreu na ira dos deuses, e pelo pecado que os deuses nunca perdoavam. Teve "pensamentos grandiosos demais para um humano". Certa vez, recebeu uma vultosa soma para ressuscitar um morto e assim o fez. Muitos dizem que o homem chamado de volta à vida foi Hipólito, o filho de Teseu, morto tão injustamente, e que ele nunca mais sucumbiu ao poder da morte, mas viveu, para sempre imortal, na Itália, onde era chamado de Vírbio e venerado como um deus.

Mas o grande médico que o trouxera de volta do Hades não teve o mesmo destino feliz. Zeus não permitia que nenhum mortal tivesse poder sobre os mortos e matou Esculápio acertando-o com seu raio. Apolo, muito zangado com a morte do filho, foi até o monte Etna, onde os ciclopes forjavam os raios, e matou com suas flechas, segundo alguns, os próprios ciclopes, segundo outros, os filhos destes. Zeus, por sua vez, com muita raiva condenou Apolo a ser escravo do rei Admeto durante um período que, conforme o relato, teria sido de um ou nove anos. Foi esse Admeto cuja esposa, Alceste, Hércules resgatou do Hades.

Mas Esculápio, embora tanto houvesse desagradado o rei dos deuses e dos homens, na Terra foi honrado como nenhum outro mortal. Por centenas de anos depois de sua morte, os doentes, aleijados e cegos buscaram seus templos atrás de cura. Lá eles rezavam e faziam sacrifícios, em seguida adormeciam. Então, em seus sonhos, o bom médico lhes revelava como poderiam ser curados. Serpentes desempenhavam algum papel na cura, exatamente qual não se sabe, mas elas eram consideradas as servas sagradas de Esculápio.

É certo que milhares e milhares de doentes ao longo dos séculos acreditaram que ele os houvesse libertado da dor e lhes devolvido a saúde.

AS DANAIDES

Essas donzelas são célebres, muito mais do que qualquer um que lesse a sua história poderia esperar. São muitas vezes citadas pelos poetas e estão entre as maiores sofredoras do inferno da mitologia, onde devem passar a eternidade tentando carregar água em jarros furados. No entanto, com a única exceção de Hipermnestra, elas só fizeram aquilo que os argonautas descobriram que as mulheres de Lemnos tinham feito: mataram os maridos. Apesar disso, não há quase qualquer menção às mulheres de Lemnos, enquanto todos que sabem um pouco que seja de mitologia já ouviram falar nas danaides.

Eram cinquenta no total, todas filhas de Dânao, um dos descendentes de Io, que vivia próximo ao Nilo. Seus cinquenta primos, filhos de Egito, irmão de Dânao, queriam desposá-las, algo a que elas terminantemente se opunham por algum motivo não explicado. Então fugiram com o pai de navio para Argos, onde encontraram refúgio. Os habitantes de Argos votaram por unanimidade para garantir os direitos das suplicantes. Quando os filhos de Egito chegaram dispostos a lutar para conquistar suas esposas, a cidade os repeliu. Os recém-chegados foram informados de que ali não se permitia que mulher alguma fosse forçada a se casar contra a própria vontade e a cidade tampouco iria entregar qualquer suplicante, por mais fraca que ela fosse e por mais poderoso que fosse o seu perseguidor.

Nesse ponto há um hiato na história. Quando ela é retomada, no capítulo seguinte, por assim dizer, as donzelas estão sendo casadas com seus primos e seu pai preside o banquete das bodas. Não há explicação para como isso aconteceu, mas na mesma hora fica claro que não foi por nenhuma mudança de opinião nem de Dânao nem das filhas, porque no banquete ele é representado entregando uma adaga a cada uma. Como mostram os acontecimentos a seguir, todas tinham sido instruídas sobre como agir e todas tinham concordado. Depois do casamento, na calada da noite, todas elas mataram o marido, menos Hipermnestra. Ela foi a única a sentir pena. Olhou para o rapaz forte deitado imóvel ao seu lado, dormindo, e não conseguiu dar o golpe de adaga que transformaria aquele vigor radiante em fria morte. A promessa feita ao pai e às irmãs foi esquecida. Ela foi, como disse o poeta latino Horácio, esplendidamente falsa. Acordou o rapaz, chamado Linceu, contou-lhe tudo e o ajudou a fugir.

Por sua traição, Hipermnestra foi posta na prisão pelo pai. Uma das histórias diz que ela e Linceu tornaram a se encontrar e enfim viveram felizes, e que seu filho foi Abas, bisavô de Perseu. As outras histórias terminam com a noite de núpcias fatal e com a prisão da jovem.

Todas elas, porém, falam da inutilidade infinita da tarefa que as 49 danaides eram obrigadas a cumprir no mundo subterrâneo como punição por ter assassinado o marido. Na beira do rio, elas passavam a eternidade enchendo jarros cheios de furos, de modo que a água vazava e elas tinham que voltar para enchê-los outra vez, e para novamente vê-los drenados.

Glauco e Cila

Glauco era um pescador que certo dia estava pescando numa campina verde que descia suavemente até o mar. Havia espalhado os peixes capturados sobre a grama e os estava contando quando viu todos começarem a se mexer e então, movendo-se em direção à água, mergulharem e saírem nadando. Ficou assombrado. Teria algum deus feito aquilo ou será que a grama tinha alguma estranha propriedade? Pegou um tufo de grama e comeu. Na mesma hora foi tomado por um anseio irresistível pelo mar. Não houve como se refrear: saiu correndo e se atirou nas ondas. Os deuses do mar o receberam bem e chamaram Oceano e Tétis para levarem embora sua natureza mortal e transformá-lo num dos seus. Uma centena de rios foi convocada para despejar nele suas águas. Nessa correnteza veloz, Glauco perdeu os sentidos. Ao recobrá-los, era um deus marinho, de cabelos verdes como o mar e com o corpo terminado num rabo de peixe, forma bela e conhecida para os que viviam na água, mas estranha e repulsiva para os habitantes da terra. Foi assim que ele pareceu à bela ninfa Cila quando ela foi se banhar numa pequena enseada e o viu surgir do mar. Fugiu dele até chegar ao alto de um grande promontório, de onde podia observá-lo em segurança, curiosa com aquele ser metade peixe, metade homem. Glauco a chamou: "Donzela, eu não sou nenhum monstro. Sou um deus com poder sobre as águas... e amo você." Mas Cila lhe virou as costas, afastou-se apressada do mar e ele a perdeu de vista.

Glauco entrou em desespero, pois estava loucamente apaixonado, e decidiu procurar a maga Circe e lhe pedir que fizesse uma poção de amor capaz de derreter o coração duro de Cila. Quando contou a Circe sua história e lhe implorou ajuda, porém, a maga se apaixonou por ele. Seduziu-o com suas doces palavras e seus olhares, mas Glauco não a quis. "As árvores cobrirão o fundo do mar, e as algas, o topo das montanhas antes que eu deixe de amar

Glauco e Cila

Cila", disse-lhe ele. Circe ficou enfurecida, não com Glauco, mas com Cila. Preparou um frasco de um veneno muito forte, foi até a enseada em que Cila costumava se banhar e ali despejou o líquido destruidor. Assim que entrou na água, Cila foi transformada num monstro assustador. De seu corpo brotaram serpentes e ferozes cabeças de cão. Essas formas bestiais eram parte do seu corpo; ela não conseguia fugir delas nem empurrá-las para longe. Ficou ali parada, enraizada em um rochedo, detestando e destruindo em sua desgraça inominável tudo que chegasse ao seu alcance, um perigo para todos os marinheiros que passassem por perto, como descobriram Jasão, Odisseu e Eneias.

ERISÍCTON

Uma mulher recebeu o poder de assumir diferentes formatos, um poder tão grande quanto o de Proteu. Estranhamente, ela o usou para conseguir comida para o pai faminto. Sua história é a única em que a bondosa deusa Ceres se mostra cruel e vingativa. Erisícton cometeu a audaciosa maldade de abater o mais alto carvalho de um bosque que era sagrado para Ceres. Seus criados não quiseram cometer aquele sacrilégio quando ele lhes ordenou derrubá-lo e ele próprio empunhou então um machado e atacou o grosso tronco ao redor do qual as dríades costumavam dançar. A árvore verteu sangue ao ser golpeada e de dentro dela veio uma voz alertando que Ceres com certeza puniria o seu crime. Esses assombros, porém, não contiveram a fúria de Erisícton: ele golpeou outra vez, e mais outra, até o imenso carvalho vir abaixo com um estrondo. As dríades foram depressa contar a Ceres o acontecido e a deusa, profundamente ofendida, disse-lhes que iria punir o criminoso de um modo jamais visto. Despachou uma das dríades em seu carro até a região desolada onde vive a Fome para lhe ordenar que possuísse Erisícton. "Diga-lhe que providencie para que abundância nenhuma jamais o satisfaça", falou Ceres. "Ele morrerá de fome no próprio ato de devorar a comida."

A Fome obedeceu. Entrou no quarto de Erísicton, onde ele estava dormindo, e o envolveu em seus braços descarnados. Com ele assim aninhado naquele medonho abraço, preencheu-o consigo mesma e plantou dentro dele a fome. Ele acordou com um desejo insaciável de comida e pediu algo para comer. Quanto mais comia, porém, mais queria comer. Mesmo abarrotando a goela de carne, continuava faminto. Gastou toda a sua riqueza em imensos estoques de comida que nunca lhe davam um segundo sequer de saciedade. Por fim, nada lhe restou a não ser a filha. Ele a vendeu também. Na beira do mar onde estava o barco do seu agora senhor, ela rezou a Poseidon para ser salva da escravidão e o deus ouviu sua prece: ele a transformou num pescador. O homem que a havia comprado, e que estava apenas um pouco atrás dela, viu na grande faixa de areia apenas a figura de um homem ocupado com suas linhas de pesca. Chamou-o:

– Para onde foi a moça que estava aqui um segundo atrás? Eis aqui as suas pegadas e elas de repente somem.

O suposto pescador respondeu:

– Juro pelo deus do mar que homem nenhum exceto eu esteve nesta praia, e nenhuma mulher tampouco.

Depois que o homem foi embora no seu barco sem entender nada, a moça reassumiu a própria forma. Foi procurar o pai e o alegrou contando o que tinha acontecido. Erisícton viu ali uma oportunidade infinita de ganhar dinheiro com ela. Vendeu-a várias vezes. A cada uma Poseidon a transformava, ora em égua, ora em pássaro, e assim por diante. Ela sempre fugia de seu novo dono e voltava para o pai. Por fim, contudo, quando o dinheiro que a filha ganhava desse modo não bastou mais para as necessidades de Erisícton, ele se voltou contra o próprio corpo e o devorou até matar a si mesmo.

Pomona e Vertuno

Esses dois eram divindades romanas, não gregas. Pomona era a única ninfa a não amar as matas selvagens. Gostava de frutas e pomares, e apenas disso. Seu deleite era podar, enxertar e tudo aquilo que pertence à arte da jardinagem. Trancava-se longe dos homens, sozinha com suas amadas árvores, e não deixava nenhum pretendente se aproximar. De todos que a cortejaram, Vertuno foi o mais ardente, mas não conseguiu avançar. Muitas vezes conseguia chegar à sua presença disfarçado: ora como um tosco ceifador que lhe trazia um cesto de espigas de cevada, ora como um desajeitado pastor ou então um podador de videiras. Nesse momentos vivia a alegria de vê-la, mas também a desgraça de saber que ela jamais olharia para um daqueles que ele fingia ser. No entanto, por fim Vertuno teve uma ideia melhor. Foi falar com Pomona disfarçado como uma mulher muito velha, de modo que ela não estranhou quando, após admirar seus frutos, a mulher lhe disse: "Mas você é muito mais bonita", e a beijou. No entanto, a desconhecida continuou a beijá-la como nenhuma velha mulher teria feito e Pomona se espantou. Vertuno percebeu, soltou-a e sentou-se de frente para um olmo sobre o qual crescia uma videira repleta de uvas roxas. Falou suavemente: "Como ficam belos os dois juntos, e como ficariam diferentes separados: a árvore inútil e a videira esparramada no chão, sem poder dar frutos. Você não é como uma videira assim? Vira as costas para quem a deseja. Tenta se sustentar sozinha. Mas existe alguém... escute uma velha mulher que a ama mais do que você sabe. Existe alguém que não deveria rejeitar: Vertuno. Você é o primeiro amor dele e será o último. E ele também aprecia o pomar e o jardim. Trabalharia ao seu lado." Então, falando com grande seriedade, ele lhe assinalou como Vênus tinha demonstrado várias vezes detestar as donzelas de coração duro e contou-lhe a triste história de Anaxarete, que desprezou seu pretendente Ífis até que, desesperado, ele se enforcou no poste do portão da casa dela, e Vênus então transformou a moça sem coração numa imagem de pedra. "Esteja avisada", suplicou ele, "e capitule diante do seu verdadeiro amante." Ao dizer isso, ele se livrou do disfarce e surgiu na frente dela como um radioso rapaz. Tanta beleza somada a tanta eloquência fizeram Pomona ceder e dali em diante seus pomares passaram a ter dois jardineiros.

CAPÍTULO II
Mitos breves em ordem alfabética

Amalteia

Segundo uma das histórias, Amalteia era uma cabra cujo leite alimentou Zeus bebê. Segundo outra, era a ninfa dona da cabra. Dizia-se que tinha um chifre sempre cheio de qualquer comida ou bebida que alguém pudesse querer, o corno da abundância (em latim *cornu copiae*, também conhecido na mitologia latina como "cornucópia"). Mas os latinos diziam que a cornucópia era o chifre de Aqueloo, quebrado por Hércules ao derrotar esse deus-rio que assumira a forma de um touro para enfrentá-lo. Ela vivia magicamente repleta de frutas e flores.

As amazonas

Ésquilo as chama de "guerreiras amazonas, aquelas que odeiam os homens". Elas formavam uma nação de mulheres, todas guerreiras. Viviam supostamente nos arredores do Cáucaso e sua principal cidade era Temiscira. Curiosamente, as amazonas inspiraram mais artistas a criarem estátuas e retratos do que poetas a escreverem a seu respeito. Por mais familiares que sejam para nós, as histórias sobre elas são poucas. As amazonas invadiram a Lícia e foram repelidas por Belerofonte. Invadiram a Frígia quando Príamo era jovem, e a Ática quando Teseu era rei. Ele havia raptado sua rainha e as guerreiras tentaram resgatá-la, mas Teseu as derrotou. Na guerra de Troia, combateram os gregos lideradas por sua rainha, Pentesileia, segundo uma história que não está na *Ilíada*, contada por Pausânias. Segundo ele, Pentesileia foi morta por Aquiles, que a pranteou enquanto ela jazia abatida, tão jovem e bela.

Amimone

Amimone foi uma das danaides. Seu pai a mandou buscar água e um sátiro a viu e perseguiu. Poseidon ouviu-a clamar por ajuda, amou-a e a salvou do sátiro. Com seu tridente, criou em homenagem a ela a fonte que leva seu nome.

Antíope

A princesa tebana Antíope deu a Zeus dois filhos, Zeto e Anfíon. Temendo a raiva do pai, abandonou os bebês numa montanha isolada assim que nasceram, mas eles foram descobertos por um pastor, que os criou. O então rei de Tebas, Lico, e sua esposa, Dirce, trataram Antíope com grande crueldade até ela decidir se esconder deles. Por fim, ela chegou à cabana em que seus filhos moravam. De algum modo eles a reconheceram, ou ela a eles, e após reunirem um bando de amigos, foram até o palácio vingá-la. Mataram Lico e infligiram a Dirce uma morte terrível: amarraram-na num touro pelos cabelos. Os irmãos jogaram seu corpo na nascente que passou a ser dali em diante conhecida pelo seu nome.

Aracne

(*Esta história é contada apenas pelo poeta latino Ovídio. Sendo assim, foram usados os nomes latinos dos deuses.*)

O destino dessa donzela foi outro exemplo do perigo de tentar se igualar aos deuses no que quer que fosse. Minerva era a tecelã do Olimpo, enquanto Vulcano era o ferreiro. Muito naturalmente, ela considerava os tecidos que fabricava inigualáveis em qualidade e beleza, e ficou indignada ao ouvir dizer que uma simples camponesa chamada Aracne afirmava que seu trabalho era superior. Na mesma hora a deusa foi até a choupana em que a moça vivia e a desafiou para uma competição. Aracne aceitou. As duas montaram seus teares e esticaram as urdiduras. Então começaram a tecer. Ao lado de ambas havia pilhas de novelos de lindos fios com as cores do arco-íris e também fios de ouro e de prata. Minerva deu o melhor de si e o resultado foi um assombro, mas o trabalho de Aracne, terminado ao mesmo tempo, não era em nada inferior. A deusa, enfurecida, rasgou o tecido de cima a baixo e golpeou a moça na cabeça com sua lançadeira. Desgraçada, consternada e com muita raiva, Aracne se enforcou. Então um certo arrependimento brotou no coração de Minerva. A deusa tirou o corpo da forca e o borrifou com um líquido mágico. Aracne se transformou numa aranha e assim conservou sua habilidade para tecer.

Árion

Árion parece ter sido uma pessoa de verdade, um poeta que viveu por volta de 700 a.C., mas nenhum de seus poemas chegou até nós e tudo que se sabe de fato a seu respeito é a história de como ele escapou da morte, que se parece muito com uma história da mitologia. Árion tinha ido de Corinto até a Sicília participar de um concurso de música. Mestre da lira, ganhou o prêmio. Na viagem de volta para casa, os marinheiros cobiçaram o prêmio e planejaram matá-lo. Num sonho, Apolo lhe contou sobre o perigo e lhe disse como salvar sua vida. Quando os marinheiros o atacaram, ele lhes suplicou como último desejo deixarem-no tocar e cantar antes de morrer. Ao final da canção, ele se jogou no mar, onde os golfinhos, atraídos até o barco pela música encantadora, não o deixaram afundar e o carregaram até terra firme.

Aristeu

Aristeu era um apicultor filho de Apolo com uma ninfa das águas chamada Cirene. Quando todas as suas abelhas morreram de uma causa desconhecida, ele foi pedir ajuda à mãe. Cirene lhe disse que Proteu, o sábio velho deus do mar, poderia lhe mostrar como evitar outro desastre daquele tipo, mas que só o faria se fosse obrigado. Aristeu teria que capturá-lo e acorrentá-lo, tarefa muito difícil, como já havia constatado Menelau na volta de Troia. Proteu tinha o poder de assumir diversas formas distintas. Mas, se o seu captor fosse decidido o suficiente para segurá-lo firme durante todas as transformações, ele por fim cederia e responderia ao que fosse perguntado.

Aristeu seguiu as instruções. Foi até o local preferido de Proteu, a ilha de Faros, ou, segundo outros, de Cárpatos. Lá capturou Proteu e não o soltou, apesar das formas terríveis que o deus assumiu, até ele desanimar e reassumir a própria forma. Ele então instruiu Aristeu a fazer um sacrifício aos deuses e deixar as carcaças dos animais no lugar do sacrifício. Nove dias depois, deveria voltar e examinar os cadáveres. Mais uma vez Aristeu fez como lhe mandaram e no nono dia encontrou algo assombroso: em uma das carcaças havia um grande enxame de abelhas. Ele nunca mais foi incomodado por nenhuma praga ou doença em seus insetos.

Aurora e Títono

A *Ilíada* alude à história desses dois:

> Então, do divã em que estava deitada junto ao nobre Títono, a deusa Aurora despertou, com seus dedos rosados, para trazer luz aos
> deuses e mortais.

Esse Títono, marido de Aurora, era pai do seu filho, o príncipe de pele escura Mêmnon, da Etiópia, que morreu em Troia lutando pelos troianos. Títono também teve um estranho destino. Aurora pediu a Zeus que o tornasse imortal e Zeus aceitou, mas não ocorreu a ela pedir também que ele permanecesse jovem. Então ele acabou envelhecendo, mas sem conseguir morrer. Desamparado por fim, sem poder mover nem as mãos nem os pés, ele rezou pela morte, mas o alívio não veio. Estava fadado a viver para sempre, cada vez mais castigado pelo avanço da idade. Por fim, com pena, Aurora o deitou num quarto e o deixou, fechando a porta. E lá ele ficou balbuciando, sem parar, palavras desprovidas de significado. Sua mente tinha ido embora junto com sua força física. Ele agora não passava da casca vazia do que antes fora um homem.

Existe também uma história segundo a qual ele foi diminuindo de tamanho cada vez mais até por fim Aurora, sensível ao encaixe natural das coisas, transformá-lo no descarnado e ruidoso gafanhoto.

Seu filho Mêmnon teve uma grande estátua erguida em sua homenagem em Tebas, no Egito, e dizem que, quando os primeiros raios do sol a iluminavam, ela emitia um som semelhante ao lamento da corda de uma harpa.

Bíton e Cléobis

Bíton e Cléobis eram filhos de Cídipe, uma sacerdotisa de Hera. O maior desejo de Cídipe era ver a linda estátua da deusa de Argos esculpida pelo grande artista Policleto, o Velho, de quem se dizia ter tanto talento quanto seu contemporâneo mais jovem, Fídias. Argos ficava demasiado longe para ela chegar lá a pé e não havia cavalos nem bois para levá-la. Seus dois filhos, porém, decidiram que ela deveria ter o que desejava. Atrelaram-se a uma carroça e a puxaram por todo o caminho, em meio à poeira e ao calor. Na chegada, todos admiraram sua devoção filial e a mãe feliz e orgulhosa parada diante da estátua rezou para Hera recompensá-los, dando-lhes o melhor dom que estivesse em seu poder. Quando Cídipe terminou a prece, os dois rapazes desabaram no chão. Tinham um sorriso no rosto e pareciam dormir tranquilamente, mas estavam mortos.

Calisto

Calisto era filha de Licaon, um rei da Arcádia que, devido à sua maldade, fora transformado em lobo. Ele tinha servido carne humana a Zeus quando o deus fora seu convidado. A punição foi merecida, mas sua filha enfrentou um sofrimento tão terrível quanto o do pai e era inocente de qualquer erro. Zeus a viu caçando no séquito de Ártemis e se apaixonou. Hera, enfurecida, transformou a moça numa ursa depois que seu filho nasceu. Quando o menino já estava crescido, durante uma caçada a deusa fez Calisto aparecer na sua frente com a intenção de fazê-lo matar a própria mãe, sem saber, claro. Mas Zeus tirou a ursa dali e a pôs no céu, onde ela é conhecida como Ursa Maior. Mais tarde, seu filho, Arcas, foi posto ao seu lado e batizado de Ursa Menor. Com raiva por essa honra concedida a sua rival, Hera convenceu o deus do mar a proibir as Ursas de afundarem no oceano como as outras estrelas. De todas as constelações, apenas elas nunca se põem abaixo do horizonte.

Clítia

A história de Clítia é única, pois no lugar de um deus apaixonado por uma donzela que não corresponde ao seu amor, nela há uma donzela apaixonada por um deus que não a ama. Clítia amava o deus-sol, mas ele não conseguia achar nela nada para amar. Ela definhava de amor sentada no chão ao ar livre, onde podia observá-lo, virar o rosto e acompanhá-lo com os olhos durante sua jornada pelo céu. Por isso foi transformada numa flor, o girassol, que está sempre se virando na direção do sol.

Dríope

Esta história, assim como diversas outras, mostra quanto os gregos antigos reprovavam quem destruísse ou danificasse alguma árvore.

Junto com sua irmã Íole, Dríope certo dia foi até um lago com a intenção de fabricar guirlandas para as ninfas. Levou consigo o filho pequeno e, ao ver junto da água um pé de lótus cheio de vistosas flores, colheu algumas para agradar ao bebê. Para seu horror, viu gotas de sangue escorrerem pelo caule. Na verdade, a planta era a ninfa Lótis, que tinha se transformado em lótus ao fugir de um homem que a perseguia. Quando Dríope tentou ir embora dali depressa, aterrorizada pela visão agourenta, não conseguiu mover os pés; era como se eles estivessem enraizados no chão. Sem poder fazer nada, Íole ficou vendo uma casca brotar do chão e começar a cobrir o corpo da irmã. Quando a casca alcançou o rosto de Dríope, seu marido chegou ao lago acompanhado pelo pai das moças. Íole contou o que tinha acontecido e os dois correram até a árvore, abraçaram o tronco ainda morno e o regaram com suas lágrimas. Dríope só teve tempo de declarar que não havia cometido nenhum erro intencional e de lhes implorar que levassem o menino com frequência até a árvore para à sua sombra brincar e que algum dia lhe contassem sua história para que ele, sempre que visse aquele lugar, pensasse: *Aqui neste tronco de árvore minha mãe está escondida.* "Digam-lhe também", pediu ela, "para jamais colher flores e para considerar que qualquer arbusto pode ser uma deusa disfarçada." Ela então não conseguiu dizer mais nada: a casca se fechou sobre seu rosto. Dríope desapareceu para sempre.

Epimênides

Epimênides só é um personagem da mitologia devido à história de seu longo sono. Ele viveu por volta de 600 a.C. e dizem que, quando menino, estava procurando uma ovelha perdida e foi tomado por um sono que durou 57 anos. Ao acordar, retomou a busca pela ovelha sem saber o que tinha acontecido e encontrou tudo diferente. Foi mandado para Atenas pelo oráculo de Delfos para livrar a cidade de uma peste. Quando os atenienses, agradecidos, quiseram lhe dar uma grande soma em dinheiro, ele recusou e pediu apenas que houvesse amizade entre Atenas e sua cidade natal, Cnossos, em Creta.

Erictônio

É outro nome de Erecteu. Homero só conhecia um único homem chamado assim. Platão menciona dois. Filho de Hefesto criado por Palas Atena, Erictônio era metade homem, metade serpente. A deusa deu a arca na qual havia guardado o menino para as três filhas de Cécrops e as proibiu de abri-la. As moças, contudo, abriram-na e viram lá dentro a criatura metade serpente. A punição de Palas Atena foi fazê-las perder a razão e elas se mataram pulando do alto da Acrópole. Ao crescer, Erictônio se tornou rei de Atenas. Seu neto foi batizado com o mesmo nome e foi pai do segundo Créops, de Prócris, Creúsa e Orítia.

Hero e Leandro

Leandro era um jovem de Ábido, cidade no Helesponto, e Hero era sacerdotisa de Afrodite em Sesto, na margem oposta. Todas as noites Leandro nadava até ela guiado pela luz que era emitida, segundo alguns, pelo farol de Sesto, ou, segundo outros, por uma tocha que Hero sempre mantinha acesa no alto de uma torre. Numa noite de grande tempestade, a luz foi apagada pelo vento e Leandro morreu. Seu corpo foi dar na praia e Hero, ao encontrá-lo, se matou.

Híades

As Híades eram filhas de Atlas e meias-irmãs das Plêiades. Eram as estrelas da chuva, supostamente encarregadas de fazer chover, porque a época em que se põem à noite e de manhã, frequentemente no início de maio e de novembro, em geral é chuvosa. Eram seis ao todo. Dioniso lhes foi confiado por Zeus quando bebê e, como recompensa pelo seu trabalho, as pôs entre as estrelas.

Íbico e os grous

Íbico não é um personagem da mitologia, mas sim um poeta que viveu por volta de 550 a.C. Só pouquíssimos fragmentos de seus poemas chegaram até nós. Tudo que se sabe dele é a dramática história da sua morte. Atacado por ladrões perto de Corinto, ele foi ferido mortalmente. Um bando de grous sobrevoou a cena e ele lhes pediu que o vingassem. Pouco depois, no teatro aberto de Corinto onde uma peça estava sendo encenada para a casa lotada, um bando de grous apareceu e pôs-se a sobrevoar a plateia. De repente, uma voz de homem se fez ouvir. Como se estivesse tomado de pânico, ele exclamou:

– Os grous de Íbico, os vingadores!

A plateia, por sua vez, gritou:

– O assassino se denunciou!

O homem foi detido, os outros ladrões foram desmascarados e todos foram condenados à morte.

Leto (Latona)

Filha dos titãs Febe e Coeu. Zeus a amou, mas, quando ela estava prestes a dar à luz, abandonou-a com medo de Hera. Todos os países e ilhas, temendo a mesma coisa, se recusaram a acolhê-la e a lhe oferecer um lugar onde seu filho pudesse nascer. Leto seguiu vagando, desesperada, até chegar a um pedaço de terra que flutuava no mar. Aquela terra não tinha base e vivia jogada de um lado para outro pelas ondas e os ventos. Chamava-se Delos e, além de ser, dentre todas as ilhas, a mais insegura, era rochosa e estéril. No entanto, quando Leto ali pisou e pediu abrigo, a pequena ilha ficou feliz em recebê-la e nesse instante quatro imensas colunas brotaram do fundo do mar e a ancoraram com firmeza para sempre. Lá nasceram os filhos de Leto, Ártemis e Febo Apolo, e posteriormente ali foi erguido o glorioso templo de Apolo, visitado por homens do mundo inteiro. As rochas estéreis passaram a ser chamadas de "a ilha construída pelo céu" e, de mais desprezada, ela se tornou a mais célebre de todas as ilhas.

Lino

A *Ilíada* descreve um vinhedo com rapazes e moças cantando "uma doce canção de Lino" enquanto colhem as uvas. Tratava-se provavelmente de um lamento pelo jovem filho de Apolo e Psâmate, Lino, abandonado pela mãe e criado por pastores, que morreu dilacerado por cães antes de chegar à idade adulta. Assim como Adônis e Jacinto, Lino foi uma vida jovem e bela que morreu ou feneceu antes de dar frutos. A palavra grega *ailinon!*, que significa "pobre Lino!", passou a significar o mesmo que o inglês *alas!*, "que pena!", e era usada em qualquer lamento. Houve outro Lino, filho de Apolo com uma das Musas, que ensinou Orfeu e tentou ensinar Hércules, mas foi morto por este.

Marpessa

Ela teve mais sorte do que outras jovens amadas pelos deuses. Idas, um dos heróis da caçada calidônia e também um dos argonautas, tirou-a do pai sem o seu consentimento. Os dois teriam vivido felizes para sempre, mas Apolo se apaixonou por ela. Idas se recusou a entregá-la e ousou inclusive disputá-la com Apolo. Zeus apartou a briga e mandou Marpessa escolher com quem desejava ficar. Ela escolheu o mortal, temendo, não sem razão, que o deus não lhe fosse fiel.

Társias

A flauta foi inventada por Palas Atena, mas ela a jogou fora, pois, para tocá-la, precisava inflar as bochechas e ficar com o rosto deformado. Társias, um sátiro, encontrou o instrumento e o tocou tão bem que ousou desafiar Apolo para uma competição. O deus venceu, claro, e puniu Társias esfolando-o.

Melampo

Melampo salvou e criou duas pequenas serpentes quando seus criados mataram os pais dos animais, e como animais de estimação elas o recompensaram. Certa vez, quando ele estava dormindo, subiram na cama e lamberam suas orelhas. Ele acordou muito assustado, mas constatou que podia entender o que dois passarinhos no peitoril da janela estavam dizendo. As cobras lhe tinham dado o dom de compreender a língua de todas as criaturas que voam e rastejam. Ele pôde assim aprender a arte da adivinhação como ninguém mais havia aprendido antes e tornou-se um vidente famoso. Conseguiu também se salvar graças a esse conhecimento. Seus inimigos certa vez o capturaram e o prenderam numa pequena cela. Enquanto estava lá, ele escutou os vermes dizerem que a viga do telhado tinha sido quase toda devorada, de modo que em breve ruiria e esmagaria tudo que estivesse embaixo. Na mesma hora avisou seus captores e pediu que o levassem para outro lugar. Eles assim o fizeram e logo depois o telhado desabou. Então viram que grande adivinho ele era e o libertaram e recompensaram.

Mérope

Seu marido, Cresfontes, um heráclida (descendente de Hércules) rei da Messênia, foi morto numa rebelião junto com dois de seus filhos. O homem que o sucedeu, Polifontes, tomou-a por esposa. Mas Épito, o terceiro filho de Mérope, fora escondido pela mãe na Arcádia. Anos mais tarde, voltou, se fazendo passar pelo homem que matara Épito, sendo, portanto, bem recebido por Polifontes. A mãe, porém, sem saber quem ele era, planejou matar o assassino do filho, por quem o tomou. No fim, porém, acabou descobrindo sua identidade e juntos os dois tramaram a morte de Polifontes. Épito se tornou rei.

Mirmidões

Eram homens criados a partir de formigas na ilha de Égina durante o reinado de Éaco, avô de Aquiles, e foram, portanto, seguidores de Aquiles na guerra de Troia. Os mirmidões, além de frugais e trabalhadores como se poderia supor pela sua origem, eram também valentes. Foram transformados de formigas em homens por causa de um dos ataques de ciúmes de Hera. Ela se zangou porque Zeus amou Égina, a donzela em cuja homenagem a ilha fora batizada e cujo filho, Éaco, tornou-se o seu rei. Hera enviou uma praga assustadora, que destruiu as pessoas aos milhares. Parecia que ninguém seria deixado vivo. Éaco subiu até o alto templo de Zeus e rezou a ele, lembrando-lhe que era filho dele com uma mulher que o deus havia amado. Enquanto falava, viu um bando de formigas atarefadas. "Ó pai", pediu, "faça dessas criaturas um povo para mim, numeroso como elas, para encher minha cidade vazia." Uma trovoada pareceu lhe responder e nessa noite ele sonhou que via as formigas adquirirem forma humana. Quando o dia raiou, seu filho Télamon o acordou e disse que um grande exército de homens estava se aproximando do palácio. Éaco saiu e viu uma multidão tão numerosa quanto as formigas, todos bradando ser seus súditos fiéis. Assim Égina foi repovoada a partir de um formigueiro e seu povo foi chamado de mirmidões em homenagem às formigas (*myrmex*) que lhe deram origem.

Niso e Cila

Niso, rei de Mégara, tinha na cabeça uma mecha de cabelo roxo, a qual fora alertado a nunca cortar. A segurança de seu trono dependia daquela mecha. Minos, rei de Creta, sitiou sua cidade, mas Niso sabia que nada de mau lhe aconteceria contanto que preservasse sua mecha roxa. Sua filha, Cila, costumava observar Minos dos muros da cidade e por ele se apaixonou perdidamente. Não conseguiu pensar em outro jeito de fazê-lo retribuir seu amor que não lhe levando a mecha de cabelo do pai e lhe possibilitando conquistar a cidade. E assim o fez: cortou os cabelos do pai enquanto ele dormia, levou-os para Minos e confessou o que tinha feito. Minos recuou horrorizado e a expulsou. Quando a cidade foi conquistada e os cretenses zarparam em seus navios de volta para casa, Cila correu até a praia, enlouquecida de paixão, pulou no mar e agarrou o leme do navio que transportava Minos. Mas nesse instante uma águia imensa se abateu sobre ela. Era seu pai, que os deuses tinham salvado e transformado em pássaro. Aterrorizada, Cila soltou o leme e teria caído na água, mas de repente ela também virou um pássaro. Algum deus se apiedou dela, apesar da sua traição, porque ela havia pecado por amor.

Órion

Órion era um rapaz de estatura gigantesca e grande beleza, além de valente caçador. Apaixonou-se pela filha do rei de Quios e por amor livrou a ilha de animais selvagens. Levou de volta para casa os espólios da caçada para dar à sua amada, cujo nome alguns dizem ser Aero, outros, Mérope. O pai dela, Enópio. aceitou entregá-la a Órion, mas adiou várias vezes o casamento. Certo dia, depois de ter bebido, Órion ofendeu a jovem e

Enópio pediu a Dioniso que o punisse. O deus o fez mergulhar num sono profundo e Enópio o cegou. Um oráculo lhe disse, porém, que ele poderia recuperar a visão se fosse para leste e deixasse os raios do sol nascente baterem em seus olhos. Órion foi para leste, até Lemnos, e lá recuperou a visão. Na mesma hora voltou a Quios querendo se vingar do rei, mas o rei tinha ido embora e Órion não conseguiu encontrá-lo. Ele seguiu até Creta e lá viveu como caçador de Ártemis. Mesmo assim, no fim a deusa acabou matando-o. Alguns dizem que Aurora o amou e que Ártemis, enciumada, o flechou. Outros dizem que ele provocou a raiva de Apolo e que o deus enganou sua irmã e fez com que ela o matasse. Depois de morto, Órion foi posto no céu como uma constelação que o representa com um cinto, uma espada, uma clava e uma pele de leão.

Plêiades

Eram as filhas de Atlas, sete no total. Chamavam-se Electra, Maia, Taigete, Alcione, Mérope, Celeno e Estérope. Órion as perseguiu, mas elas fugiram e ele nunca conseguiu capturar nenhuma. Mesmo assim, continuou a segui-las até que Zeus, apiedado, as pôs no céu como estrelas. Dizem, no entanto, que mesmo no céu Órion continuou sua perseguição, sempre sem sucesso, mas insistente. Enquanto viveram na Terra, uma das Plêiades, Maia, foi a mãe de Hermes. Outra, Electra, foi a mãe de Dárdano, fundador da raça troiana. Embora seja um consenso que elas eram sete, apenas seis estrelas são claramente visíveis. Só quem tem uma visão especialmente aguçada consegue ver a sétima.

Quíron

Quíron foi um dos centauros, mas ao contrário dos outros, criaturas ferozes e violentas, era conhecido por toda parte por sua bondade e sabedoria, tanto que jovens filhos de heróis lhe eram confiados para serem treinados e instruídos. Aquiles foi seu aluno, assim como o grande médico Esculápio, o célebre caçador Acteão e muitos outros. De todos os centauros, apenas Quíron era imortal, mas, apesar disso, acabou morrendo e indo para o mundo inferior. Indireta e involuntariamente, quem causou sua morte foi Hércules. O herói tinha parado para ver um centauro amigo, Folo, e por estar com muita sede o convenceu a abrir um jarro de vinho que era propriedade coletiva de todos os centauros. O aroma do maravilhoso líquido informou os outros sobre o que havia acontecido e eles acorreram para se vingar do transgressor. Hércules, porém, foi mais do que capaz de dar conta de todos. Repeliu-os, mas na luta feriu por acidente Quíron, que não tinha participado do ataque. O ferimento se mostrou incurável e por fim Zeus permitiu que Quíron morresse para não viver eternamente em sofrimento.

Reco

Reco, ao ver um carvalho prestes a tombar, escorou-o. A dríade que teria morrido junto com a árvore lhe disse para pedir o que quisesse que ela o faria. Ele respondeu querer apenas seu amor e a ninfa aceitou. Disse-lhe que ficasse atento, pois lhe mandaria um mensageiro, uma abelha, para lhe comunicar seus desejos. Reco, porém, encontrou alguns companheiros e esqueceu inteiramente a abelha, tanto que, ao escutar o inseto zumbindo, espantou-o e o machucou. Ao voltar para a árvore, foi cegado pela dríade, zangada com o descaso por suas palavras e com o fato de ele ter ferido sua mensageira.

Salmoneu

Esse homem foi outra ilustração de como era fatal para os mortais tentar imitar os deuses. Mas o que ele fez foi uma tolice tão grande que posteriormente muito se falou que ele havia perdido a razão. Salmoneu se fez passar por Zeus. Mandou fabricar uma biga que, ao se mover, emitia um grande clangor metálico. No dia do festival de Zeus, percorreu a cidade com ela a grande velocidade, espalhando tochas acesas e gritando para as pessoas que o venerassem porque ele era Zeus, o deus do trovão. Na mesma hora, porém, ouviu-se uma trovoada de verdade e um raio brilhou. Salmoneu caiu da biga, morto.

A história é muitas vezes explicada como uma referência a um tempo em que se praticava a magia da meteorologia. Segundo essa visão, Salmoneu era um mago tentando provocar uma tempestade por imitação, um método comum em magia.

Sísifo

Sísifo era o rei de Corinto. Um dia, por acaso avistou uma grande águia, maior e mais esplêndida do que qualquer ave mortal, carregando uma donzela até uma ilha não muito distante. Quando o deus-rio Asopo veio lhe dizer que sua filha Égina tinha sido raptada e que ele desconfiava fortemente de que o responsável fora Zeus, Sísifo lhe contou o que tinha visto. Ao fazê-lo, incorreu na ira implacável de Zeus. No Hades, foi punido sendo obrigado a rolar para sempre uma pedra encosta acima, que para sempre rolava de volta para o sopé do monte. E tampouco ajudou Asopo. O deus do rio foi até a ilha, mas Zeus o espantou com seu raio. O nome da ilha foi mudado para Égina em homenagem à donzela, e seu filho, Éaco, foi avô de Aquiles, às vezes chamado de Eácide, descendente de Éaco.

Tiro

Tiro foi a filha de Salmoneu. Ela teve filhos gêmeos com Poseidon, mas, temendo o desgosto do pai caso viesse a saber do nascimento das crianças, abandonou-as. Os gêmeos foram encontrados pelo guardião dos cavalos de Salmoneu e criados por ele e pela esposa, que batizou um dos meninos de Pélias e o outro de Neleu. Creteu, marido de Tiro, descobriu anos depois quais tinham sido as relações da esposa com Poseidon. Com muita raiva, rejeitou-a e desposou uma de suas criadas, Sidero, que a maltratou. Quando Creteu morreu, os gêmeos ficaram sabendo pela madrasta quem eram seus verdadeiros pais. Na mesma hora foram procurar Tiro e se identificaram. Encontraram-na em miséria absoluta, então procuraram Sidero para puni-la. Ela ficara sabendo da sua vinda e fora se refugiar no templo de Hera. Mesmo assim, Pélias a matou, desafiando a fúria da deusa. Hera se vingou, mas só muitos anos depois. Seu meio-irmão, o filho de Tiro e Creteu, foi o pai de Jasão, o qual Pélias tentou matar mandando-o atrás do velocino de ouro. Em vez disso, Jasão foi a causa indireta da sua morte. Ele foi morto pelas próprias filhas sob orientação de Medeia, esposa de Jasão.

PARTE SETE

A mitologia dos nórdicos

Introdução à mitologia nórdica

O mundo da mitologia nórdica é um mundo estranho. Asgard, a morada dos deuses, não se parece com qualquer outro céu imaginado pelos homens. Lá não existe nenhum clarão de alegria, nenhuma garantia de êxtase. É um lugar grave, solene, sobre o qual paira a ameaça de uma inevitável condenação. Os deuses sabem que há de chegar o dia em que serão destruídos. Em algum momento encontrarão seus inimigos e a eles sucumbirão em derrota e morte. Asgard será arrasada. A causa que as forças do bem estão lutando para defender contra as forças do mal é uma causa perdida. Mesmo assim, os deuses lutarão por ela até o fim.

Necessariamente, o mesmo vale para a humanidade. Se no fim os deuses são impotentes diante do mal, os homens e mulheres devem sê-lo ainda mais. Os heróis e heroínas das primeiras histórias encaram o desastre. Eles sabem que não podem se salvar, seja qual for sua coragem, sua resistência, seu grande feito. Mesmo assim, não fraquejam. Morrem resistindo. Uma morte valorosa lhes vale, pelo menos aos heróis, um lugar no Valhala, um dos salões de Asgard, mas lá também eles devem esperar derrota e destruição no fim. Na derradeira batalha entre o bem e o mal, eles lutarão lado a lado com os deuses e com eles morrerão.

É essa a concepção da vida que serve de base para a religião nórdica, a concepção mais sombria jamais produzida pela mente humana. O único apoio firme possível para o espírito humano, o único bem puro e inconspurcado que os homens podem esperar alcançar, é o heroísmo, e o heroísmo depende de causas perdidas. O herói só pode provar o que é morrendo. O poder do bem é demonstrado não pela conquista triunfante sobre o mal, mas pela contínua resistência ao mal diante de uma derrota certa.

À primeira vista, essa atitude em relação à vida parece fatalista, mas na verdade o papel dos decretos de um destino inexorável era tão pequeno no esquema nórdico da existência quanto a predestinação no de São Paulo ou no de seus seguidores protestantes militantes, e exatamente pela mesma razão. Embora o herói nórdico estivesse condenado caso não se entregasse, ele podia escolher entre se entregar ou morrer. A decisão estava nas suas mãos. E mais do que isso. Uma morte heroica, assim como a morte de um mártir, não é uma derrota, e sim um triunfo. O herói nas histórias nórdicas que ri alto enquanto seus inimigos lhe arrancam o coração do corpo vivo se mostra superior a seus conquistadores. Ele na verdade lhes diz: "Vocês não podem fazer nada comigo, pois não ligo para o que fizerem." Eles o matam, mas ele morre sem ser derrotado.

É um modo severo de a humanidade viver, tão severo em sua forma inteiramente distinta quanto o Sermão da Montanha, mas a facilidade nunca foi capaz de garantir a fidelidade dos homens a longo prazo. Assim como os primeiros cristãos, os nórdicos mediam sua vida segundo padrões heroicos. Os cristãos, porém, esperavam encontrar depois da morte um céu de eterna alegria. Os nórdicos não. Mas pelo visto durante incontáveis séculos, até a chegada dos missionários cristãos, o heroísmo bastou.

Os poetas da mitologia nórdica, para quem a vitória era possível na morte e a coragem jamais conhecia derrota, são os únicos porta-vozes da crença de toda a grande raça teutônica, da qual fazem parte a Inglaterra e também a América do Norte por meio de seus primeiros colonos. Em todas as outras partes do noroeste europeu, os primeiros registros, tradições, canções e histórias foram eliminados pelos padres da cristandade, que sentiam um ódio amargo pelo paganismo que foram exterminar. É extraordinário como eles conseguiram operar uma destruição completa. Uns poucos fragmentos sobreviveram: *Beowulf* na Inglaterra, *A canção dos Nibelungos* na Alemanha e alguns fragmentos esparsos aqui e ali. Mas, se não fossem as duas *Eddas* (coletâneas de textos escritos em islandês antigo), não saberíamos praticamente nada sobre as tradições nórdicas. Na Islândia, que foi naturalmente, pela sua posição geográfica, o último país setentrional a ser cristianizado, os missionários parecem ter sido mais brandos ou talvez tenham tido menos influência. O latim não expulsou a língua nórdica antiga como língua literária. O povo continuou contando as velhas histórias na linguagem coloquial e algumas delas foram escritas, embora não saibamos por quem nem quando. O mais antigo manuscrito da *Edda poética* é datado aproximadamente de 1300, trezentos anos após a chegada dos cristãos, mas os poemas que a compõem são puramente pagãos e julgados muito antigos por todos os estudiosos. A *Edda em prosa* foi escrita por um certo Snorri Sturluson no último quartil do século XII. Sua parte principal é um tratado técnico sobre como escrever poesia, mas ela contém também algum material mitológico pré-histórico que não consta na *Edda poética*.

A *Edda poética* é de longe a mais importante das duas. É composta por poemas separados, muitas vezes sobre a mesma história, mas nunca interligados. Ela contém o material de um grande épico, tão grandioso quanto a *Ilíada* e talvez até mais, mas nenhum poeta apareceu para retrabalhá-la como fez Homero com as primeiras histórias que precederam a *Ilíada*. Não houve nas terras setentrionais nenhum gênio capaz de fundir os poemas para formar um todo e torná-los uma coisa bela e potente; ninguém sequer para descartar o brutal ou o banal e para cortar as repetições infantis e cansativas. A *Edda* tem listas de nomes que às vezes se estendem por páginas. Ainda assim, a sóbria grandiosidade das histórias transparece a despeito do estilo. Talvez ninguém que não seja capaz de ler nórdico antigo devesse falar sobre "estilo", mas todas as traduções se assemelham tanto em seu caráter singularmente canhestro e de difícil compreensão que não se pode evitar a desconfiança de que o responsável, pelo menos em parte, seja o original. Os poetas da *Edda poética* parecem ter tido concepções mais grandiosas que sua habilidade de transformá-las em palavras. Muitas das histórias são esplêndidas. Nada na mitologia grega se equipara a elas, exceto as recontadas pelos poetas trágicos. Todas as melhores histórias setentrionais são trágicas e falam de homens e mulheres que avançam firmes ao encontro da morte, muitas vezes a escolhem deliberadamente e até mesmo a planejam com grande antecedência. A única luz na escuridão é o heroísmo.

CAPÍTULO I
As histórias de Signy e Sigurd

Escolhi estas duas histórias para contar porque elas me parecem apresentar melhor do que qualquer outra o caráter e o ponto de vista nórdicos. Sigurd é o mais famoso dos heróis nórdicos; sua história é em grande parte a de Siegfried, o herói de A canção dos Nibelungos. *Ele é o protagonista da* Saga dos Volsungos, *versão nórdica da história germânica que as óperas de Wagner tornaram conhecida. Não foi a elas que recorri para minha história, mas sim à* Edda poética, *onde o amor e a morte de Sigurd e Brynhild e Gudrun são tema de vários dos poemas. As sagas, todos relatos em prosa, são posteriores. A história de Signy é contada apenas na* Saga dos Volsungos.

Signy era filha de Volsung e irmã de Sigmund. Seu marido traiu Volsung, matou-o e capturou seus filhos. Um a um, acorrentou-os durante a noite num lugar onde os lobos os encontrariam e devorariam. Quando o último, Sigmund, foi levado e acorrentado, Signy já havia pensado num jeito de salvá-lo. Ela o libertou e os dois juraram vingar o pai e os irmãos. Signy decidiu que Sigmund deveria ter alguém do próprio sangue para ajudá-lo e assim o visitou disfarçada e com ele passou três noites. Ele jamais soube quem ela era. Quando o menino nascido dessa união chegou à idade de se separar da mãe, Signy o mandou para Sigmund e os dois viveram juntos até o rapaz, chamado Sinfiotli, virar adulto. Durante todo esse tempo, Signy viveu com o marido, a quem deu filhos, sem nunca deixar que ele visse qualquer sinal do desejo ardente em seu coração de se vingar dele. Esse dia enfim chegou. Sigmund e Sinfiotli surpreenderam todos na casa. Mataram os outros filhos de Signy, trancaram seu marido dentro da casa e a incendiaram. Signy assistiu a tudo sem dizer nada. Quando acabou, disse-lhes que eles tinham vingado gloriosamente os mortos e com isso entrou na casa em chamas e lá morreu. Ao longo dos anos de espera, havia planejado morrer junto com o marido quando o matasse. Clitemnestra ficaria pálida ao lado dela se houvesse um Ésquilo nórdico para escrever sua história.

A história de Siegfried é tão conhecida que a de seu protótipo nórdico, Sigurd, pode ser contada de forma resumida. Brynhild, uma valquíria, desobedeceu a Odin e foi punida, sendo posta para dormir até que algum homem viesse acordá-la. Ela implorou que aquele que viesse fosse um homem cujo coração desconhecesse o medo e Odin cercou seu leito com labaredas de fogo que somente um herói conseguiria enfrentar. Sigurd, filho de Sigmund, foi quem fez isso. Ele obriga seu cavalo a atravessar as chamas e acorda Brynhild, que se entrega a ele alegremente porque ele demonstrou seu valor ao alcançá-la. Alguns dias depois, ele a deixa no mesmo lugar cercado pelo fogo.

Sigurd vai até o lar dos Giukungos, onde presta um juramento de irmandade ao rei, Gunnar. Griemhild, mãe de Gunnar, quer que Sigurd despose sua filha Gudrun e lhe dá uma poção mágica que o faz esquecer Brynhild. Ele se casa com Gudrun e então, graças ao poder mágico de Griemhild, assume a aparência de Gunnar, atravessa outra vez as chamas e conquista Brynhild para Gunnar, que não é herói suficiente para fazer isso ele próprio. Sigurd passa três noites lá com ela, mas coloca sua espada entre os dois na cama. Brynhild vai com ele até os Giukungos, onde Sigurd torna a assumir a própria forma, mas sem Brynhild saber. Ela desposa Gunnar acreditando que Sigurd lhe foi infiel e que Gunnar havia atravessado o fogo para resgatá-la. Numa briga com Gudrun, fica sabendo a verdade e planeja se vingar. Brynhild diz a Gunnar que Sigurd violou seu juramento ao rei e que de fato a possuiu naquelas três noites, mas declarou ter posto sua espada entre os dois, e que, se Gunnar não matar Sigurd, vai abandoná-lo. O próprio Gunnar não pode matar Sigurd por causa do juramento de irmandade que prestou, mas convence seu irmão mais novo a matar Sigurd durante o sono, e, quando Gudrun acorda, se vê coberta pelo sangue do marido.

> Brynhild então riu,
> Uma única vez, riu com vontade,
> Ao ouvir o lamento de Gudrun.

Mas embora ela tenha sido a causa da morte de Sigurd, ou por causa disso, Brynhild não quer viver agora que ele está morto. Ao marido, ela diz:

> Um só de todos amei.
> Meu coração nunca mudou de opinião.

Ela lhe diz que Sigurd não tinha violado seu juramento ao atravessar o anel de fogo para conquistá-la para Gunnar.

> Numa mesma cama dormimos
> Como se ele fosse meu irmão.
> Sempre com tristeza e por tempo demais
> Homens e mulheres nascem no mundo

Ela se mata, rezando para seu corpo ser posto para descansar na pira funerária ao lado do de Sigurd. Junto ao corpo dele, Gudrun fica sentada em silêncio. Não consegue falar, não consegue chorar. Os outros temem que seu coração se parta a menos que ela consiga encontrar algum alívio e, uma após outra, as mulheres lhe falam das próprias tristezas,

> A mais amarga dor que cada uma já havia suportado.

"Maridos, filhas, irmãs, irmãos", diz uma delas, "todos me foram tirados, e ainda assim sigo viva."

> Mas pela sua tristeza Gudrun não conseguiu chorar,
> Tão duro estava seu coração junto ao corpo do herói.

"Meus sete filhos caíram nas terras do sul", diz outra, "e meu marido também, todos os oito em combate. Com minhas mãos preparei os corpos para o túmulo. Em meio ano tive que suportar isso. E ninguém veio me reconfortar."

Brynhild num leito cercado de fogo

Mas pela sua tristeza Gudrun não conseguiu chorar.
Tão duro estava seu coração junto ao corpo do herói.

Então uma, mais sábia do que as outras, ergue a mortalha do corpo.

Ela fez repousar
A amada cabeça sobre os joelhos da esposa.
"Olhe para ele que você amou e encoste seus lábios
Nos dele como se ele ainda vivesse."
Gudrun olhou somente uma vez.
Viu os cabelos dele empapados de sangue,
Os olhos cegos antes tão brilhantes,
Então se curvou e abaixou a cabeça,
E suas lágrimas escorreram como gotas de chuva.

Assim são as primeiras histórias nórdicas antigas. O homem nasce para sofrer da mesma forma que faíscas voam para cima. Viver é sofrer, e a única solução para o problema da vida é sofrer com coragem. Sigurd, quando está indo a caminho de Brynhild pela primeira vez, encontra um sábio e lhe pergunta qual será seu destino:

Não me esconda nada, por mais duro que seja.

O sábio responde:

Sabe que não vou mentir.
Você nunca será maculado pela vileza.
No entanto, o dia do seu ocaso vai chegar,
Um dia de ira e um dia de aflição.
Mas lembre-se sempre, líder dos homens,
Que a vida do herói é afortunada
E nunca homem mais nobre
Do que Sigurd viverá sob o sol.

CAPÍTULO II

Os deuses nórdicos

Nenhum deus da Grécia podia ser heroico. Os habitantes do Olimpo eram imortais e invencíveis. Eles nunca podiam sentir o calor da coragem; nunca podiam desafiar o perigo. Quando lutavam, a vitória era certa e nenhum mal jamais poderia se aproximar deles. Em Asgard era diferente. Os gigantes, cuja cidade era Jötunheim, eram os ativos e persistentes inimigos dos Aesir, como eram chamados os deuses, e não só eram um perigo onipresente como também sabiam que no fim sua vitória completa estava garantida.

Esse conhecimento representava um grande peso no coração de todos os moradores de Asgard, mas pesava mais em seu líder e chefe, ODIN. Como Zeus, Odin era o pai do céu:

>Vestindo uma túnica cinza como a nuvem e um manto azul
>   como o céu.

Mas a semelhança acaba aí. Seria difícil imaginar algo menos parecido com o Zeus de Homero do que Odin. Ele é uma figura estranha e solene, sempre distante. Mesmo quando está presente nos banquetes divinos em seu palácio dourado, Gladsheim, ou então com os heróis no Valhala, ele nada come. Dá a comida que lhe servem aos dois lobos agachados a seus pés. Em seus ombros estão empoleirados dois corvos, que diariamente sobrevoam o mundo e lhe trazem notícias de tudo que os homens fazem. Um se chama Pensamento (Hugin) e o outro, Memória (Munin).

Enquanto os outros deuses se banqueteavam, Odin refletia sobre o que o Pensamento e a Memória lhe diziam.

Sua responsabilidade, mais do que a dos outros deuses juntos, era adiar quanto possível o fim dos tempos, Ragnarok, quando o céu e a terra seriam destruídos. Ele era o pai de todos, supremo entre os deuses e homens, mas mesmo assim vivia numa busca constante por mais conhecimento. Desceu ao Poço do Conhecimento protegido pelo sábio Mimir e implorou para beber, e, quando Mimir respondeu que ele precisava dar um dos olhos como pagamento, aceitou perder o olho. Conquistou, também pela dor, o conhecimento das runas. As runas eram inscrições mágicas extraordinariamente poderosas para quem fosse capaz de gravá-las em qualquer superfície de madeira, metal ou pedra. Odin as aprendeu à custa de uma dor misteriosa. Na *Edda poética*, ele diz ter ficado pendurado

> Por nove noites inteiras numa árvore açoitada pelo vento,
> Ferido por uma lança,
> Fui oferecido a Odin, eu a mim mesmo,
> Naquela árvore que homem nenhum conhece.

Ele transmitiu aos homens o conhecimento conquistado a duras penas e eles também puderam usar as runas para se proteger. Odin arriscou a vida outra vez para tirar dos gigantes o hidromel da poesia, que transformava em poeta todos que o provassem. Deu esse belo presente tanto aos homens quanto aos deuses. Sob todos os aspectos, Odin foi o benfeitor da humanidade.

Suas ajudantes eram donzelas, as VALQUÍRIAS. Elas serviam à sua mesa em Asgard e mantinham cheios os cálices de bebida, mas sua principal tarefa era ir ao campo de batalha e decidir, sob as ordens de Odin, quem deveria vencer e quem deveria morrer, e levar para o deus os mortos corajosos. *Val* significa "morto", e as Valquírias eram as Escolhedoras dos Mortos; e o lugar para o qual levavam os heróis era o salão dos mortos, Valhala. Durante a batalha, o herói condenado a morrer via

> Donzelas de imensa beleza
> Cavalgando seus corcéis em armaduras reluzentes,

Solenes e compenetradas,
Chamando com suas brancas mãos.

A quarta-feira em inglês, *Wednesday*, é naturalmente o dia de Odin. A forma meridional de seu nome era Woden.

Dos outros deuses, apenas cinco eram importantes: BALDER, THOR, FREYR, HEIMDALL e TYR.

BALDER era o deus mais amado de todos, tanto na Terra como no céu. Sua morte foi o primeiro dos desastres a se abaterem sobre os deuses. Certa noite, ele foi atormentado por sonhos que pareciam prever um grande perigo para si. Ao saber disso, sua mãe, FRIGGA, esposa de Odin, decidiu proteger o filho da menor possibilidade de perigo. Ela percorreu o mundo e extraiu de tudo, de todas as coisas vivas e de todas as coisas sem vida, um juramento de jamais fazer mal a Balder. Mas Odin continuou com medo. Ele desceu até NIFLHEIM, o mundo dos mortos, e lá encontrou a morada de HELA, ou HEL, a deusa dos mortos, toda enfeitada para uma festa. Uma mulher sábia lhe disse para quem a casa fora arrumada:

O hidromel foi fermentado para Balder.
A esperança dos altos deuses se foi.

Odin soube então que Balder precisaria morrer, mas os outros deuses continuaram acreditando que Frigga tivesse garantido sua segurança. Com isso, eles jogaram um jogo que lhes proporcionou grande prazer. Tentavam acertar Balder atirando pedras, lançando um dardo, disparando uma flecha ou golpeando-o com uma espada, mas as armas nunca o atingiam ou se desviavam, deixando-o ileso. Nada feria Balder. Ele parecia estar acima dos outros por causa dessa estranha exceção e todos o honravam por ela, exceto um, LOKI. Ele não era um deus, mas filho de um gigante, e onde fosse havia problemas. Ele vivia pondo os deuses em dificuldades e perigos, mas podia frequentar livremente Asgard porque, por algum motivo jamais explicado, Odin fizera com ele um juramento de fraternidade. Loki sempre detestou o bem e tinha inveja de Balder. Decidiu dar o melhor de si para tentar encontrar um jeito de feri-lo. Foi procurar Frigga disfarçado de mulher e com ela começou a conversar. Frigga lhe contou sobre sua jornada para garantir a segurança do filho e como tudo tinha jurado não fazer mal a Balder. Com exceção de um pequeno arbusto, disse ela, o visco, tão insignificante que ela havia passado por ele sem se deter.

Isso bastou para Loki. Ele pegou o visco e foi com a planta até onde os deuses estavam se divertindo. O cego HODER, irmão de Balder, estava sentado longe dos outros.

– Por que não joga também? – perguntou Loki.

– Cego como sou? – retrucou Hoder. – E também sem nada para jogar em Balder?

– Ah, faça sua parte – disse Loki. – Eis aqui um graveto. Jogue-o e eu guiarei sua mira.

Hoder pegou o visco e o lançou com toda a força. Sob a orientação de Loki, a planta atingiu Balder e lhe perfurou o coração. Balder caiu morto no chão.

Mesmo assim, sua mãe se negou a perder as esperanças. Frigga implorou aos deuses por um voluntário que descesse até Hela e tentasse resgatar Balder. Hermod, um de seus filhos, se ofereceu. Odin lhe deu seu cavalo Sleipnir e o rapaz desceu depressa até Niflheim.

Os outros prepararam o funeral. Construíram uma alta pira em cima de um grande navio e nela puseram o corpo de Balder. Sua esposa, Nanna, foi olhar o marido pela última vez; seu coração se partiu e ela desabou morta no convés. Seu corpo foi posto junto ao de Balder. A pira então foi acesa e o navio empurrado para longe da praia. Conforme ele se distanciava no mar, as chamas cresceram e o engolfaram.

Quando Hermod chegou a Hela com seu pedido, ela respondeu que devolveria Balder se lhe mostrassem que todos por toda parte estavam chorando a sua morte. Mas se uma coisa ou criatura viva sequer se recusasse a pranteá-lo, ela o manteria ali. Os deuses despacharam mensageiros para toda parte para pedir a toda a criação que vertesse lágrimas de modo a resgatar Balder da morte. Não houve recusa. O céu, a Terra e tudo neles contido choraram de bom grado pelo amado deus. Os mensageiros, felicíssimos, iniciaram a viagem de volta para dar a notícia aos deuses. Então, quase no fim da viagem, encontraram uma gigante e todo o pesar do mundo se revelou inútil, pois ela se recusou a chorar. "Vocês só conseguirão de mim lágrimas secas", falou, zombeteira. "Balder não me tratou bem e eu tampouco irei tratá-lo bem." Então Hela ficou com seu morto.

Loki foi punido. Os deuses o capturaram e prenderam dentro de uma funda caverna. Acima de sua cabeça puseram uma serpente, de modo que o veneno pingasse no seu rosto causando uma dor indizível. Mas Sigyn, sua esposa, foi ajudá-lo. Postou-se ao lado dele e ficou recolhendo o veneno dentro de um cálice. Mesmo assim, toda vez que ela precisava esvaziar o cálice e o veneno caía em cima de Loki, ainda que apenas por um instante, sua agonia era tal que as convulsões que ele sofria sacudiam a Terra inteira.

Dos três outros grandes deuses, THOR era o deus-trovão, o mais forte de todos os Aesir, em cuja homenagem *Thursday*, quinta-feira em inglês, foi nomeada; FREYR cuidava dos frutos da terra; HEIMDALL era o guardião de Bifröst, a ponte arco-íris que levava até Asgard; TYR era o deus da guerra, em cuja homenagem se nomeou *Tuesday*, terça-feira em inglês, antigamente chamada *Tyr's Day*, "dia de Tyr".

As deusas em Asgard não eram tão importantes quanto no Olimpo. Nenhuma das deusas nórdicas se compara a Palas Atena e apenas duas são de fato dignas de nota. FRIGGA, esposa de Odin, em cuja homenagem, dizem alguns, se nomeou *Friday*, sexta-feira em inglês, tinha a reputação de ser muito sábia, mas era também muito calada e não contava a ninguém o que sabia, nem mesmo a Odin. É uma personagem vaga, mais frequentemente retratada diante de sua roca, cujos fios são de ouro, mas o que ela fia com eles é segredo.

FREYA era a deusa do amor e da beleza, mas, algo estranho para nossos conceitos, metade daqueles que sucumbiam em combate eram destinados a ela. As Valquírias de Odin só podiam levar metade dos mortos para o Valhala. A própria Freya ia montada até o campo de batalha reivindicar seu quinhão dos mortos; para os poetas nórdicos antigos, esse era um cargo natural e condizente para a deusa do amor. A palavra em inglês para designar a sexta-feira, *Friday*, em geral é considerada uma homenagem a ela.

Havia, porém, um reino confiado à sólida autoridade de uma deusa. O reino da morte pertencia a Hela. Nenhum deus mandava ali, nem mesmo Odin. Asgard, a dourada, pertencia aos deuses; o glorioso Valhala, aos heróis; Midgard era o campo de batalha dos homens e não dizia respeito a mulheres. Na *Edda poética*, Gudrun diz:

A ferocidade dos homens governa o destino das mulheres.

Na mitologia nórdica, a esfera feminina era o mundo frio e pálido dos mortos e das sombras.

A criação

Na *Edda poética*, uma mulher sábia diz:

> Antes não havia nada,
> Nem areia, nem mar, nem ondas frias,
> Nem terra, nem céu lá em cima,
> Somente o profundo abismo.
> O sol não conhecia sua morada
> Nem a lua o seu reino.
> As estrelas não tinham lugar.

O abismo, porém, embora fosse tremendo, não se estendia por toda parte. Bem longe, ao norte, ficava Niflheim, o frio reino da morte, e bem longe, ao sul, Muspelheim, a terra do fogo. Em Niflheim nasciam doze rios que iam desaguar no abismo e, ao congelar, enchiam-no lentamente de gelo. De Muspelheim vinham nuvens de fogo que transformavam o gelo em vapor. Gotas d'água caíram do vapor e a partir delas se formaram as donzelas de gelo e Ymir, o primeiro gigante. Seu filho foi o pai de Odin, cuja mãe e a esposa eram donzelas de gelo.

Odin e seus dois irmãos mataram Ymir. Dele criaram a Terra e o céu; o mar, com seu sangue; a terra, com seu corpo; o céu, com seu crânio. Pegaram fagulhas em Muspelheim e as puseram no céu como o Sol, a Lua e as estrelas. A Terra era redonda e cercada pelo mar. Uma grande muralha que os deuses construíram com as sobrancelhas de Ymir defendia o lugar onde a humanidade iria viver. O espaço interior se chamava Midgard. Lá foram criados, a partir de árvores, o primeiro homem e a primeira mulher: o homem, de um freixo; a mulher, de um olmo. Eles foram os pais de toda a humanidade. No mundo havia também anões, criaturas feias, mas exímias artesãs, que viviam debaixo da terra; e elfos, encantadores diabretes que cuidavam das flores e dos riachos.

Um freixo monumental chamado Yggdrasil sustentava o Universo. Suas raízes atravessavam os mundos.

Yggdrasil tem três raízes.
Debaixo da primeira vive Hel,
Debaixo da segunda, os gigantes de gelo,
E debaixo da terceira, os homens.

Dizem também que "uma das raízes sobe até Asgard". Ao lado dessa raiz ficava um poço de água branca, o POÇO DE URDA, tão sagrado que dele ninguém podia beber. Era vigiado pelos três NORNS, que

Dedicam sua vida aos filhos dos homens
E a eles atribuem seu destino.

Os Norns eram três: URDA (o Passado), VERDANDI (o Presente) e SKULD (o Futuro). Diariamente os deuses iam até lá, passando pela trêmula ponte arco-íris, para se sentar junto ao poço e ali julgar os atos dos homens. Outro poço debaixo de outra raiz era o POÇO DO CONHECIMENTO, protegido por MIMIR, o Sábio.

A ameaça de destruição pairava sobre Yggdrasil assim como sobre Asgard. Da mesma forma que os deuses, a árvore também estava fadada a morrer. Uma serpente e sua ninhada roíam continuamente a raiz ao lado de Niflheim, a morada de Hel. Algum dia teriam sucesso em matar a árvore e o Universo viria abaixo.

Os gigantes de gelo e os gigantes da montanha que viviam em Jötunheim eram inimigos de tudo que é bom. Eles eram os poderes brutais da Terra e, no inevitável embate que travassem contra os divinos poderes do céu, a força bruta iria prevalecer.

Os deuses estão condenados e o fim é a morte.

Tal crença, porém, contraria a mais profunda convicção do espírito humano: a de que o bem é mais forte do que o mal. Até mesmo esses nórdicos, pessimistas e graves, cuja vida cotidiana em suas terras geladas durante os escuros invernos era um desafio constante ao heroísmo, podiam ver uma luz distante surgir na escuridão. Na *Edda poética* há uma profecia, curiosamente parecida com o Apocalipse, de que após a derrota dos deuses, quando

O sol enegrecer, a terra afundar no mar,
As estrelas quentes despencarem do céu
E o fogo saltar bem alto até o próprio firmamento,

um novo céu e uma nova Terra se formariam,

De beleza esplendorosa outra vez.
As casas com telhados de ouro.
Os campos não semeados darão frutos
Em felicidade eterna.

Então viria o reinado Daquele que era maior até do que Odin e além do alcance do mal:

Um maior do que todos,
Mas não ouso nunca dizer seu nome.
E são poucos os que conseguem ver além
Do instante em que tomba Odin.

Essa visão de uma felicidade infinitamente distante parece um parco consolo contra o desespero, mas era a única esperança dada pelas *Eddas*.

A SABEDORIA NÓRDICA

Uma outra visão do temperamento nórdico, estranhamente distinta de seu aspecto heroico, também ocupa um lugar proeminente na *Edda poética*. Há ali diversas coletâneas de ditados repletos de sabedoria que não só não refletem nenhum heroísmo como proporcionam uma visão da vida que o dispensa. Essa literatura da sabedoria nórdica é muito menos profunda do que o livro de Provérbios hebraico; na verdade, raramente merece ser qualificada com o grandioso termo "sabedoria", mas os nórdicos que a criaram tinham mesmo assim um grande arsenal de bom senso, em contraste marcante com o espírito intransigente do herói. Seus autores, como os de Provérbios, parecem velhos: são homens experientes, que já refletiram sobre as questões humanas. Um dia sem dúvida foram heróis, mas agora se aposentaram dos campos de batalha e veem as coisas de outro ponto de vista. Às vezes eles inclusive veem a vida com um toque de humor:

> Há menos coisas boas do que a maioria supõe
> Para os homens mortais na cerveja.

> Um homem não sabe nada se não sabe
> Que a riqueza muitas vezes cria um macaco.

> Um covarde pensa que viverá para sempre
> Se ao menos conseguir ficar longe da guerra.

> Revele a um seus pensamentos, mas cuidado com dois.
> Todos sabem o que três conhecem.

> Um tolo passa a noite acordado
> Pensando em muitas coisas.
> Quando vem a manhã, está exausto de preocupação
> E seus problemas continuam iguais.

Alguns demonstram uma arguta compreensão da natureza humana:

> Mesquinho e pobre de espírito
> É o homem que de tudo zomba.

> Os corajosos podem viver bem em qualquer lugar.
> Um covarde tudo teme.

Por vezes são alegres, quase leves:

> Um dia já fui jovem e sozinho viajei.
> Encontrei outro e me considerei rico.
> O homem é a alegria do homem.
> Seja amigo do seu amigo,
> Dê-lhe riso em troca de riso.

> Para a casa de um bom amigo
> O caminho é reto
> Ainda que ele esteja longe.

Um espírito surpreendentemente tolerante aparece ocasionalmente:

> Nenhum homem tem somente pesar, que ele nunca fique
>   tão doente.
> Para este, os filhos são uma alegria, e para aquele,
> Os parentes, para outro, a riqueza.
> E para outro ainda, o bem que ele fez.

> Que homem algum ponha fé nas palavras de uma donzela
> Nem no que diz uma mulher.
> Mas eu conheço tanto homens quanto mulheres.
> A mente dos homens é instável em relação às mulheres.

> Ninguém é tão bom a ponto de não ter defeitos,
> Ninguém é tão mau a ponto de nada valer.

Às vezes há uma compreensão verdadeiramente profunda:

> Moderadamente sensato cada um deve ser,
> Não em excesso, pois o coração de um homem sensato
> Raramente se alegra.

> Animais morrem e parentes morrem. Nós também morremos.
> Mas eu sei de algo que nunca morre:
> O julgamento sobre cada morto.

Duas linhas próximas do fim da mais importante das coletâneas mostram sabedoria:

> A mente só conhece
> O que fica perto do coração.

Junto com seu heroísmo assombroso, esses homens do norte tinham um delicioso bom senso. Parece uma combinação impossível, mas os poemas estão aí como prova. Pela raça estamos relacionados aos nórdicos; nossa cultura remonta aos gregos. A mitologia nórdica e a mitologia grega, juntas, pintam um retrato claro de como eram os povos aos quais devemos a maior parte de nossa herança espiritual e intelectual.

Genealogias

Os principais deuses

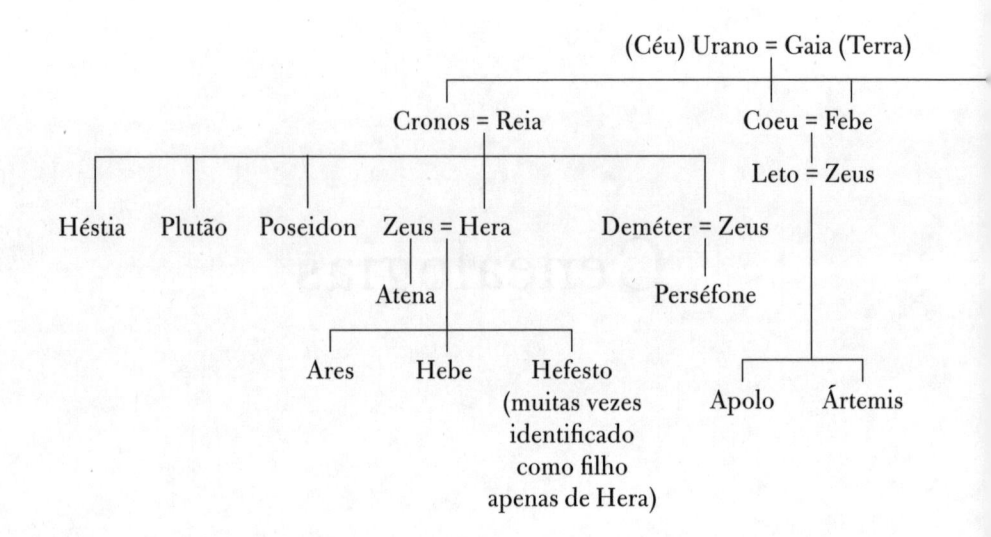

```
                                            (Céu) Urano = Gaia (Terra)
                          ┌─────────────────────────┴─────────────────────┐
                     Cronos = Reia                                   Coeu = Febe
                          │                                               │
                                                                     Leto = Zeus
   ┌────────┬─────────┬──────────┬─────────────┐
Héstia   Plutão   Poseidon   Zeus = Hera   Deméter = Zeus
                                  │               │
                                Atena         Perséfone
                     ┌────────┬──────────┐                    ┌─────────┐
                   Ares     Hebe      Hefesto                Apolo   Ártemis
                                   (muitas vezes
                                    identificado
                                    como filho
                                  apenas de Hera)
```

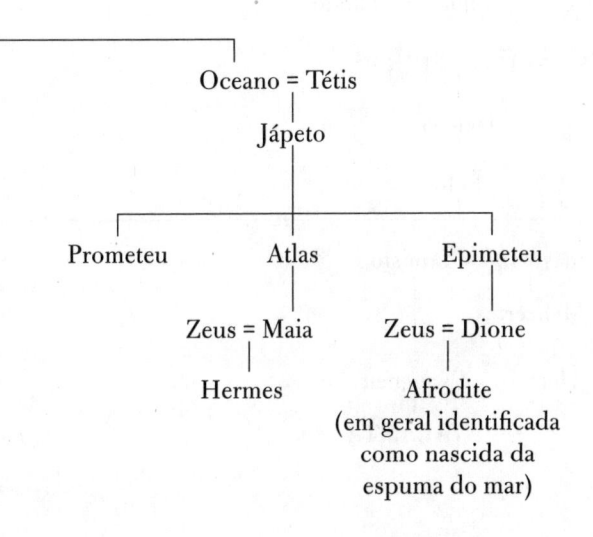

```
                    Oceano = Tétis
                         │
                       Jápeto
                         │
       ┌─────────────────┼─────────────────┐
   Prometeu            Atlas           Epimeteu
                         │                 │
                   Zeus = Maia       Zeus = Dione
                         │                 │
                      Hermes           Afrodite
                                  (em geral identificada
                                      como nascida da
                                      espuma do mar)
```

Descendentes de Prometeu

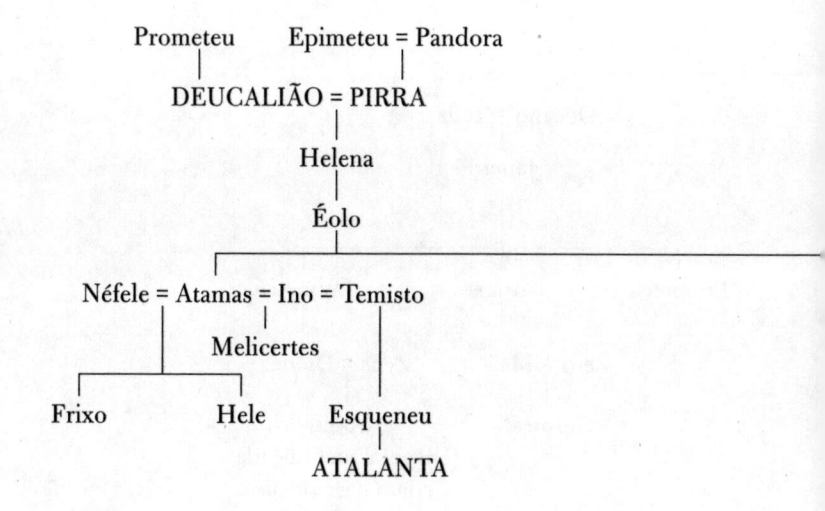

```
        Prometeu    Epimeteu = Pandora
            |           |
         DEUCALIÃO = PIRRA
                  |
                Helena
                  |
                 Éolo
                  |
   ┌──────────────┴──────────────────┐
 Néfele = Atamas = Ino = Temisto
              |
          Melicertes
   ┌──────┬──────┐         |
 Frixo   Hele   Esqueneu
                    |
                ATALANTA
```

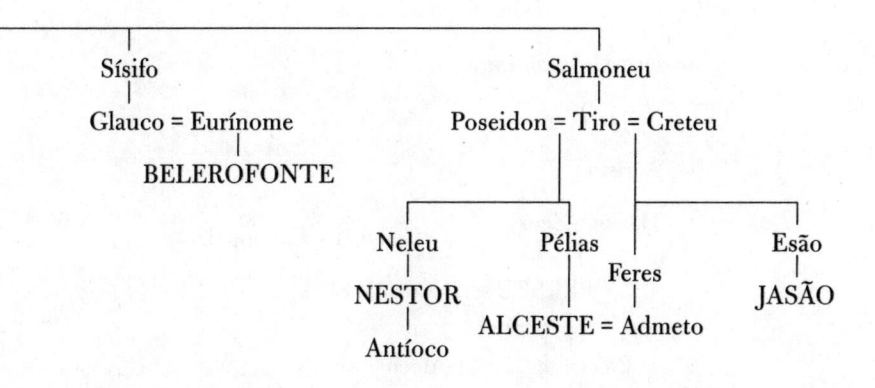

```
            Sísifo                           Salmoneu
     Glauco = Eurínome              Poseidon = Tiro = Creteu
            │                                │
      BELEROFONTE
                         ┌───────────┬──────────┬──────────┐
                       Neleu       Pélias               Esão
                         │           │      Feres        │
                      NESTOR         │       │         JASÃO
                         │       ALCESTE = Admeto
                      Antíoco
```

Antepassados de Perseu e Hércules

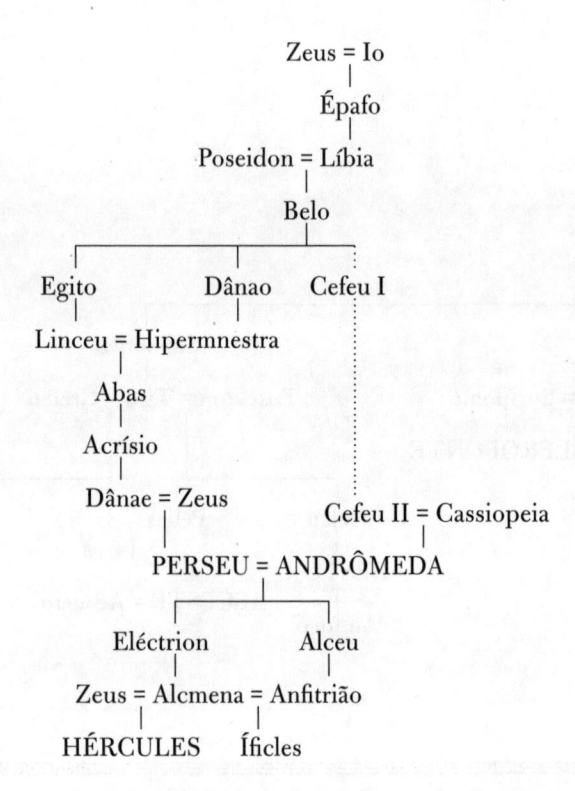

```
                        Zeus = Io
                           |
                         Épafo
                           |
                  Poseidon = Líbia
                           |
                         Belo
         ┌─────────────────┼─────────────────┐
       Egito             Dânao            Cefeu I
         |                 |                  ┆
   Linceu = Hipermnestra                      ┆
         |                                    ┆
       Abas                                   ┆
         |                                    ┆
      Acrísio                                 ┆
         |                                    ┆
     Dânae = Zeus                    Cefeu II = Cassiopeia
              |                               |
            PERSEU = ANDRÔMEDA
              ┌─────────────┐
          Eléctrion        Alceu
              |              |
         Zeus = Alcmena = Anfitrião
              |              |
          HÉRCULES        Íficles
```

Antepassados de Aquiles

```
Oceano = Tétis
      |
   Asopo (um deus-rio)
      |
  Égina = Zeus
      |
    Éaco
      |
  Peleu = Tétis
      |
    AQUILES
```

A casa de Troia

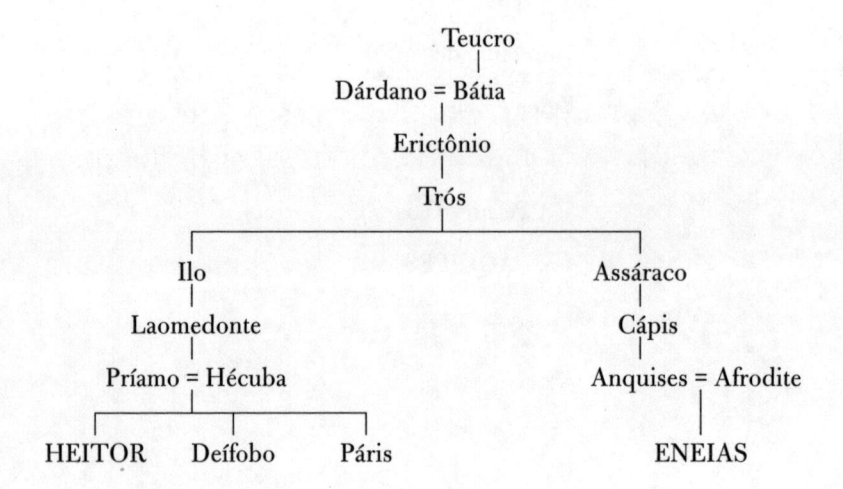

```
                    Teucro
                      |
              Dárdano = Bátia
                      |
                  Erictônio
                      |
                    Trós
          ┌───────────┴───────────┐
         Ilo                   Assáraco
          |                       |
      Laomedonte                Cápis
          |                       |
      Príamo = Hécuba        Anquises = Afrodite
   ┌──────┼──────┐                 |
HEITOR  Deífobo  Páris          ENEIAS
```

A família de Helena de Troia

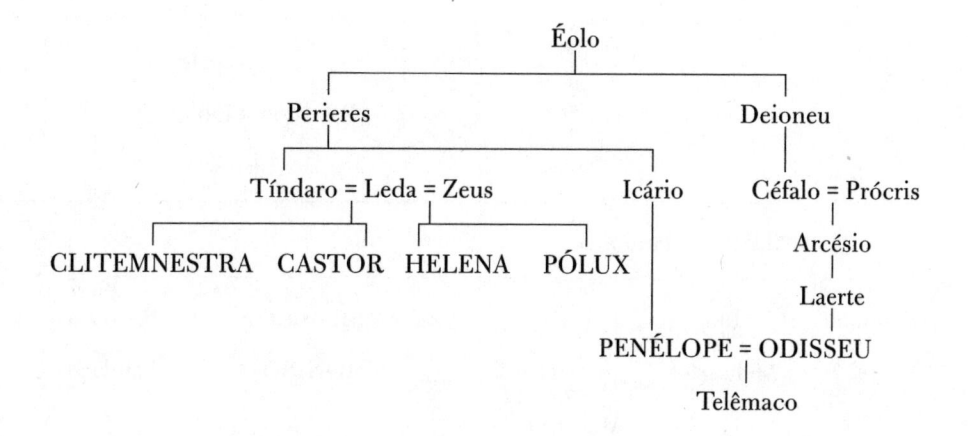

```
                        Éolo
          ┌──────────────┴──────────────┐
       Perieres                      Deioneu
   ┌──────┴──────┐                      │
Tíndaro = Leda = Zeus    Icário     Céfalo = Prócris
 ┌─────┴─┐  ┌──┴──┐        │             │
                                      Arcésio
CLITEMNESTRA CASTOR HELENA PÓLUX         │
                           Laerte
                  PENÉLOPE = ODISSEU
                        │
                     Telêmaco
```

A casa real de Tebas e os descendentes de Atreu

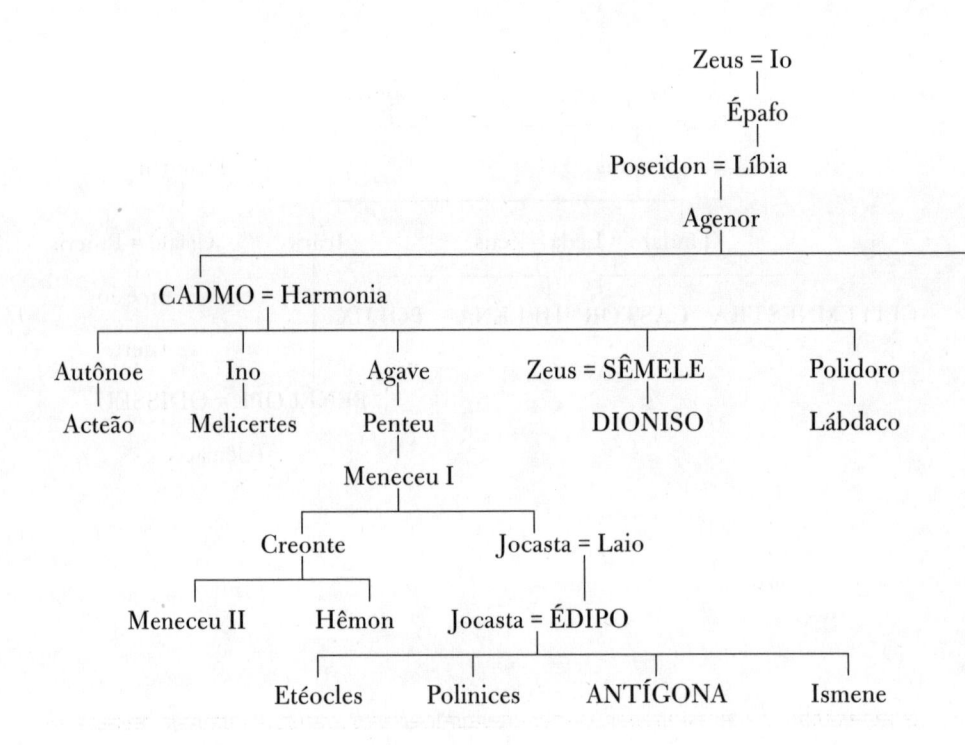

```
                                    Zeus = Io
                                        |
                                      Épafo
                                        |
                               Poseidon = Líbia
                                        |
                                     Agenor
         ┌──────────────┬──────────┬──────────┬──────────────┐
              CADMO = Harmonia
   ┌──────────┬──────────┬──────────────┬──────────────┐
 Autônoe    Ino      Agave      Zeus = SÊMELE      Polidoro
    |        |         |                |               |
 Acteão  Melicertes  Penteu         DIONISO          Lábdaco
                       |
                   Meneceu I
                 ┌─────────┴─────────┐
              Creonte          Jocasta = Laio
            ┌────┴────┐                |
       Meneceu II  Hêmon     Jocasta = ÉDIPO
                           ┌─────┬───────┬──────┐
                       Etéocles Polinices ANTÍGONA Ismene
```

386 Mitologia

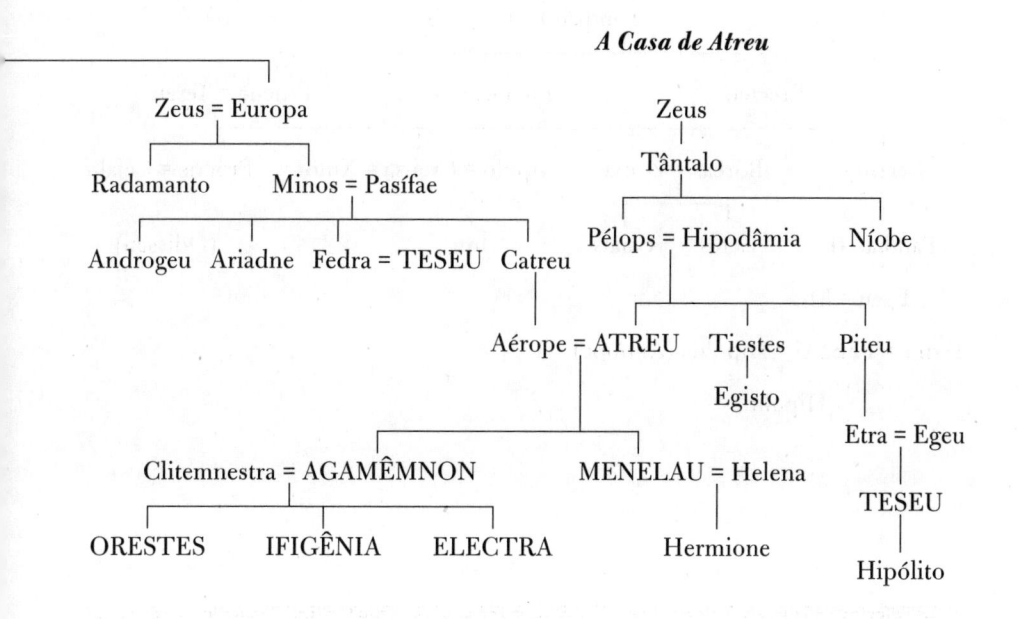

A Casa de Atreu

```
        Zeus = Europa                               Zeus
        ┌──────┴──────┐                              │
    Radamanto    Minos = Pasífae                  Tântalo
                 ┌─────┴──────┬──────┐        ┌──────┼──────┐
            Androgeu  Ariadne  Fedra = TESEU  Catreu   Pélops = Hipodâmia   Níobe
                                                        ┌──────┬──────┐
                                            Aérope = ATREU   Tiestes   Piteu
                                                              │
                                                           Egisto
                                                                      Etra = Egeu
        Clitemnestra = AGAMÊMNON          MENELAU = Helena             │
        ┌─────────┬─────────┐                      │                 TESEU
    ORESTES   IFIGÊNIA   ELECTRA              Hermione                 │
                                                                    Hipólito
```

A casa real de Atenas

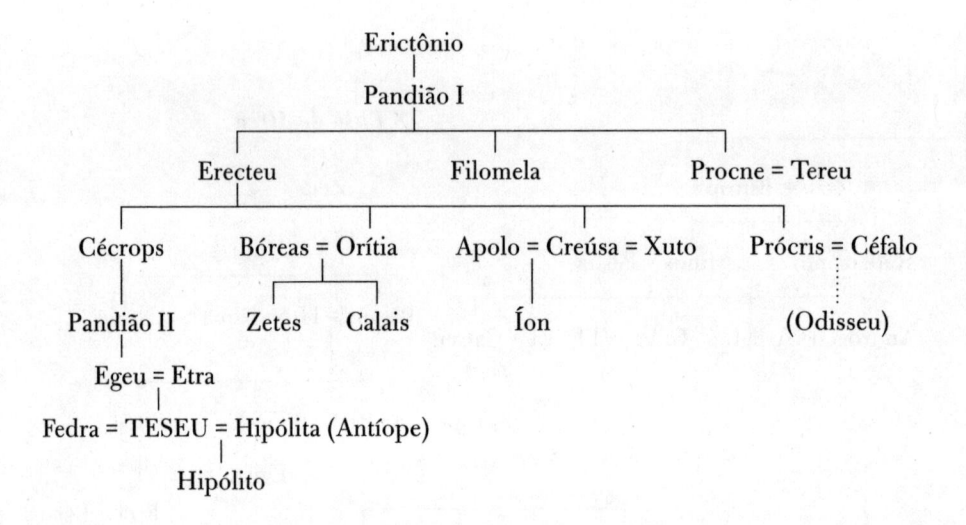

```
                        Erictônio
                            |
                        Pandião I
    ┌───────────────────────┼───────────────────────┐
  Erecteu                Filomela              Procne = Tereu
    ┌───────────┬───────────────────┬───────────────────┐
 Cécrops   Bóreas = Orítia   Apolo = Creúsa = Xuto   Prócris = Céfalo
    |         ┌─────┴─────┐              |                  ┆
 Pandião II  Zetes      Calais          Íon             (Odisseu)
    |
 Egeu = Etra
    |
 Fedra = TESEU = Hipólita (Antíope)
            |
         Hipólito
```

Índice remissivo

Os nomes sem número de páginas estão incluídos somente para identificação e não aparecem no livro.

A

Abas, 335
Ábido, 347
Ábila, montanha, um dos pilares de Hércules, atual Ceuta; *ver* Calpe
Acates, amigo de Eneias, 263, 267
Acestes, um troiano que vivia na Sicília, quem deu as boas-vindas a Eneias
Acéto, piloto do navio cujos marinheiros capturaram Dioniso. Somente ele reconheceu o deus.
Ácis, 97
Acrísio, 165-66
    Perseu mata, 172-74
Acrópole, 179, 318, 347
Acteão, 302-03, 352
Admeta, filha de Euristeu, para quem Hércules conseguiu o cinturão de amazonas
Admeto, 196-99, 334
Adônis, 103-04
Adrasteia, ninfa que cuidou do bebê Zeus
Adrasto, 175, 310-12, 314-16
Aegae, um lugar em Euboea perto do que era o palácio de Poseidon
Aero, 351
Aérope, esposa de Atreu, mãe de Agamêmnon
Aesir, 365, 369

Afrodite, 34-35
    Adônis amado por, 103-04
    ajuda Eneias a escapar de Troia, 235
    Ares como amante de, 36
    esposa de Hefesto, 37
    Harmonia recebe o colar de, 302
    mãe de Eros, 39
    Páris a presenteia com o pomo de ouro, 212
    raiva de Hipólito, 183
    tenta salvar Eneias, 217-18
    ver também Vênus
Agamêmnon, 283-88
    Aquiles discute com, 215
    membro da casa de Atreu, 279
    permite o sacrifício de Ifigênia, 213-14
    retorno de, vindo de Troia, 283-86
    tentativa de apaziguar Aquiles, 219-20
Agave, 302
Agenor, filho de Poseidon
Aglaia, 37, 40
Aglauros, filha do meio-dragão, meio-homem Cécrops; *ver* Herse
águia, 28
Aidos, 41
Ajax, o Grande, 217, 220, 227-28
Ajax, o Menor, 239

Alba Longa, 260
Alceste, 196-99
    Hercules resgata, do Hades, 334
Alceu, 188
Alcides, 188
Alcínoo, 246
Alcione, 123-25, 352
Alcmeão, filho de Anfiarau, ajudou a destruir Tebas
Alcmena, 188-89
Alecto, 43, 271
Alexandre, um nome de Páris, 210
Alfadur, nome de Odin, pai de todos
Alfeu, 134-35
Álfheim, lar dos elfos, bons espíritos (mitologia nórdica)
Aloeu, 160
aloídas, 160
Alteia, 203, 205
Amalteia, 341
Amata, 271
amazonas, 341-42
    argonautas evitam as, 142
    Atenas invadido pelas, 181
    Belerofonte derrota as, 158
Amimone, 342
Amon, identificado como Zeus, um famoso templo e um oráculo em um oásis no deserto da Líbia
amor e da beleza, deusa do; *ver* Afrodite
Amor, 71
Anadiômeno ("a que *se* eleva do *mar*"), um dos nomes de Afrodite
Anaxarete, 340
Ancaeo, um dos heróis da caçada calidônia
Androgeu, 177
Andrômaca, 260
    esposa de Heitor, 215, 218-19
    gregos capturam, 235
Andrômeda, Perseu resgata, 171-72

Andvari, um anão peixe, Loki o forçou a entregar seu tesouro de ouro, juntamente com o seu anel mágico que podia criá-lo, para que ele, Loki, pudesse pagar o resgate pelo pai de Otter que ele havia matado. Andvari deu a eles, mas os amaldiçoou. Então Fafnir, irmão de Otter, tendo recusado parte do ouro pelo seu pai, o matou e ficou com tudo, assumindo a forma de um dragão para protegê-lo. Seu irmão Regin pediu a Sigurd que matasse Fafnir. Assim o fez, mas, sendo alertado pelos pássaros de que Regin era um traidor, também o matou. Ele pegou o anel, que a partir desse momento, tornou-se fatal para quem o possuísse.
anêmona, 103-04
Anfiarau, 310
Anfíon, 279, 282, 342
Anfitrião, 188-90
Anfitrite, 29, 41-42
Angerboda, a mensageira do mal, mãe de Hela, do lobo Fenrir e da serpente de Midgard
anões, 370
Anquises, 266, 270
Anteia, 156, 157
Anteros, 39
Anteu, 195
Antígona, 309-13
Antíloco, 222, 227
Antinous, o pior dos pretendentes de Penélope
Antíope, 181, 342
Apolo, 31-32
    Alceste servida por, 196
    ao lado de Heitor na guerra de Troia, 216
    Árion resgatado por, 343

ataca o exército grego, 215
Cassandra amada por, 238
Corônis amada por, 332-33
Creúsa sequestrada por, 324
dá a Midas orelhas de jumentos, 332
Dafne amada por, 132-34
direciona Cadmo para encontrar Tebas, 301-02
escravo de Admeto, 196, 334
Jacinto morto por, 101-02
Marpessa amada por, 349
Mársias desafia, 349
mata os filhos de Níobe, 282
nascimento de, 349
oráculo de, em Delfos, 303-04
recebe a lira de Hermes, 119
Apolodoro, 22
Apolônio de Rodes, 21
Apsirto, 147
Apuleio, 22
"aquele que abala a terra"; *ver* Poseidon
Aqueloo, 195, 341
aqueus, grupo étnico grego, conhecidos por serem descendentes de Xuto, filho de Helena.
Aqueronte, 43, 269
Aquilão; *ver* Bóreas
Aquiles, 212-16, 220-25
Agamêmnon enfurece, 219-20
aluno de Quíron, 352
às vezes chamado de Eácide, 354
morte de, 228
Pentesileia morta por, 342
Aracne, 342-43
Arcádia, 44, 273
Arcas, 345
arco-íris, deusa do; *ver* Íris
Arcturus; *ver* Boieiro
Ares (Marte), 36-37
pai das amazonas, 142

papel na guerra de Troia, 316-18
preso por Oto e Efialtes, 160
Arete, 246
Aretusa, 134-35
Arges, um ciclope; *ver* Brontes e Estéropes
Argo, viagem de, 139-47
argonautas, 139-47
aventura com as Harpias, 140-41
encontro com Cila e Caríbdis, 147
escapam das Simplégades, 140-42
Fineu os ajuda, 140
Hera pede ajuda a Afrodite, 142
Medeia os salva de Talos, 147
retornam para a Grécia, 147
visitam Lemnos, 139
Argos, vigia de cem olhos, 88
Argos, 29, 335
estátua de Hera em, 345
Argos, cão de Odisseu, 254
Argos, o homem que construiu o *Argo*
Ariadne, filha de Minos, 162, 178-79
Dioniso salva, 61
Fedra, irmã de, 182-83
Arimaspos, de acordo com Ésquilo, cavaleiros caolhos que viviam perto de um riacho em que fluía ouro, guardado pelos grifos
Árion, 343
Árion, o primeiro cavalo, filho de Poseidon
Aristeu, 343-44
Aristófanes, 21, 71
Arne, filha de Éolo, ancestral dos beócios
Arsínoe, às vezes conhecida como mãe de Esculápio
Ártemis, 33-34
Aretusa resgatada por, 134-35
causa a morte de Acteão, 303
Hipólito e, 183-85

Ifigênia resgatada por, 295
manda um javali para devastar Cálidon, 202
mata os filhos de Níobe, 282
nascimento de, 348
Órion morto por, 352
retorna para a morte de Hipólito, 185
troianos ajudados por, 216
vingança de, em Oto e Efialtes, 161
zangada com os gregos, 213
ver também Diana

Aruns, assassino de Camila

Ascânio, 271

Asgard, 357, 365
deusas sem importância de, 369

Asopo, deus-rio, 354

Asque, nome do primeiro homem (mitologia nórdica)

Astíanax, 218, 236

Astreia, filha de Zeus e Têmis (justiça divina). Durante a era dourada, esta donzela das estrelas, que é o que seu nome significa, viveu na terra e abençoou os mortais. Depois disso, ela foi colocada entre as estrelas como a constelação de Virgem.

Atalanta, 201-06
infância de, 202
Melânion vence, 205-06
Meleagro se apaixona por, 202
Peleu conquistado por, 205
vai à caça em Cálidon, 202-05

Átamas, 137

Ate, deusa da fatalidade, autora de todas as ações precipitadas e suas consequências

Atena, Palas, 31
Belerofonte ajudado por, 157
faz brotar uma oliveira na Acrópole, 318
flauta inventada por, 119
Ifigênia, Orestes e Pílades resgatados de Táurida por, 296
Odisseu bem recebido em Ítaca por, 253
Páris subornado por, 210
Perseu ajudado por, 168-71
remove a maldição da casa de Atreu, 293
se opõe a Páris na guerra de Troia, 216
Telêmaco ajudado por, 241-42
vinga-se dos gregos quando retornam de Troia, 238-39
ver também Minerva

Atenas, 31, 314-15
Casa Real de, 317-28
Minos exige oferendas de, 177
Poseidon inunda, 318
Teseu como rei de, 179, 181

Ática, 181, 341

Atlas, 27
destino de, 74
Hércules visita, 193, 195
Maia, filha de, 35

Atle, o equivalente nórdico de Átila, casou-se com Gudrun e foi morto por ela após ele matar seus irmãos

Atreu, casa de, 279-300

Atreu, 283

Átropo, 47

Audumla, uma vaca formada a partir do vapor, cujo leite alimentou o gigante Ymir. Ela nutriu-se do sal e do gelo e, ao lambê-lo, uma criatura emergiu, de quem nasceu o pai de Odin, o deus Bor.

Augias, estábulos de, 192

Áulis, 213, 286

Aurora, 344
leva Céfalo embora, 321-22
Órion amado por, 352

Auster, 47
Autônoe, 302
ave de Apolo, 333
Axine; *ver* Ponto Euxino

B
Babilônia, 117
Bacantes; *ver* Mênades
Baco, 331-32; *ver também* Dioniso
Balder, 367-68
banquete de casamento, deus do; *ver* Himeneu
Bato, um camponês que quebrou sua promessa de não contar a Apolo que Hermes havia roubado seu rebanho e foi transformado em pedra.
Báucis, 128-31
Belerofonte, 156-59, 341
Belo, avô das danaides
Belona, uma deusa da guerra romana; *ver* Ênio
Beócia, 302
Beowulf, 358
Bifröst, 369
Bíon, mitos relatados por, 22
Bíton, 345
Boieiro ou Pastor, constelação junto à cauda da Ursa Maior; também chamada Arturo ou Arcturus, é conhecida como a condutora das ursas.
Bor; *ver* Audumla
Bóreas, 47, 140, 323
Bósforo, estreito do, 89
Bragi, deus nórdico da música e da poesia
Breidablique, palácio de Balder
Briareu; *ver* Hecatônquiros
Briseida, 216, 220

Bromios, um nome de Dioniso
Brontes, um ciclope; *ver* Arges
Brynhild, 360-64

C
Cabeiri, seres mágicos conectados com a ilha de Lemnos, onde eles protegem os frutos do campo. Heródoto diz que eles eram anões e que cultos eram celebrados em sua honra.
caçada calidônia, 181, 201-05
Cacus, um gigante que roubou de Hércules parte dos bois de Gerião, arrastando-os pelas suas caudas para sua caverna para que Hércules não pudesse seguir suas pegadas. No final, o truque foi descoberto e Cacus foi morto.
Cadeira do Esquecimento, 182, 193
Cadmo, 137, 301-03
caduceu, 35
Calais, 323
Calcas, 213, 215, 229
Cálidon, 181, 201-02
Calíope, 40
Calipso, 241, 244-45
Calisto, 345
Calpe, um dos pilares de Hércules, atual Gibraltar; *ver* Ábila
Camenas, 50
Camila, 272, 276
Campos da Lamentação, 269
Campos Elíseos, 43, 269
Cânace, 160
Caos, 70
Capaneu, 315-16
Capitólio, 273
Caranguejo, 154, 155
Caríbdis, 147, 252, 261
Cárites, nome grego das Graças

Caronte, 43, 115, 268-69
Cárpatos, 344
Cartago, 262-66
carvalho, 28
Cassandra, 233, 238, 286-87
    morte de, 284
Cassiopeia, 171
Castália, 32
Castor, 44-46
    Helena, irmã de, 182, 212
    se junta aos argonautas, 139
Catulo, 22
cavalo de madeira, 230-34
Cécrops, 318-19, 347
Céfalo, 321-22
Cefeu, 172
Cefiso, 32
Céix, rei da Tessália, 123-25
Celeno, 352
Celeu, 55, 57
    Deméter ensina ritos sagrados para, 58
centauros, 47, 181-82
    Atalanta atira em, 202
    lápitas lutam com, 182
Centimanus; *ver* Hecatônquiros
Cérbero, 43, 115, 121
    distraído por um pedaço de bolo, 267, 269
    Hércules captura, 193-94
Cercopes, gnomos que roubaram as armas de Hércules
Ceres, 338; *ver também* Deméter
Cerineia, 192
cervo, 34
Cesto, cinturão de Afrodite
céu, senhor do; *ver* Zeus
chifre sempre cheio (cornucópia), 341
Chipre, 34, 125
    Vênus honrada em, 128
chuva, deus da; *ver* Zeus

Cibele, deusa frígia frequentemente identificada como Reia. Seus sacerdotes eram os coribantes, que a adoravam com choros e gritos e batendo pratos e tambores. Os romanos a chamavam de Grande Mãe (Magna Mater), porque a sua coroa era uma miniatura das muralhas da cidade.
ciclopes, 72
    Apolo mata os, 196
    de onde Eneias escapa, 261-62
    protegidos de Zeus, 93
Cicno (cisne), nome de três jovens que viraram cisnes: (1) filho de Apolo, (2) aliado dos troianos em Troia, morto por Aquiles, (3) amigo de Faetonte, colocado entre as estrelas como um cisne. Às vezes se diz que houve um quarto, filho de Ares, morto por Hércules.
cidade, deusa da; *ver* Atena
Cídipe, 345
Cila, 336-38
    argonautas escapam de, 147
    Circe a transforma em monstro, 336-38
    Minos amado por, 351
    Odisseu escapa de, 252
Cilene, montanha na Arcádia onde Hermes nasceu
cimérios, 76, 124, 169
Cíniras, pai de Adônis
Cíntia, 33
Cíntio, monte, 33
cipreste, 34
Circe, 249-51, 336, 338
Cirene, 343
Círon, 176
cisne, 35
Citera, Afrodite nascida perto de, 34
Citerão, 189

Citérea ou Cíprica, 34
Cléobis, 345
Clímene, 153
Clio, 40
Clitemnestra, 284-92
    Agamêmnon morto por, 287-88
    esposa de Agamêmnon, 45, 279
    filha de Leda e do rei Tíndaro, 45
    mata Cassandra, 284
    morte de, 291
Clítia, 345-46
Cloto, 47
Cnossos, capital de Creta, cidade de Minos, 347
Cócito, 43, 269
Coeu, 348
Colona, 309-10
Cólquida, 138, 142-43
comedores de lótus, Odisseu visita, 248
comércio e mercado, deus do; *ver* Hermes
Corinto, 16, 148, 149, 157, 176, 200, 304, 306, 308, 343
    previamente chamado de Éfira, 156
cornucópia, 341
Corônis, 332-33
coruja, 31
corvo, 32
Coto; *ver* Hecatônquiros
Creonte, 311-13
    Édipo o envia para Delfos, 305
    regente de Tebas, 309-10, 315
Cresfontes, 350
Creteu, 354
Creúsa, 324-28
Crisaor, cavalo que surgiu do sangue de Medusa
Criseida, 215
Crisotemas, de acordo com Homero e Sófocles, uma das filhas de Agamêmnon

Cronos, 25, 73, 92
    enfrenta o pai, 73
    equivalente a Saturno, 49
    pai de Deméter, 44, 51
    ver também Saturno
Cumas, caverna da sibila de, 266-70
Cupido, 38, 107-16
    causas do amor de Jasão por Medeia, 142-43
    incendia de amor o coração de Dido por Eneias, 263
curadores, 31
curetes, protetores do pequeno Zeus que dançaram em torno de Zeus para que Cronos não pudesse ouvi-lo. Mais tarde identificados como coribantes.
Cynosure (cauda do cachorro); (1) nome para a constelação Ursa Menor, (2) nome para a estrela do Norte no final da cauda da Ursa Menor.

D

Dáctilos, os descobridores do ferro e da arte de forjá-lo. Suas casas costumavam ser conhecidas por serem no monte Ida, em Creta. Considera-se que tinham poderes mágicos.
Dafne, 132-34
Dáfnis, pastor siciliano da era dourada cuja beleza conquistou o coração de ninfas e musas. Diferentes histórias são contadas sobre ele. Em uma delas, ele é um exemplo de amante fiel e foi fiel à ninfa que amava, embora Afrodite e Eros tentassem fazê-lo ser falso. Em outra, ele quebrou sua promessa e foi punido com a cegueira. *Ver* Litierses.

Dânae, 165-67, 172
danaides, filhas de Dânao de Argos, 334-36
Dânao, 335
Dárdano, 352
Dáulis, 321
Dédalo, 161-62
    ajuda Teseu a escapar do labirinto/ labirinto construído por, 177-78
Deidamia, (1) mãe de Sarpedão, (2) mãe de Neoptólemo, também conhecido por Pirro
Deífobo, 224
Dejanira, 195, 199-200
Delfos, 32, 165, 303-6, 325
    Cadmo visita, 301-02
    Hércules visita, 191
    Orestes visita, 289, 296
    Perseu visita, 168
    Xuto visita, 324
deliano, Apolo chamado de, 32
Delos, 282
    Ártemis e, 348
    local de nascimento de Apolo, 31-32
Deméter, 44, 51-59
    adoração de, em Elêusis, 52-53, 54-59
    festival de, 52
    filha de Cronos e Reia, 51
    tristeza com a perda de Perséfone, 54-59
    ver também Ceres
Demofonte, 55
Destino, 28
destinos, 47, 262-63
    fio da vida de Admeto tecido pelo, 196
    morte de Meleagro prevista pelo, 203
Deucalião, 83-84

Deus Apolo; ver Apolo
deusas benfazejas; ver Erínias
deuses antigos; ver titãs
deus-sol, 32, 33, 154, 155, 223, 345-46
Dia, 71
Diana, 33-34, 48, 50; ver também Ártemis
"dias perfeitos", 125
Díctis, 167, 172
Dido, 263-66
    Eneias o encontra no mundo subterrâneo, 269
Dikê, 40
dilúvio, 83, 84, 319
Diomedes, 217-18, 222, 229-30, 232, 316
    Hércules mata, 192
Dione, mãe de Afrodite, 34
Dioniso, 61-69
    adoração de, 53-54, 62-63, 66
    confiado a Híades, 347
    festival de, 67-68
    junto a Deméter, 53
    morte de, 68
    nascimento e juventude de, 59-60
    vagando, 60-61
    visita Tebas, 63
    ver também Baco
dioscouri (dióscuros), 45
Dirce, 342
Dis, 30
discórdia, deusa da; ver Éris
ditirambo, forma de poesia que se relaciona à adoração de Dioniso
divino mensageiro, 36
Dodona, 28, 168
domador das nuvens; ver Zeus
Donzela, 31
dórios, grupo étnico grego, supostamente descendentes de Doro, filho de Heleno

Dóris, 41, 97
dríades, 47, 338
Dríope, 346

E

Eácide, 354
Éaco, 350-51
    filho de Égina, 354
    um juiz em Tártaro, 43
Eco, 99-101
Edda em prosa, 358-59
Edda poética, 358-59, 360
Édipo, 303-09
    casado com Jocasta, 305
    consulta Tirésias, 305-6
    expulso de Tebas, 310
    juventude de, 304
    morte de, 310
    Teseu recebe, 179
Eeia, 249
Eetes, 138, 143-47
Efialtes, 160-61
Éfira; *ver* Corinto
Egeão, 333; *ver também* Hecatônquiros
Egéria, 50
Egeu, 175-78
    morte de, 179
Egeu, mar, 299-300
Égide, 28, 31
Égina, 350, 354
Égina, ilha de, 350-51, 354
Egisto, 283-84
    amante de Clitemnestra, 288-89
    Orestes mata, 290
Egito, irmão de Dânao, 335
Electra, 288-90
    esposa de Pílades, 297
    filha de Agamêmnon, 279
    um de Plêiades, 352
Eléctrion, 174

Elêusis, 52-53, 54, 319
elfos, 370
Elli, deusa da velhice, derrotou Thor no palácio de Utgard-Loki
Emátia, nome aplicado a Macedônia, Tessália, Fársalia
Embla, nome da primeira mulher (mitologia nórdica)
encruzilhadas, deusa das; *ver* Hécate
Endímion, 131-32
Eneias, 259-76
    amor de Dido por, 264-65
    Andrômaca dá as boas-vindas a, 261
    casa-se com Lavínia, 276
    chega a Cartago, 264
    desce para o submundo, 266-70
    ferido por Diomedes, 217-18
    foge de Troia, 234-35
    latinos e rútulos derrotados por, 270-76
    odiado por Juno, 262-63
    Polifemo tenta capturar, 261-62
    Roma fundada por, 260
    Turno morto por, 276
    Vênus protege, 263-64
Eneu, 202
Ênio, 36
Enna, vale de, 99
Enone, 210, 229
Enópio, 351-52
Eólia, ilha, 47
Éolo, rei da Tessália, filho de Helena, neto de Pirra e Deucalião
Éolo, rei dos ventos, 47, 262
    Odisseu visita, 248
    pai de Alcione, 123
éolos, um grupo étnico grego, supostamente descendente de Éolo, filho de Helena
Eósforo, grego para Lúcifer

Épafo, 89
Epeus, o fabricante do cavalo de madeira
Epígonos, 316
Epimênides, 346-47
Epimeteu, 77, 78
    pai de Pirra, 83
    Pandora recebida por, 79
Épito, 350
Equidna, metade mulher, metade serpente, mãe de Cérbero, o Leão de Nemeia; a Hidra de Lerna
Érato, 40
Érebo, 42, 70-71
    Odisseu visita, 250
Erecteu, 319, 323, 347
    pai de Creúsa, 324
    ver também Erictônio
Erictônio, 347; *ver também* Erecteu
Erídano, 155
Erífile, 310-11
Erimanto, 192
Erínias, 43, 295
    lugar sagrado das, em Colona, 310
    nascimento de, 73
    Orestes perseguido por, 293
Éris, 36, 210
Erisícton, 338-39
Erítia, 193
Ermanarico, marido da filha de Sigurd, Svanhild, a quem ele matou pisoteando-a com cavalos
Eros; *ver* Cupido
Escamandro, 223
Escorpião, 154, 155
Esculápio, 332-34
    aluno de Quíron, 352
    Zeus mata, 196
escuridão da lua, deusa da; *ver* Hécate
Esfinge, 303, 304-05
Esmirna, mãe de Adônis, transformada em uma árvore de murta por Afrodite

Esparta, 242-43
Esqueneu, 201
Esquéria, na *Odisseia*, o lar dos feácios
Ésquilo, 21
Esquiro, ilha governada por Licomedes onde Teseu foi morto e Aquiles se disfarçou de donzela
Estações, 27, 93
Esteno, uma das górgonas; *ver* Euríale e Medusa
Estérope, 352
Estéropes, um ciclope; *ver* Arges
Estínfalo, 192
Estínfalo, aves do lago, 192
Estrófio, rei da Fócida, onde Orestes cresceu
Eta, monte, 200
Etéocles, 309-12, 316
etíopes, 76, 171, 240
Etiópia, 171
Étolo, filho de Endímion
Etra, 314
Etrúria, 273
Etruscos, 272, 273, 275
Eucélado, um dos gigantes
Eufrosina, 40
Eumênides, 279, 293
Eumeu, 253-58
Eumolpo, um cantor trácio cujo descendentes, os eumolpides, eram sacerdotes de Deméter em Elêusis
Euríale, uma das górgonas, 47; *ver também* Esteno e Medusa
Euríalo, 274-75
Euricleia, 255-58
Eurídice, 18, 119-22
Eurínome, junto com Ofíon governou os titãs antes de Cronos, 40, 156
Eurípides, 21, 59
Euristeu, 191-93

Eurito, 196, 199
Euro, 47
Europa, 89-93
Euterpe, 40
Evandro, 272
Evenus, pai de Marpessa
Evros, rio, 122

F

Faetonte, 152-55
Fafnir; *ver* Andvari
Fântaso, um dos filhos de Hipnos (em latim, Somnus), deus do sono, que dá vida a objetos inanimados
Faonte, amado pela poetisa Safo. Diz-se que, quando velho, levou Afrodite de Lesbos para Quios em troca de que a deusa lhe concedesse beleza e juventude.
Farbanti, pai de Loki
Faros, 243, 344
Fauna, deusa romana dos campos e das matas, também chamada de Bona Dea (Boa Deusa); *ver* Maia
Fauno, 50, 270-71
faunos, 50
Favônio, 47; *ver também* Zefir
feácios, 246, 248
Febe, 31; *ver também* Ártemis
Febo, um titã, 33, 348
Fedra, 182-84
Fedro, 323
Fenrir, um lobo, filho de Loki e Angerboda; *ver* Gleipnir
Fensalir, palácio de Frígia
Feras, terra de Alceste e Admeto
Fídias, 345
Filêmon, 128-31
Filocteto, 200, 227, 229
Filomela, 317, 319-21

Fineu, 140
Flegetonte, 43
Flora, deusa romana das flores
Fobos (medo), assistente de Ares (Marte)
fogo, deus do; *ver* Hades
Folo, 352
Fórcis, 47
fórum de Roma, 273
Freki, a ganância, um dos lobos de Odin; *ver* Geri
Freya, 369
Freyr, 367, 369
Frigga, 367-68, 369
Frígia, 128-31, 331
    amazonas invadem a, 341
Frixo, 137-39, 302
Fúrias; *ver* Erínias

G

Gaia, 72
Galateia, 96-97, 125-28
Ganimedes, 39
Garm, o cão que guarda o portão do reino de Hela
Gêmeos, 46
Gênios, um espírito romano designado a atender todo tipo de pessoa do nascimento à morte. Todo lugar, também, tinha um gênio.
Gerda, esposa de Freyr
Geri, o voraz, um dos lobos de Odin; *ver* Freki
Gerião, 193
Gialar, chifre de Heimdall
gigantes
    gregos, 72-73, 75
    nórdicos, 365, 371
gigantes da montanha, 371
gigantes de gelo, 371

Giges, uma criatura de cem mãos (Hecatônquiros); *ver* Briareu
Ginnungagap, o abismo que precedeu a criação (mitologia nórdica)
Giol, o rio em volta do reino de Hela
Giuki, pai de Gunnar
Giukungos, 361
Gladsheim, 365
Glauco, neto de Belerofonte: no exército grego de Troia
Glauco, rei de Corinto, 156
Glauco, um deus do mar, 336-38
Gleipnir, uma corrente mágica feita do barulho da bola de gato, da barba de mulheres, de raízes das pedras, do hálito dos peixes, dos nervos dos ursos, da saliva dos pássaros. Os deuses amarraram o lobo Fenris com isso (mitologia nórdica).
Gnosso; *ver* Cnossos
golfinho, 32
górgonas, 47, 167-68
    Perseu perseguido por, 170-71
    Perseu mata, 156
Graças, 39-40
Grande Mãe (Reia, Cibele), a mãe dos deuses Maia, mãe de Hermes, 35
Grani, cavalo de Sigurd
Greias, 47, 169-70
Griemhild, 361
grifos, chamado por Ésquilo "os cães de bico afiado de Zeus que nunca latem", dizem ter corpo de leão, cabeça e asas de águia. Eles guardavam o ouro do norte que os Arimaspos tentaram roubar.
Gudrun, 361-64
guerra de Troia, 209-26
    causa de, 210
    Olimpo toma partido, 216
guerra, deusa da; *ver* Ênio
Gulimbursti, um javali com cerdas douradas que desenhou o carro de Freyr
Gunnar, 361-64
Guttorm, meio-irmão de Gunnar que matou Sigurd

H

Hades, 27-28, 30-31, 42, 250
Hamadríades, 47
Harmonia, 302-03, 316
Harmonia, mãe das amazonas, 142
Harpias, 140-41, 260
Hebe, 39, 200
Hecabe, um dos nomes de Hécuba, esposa de Príamo
Hécate, 33-34, 267
Hecatônquiros (do latim, Centimanus), três monstros com centenas de mãos; Briareu, também chamado Egeão; Cotons; Gyges ou Gies.
Hécuba, 215, 223
    gregos capturam, 235
Hefesto, 37-38
    cesto de Europa feita por, 90
    esposo de Aglaia, 37, 40
    ver também Hades
Heimdall, 367
Heitor, 215, 217-26
    destreza de, 215
    morte de, 223-68
Hel, 367, 371
Hela, 367
Hele, 137-38
Helena, 45, 212
    nas muralhas de Troia, 216
    retorno de Menelau, 235
    Telêmaco reconhecido por, 243
    Teseu sequestra, 182

Helena, filha de Pirra e Deucalião e ancestral de helenos ou gregos
Heleno, 229, 260-61
Helesponto, 138, 347
helíades, 155
Hélicon, monte, 40, 155, 157
Hélios, 32, 155
    Faetonte recebido por, 152-54
    ver também Sol
Hêmon, filho de Creonte, de quem Antígona era noiva
Hera, 29
    argonautas ajudados por, 142-43
    causa a morte de Sêmele, 59-60
    ciúmes de Égina, 350
    como protetora do matrimônio, 29
    Eco punido por, 100
    estátua em Argos, 345
    gregos ajudados por, na guerra de Troia, 216
    guia argonautas entre Cila e Caríbdis, 147
    Hebe, 39
    Hefesto, 37
    Hércules e, 188, 190, 191, 192-93
    Hércules reconcilia-se com, 200
    Jasão ajudado por, 139, 146
    mãe de Ares, 36
    ódio de Io, 87-89
    Oto planeja raptá-la, 161
    papel de, na guerra de Troia, 216-21
    Páris visitado por, 210
    planeja morte de Hércules, 187
    vingança de, 29
    ver também Juno
Hércules, 186-200
    Admeto visitado por, 196-99
    Alceste resgatada do Hades por, 334
    Anteu estrangulado por, 195
    Aqueloo superado por, 195
    argonautas acompanhados por, 139
    casamento com Dejanira, 195
    casamento com Megara, 189-90
    como escravo de Ônfale, 196
    esposa e filhos mortos por, 190-91
    Eurito morto por, 199
    juventude de, 189-90
    Laomedonte morto por, 195
    marido de Hebe, 39, 200
    mata o leão téspio, 189
    minianos derrotados por, 189-90
    morte de, 200
    Nesso morto por, 199
    personagem de, 186-90, 199-200
    pilares de, 193
    Quíron acidentalmente ferido por, 352-53
    Teseu faz amizade, 179-81, 190-91
    trabalhos de, 191-95
    Zeus pune, 196
Hércules, pilares de, 193
Hermes, 35-36, 39
    Apolo recebe lira de, 36
    Ares liberto da prisão por, 160
    Argos morto por, 88
    Calipso recebe ordem de, para libertar Odisseu, 244-45
    divino mensageiro, 36
    Frixo resgatado por, 137
    lira e flauta de junco inventadas por, 119-20
    mandado como mensageiro para Prometeu, 81-82
    Odisseu resgatado de Circe por, 249
    pai de Pã, 44
    pai de Sileno, 44
    Perseu ajudado por, 168-70

Protesilau trazido dos mortos por, 214
traz Perséfone do mundo subterrâneo, 57
ver também Mercúrio
Hermione, filha de Helena e Menelau, esposa de Neoptólemo, filho de Aquiles, e de Orestes, 260
Hermod, mensageiro dos deuses nórdicos, 368
Hero, 347
Heródoto, 21
Herse, uma das três filhas do homem-dragão Cécrope, irmã de Pândroso e Aglauro
Hesíodo, 20-21, 40-41
Hesione, (1) a filha de Laomedonte, rei de Troia, resgatada do monstro marinho por Hércules, (2) esposa de Prometeu, uma ninfa do mar
Hespéria, 260
Hespérides, filhas de Atlas, protegeram árvores com galhos de ouro, folhas douradas e pomos dourados
Hespérides, pomos de ouro das, 193
Héspero, a estrela da noite
Héstia, 38
Híades, 60, 347
Hidra, 192
Higeia, deusa da saúde, conhecida por ser filha de Esculápio
Hilara (a amante do riso), (1) filha de Apolo, (2) uma das filhas de Leucipo na história de Castor e Pólux
Hilas, 139-40, 188
Himeneu, 39
Himeros, 39
hinos homéricos, 21, 34, 54, 97
hiperbóreos, 76, 170
Hipérion, 27, 32

Hipermnestra, 335
Hipnos, nome grego do deus do Sono (em latim, Somnus), cujos três filhos são Morfeu, Ícelo, Fântaso
Hipocrene, 157
Hipodâmia, esposa de Pélops, 281
Hipodâmia, esposa do amigo de Hércules, Pirítoo
Hipólita, 181, 192-93
Hipólito, 182-85
Esculápio traz de volta a vida, 334
filho de Teseu, 181
Hipomedonte, 316
Hipômenes, 205-06
Hipótades, filho de Hipotes, normalmente conhecido por Éolo, guardião dos ventos
Hipsípile, 139
Hoder, um filho de Odin, 368
Hogni, irmão de Gunnar
Homero, 13, 20-21, 46
Horácio, 22
Hugi (pensamento), quem correu com Thialfi, servo de Loki, no palácio de Utgard-Loki
Hugin, 366

I

Iaco, um dos nomes de Dioniso
Íaso, 201
Íbico, 348
Íbico, grous de, 348
Icário, pai de Penélope
Ícaro, 162
Ícelo, filho de Hipnos (em latim, Somnus), o deus do Sono que dá sono aos pássaros e às feras
Ida, monte, 155, 210, 220, 229
Ida, uma das ninfas que cuidou do pequeno Zeus

Idade de Ouro, 25, 49
    sem mulheres na Terra, 78
Idas, 45, 349
Idomenos, líder dos cretas na guerra de Troia
Iduna, deusa da poesia, esposa de Bragi e guardadora das maçãs sagradas que preservam a juventude dos deuses (mitologia nórdica)
Íficles, 188-89
Ifigênia, 293-300
    Ártemis resgata, 294-95
    filha de Agamêmnon, 279
    fuga de Táurida, 299-300
    sacrifício de, 213-14, 285
Ifimédia, mãe dos aloídas, 160
Ífis, 340
Ílion, nome de Troia, significando cidade de Ilo, fundador de Troia
Ilíria, 303
Ilisso, 323
Ilítia, 29
Ilítia, 50; *ver também* Lucina
Ínaco, 86
Io, 85-89, 335
Iobátes, o rei que enviou Beleferonte contra a Quimera
Iolau, 192
Iolcos, cidade em Tessália de onde o *Argo* zarpou
Íole, 199-200, 346
Íon, 324-28
Iônico, mar, 89
Íris, 39
    resgata Harpias, 140, 260
    Somnus visitado por, 124
Ismene, 309-13
Ítaca, 212, 239, 253
Ítis, 319
Iulo, um nome dado ao filho de Eneias, Ascânio
Íxion, um dos maiores pecadores em Hades, punido por insultar Hera, ficou preso a uma roda que gira para sempre, 121

J

Jacinto, 101-02
Jana, esposa de Jano
Janus, 49
Jápeto, 27
Jasão, 120, 136-51
    amor de, por Medeia, 142-48
    chegada à corte de Pélias, 138
    domina os touros de Eetes, 146
    exila Medeia, 148-51
    Hera ajuda, 139, 146
    Medeia se vinga de, 150-51
    retorna à Grécia, 147-48
Jocasta, 303-09
    Édipo se casa com, 303, 305
    morte de, 309
jônios, grupo étnico grego; dizem-se descendentes de Xuto, filho de Helena
Jötunheim, 365, 371
Julgamento de Páris, 209-10
Juno, 50
    Alcione ajudada por, 124
    Eneias odiado por, 262
    ver também Hera
Júpiter, 25, 27-28, 73, 116, 130-31, 155, 160
    Eneias levado de Cartago por, 265-66
    povo frígio visitado por, 129
    ver também Zeus
Juturna, deusa romana das fontes, tinha uma piscina sagrada no fórum
Juventas, deusa romana da juventude
juventude, deusa da; *ver* Hebe

K

Kora (filha), um dos nomes de Perséfone
Krono; *ver* Cronos

L

Lábdaco, avô de Édipo
Labirinto, 162, 177-78
Lacedêmon, casou-se com Esparta
Lácio, 270
Ladão, serpente/dragão que protegia os pomos de ouro das Hespérides
Laerte, 240
Laio, 303-08
    Édipo mata, 306-08
Lamentação, Campos da, 269
Laocoonte, 233
Laodâmia, 214
Laomedonte, 195
lápitas, 181-82
Láquesis, 47
Lar(es), 48-49
Larissa, 172
Larvas; *ver* Lêmures
Latino, 270
latinos, 270-76
Latmos, 132
Latona; *ver* Leto
Lauso, filho de Mezêncio
Lavínia, 270-72, 276
Leandro, 347
leão téspio, 189
Leda, 44-45
    mãe de Helena, 212
Leibethra, lugar na Grécia onde o corpo de Orfeu teria sido enterrado
lemnianas, 335
Lemnos, 139, 229, 352
Lêmures, 50
Lerna, 192
lestrigões, 249
Lete, 43, 124, 270
Leto, 299, 348
    mãe de Apolo e Ártemis, 31, 33, 282
Leucipo, 45
Leucoteia, 42, 302
Líber, 48; *ver também* Baco
Libera, um nome de Baco, o equivalente feminino de Líber
Libéria, um nome romano de Perséfone
Libitina, deusa romana do submundo, dos cemitérios e dos funerais
Licaon, 345
Lícia, 32, 158, 341
Lico, 342
Licomedes, 185, 213
Licurgo, 61
Lídia, 60, 63, 196, 199, 279
Linceu, 45, 335
Lino, 349
Litierses, uma canção de colheita frígia, supostamente cantada em memória de um fazendeiro, Litierses, que forçava todos os estranhos que chegassem a sua casa a fazerem a colheita para ele. Se alguém fizesse menos do que ele, lhe cortava a cabeça, colocava o corpo em um pacote e cantava uma canção. Hércules o matou e jogou seu corpo no rio Meande quando ele estava prestes a matar Dafne, que tinha sido derrotada por ele no concurso de colheita.
Loki, 367-69
Logi, fogo, disputou com Loki no palácio de Utgard-Loki para ver quem conseguia comer mais rápido
Lótis, 346
loureiro, 32, 133

Lua, 132
Luciano, mitos contados por, 22, 46
Lúcifer, 123
Lucina, 50
Luna, 33; *ver também* Selene
luz, deus da; *ver* Apolo

M

Macaão, filho de Ésculapio; médico dos gregos em Troia
Mãe Terra, 41, 72, 155, 294; *ver também* Terra
Maia, esposa de Vulcano, às vezes chamada de Bona Dea (Boa Deusa); *ver* Fauna
Manes, 50
mar, senhor do; *ver* Poseidon
Mar Amigável; *ver* Ponto Euxino
Marpessa, 349
Mársias, 349
Marte; *ver* Ares
Mater Matuta, nome romano de Néfele quando ela se tornou a deusa do mar e da Aurora
Mater Turrita; *ver* Cibele
Meande, um rio na Frígia com muitos desdobramentos
Medeia, 143-51
    amor por Jasão, 142-48
    Apsirto morto por, 147
    argonautas salvos de Talos por, 147
    causa a morte de Pélias, 147-48
    foge com Jasão, 146
    influência sobre Egeu, 176-77
    Jasão abandona, 148-51
    planeja a morte de Teseu, 176-77
    vingança de, 150-51
Mediterrâneo, mar, 41, 75
Medusa, 156, 168-71
Megara, 189-90
Mégara, 351
Megera, 43
Melampo, 349-51
Melânion, 205
Meleagro, 202-03
melíades (ninfas dos freixos), surgiram do sangue de Urano quando Cronos o feriu. Eles carregavam lanças de madeira de freixo.
Melicertes, 302
Melpômene, 40
mênades, 62, 65, 122
Meneceu, 311-12
Menelau, 212, 228, 239
    Helena resgatada por, 235
    irmão de Agamêmnon, 279
    Páris luta com, 216-17
    Proteu capturado por, 244
    Telêmaco visita, 242-44
    últimos dias de, 284
Mentor, 242-43
Mercúrio, 35-36
    companhia favorita de Júpiter, 129
    Frígia visitada por, 129
    leva Psiquê para o palácio dos deuses, 116
    negocia com Eneias para deixar Cartago, 265
    recebido por Báucis e Filêmon, 128-31
    ver também Hermes
Mérope, 350, 351, 352
Messênia, 350
Metaneira, 55
Métis (prudência), alertou Zeus que se ela tivesse uma criança dele, esta seria maior do que ele. Zeus então a engoliu e mais tarde Atena surgiu da sua cabeça.
Mezêncio, 272-73, 276
Micenas, rei de; *ver* Euristeu

Midas, 331-32
Midgard, 369, 370
Milanion; *ver* Melânion
Mimir, 366, 371
Minerva, 31
    Aracne desafiada por, 342-43
    ver também Atena, Palas
minianos, descendentes de Minyas, rei da Tessália. Um nome dado aos argonautas, 189
Minos, 43
    Atenas invadida por, 177
    Dédalo e Ícaro presos por, 162
    filho de Europa, 93
    Mégara sitiada por, 351
Minotauro, 162, 177
mirmidões, 221-22, 350-51
Mirtilo, 281
Mistérios de Elêusis, 52, 68
mitologia dos gregos, 12-16
Mnemósine, 27, 40
Moiras (destino), não eram deuses, mas tinham um misterioso e tremendo poder, mais forte do que todos os deuses. Desprezá-las era trazer Nêmese (cólera), uma consequência certa ao desafiar o destino.
Móli, erva mágica que Hermes deu a Odisseu para protegê-lo de Circe
Mopso, adivinho dos argonautas
Morfeu, 124
Mors, deus romano da morte; Tânatos é seu equivalente grego
Morte, 43
Mosco, 22
Mulcíber; *ver* Hefesto
mundo subterrâneo, 42-43
Munin, 366
murta, 35
Musas, 39-40
    Camenas identificadas com as, 50
    filhas de Zeus e Mnemósine, 40
    residência das, 76
    vozes das, 120
Muspelheim, 370

N

náiades, 42
Nanna, 368
Narciso, 99-101
Nausícaa, 246-47
Naxos, ilha de, 61
    desaparecimento de Ártemis em, 161
    visita de Teseu a, 178
Néfele, 302
    esposa de Átamas, 137
    Odisseu resgatado por, 245-46
Negro, mar; *ver* Ponto Euxino
Neleu, 354
Nemeia, leão de, 191
Nêmesis, 41, 101
Neoptólemo, 229, 260
Nepenfe (analgésico), droga dada a Helena de Troia no Egito
nereidas, filhas de Nereu e Dóris, 41
Nereu, 41
Nesso, 199
Nestor, 219
    pai de Antíloco, 222, 227
    Telêmaco visita, 242-43
Netuno, 29-30, 41
    favorece os gregos, 216
    ver também Poseidon
Nibelungos, A canção dos, 358, 360
Nice, deusa da vitória, equivalente romano de Victória.
Nidhogg, dragão/serpente que rói as raízes de Yggdrasil (mitologia nórdica)
Niflheim, 367-68, 370

Nilo, 89, 155
Nino, túmulo de, 118
Níobe, 282
Nisa, 60
Niseias, ninfas que cuidaram de Baco no vale de Nisa; mais tarde as Híades
Niso, 274, 275, 351
Nó Górdio. Górdio, pai de Midas, foi um fazendeiro que se tornou rei de Frígia porque aconteceu de ele se direcionar a uma praça pública de uma cidade quando as pessoas estavam procurando por um rei que um oráculo tinha dito que apareceria em uma carroça. Ele amarrou a carroça no templo do deus do oráculo. Um ditado surgiu que quem conseguisse desamarrar o nó se tornaria o Senhor da Ásia. Muitos tentaram, todos fracassaram. Alexandre, o Grande, também tentou e fracassou, então cortou o nó com a sua espada.
Noite, 70-71
Norns, 371
Noto, 47
Numa, 49
Numes (plural)/ Nume (singular), 48-49, 50

O

oceânides, 41
Oceano, 29, 41
    pai de Eurínome, 40
Oceano, rio, 27, 41
    terras fronteiriças, 76
Ocyrrhoe, filha de Esculápio
Odin, 365-70
    corvos de, 365-66
    queda de, profetizada, 372
    visita Niflheim, 367

Odisseu, 238-58
    Atena decide ajudar, 240
    aventura com Polifemo, 93-96
    Calipso o mantém prisioneiro, 241
    cavalo de madeira sugerido por, 230
    Circe liberta, 249-50
    comedores de lótus visitados por, 248
    Éolo visitado por, 248
    Érebo visitado por, 250
    féacios visitados por, 246, 283
    herda as armas de Aquiles, 228
    lestrigões destroem os navios de, 249
    Nausícaa resgata, 246-48
    Néfele resgata, 245-46
    passagem entre Cila e Caríbdis, 252
    pretendentes de Pénelope mortos por, 255-57
    retorna para Ítaca, 252-58
    se junta ao exército grego contra Troia, 212-13
    sobre a vingança do Sol, 252
    Telêmaco encontra, 253-54
    Tirésias consultado por, 250
    Zeus resgata, 241
Ofíon (serpente); *ver* Eurínome
Oileo, pai de Ajax, o Menor
Olimpo, 25-41
    deuses transformados em deuses romanos, 48
    Tântalo punido por, 280
Olimpo, monte, 26-27
    guerra de Troia alcança o, 216, 223
    incendiado por cavalos do Sol, 155
    montanha das Musas, 40
oliveira, 31
Ônfale, 196
Ops, 49
oráculos; *ver* Delfos e Dodona

Orcus, 31
Orestes, 283, 288-93
    filho de Agamêmnon, 279
    foge de Táurida, 295-99
Orfeu, 119-22
    argonautas juntam-se a, 139
Orfia (severa), nome de Ártemis
Oríades, 46
Órion, 351-52
Orítia, 323
Ortígia, 134-35
Ossa, 160
Oto, 160-61
Ótris, monte em Tessália, base dos titãs quando eles lutaram com os deuses
Ovídio, 20, 22

P

Pã, 44
    flauta de junco feito por, 119
    Midas premia, 332
Páctolo, 332
Pafos, 128
Pai Céu; *ver* Urano
Pai Tibre, 272
Paládio, 229-30, 232
Palas Atena; *ver* Atena, Palas
Palas, filho de Evandro, 272, 273, 276
Palas, um gigante
Palêmon, 42, 302
Pales, 49
Palinuro, morte de, 266
Pândaro, 217
Pandora, 78-80, 83
Pândroso, filha do primeiro Cécrops; *ver* Herse
Panope, uma das nereidas
Parcas, 203, 262, 263, 271; *ver também* Moiras
pardal, 35

Páris, 210-11
    Aquiles morto por, 228
    Menelau luta com, 216-17
    morte de, 229
    na guerra de Troia, 216-17
    ver também Julgamento de Páris
Parnaso, monte, 32, 40
    escapa da inundação, 83-84
    queimados pelos cavalos do Sol, 155
Partenon, 31
Partenope, uma das sereias
Partenopeu, 206, 316
Partenos, 31
Pasífae, 177
Pátroclo, 220-22
Pausânias, 22, 73, 342
pavão, 29, 88
Peã, na *Ilíada* semelhante a um deus, físico dos deuses; em seguida, um nome dado primeiro a Apolo e mais tarde a Esculápio. Um hino ou música de ação de graças ou de triunfo, originalmente cantado em honra a Apolo.
Pégaso, 156-60
Peias, pai de Filoctetes. Sófocles diz que ele, e não seu filho, colocou fogo na pira de Hércules.
Peito, deusa da sedução e da persuasão, equivalente romano a Suadela
Pelasgo, neto do deus-rio Ínaco e fundador do grupo étnico do povo grego Pelasgos
Peleu, 139
    casamento de, 210
    derrotado por Atalanta, 205
Pélias, 136, 138-39
    filho de Poseidon e Tiro, 354
    morte de, 147-48
Pélion, 160, 333

Pélops, 280-82
Penates, 48-49
Penélope, 239-40, 254-55
    Odisseu mata pretendentes de, 255-57
    reunido com Odisseu, 257-58
Peneu, rio, 133
Pentesileia, 342
Penteu, 63-65, 302-03
Perdix (perdão), sobrinho e pupilo de Dédalo. Ele inventou a serra e o compasso. Dédalo ficou com ciúme dele e o matou, e Minerva, por pena, o transformou em uma perdiz.
Pérgamo, 218
Perséfone, 42, 54-59
    Adônis amado por, 103
    adoração de, 68-69
    esposa de Hades, 30
    filha de Deméter, 54
    levado ao mundo subterrâneo, 54, 56, 57-58
    personalidade de, 58
    Pirítoo tenta raptar, 182
    retorna do mundo subterrâneo, 57-58
Perseu, 165-74
    bisneto de Abas, 335
Piéria, 40
Piérides, as Musas, um nome derivado do seu lugar de nascimento, Piéria, em Tessália.
Pierus, 40
Pigmalião, 125-28
Pigmalião, irmão perverso de Dido, rei de Tiro
Pílades, 289-91, 295-300
pilares de Hércules, 193
Pilos, 242
Píndaro, 20-22, 281
Píramo, 117-19
Pirene, 157
Pirítoo, 181-82
Pirra, 83-84
Pirro, 229, 260
Piteu, rei de Trezena, pai da mãe de Teseu
pítio, 32
Píton, 32
Platão, 21
Plêiades, 347, 352
Plutão, 30-31, 42-43
    ver também Hades
Pluto (riqueza), figura alegórica romana erroneamente confundida com Plutão
Poço de Urda, 371
Poço do Conhecimento, 366, 371
Poena, deusa da punição, uma assistente de Nêmesis
poetas alexandrinos, 21-22
Pólibo, 304, 306, 308
Polibotes, um dos gigantes
Policleto, o Velho, 345
Polidectes, 167, 168, 172
Polidectes (aquele que recebe muitos), um nome de Hades
Polideuces, 44; *ver também* Pólux
Pólido, 157
Polidoro, (1) filho de Cadmo, pai de Lábdaco, (2) filho de Príamo
Polifemo, 93-97
    Eneias escapa de, 261-62
    Odisseu visita, 248
Polifontes, 350
Polímnia, 40
Polinices, 309-13
Polixena, 236
Pólux, 44-46
    argonautas se juntam a, 139
    Helena resgatada por, 182
    irmão de Helena, 212

pomba, 35
Pomona, 50, 339-40
pomos de ouro das Hespérides, 193
Ponto, 41
Ponto Euxino, 41, 75
Porfírio, um dos gigantes
Portas Ceias de Troia, 223
Poseidon, 29-30, 41-42
    Acrópole aberta por, 318
    Amimone resgatada por, 342
    gregos favorecidos por, na guerra de Troia, 216
    Laomedonte lesa, 195
    manda inundação para Atenas, 318
    marido de Anfitrite, 41
    Oto e Efialtes, 160-61
    pai de Belerofonte, 156
    Polifemo e, 96
    Proteu e, 42
    raiva dos gregos retornando de Troia, 238-39
    retorno de Odisseu atrasado por, 246
    salva filha de Erísicton da escravidão, 338-39
    Tiro amado por, 354
    Tritão, 42
    ver também Netuno
Povo da Pedra, 84
Príamo, 19, 210, 215-16, 223, 225, 232, 260, 264
    morte de, 234
Príapo, 49
Procne, 319-21
Prócris, 321-22
Procusto, 176
Prometeu, 85-89
    ajuda Zeus na guerra de Cronos, 74
    como salvador da humanidade, 27
    Hércules liberta 195
    humanidade criada por, 77-78
    pai de Deucalião, 83
    sangue de, produz planta mágica, 145
    Zeus se vinga de, 79-83
Proserpina, 30, 54, 115; *ver também* Perséfone
Protesilau, 214
Proteu, 42, 157-58, 244, 343-44
Psâmate, 349
Psicopompo (condutor de almas), um nome de Hermes
Psiquê, 107-16

Q
Quimera, 158-59
Quios, 351-52
Quirino, 50; *ver também* Rômulo
Quíron, 47, 352-53
    dispõe-se a morrer por Prometeu, 82
    Esculápio criado por, 333
    morte de, 353

R
Radamanto, 43
    filho de Europa, 93, 269
Ragnarok, o dia da ruína (mitologia nórdica), 366
Reco, 353
Reia, 44, 51
    mandada por Zeus como mensageira para Deméter, 57
    rainha do Universo, 73
Remo, 260
Resus, aliado trácio dos troianos cujos cavalos superaram todos os cavalos mortais
Rhoetus, um dos gigantes
riqueza, deus da; *ver* Hades

rochas colidindo; *ver* Simplégades
Rômulo, 50, 260
runas, 366
rútulos, Eneias em guerra com, 270-76

S

Sálios, sacerdotes de Marte que guardaram o escudo que caiu do paraíso no reino de Numa
Salmoneu, 353
Sarpedão, (1) filho de Zeus e Europa, ancestral dos lícios, (2) neto de Belerofonte e um dos líderes troianos na guerra de Troia
sátiros, 46, 50
Saturnália, 49
Saturno, 25, 49; *ver também* Cronos
Selene, 33, 132
seles, 168
Sêmele, 59-60
    Dioniso a leva para o Olimpo, 61-62
    filha de Cadmo e Harmonia, 302
Semíramis, 117
senhor dos ratos, 32
senhora da vida selvagem, 33; *ver também* Ártemis
sereias, 47
    argonautas salvos das, por Orfeu, 120
    Odisseu escapa das, 252
Sérifo, ilha na qual Dânae e Perseu foram parar
Serimnir, o javali que fornece perpetuamente alimento para os heróis de Valhala
Sesto, 347
Sete contra Tebas, 179, 206, 313-16
sibila de Cumas, 266-70
Sicília, 134-35, 162, 261-62

Sidero, 354
Sídon, rei de, 89
Siegfried, 360-61
Sigmund, 361
Signy, 360-61
Sigueiro, marido de Signy
Sigurd, 360-64
Sigyn, 369
Sileno, 44, 331
Silenos, 46
Silvano, 49
Sílvio Póstumo, rei de Alba Longa, bisneto de Eneias
Simóis, rio, 214
Simplégades, 140
Sinfiotli, nascimento e morte de, 360-61
Sínis, 176
Sínon, 232-33
Siqueu, marido de Dido
Siracusa, 134
Siringe, 88
Sírio, estrela do cão, que segue Órion
Sísifo, 121, 156, 354
Skidbladnir, um navio mágico feito pelos anões para Freyr. Poderia ser dobrado e carregado no bolso. Quando desdobrado, era grande o suficiente para carregar todos os deuses.
Skirnir, servo de Freyr que cortejou e ganhou para ele a gigante Gerda
Skuld, 371
Sleipnir, 368
Sócrates, 323
Sófocles, 21
Sol, 54
    aventura com os cavalos de Faetonte, 152-55
    visita de Odisseu à ilha do, 252
    ver também Hélios
Sol, ilha do, 252

Sol, nome romano para o deus-sol; *ver* Hélios
sólimos, 158
sono, 132; *ver também* Hipnos
Sono, 43
Sturluson, Snorri, 359
Suadela; *ver* Peito
Surt, guardião de Muspelheim (mitologia nórdica)
Svanhild; *ver* Ermanarico

T

Taenarus ou Tainaros, lugar na Lacônia onde existia uma entrada para o mundo subterrâneo
Taigete, 352
Talia, musa da comédia, 40
Talos, 147
Tâmiris, músico famoso que desafiou as Musas e foi deixado cego por sua presunção
Tânatos, 31, 198-99
Tântalo, 121, 279-83
Tarpeia, rocha, 272
Tártaro, 42-43
Táurida (atual Crimeia), 295-96
Tebas, 301-02
    ateniense marcham contra, 314-15
    casa real de, 301-16
    Esfinge assola, 304
    lar de Hércules, 188
    local de nascimento de Dioniso, 59
    praga acontece em, 305
    Sete contra, 313-16
    Teseu lidera exército contra, 179, 314-15
    visita de Dioniso, 63
Teia, deusa da luminosidade, nome às vezes dado à Lua
Télamon de Salamina, 195

Télamon, pai de Ajax, o Grande, 195, 351
Télefo, filho de Hércules, ferido por Aquiles, mas curado pela ferrugem da lança
Telêmaco, 241-44
    desprezado por pretendentes de Penelope, 239-40
    Odisseu encontra, 253-54
    retorna para Ítaca, 253-58
Têmis, 27, 40
Temiscira, 341
Tempe, vale na Tessália por onde fluía Peneu, o pai de Dafne
Teócrito, 22
Tereu, 319-21
Término, 49
Terpsícore, 40
Terra, 44, 71; *ver também* Mãe Terra
Tersandro, filho de Polinices, um dos Epigoni
Teseu, 175-85
    abandona Ariadne, 61
    ajuda Adrasto, 314
    amazonas derrotadas por, 181, 341-42
    amizade de, com Pirítoo, 181-82
    Ariadne ajuda, 178-79
    Atenas governada por, 179
    batalhas com centauros, 182
    casamento com Fedra, 182-83
    comparado com Hércules, 186-87
    Édipo recebido por, 179
    Egeu recebe, 175-76
    Hércules faz amizade com, 179, 181, 190-91
    junta-se à caçada calidônia, 181
    juventude de, 175-76
    marcha contra Tebas, 179, 314-15
    Minotauro morto por, 177-78
    morte de, 185
    navega no *Argo*, 181

Pirítoo ajudado por, em tentativa
  de sequestrar Perséfone, 182
 retorna para Atenas, 179
Tessália, 27
Téstio, rei de Cálidon, pai de Leda e
 Alteia
Tétis, 27, 29
 esposa de Oceano, 41
Tétis, 27, 29, 41
 casamento de, 210
 pede a Zeus que dê a vitória aos
  troianos, 216
Teucer, (1) filho do rio Escamandro
 e o primeiro rei de Troia, (2) filho
 de Telámon, meio irmão de Ajax, o
 Grande
Teucri, os troianos
Thialfi; ver Hugi
Thor, 367
Thrym, gigante que roubou o martelo
 de Thor
Tíades, nome para os seguidores de
 Baco
Tibre, Pai, 272
Tideu, 316
Tidides (filho de Tideu), Diomedes
Tiestes, filho de Pélops, 283
Tifeu, uma outra forma de nome de
 Tífon
Tífon, 74-75
Tindárida (filha de Tíndaro), Helena ou
 Clitemnestra
Tíndaro, 45, 212
Tique (fortuna, em latim), nome grego
 da deusa da fortuna
Tirésias, 64
 Édipo consulta, 305-06
 morte de, 316
 Odisseu consulta, 250
 profecia sobre Hércules, 189
 profecias de morte de Meneceu, 311

Tirnis, cidade em Argólida onde
 Hércules foi educado
Tirnis, rei de; ver Euristeu
Tiro, 354
Tisbe, 117-19
Tisífone, 43
titãs, 25, 27, 72
Titius, gigante morto por Apolo
Títono, 344
Tmolo, 332
Toas, 299-300
Trácia, 37, 61, 120
trácios, 120
Trezena, cidade em Argólida, local de
 nascimento de Teseu
Trinacia; ver Trinácria
Trinácria, nome para Sicília
Triptólemo, 58
Tritão, 42
Tritogenea, epíteto de Atena, significado
 incerto
Trivia (três estradas), nome de Hécate,
 deusa das encruzilhadas
Troia, 209-10, 216
 queda de, 227-37
Troilo, filho de Príamo, morto por
 Aquiles
Turno, 271-72, 276
tyndaridae, 45
Tyr, 369

U

Ulisses; ver Odisseu
Urânia, 40
Urano (Pai Céu), pai de Cronos, 72
Urda, 371
Ursa Maior, 345
Ursa Menor, 345
Utgard-Loki, governante de Jötunheim

V

vaca, 29
Valhala, 357, 365, 366, 369
Valquírias, 366
Vé, irmão de Odin
velho do mar, 41
velocino de ouro, 45, 136-51
Vento Oeste, 47
Ventos, 47
    país dos, 248-49
Vênus, 34-35
    Anaxarete transformada em pedra por, 340
    Eneias protegido por, 263-64
    festival de, em Chipre, 128
    impõe tarefa a Psiquê, 112-15
    pede ajuda ao Cúpido contra Psiquê, 107-08
    tem raiva de Psiquê, 112-16
    ver também Afrodite
verdade, deus da; *ver* Apolo
Verdandi, 371
Vertuno, 50, 331, 339-40
Vésper, uma outra forma de Héspero.
Vesta; *ver* Héstia
vestais, 38
Victória, nome latim de Nice, deusa da vitória
Vidar, um dos filhos de Odin
Vigrid, campo onde os deuses serão derrotados (mitologia nórdica)
Vili, irmão de Odin
Vingolf, lar das deusas em Asgard
Vírbio, 334
Virgílio, 22
Volsungos, 360
Volúptas, deus grego do prazer
Vulcano; *ver* Hefesto

W

Woden; *ver* Odin

X

Xanto, 223
Xuto, 324-28

Y

Yggdrasil, 370-71
Ymir, 370

Z

Zéfiro, 47, 102
    resgata Psiquê, 108-09
Zetes, 323
Zeto, 282, 342
Zeus, 28
    Apolo, 31-32
    Ares, 36
    Ártemis, 33
    Atena, 31
    Calisto amado por, 345
    ciclopes protegidos por, 93
    Cronos destronado por, 25
    Dânae visitada por, 166
    Dioniso, 60
    Égina amada por, 350
    envia inundação para destruir a humanidade, 83-84
    Esculápio morto por, 334
    Europa amada por, 89-93
    Fineu, 140
    guerra com Cronos, 73
    Hefesto, 37
    Hércules punido por, 195-96
    Hércules, 188
    Hermes, 35
    infidelidade de, 29

Io amada por, 87-88
irmão de Héstia, 38
Leto amada por, 348
Licaon punido por, 345
Licurgo tornado cego por, 61
líder supremo, 28
marido de Hera, 29
mulheres criadas por, 79
muralhas de Troia construídas por ordem de, 195
Musas, 40
nascimento de, 73
Odisseu resgatado por, 241
pai de Afrodite, 34
personalidade de, 15, 19
Plêiades colocadas no céu por, 352
Pólux e Helena, 45
raiva de Prometeu e da humanidade, 78-81
recusa a premiar o pomo de ouro, 210
sabujos de, 140
Salmoneu morto por, 353
Sêmele amada por, 59-60
Sísifo punido por, 354
Tântalo, 280
Títono feito imortal, 344
traz Perséfone do mundo subterrâneo, 57
troianos ajudados por, 216, 219
ver também Júpiter

CONHEÇA ALGUNS DESTAQUES DE NOSSO CATÁLOGO

- Augusto Cury: Você é insubstituível (2,8 milhões de livros vendidos), Nunca desista de seus sonhos (2,7 milhões de livros vendidos) e O médico da emoção

- Dale Carnegie: Como fazer amigos e influenciar pessoas (16 milhões de livros vendidos) e Como evitar preocupações e começar a viver

- Brené Brown: A coragem de ser imperfeito – Como aceitar a própria vulnerabilidade e vencer a vergonha (900 mil livros vendidos)

- T. Harv Eker: Os segredos da mente milionária (3 milhões de livros vendidos)

- Gustavo Cerbasi: Casais inteligentes enriquecem juntos (1,2 milhão de livros vendidos) e Como organizar sua vida financeira

- Greg McKeown: Essencialismo – A disciplinada busca por menos (700 mil livros vendidos) e Sem esforço – Torne mais fácil o que é mais importante

- Haemin Sunim: As coisas que você só vê quando desacelera (700 mil livros vendidos) e Amor pelas coisas imperfeitas

- Ana Claudia Quintana Arantes: A morte é um dia que vale a pena viver (650 mil livros vendidos) e Pra vida toda valer a pena viver

- Ichiro Kishimi e Fumitake Koga: A coragem de não agradar – Como se libertar da opinião dos outros (350 mil livros vendidos)

- Simon Sinek: Comece pelo porquê (350 mil livros vendidos) e O jogo infinito

- Robert B. Cialdini: As armas da persuasão (500 mil livros vendidos)

- Eckhart Tolle: O poder do agora (1,2 milhão de livros vendidos)

- Edith Eva Eger: A bailarina de Auschwitz (600 mil livros vendidos)

- Cristina Núñez Pereira e Rafael R. Valcárcel: Emocionário – Um guia lúdico para lidar com as emoções (800 mil livros vendidos)

- Nizan Guanaes e Arthur Guerra: Você aguenta ser feliz? – Como cuidar da saúde mental e física para ter qualidade de vida

- Suhas Kshirsagar: Mude seus horários, mude sua vida – Como usar o relógio biológico para perder peso, reduzir o estresse e ter mais saúde e energia

sextante.com.br